I0681541

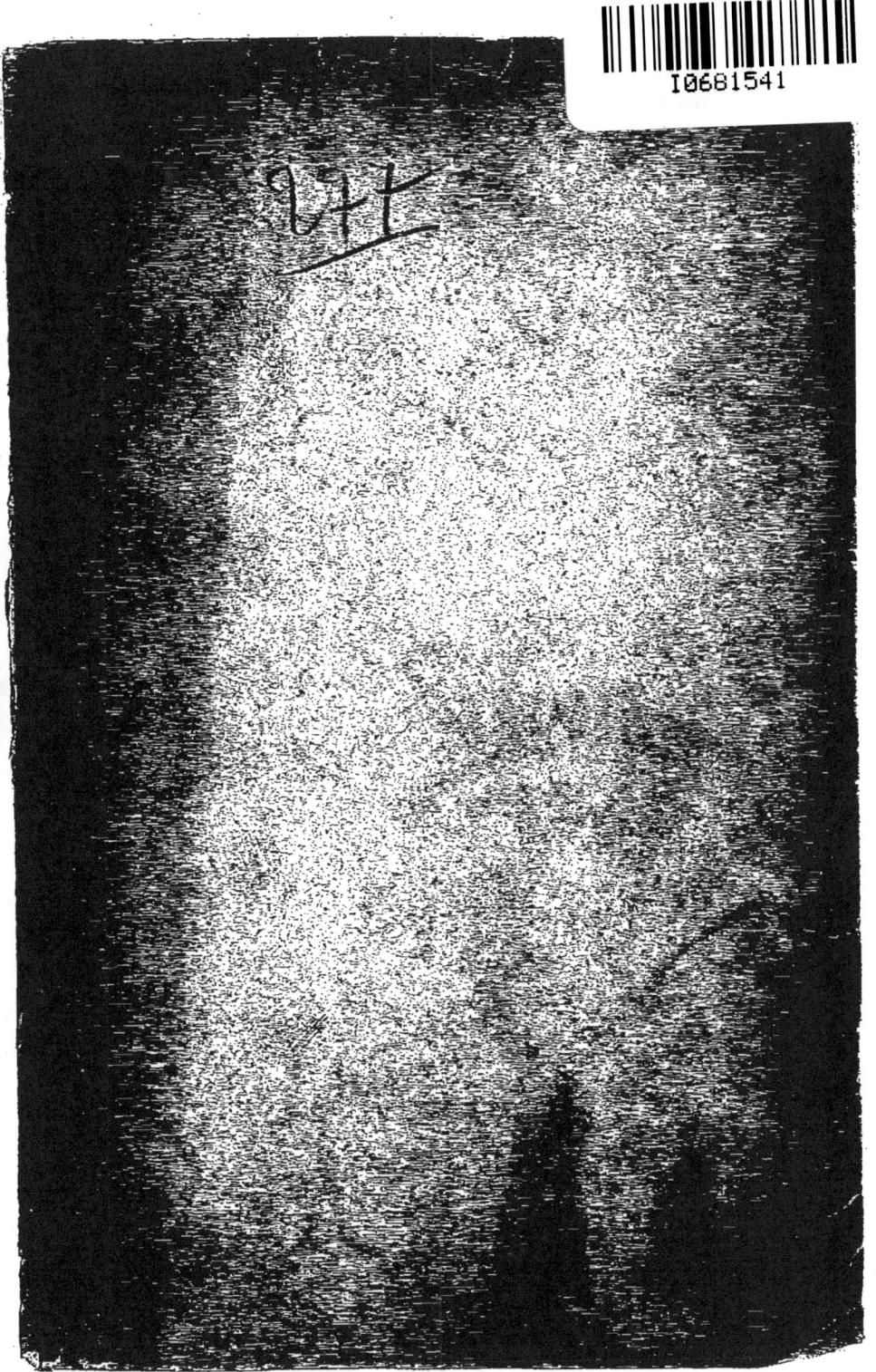

DÉPÔT LÉGAL
277
3 19

DISTRIBUTIONS D'EAU

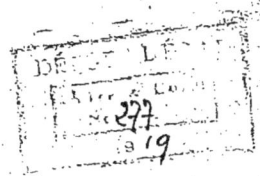

TOURS. — IMPRIMERIE DESLIS FRÈRES ET Cie

BIBLIOTHÈQUE DU CONDUCTEUR DE TRAVAUX PUBLICS

DISTRIBUTIONS D'EAU

PAR

Georges DARIÈS

CONDUCTEUR AU SERVICE DES EAUX DE PARIS
LICENCIÉ ÈS SCIENCES
PROFESSEUR D'HYDRAULIQUE A L'ÉCOLE SPÉCIALE DES TRAVAUX PUBLICS

PARIS

Vᵛᵉ CH. DUNOD, ÉDITEUR

LIBRAIRE DES PONTS ET CHAUSSÉES, DES MINES
ET DES CHEMINS DE FER
49, Quai des Grands-Augustins, 49

~~1919~~

1919

BIBLIOTHÈQUE DU CONDUCTEUR DE TRAVAUX PUBLICS

PUBLIÉE SOUS LES AUSPICES

DE MM. LES MINISTRES DES TRAVAUX PUBLICS
DES POSTES ET TÉLÉGRAPHES
DE L'AGRICULTURE, DU COMMERCE ET DE L'INDUSTRIE
DE L'INSTRUCTION PUBLIQUE, DE LA JUSTICE
DE L'INTÉRIEUR, DE LA GUERRE, DES COLONIES

Comité de patronage

BARTHOU	Ancien Président du Conseil, Député.
BECHMANN	Directeur. Fondateur de l'Office spécial d'Ingénieurs consultants.
BOREUX	Ancien directeur de la voie publique et de l'éclairage de la ville de Paris.
BOUVARD	Ancien directeur administratif des services d'architecture, des promenades et plantations de la ville de Paris.
CLAVEILLE	Ministre des Travaux publics et des transports.
COLMET-DAAGE	Ingénieur en chef des eaux, assainissement et dérivations de Paris.
COLSON	Conseiller d'Etat, Professeur à l'Ecole des Ponts et Chaussées.
COMTE (J.)	Ancien directeur des Bâtiments civils et des Palais nationaux.
DELECROIX	Docteur en droit, Directeur de la *Revue de la Législation des Mines*.
Le **Directeur** de l'Ecole nationale des Ponts et Chaussées.	
Le **Directeur** de l'Ecole nationale supérieure des Mines.	
Le **Directeur** du Conservatoire national des Arts et Métiers.	
Le **Directeur** du personnel et de l'enseignement technique au Ministère du Commerce et de l'Industrie.	
BOUSQUET (du)	Ingénieur en chef du matériel et de la traction à la Cⁱᵉ des Chemins de fer du Nord.
EYROLLES	Directeur de l'Ecole spéciale de Travaux publics, du Bâtiment et de l'Industrie.

VI   COMITÉ DE PATRONAGE

FLAMANT   Inspecteur général des Ponts et Ch. en retraite.
Dr GAUTHIER (de l'Aude) Ancien Ministre des Travaux publics, Sénateur.
GRILLOT   Président honoraire de l'Association générale des
                           Sous-Ingénieurs, Conducteurs et Contrôleurs des
                           Ponts et Chaussées et des Mines.
GUILLAIN   Ancien Ministre des Colonies, Membre de la Chambre
                           des députés.
HATON DE LA   Membre de l'Institut, Inspecteur général des Mines
  GOUPILLIÈRE   en retraite.
M^e LE BERQUIER Avocat à la Cour d'Appel de Paris.
LOUIS MARTIN   Avocat, Professeur libre de droit, Sénateur.
PHILIPPE   Ancien directeur de l'Hydraulique agricole au Minis-
                           tère de l'Agriculture.
PONTICH (de)   Ancien Directeur des Travaux de Paris.
Le Président de l'Association philotechnique.
Le Président de l'Association polytechnique.
Le Président de la Société des Anciens Elèves des Ecoles d'Arts et Métiers.
Le Président de l'Association générale des Sous-Ingénieurs, Conducteurs, Contrô-
leurs des Ponts et Chaussées et des Mines.
Le Président de la Société des Ingénieurs civils de France.
Le Président de la Société française des Ingénieurs coloniaux.
Le Président de la Société de Topographie de France.
Le Président de la Société de Topographie parcellaire de France.
QUENNEC   Directeur de l'Octroi de Paris.
RÉSAL   Inspecteur général des Ponts et Chaussées, Pro-
                           fesseur à l'Ecole des Ponts et Chaussées.
TISSERAND   Conseiller-maître honoraire à la Cour des Comptes.

BIBLIOTHÈQUE DU CONDUCTEUR DE TRAVAUX PUBLICS

Pierre JOLIBOIS, Fondateur

Ancien Directeur et Président du Comité de Rédaction, ancien Conseiller municipal
de Paris, ancien Conseiller général de la Seine
ancien Président de l'Association des Personnels de travaux publics

---

Comité de rédaction

Bureau :

Président :

BONNAL — Directeur de la Compagnie des Tramways à vapeur du département de l'Aude, ancien Professeur à l'Association philotechnique.

Vice-Présidents :

DACREMONT — Ingénieur des Ponts et Chaussées.
FALCOU — Inspecteur en chef du service des Beaux-Arts de la ville de Paris et du département de la Seine.
LANAVE — Ancien ingénieur en chef des chemins de fer éthiopiens.
VIDAL — Inspecteur principal de l'exploitation commerciale des Chemins de fer.

Secrétaires :

BONDU — Commissaire du contrôle de l'État sur les Chemins de fer.
DIÉBOLD — Sous-Inspecteur de l'Assainissement de Paris.
DUFOUR (Ph.) — Adjoint technique principal des Ponts et Chaussées, Lauréat de l'Académie française.
LEMARCHAND — Conseiller municipal de Paris, conseiller général de Seine.

Membres du Comité :

ARANA	Sous-Ingénieur ppal des Ponts et Chaussées, Secrétaire de *La Revue Municipale*.
AUCAMUS	Ingénieur des Arts et Manufactures, sous-ingénieur aux chemins de fer du Nord.
CANAL	Sous-Ingénieur ppal des Ponts et Chaussées.
CHABAGNY	Ingénieur des Ponts et Chaussées.
COLAS	Directeur de la Comptabilité et des Services financiers des Chemins de fer de l'État.
GRIMAUD	Ingénieur des Ponts et Chaussées.
HALLOUIN	Contrôleur général de l'Exploitation commerciale des Chemins de fer.
LÉVY-SALVADOR	Ingénieur du Service technique de l'Hydraulique agricole au Ministère de l'Agriculture.
MALETTE (G.)	Sous-ingénieur ppal des Ponts et Chaussées.
MUNSCH	Rédacteur principal à la Préfecture de la Seine.
PRADÈS	Chef de bureau du cabinet du Ministère de l'Agriculture, Membre du Conseil d'administration de l'Association philotechnique.
PRÉVOT	Ingénieur des Ponts et Chaussées (Nivellement général de la France).
REBOUL	Sous-ingénieur ppal des Mines
ROUSSEAU (Ph.)	Secrétaire général de la Société française des Ingénieur coloniaux.
ROUX (O.)	Ingénieur des Ponts et Chaussées.
SAINT-PAUL	Sous-Ingénieur municipal, chef de section aux aqueducs et dérivations de la Ville de Paris.
SIMONET	Sous-ingénieur des Ponts et Chaussées.

AVANT-PROPOS

Il n'est pas nécessaire de disserter bien longtemps sur les usages de l'eau pour mettre en évidence le rôle prépondérant que joue cet élément dans le développement de la vie matérielle des peuples, surtout de nos sociétés civilisées.

Indispensable à la vie des hommes et des animaux, utile à l'agriculture et à l'industrie, l'eau n'est pas moins nécessaire à la salubrité des villes et à la préservation de leurs monuments contre l'incendie.

Si de vieilles cités, restées longtemps stationnaires, ont pu s'étendre, s'embellir, améliorer l'hygiène des rues et des habitations, et devenir ces vastes agglomérations de population que l'on rencontre de nos jours dans les deux mondes, si les épidémies sont devenues moins fréquentes et surtout moins dangereuses, l'honneur en revient pour une large part aux ingénieurs et constructeurs dont les constants efforts n'ont pas cessé de perfectionner le problème si complexe de la conduite et de la distribution des eaux.

L'antiquité offre de nombreux exemples d'adductions d'eau pour le service des villes. Athènes, Sparte, Samos, Carthage, s'alimentaient à l'aide de puits et de sources captées dans leur voisinage ; les rues étaient canalisées en bois et en plomb avec des robinets, également en bois, aux divers carrefours.

Les Romains étaient de véritables maîtres dans l'art d'aménager les sources et de construire les aqueducs. Au temps de sa plus grande splendeur, sous les Antonins, Rome disposait de onze dérivations qui déversaient quotidiennement près de 1.200.000 mètres cubes, soit 1.000 litres par habitant, dans ses citernes et ses châteaux d'eau. La rue, la maison, les thermes, les théâtres, les camps, tout était superbement doté ; aucune ville moderne, parmi les plus populeuses, n'a encore obtenu un pareil résultat.

Dans la plupart des colonies romaines, en Italie, en France, en Espagne, en Grèce, subsistent de nombreux vestiges d'aqueducs romains, qui sont là pour attester le goût particulier de ce peuple conquérant pour les travaux hydrauliques

Mais l'art ancien devait presque complètement disparaître avec les grandes invasions du ve siècle, qui anéantirent la civilisation romaine ; le moyen âge ne présente aucune œuvre digne de fixer l'attention. L'aqueduc de Belleville, construit vers 1100 pour alimenter Paris, et dont la section suffirait à écouler les 20.000 mètres cubes de la Dhuis, n'a jamais débité plus de 120 mètres par jour ; la conduite de Saint-Gervais, établie vers la même époque par les moines du prieuré de Saint-Lazare, en fournissait environ 300. Il faut aller en Espagne, à Séville et à Grenade, pour retrouver vivants les beaux aqueducs de Carmona, du Douro et du Xénil, construits par les Maures au cours du viiie siècle et qui transportent chaque jour plus de 5.000 mètres cubes.

La tradition romaine reparut en France au xviie siècle avec les travaux de l'aqueduc d'Arcueil, qui devait amener au palais du Luxembourg les 1.200 mètres cubes d'eau des sources de Rungis, et ceux de l'aqueduc de

l'Eure pour l'alimentation de Versailles. Mais l'imita-
tion des Anciens restait cependant bien imparfaite ; car,
si la somptueuse galerie d'Arcueil, avec ses formes
massives et sa section exagérée, rappelle de loin les
robustes aqueducs de l'*Anio Vetus*, de l'*Agro romano*,
de la *Marcia* et de l'*Hadriana*, il ne faut pas oublier
que ces derniers portaient de véritables rivières.

C'est également au xviiᵉ siècle, en 1609, que fut installée, pour le service du Louvre et des jardins des Tuile-
ries, la célèbre pompe hydraulique de la *Samaritaine*,
démolie en 1813, et à laquelle vint s'ajouter, en 1670, la
pompe du pont Notre-Dame, qui vécut jusqu'en 1858.

Paris devait attendre jusqu'au commencement de ce
siècle pour voir entreprendre les travaux d'une distribution en rapport avec le nombre de ses habitants. Le
canal de l'Ourcq, projeté dès 1685, ne fut complètement
terminé qu'en 1809 ; il apportait 80.000 mètres cubes
d'eau par jour, chiffre énorme pour l'époque.

Il était réservé à nos contemporains de profiter de
l'expérience acquise durant le xviiᵉ et le xviiiᵉ siècle, de
bénéficier matériellement des gigantesques progrès réa-
lisés par la mécanique, la géologie, l'hydraulique et l'art
de l'ingénieur, et d'égaler les Romains, parfois de les dépasser au double point de vue de la simplicité et de
l'économie.

L'aqueduc de Dijon, dû à Darcy, et celui de Besançon
exécuté par Mary de 1847 à 1854, préludèrent en quelque
sorte à ce grand mouvement de notre époque, qui porte
toutes les municipalités à se préoccuper de l'aménagement d'eaux potables pour l'alimentation des villes.

Ce fut en 1845 que Belgrand, alors ingénieur à Avallon,
entreprit cet ensemble d'études sur la géologie et l'hydrologie du bassin de la Seine, qui ont acquis à son nom

une considération méritée, et d'où devaient sortir plus tard
les belles dérivations de la Dhuis, de la Vanne et de
l'Avre, qui placent Paris au premier rang parmi les
capitales les plus magnifiquement dotées au point de
vue du service des eaux.

L'exemple des grandes villes devait, d'ailleurs, être
rapidement imité par les cités de moindre importance ;
de nos jours il n'est pas jusqu'aux bourgs et aux petits
villages qui ne s'imposent de lourds sacrifices pécuniers
pour se procurer en abondance de l'eau fraîche et de
bonne qualité. Aussi, malgré de grands progrès déjà réa-
lisés, la question de la distribution des eaux est-elle plus
que jamais à l'ordre du jour.

Nous étudierons successivement les différentes questions qui se rattachent à l'adduction des eaux, à leur
élévation, ainsi qu'à leur distribution dans les villes.
Mais cette étude sera surtout technique et pratique ;
pour les questions légales et administratives concernant
la propriété des eaux et le passage des aqueducs sous
les propriétés privées et les voies publiques, le lecteur
voudra bien se reporter au volume de droit administratif
qui, dans la *Bibliothèque du Conducteur de travaux publics* traite spécialement des eaux.

Paris, 1er janvier 1899.

DISTRIBUTIONS D'EAU

CHAPITRE I

GÉNÉRALITÉS

1. Toutes les eaux qui coulent à la surface de la terre et dans son intérieur provenant de la pluie, il paraîtra naturel de commencer cette étude par celle du régime des pluies.

DE LA PLUIE

2. Origine. — L'eau de pluie sort de l'Océan. Le soleil produit à la superficie des mers intertropicales une évaporation constante, qui augmente avec la température et qui élève dans l'atmosphère des masses considérables de vapeur d'eau. Les physiciens évaluent à 4 millimètres environ l'épaisseur de la couche liquide qui disparaît ainsi annuellement, et, si l'on calcule ce que représente cette épaisseur comme volume d'eau vaporisé chaque jour, on obtient le chiffre colossal de plus de 1.000 kilomètres cubes.

La vapeur d'eau, en s'élevant, rencontre des couches d'air à une température sensiblement plus basse et se condense partiellement sous forme de nuages que charrient et déchirent les vents; lorsque ces nuages parviennent dans des régions encore plus froides, ou lorsque des vents issus de ces régions se mettent subitement à souffler, l'eau, ne pouvant plus se soutenir à l'état de vapeur, se condense complètement et retombe sur la terre sous forme de brouillards de pluie, ou de neige quand la température s'abaisse au-dessous de 0°.

Une partie des précipitations retombe directement dans la mer, le reste descend sur les continents; au sommet des hautes montagnes où la température est extrêmement basse, l'eau se congèle à l'état de neige, en formant des amas considérables qui entretiennent les glaciers.

Arrivée au sol, l'eau s'y partage en trois fractions inégales : une première retourne immédiatement à l'atmosphère sous forme de vapeurs; une autre ruisselle à la surface suivant les lignes de plus grande pente, forme des petites rigoles qui ne tardent pas à se réunir, et gagne successivement les torrents, les rivières, puis les fleuves; la dernière fraction s'infiltre dans le sol, traverse les terrains perméables qu'elle rencontre, et vient se concentrer en nappes souterraines sur les premiers bancs imperméables ; ces nappes suivent les inflexions des couches sous-jacentes, s'accumulent dans les thalwegs, et, lorsque les couches imperméables arrivent à l'affleurement, l'eau émerge sous forme de sources.

Enfin les fleuves ramènent à l'Océan toute cette eau qui en était sortie, fermant ainsi cet immense cycle qui assure l'invariabilité du niveau de la mer et la permanence des lois de la nature.

3. Pluviomètre. — La quantité de pluie qui tombe en un lieu donné, pendant un temps déterminé, se mesure à l'aide d'un pluviomètre (*fig.* 1). Cet appareil se compose d'un vase cylindrique en fer-blanc, ouvert à sa partie supérieure et communiquant avec un tube en verre gradué en millimètres ; comme l'eau tombée dans le vase ne manquerait pas de s'évaporer, ce qui fausserait les indications, l'appareil porte un entonnoir qui reçoit la pluie et la laisse pénétrer dans le vase par un trou étroit. Les hauteurs d'eau se relèvent périodiquement, tous les huit jours ou chaque mois.

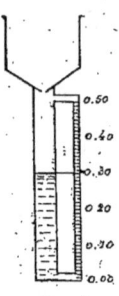

Fig. 1.

Lorsque le pluviomètre est disposé pour recevoir l'eau tombée sur une surface plus considérable que celle de l'entonnoir, les hauteurs relevées doivent être multipliées par le rapport inverse des surfaces.

4. Influence du voisinage de la mer et de l'altitude. — Les observations pluviométriques ont permis de reconnaître que la quantité de pluie dépendait de deux circonstances particulières : le voisinage de la mer, et l'altitude du sol. Les pluies sont plus fréquentes et plus intenses dans les régions maritimes et sur les montagnes que dans les basses plaines. Un courant atmosphérique saturé d'humidité, qui prend contact avec la terre, se refroidit rapidement en produisant sur la côte d'abondantes pluies. Il en est de même lorsque ce courant vient heurter de hautes montagnes; forcé de s'élever pour franchir la chaîne, l'air se dilate en pénétrant dans des régions plus raréfiées, ce qui amène son refroidissement et la condensation de la vapeur d'eau en pluie. Les précipitations sont d'autant plus considérables que le courant, arrêté par l'obstacle, est forcé de s'élever plus rapidement. Cependant l'influence de l'altitude se trouve fréquemment absorbée par d'autres influences tenant à la configuration du sol et à l'orientation du pays par rapport aux vents pluvieux. Cézanne a constaté que le faîte d'une ligne de hauteurs reçoit toujours moins de pluie que celui des deux versants qui est remonté par le courant pluvial.

Dans le bassin de la Seine, le régime des pluies est régulièrement et méthodiquement étudié depuis près de cinquante ans. C'est Belgrand qui a organisé cette étude. L'influence du voisinage de la mer et de l'altitude s'y manifeste très nettement. On observe un maximum de pluie de $0^m,980$ par an à Yvetot, un autre maximum de $1^m,60$ sur les sommets du Morvan, et un minimum intermédiaire de $0^m,530$ au voisinage de Paris. De 1861 à 1893, la moyenne des observations pour tout le bassin a donné $0^m,690$ de pluie par an. Les vents pluvieux s'enfilent de préférence dans la vallée de l'Yonne, qui reçoit notablement plus d'eau que les vallées de la Seine et de l'Oise, coupées obliquement par les courants.

D'après Johnston, la moyenne de la pluie en Europe serait de $0^m,575$ pour les pays de plaines, et de $1^m,30$ pour les régions montagneuses. Mais la hauteur d'eau annuelle diminue constamment de l'Océan Atlantique jusqu'à la Sibérie. Saint-Pétersbourg, qui se trouve près de la mer, reçoit 0m,470 par an ; à Tobolsk, la moyenne de plusieurs années ne dépasse pas 0m,250.

L'influence de l'orientation et des obstacles s'accuse dans un grand nombre de localités; c'est ainsi que, pour un même vent du sud-est, le versant ouest du faîte océano-méditerranéen reçoit à Toulouse (cote 194) 0m,680 de pluie par an, alors que Carcassonne placé sur le versant oriental à l'altitude 101 seulement, en reçoit 0m,690. Castelnaudary, situé sur la ligne de faîte, recueille 0m,670. Les pluies sont relativement rares sur tout le versant oriental des monts Scandinaves, tandis que Bergen, en Norvège, placé sur le versant occidental, en reçoit 2m,65 par an. La même différence s'observe sur les deux versants de la chaîne des Andes. A Cherra-Ponjee, au pied de l'Himalaya, les vents brûlants des tropiques, arrêtés brusquement par cette gigantesque muraille, abandonnent jusqu'à 18 et 20 mètres d'eau par an.

Hauteurs de pluie tombées en 1892 en divers points de la France

(ANNÉE MOYENNE)

BASSINS ET STATIONS	ALTITUDE (mètres)	HAUTEUR DE PLUIE (millim.)	BASSINS ET STATIONS	ALTITUDE (mètres)	HAUTEUR DE PLUIE (millim.)
Rhin, Meurthe, Moselle			Canche, Somme, Béthune		
Col de Bussang......	740	1.494	Amiens...........	53	606
Epinal..............	330	972	Boulogne...........	7	769
Lunéville...........	225	815	Abbeville..........	25	579
Nancy	225	760	Eu................	25	866
			Dieppe............	14	624
Meuse et Sambre			Fécamp	110	827
Neufchâteau	300	838			
Montmédy.........	193	638	Entre la Seine		
Rocroi...........	394	736	et la pointe		
			de Bretagne		
Escault, Lys, Aa					
			Lisieux...........	44	855
Le Cateau.........	102	671	Caen.............	12	600
Cambrai...........	52	546	Cherbourg.........	20	897
Arras.............	68	605	Avranches.........	107	843
Lille.............	20	691	Saint-Malo	33	762
Dunkerque.........	7	535	Ouessant..........	7	666

BASSINS ET STATIONS	ALTITUDE (mètres)	HAUTEUR DE PLUIE (millim.)	BASSINS ET STATIONS	ALTITUDE (mètres)	HAUTEUR DE PLUIE (millim.)
Bretagne, Vilaine			Florac	551	1.373
			Rodez	609	696
Brest	66	1.019	Foix	433	878
Quimper	40	911	Toulouse	194	685
Lorient	5	774	Bordeaux	74	743
Rennes	59	581	Pointe de Grave	12	779
			Pic du Midi	2.859	1.359
Loire, Allier et affluents			Lourdes	400	1.242
			Pau	177	938
Le Puy	549	697	Bayonne	85	1.374
Nevers	186	1.201			
Langogne	916	1.150	Des Pyrénées au Rhône		
Murat	924	1.092			
Puy-de-Dôme	1.467	2.126	Perpignan	32	594
Clermont	378	650	Carcassonne	101	690
Thiers	414	985	Lespinassière	915	1.846
Vichy	258	800	Aigues-Mortes	2	664
Montluçon	220	738	Cette	3	544
Bourges	155	701	Béziers	69	663
Poitiers	115	696			
Orléans	100	566	Rhône, Saône, etc.		
Tours	57	686			
Angers	39	570	Vesoul	372	929
Le Mans	66	512	Dijon	240	656
Mayenne	131	619	Châlon-sur-Saône	184	718
Laval	97	592	Mâcon	177	683
Nantes	41	686	Pontarlier	823	1.277
			Besançon	245	961
De la Loire à la Gironde			Les Rousses	1.135	1.414
			Annecy	448	1.041
			Lyon	172	659
Noirmoutiers	22	1.023	Le Lautaret	2.058	938
Les Sables-d'Olonne	6	862	Grenoble	218	1.604
Angoulême	100	638	Mont Genève	1.856	944
Ile d'Aix	29	724	Privas	300	1.049
			Mont Ventoux	1.900	1.026
Gironde, Dordogne, Lot, etc.			Avignon	20	642
			Du Rhône aux Alpes		
La Tour-d'Auvergne	9.9	1.347			
Mauriac	725	1.292	Berre	1	427
Mandailles	930	1.886	Aix	217	649
Tulle	236	934	Marseille	75	813
Mende	722	829	Nice	340	920
Espalion	347	919			

5. **Partage de la pluie. Évaporation.** — M. J. Murray évalue actuellement à 122.500 kilomètres cubes la quantité de pluie reçue annuellement par les 146 millions de kilomètres carrés qui représentent la superficie des continents, ce qui donne une hauteur d'eau moyenne de $0^m,844$. Les 2/3 appar-

tiennent aux latitudes comprises entre 30° N. et 30° S.; les
régions les plus arrosées sont le haut bassin de l'Amazone et de
l'Orénoque, le littoral du bas Chili, l'embouchure du Gange
et le massif des sources du Nil.

Le partage entre l'*évaporation*, le *ruissellement* et l'*infiltration* est variable suivant la température, l'état de l'atmosphère, le relief et la puissance d'absorption du sol; on ne peut
rien dire de général à cet égard. La part de l'évaporation est
cependant prépondérante; plus élevée à la surface des eaux
que sur la terre, elle diminue de l'équateur au pôle et se
trouve également plus considérable en été qu'en hiver; la
présence de l'herbe et des feuilles d'arbres est une cause de
diminution. Dans la zone tempérée, les pluies d'été s'éva-
porent presque en totalité et ne profitent que fort peu aux
cours d'eau et aux nappes souterraines, alimentés surtout
par les pluies d'hiver. Ce fait, déjà mis en lumière par les
observations de Belgrand, se trouve confirmé par les expériences de Dickenson et Dalton :

MOIS	OBSERVATEURS	HAUTEUR de PLUIE	ÉVAPORATION	INFILTRATION
Janvier.. {	Dickenson	0ᵐ,047	0ᵐ,014	0ᵐ,033
	Dalton	0 ,052	0 ,025	0 ,027
Juillet... {	Dickenson	0 ,058	0 ,057	0 ,001
	Dalton	0 ,1055	—0 ,104	0 ,0015

Les maxima d'évaporation se produisent en été, les jours
d'orages, lorsqu'une pluie intense est immédiatement suivie
d'une embellie.

Dausse a calculé que, dans le bassin de la Seine, l'évaporation enlevait chaque année les 2/3 environ de la pluie tombée. Dans celui du Mississipi, elle en enlève près des 3/4. En
général, la part de l'évaporation oscille entre les 3/4 et les
4/5 des précipitations atmosphériques.

DIVERSES NATURES D'EAU

6. Classification. — L'eau de pluie n'est pas uniquement composée d'oxygène et d'hydrogène et contient toujours en dissolution un certain nombre d'éléments accessoires, corps gazeux et substances solides: Coulant à la surface ou dans les profondeurs, elle y rencontre des terrains de natures très diverses et se charge d'une infinité de matières plus ou moins solubles : sels minéraux, gaz, substances organiques, qui altèrent notablement sa composition. La qualité de l'eau est donc chose extrêmement variable, dépendant surtout de la nature des terrains qu'elle a traversés.

Les eaux se classent ordinairement en quatre espèces principales :

L'eau de pluie ;

Les eaux de rivières et de lacs ;

Les eaux de sources et de puits ;

Les eaux d'étangs et de marais.

Au point de vue spécial de l'alimentation, on les classe en *eaux potables* et *eaux non potables ;* les premières seules conviennent à la boisson. Une eau est reconnue potable, lorsque l'analyse chimique et bactériologique, ou, mieux encore, un usage prolongé, a démontré son innocuité sur l'organisme.

En se plaçant au point de vue de la composition chimique, on peut avoir des eaux *séléniteuses* contenant de fortes proportions de sulfate de chaux, des eaux *calcaires* où le carbonate de chaux prédomine, des eaux *minérales* et *médicinales*, dont quelques-unes jouissent de propriétés thérapeutiques très remarquables.

7. Eau de pluie. — L'eau de pluie contient en dissolution les différents gaz qui entrent dans la composition de l'air : azote, oxygène, acide carbonique, et aussi quelques traces d'ammoniaque, d'azotate d'ammoniaque, d'ozone, d'acide azotique et d'argon.

Comme matières solides, elle n'en renferme que de faibles quantités; l'analyse y décèle plusieurs sels minéraux: chlorure de sodium, iodure et bromure du même corps, sulfate de chaux et sulfate de soude ; elle contient également quelques composés organiques : poils de plantes, grains de pollen, débris de vêtements, microbes, etc., qui se trouvent recueillis sur la terre et entraînés par les vents. A Montsouris, dans 1 litre d'eau de pluie, on a compté jusqu'à trente-cinq mille germes. D'après le Dr Miquel, les microbes de l'air ne sont pas pathogènes(14).

L'eau de pluie contient de 20 à 40 centimètres cubes de gaz dissous par litre : environ 2/3 d'azote, 1/4 d'oxygène, et 1/12 d'acide carbonique. L'ammoniaque provient en grande partie de la décomposition spontanée des matières organiques à la surface du sol ; sa proportion varie suivant les régions et surtout avec la densité de la population. Dans 1 mètre cubé d'eau de pluie tombée à Paris, Boussingault a retiré 3 grammes d'ammoniaque ; à Lyon, il en a relevé 7 grammes ; dans une campagne du département des Vosges, 0^{gr},75 seulement.

La présence simultanée de l'azotate d'ammoniaque, de l'acide azotique et de l'ozone paraît due à la décomposition de la vapeur d'eau sous l'influence de l'étincelle électrique ; les chimistes ont observé depuis longtemps que ces gaz ne se rencontrent guère que dans les pluies accompagnées d'orages. A la suite d'une violente tempête, Boussingault a dosé jusqu'à 5 grammes d'acide azotique dans 1 mètre cubé d'eau tombée.

Le chlorure de sodium, ou sel marin, provient presque entièrement de la mer, et sa proportion diminue à mesure que l'on s'éloigne des côtes vers l'intérieur ; à Fécamp, M. Marchand a trouvé 14 milligrammes de chlorure dans 1 kilogramme d'eau de pluie ; à Paris, M. Barré en a dosé une moyenne de 4 milligrammes ; à Marseille, 7 milligrammes. Au total, l'ensemble des matières solides contenues dans 1 mètre cube d'eau atteint au maximum 50 grammes ; la moyenne ordinaire est de 35 grammes.

Malgré ces impuretés, auxquelles viennent s'ajouter les substances plus ou moins nocives que l'eau recueille sur le sol, les toits et dans les gouttières, l'eau de pluie est facilement acceptée pour la boisson, notamment dans les campagnes ; Cadix et Aden n'ont pas d'autre alimentation ; fort bien aérée, ce qui la rend légère, elle est également propre aux usages domestiques et industriels : bains, lessivage du linge, arrosage, etc. Enfin la faible quantité de matières solides qu'elle détient permet de l'utiliser dans les laboratoires comme eau distillée.

8. Eau de rivière. — Les eaux de rivière sont toujours plus chargées de matières solides que les eaux de pluie ; en coulant à la surface et dans le fond de leur lit, elles dissolvent un grand nombre de substances plus ou moins solubles, et par l'action des sels et acides qu'elles contiennent attaquent chimiquement les terrains qui tapissent les parois du cours d'eau.

A cette action dissolvante vient s'ajouter une action mécanique produite par le mouvement de l'eau, variable avec la masse du liquide entraîné et sa vitesse, et qui se traduit par une désagrégation continue des différentes roches se trouvant sur son passage, et le transport d'une assez grande quantité de matières en suspension.

En amont de Paris, la Seine charrie ordinairement 175^{gr},00 de limon par mètre cube ; en temps de crue, ce chiffre s'élève jusqu'à 500 grammes. La Durance entraîne couramment 280 grammes d'alluvions par mètre cube ; lors de ses crues annuelles, elle en charrie plus de 4 kilogrammes. Le Nil transporte normalement 1.580 grammes par mètre cube.

La majeure partie des matières solides en dissolution est constituée par le calcaire ou carbonate de chaux : 85 0/0 dans le Rhône, 75 0/0 dans la Seine, 53 0/0 dans la Loire ; on trouve également des sulfates de chaux et de magnésie, des chlorures de potassium et de sodium, quelques traces d'azotates et de phosphates, enfin de la silice. La totalité des matières dissoutes varie avec les cours d'eau entre des limites assez étendues. La Garonne et la Loire donnent 130 grammes par mètre cube de résidus d'évaporation ; le Rhône, 120 grammes ; la Seine, de 180 à 400 grammes. L'observation montre que la proportion de ces matières va en diminuant lorsqu'on remonte vers la source.

A toutes ces substances il faut encore ajouter une assez forte dose d'ammoniaque, de principes organiques, de

microbes et même d'êtres vivants de dimensions plus volu-
mineuses. La présence des plantes vertes n'offre aucun inconvénient, en raison de l'action réductrice de la chlorophylle
sur l'air en dissolution, action qui augmente la teneur en oxygène de cet air ; mais il n'en est pas de même d'un certain
nombre de microbes pathogènes. Il semble démontré, depuis
quelques années, que l'eau est le véhicule préféré des microbes
du choléra et de la fièvre typhoïde. A l'aval des grandes villes,
le déversement des eaux d'égout est une cause d'insalubrité
des plus sérieuses, qui rend les eaux absolument impropres
à l'alimentation, au moins sur un certain parcours.

En résumé, la composition des eaux de rivières est extrêmement variable et dépend non seulement des terrains dans
lesquels est tracé le lit, de la forme de ce lit, de sa déclivité,
mais encore des végétaux qui en couvrent les rives, des
époques de l'année et d'une foule de circonstances locales.

Au point de vue de l'alimentation, les eaux de rivières sont
d'un emploi général dans les villes de moyenne importance
qui ne peuvent s'offrir le luxe d'une dérivation coûteuse d'eau
de source et d'une double distribution pour les services privé
et public ; les meilleures de ces eaux sont celles des grands
fleuves à régime stable et cours rapide, coulant sur un sol
siliceux ; d'ailleurs, les procédés de filtration aujourd'hui si
perfectionnés permettent de les améliorer, sinon dans leur
composition chimique, au moins pour la limpidité. Dans les
grands centres possédant la double canalisation, l'eau de
rivière convient parfaitement pour le service public dans la
rue : lavage, arrosage, chasses dans les égouts, et, en général,
pour tous les usages n'exigeant pas une eau constamment
fraîche et limpide comme celle destinée à la boisson. Il
importe cependant que cette eau ne soit pas trop chargée de
matières solides en dissolution ou en suspension ; une eau
très calcaire favorise les dépôts adhérents de carbonate de
chaux à l'intérieur des conduites et des chaudières ; la présence de sels déliquescents est un inconvénient sérieux pour
les eaux destinées à la fabrication du mortier.

9. Eaux de lacs. — Les eaux de lacs offrent certaines ana-
logies avec les eaux de rivières ; leur composition dépend

encore de la nature des roches qui constituent la cuvette du lac et des sources qui l'alimentent; mais leur limpidité est généralement supérieure. Les lacs forment, en effet, de grands bassins de décantation dans lesquels les eaux peuvent se dépouiller de toutes les matières solides qu'elles tiennent en suspension.

Au Bouveret, où le Rhône entre dans le lac Léman, les eaux du fleuve sont constamment troubles et chargées de limon; un observateur placé sur les côtes de Lavaux les distingue nettement de celles du lac qui ont une coloration bleue; à Genève, où le fleuve sort du lac, toute trace de limon a disparu et les eaux sont d'une limpidité remarquable.

Quelques analyses, faites sur les eaux de différents lacs, semblent établir qu'elles sont moins chargées de matières en dissolution que les eaux de rivières. Le lac Rachel en Bohême ne contient que 69 grammes de substances dissoutes par mètre cube ; le lac de Zurich en contient, il est vrai, 139 grammes.

10. **Eau de source.** — L'eau de source est toujours plus froide et moins aérée que l'eau de rivière; elle tient en dissolution les mêmes principes gazeux que l'eau de pluie : azote, oxygène, acide carbonique, ammoniaque, etc. ; la proportion d'acide carbonique est ordinairement plus forte que dans l'eau de pluie; c'est l'inverse pour l'ammoniaque. Les matières solides dissoutes sont empruntées aux couches que baigne la nappe et aux différents terrains traversés par l'eau; on y trouve quelques composés organiques, mais en petite quantité, des sels minéraux : chlorures et sulfates, de la silice e surtout du carbonate de chaux. L'ensemble des matières dissoutes est d'ailleurs très variable : 225 grammes dans la Vanne, 240 grammes dans l'Avre, 295 grammes dans la Dhuis. La figure 2 représente une goutte d'eau de Vanne vue au microscope.

Les meilleures eaux de sources sortent des terrains constitués de sables siliceux; elles sont de mauvaise qualité quand l'eau a lavé des terrains d'alluvions chargés de matières organiques, ou des couches de gypse, de sel gemme, etc. Elles sont souvent médiocres dans un sol calcaire, car l'acide carbonique issu de la décomposition des corps organiques dissout de fortes proportions de carbonates calcaires et magnésiens.

Les eaux de sources sont celles que l'on préfère en France pour l'alimentation, surtout pour la boisson; malheureuse-

FIG. 2.

ment on ne les trouve pas toujours à proximité des villes, et leur dérivation entraîne des dépenses considérables que peuvent seules supporter les cités importantes. Dans une communication, faite en 1892 à la Société de Médecine publique, M. Bechmann, Ingénieur en chef des Ponts et Chaussées, a fait connaître que sur 691 villes françaises:

112 villes boivent de l'eau de rivière,
219　—　　　　　—　source,
215　—　　　　　—　nappe,
145　—　ont une alimentation mixte (eau de source et eau de nappe).

Ces différences dans la provenance de l'eau n'ont, paraît-il, aucune influence sur le chiffre de la mortalité, qui est de 25,5 pour 1.000 dans les villes alimentées en eau de rivière, 25,5 pour 1.000 dans celles desservies par l'eau de source

23 pour 1.000 en eau de nappe, 25 pour 1000 dans les villes ayant une alimentation mixte.

La supériorité des eaux de sources sur les eaux de rivières tient principalement à leur limpidité, à leur fraîcheur et au peu de substances organiques qu'elles tiennent en dissolution. La température de l'eau de rivière se rapproche sensiblement de celle de l'air ambiant et varie avec les saisons. Les eaux de sources, au contraire, conservent une température à peu près invariable d'un bout de l'année à l'autre; on ne constate guère qu'une élévation de 2° du mois de janvier au mois d'août. Cette invariabilité tient à ce que, l'écorce terrestre étant mauvaise conductrice de la chaleur, les variations de la température atmosphérique ne se répercutent qu'à une très faible profondeur.

Les *eaux de puits* ont la même origine que celles de sources, et leur composition est souvent analogue; elles sont également fraîches et peu aérées; dans certains cas, ces eaux tiennent en dissolution de fortes proportions de matières fixes et sont impropres à la cuisson des aliments. Le sous-sol de Paris contient une couche de gypse qui rend les eaux de puits très séléniteuses; on y trouve jusqu'à 2 grammes par litre de sulfate de chaux.

Les puits creusés dans le voisinage des rivières ne sont pas toujours alimentés par l'eau de la rivière, comme on pourrait le supposer, mais par celle des nappes souterraines qui coulent près du thalweg à un niveau ordinairement plus élevé. L'eau des puits de l'île Saint-Louis, à Paris, n'est pas moins séléniteuse que celle des puits situés à plusieurs kilomètres de la Seine. Un puits de 9 mètres de profondeur, placé à 96 mètres de la Seine et épuisé pendant quinze jours avec deux pompes, marquait 46° à l'hydrotimètre, alors que l'eau de Seine n'accusait que 18°.

L'inconvénient des puits ordinaires, qui rendent néanmoins de très grands services dans les campagnes, est de se trouver à proximité des habitations; les eaux résiduaires que l'on jette sur le sol, celles qui s'échappent des fosses d'aisances ou des tas de fumier, ou encore les eaux qui coulent dans les cimetières, s'infiltrent dans la terre, traversent les parois des puits et viennent contaminer la nappe en lui

apportant des matières organiques, des sels ammoniacaux,
de l'acide azotique, des microbes, etc. On a cité plus d'un
exemple, rigoureusement contrôlé, où un puits ainsi contaminé a provoqué une épidémie locale de fièvre typhoïde.
M. J. Lefort a cité le puits du presbytère de Saint-Didier
(Allier), voisin du cimetière, qui donnait une eau d'une odeur
absolument repoussante.

Les eaux de *puits artésiens*, issues le plus souvent des
couches profondes du sol, ne sont employées qu'accidentellement pour l'alimentation ; elles sont généralement très
pures, mais chaudes et mal aérées.

11. Eaux d'étangs et de marais. — Elles proviennent presque
toujours du ruissellement de l'eau de pluie sur un sol argileux non perméable ; ces eaux sont mal aérées et contiennent
peu de matières minérales en dissolution ; leur température
est des plus variables.

Lorsque l'étang entretient une végétation abondante, on y
trouve des gaz d'une odeur infecte : carbures et hydrogène
sulfuré, beaucoup de matières organiques en décomposition,
des algues, microbes, infusoires, etc.

Toutes ces eaux sont impropres à la boisson et ne peuvent
être absorbées qu'après avoir bouilli.

CHAPITRE II

DE LA QUALITÉ DES EAUX

CARACTÈRES DES EAUX POTABLES

12. La ville qui se propose d'aménager certaines eaux pour son alimentation doit, tout d'abord, se préoccuper de leur composition et s'assurer qu'elles sont potables. Plus loin on parlera de l'analyse des eaux; mais on indiquera dès maintenant les conditions qu'elles doivent remplir en général pour être reconnues potables.

13. Caractères généraux. — Les eaux douces ne sont utilisables pour l'alimentation qu'autant qu'elles remplissent certaines conditions de fraîcheur et de goût, et surtout qu'elles peuvent être absorbées sans aucun danger pour l'économie. D'après Belgrand, l'eau potable doit pouvoir être consommée telle qu'elle sort des conduites publiques, et l'on peut apprécier sa valeur par l'état de santé des populations qu'elle alimente.

M. Troost précise les conditions en disant qu'une eau est potable lorsqu'elle est fraîche, limpide, sans odeur, d'une saveur faible, mais agréable, et dépourvue de matières organiques. Il faut, en outre, que, de par les matières minérales qu'elle contient, cette eau ne soit ni saumâtre, ni douceâtre, qu'elle cuise les légumes en les ramollissant, qu'elle puisse dissoudre le savon sans trop former de grumeaux et que l'ébullition ne la rende pas sensiblement trouble. Boussingault ajoute que l'eau potable doit encore être légère et contenir de l'air en dissolution; l'eau des glaciers insuffisamment aérée est d'un goût fade et d'une digestion laborieuse.

14. Température. — La température d'une eau de boisson doit, autant que possible, sous notre climat, rester comprise entre 7° et 15°, avec une moyenne de 11°; c'est la température moyenne des eaux de sources, à Paris. L'eau tiède fatigue l'estomac; au-dessous de 5°, l'eau donne une sensation agréable en la buvant, mais provoque des coliques et rend la digestion plus difficile. Ces limites n'ont évidemment rien d'absolu : nombre de localités ne sont desservies que par de l'eau de rivière dont la température suit sensiblement celle de l'atmosphère, et ne s'en portent pas plus mal. Les Chinois boivent leur thé bouillant, et les Groenlandais n'absorbent que de l'eau de fusion de la glace, sans aucun inconvénient pour leur santé.

15. Limpidité. — La limpidité parfaite n'existe que dans l'eau filtrée complètement débarrassée des matières en suspension; les eaux naturelles ne sont jamais dans ce cas; leur limpidité est plus ou moins grande, suivant la proportion de matières qu'elles charrient.

Pratiquement, on admet qu'une eau est limpide, ou *claire*, lorsqu'un objet de couleur blanche et de 1 décimètre carré de surface s'aperçoit nettement à 0m,50 de profondeur; elle est *louche* ou *trouble*, suivant que l'on distingue encore l'objet ou qu'on ne le voit plus du tout. Le service des eaux de Paris apprécie le degré de limpidité des eaux de sources par la profondeur à laquelle un disque blanc, en fonte émaillée, de 0m,25 de diamètre, descendu horizontalement dans le réservoir, cesse d'être visible. Lorsque la Dhuis est claire, ce disque s'aperçoit jusqu'à 1m,50, et un objet volumineux, immergé au fond du réservoir, à 4m,50 de profondeur, se distingue encore assez bien.

L'eau trouble ne saurait être utilisée pour l'alimentation : outre la répugnance naturelle qu'elle inspire comme boisson, elle engorge les tuyaux de conduite et les appareils de distribution, et fatigue les organes des pompes de refoulement.

On peut évaluer approximativement la proportion de matières que contient une eau trouble en se servant des remarques de Belgrand : avec 1/1000e de produits en suspension, une pièce de 5 francs à faces brillantes, descendue au fond d'un vase et recouverte de l'eau à essayer, cesse d'être visible dès que la tranche d'eau dépasse $0^m,05$; avec $1/40000^e$, il faut 1 mètre de liquide pour obtenir le même résultat.

Il est bien rare que les eaux de rivière soient franchement limpides; elles sont plutôt louches, et deviennent troubles en temps de crue, surtout lorsqu'elles lavent des terrains meubles. A Paris, la Seine reste trouble quatre-vingts jours par an, en moyenne.

Pour classer les eaux de la Meuse d'après leur limpidité, M. Putzeys, ingénieur belge, s'est servi de tubes métalliques, au nombre de cinq, de $0^m,10$ à $0^m,50$ de longueur, fermés à vis par des oculaires en verre, et d'une série de dix caractères typographiques de grandeur décroissante depuis $17^{mm},5$ jusqu'à $1^{mm},75$; ces caractères étaient numérotés de 1 à 10. L'une des lunettes étant pleine de l'eau à essayer et dirigée vers la lumière, cet ingénieur plaçait l'œil à l'un des oculaires et faisait défiler devant l'autre la série des caractères typographiques; si, par exemple, le n° 5 était nettement aperçu avec la lunette de $0^m,40$, l'échantillon d'eau était coté 40-5.

16. Sels minéraux et métaux en dissolution. — La présence des sels minéraux a son importance, à cause de l'action reconstituante que certains d'entre eux exercent sur l'organisme pour l'entretien des tissus et le développement du système osseux. Sans parler des eaux minérales proprement dites, dont quelques-unes jouissent de propriétés précieuses pour le traitement de certaines affections déterminées, les médecins ont observé depuis longtemps que les habitants des montagnes, alimentés uniquement par le produit de la fonte des glaciers, eau fort peu minéralisée en général, se développent plus difficilement que les autres. Dans plusieurs cantons de la Guyane, où la terre et les eaux sont très pauvres en sels calcaires (carbonate, sulfate, phosphate), les médecins ont remarqué sur les habitants une certaine lenteur dans la consolidation des fractures et un accroissement sensible de la durée de l'ossification normale.

On sait aujourd'hui, par expérience, qu'une bonne eau de boisson doit contenir de 150 à 500 milligrammes par litre de matières minérales, dont la moitié de carbonate de chaux lorsque la proportion est inférieure à 150 milligrammes, l'eau est fade et désagréable à boire ; les eaux calcaires (*eau crue* ou *lourde*), où la proportion dépasse 500 milligrammes, se troublent par l'ébullition, fatiguent l'estomac, cuisent difficilement les légumes et incrustent les tuyaux de conduite et les chaudières. Il en est de même des eaux séléniteuses contenant plus de 300 milligrammes par litre de sulfate de chaux, et de celles qui détiennent en excès des sels magnésiens (sulfate et chlorure) et du chlorure de calcium.

Pour le sel marin, un demi-gramme par litre rend l'eau saumâtre et impropre à la boisson, sans cependant la rendre dangereuse.

La présence des bromures, azotates, sels ammoniacaux, offre peu d'inconvénients tant que la dose ne dépasse pas 100 milligrammes par litre ; celle des composés à base de mercure, de cuivre, zinc, etc., doit toujours faire tenir l'eau pour suspecte.

Le fer existe principalement à l'état de sulfate et de bicarbonate ; l'eau qui en renferme un excès prend une saveur caractéristique. La quantité de ce métal précipitable par l'hydrogène sulfuré ne doit pas dépasser 3 milligrammes par litre.

Le plomb est un métal toxique dont la présence dans l'eau, même en petite quantité, est une cause d'insalubrité. Plusieurs accidents, causés par l'eau du lac Katrin, en Écosse, ont été attribués, à tort ou à raison, à l'emploi de tuyaux en plomb dont les parois s'étaient trouvées attaquées par le liquide. L'eau chimiquement pure attaque le plomb, l'action est d'autant plus intense que ce métal se trouve moins pur ; les couples électriques qui s'établissent aux points non homogènes provoquent la dissolution du plomb. Mais avec les eaux naturelles, cette action est toujours très atténuée, car le carbonate de chaux en dissolution réagit sur le plomb dissous pour former presque aussitôt un vernis protecteur de carbonate de plomb qui suspend l'altération. En réalité, les tuyaux de plomb sont employés de temps immémoriaux pour la distribution de l'eau dans les villes, et l'expérience montre que cet emploi est sans danger pour le consommateur. Tout au plus y a-t-il lieu, chaque matin, où après une période de vacances, de faire couler l'eau qui a séjourné dans les tuyaux avant d'effectuer un puisage.

17. Gaz en dissolution. — Les gaz en dissolution dans l'eau sont empruntés à l'atmosphère ; on y trouve des proportions variables d'oxygène, d'azote, d'acide carbonique, et souvent quelques traces d'ammoniaque, d'hydrogène sulfuré, de gaz de l'éclairage et d'acide azotique. L'oxygène joue un rôle prépondérant, à cause de son action réductrice sur les composés organiques ; une diminution notable de ce gaz indique ordinairement que l'eau est riche en substances organiques et en microbes, c'est-à-dire impure. A l'aval de Paris, l'eau de la Seine polluée par le produit des égouts et de la navigation est presque complètement dépourvue d'oxygène ; la proportion ne redevient normale qu'au-delà de Meulan ; la lumière et l'air sont les principaux agents de cette régénération spontanée.

D'après Boussingault, une eau potable doit renfermer de 20 à 50 centimètres cubes de gaz dissous par litre, soit environ : 30 0/0 d'oxygène, 63 0/0 d'azote, et 7 0/0 d'acide carbonique. D'autres chimistes estiment que 8 à 12 milligrammes par litre est une bonne moyenne d'oxygène dissous. La dose d'ammoniaque ne doit pas dépasser 1 milligramme par litre ; l'acide azotique, 2 milligrammes. L'hydrogène sulfuré, les carbures, le gaz de l'éclairage, doivent être totalement absents en raison de leur forte odeur caractéristique.

Les eaux courantes sont presque toujours suffisamment aérées, les eaux de sources également ; mais il n'en est pas de même de certaines eaux stagnantes : eaux de mares ou d'étangs, et de celles qui proviennent de la fonte de la neige et des glaciers. On a cru pendant longtemps que le goître, qui est endémique dans quelques régions élevées des Alpes (Valais) et des Cordillères, provenait du manque d'aération des eaux de boisson ; cette hypothèse de Boussingault est aujourd'hui sérieusement discutée ; beaucoup de médecins considèrent que l'affection goîtreuse tient plutôt à un ensemble de causes encore mal connues.

Lorsqu'une eau est insuffisamment aérée, il suffit de la faire tomber en cascade de quelques mètres de hauteur, ou

de la battre pendant quelques instants; c'est ce que font
les marins à bord pour aérer leur eau de boisson obtenue par
la distillation de l'eau de mer.

18. Matières organiques. — Les composés organiques en
dissolution ou en suspension sont plus ou moins nocifs, suivant leur nature et leur origine. La matière organique azotée
(urée, tyrosine, bactéries, débris d'insectes) d'origine animale
est bien autrement redoutable que la matière hydrocarbonée
d'origine végétale. Les eaux polluées par les résidus de certaines industries (amidonneries, tanneries, etc.) et par les
déjections humaines, débris des hôpitaux par exemple, qui
contiennent de fortes proportions d'azote albuminoïde et
très peu d'oxygène, ont une influence des plus pernicieuses
sur l'organisme. La dysenterie, la malaria et d'autres maladies épidémiques n'ont souvent pour origine que l'empoison-
nement de l'eau par des matières animales en putréfaction.
Au contraire, les débris de feuilles mortes, fragments de
bois, poils de plantes, sont généralement inertes, et leur
absorption offre moins d'inconvénients.

C'est à l'aide du microscope que les chimistes reconnaissent
les corps organisés (algues, infusoires, crustacés, bactéries, etc.) en suspension dans l'eau. La présence des algues
et des plantes vertes indique une eau de bonne qualité, et ces
végétaux l'améliorent encore à la lumière en décomposant
l'acide carbonique dont l'oxygène vient détruire les substances organiques; exception est faite pour les plantes
dépourvues de chlorophylle qui absorbent de l'oxygène en
dégageant de l'acide carbonique.

Nous donnons (*fig. 3*) la composition d'une goutte d'eau de
Seine, puisée au pont des Invalides. Le rapprochement des
figures 2 et 3 montre la pureté relative de l'eau de la Vanne.

Au point de vue de la teneur en composés organiques, le
Comité consultatif d'Hygiène de France classe les eaux de la
façon suivante :

	Par litre
Eau très pure, moins de...........	8^{mg},00
— potable, avec.................	16^{mg},00
— suspecte, entre.............	24^{mg},00 et 32^{mg},00
— mauvaise, au-dessus de.......	32^{mg},00

A Montsouris, M. Albert Lévy dose la matière organique par le poids d'oxygène qu'elle emprunte à une solution alcaline de permanganate de potasse (27). L'eau est très pure

Fig. 3.

lorsque ce poids ne dépasse pas 1 milligramme par litre ; elle reste potable jusqu'à 2 milligrammes. Ces limites, comme toutes les précédentes, sont évidemment relatives et ne doivent être considérées que comme des indications générales ; tout dépend de la nature des matières organiques. Bien des eaux utilisées depuis longtemps pour la boisson, sans aucun inconvénient, donneraient à l'analyse plus de 2 milligrammes par litre.

19. Microbes. — A côté des corps organisés plus ou moins volumineux dont le microscope décèle la présence, existent d'autres organismes non moins intéressants, tellement petits et transparents qu'ils ne peuvent être aperçus qu'après avoir été colorés ; ce sont les microbes proprement dits, ou bactéries, et leurs spores. Ces infiniment petits, auxquels la médecine contemporaine paraît attribuer une importance pathologique considérable, ont leur origine dans les remar-

quables travaux de Pasteur sur la génération spontanée, travaux qui ont établi que l'eau, l'air, le corps de l'homme, celui des animaux et des végétaux, contiennent des êtres vivants en très grande quantité.

Les microbes appartiennent à la famille des algues (micrococcus, ascococcus, bacilles) et à celle des champignons (levures, mucédinées); la figure 4 représente le *Bacillus*

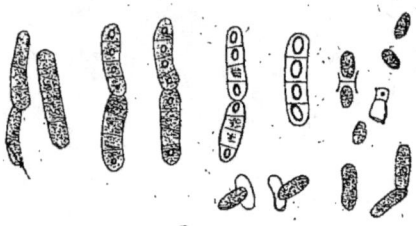

FIG. 4.

megatherium, qui se développe dans l'eau au milieu des algues putréfiées; sa largeur ne dépasse pas 2µ,5 ou un quatre centième de millimètre, et sa longueur 9µ. Le µ est une mesure microscopique qui vaut un millième de millimètre. La figure 5 montre des bacilles du choléra groupés ou isolés.

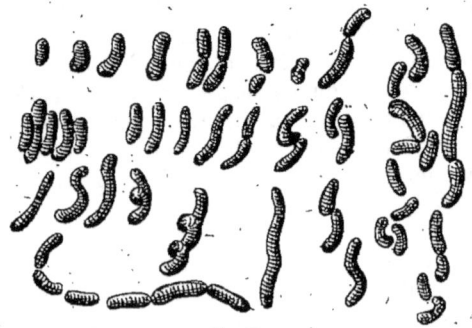

FIG. 5.

Il y a des microbes qui ne peuvent vivre et se développer qu'en présence de l'air auquel ils empruntent de l'oxygène

libre : ce sont les microbes *aérobies;* d'autres, au contraire,
dits *anaérobies*, — le *Bacillus septicus* de Pasteur est dans ce
cas, — redoutent l'action de l'oxygène ; mais les anaérobies
sont rares dans les eaux, si ce n'est dans celles d'égout.

Toutes les eaux contiennent des microbes en plus ou
moins grande quantité suivant leur degré d'impureté; placés
d'ailleurs dans certaines conditions favorables, ces organismes se multiplient avec une prodigieuse rapidité ; c'est
ainsi que leur nombre s'accroît notablement, en raison de la
température et des heures qui suivent le puisage de l'eau.

Beaucoup de microbes ne sont point nocifs à la santé ;
mais d'autres se développent dans le corps de l'homme et
dans celui des animaux, en y engendrant de redoutables
maladies; ce sont les microbes *pathogènes;* tels sont parmi
les plus connus ;

Le *Bacillus*......
{
du tétanos (Nicolaier)
anthracis (Davaine)
Coli communis ou d'Escherich
(matières fécales)
pyocyaneus (Gessard)
typhique ou d'Ebert
septicus (Pasteur)
}

Spirillum choleræ ou kommabacillus (Koch).

L'acide phénique ne tue pas les microbes, la congélation
de l'eau pas davantage; la glace que l'on forme avec une
eau contaminée est aussi dangereuse que cette eau elle-
même. Au cours d'une série d'expériences effectuées à Berlin
en 1895, des bacilles, spores, diatomées, microcoques, etc., ont
pu supporter des températures variant de — 50° à — 150°,
et se développer ensuite normalement aussi bien que
d'autres germes non refroidis. L'ébullition de l'eau paraît
seule détruire les microbes.

L'analyse bactériologique est le complément de l'examen
microscopique; elle détermine, au moins approximativement,
le nombre de bactéries que contient une eau, suit le développement de chaque espèce, et cherche à caractériser son
rôle sur l'économie. Mais, s'il est facile aujourd'hui de compter exactement le nombre total de colonies de microbes que
contient 1 centimètre cube d'eau, la détermination des

espèces, qui est la question la plus importante, présente encore de grandes incertitudes. « Il y a quelques années, dit le Dr Fleury[1], le bacille typhique était considéré comme une espèce bien nette que l'on ne pouvait confondre avec aucune autre ; actuellement son identité est fortement contestée quand on le trouve à côté du *Coli communis* » (33).

En exceptant les espèces pathogènes, les chimistes classent les eaux comme il suit, au point de vue de leur teneur en bactéries :

		Bactéries par centimètre cube	
Eaux très bonnes..........	0	à	50
— bonnes	50	à	500
— médiocres............	500	à	3.000
— mauvaises	3.000	à	10.000
— très mauvaises.......	10.000	à	100.000

Le chiffre de cent mille bactéries par centimètre cube peut paraître prodigieux ; mais un simple calcul montre que le volume total de cette multitude d'êtres ne représente qu'une fraction extrêmement petite du centimètre cube. Prenons, par exemple, l'un des bacilles de la figure 4 ; sa largeur est $2\mu,5$, sa longueur 9μ, et son volume $50\mu^3$ environ ; cent mille de ces bacilles représentent donc un volume de $5 \times 10^6\mu^3$. D'un autre côté, comme la capacité du centimètre cube en fonction de μ est $10^{12}\mu^3$, et que l'on a :

$$\frac{10^{12}\mu^3}{5 \times 10^6\mu^3} = \frac{10^6}{5} = 200.000,$$

on voit que cent mille mégathériums contenus dans 1 centimètre cube d'eau n'y occupent que la deux cent millième partie de ce volume.

20. Pour résumer tout ce qui est relatif à la composition normale d'une eau potable et aux limites entre lesquelles doivent se maintenir, en général, les principaux éléments qui la constituent, on indiquera la classification des eaux actuellement adoptée par le *Comité consultatif d'Hygiène de France*. Les poids sont évalués en milligrammes par litre.

[1] Dr Émile FLEURY, *Manuel d'Hydrologie*.

DÉSIGNATION DES ÉLÉMENTS	EAU PURE	POTABLE	SUSPECTE	MAUVAISE
Degré hydrotimétrique total	0° à 15°	15° à 30°	plus de 30°	plus de 100°
— après ébullition	2° à 5°	5° à 12°	12° à 18°	— 20°
Chlore, par litre	moins de 15^{mg}	moins de 40^{mg}	50 à 100^{mg}	— 100^{mg}
Acide sulfurique, par litre	2 à 5^{mg}	5 à 30^{mg}	plus de 30^{mg}	— 50^{mg}
Matière organique (en oxygène) par litre	moins de 1^{mg}	moins de 2^{mg}	de 3 à 4^{mg}	— 4^{mg}
Produits volatils au rouge sombre	moins de 15^{mg}	moins de 40^{mg}	40 à 70^{mg}	— 70^{mg}
Nombre de bactéries par centimètre cube	moins de 1.000	1.000 à 5.000	plus de 10.000	plus de 100.000

ANALYSE DES EAUX

21. Examen préliminaire. — Pour se faire une première idée de la valeur d'une eau, on commence par en examiner la couleur, la fraîcheur, la limpidité, l'odeur et la saveur ; il est bon de renouveler cet examen un certain nombre de fois sur des échantillons d'eau différents. Si cette eau forme un ruisseau ou un bassin de quelque étendue, on observe les terrains qu'elle baigne, les bords du cours d'eau, et l'on examine aussi la nature de la flore aquatique.

L'eau incolore sous une faible épaisseur, et d'une belle couleur bleue en tranche plus épaisse, est généralement pure ; les colorations vertes et brunes indiquent des eaux saturées de microbes et de composés organiques en putréfaction, c'est-à-dire impures.

Lorsque sa température se rapproche de celle de l'air ambiant, l'eau provient presque à coup sûr du ruissellement ou d'une nappe superficielle ; celle qui émerge des couches profondes du sol conserve toute l'année une température invariable, égale à la température moyenne du sol à l'endroit où elle vient au jour.

L'odeur s'apprécie beaucoup mieux en chauffant l'eau jusqu'à 40° environ ; on lave l'intérieur d'un verre avec cette eau et l'on aspire ensuite par le nez. L'eau de bonne qualité, conservée en vase clos, doit rester inodore quinze jours au moins.

L'eau de saveur saumâtre détient en excès du sulfate de chaux ou du sel marin ; les sels de magnésie lui communiquent un goût d'amertume, et les composés de l'alumine une saveur terreuse.

D'après Gérardin, le cresson de fontaine est la plus délicate des plantes aquatiques ; comme les truites et les écrevisses, on ne le rencontre que dans les eaux excellentes. Les épis d'eau et les véroniques ne poussent que dans les eaux de bonne qualité. Les roseaux, les patiences, les

ciguës, les nénuphars, s'accommodent des eaux médiocres.
Les carets ne vivent que dans les eaux très médiocres.

22. Examen approfondi. — L'examen préliminaire de l'eau
fournit de précieuses indications sur son origine et sa valeur
alimentaire; mais sa composition exacte ne peut être connue
que par l'analyse.

Une analyse d'eau complète comprend la triple série
d'opérations suivantes :

1° L'*analyse chimique* proprement dite par les pesées ou
l'hydrotimétrie ;

2° L'*examen microscopique* des dépôts que l'eau forme par
le repos;

3° L'*analyse bactériologique.*

Ces opérations, qui sont des plus délicates, exigent un
laboratoire bien appareillé, un grand nombre de réactifs
plus ou moins coûteux, une très grande pratique, et surtout un temps considérable. Au surplus, malgré de sérieux
progrès, les résultats obtenus sont encore incertains, peu
comparables entre eux, parfois même contradictoires, et
souvent hors de proportion avec la peine qu'ils ont nécessitée.

On passera rapidement sur cette question de l'analyse des
eaux, qui sort quelque peu du domaine du conducteur;
les lecteurs désireux de l'approfondir consulteront avec
intérêt les ouvrages spéciaux de Lefort, du Dr Miquel, du
Dr Roux, etc.

Autrefois on faisait toujours l'analyse chimique complète
d'une eau, sans se préoccuper de l'examen microscopique,
et encore moins de l'analyse bactériologique qui n'était pas
créée. Mais le procédé est devenu beaucoup trop long lorsqu'il a fallu analyser toutes les eaux du bassin de la Seine
pour l'alimentation de Paris, et qu'il a été également question d'analyser toutes les eaux de la France. De nos jours
l'analyse chimique est rarement complète; on se contente
de doser les éléments principaux de l'eau, et surtout les
substances réputées nuisibles qu'elle peut contenir. Après
quelques essais qualitatifs, on détermine le résidu solide
sec, puis la teneur en chaux, en magnésie, en chlore, en

acide sulfurique, en matières organiques, et enfin la proportion d'oxygène dissous; souvent même, dans un premier
examen, on se borne au dosage approximatif des sels de
chaux et de magnésie par la méthode hydrotimétrique.

I. — ANALYSE CHIMIQUE

23. Dosage des gaz. — Le dosage approximatif des gaz en
dissolution : acide carbonique, oxygène, azote, s'effectue
au moyen d'un ballon pouvant contenir 4 litres d'eau, et
muni d'un tube recourbé que l'on fait déboucher sous une
éprouvette graduée placée sur une cuve à mercure. Cet appareil se trouve décrit dans tous les traités de chimie.

Le ballon plein étant disposé sur un fourneau et l'eau
chauffée jusqu'à l'ébullition, les gaz se dégagent et vont se
réunir dans l'éprouvette où on peut mesurer leur volume
total. Cela fait, on absorbe l'acide carbonique par quelques
pastilles de potasse, ou par une solution de la même base,
et l'on note la diminution du volume des gaz, laquelle représente celui de l'acide carbonique à la température et
à la pression de l'expérience. On fait ensuite arriver dans
l'éprouvette une solution d'acide pyrogallique qui absorbe
l'oxygène, et l'on note une seconde fois la diminution du
volume qui représente alors celui de l'oxygène. Le résidu
est le volume de l'azote. Pour convertir les volumes en
poids, il suffit de les multiplier par les densités respectives
de chaque gaz et par le poids du litre d'air.

Le poids de l'oxygène s'obtient avec plus d'exactitude par
le procédé de MM. Schutzenberger et Gérardin (28).

24. Essais qualitatifs. — Ces essais ont pour but de ren-
seigner le chimiste sur la nature des substances contenues
dans l'eau.

La présence du carbonate de chaux est accusée par le
dépôt qui accompagne une ébullition prolongée, ou par le
précipité blanc que l'on obtient après que l'on a sursaturé
d'acide acétique et ajouté une solution d'oxalate d'ammoniaque. S'il existe des sulfates, l'azotate de baryte versé dans

un verre d'eau additionné de quelques gouttes d'acide azotique, fournit un précipité de sulfate de baryte.

Les chlorurés se reconnaissent au précipité blanc de chlorure d'argent qui se produit lorsqu'on verse un peu d'azotate d'argent dans 40 centimètres cubes d'eau additionnée d'acide azotique pur.

Pour les matières organiques, on fait appel au chlorure d'or; leur présence se manifeste par la coloration violette, puis bleuâtre, que prend l'eau en ébullition quand on y verse quelques gouttes de ce réactif; une eau dépourvue de substances organiques prend une coloration jaune. On peut encore reconnaître ces substances par une solution de permanganate de potasse, qui se décolore lorsqu'on la verse goutte à goutte dans l'eau en ébullition.

Les azotites et les azotates que l'on rencontre dans l'eau sont surtout ceux d'ammoniaque, de chaux et de potasse. S'il existe des azotites, un peu d'acide sulfurique joint à une solution d'iodure de potassium amidonnée produit immédiatement une coloration bleue; avec les azotates, la couleur bleue n'apparaît qu'après que ces sels ont été ramenés à l'état d'azotites en plongeant dans l'eau une lame de zinc.

Pour reconnaître l'ammoniaque et ses sels, on prend 20 centimètres cubes d'eau, on y verse 5 centimètres cubes d'une solution de potasse caustique au tiers, et on laisse déposer le précipité; si, en ajoutant ensuite 5 centimètres cubes de réactif de Nessler, on obtient une coloration orange ou un précipité brun, il existe de l'ammoniaque.

Enfin le plomb lui-même se reconnaît à la coloration brune que l'on obtient quand on fait arriver un courant d'hydrogène sulfuré dans un demi-litre d'eau filtrée et additionnée d'acide acétique.

25. Dosage des matières solides. — Résidu sec. — Les analyses d'eau s'effectuent sur des volumes variables depuis 100 centimètres cubes jusqu'à 1 litre; cela dépend de la quantité de matières étrangères que l'eau contient; en fin de compte, on rapporte tout au litre.

Pour doser le résidu solide en dissolution, on évapore à l'étuve à 100°, quelquefois à 120° et même 180°, 250 centimètres cubes d'eau bien décantée ; le volume doit être très exactement mesuré. L'eau est versée dans une capsule en porcelaine dont on connaît le poids ; à la fin de l'opération, lorsque toute l'eau est évaporée, on pèse une seconde fois la capsule ; l'augmentation de poids représente évidemment celui du résidu sec. Les pesées se font toujours par la méthode de Borda (*Physique*, 11).

On dose les matières en suspension en filtrant plusieurs litres d'eau sur un filtre préalablement desséché et taré ; lorsque toute l'eau a passé, on dessèche de nouveau à l'étuve, puis on repèse le filtre ; la différence de poids représente le résidu insoluble.

26. **Dosage de la chaux, du chlore et de l'acide sulfurique.** — On dose d'abord la *chaux* totale, soluble et insoluble, puis la chaux à l'état de sels solubles, sulfate ou chlorure ; la chaux insoluble s'obtient par différence.

Pour doser la chaux totale, on la précipite à l'état d'oxalate de chaux insoluble par l'oxalate d'ammoniaque et l'acide acétique ; le précipité est recueilli sur un filtre en papier d'analyse et brûlé dans un creuset en platine avec quelques gouttes d'acide sulfurique. Lorsque les fumées blanches cessent de se dégager, le creuset ne contient plus que du sulfate de chaux qu'il suffit de peser. En multipliant le poids par 0,411, on obtient celui de la chaux totale.

La chaux en dissolution à l'état de sulfate ne peut se doser qu'après une ébullition prolongée ; on filtre comme précédemment, puis l'on pèse.

Pour le *chlore*, on verse quelques centimètres cubes d'acide nitrique pur dans 100 centimètres cubes d'eau, et l'on précipite par une solution de nitrate d'argent ; il faut laisser déposer dans l'obscurité. L'eau est ensuite filtrée sur un filtre taré, et le précipité séché et pesé. Le chiffre trouvé doit être multiplié par 0,247 pour obtenir le poids du chlore.

L'*acide sulfurique* existe surtout à l'état de sulfate ; on le dose en prenant 500 centimètres cubes d'eau que l'on acidule avec 5 centimètres cubes d'acide chlorhydrique, et l'on ajoute une solution d'azotate de baryte ; en portant à l'ébullition, il se produit un précipité de sulfate de baryte.

Après le filtrage, le précipité doit être lavé jusqu'à ce que la liqueur devienne neutre, puis séché à l'étuve et incinéré dans un creuset de platine.

Pour obtenir le poids de l'acide sulfurique anhydre, il faut multiplier celui du résidu de sulfate de baryte par 0,344; en multipliant par 0,583, on exprime l'acide sulfurique à l'état de sulfate de chaux.

Pour le dosage de l'*azote*, on consultera les ouvrages spéciaux. Dans une analyse complète, cet élément se dose sous trois formes : 1° à l'état d'*azote ammoniacal* (ammoniaque libre et sels ammoniacaux); 2° sous forme d'*azote nitrique;* 3° à l'état d'*azote organique ou albuminoïde* (azote des matières organiques). Souvent on ne recherche que les deux premiers azotes.

La magnésie se dose par le précipité de phosphate ammoniaco-magnésien que l'on obtient avec une solution saturée de phosphate de soude, en présence de l'ammoniaque.

27. Dosage des matières organiques. — Ce dosage s'effectue de plusieurs façons; on indiquera ici le procédé de M. Albert Lévy, adopté par le Comité consultatif d'Hygiène, et qui consiste à déterminer le poids d'oxygène absorbé par la combustion de la matière organique, et emprunté à une solution alcaline bouillante de permanganate de potasse.

Dans un ballon contenant 100 centimètres cubes de l'eau à analyser, on verse 3 centimètres cubes d'une solution de bicarbonate de soude et dix centimètres cubes d'une solution de permanganate de potasse, et l'on porte ensuite à l'ébullition pendant 10 minutes environ. Après refroidissement, on acidifie la liqueur jaune par 2 à 3 centimètres cubes d'acide sulfurique pur et 5 centimètres cubes d'une solution de sulfate ferreux ammoniacal. Le liquide perd immédiatement sa couleur et acquiert une limpidité parfaite; on y verse alors goutte à goutte, avec une fiole graduée, une solution convenablement titrée de permanganate de potasse, jusqu'à ce que la couleur rose devienne persistante, et on note la quantité versée.

En recommençant l'opération avec 200 centimètres cubes

d'eau, la lecture finale fournit encore la quantité de solution de permanganate nécessaire pour amener la coloration rose.

Or la différence des deux lectures indique le poids de permanganate qui a cédé son oxygène à la matière organique, et comme on connaît le poids d'oxygène disponible dans 1 litre de la solution, il est facile de calculer le poids d'oxygène nécessaire à la combustion des matières organiques dissoutes.

28. Dosage de l'oxygène en dissolution. — Le procédé indiqué par MM. Schutzenberger et Gérardin repose sur la propriété de l'hyposulfite de soude d'être très avide d'oxygène. Ce corps réduit les sels métalliques au maximum et décolore instantanément le bleu coupier, le carmin d'indigo, etc. (Consulter le traité de *Chimie générale* de M. Schutzenberger pour la préparation et le titrage de l'hydrosulfite de soude.)

Dans 1 litre de l'eau à analyser, préalablement colorée avec du carmin d'indigo, on verse doucement la liqueur d'hydrosulfite jusqu'à ce que la décoloration soit complète; il faut noter le volume d'hydrosulfite dépensé. Immédiatement après, on reprend un second litre d'eau que l'on porte au maximum d'aération par une agitation de quelques minutes en présence de l'air. Renouvelant alors avec cette eau la réaction précédente, on obtient un second volume d'hydrosulfite supérieur au premier.

D'après la table de solubilité des gaz, on connaît la quantité d'air, et par suite d'oxygène qui, à la température de l'expérience, sature 1 litre d'eau; si donc on écrit que les quantités d'hydrosulfite dépensées dans les deux expériences sont proportionnelles aux quantités d'oxygène, on obtient immédiatement le volume d'oxygène contenu dans 1 litre d'eau; il suffit de multiplier ce volume par 1.430 pour le convertir en poids.

§ 2. — Hydrotimétrie

29. L'hydrotimétrie constitue une *méthode approximative* d'analyse qui permet d'apprécier rapidement le degré de *dureté* ou de *crudité* de l'eau, c'est-à-dire sa teneur en chaux, ou encore son aptitude plus ou moins grande à dissoudre le savon et à durcir les légumes pendant leur cuisson.

Cette méthode peu coûteuse et d'une application facile, imaginée par Clarke et perfectionnée par Boutron et Boudet, dérive de cette observation qu'une eau dépourvue de sels terreux (eau distillée), dans laquelle on verse une solution de savon, développe immédiatement, quand on l'agite, une mousse abondante et persistante. L'eau chargée de sels calcaires et magnésiens forme des grumeaux de savon insoluble, et, pour obtenir la mousse persistante, il faut y ajouter une dose de savon d'autant plus forte que l'eau est plus minéralisée. Ce savon décompose les sels terreux et combine leurs bases aux acides gras du savon. •

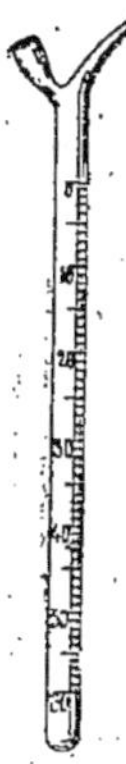

Fig. 7.

Le procédé exige une burette et un flacon hydrotimétriques gradués (*fig.* 6, et 7) ; ces appareils se trouvent dans le commerce. L'intervalle $0^{cc},0 — 2^{cc},4$

Fig. 6.

de la burette est divisé en vingt-trois parties égales et contient $2^{cc},4$, soit $0^{cc},104$ par degré hydrotimétrique. Le flacon peut contenir 100 centimètres cubes d'eau et porte quatre traits qui correspondent à 10, 20, 30, 40 centimètres cubes.

30. **Liqueur hydrotimétrique.** — Pour préparer la liqueur qui doit servir à l'essai des eaux, on prend 10 grammes de savon blanc de Marseille bien sec, que l'on fait dissoudre à chaud dans 160 grammes d'alcool à 90° ; on filtre et on ajoute 100 grammes d'eau distillée ; après un second filtrage, on remplit la burette jusqu'au trait supérieur $0^{cc},0$.

Avant d'utiliser cette liqueur, il importe de s'assurer qu'elle a le titre requis ; on l'essaye sur 40 centimètres cubes d'une solution de 1.000 grammes d'eau distillée de 0^{gr},59 d'azotate de baryte ; la couche de mousse persistante doit apparaître lorsque le niveau de la liqueur dans la burette s'arrête à la division 22. Quand cela n'a pas lieu, on corrige la liqueur par addition d'eau distillée, lorsque le nombre des divisions est inférieur à 22, par addition de savon s'il est supérieur.

La liqueur hydrotimétrique se conserve longtemps ; mais elle dépose peu à peu, il faut la titrer de temps à autre.

31. Mesure du degré hydrotimétrique. — Pour déterminer le degré hydrotimétrique d'une eau, on en verse 40 centimètres cubes dans le flacon, et l'on ajoute la liqueur goutte à goutte en ayant soin d'agiter ; lorsque la mousse devient épaisse et persistante, l'essai est terminé ; le chiffre relevé sur la burette indique le degré hydrotimétrique. Si l'on relève 23° par exemple, cela veut dire que 1 litre d'eau décompose 23 décigrammes de savon avant de le dissoudre, ou que ce litre contient environ 23 centigrammes de carbonate de chaux ou une quantité équivalente d'un autre sel terreux. Chaque degré hydrotimétrique correspond à 1 décigramme de savon neutralisé par 1 litre d'eau.

Lorsque l'eau est fortement minéralisée, les grumeaux se forment en très grande quantité à mesure que l'on verse la solution de savon et s'opposent à la formation de la mousse persistante. Il faut alors opérer sur un mélange de 20 centimètres cubes de l'eau à essayer et de 20 centimètres cubes d'eau distillée ; le degré hydrotimétrique obtenu doit être multiplié par 2.

Le tableau ci-dessous donne l'équivalent en poids d'un degré hydrotimétrique par litre d'eau :

Chaux	0^{gr},0057	Sulfate de magnésie	0^{gr},0125
Chlorure de calcium	0 ,0114	Sel marin	0 ,012
Carbonate de chaux	0 ,0103	Sulfate de soude	0 ,0146
Sulfate de chaux	0 ,014	Acide sulfurique anhydre	0 ,0082
Magnésie	0 ,004	Chlore	0 ,0073
Chlorure de magnésium	0 ,009	Savon à 50 0/0 d'eau	0 ,1061
Carbonate de magnésie	0 ,0088	Acide carbonique gazeux	0 ,0099

La méthode précédente a été généralisée par Boutron et Boudet, et permet encore de doser l'acide carbonique, le chlore à l'état de chlorures, et l'acide sulfurique à l'état de sulfates ; mais plusieurs chimistes considèrent que le dosage de la chaux offre seul quelque exactitude. Les résultats comparatifs ci-après, indiqués par M. Albert Lévy, montrent, en effet, que ce dosage est généralement satisfaisant :

	DEGRÉ HYDROTI-MÉTRIQUE	CHAUX	
INDICATION DE L'EAU		d'après le degré hydro-timétrique	d'après l'analyse chimique
	degrés	milligr.	milligr.
Vanne.........................	19,8	113	112
Dhuis.........................	24,6	123	125
Seine.........................	17,7	97	99
Ourcq.........................	34,7	148	149
Marne.........................	22,5	113	111
Puits rue de Flandre.........	50 »	238	238
Drain de Saint-Maur..........	26,8	127	127

Ajoutons que le degré hydrotimétrique d'une eau varie avec les saisons, c'est-à-dire avec la température et le débit des sources. Au réservoir de Saint-Cloud, l'eau de l'Avre marquait 12° le 3 mars 1893, 15° en avril, 18° à la fin de mai.

Au point de vue hydrotimétrique, le Comité consultatif d'Hygiène *classe* les eaux de la manière suivante :

INDICATION	EAU TRÈS PURE	EAU POTABLE	EAU SUSPECTE	EAU MAUVAISE
Degré hydrotimétrique total...	0 à 15	15 à 30	au-dessus de 30	au-dessus de 100
Degré hydrotimétrique persis-*tant* après ébullition........	2 à 5	5 à 12	12 à 18	au-dessus de 20

Le degré hydrotimétrique persistant s'observe, comme le précédent, après que l'eau a bouilli pendant un certain temps; ce degré se rapporte aux sulfates terreux, car tous les carbonates ont été précipités par l'ébullition.

DEGRÉ HYDROTIMÉTRIQUE DE QUELQUES EAUX

DÉSIGNATION DE L'EAU	DEGRÉ HYDROTIMÉTRIQUE	
	total	après ébullition
	degrés	degrés
Eau de pluie..............................	3,5	»
— du Rhône..............................	15 »	»
— de la Vanne, amenée à Paris (1892)........	19,8	5,1
— de la Dhuis — —	23,6	6,0
— de l'Avre, — —	17,7	7,0
— de l'Ourcq, — —	35,2	12,1
— de la Marne, — —	23,3	6,9
— du drain de Saint-Maur..................	24,9	8,0
— de la Seine à l'usine d'Ivry	17,8	4,8
— — — d'Austerlitz............	18,5	5,2
— — — de Chaillot...........	19,6	5,7
Puits artésiens de Grenelle et de Passy...........	9 à 12	»
Eau d'Arcueil.............................	40 à 53	»
— de Belleville........................	128 »	»
Sources du granit du Morvan..................	2 à 11	»
— des sables de la craie inférieure.........	7 à 12	»
— des sables de Fontainebleau.......	6 à 22	»
— de la craie blanche.................	12 à 17	»
— des calcaires de la Beauce...........	17 à 25	»
— du niveau des marnes vertes et des marnes de gypse, eaux sélénitenses................	23 à 155	»

§ 3. — ANALYSE BACTÉRIOLOGIQUE

32. Examen microscopique. — L'eau telle qu'on la recueille se prête difficilement à l'examen microscopique direct; pour mieux distinguer les plantes et les animaux qu'elle contient, il est nécessaire de les colorer par l'acide osmique. On fait dissoudre un demi-gramme de cet acide dans 50 centimètres cubes d'eau distillée; 2 centimètres cubes de la liqueur obtenue sont ensuite versés dans 50 centimètres cubes de l'eau à examiner; après cela, on étend la solution avec 50 centimètres cubes d'eau distillée, et on laisse déposer. Au bout de vingt-quatre heures, on décante le liquide, on délaye une parcelle du dépôt dans une goutte de glycérine, et c'est ce mélange que l'on soumet au microscope.

La figure 8 représente l'eau d'un puits de Paris (rive gauche) vue au microscope (1, Cyclops vulgaris ; 2, mycé-

Fig. 8.

lium avec spores ; 3, débris ligneux ; 4, micrococcus ; 5, dépôts organiques et terreux).

33. **Recherche des bactéries.** — La plupart des microbes ne peuvent être aperçus au microscope qu'après avoir été colorés ; leur étude exige une culture spéciale dans un milieu nutritif. La meilleure méthode est la culture sur plaques de gélatine de Koch. Voici la description qu'en donne le professeur P. Guichard[1] :

'On fait une solution de gélatine ou de gélose à 10 0/0 environ, qu'on stérilise en chauffant dans un bain-marie ou dans des tubes fermés par un bouchon percé, portant un petit tube rempli d'ouate ; on les conserve ainsi en attendant qu'on veuille s'en servir. Quand on veut faire une culture, on liquéfie le contenu d'un

1 P. GUICHARD, *L'eau dans l'industrie.*

tube à une douce chaleur, et on y fait tomber, avec une pipette stérilisée, une ou plusieurs gouttes de l'eau à étudier; on fait le mélange bien homogène en agitant doucement le liquide, puis on prend une ou plusieurs gouttes de ce tube qu'on introduit dans un deuxième, et ainsi de suite dans trois ou quatre tubes, suivant la richesse qu'on suppose à l'eau.

On coule alors la gélatine sur des plaques de verre stérilisées, c'est-à-dire chauffées d'avance à 120°, et on place ces plaques dans une étuve à 15 ou 18°. Au bout de vingt-quatre à trente-six heures, on voit apparaître des petits points blancs, on les examine au microscope; au bout de deux à cinq jours, chaque point blanc constitue une colonie provenant vraisemblablement d'une seule spore. On les compte et on peut en déduire la richesse de l'eau primitive en bactéries; lorsqu'on est obligé d'aller chercher l'eau en dehors, on se sert de tubes ou de petits ballons étirés en pointe, chauffés à 120° et fermés pendant qu'ils sont chauds; il y a, par suite, un vide relatif; on flambe la pointe, puis on la plonge dans l'eau et on casse la pointe avec une pince stérilisée; l'eau entre, on ferme aussitôt le tube, puis on le porte au laboratoire où il convient de faire l'essai le plus tôt possible.

Telle est la méthode la plus simple d'essai bactériologique de l'eau.

Nous empruntons encore à M. Guichard la description de la méthode indiquée par M. Grimbert pour la recherche des bactéries *pathogènes*.

La prise des échantillons d'eau se fait par les procédés habituels, soit dans des tubes effilés à la lampe, soit dans des vases de 300 centimètres cubes; les bacilles pathogènes ayant la propriété de résister à la culture dans un milieu phéniqué, c'est à cette propriété qu'on a eu recours. Dans un ballon de 150 centimètres cubes, jaugé à 100 centimètres cubes, on introduit 10 centimètres cubes de bouillon de bœuf, 5 centimètres cubes de solution de peptone à 10 0/0 et 2 centimètres cubes de solution phéniquée à 5 0/0, et on remplit jusqu'au trait 100 avec l'eau à étudier, diluée au besoin au 100° ou au 500°.

On porte à l'étuve à 34° sans dépasser 36°. On attend la production d'un trouble, s'il y en a; dans ce cas, on fait plusieurs cultures successives dans un milieu phéniqué composé comme précédemment, qu'on répartit dans des tubes; on introduit dans un tube à l'étuve à 34° une trace du liquide trouble; six heures après, on introduit une trace du liquide de ce tube dans un autre tube, et on attend à l'étuve que le liquide se trouble; quand cela se produit, on ensemence un tube de bouillon normal qui sert à faire une culture sur plaque de gélatine, laquelle servira à séparer les espèces : le bacille typhique et le Coli communis (19).

Quelquefois, malgré les trois passages en milieux phéniqués, il se trouve encore des espèces autres que les deux bacilles; on ajoute alors à la solution phéniquée 1 0/0 de salicylate de soude.

Ces deux bacilles se distinguent par les caractères suivants qui sont des caractères négatifs pour le bacille typhique.

1° Caractères communs

Colonies généralement en île de glace, ne liquéfiant pas la gélatine, petits bacilles très mobiles (mouvements caractéristiques) se décolorant par le réactif de Gram.

2° Caractères distinctifs

BACILLE TYPHIQUE	COLI COMMUNIS
Culture sur pomme de terre :	Trace épaisse et jaunâtre.
Trace humide............. 2	
Lactose dans une solution	
de peptone................ 0	Fermentation.
Solution de peptone....... 0	Production d'indol.
Lait 0	Coagule.

34. Composition des eaux de Paris. — Analyses effectuées en 1892 et 1893 par MM. Albert Lévy et P. Miquel (chiffres moyens)

EAUX DE SOURCES. — ANALYSE CHIMIQUE
Milligrammes par litre

	DHUIS	VANNE	AVRE
Degré hydrotimétrique total	23°,6	19°,8	17°,7
— — après ébullition	6°	5°,1	7°
Matière organique, en oxygène........	1	0,4	0,4
Carbonates alcalino-terreux, en acide carbonique.	99,5	89	71,5
Acide carbonique demi-combiné......	90	81,7	60,6
Acide sulfurique....................	7,4	2,7	6
— azotique.	13	11,9	10,4
Chlore	7,7	5	16
Silice	11,9	10	15,2
Chaux.............................	113	114	95
Magnésie	14,7	2	4,2
Fer et alumine	1	0,7	0,7
Potassium..........................	0,9	1,7	0,6
Sodium	6	3,7	6,2
Résidu sec à 180°...................	282	242	240
Matière volatile	59	39,2	44

EAUX DE L'OURCQ, DE LA MARNE ET DE LA SEINE

ANALYSE CHIMIQUE

Milligrammes par litre

	OURCQ	MARNE	SEINE (USINE D'IVRY)
Acide carbonique total..............	235,5	187,5	162,6
— — libre	»	7,6	12
Matière organique, en oxygène.......	2,8	1,5	2,8
Carbonate alcalino-terreux, en acide carbonique.......................	123,7	95,1	81
Degré hydrotimétrique total.........	35°	24°	18°
— — après ébullition	12°	7°,3	4°,2
Acide carbonique demi-combiné......	113,9	90	75,3
Acide sulfurique...................	68,6	19,8	10,3
Acide azotique	10	9	9
Chlore	10,7	5,7	6,3
Silice.............................	13,3	6,9	7,8
Acide phosphorique................	0	0	0
Chaux............................	156,7	118	103,8
Magnésie.........................	35,2	13,6	5
Fer et alumine....................	1,4	1,2	1,1
Potassium........................	3	1,8	3,9
Sodium...........................	7,2	4,7	5,4
Résidu sec à 180°.................	448,7	293	241
Matière volatile..................	77,7	46,3	42,8

EAUX DE PUITS. — ANALYSE CHIMIQUE

Milligrammes par litre

DÉSIGNATION DES PUITS	Degré hydrotimétrique total	Degré hydrotimétrique après ébullition	CHAUX TOTALE	CARBONATE alcalino-terreux en acide carbonique	CHLORE	MATIÈRE organique en oxygène	ACIDE NITRIQUE	ACIDE SULFURIQUE	Résidu sec à 180°	MATIÈRE VOLATILE
	degrés	degrés	millig.	millig.	millig.	millig.	millig.	millig.	millig.	millig.
Rue Princesse, 12..........	145	121	811	149	148	2,2	48	956	2.656	526
Rue Guénégaud, 17..........	215	183	1.202	178	490	2,9	237	1.147	4.741	1.523
Colombes, puits Bellair.....	75	52	348	189	72	1,7	38,2	401	1.425	305
Achères; puits de la mairie.....	51	21	174	166	32	2	21,6	46	636	136
Saint-Ouen, 15, avenue des Batignolles.	127	104	345	180	109	2,2	70,7	636	2.105	550
Aubervilliers, 9, rue de Pantin........	175	148	861	184	190	2,9	52,7	1.284	3.383	677
Clichy, boulevard Victor-Hugo, 111....	248	180	861	168	350	1,5	94,4	1.143	3.716	1.100
Levallois-Perret, rue du Bois...........	151	127	730	171	149	2	86,4	798	2.903	530
Saint-Denis, rue de la Boulangerie.....	162	133	937	145	161	1,4	44	1.173	2.984	524
Asnières, quai d'Asnières, 157.........	67	46	378	165	64	1,7	2,4	380	1.124	178
Neuilly, rue du Pont, 17.............	59	40	361	161	53	1,1	34,2	299	1.110	214

ANALYSE BACTÉRIOLOGIQUE

Bactéries par centimètre cube

DÉSIGNATION DES EAUX	NOMBRE de BACTÉRIES	OBSERVATIONS
Dhuis... { Réservoir de Ménilmontant...	3.825	1 2.070 en hiver
{ Canalisation	3.850	1.060 au printemps
Vanne... { Réservoir de Montsouris.....	1.250 1	840 en été
{ Canalisation	2.685	1.030 en automne
Avre.... { Réservoir de Saint-Cloud.....	2.886	1.250 en moyenne
{ Canalisation	4.380	
{ Corbeil................	97.500	
{ Pont d'Austerlitz...........	156.000	
{ Viaduc d'Auteuil..........	810.000	
{ Boulogne	366.000	
Seine.... { Suresnes...............	227.000	
{ Saint-Ouen..............	2.210.000	
{ Argenteuil..............	4.132.000	
{ Poissy	332.500	
{ Mantes................	262.600	
Marne, à Saint-Maur...............	58.960	
Drain de Saint-Maur...............	1.670	
Canal de l'Ourcq..................	75.845	

35. Comité consultatif d'Hygiène publique de France. —
Le Comité d'Hygiène de France donne son concours gratuit
aux municipalités désireuses de faire analyser leurs eaux
d'alimentation au point de vue chimique et bactériologique.
En raison même de son outillage perfectionné et de l'habi-
leté spéciale des opérateurs qui y sont attachés, cet établissement offre d'exceptionnelles garanties, et l'on doit s'y
adresser de préférence à tout autre laboratoire. Les frais de
transport des échantillons d'eau sont à la charge de l'en-
voyeur; il en est de même des frais de déplacement du chimiste que le Comité envoie sur les lieux pour effectuer le
prélèvement de ces échantillons, lorsque la commune en fait
la demande.

Ci-après sont reproduits textuellement les deux question-
naires, ainsi que l'instruction, adressés par le Comité aux
administrations publiques, qui font une demande d'analyse
d'eau :

QUESTIONNAIRE A JOINDRE AUX PROJETS D'AMENÉE
DES EAUX POTABLES

—

PREMIER QUESTIONNAIRE

CHAPITRE I

ÉTAT ACTUEL DE L'ALIMENTATION

1° Quel est le chiffre de la population de la commune?

2° Combien y a-t-il eu de décès par année dans la commune depuis cinq ans?

3° A quelles espèces de maladies ces décès ont-ils été attribués?

4° Y a-t-il eu des épidémies de fièvre typhoïde, de choléra ou de dysenterie? A quelle époque et quelle a été la mortalité?

5° Quel est le nombre des habitants que doit desservir la distribution projetée?

6° Comment, jusqu'à présent, cette partie de la population se procure-t-elle de l'eau?

7° Y a-t-il des puits?

8° Comment sont-ils situés? (Les faire figurer au plan.)

9° Comment s'évacuent les eaux sales?
$\left\{\begin{array}{l}\text{Eaux pluviales.} \\ \text{Eaux ménagères.} \\ \text{Eaux résiduaires d'industrie.}\end{array}\right.$

10° Y a-t-il des égouts? (Les faire figurer au plan.)

11° Y a-t-il des puisards? (Les faire figurer au plan.)

12° Y a-t-il un ruisseau, une mare ou un cours d'eau auquel se rendent les eaux des cours et des maisons? (Les faire figurer au plan.)

13° Y a-t-il des lavoirs? Où et comment sont-ils établis? (les faire figurer au plan).

14° Où vont les eaux sales de ces lavoirs?

15° Existe-t-il des fosses d'aisances? (Sont-elles étanches?)

16° Y en a-t-il dans chaque maison?

17° Comment sont-elles établies?

18° Que deviennent les matières de vidange?

19° Emploie-t-on l'engrais humain pour la culture?

20° Quelle est la nature du sol cultivé et non cultivé de la région?

21° Y a-t-il de grands espaces de terrains non cultivés?

22° Ces grands espaces de terrains sont-ils constitués par des bois, des prairies, des jachères, des marécages?

CHAPITRE II

PROVENANCE DE L'EAU A FOURNIR

L'eau à fournir proviendra-t-elle de sources, de puits ou de cours d'eau?

Suivant le cas, il devra être répondu aux questions comprises dans l'une des sections indiquées ci-après :

Section I. — Sources

1° De quelle sorte de terrain la source émerge-t-elle?

2° Quelle est la composition géologique du sol qu'elle traverse ?

3° A quelle distance se trouve-t-elle des habitations ?

4° Combien la source débite-t-elle d'eau par minute (ou par vingt-quatre heures) ?

5° A quelle époque de l'année le jaugeage a-t-il été pratiqué ?

6° Comment le jaugeage des eaux a-t-il été pratiqué?

7° Comment la source sera-t-elle captée ?

8° La source est-elle à un niveau inférieur, égal ou supérieur à celui du point de distribution ?

Section II. — Puits et galeries captantes

1° Est-il absolument impossible de se procurer de l'eau de source ?

2° Existe-t-il des puits dans le voisinage de l'endroit où sera placé le puits projeté (ou la galerie captante projetée)?

3° A quelle profondeur les eaux s'y trouvent-elles ?

4° Composition du sol qui recouvre la nappe aquifère ; et notamment le sol est-il imperméable?

5° Quel peut être le débit du puits (ou de la galerie captante)?

6° Ce débit est-il constant ou variable?

7° Sur quelles données reposent les prévisions relatives au débit ?

Section III. — Cours d'eau

1° Est-il absolument impossible de se procurer de l'eau de source ?

2° Quelle est, à peu près, la longueur du cours d'eau, de son origine jusqu'à la prise d'eau ?

3° Quel est son débit minimum ?

4° Comment ce jaugeage a-t-il été effectué ?

5° Quelle est la nature géologique des terrains sur lesquels coule ce cours d'eau ?

6° En amont de la prise d'eau, le cours d'eau traverse-t-il des villes ou des villages ?

7° Existe-t-il dans le voisinage des cours d'eau des villes, des villages, de grandes agglomérations (casernes, prisons, hôpitaux, asiles, etc.)? Indiquer le chiffre afférent à chaque agglomération.

8° Existe-t-il dans le voisinage des cours d'eau des établissements industriels ? (Indiquer leur nature et leur importance).

9° Quelle sera la quantité d'eau utilisée par jour pour la distribution ?

CHAPITRE III

CAPTAGE ET DISTRIBUTION

1° Existe-t-il, au voisinage du point où les eaux sont recueillies, des causes pouvant amener la pollution des eaux (habitations, grandes agglomérations, établissements industriels, lavoirs, dépôts d'engrais, etc.) ?

2° Quelles dispositions seront prises en vue d'éviter la pollution des eaux au point où elles seront recueillies ?

3° Est-il nécessaire d'élever les eaux pour en effectuer la distribution ?

4° Par quel moyen l'élévation des eaux sera-t-elle assurée?

5° Y a-t-il un réservoir de distribution ? Où et comment sera-t-il établi ?

6° Quels seront les matériaux utilisés pour la canalisation amenant les eaux au réservoir ?

7° Quels seront les matériaux utilisés pour les conduites de distribution ?

8° La distribution est-elle projetée en vue d'un service public et d'un service particulier, ou seulement en vue de l'un ou de l'autre?

9° Y aura-t-il des fontaines et des bornes-fontaines? Et combien ?

DEUXIÈME QUESTIONNAIRE

PRÉLÈVEMENT DES ÉCHANTILLONS DESTINÉS A L'ANALYSE

1° Quelles sont les personnes qui ont procédé au prélèvement des échantillons?

2° Température de l'air au moment où ces échantillons ont été prélevés et sur les lieux du prélèvement?

3° Température de l'eau au moment même du prélèvement des échantillons?

4° Comment a-t-on procédé au prélèvement des échantillons pour l'analyse chimique ?

5° Combien de litres d'eau a-t-on prélevé pour cette analyse ?

6° Comment ont été prélevés les échantillons pour l'analyse bactériologique ?

7° Comment ont été stérilisés les récipients dans lesquels ont été recueillis les échantillons destinés à l'analyse bactériologique ?

8° A-t-on eu soin de mettre les échantillons (pour l'analyse bactériologique) dans de la glace ou de la sciure immédiatement après leur prélèvement ?

9° Comment l'eau destinée aux analyses a-t-elle été mise à découvert pour ces prélèvements ?

10° Dans quels instruments a-t-elle été recueillie avant d'en remplir les bouteilles, les flacons et les tubes ?

11° Avait-il plu les journées et les nuits qui ont précédé le moment du prélèvement ?

12° Comment se trouve situé le point où se sont faits les prélèvements par rapport à l'agglomération que l'eau doit alimenter ? (Préciser ce point sur le plan annexé au dossier et y faire figurer les maisons, fermes, écuries, cours, lavoirs, dépôts de fumier, etc., en les désignant par des signes facilement reconnaissables.)

INSTRUCTION SUR LE PUISEMENT POUR L'ANALYSE DES ÉCHANTILLONS D'EAU DESTINÉS A L'ALIMENTATION PUBLIQUE

Laboratoire du Comité consultatif d'Hygiène publique de France

I

PRISE D'ÉCHANTILLON POUR L'ANALYSE CHIMIQUE

Il faut rejeter les bouteilles de grès : elles peuvent modifier la dureté de l'eau et sont plus difficiles à nettoyer que celles de verre. Il faut se servir de bouteilles de verre munies d'un bouchon de verre ou d'un bouchon de liège neuf paraffiné.

Il faudra rejeter absolument, pour prendre les échantillons, tout vase ou bouteille dont le verre ne serait pas tout à fait limpide ou dont on ne pourrait pas constater, *de visu*, l'état de parfaite propreté.

On ne doit se servir que de bouchons neufs et bien lavés dans l'eau où l'on a puisé l'échantillon.

Pour prélever un échantillon dans une source, une rivière ou un réservoir, on y plonge la bouteille elle-même, si cela est possible, au-dessous de la surface liquide ; mais, s'il faut se servir de l'intermédiaire d'un vase, on veille à ce qu'il soit parfaitement propre et bien rincé à l'eau. On évitera de recueillir de l'eau de surface ou d'entraîner les dépôts du fond.

Pour prendre un échantillon au moyen d'une pompe ou d'un robinet, on laisse couler l'eau qui a séjourné dans la pompe ou dans le tuyau de conduite avant de recevoir le jet directement dans la bouteille. Si l'échantillon représente l'eau d'une ville, on devra le prendre au tuyau qui communique directement à la principale rue et non pas à une citerne.

Dans tous les cas, on remplit d'abord complètement la bouteille avec l'eau, on la vide, on la rince une ou deux fois avec cette eau. on la remplit enfin jusque près du bouchon et on la ferme solidement en recouvrant le bouchon de cire.

S'il s'agit d'une source, préciser autant que possible la nature du terrain formant la couche d'où jaillit cette source; déterminer la température de l'eau au sortir du sol et observer s'il y a déperdition de gaz par l'abandon de l'eau au libre contact de l'air.

S'il s'agit d'une rivière, préciser la nature du terrain traversé par cette rivière, indiquer la distance de la source de cette rivière au point où l'eau serait prise et déterminer également la température de l'eau.

Dans tous les cas, évaluer le débit par vingt-quatre heures au point où se ferait la prise d'eau, et noter avec le plus grand soin s'il existe à une certaine distance, soit de l'endroit auquel se fera la prise d'eau pour l'alimentation, soit de l'emplacement choisi pour l'installation des réservoirs, une cause quelconque d'insalubrité pouvant déterminer, à la longue, la contamination de l'eau (dépôts de fumiers, de boues, d'immondices, marécages, usines de quelque nature que ce soit).

Il est nécessaire de prélever 10 litres d'eau pour l'analyse chimique et de ne pas réunir ces 10 litres en un seul vase; le mieux est de remplir dix bouteilles d'un litre.

II

PRISE D'ÉCHANTILLON POUR L'ANALYSE MICROBIOLOGIQUE

Les précautions qui précèdent suffisent parfaitement au prélèvement des échantillons destinés à l'analyse chimique, mais elles sont absolument insuffisantes en ce qui concerne l'analyse micrographique.

Pour ce genre de recherche, on doit toujours prélever les échantillons de deux façons différentes en usant rigoureusement des précautions suivantes:

Premier échantillon

Des fioles en verre blanc, bouchant exactement à l'émeri, de
150 centimètres cubes de capacité, sont lavées d'abord à l'acide
sulfurique à 66° Baumé. Il faut avoir soin de bien mettre chaque
point de la surface intérieure de la fiole en contact avec l'acide et
de l'y laisser séjourner quelque temps pour être parfaitement sûr
de la destruction complète de tout germe et de toute matière organique. 20 à 25 centimètres cubes d'acide sulfurique du commerce
sont largement suffisants pour une fiole de la contenance indiquée.

Après quelques minutes de séjour de l'acide, on vide la fiole et
on la rince au moins une dizaine de fois de suite avec l'eau dont
il s'agit de prélever un échantillon et en ayant soin de ne pas mé-
langer l'acide, même dilué, à l'eau qui devra être prélevée tout à
l'heure pour l'analyse.

On remplit alors complètement la fiole avec l'eau à analyser ; et
on la couche en ayant soin de passer au préalable, à plusieurs
reprises, le bouchon à l'émeri dans la flamme d'une lampe à
alcool.

En outre, le bouchon devra être plongé, après fermeture, ainsi
que la naissance du goulot de la fiole, dans de la cire ou de la paraf-
fine fondue.

Deuxième échantillon

On choisit un tube en verre vert, de 6 à 8 millimètres de diamètre intérieur et de 2 à $2^{mm},5$ d'épaisseur, et on l'étire, à la
lampe d'émailleur, en fragments de 20 centimètres de longueur,
en prenant soin de donner à l'effilure de chaque extrémité une
longueur de 2 à 3 centimètres et de la faire assez épaisse, ce
qui est facile en choisissant une canne de verre vert des dimensions indiquées plus haut.

On ferme complètement une des extrémités, et on laisse l'autre
librement ouverte à l'air extérieur, on place le tube (qui possède
alors une longueur de 25 centimètres environ) dans une gouttière
en toile métallique (ou en clinquant) ayant la même longueur que
ce tube, et on chauffe au rouge, sur toute la longueur en même
temps, à l'aide d'une grille à gaz ou de charbons incandescents.

Lorsque tout le tube est ainsi chauffé au rouge sombre, on
ferme au chalumeau l'effilure laissée ouverte, et on abandonne au
refroidissement. On a ainsi un récipient partiellement vide d'air,
en raison de la dilatation du gaz à la température à laquelle le tube
a été porté et absolument stérilisé.

Pour prélever l'échantillon, on trace un trait avec un couteau à
verre, ou une lame de bon acier aiguisée, sur l'une des effilures,
on la passe à plusieurs reprises dans la flamme d'une lampe à
alcool, on la plonge dans l'eau à analyser, à quelques centimètres

au-dessous de la surface libre, et on brise la pointe, à l'endroit du trait, à l'aide d'une pince flambée dans la flamme de la lampe à alcool avant de la plonger dans l'eau.

La pointe une fois brisée, l'eau se précipite dans le tube pour occuper le vide partiel ; et il ne reste plus qu'à retirer ce tube de l'eau avec précaution sans secousses, et à fermer l'effilure ouverte en *la faisant fondre* dans la flamme de la lampe à alcool.

La lampe à alcool et l'appareil insufflateur du thermo-cautère de Paquelin, aujourd'hui si répandu, sont extrêmement commodes pour ce genre d'opérations ; ils constituent un chalumeau portatif.

Les divers échantillons devront être ensuite soigneusement étiquetés ou repérés de façon à ne pas commettre d'erreurs ; et ils *seront placés au milieu de sciure de bois, de son, de tan ou de toute autre substance inerte et pulvérulente humide, dans une caisse à doubles parois dont l'intervalle des parois sera rempli d'un mélange de glace concassée et de sciure.* Si l'on a eu soin de noyer les flacons et les tubes dans la sciure, sans leur laisser toucher les parois de la première enveloppe, la température ne s'abaissera jamais assez pour congeler l'eau, ce qui amènerait la rupture des récipients.

Un emballage soigneusement exécuté dans ces conditions permet d'envoyer à de très grandes distances des échantillons d'eau, qui peuvent alors être soumis à l'analyse bactériologique dans des conditions presque exactement semblables à celles que pourrait réaliser leur mise en œuvre sur le lieu même du prélèvement.

Il est nécessaire de prélever trois flacons et autant de tubes pour chaque échantillon d'eau à examiner.

Dans tous les cas, l'envoi devra se faire par grande vitesse et dans le plus bref délai possible après la prise d'échantillons. Cet envoi devra être adressé au laboratoire du Comité consultatif d'Hygiène publique, 52, boulevard Montparnasse, à Paris.

Les opérations ci-dessus peuvent facilement être pratiquées d'une façon convenable par un pharmacien que son habitude des manipulations chimiques désigne tout naturellement à cet effet.

Le laboratoire du Comité consultatif d'Hygiène publique de France tient d'ailleurs à la disposition des municipalités, dans lesquelles on ne pourrait trouver une personne suffisamment exercée aux manipulations indiquées pour le prélèvement du second échantillon, des tubes stérilisés à l'avance, et qu'il ne reste plus qu'à remplir, en suivant strictement les précautions relatées précédemment.

N. B. — *Les échantillons adressés au laboratoire dans des conditions défectueuses et ne réalisant pas celles indiquées ci-dessus sont immédiatement jetés ; ils ne peuvent en aucune façon servir a l'analyse.*

CHAPITRE III

EAUX SOUTERRAINES

DES ROCHES

36. Le régime hydrologique d'une contrée étant intimement lié à la constitution géologique de son sous-sol, il paraîtra naturel de faire précéder l'étude des eaux souterraines de quelques généralités relatives à la structure de l'écorce terrestre.

37. **Structure de l'écorce terrestre.** — Les différents terrains qui constituent l'écorce terrestre n'ont pas été engendrés d'un seul jet, et leur formation remonte à des époques extrêmement anciennes, séparées entre elles par des intervalles de temps considérables. Ces terrains, ou *roches*, appartiennent à deux groupes nettement distincts : d'une part, les roches d'origine ignée, *non stratifiées*, parmi lesquelles figurent le granit, le porphyre, les basaltes et les laves ; d'autre part, les roches *stratifiées*, qui sont des terrains de transport ; telles sont : les calcaires, les sables, les grès et les argiles.

Les premières se présentent en masses irrégulières, souvent considérables, sillonnées de nombreuses fentes dans lesquelles les eaux peuvent circuler ; les éléments minéraux qui les composent paraissent agrégés sans aucune symétrie ; ces roches sont très dures et forment le sol primitif, ou *azoïque*, première croûte solide qui enveloppe le noyau central incandescent. Lorsque des soulèvements les ont amenées à la surface, ou près de cette surface, on les rencontre dans le voisinage de la ligne de faîte des montagnes. Le plateau central, les Alpes, les monts Scandinaves sont des massifs granitiques.

Les roches stratifiées proviennent des dépôts de sédiment, cailloux roulés et débris organiques de végétaux et

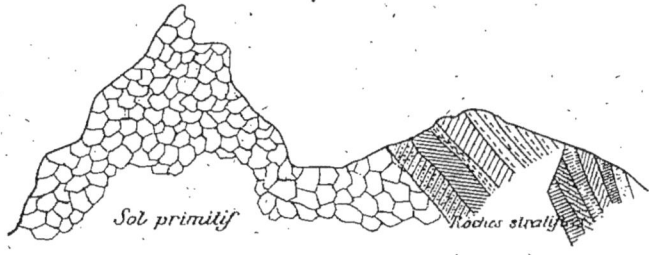

Fig. 9.

d'animaux, qui se sont accumulés au fond des mers, des lacs et des cours d'eau durant les diverses périodes géologiques ; elles sont disposées dans les plaines, sur les flancs des montagnes, dans les vallées, par couches parallèles superposées, plus ou moins épaisses suivant la durée de leur formation. Au début, ces couches étaient horizontales, mais les bouleversements successifs, abaissements ou soulèvements,

Fig. 10.

qui se sont produits postérieurement, sont venus les tordre, les déchirer, détruire leur symétrie et modifier profondément leur inclinaison au voisinage des montagnes.

Ce phénomène de transport et de dépôt des sédiments se

poursuit encore de nos jours par l'action érosive des eaux courantes et des vagues de la mer sur les terrains qui tapissent
leurs bassins. Les matières arrachées au sol sont entraînées
par l'eau et vont se stratifier dans les grandes profondeurs
ou sur des bas-fonds dont elles relèvent lentement le niveau.

On classe les terrains sédimentaires, ou *détritiques*, en
quatre groupes principaux qui sont, dans l'ordre chronolo-
gique de leur formation :

     Les terrains primaires ;
           —   secondaires ;
           —   tertiaires ;
           —   quaternaires.

Chacun de ces groupes comprend un certain nombre
d'étages, subdivisés en sous-étages, puis en couches.

La superposition des sédiments s'étant effectuée dans un
ordre invariable, c'est par la nature des roches qui composent chaque couche, surtout par les fossiles spéciaux, végétaux et animaux, qu'elle contient, que l'on parvient à
apprécier son âge relatif par rapport aux couches antérieures
et postérieures.

Les terrains primaires, qui appartiennent aux formations
les plus anciennes, recouvrent immédiatement le sol primitif ; les fossiles caractéristiques sont peu nombreux et
d'une organisation rudimentaire : fougères, conifères, étoiles
de mer, etc. Les roches qui les composent sont généralement superposées dans l'ordre suivant : gneiss, schistes
argileux, grès quartzeux, marbres des Pyrénées, schistes
ardoisiers comme ceux d'Angers, vieux grès rouge, calcaire
carbonifère, houille, schistes bitumineux, calcaire compact,
marnes argileuses.

Les terrains secondaires présentent ordinairement la
forme de grands bassins ; leurs roches arrivent à l'affleurement sur le flanc des montagnes ; lorsqu'elles sont très
perméables, les eaux s'y infiltrent et descendent vers les
points bas former d'abondantes nappes. La faune et la
flore sont beaucoup plus riches et d'une organisation plus
parfaite que dans les terrains primaires. Les principales
roches, dont quelques-unes ont une épaisseur considérable,
sont les grès bigarrés, le calcaire oolithique, les marnes

feuilletées, les sables ferrugineux, les grès verts, enfin les différentes variétés de craie : craie glauconieuse, craie tuffeau, craie blanche.

Les formations tertiaires recouvrent les terrains secondaires et sont également composées de couches alternatives d'argile, de sable et de calcaire. Ces couches n'ont pas, en général, les fortes épaisseurs des assises secondaires, et leur alternance est beaucoup plus fréquente ; comme ces dernières, elles viennent au jour sur les versants et les sommets des collines. La faune et la flore y sont d'une richesse et d'une grandeur inouïes. Au bas des terrains tertiaires se trouve l'argile plastique ; viennent ensuite le calcaire grossier, le calcaire siliceux, le gypse des environs de Paris, les grès de Fontainebleau, les meulières, les calcaires d'eau douce, etc.

Au-dessus des terrains tertiaires se rencontrent les couches quaternaires, constituées par des dépôts de sable, de limon, de cailloux roulés et de morceaux de roches arrachés et entraînés par les eaux lors du dernier bouleversement géologique, qui a donné aux continents leurs formes et leurs reliefs actuels. Dans les vallées et dans les plaines, ces couches sont recouvertes par le terrain de formation moderne, composé surtout de terre végétale : mélange de sable, d'argile, de calcaire et d'humus organique, provenant de la putréfaction des débris de plantes et d'animaux.

38. Roches perméables et roches imperméables. — Les diverses roches possèdent à des degrés différents la faculté de se laisser traverser par les eaux d'infiltration. Les sables et les graviers purs, les grès poreux, les calcaires à tissu lâche, qui présentent de nombreux vides de petites dimensions, dans lesquels l'eau circule comme au travers d'une éponge, sont les terrains perméables par excellence.

Lors de la construction de l'aqueduc de la Vanne, en 1873, à Arbonne, Belgrand fit plusieurs expériences pour évaluer le degré de perméabilité des sables de Fontainebleau. L'absorption moyenne fut trouvée de $2^{m3},28$ par jour et par mètre carré, avec un maximum de $2^{m3},79$, soit 120 litres par heure.

Dans les terrains perméables du bassin de la Seine : grande oolithe, calcaire corallien, craie blanche, etc., lorsque la déclivité du sol ne dépasse pas 5 centimètres par mètre ; c'est un fait observé que les eaux pluviales ne ruissellent jamais à la surface, même par les grandes averses fournissant 5 centimètres de hauteur de pluie par heure.

Dans les sables et les graviers purs, le rapport entre le vide et le plein dépasse souvent un quart. Le calcaire grossier et l'argile plastique de Vaugirard absorbent jusqu'à 20 0/0 de leur poids d'eau (eau de carrière) ; l'argile des meulières de Meudon jusqu'à 25 0/0, le granit 0,35 et le quartz blanc 0,10 0/0 seulement.

Quelques roches volcaniques, certains calcaires, grès et granits, d'une nature compacte, sont également perméables ; mais cette propriété leur est acquise par la présence d'un grand nombre de fissures, voire même de véritables canaux et de cavernes qui sillonnent la masse dans tous les sens, et dans lesquelles les eaux peuvent couler et s'accumuler.

Les argiles pures, les schistes, les marnes, le calcaire compacte non fissuré, et la généralité des terrains primitifs sont imperméables ; quelques sables argileux très fins le sont également.

SOURCES

39. Cours d'eau des terrains imperméables et perméables. — Les nappes souterraines sont d'autant plus abondantes que l'infiltration est plus intense et que la radiation solaire qui favorise l'évaporation se trouve paralysée dans ses effets, comme cela se produit sur les terrains boisés. Ces considérations font ressortir l'influence de la nature du sol et du reboisement sur le régime hydrologique d'une vallée.

Dans les régions où le sol est *imperméable*, les sources sont rares et peu abondantes, et l'alimentation des rivières exclusivement superficielle. Les pluies de quelque durée engendrent un grand nombre de torrents, qui conduisent l'eau aux rivières voisines avec une vitesse d'autant plus considérable

que les déclivités le sont davantage ; en été, tous les ruisseaux se tarissent. Ces rivières ont une allure torrentielle
avec des crues subites, intenses, violentes, mais de courte
durée. Lorsque le pays est peu accidenté, les eaux pluviales s'accumulent dans le fond des ondulations sous forme
de marécages.

L'inspection de la carte topographique d'une contrée fait
reconnaître immédiatement les régions où le sol est imperméable ; il suffit de constater une multitude de petits cours
d'eau circulant capricieusement dans tous les sens ; tels
sont, par exemple, les plateaux du pays de Caux, en Normandie, dont le sous-sol est formé d'une couche d'argile à
silex de plus de 35 mètres d'épaisseur en certains endroits.

Lorsque le sol est *perméable*, les phénomènes inverses se
produisent : l'infiltration devient considérable, et l'alimentation des rivières se fait simultanément par les ruisseaux et
par l'intermédiaire des sources, qui sont plus nombreuses
et aussi plus abondantes. Comme la vitesse d'écoulement
des eaux souterraines est incomparablement moindre que
celle des eaux de superficie, il en résulte une stabilité relative du régime des cours d'eau, dont les crues se font lentement, sans violence, mais durent nécessairement plus longtemps.

Belgrand est le premier qui ait observé cette différence
de régime entre les rivières des terrains imperméables et
perméables, et que l'on constate nettement quand l'on
passe du bassin de la Loire dans celui de la Seine où les
cours d'eau tranquilles tiennent les trois quarts du bassin.
Lors de la crue de 1846, la Loire, à Roanne, grossie par les
affluents torrentiels, s'est élevée de $0^m,90$ à $6^m,94$ en six jours,
et a mis moins de quatre semaines à redescendre à $0^m,68$. En
1854, la Seine, à Montereau, partant de $0^m,50$, mettait vingt-
cinq jours à monter jusqu'à $2^m,20$ et trente-cinq jours à
revenir à 1 mètre.

40. Sources dans les thalwegs. — Si l'on considère une
vallée (*fig.* 11) dont le sol perméable se trouve soutenu à une
certaine profondeur par l'assise imperméable HK, en temps de
pluie l'eau pénètre dans les terres, descend verticalement

jusqu'en HK et vient s'accumuler en nappe au-dessus de
cette assise ; lorsque la pluie vient à cesser, l'eau continue à
descendre en vertu de la gravité, et, au bout d'un certain

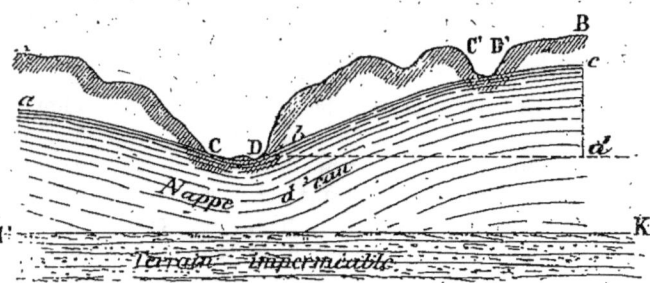

Fig. 11.

temps, le niveau supérieur de la nappe se fixe suivant une
ligne ondulée *abc*, dont la hauteur variable au-dessus de HK
dépend de l'importance des précipitations. S'il arrive alors
que ce niveau soit coupé par le fond de la vallée, l'eau
émerge en CD sous forme de source, ou de suintements,
prend son cours dans la direction du thalweg et donne
naissance à un cours d'eau plus ou moins abondant, qui se
grossit ensuite par l'adjonction des nouvelles sources qui
viennent déboucher dans son voisinage. La vitesse du courant
au point d'émergence D dépend de la pression hydrostatique
mesurée par *cd*, mais n'est jamais considérable, à cause de
la lenteur de l'infiltration.

De même, lorsque la nappe d'eau atteint le fond d'une
dépression, ou d'une cavité, telle que C'D', moins profonde
que CD, elle y produit une source.

L'allure ondulée des nappes d'infiltration au voisinage
des rivières a souvent été constatée par les ingénieurs.
A Paris, sous l'Arc de Triomphe, le niveau de la nappe d'eau
dépasse ordinairement de 8 mètres celui de la Seine ; sous
le boulevard Sébastopol, la pente de la nappe d'eau atteint
7 mètres par kilomètre. La belle source de Cérilly sur la
Vanne vient émerger au fond d'une grande excavation, à
4.500 mètres à vol d'oiseau du thalweg de la rivière et à

26 mètres au-dessus de ce thalweg, ce qui donne une pente de 5m,78 par kilomètre.

La figure 12 reproduit, d'après Daubrée, la coupe transversale de la vallée de l'Isar à Munich. La nappe d'eau NN,

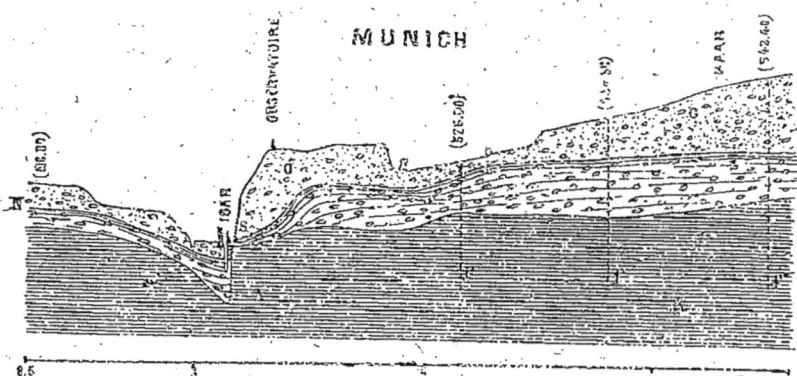

Fig. 12.

emmagasinée par un gravier diluvien G, éminemment perméable, coule au-dessus d'une couche épaisse d'argile tertiaire A et donne naissance à un grand nombre de sources disséminées le long du thalweg.

On voit que, dans les terrains perméables soutenus par des assises imperméables, les dépressions profondes exercent sur les coteaux environnants un véritable drainage, et que les sources doivent se rencontrer de préférence dans les thalwegs. Lorsque la dépression n'est pas assez forte pour que la nappe arrive à l'affleurement, ou qu'elle n'y parvient que plus bas en aval, l'écoulement de l'eau se fait souterrainement. Les vallées de la Champagne offrent un exemple de ces faits : le fond s'y trouve partout recouvert de marécages ou d'une végétation abondante de peupliers et de saules qui atteste la présence de l'eau à une certaine profondeur, tandis que les versants crayeux sont d'une aridité désolante.

Les volumes d'eau emmagasinés par les nappes dépendent

nécessairement de l'importance des pluies durant la saison
d'hiver. Après de longues sécheresses, leur niveau s'abaisse
notablement, et le débit des sources diminue en proportion,
les variations deviennent surtout sensibles dans les parties
hautes des vallées, près de la ligne de faîte, où les sources
ne restent pas constamment pérennes. Souvent, à la suite
d'une sécheresse prolongée, les sources hautes d'une rivière
se tarissent, et son origine descend la vallée de plusieurs
kilomètres ; ce fait s'est produit trois années consécutives
en 1857, 1858, 1859, sur la Somme-Soude, petite rivière de la
Champagne crayeuse, dont les sources hautes étaient comprises dans le premier projet dressé par Belgrand pour
l'alimentation de Paris.

41. **Sources à flanc de coteau.** — S'il est vrai que les
sources des terrains perméables se rencontrent presque toujours au voisinage des thalwegs, il peut cependant arriver
qu'elles émergent à flanc de coteau, à une hauteur quelconque au-dessus du fond des vallées.

Si l'on considère, par exemple (*fig.* 13), un plateau de craie

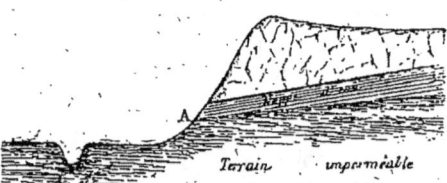

FIG. 13.

fissurée soutenu par un terrain imperméable, les eaux pluviales qui tombent sur le plateau viennent s'accumuler
au-dessus de ce terrain et former une nappe d'eau dont l'existence se manifeste par des suintements aux points d'affleurement A du terrain imperméable. Comme ces affleure-
ments ont souvent de longs développements, ces suintements
sont très disséminés et, par conséquent, très petits, à moins
que le terrain perméable ne se prête à la concentration des
filets d'eau, auquel cas ils prennent une importance exceptionnelle et se transforment en véritables sources.

Le lieu des points d'affleurement A tout le long du coteau constitue ce qu'on appelle un *niveau d'eau;* sa présence est d'autant plus accusée que les suintements sont plus abondants, et que la surface perméable qui le recouvre est elle-même plus étendue.

Il existe un niveau d'eau dans la vallée de la Marne à la ligne séparative du calcaire grossier et de l'argile plastique; sa trace est nettement indiquée par une longue ligne de peupliers.

On reproduit ci-dessous (*fig.* 14), d'après Daubrée, la

OXFORD

Isis. Riv   Cherwell. Riv

Fig. 14.

coupe du plateau sur lequel est bâtie Oxford entre les vallées de l'Isis et de la Cherwel. Les eaux pluviales traversent la couche supérieure de gravier, de 1^m,50 à 6 mètres d'épaisseur, et viennent couler sur l'assise imperméable d'argile A. La nappe d'infiltration s'épanche à flanc de coteau, dans les deux vallées, suivant les lignes séparatives du gravier et de l'argile.

42. Du régime des sources dans les sables et dans les roches fissurées. — Le régime des sources offre des particularités différentes, suivant que les nappes qui les alimentent coulent dans le sable ou dans le calcaire fissuré.

A l'intérieur des bancs de sable, les nappes d'infiltration sont continues et régulières, et l'eau émerge généralement sous forme de suintements tout le long de la ligne d'affleurement. Les sources puissantes sont rares dans ces terrains; mais les eaux pluviales y subissent une filtration parfaite qui les débarrasse de leurs matières en suspension, ce qui fait que d'ordinaire elles reviennent au jour avec une limpidité et une pureté remarquables.

Dans les calcaires, l'eau ne circule que par les fissures, et, comme la roche devient généralement compacte à une certaine profondeur, les nappes ne sont pas continues. Il s'établit un grand nombre de ruisseaux isolés, plus ou moins volumineux, qui descendent le long des crevasses, remplissent les poches, de sorte que l'émergence des sources ne se produit qu'en des points déterminés, soit au fond de quelque grotte ou dans des anfractuosités de rochers, lorsque ces ruisseaux trouvent une issue extérieure.

Le régime hydrologique des calcaires fissurés est plus irrégulier que celui des roches arénacées, à cause de la discontinuité des nappes, et les indications fournies par les puits sur l'allure de ces nappes présentent souvent a priori d'inexplicables variations. Quelquefois les filets d'eau aboutissent à de grandes cavités ou dans de profondes ondulations qui emmagasinent leur débit et arrêtent temporairement l'écoulement vers l'aval. Dans d'autres circonstances, la roche perméable, intercalée entre deux couches d'argile, n'arrive à l'affleurement sur les flancs des vallons que par bandes discontinues plus ou moins étroites ; l'infiltration ne peut alors avoir lieu qu'à l'intérieur de ces bandes, et comme les eaux qui y parviennent ont souvent accompli un long trajet superficiel en subissant en route des pertes sensibles, il n'y a que les pluies suffisamment intenses et prolongées qui soient profitables aux sources. Ce cas se réalise sur les plateaux de la Normandie, au voisinage du Havre, où la craie fissurée, supportée par les argiles du crétacé inférieur, se trouve en partie recouverte par l'argile à silex.

La *fontaine de Vaucluse*, qui déverse ses eaux dans la Sorgue, est un exemple remarquable de la puissance parfois considérable de ces sources calcaires. Cette fontaine est l'exutoire d'un vaste bassin de calcaire fissuré (*urgonien*) de près de 1.450 kilomètres carrés de superficie ; les crevasses verticales, dont quelques-unes atteignent 500 mètres de profondeur, aboutissent dans une suite de réservoirs de capacités différentes, qui communiquent entre eux par des déversoirs ou par des siphons suivant la hauteur de l'eau. Le débit de la fontaine varie dans des limites extrêmement étendues : de 5 mètres cubes par seconde environ pendant les années

sèches, il s'élève à 8 mètres cubes dans les années ordinaires
et jusqu'à 150 mètres cubes après de fortes pluies. Ces variations s'expliquent par le jeu réciproque des siphons et des
déversoirs, et l'on conçoit, d'autre part, que, lorsque des pluies

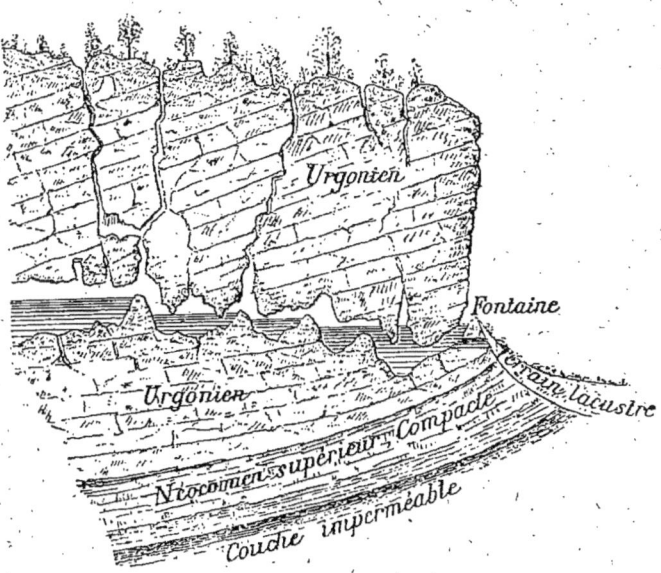

Fig. 15.

abondantes ont complètement rempli les réservoirs et les
crevasses, la pression énorme (50 atmosphères) qui s'exerce
sur les galeries inférieures doit accroître la vitesse d'écoulement et le débit dans de fortes proportions. D'après M. Dyrion,
le rapport du débit de la fontaine au volume de pluie tombé
sur son bassin est, en moyenne, de 64 0/0 avec un minimum
de 40 0/0 après des sécheresses prolongées. La température
de l'eau est habituellement de 12°,5.

La source du Groseau qui sort à la base du mont Ventoux,
et la plupart des puissantes sources qui jaillissent du pied
des Causses (plateaux de l'Aveyron), à la base de falaises calcaires de 100 à 500 mètres de hauteur, ont une origine

analogue à celle de la fontaine de Vaucluse. Les eaux d'infiltration pénètrent dans la masse par les fissures de la surface, forment de petits ruisseaux, puis de véritables rivières
qui circulent souterrainement dans de longues et vastes
galeries, en élargissant lentement leur lit par la dissolution
de la roche, jusqu'à ce que se présente une ouverture vers
le dehors.

Il arrive quelquefois qu'un cours d'eau qui coule sur un fond

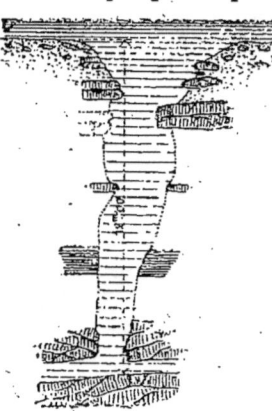

argileux superposé à un calcaire fissuré s'engouffre subitement, en totalité ou en partie, dans une crevasse de ce
terrain pour reparaître plus
loin en aval, à un niveau inférieur. Le débit des sources
qu'il alimente peut alors
prendre une importance et
une constance exceptionnelles;
mais ces sources se trouvent
soumises aux mêmes causes
d'impureté et de trouble que
les eaux de rivières. Plusieurs
des belles sources qui émergent
des calcaires oolithiques des

Fig. 16.

Ardennes n'ont pas d'autre origine que la perte d'un cours
d'eau dans un gouffre à la jonction des argiles oxfordiennes
avec l'oolithe inférieure.

On peut citer bien des exemples de ces pertes souterraines
de rivières. A Bellegarde, le Rhône coule, sur plusieurs centaines de mètres, à l'intérieur d'un couloir creusé dans le
calcaire urgonien. Le lit de l'Iton, affluent de l'Eure qui disparaît sur plusieurs kilomètres près de Bonneville, présente
des *bétoires* de près de 80 mètres de largeur et de 15 mètres
de profondeur. Le Danube, après la Forêt-Noire, se perd en
partie dans de grandes crevasses de son lit entre Immendin-
gen et Meiringen, et reparaît à 15 kilomètres de là et
500 mètres plus bas sous forme de puissantes sources qui
alimentent la rivière d'Aach, affluent du lac de Constance.
Des contestations s'étant élevées il y a quelques années entre

les industriels du Danube, qui faisaient boucher les crevasses, et les usiniers de l'Aach, qui prétendaient que l'eau de ce fleuve alimentait les sources de leur rivière, le Gouvernement Badois fit exécuter plusieurs expériences pour savoir à quoi s'en tenir sur la prétention des usiniers. Le 9 octobre 1877, à cinq heures, M. Ten Brink, chimiste, jeta de la fluorescéine en solution dans l'une des crevasses du Danube et, le 12 octobre, au matin, c'est-à-dire soixante heures après, il constata la coloration de l'eau de l'Aach.

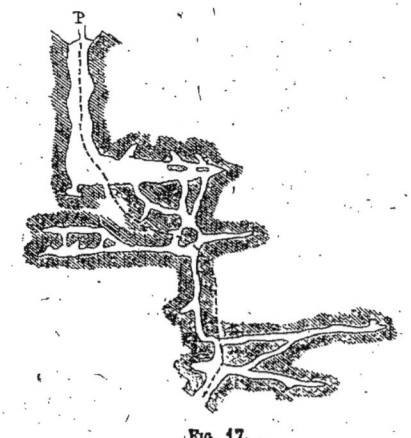

On trouvera (*fig.* 17), d'après M. Martel le plan des vastes galeries souterraines de Bramabiau (Gard), parcourues sur 700 mètres par la rivière du Bonheur qui s'y perd au point P; le grand plateau calcaire des Causses, auquel elles appartiennent, est d'ailleurs particulièrement riche en

Fig. 17.

grottes naturelles du même genre (grottes de Dargilan, cavernes des Baumes-Chaudes, etc.).

En résumé, les sources des terrains fissurés sont généralement plus abondantes que celles qui sortent des couches de sables; mais leur régime est plus irrégulier et leurs eaux plus sujettes à caution; on ne doit en faire le captage qu'après une étude géologique sérieuse et un examen chimique attentif.

43. Sources intermittentes. — Ces sources offrent la curieuse particularité d'avoir, en toute saison, un écoulement régulièrement discontinu. En été, la source de Belesta dans l'Ariège coule pendant dix-huit minutes et s'arrête ensuite vingt-cinq minutes.

Le régime des sources intermittentes s'explique par la théorie du siphon.

Fig. 18.

Si l'on suppose que la cavité souterraine (*fig*. 18) communique avec l'extérieur par un canal EHS, disposé comme l'indique la figure ; tant que le niveau de l'eau est inférieur au sommet H, l'écoulement n'a pas lieu et la cavité se remplit ; mais, dès que ce point se trouve atteint, le siphon EHS s'amorce, fonctionne, et l'écoulement vers l'extérieur continue, jusqu'à ce que le plan d'eau soit redescendu au niveau de l'orifice E. Après cela, l'écoulement est de nouveau suspendu pendant le temps que met ce plan à remonter au niveau de H; et ainsi de suite.

44. Sources de la Dhuis, de la Vanne, de l'Avre, du Lunain. — Ce sont les sources qui alimentent actuellement le service privé (61) de la Ville de Paris.

Les sources de la *Dhuis* viennent au jour sur le territoire de la commune de Pargny (*fig*. 112), canton de Condé (Aisne), à quelques mètres en amont du lieu dit : Moulin de la Source. Elles jaillissent par trois orifices distincts, formant trois bassins séparés des terrains tertiaires lacustres situés au-dessous des marnes vertes qui s'étendent sous toute la surface de la Brie. L'orifice le plus bas est à la cote 128 mètres. Avant les travaux de captation, ces sources débouchaient dans la Dhuis, petite rivière qui en reçoit une autre, le Verdon, et se jette ensuite dans le Surmelin, affluent de la Marne. La gravure ci-après représente le lit rocheux et raviné de la Dhuis en amont des sources.

L'eau est très pure et ne contient, pour ainsi dire, que

du carbonate de chaux; elle accuse 23° à l'hydrotimètre.

Lors des premiers jaugeages effectués par Belgrand en octobre 1855, le débit fut trouvé de 26.000 mètres cubes par vingt-quatre heures ; mais on ne peut guère compter que sur

LA DHUIS.

20.000 mètres en moyenne, et 17.000 mètres après des sécheresses prolongées. En 1892, la source haute de la rivière a cessé de couler pendant plusieurs semaines, du mois de juillet au mois d'octobre ; le lit était à sec sur 2.800 mètres en aval.

Les sources et le moulin avec 5 hectares de terre ont été achetés en 1859 pour le prix de 65.800 francs ; la même acquisition coûterait peut-être aujourd'hui une somme décuple. Plusieurs autres sources des vallées de la Dhuis, du Verdon et du Surmelin, débitant ensemble 9.000 mètres cubes par vingt-quatre heures, ont été acquises à la même époque par la Ville de Paris pour 360.000 francs. Les indemnités aux usiniers de la Dhuis, du Surmelin et à la commune de Pargny se sont élevées à 496.000 francs.

DISTRIBUTIONS D'EAU.

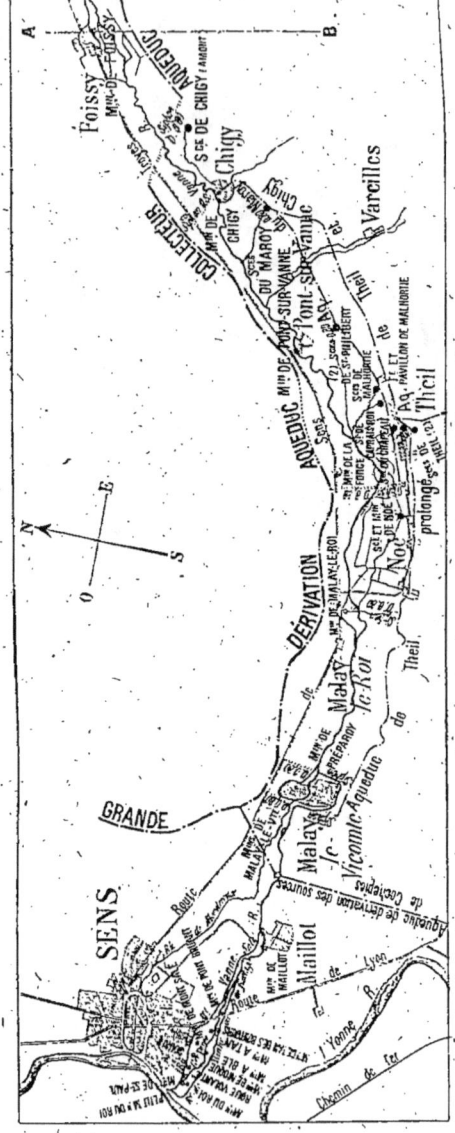

Fig. 19. — Plan des sources de la Vanne (Voir fig. 20).

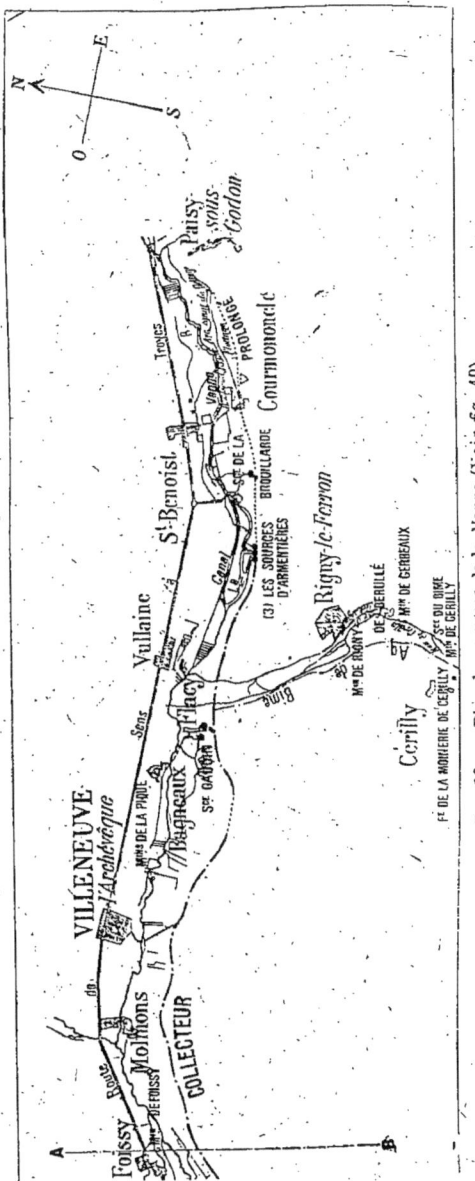

Fig. 20. — Plan des sources de la Vanne (Voir fig. 19).

La *Vanne* prend sa source dans le département de l'Aube, commune de Fontvanne, à 14 kilomètres de Troyes, et vient se jeter dans l'Yonne, un peu en amont de Sens. Son bassin, de 965 kilomètres carrés de superficie, comprend 665 kilomètres de craie blanche éminemment perméable et 300 kilomètres de limon rouge mêlé de cailloux. Le ruissellement des eaux pluviales à la surface de la craie est presque nul ; lorsque la pluie est intense, ce ruissellement n'arrive que très rarement jusqu'au thalweg des vallées.

Les nombreuses sources qui émergent dans la vallée de la Vanne et qui alimentent cette rivière proviennent de l'épanchement à l'air libre de la puissante nappe d'eau emmagasinée par la craie. La figure 11 explique le mode de formation de ces sources : les unes jaillissent en CD, près du thalweg, les autres en C'D' à un niveau plus élevé. L'humidité permanente du fond de la vallée est accusée par la présence d'un grand nombre de marais tourbeux qui ont rendu particulièrement difficiles les travaux de dérivation.

Les sources achetées par la Ville de Paris de 1860 à 1865, au nombre de douze, sont disséminées sur une longueur de 20 kilomètres à gauche de la rivière (*fig.* 19 et 20) ; elles se divisent en sources hautes et en sources basses, suivant que l'altitude de leur point d'émergence est supérieure ou inférieure à 108 mètres.

SOURCES HAUTES	DÉBIT MOYEN en litres par seconde	SOURCES BASSES	DÉBIT MOYEN en litres par seconde
La Bouillarde.............	40	Chigy....................	165
Armentières (avec drains).	398	Le Maroy.................	
Bime de Cérilly..........	159	Saint-Philibert...........	97
Gaudin..................	25	Malhortie..............	75
		Caprais-Roi..............	
		L'Auge..................	8
Total.......	622	Miroir de Theil et drains..	100
		Noé.....................	53
		Total........	498

L'ensemble donne, en moyenne, 96.000 mètres cubes par
vingt-quatre heures; le débit des sources basses est peu
variable, mais celui des sources hautes est soumis à des
variations considérables. En 1893, le Bîme de Cérilly est
descendu de 238 litres en avril à 141 litres en octobre. Les
eaux sont très pures et ne contiennent guère que du carbonate de chaux; elles marquent 19° à l'hydrotimètre. Dans
les plus fortes chaleurs, leur température n'est jamais supérieure à 14°, et dans les plus grands froids inférieure à 8°.

Avant la construction de la chambre de captage, la source
de Cérilly (Bîme) jaillissait au fond d'un abîme ou gouffre de
5 mètres de profondeur qu'elle remplissait et qui servait de
bief à un moulin. L'une des sources de Theil émergeait éga-

LE MIROIR DE THEIL.

lement au fond d'une grande pièce d'eau dénommée le
Miroir, à cause de l'admirable limpidité du liquide, représentée

ci-dessus d'après une vue datant de mai 1870, soit avant les travaux de captation.

Les frais d'acquisition des sources et de leurs dépendances, ainsi que les indemnités aux usiniers, se sont élevés à 4.500.000 francs environ.

Les sources de Cochepies, qui émergent dans un vallon crayeux près de Villeneuve-sur-Yonne, à la cote 79, et qui fournissent 16.000 mètres cubes d'eau par vingt-quatre heures, ont été achetées dès 1867; mais leur dérivation n'a été terminée qu'en 1888.

Les sources de l'*Avre* et de la *Vigne*, captées en 1891, sortent des plateaux crayeux de la Normandie et se rattachent au système hydrographique de la vallée de l'Eure; elles sont au nombre de cinq, émergeant à des altitudes voisines de 150 mètres.

La source du Breuil vient au jour sur le territoire de Verneuil (Eure); avant leur captage, ses eaux se déversaient directement dans l'Avre. Les sources du Nouvet, d'Érigny, des Graviers, de Foisy, qui émergent dans la commune de Rueil-la-Gadelière (Eure-et-Loir), débouchaient dans la Vigne, petit affluent de l'Avre. Ces sources, dont le débit est très variable, fournissent en moyenne 100.000 mètres cubes par vingt-quatre heures. L'eau accuse 18° à l'hydro-timètre.

L'approvisionnement journalier de Paris en eau de source va prochainement s'accroître de 40.000 mètres cubes par l'adduction des sources du *Loing* et du *Lunain*. Les travaux, actuellement en cours d'exécution, seront terminés vers 1900. Le Loing est un affluent de la Seine dans laquelle il se jette près de Moret, après avoir reçu le Lunain à Épizy.

Sur les six sources qui doivent être captées, quatre sont situées sur la rive gauche du Loing, en amont et à l'aval de Nemours: sources de Chaintreauville, de la Joie, des Bignons, du Sel (cote 60); les deux autres, Saint-Thomas et Villemer, émergent à gauche et à droite du Lunain dans les communes de la Gennevraye et de Villemer.

Ces sources sortent de la craie comme celles de la Vanne dont elles sont voisines; les eaux sont fraîches, limpides, agréables au goût et ne détiennent pour ainsi dire que du carbonate de chaux, 22° à l'hydrotimètre ; l'analyse bactériologique n'y décèle aucun microbe pathogène.

45. Théorie de l'écoulement de l'eau à travers le sable. — Le problème de l'écoulement de l'eau à travers le sable a été étudié théoriquement par Dupuit et expérimentalement par Darcy ; les résultats pratiques obtenus par ce dernier ingénieur ont sensiblement vérifié les conclusions du premier. Dupuit assimilait cet écoulement au mouvement uniforme de l'eau à l'intérieur d'une infinité de tuyaux capillaires juxtaposés, ayant chacun un débit extrêmement petit, et lui appliquait l'équation bien connue de Prony (*Hydraulique*, 120). Darcy se servait d'un tuyau en fonte de 0^m,35 de diamètre, dressé verticalement, au bas duquel était placée et soutenue par une grille une couche de sable de hauteur déterminée. L'eau arrivait dans le tuyau à des pressions exactement mesurées à l'aide de manomètres à mercure, et dans chaque expérience le débit était soigneusement évalué dans un bassin gradué.

En faisant varier la pression et l'épaisseur de la couche de sable, Darcy a reconnu qu'en appelant :

q, le débit par mètre carré de la couche filtrante;

e, son épaisseur ;

z, la charge sur sa base ;

k, un coefficient, variable seulement suivant la nature du sable ;

On avait toujours :

$$q = k \frac{z}{e}.$$

Comme z représente la charge absorbée dans le mouvement, puisque aux orifices de sortie la pression est nulle, le rapport $\frac{z}{e}$ n'est autre chose que la perte de charge par mètre de parcours vertical à travers le sable.

Soient U la vitesse moyenne de l'eau, et μ le rapport qui existe dans une tranche horizontale entre le vide et le plein ; l'aire de la section d'écoulement par mètre carré de couche de sable est précisément égale à μ, de sorte que l'on a :

$$q = \mu U,$$

par suite,

$$\frac{z}{e} = \frac{\mu}{k} U.$$

Avec du sable siliceux bien pur, présentant environ 38 0/0 de vide, Darcy a trouvé :

$$q = 0{,}0003 \frac{z}{e},$$

et comme, dans ce cas, $\mu = 0{,}38$, il en résulte :

$$\frac{z}{e} = \frac{0{,}38}{0{,}0003} U = 1266U.$$

Pour fixer les idées sur la grandeur de la vitesse, on prendra par exemple $e = 1$ mètre et $z = 1^m,50$; il vient :

$$U = \frac{1.50}{1266} = 0{,}0012,$$

soit un peu plus de 1 millimètre par seconde. Avec du sable présentant seulement 30 0/0 de vide, comme la plupart des sables ordinaires, la vitesse ne dépasserait guère 0,0003.

Ces chiffres font ressortir la petitesse de la vitesse d'écoulement de l'eau à travers les filtres, et montrent avec quelle lenteur doit se faire son mouvement à l'intérieur d'un banc de sable fin disposé sur le flanc d'un coteau ou au fond d'une vallée, alors que la charge ne dépasse pas quelques mètres. Ils expliquent également ce fait plus d'une fois observé qu'il faut souvent plusieurs années de sécheresse intense pour appauvrir les grandes nappes d'eau des terrains perméables, et ensuite une période d'humidité aussi longue pour les remonter à leur niveau moyen.

Dans les nappes artésiennes profondes, la vitesse est évidemment plus forte, à cause de la charge, qui atteint quelquefois plusieurs centaines de mètres. En comparant les variations du degré hydrotimétrique des eaux du puits de

Grenelle (59) et de la rivière d'Aisne, qui, dans sa partie haute, arrose l'assise des sables verts du gault d'où sort l'eau de ce puits, Belgrand a trouvé que la vitesse d'écoulement au travers de cette assise était d'environ 3 kilomètres par jour.

Comme application de la loi de Darcy, il est intéressant de préciser la forme de la surface libre d'une nappe d'infiltration noyée dans un banc de sable superposé à une assise imperméable, et qui arrive à l'affleurement dans le fond de la vallée le long des rives du cours d'eau. Soient AB une section du coteau normale au thalweg, et AM

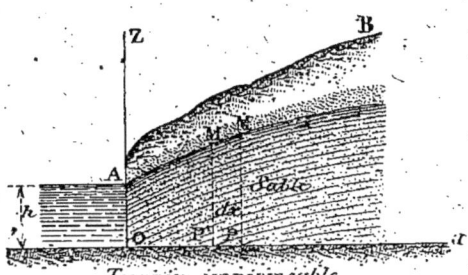

Fig. 21.

la courbe piézométrique ; l'écoulement souterrain se fait dans la direction MA. On supposera, pour simplifier, que l'assise imperméable est horizontale et qu'elle coïncide avec la ligne de fond ox de la rivière.

Désignant par :

z, l'ordonnée d'un point quelconque M de la courbe ;

Q, le débit par mètre courant de thalweg ;

h, la profondeur du cours d'eau ;

μ, le coefficient de vide afférent au sable ;

U, la vitesse moyenne dans la section MP.

Au droit de MP, le débit a pour expression :

(1) $$Q = \mu z U.$$

Entre les points infiniment voisins M et M', la perte de charge totale est $-dz$ et l'épaisseur de la couche de sable $-dx$, de sorte que la perte de charge par mètre égale $\dfrac{dz}{dx}$, c'est-à-dire que l'on a, en appelant p le coefficient $\dfrac{k}{\mu}$ de Darcy,

(2) $$U = p \frac{dz}{dx}.$$

L'élimination de U entre (1) et (2) conduit à l'équation :

$$Q = \mu p z \frac{dz}{dx},$$

que l'on peut écrire :

$$Q dx = \mu p z dz,$$

et qui donne par intégration, en désignant par C la constante arbitraire :

$$2Q x = \mu p z^2 + C.$$

Pour $x = 0$ on doit avoir d'après les données : $z = h$; par suite :

$$\mu p h^2 + C = 0,$$

d'où :

$$C = - \mu p h^2,$$

enfin

(3) $$2Q x = \mu p (z^2 - h^2).$$

Cette équation représente une parabole dont l'axe se confond avec ox, et que l'on pourrait tracer dans le plan si Q, μ et p étaient déterminés ; deux forages d'essai, qui feraient connaître les coordonnées de deux points de la parabole, seraient suffisants pour effectuer cette détermination.

En différentiant l'équation (3) et considérant x comme constant, et h comme variable, il vient, puisque $dx = 0$:

$$dz = \frac{h}{z} dh.$$

h étant plus petit que z, on a $dz < dh$; la variation de z est donc inférieure à celle de h, et la différence augmente avec z. Cette remarque confirme ce que l'on sait déjà par l'observation, que les variations du niveau de la rivière n'influencent que faiblement les parties hautes de la nappe d'infiltration.

RECHERCHE DES SOURCES

46. Les sources de quelque importance, qui arrivent à l'affleurement, sont généralement connues des habitants du pays ; pour les découvrir, il suffit de consulter quelques-uns de ces derniers.

La recherche des eaux souterraines constitue un problème beaucoup plus complexe, dont la solution prend ses bases rationnelles dans une exploration minutieuse du bassin sourcier pour reconnaître sa configuration et le régime des eaux, et dans l'étude de la conformation du sous-sol pour découvrir les surfaces séparatives des terrains perméables et imperméables où se rencontrent les nappes. Ce problème ne comporte aucune solution générale : il faut se documenter le mieux possible en s'aidant des cartes géologique et hydrologique de la région, et conclure d'après les données que l'on peut recueillir.

Comme chaque cas présente des particularités spéciales qui peuvent infirmer l'hypothèse la plus vraisemblable, il n'y a rien de mieux à faire en fin de compte que d'explorer à la sonde le voisinage des thalwegs.

47. Hydroscopes. — De tous temps le problème de la recherche des sources n'a cessé d'exciter la curiosité des habitants des campagnes, et nombreux sont les procédés, plus ou moins scientifiques, préconisés aux diverses époques pour déceler la présence des eaux souterraines.

Pline recommandait de se coucher par terre avant le lever du soleil et de remarquer attentivement, le menton appliqué contre la terre, les lieux d'où s'exhalaient des vapeurs; il prescrivait également de creuser des tranchées aux endroits où se réunissaient les grenouilles, etc. Les modernes, jusqu'au xviie siècle, croyaient beaucoup à l'influence magique de la *baguette divinatoire*, branche de coudrier qui devait s'incliner irrésistiblement vers la terre lorsqu'une source cachée coulait dans le voisinage.

La plupart des hydroscopes que l'on rencontre de nos jours dans quelques campagnes ne procèdent que d'après des données empiriques, et par une analogie plus ou moins justifiée avec des recherches antérieures couronnées de succès; quelques-uns cependant, grâce à une connaissance parfaite du pays, sont à même de fournir à l'ingénieur de précieuses indications dont ce dernier aurait tort de ne pas tenir compte.

L'abbé Paramelle, curé de Saint-Céré, a été le chercheur

dé sources le plus sagace de notre époque ; ses procédés d'investigation n'étaient pas complètement dépourvus de fond scientifique, et ses recherches furent souvent couronnées de succès.

48. Végétaux des terrains humides. — Une source peu profonde, quand elle n'est pas évidente, est souvent indiquée par la présence de certaines plantes qui préfèrent les sols humides, par exemple les :

Saules,	Chanvre d'eau,	Laiteron des marais,
Peupliers,	Véronique,	Orchide des marais,
Osiers,	Rue des prés,	Renoncules,
Aulnes,	Cresson amphibie,	Violettes des marais,
Joncs,	Parnassée des marais,	Elatines,
Rossolis,	Millepertuis,	Grande herbe,
Salicaires	Pencendan des marais	Carets, etc., etc.

49. Sondage des thalwegs. — Une source qui descend souterrainement le long d'un thalweg ne reste pas toujours à la même profondeur ; en certains endroits le courant avoisine la surface, et sous d'autres coule très profondément. Il est rare qu'une source soit profonde près de son point d'émergence. Lorsque le profil transversal du vallon se resserre, les filets d'eau se trouvent concentrés, et la source a quelque chance d'être plus abondante. Pour sonder le thalweg, il est préférable de s'établir au centre du cirque où le courant commence et au bas de chaque déclivité, notamment au pied des descentes rapides ; c'est en ces points que les nappes se trouvent généralement à la moindre profondeur.

L'abbé Paramelle considère un vallon ATB au fond duquel on espère trouver une source ; soient HK la ligne du sol, T le thalweg caché, et TN la verticale de ce point. Si les versants sont à peu près réguliers, l'examen du terrain permet de marquer la position du point N ; et comme, en descendant du point F au point K, on peut mesurer l'écartement horizontal FE et la distance verticale EK, les triangles FEK et KMT donnent la relation approchée :

$$\frac{EF}{EK} = \frac{KM}{MT},$$

d'où l'on déduit :

$$MT = \frac{KM \times EK}{EF},$$

puis

$$NT = MT - MN.$$

Ce calcul permet, dans certains cas, de déterminer approxi-

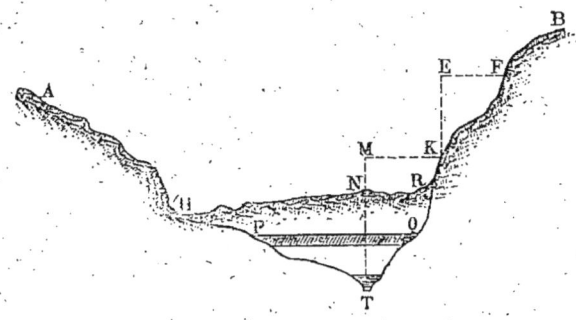

F IG. 22.

mativement la profondeur à laquelle coule la nappe. Si le vallon se trouve traversé par une couche imperméable PQ, qui retient les eaux d'infiltration, il n'est pas nécessaire de forer jusqu'au thalweg.

50. Exploration des coteaux. — Pour les sources à flanc de coteau, il n'y a pas autre chose à faire que d'examiner successivement les différentes roches qui arrivent à l'affleurement le long des versants. Au besoin, on découvre le sol véritable en déblayant la couche d'humus qui le recouvre.

Lorsque l'inclinaison d'une couche imperméable EF n'est pas de même sens que celle du

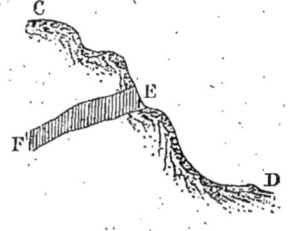

FIG. 23.

versant correspondant CD (*fig.* 23), il est inutile de rechercher au point d'affleurement E : les eaux descendent suivant EF

51. Jaugeage des sources. — Pour jauger une source peu importante, il est commode d'utiliser un vase gradué, ou un vase quelconque dont on connaît exactement la capacité. Si l'on compte avec un chronomètre le temps que met la source à remplir le vase, on en déduit immédiatement le débit par seconde. Il est bon de répéter cette opération un certain nombre de fois et de prendre la moyenne des résultats.

Le jaugeage ainsi pratiqué est le plus exact de tous et doit être préféré toutes les fois qu'il n'exige pas une installation coûteuse; au besoin, lorsque la source est abondante, on reçoit le produit dans une cuve en bois ou en tôle pouvant contenir plusieurs mètres cubes. Pour des observations continues et de longue durée, l'emploi du *compteur d'eau* (231) est également très commode; il suffit de prolonger la cuve par un bout de plomb de $0^m,027$ ou de $0^m,040$, sur lequel on installe l'appareil.

Lorsque la source forme un ruisseau d'une certaine largeur, on choisit un emplacement convenable, et l'on y installe un déversoir en barrant complètement le cours d'eau à l'aide de planches peu épaisses, ou mieux encore, d'un mur en maçonnerie surmonté d'une feuille de tôle A. Toute l'eau du ruisseau doit passer sur le seuil du déversoir. Dès que le régime permanent est établi, on mesure l'épaisseur z de la lame d'eau au-dessus du seuil (*fig. 24*), ainsi que sa lar-

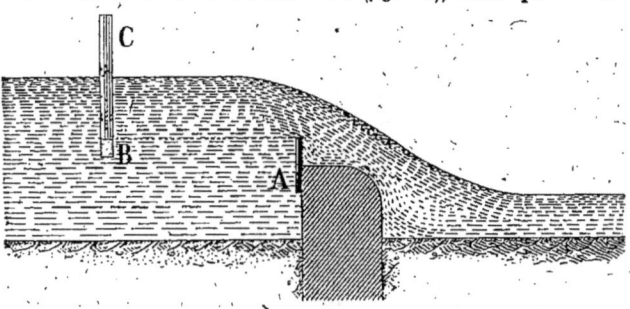

Fig. 24.

geur *l*, et le débit de la source est donné par la formule

$$Q = 1,77lz \sqrt{z}.$$

Si, par exemple, on relève $z = 0^m,10$ avec $l = 1^m,50$, le débit égale :

$$Q = 1,77 \times 1,50 \times 0,10 \times \sqrt{0,10} = 84 \text{ litres par seconde.}$$

Le calcul s'effectue très rapidement avec la table page 555 (*Annexe C*); on a :

$$Q = 56 \times 1,50 = 84 \text{ litres.}$$

Dans d'autres cas il est plus commode de faire passer l'eau au travers d'un orifice a, de section connue, ouvert en *mince paroi* (fig. 25). On mesure la charge z sur le centre de l'orifice, et, si ω désigne son aire, l'expression du débit est :

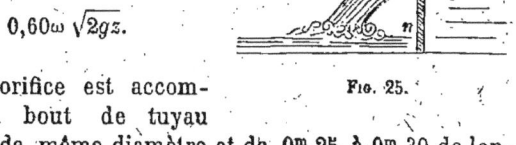

$$Q = 0,60\omega \sqrt{2gz}.$$

Lorsque l'orifice est accompagné d'un bout de tuyau

Fig. 25.

cylindrique de même diamètre et de $0^m,25$ à $0^m,30$ de longueur, la formule devient :

$$Q = 0,80\omega \sqrt{2gz}.$$

Les sources profondes se jaugent par les mêmes procédés. On commence par creuser une tranchée perpendiculaire à la direction du courant, suffisamment longue pour ramasser tous les filets d'eau, et que l'on fait pénétrer de quelques centimètres dans la couche imperméable. Après cela, on établit un mur étanche, fortement enraciné dans cette couche pour empêcher que les eaux ne s'échappent par le dessous, et, à l'intérieur, on noie un bout de tuyau pour servir d'orifice.

Le jaugeage des grands ruisseaux, des rivières et des fleuves s'effectue par la mesure des vitesses, soit à l'aide de flotteurs ou avec les appareils de Darcy et de Woltmann. (Voir *Hydraulique*, p. 281 et suiv.).

52. Rendement des sources. — Rien n'est plus aléatoire que le calcul du volume d'eau probable que l'on peut recueillir par les sources sur un bassin donné; car ce volume, variable suivant les saisons et les années, dépend encore d'une foule de circonstances locales : degré de perméabilité du sol, relief des versants, facilité plus ou moins grande d'évaporation des eaux pluviales, nature de la culture, etc.

Sur un bassin imperméable de la vallée de la Meuse, M. Poincaré a trouvé, durant une période pluvieuse, que le ruissellement absorbait les 9/10 de la pluie et que l'infiltration était presque nulle. Sur d'autres bassins contenant environ 45 0/0 de terrains perméables, le même ingénieur a trouvé 1/2 et 1/7 comme parts respectives reçues par les rivières et par les nappes. Dans la vallée de la Seine, l'infiltration absorbe en moyenne le 1/6 des précipitations. D'après Graëff, le rapport du débit du Furens au volume de pluie tombée sur son bassin est, en moyenne, de 64 0/0, avec un minimum de 27 0/0 en été. Les sources du mont Ventoux et de Vaucluse débitent plus de la moitié des volumes d'eau reçus par leurs bassins; c'est un rendement tout à fait exceptionnel.

L'abbé Paramelle, qui a découvert et jaugé un grand nombre de sources, estimait que sur les plateaux moyennement perméables, recouverts d'une couche détritique oscillant entre 2 et 8 mètres, et reposant sur une assise imperméable convenablement inclinée, on pouvait, en temps de sécheresse ordinaire, recueillir 4 litres d'eau par minute pour chaque surface d'environ 5 hectares; cette règle empirique n'a de valeur que par l'autorité de l'abbé Paramelle, qui affirme l'avoir fréquemment vérifiée.

PUITS

53. Puits ordinaires et puits artésiens. — Les puits sont ordinaires ou artésiens, suivant que les nappes d'eau qui les alimentent coulent librement sur un terrain imperméable, ou coulent en pression à l'intérieur d'une couche perméable emprisonnée entre deux assises imperméables.

Si l'on considère le versant représenté en coupe par la figure 26, la première nappe, qu'alimentent les eaux pluviales tombées sur AMB, dessert les puits ordinaires tels que P; ses

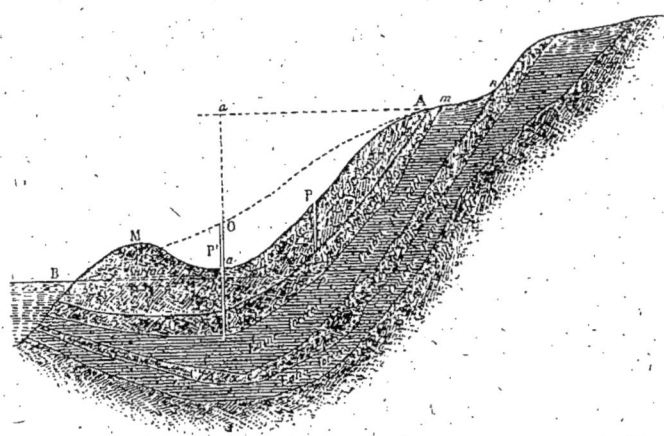

Fig. 26.

eaux se meuvent au-dessus de C sans pression, comme dans un canal découvert, mais avec une vitesse très faible, à cause de la présence du terrain perméable.

Entre les couches imperméables C et C′ l'eau s'élève normalement jusqu'au niveau *pq* de la rivière, et la pression statique qu'elle exerce en *d* sur la couche C est représentée par la hauteur *hd*. Les eaux de pluie qui s'infiltrent en *mn* viennent s'accumuler au-dessus de *pq* et imprimer à la nappe un écoulement lent vers le cours d'eau; à partir de cet instant, le sol perméable intercalé entre C et C′ fonctionne comme une conduite forcée, et lorsque, après des pluies abondantes, le niveau supérieur de la nappe s'est relevé jusqu'à l'horizontale du point A, la ligne des niveaux piézométriques est la droite AB, ou plus exactement une courbe AOB voisine de AB, car la nappe n'a pas partout une largeur, une épaisseur et une perméabilité égales.

Si au point *d* on perfore un puits artésien P′ jusqu'à la rencontre de cette nappe, l'eau s'y élèvera et, parvenue en *a*, jaillira dans l'atmosphère à une hauteur plus ou moins grande suivant la distance aO ; elle s'élèverait jusqu'en O si le puits était prolongé par un tube vertical suffisamment long. La dénivellation Oa' représente la charge perdue par l'eau dans son parcours souterrain de A en d.

Plusieurs nappes jaillissantes peuvent exister les unes au-dessous des autres, et, comme les couches les plus profondes arrivent à l'affleurement dans les régions les plus hautes, ce sont les nappes d'eau circulant dans ces couches qui fournissent, en général, le niveau piézométrique le plus élevé. Ajoutons qu'aux grandes profondeurs l'existence de l'assise imperméable inférieure, n'est même pas nécessaire pour que la nappe d'eau soit jaillissante ; il suffit que cette nappe soit fortement comprimée par la couche supérieure et que sa déperdition soit très faible.

Les puits rendent de précieux services dans les campagnes et dans les villes non encore pourvues d'une canalisation, et aussi dans les régions arides et désertes, comme le Sahara. A Lillers, en Picardie, la plupart des maisons possèdent un puits artésien ; leur profondeur ne dépasse guère 15 mètres. La ville de Chicago, en Amérique, en a trente, dont la profondeur varie entre 360 et 490 mètres. Le Sahara oriental compte aujourd'hui plus de sept cents puits artésiens, qui ont permis de créer et d'habiter un grand nombre d'oasis. A Blankenberghe, en Belgique, plusieurs puits récemment forés au voisinage de la mer ont dû être abandonnés à cause de leurs eaux salées ; il y avait mélange entre le courant souterrain et les eaux de la mer.

L'eau des nappes très profondes est rarement utilisée pour l'alimentation, à cause de sa température élevée et de son manque d'aération ; quelques grandes manufactures de l'Allemagne l'emploient au chauffage des ateliers.

54. Calcul des puits ordinaires. — L'étude théorique des puits a été présentée par Dupuit, qui a soumis au calcul le mouvement de l'eau au travers d'une masse cylindrique de sable ABCD (*fig.* 27), entourée de liquide de toutes parts, supportée par un terrain imperméable et au centre de laquelle on a perforé un puits jusqu'au niveau de ce terrain.

Tant que l'on ne retire pas d'eau du puits, la surface libre s'y maintient au niveau de A'B', et aucun écoulement ne se produit dans le sable. Un puisage qui fait descendre le plan d'eau jusqu'en *mn* provoque un écoulement vers l'intérieur, et la surface libre du liquide en mouvement prend la forme d'une surface de révolution dont la méridienne est une certaine courbe E*n*.

Étant donnés l'épaisseur H de la nappe d'eau, le rayon ρ du puits, l'épaisseur et la puissance d'absorption du massif filtrant, propo-

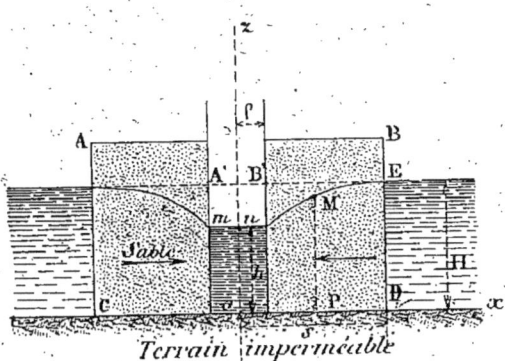

Fig. 27.

sons-nous de déterminer la forme de la courbe E*n* et la loi de variation du débit du massif.

Appelons :

x, z, les coordonnées d'un point quelconque M de E*n* ;

Q, le débit du puits, c'est-à-dire le volume d'eau extrait pendant une seconde ;

h, la hauteur de l'eau dans le puits après le puisage ;

μ, le coefficient de vide afférent au sable ;

U, la vitesse d'écoulement dans la section MP ;

s, le rayon du massif filtrant ;

Au droit du cylindre MP, le débit a pour expression :

$$Q = 2\mu\pi z x U ;$$

on a d'autre part, comme au paragraphe 45,

$$U = p \frac{dz}{dx} ;$$

le produit de ces deux équations donne, après simplifications

$$Q = 2p\pi\mu zx \frac{dz}{dx} = 2Kzx\frac{dz}{dx},$$

en posant, pour abréger, $K = p\pi\mu$.

Les variables se séparent immédiatement ; on obtient :

$$Q \frac{dx}{x} = 2Kzdz;$$

puis, en intégrant et observant que Q est considéré comme constant,

(α) $QLx = Kz^2 + C,$

Pour $x = \rho$ et $x = s$, on doit avoir : $z = h$ et $z = H$; par suite :

(β) $QL\rho = Kh^2 + C$
(γ) $QLs = KH^2 + C.$

L'élimination de la constante C entre (α) et (β) et entre (β) et (γ) conduit aux équations :

$$QL \frac{x}{\rho} = K (z^2 - h^2),$$

$$QL \frac{s}{\rho} = K (H^2 - h^2),$$

d'où l'on déduit par division :

(1) $$\frac{L \frac{x}{\rho}}{L \frac{s}{\rho}} = \frac{z^2 - h^2}{H^2 - h^2},$$

et :

(2) $$Q = \frac{K (H^2 - h^2)}{L \frac{s}{\rho}}.$$

L'équation (1), indépendante de K et de Q, c'est-à-dire de la porosité du sable et du débit du puits, est celle de la courbe. En ; elle définit une exponentielle.

L'équation (2) montre que le débit s'accroît avec la charge H — h, avec la porosité du filtre et le rayon ρ du puits, mais qu'il diminue avec le rayon s du massif. En réalité, comme ρ n'intervient que par son logarithme, ses variations ne se répercutent que fort peu sur le débit, surtout lorsque s est considérable par rapport à ρ, ce qui est le cas ordinaire.

Cas où le puits n'est alimenté que par le fond. — M. Thévenet, chargé d'établir un puits filtrant pour la ville de Saïgon, a repris expérimentalement l'étude de ces puits dans le cas où le forage ne descend pas jusqu'à la couche imperméable et où l'alimentation se fait uniquement par le fond. Le puits considéré au début était alimenté exclusivement par la paroi.

Les expériences de cet ingénieur ont montré que le débit était alors proportionnel à la charge et au diamètre beaucoup plus que ne l'indiquait la formule (2) de Dupuit. On peut se rendre compte de ces résultats de la façon suivante :

Si, l'on prend les axes et les notations indiqués sur la figure 28, pour le filet liquide qui traverse oz au point m dont

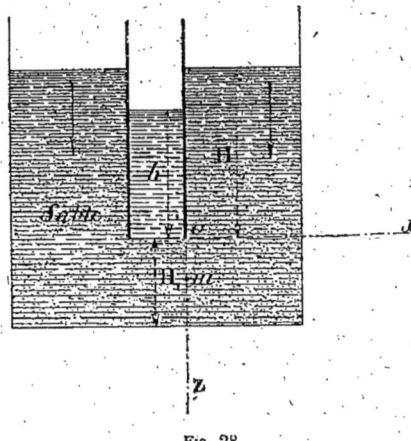

Fig. 28.

l'ordonnée est z, le chemin parcouru est $H + 2z$, et la charge $H - h$; la loi de Darcy donne donc :

$$U = p\,\frac{H - h}{H + 2z};$$

le débit du cylindre élémentaire, de hauteur dz, qui passe au même point m, a pour expression :

$$dQ = 2\pi\rho p (H - h) \mu \frac{dz}{H + 2z} = 2K\rho (H - h) \frac{dz}{H + 2z}.$$

L'intégration depuis $z = 0$, $Q = 0$, jusqu'à $z = H_1$ donne enfin :

$$(3) \qquad Q = K\rho (H - h) L \left(1 + \frac{2H_1}{H}\right),$$

formule qui montre que Q est directement proportionnel à $H - h$ et à ρ.

Les conclusions de l'analyse précédente ne sont pas toujours rigoureusement vérifiées par la pratique en ce qui concerne l'influence du diamètre, car la vérité paraît exister entre les hypothèses extrêmes de Dupuit et de M. Thévenet. La plupart des puits sont alimentés à la fois par le fond et, par la paroi, principalement par le fond. D'autre part, l'observation montre qu'il se forme presque toujours à la base des puits une poche ou excavation, plus ou moins grande suivant la vitesse de l'eau et le degré de fluidité du sable, et un calcul rigoureux du débit devrait porter sur l'enveloppe de cette poche.

55. Exemples de puits. — Dans la plupart des vallées il est possible de rencontrer à quelques mètres de profondeur une première nappe d'où l'on peut retirer de l'eau en creusant un puits et en installant au-dessus de l'orifice une pompe aspirante et foulante, voire même un simple treuil accompagné d'une corde et d'un seau.

L'existence de cette nappe n'est impossible que dans les terrains franchement imperméables, couverts de marécages, lorsque la déclivité est nulle, comme il s'en trouve dans certaines régions de la Sologne où la glaise compacte subsiste à moins de $0^m,20$ de profondeur. En pareil cas, on ne peut se procurer de l'eau que par l'intermédiaire des mares ou par le drainage qui, en même temps, assainit les terres.

Malheureusement l'eau de cette première nappe se trouve fréquemment contaminée par des impuretés de diverses natures, nocives à la santé, telles que débris organiques en putréfaction, liquides des fosses d'aisance et des tas de fumier, résidus industriels, débris des hôpitaux, etc., qui pénètrent et filtrent lentement dans la couche perméable supérieure en même temps que les eaux pluviales. L'insalubrité des nappes superficielles est surtout à craindre au voisinage des habitations et dans les grandes agglomérations; celle des anciens puits de Londres, de Bruxelles et de Paris, avant les nouvelles dérivations d'eau de source, était proverbiale.

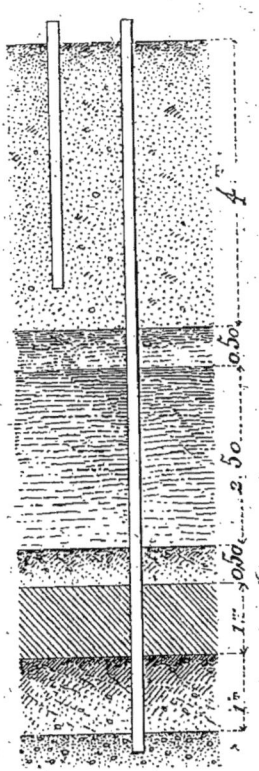

Fio. 29.

L'eau des nappes inférieures, lorsqu'il en existe, est moins sujette à caution, car les impuretés qui proviennent de la surface sont arrêtées par la première couche d'argile. La figure 29 reproduit une coupe de la rive gauche de la Seine à Paris; les puits qui ne descendent que jusqu'à 4 mètres fournissent des eaux insuffisamment filtrées et suspectes; on en obtient de plus pures en descendant jusqu'à la couche de gravier ancien, à 10 mètres de profondeur. Mais la présence d'une épaisse lentille de gypse rend l'eau des puits de Paris extrêmement dure et impropre au savonnage et à la cuisson des denrées; elle titre jusqu'à 250° à l'hydrotimètre, alors que l'eau de Seine n'accuse que 22°.

On voit (fig. 30), d'après M. Debauve, le profil de la vallée du Thérain, affluent de l'Oise, à Beauvais. La première nappe qui coule dans la tourbe, au-dessus de l'argile, alimente les puits A et ne fournit que des eaux médiocres chargées de matières organiques. La couche de gravier et silex super-posée à la craie à 20 mètres de profondeur contient une autre nappe beaucoup plus abondante, un peu artésienne, alimentée par les versants crayeux du bassin, et dont les eaux ont une composition différente de celles de la première.

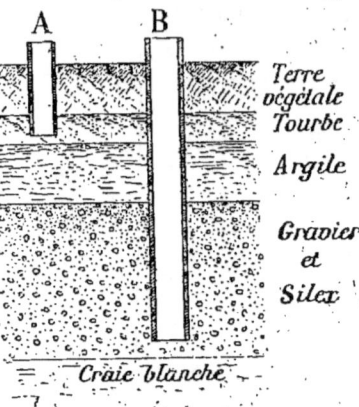

Le *puits filtrant* de 2 mètres de diamètre, établi par M. Lefort dans une île de la Loire en amont de *Nantes*, donne 2.000 mètres cubes par vingt-quatre heures. L'eau est limpide et fraîche et ne contient que 150 bactéries par centimètre cube, au lieu de 2.400 contenues dans l'eau du fleuve. La maçonnerie repose sur une couche de vase compacte imperméable; l'alimentation se fait par la paroi au moyen de barbacanes rectangulaires, que l'on peut ouvrir ou fermer à volonté à l'aide de tampons. La couche filtrante, formée de sable pur, est protégée contre les affouillements par un perré et par des enrochements.

Londres et *Oxford* sont bâties sur des massifs de gravier éminemment perméables, de 2 à 6 mètres d'épaisseur, soutenus par une épaisse couche d'argile; les puissantes nappes peu profondes qu'emmagasinent le gravier se prêtent commodément à l'établissement de puits; à Oxford, chaque maison en possède un.

D'après Daubrée, l'immense nappe des puits de Strasbourg mesure plus de 20 kilomètres de largeur dans la vallée avec 10 mètres de hauteur moyenne.

L'alimentation de *Buda-Pesth* est assurée par un système de cinq puits filtrants de 5, 9 et 18 mètres de diamètre descendus dans le lit du Danube jusqu'à 3m,50 au-dessous de l'étiage du fleuve. Ces puits sont en maçonnerie de briques

Dans la figure 30 : A B — Terre végétale — Tourbe — Argile — Gravier et Silex — Craie blanche.

Fig. 30.

et recouverts par une voûte sphérique ; les eaux y sont amenées par des tuyaux en fonte de 0m,50 de diamètre, percés
d'orifices rectangulaires dans le sens des génératrices et
placés au-dessous de la couche de gravier de 4 à 6 mètres
d'épaisseur qui forme le lit du Danube. Chaque puits donne,
suivant le débit du fleuve, de 4.000 à 10.000 mètres cubes
d'eau de qualité acceptable par vingt-quatre heures, lesquelles eaux sont ensuite refoulées par des machines élévatoires dans une série de réservoirs disposés en ville à
différentes altitudes. Les conduites servent à la fois au
refoulement et à la distribution.

56. Galeries filtrantes. — Quelques ingénieurs, d'Aubuisson
notamment, ont eu l'idée, vers le commencement de ce siècle,
de substituer aux prises d'eau directes en rivière, qui ne
fournissent la plupart du temps que des eaux louches chargées de matières en suspension, de longues galeries creusées
au voisinage des cours d'eau et destinées dans leur esprit,
à recueillir l'eau de ces cours d'eau par *filtration* au travers
du terrain perméable intercalé entre la galerie et la rivière.

Ces galeries filtrantes, très prônées à une certaine époque
et utilisées à Toulouse, Lyon, Angers, Nevers, Fontainebleau,
Magdebourg, Glasgow, etc., n'ont pas toujours réalisé les
espérances que l'on fondait sur elles avant leur établissement.
Plusieurs n'ont fourni dès le début qu'un débit très inférieur à l'évaluation préalable ; d'autres, comme celles de
Lyon, ont fonctionné convenablement pendant un certain
temps, puis leur débit s'est graduellement abaissé presque
jusqu'à zéro par l'envasement du filtre ; dans d'autres cas, à
Lyon encore, l'allongement des galeries en vue d'une augmentation de débit n'a fait recueillir qu'un supplément d'eau
insignifiant. Aussi ce système d'alimentation ne s'est-il que
fort peu généralisé, et lui préfère-t-on aujourd'hui celui des
puits filtrants plus économiques à débit équivalent.

Au début, les ingénieurs croyaient assez généralement que
les eaux recueillies par les galeries filtrantes provenaient en
majorité de la rivière et qu'il y avait réellement filtration
entre le cours d'eau et la galerie. Un examen plus rigoureux
des faits a conduit Belgrand à l'opinion diamétralement

opposée, à savoir que, dans la plupart des cas, ces eaux proviennent non pas de la rivière, mais des nappes souterraines descendant des plateaux, et que la filtration ne se
produit que dans des cas exceptionnels, par exemple lorsque
la galerie est très rapprochée du cours d'eau, comme au
second filtre et à la galerie Guibal de Toulouse. A Neuvy, sur
la Loire, l'eau du fleuve marquait 7° à l'hydrotimètre alors
que celle d'un puits creusé à 24 mètres de la berge accusait 52°. A Fontainebleau, on trouva pour l'eau de la Seine 16°
et pour celle de la galerie filtrante 21°. A Nevers : eau de la
Loire, 5°; eau d'un puisard voisin, 20°. Mêmes observations à
Lyon, Cosne, Blois, etc. L'opinion de Belgrand, confirmée
par d'autres observations plus récentes, n'est plus sérieusement contestée aujourd'hui ; c'est dans les eaux souterraines que doivent être classées, en général, celles que l'on
retire des galeries filtrantes.

Le calcul de ces galeries est analogue à celui des puits ordinaires (54) ; mais la courbe d'inflexion de la nappe est une parabole (*fig.* 27). Soit une galerie de largeur $2p$, creusée jusqu'au
terrain imperméable dans une île de sable, de largeur $2s$, placée au
milieu d'un fleuve (*fig.* 27 et 31). En conservant les notations du

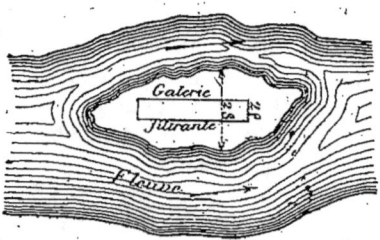

Fig. 31.

paragraphe 45 et appelant q le débit par mètre courant de **galerie,**
l'expression de ce débit au droit de la section MP s'écrit :

$$\frac{q}{2} = \mu z U ;$$

la section symétrique par rapport à oz donne le même débit, ce qui
fait au total :

$$q = 2\mu z U ;$$

ou encore, puisque $U = p\dfrac{dz}{dx}$,

$$q = 2\mu p z \frac{dz}{dx} = \frac{2K}{\pi} z \frac{dz}{dx}.$$

L'intégration est immédiate, il vient :

$$qx = \frac{K}{\pi} z^2 + C,$$

équation qui montre que la courbe En est une parabole.

Si l'on élimine la constante C par l'introduction des limites h et H, on obtient :

$$(4) \qquad q = \frac{K}{\pi} \frac{H^2 - h^2}{s - \rho} = \frac{K}{\pi} \frac{(H - h)(H + h)}{s - \rho}.$$

Le débit est donc directement proportionnel à la chute $H - h$, à la hauteur moyenne de la couche filtrante $\dfrac{H + h}{2}$, et inversement proportionnel à son épaisseur $(s - \rho)$.

Si, pour comparer les puits aux galeries de même largeur, on prend le quotient des relations (2) et (4), il vient après simplifications :

$$\frac{Q}{q} = \frac{\pi (s - \rho)}{Ls - L\rho} ;$$

ρ est généralement petit par rapport à s, de sorte que l'on peut écrire approximativement :

$$\frac{Q}{q} = \frac{\pi s}{Ls} ;$$

si l'on fait, par exemple, $s = 100$ mètres, alors :

$$\frac{Q}{q} = \frac{3,1416 \times 100}{2 \times 2,303} = 68,$$

L représente un logarithme népérien, et le module de transformation des logarithmes vulgaires égale 2,303.

Avec un filtre de 100 mètres de largeur, le puits équivaut comme débit à 68 mètres de galerie environ ; faisant successivement : $s = 10, 200, 500, 1.000$ mètres ; le même rapport devient : 14, 118, 252, 454. Ces chiffres confirment théoriquement le fait déjà reconnu par les ingénieurs de la supériorité économique des puits filtrants sur les galeries.

57. Eaux de Toulouse. — Toulouse fut alimentée pendant plus de quarante ans à l'aide des trois galeries filtrantes construites par d'Aubuisson, vers 1830, sur la rive gauche de la Garonne (*fig.* 32). Le premier filtre donnait 2.000 mètres

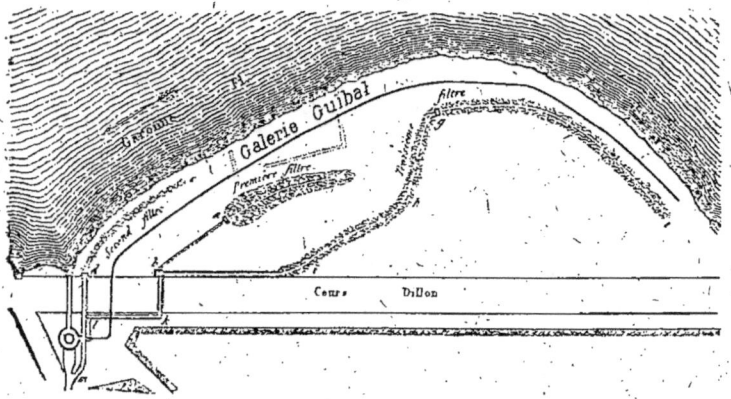

Fig. 32.

cubes d'eau fraîche et limpide en vingt-quatre heures, on avait compté sur 4.000 mètres ; au début, il était à ciel ouvert, mais on dut le couvrir pour conserver la pureté et la température de l'eau. Le second filtre, creusé sur la berge même en vue d'obtenir un débit plus considérable, ne fournissait que des eaux très médiocres, constamment troubles comme celles du fleuve et chaudes en été ; on dut l'abandonner au bout de peu de temps. Le troisième filtre, de 250 mètres de long, établi à 50 mètres du cours d'eau, donnait environ 5.000 mètres cubes.

L'alimentation actuelle est assurée par deux galeries filtrantes présentant un développement total de 600 mètres, et par six puits filtrants de 2m,50 de diamètre ; le débit est d'environ 23.000 mètres cubes par vingt-quatre heures ; 15.000 mètres par les galeries, 8.000 mètres par les puits. Les eaux sont relevées et jetées dans la distribution par un système de machines hydrauliques et à vapeur. M. Quintin, directeur des eaux de la ville, projette d'élever ce volume

à 35.000 mètres (soit 250 litres par habitant) par la création
de douze nouveaux puits filtrants semblables à ceux existants.

L'une des galeries (*fig.* 33), construite en 1859 par l'ingénieur Guibal, au voisinage des
anciens filtres de d'Aubuisson,
aujourd'hui asséchés, est distante de la berge de 40 mètres ;
lors des inondations de 1871
elle fut envahie par la Garonne
et, plusieurs mois durant, ses
eaux restèrent contaminées.
La seconde galerie est établie
à 40 kilomètres en amont, au
Portet, dans un banc de gravier
à 30 mètres du fleuve.

Les trois premiers puits
datent de 1892 et sont égale-

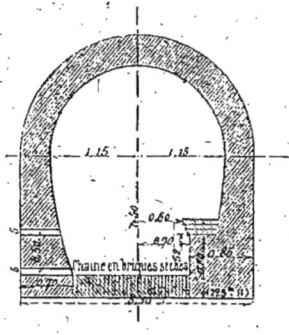

Fig. 33.

ment établis au Portet, dans le prolongement aval de la galerie ;
la figure 34 représente une coupe verticale de l'un d'eux : à

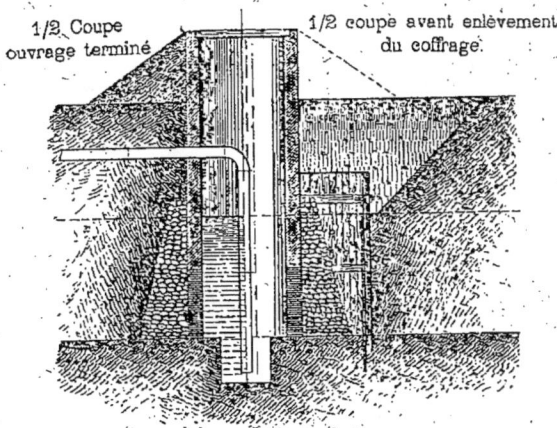

Fig. 34.

gauche l'ouvrage est vu terminé, et à droite s'aperçoit le
coffrage en bois et fer qui a servi aux épuisements. Les trois

autres puits sont à Braqueville, à 2 kilomètres de là, creusés
à 30 mètres de la Garonne et distants de 70 mètres d'axe en
axe. Un aqueduc en ciment rassemble les eaux du Portet et
celles de Braqueville qui y sont rejetées par une pompe, et
conduit le tout à l'usine élévatoire.

Les puits descendent jusqu'à l'assise de marne compacte
qui soutient le gravier ; pour augmenter la charge, on a
recherché les points où l'épaisseur de la couche de gravier
était maxima. Chaque puits, exécuté en régie, est revenu
à 4.000 francs.

L'eau recueillie est toujours fraîche et limpide, pauvre en
matières organiques.

58. Calcul des puits artésiens. — Lorsque le tube artésien
est coupé en un point b

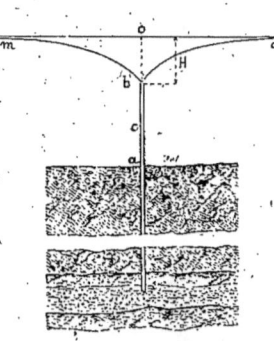

Fig. 35.

(*fig.* 35), à une certaine distance de la surface piézométrique, cette dernière s'in-
fléchit symétriquement autour du tube, suivant une
courbe mbd, et l'écoulement
s'effectue sous la charge bO.

La formule (2) des puits
ordinaires est applicable aux
puits artésiens, car les circonstances de l'écoulement
sont, au fond, analogues dans
les deux cas.

La hauteur moyenne de la couche filtrante $\dfrac{H + h}{2}$ doit être
remplacée par l'épaisseur ε de la couche perméable dans
laquelle coule la nappe, et à la charge $H - h$ on doit substituer la hauteur $bO = H$; s et ρ conservent la même signifi-
cation : s largeur de la nappe perméable qui entoure le puits,
et ρ rayon de ce dernier.

La formule du débit s'écrit dès lors :

$$(5) \qquad Q = 2 K \varepsilon \frac{H}{L \frac{s}{\rho}}.$$

Rigoureusement il faudrait retrancher de H la perte de charge qui résulte du frottement de l'eau contre la paroi intérieure du tube; mais, comme cette perte est généralement très faible par rapport à la charge totale, il n'y a aucun inconvénient à ne pas en tenir compte. Au puits de Grenelle, dont le diamètre est de $0^m,17$, Mary a calculé que la perte de charge produite par le tube n'était que de 1 mètre environ, alors que celle qui résulte du parcours de l'eau au travers des sables verts atteint 56 mètres.

La proportionnalité du débit à la charge se vérifie dans tous les puits artésiens; mais l'observation montre que l'influence du diamètre est généralement supérieure à celle qu'indique la formule (5). Le débit du puits de Passy, de $0^m,8$ de diamètre, fut toujours de beaucoup supérieur à celui du puits de Grenelle, alimenté par la même nappe. Une autre raison, non moins déterminante, milite en faveur de l'adoption des grands diamètres, c'est la facilité qui en résulte pour les travaux de forage et l'installation et la réparation des tubes.

Désignons par Q' le débit en un autre point c, par H' la charge correspondante; on doit avoir également :

(α)
$$Q' = 2k_e \frac{H'}{L\frac{s}{\rho}},$$

et le quotient des relations (5) et (α) donne :

$$\frac{Q}{Q'} = \frac{H}{H'},$$

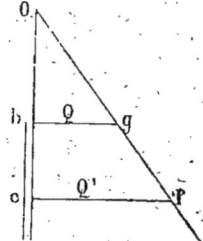

Fig. 36.

proportion qui montre que, si l'on porte sur les horizontales des points b et c des ordonnées respectivement proportionnelles à Q et Q', la droite fg doit théoriquement passer par le niveau piézométrique O (fig. 36).

Le plus souvent cependant, le point obtenu par cette construction est inférieur au véritable niveau piézométrique, que l'on ne peut déterminer approximativement qu'en étudiant par la géologie la forme et l'étendue de la nappe artésienne. Le débit du puits se trouve toujours diminué dans une certaine proportion par les pertes qui se produisent en route

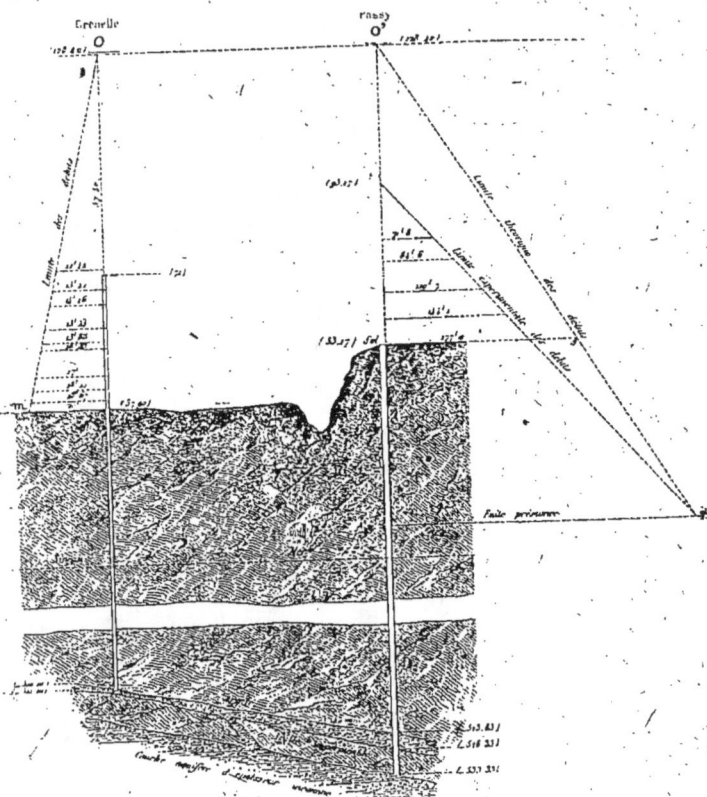

Fig. 37.

aux joints, aux fissures et aux solutions de continuité du tube, qui n'est jamais absolument étanche. Une fraction du débit s'élève entre le tube et la paroi du trou de sonde jusqu'aux couches perméables supérieures dans lesquelles elle disparaît. Le voisinage de puits alimentés par la même nappe est une autre cause de réduction ; et toutes ces pertes réunies entraînent, dans le calcul ci-dessus, une diminution proportionnelle de la hauteur H.

Le niveau piézométrique du puits de Grenelle, déterminé à plusieurs reprises par la méthode précédente, a été trouvé à l'altitude 128^m,40, qui ne s'éloigne guère de la vérité. La figure 37 indique les débits successivement observés par Darcy à différentes hauteurs ; les extrémités des ordonnées sont régulièrement alignées sur la droite O*m*.

Au puits de Passy les pertes en route sont considérables ; le niveau piézométrique, qui devrait se rapprocher de celui du puits de Grenelle puisque la nappe alimentaire est la même, n'a jamais dépassé la cote 93,17.

59. Puits artésiens de Paris. — Le sous-sol de Paris comporte plusieurs couches imperméables pouvant donner naissance à des puits artésiens. La première nappe jaillissante, intercalée entre l'argile plastique et la craie compacte (*fig.* 38), alimente plusieurs puits des environs de Paris, notamment celui de Cernay-la-Ville en Seine-et-Oise, dont la profondeur atteint 120 mètres ; mais, cette nappe venant affleurer dans le lit de la Seine, son niveau piézométrique au voisinage du fleuve se trouve abaissé.

La véritable nappe des puits artésiens de Paris coule dans l'assise très perméable des *sables verts*, noyée dans l'épaisse couche d'*argile du gault*, qui appartient aux formations secondaires du bassin de la Seine. La bande d'affleurement de cette assise mesure plus de 300 kilomètres de développement avec une largeur qui oscille entre 15 et 40 kilomètres ; elle s'étend depuis le département des Ardennes jusqu'à la vallée de la Loire en passant par Sainte-Menehould, Troyes, Auxerre, Châtellerault, et son altitude reste comprise entre 100 et 200 mètres.

Le *puits de Grenelle*, foré de 1833 à 1841, mesure 548 mètres de profondeur, dont 4 mètres de pénétration dans les sables verts ; son diamètre diminue de haut en bas de 0^m,30 à 0^m,17. L'eau sort à la température de 28°, soit environ 17° de plus que la moyenne annuelle de Paris : sa teneur en matières dissoutes est exactement la même que celle de

l'eau du Nil : 0^{gr},140 par litre, comprenant 41 0/0 de carbonate de chaux, 12 0/0 de carbonate de magnésie, 15 0/0 de
carbonate de potasse, 6 0/0 de chlorure de sodium, avec du
sulfate de soude, de la silice et de l'alumine.

Plusieurs mois durant, les eaux entraînèrent de grandes
quantités de sable fin ; il en est sorti près de 1.000 mètres
cubes ; ensuite elles devinrent et restèrent constamment très
claires ; le même fait s'est renouvelé dans d'autres puits artésiens plus récemment forés, et cela conduit à penser qu'il
doit généralement se former à la base de ces puits, par l'entraînement du sol perméable, des poches qui peuvent
atteindre un volume considérable.

Le débit du puits fut d'abord de 3.200 mètres cubes par
vingt-quatre heures au niveau du sol (cote 37), et de
1.100 mètres cubes à l'altitude 71. Des désordres importants,
survenus en 1850 au pied du tubage, diminuèrent sensiblement le débit et exigèrent des travaux de réparation qui
ne furent terminés qu'à la fin de 1852. En 1856, l'arrivée
au sommet n'était plus que de 900 mètres cubes, aujour-
d'hui elle ne dépasse guère 300 mètres cubes. En 1861, après
l'ouverture du puits de Passy, situé à 3 kilomètres de celui
de Grenelle, le débit diminua subitement d'un quart ; il en
fut de même en 1869, après le forage du puits de la raffinerie
Say, profond de 600 mètres avec un diamètre moyen de
4^m,50, et qui donne 6.000 mètres cubes par jour à la cote 55^m,30.

Le *puits de Passy*, dont la profondeur est de 580 mètres, et
le diamètre 0^m,80, fut construit pour fournir 15.000 mètres
cubes d'eau par jour à l'altitude 53, et 7.000 mètres à la
cote 77 ; ces débits furent obtenus par le constructeur,
M. Kind ; le succès de l'opération tint surtout, au dire de
Dupuit, non pas à l'augmentation de diamètre par rapport à
celui du puits de Grenelle, mais à ce que le forage fut descendu jusqu'à une nappe jaillissante plus profonde et plus
puissante que celle de ce dernier puits *(fig. 37)*. Le forage
présenta des difficultés exceptionnelles à cause de l'afflux
des eaux d'infiltration ; le cuvelage en bois se rompit plusieurs fois sous la pression de l'argile plastique. Le débit
actuel est d'environ 5.000 mètres par jour ; l'eau est utilisée
pour l'arrosage et les lacs du bois de Boulogne.

Le *puits de la Chapelle,* commencé en 1866 et terminé seulement en 1887 après de nombreux accidents, est également alimenté par la nappe aquifère des sables verts du gault. Le diamètre varie de 1ᵐ,80 à 1ᵐ,10, et la profondeur atteint 718 mètres. La figure 38 représente une coupe verticale de

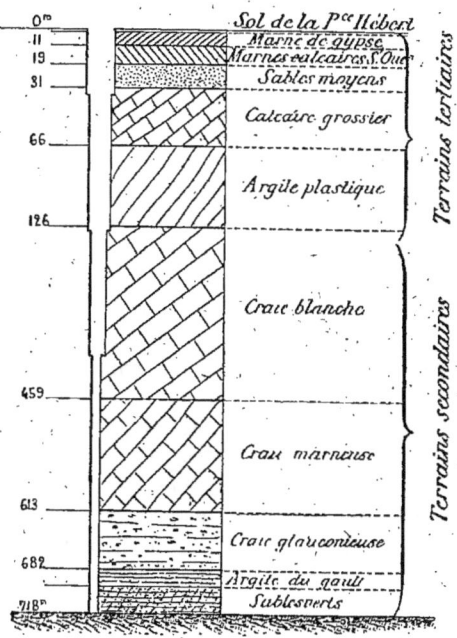

Fig. 38.

ce puits avec l'indication des terrains traversés. Au début le débit au sol atteignait 2.000 mètres cubes par vingt-quatre heures; une rupture de la colonne des tubes l'a fait tomber à 300 mètres. L'eau émerge à une température de 32°. Le forage a coûté près de 1.800.000 francs.

CHAPITRE IV.

CONSOMMATION

60. Consommation totale. — Lorsque l'eau d'une source est reconnue potable et que l'on se propose de l'utiliser pour l'alimentation d'une ville, il est nécessaire d'évaluer le volume dont on aura besoin pour satisfaire aux exigences de la consommation.

Mais il arrive fréquemment que les sources disponibles à faible distance n'ont pas toute la puissance de débit nécessaire, et qu'il faut se contenter du volume d'eau que l'on peut recueillir, quitte à le distribuer le plus économiquement possible.

Quoi qu'il en soit, un calcul rationnel doit tenir compte de la consommation *privée*, c'est-à-dire de l'eau dépensée dans la maison, de la consommation *industrielle*, enfin de la consommation du service *public* dans la rue : lavage, arrosage, nettoyage des égouts et secours d'incendie.

Malheureusement les bases de l'évaluation sont extrêmement variables, rien de précis ne saurait être indiqué *a priori ;* c'est là une question d'espèce où viennent influer le climat de la région, l'habitude des populations, les circonstances locales, les ressources disponibles, etc.; dans chaque cas, l'expérience de l'ingénieur doit s'appliquer à la résoudre au mieux des besoins à desservir.

Malgré cette indétermination, et pour faire choix d'un mode d'évaluation, on a l'habitude de mesurer les besoins par le chiffre de la population. C'est ainsi que l'on admet aujourd'hui, en France, qu'une consommation journalière totale de 100 à 120 litres par habitant est suffisante pour satisfaire aux nécessités immédiates, et que le chiffre de 250 litres est une excellente moyenne pour la généralité des

besoins. Ce dernier chiffre n'est guère dépassé à Paris en ce
moment.

En Angleterre, la moyenne d'un grand nombre de villes
n'est pas supérieure à 200 litres, et en Allemagne à 150 litres.
Aux États-Unis on semble plus exigeant, et M. Fanning
réclame jusqu'à 500 litres.

CONSOMMATION TOTALE PAR TÊTE ET PAR JOUR DE QUELQUES VILLES

	LITRES		LITRES		LITRES
Marseille	700	Londres	154	Rome	650
Carcassonne	400	Manchester	94	Turin	70
Lyon	150	Glasgow	225	Naples	350
Nantes	150	Edimbourg	180	Ferrare	70
Arras	120	Birmingham	99	Florence	86
Orléans	200	Berlin	70	Venise	56
Dijon	240	Cologne	130	Philadelphie	616
Toulouse	170	Dusseldorf	100	Chicago	575
Tours	190	Stuttgard	100	New-York	365

61. Décomposition de la consommation. — La plupart des
villes ne possèdent qu'une seule nature d'eau desservant
indistinctement tous les services; ce système est excellent
quand l'eau est de bonne qualité, car il n'exige qu'une seule
canalisation.

Dans quelques grandes villes, Paris et Bruxelles par
exemple, où l'eau de rivière est inacceptable pour la boisson,
à cause de l'insalubrité des cours d'eau, l'importance de la
consommation privée peut justifier la dépense, toujours considérable, d'une double canalisation. L'eau de source amenée
par dérivation est alors réservée aux besoins domestiques et
aux bornes-fontaines; l'eau de rivière puisée près de la ville
n'alimente que les services publics et industriels.

1° *Service privé.* — C'est un fait observé partout que la
consommation privée s'élève avec le degré d'aisance des
habitants; dans la même ville, les quartiers riches dépensent
proportionnellement plus d'eau que les quartiers pauvres.

A vrai dire, les différences ne sont jamais bien considérables
et dans une évaluation première on peut tabler sur une
moyenne générale; plus tard, si cela est nécessaire, on en
tient compte dans le calcul de la canalisation.

Il résulte aujourd'hui de statistiques étendues que l'on
peut adopter les chiffres du tableau ci-dessous comme
moyennes rationnelles des volumes d'eau nécessaires par
vingt-quatre heures pour les différents usages. Les chiffres
adoptés à Paris, depuis le Règlement de 1863, sont, sur certains points, légèrement supérieurs.

DÉSIGNATION	MOYENNES que l'on peut ADOPTER	MOYENNES adoptées à PARIS
	litres par jour	litres par jour
Par personne domiciliée.............	35	45
Par ouvrier.........................	5	5
Par cheval..........................	75	100
Par vache...........................	75	100
Par voiture à 2 roues...............	40	40
Par voiture de luxe à 4 roues.......	100	150
Par mètre carré d'allée, cour........	5	6
Par boutique........................	100	150
Par bain............................	300	300
Par mètre carré de gazon, allées de jardin, massif de fleurs, *par année*.	750	1.200

2° *Service public.* — Le volume d'eau nécessaire pour le
nettoyage des rues est plutôt proportionnel à la surface
mouillée qu'à la population; mais là encore les bases sont
des plus variables. On peut compter qu'un double arrosage
quotidien exige au minimum 2 litres par mètre carré, et que,
sur l'ensemble de la consommation, le service public doit
figurer pour 30 0/0 environ. Avec le système du tout à l'égout
la dépense est encore plus forte.

Paris ne saurait fournir un terme de comparaison rationnel : le service public y est exceptionnellement doté et
absorbe jusqu'à 100 litres par jour et par personne. Toute

l'année, deux fois par jour, les caniveaux sont lavés; le débit des bouches de lavage est réglé à 108 litres par minute. Durant la belle saison, les grandes rues et les boulevards sont arrosés à la lance ou au tonneau; on dépense à cet usage près de 7 litres par mètre carré. Les urinoirs sont constamment rafraîchis par un courant d'eau. Les grands jardins publics et les squares sont l'objet de soins particuliers. Les fontaines monumentales reçoivent une large alimentation. La gerbe de la place du Trocadéro débite 240 litres par seconde; la fontaine Saint-Michel, 45 litres. Les secours en cas d'incendie sont assurés par plus de cinq mille bouches de $0^m,10$ de diamètre, distribuées dans toutes les rues à un intervalle normal de 100 mètres.

En Angleterre, on admet que le lavage et l'arrosage des rues, le curage des égouts, les secours d'incendie, absorbent 20 litres par jour et par habitant. En Allemagne, la moyenne ne dépasse pas 15 litres. Aux États-Unis elle monte à 60 litres.

3° *Service industriel.* — La consommation pour l'industrie augmente avec l'importance industrielle des villes; insignifiante dans certains centres, elle devient considérable dans d'autres.

Pour les machines à vapeur on compte par cheval et par heure :

Pour machines sans condensation..   20 à 35 litres
Pour machines avec condensation..   300 à 700 litres

Les brasseries exigent jusqu'à 4 litres d'eau par litre de bière.

En Angleterre on évalue à 50 litres par tête l'ensemble de la consommation industrielle. En Allemagne et aux États-Unis on compte 60 litres.

4° *Pertes.* — Un élément qu'il ne faut jamais négliger dans l'évaluation de la consommation est la perte indivise qui se produit inévitablement dans toute canalisation, quels que soient les soins que l'on apporte à son entretien. Une con-

duite se rompt et laisse perdre l'eau pendant plusieurs heures
avant que l'accident soit reconnu et réparé ; un joint cède
sous la pression du liquide ; un robinet de puisage, une
décharge ne ferment pas hermétiquement, et l'eau s'écoule
en pure perte, etc.

On estime que la totalité des pertes est rarement inférieure
au 1/5 de la consommation.

62. Variations de la consommation. — Les grandes villes
dépensent proportionnellement plus d'eau que les centres
de moyenne importance. Une population plus dense, un luxe
extérieur plus développé, des industries plus nombreuses
augmentent l'insalubrité et imposent des précautions hygié-
niques spéciales, qui se traduisent par un accroissement
de la consommation d'eau.

Avec 100 litres par tête on satisfait aux besoins d'une
ville de 10.000 habitants ; ce chiffre est insuffisant pour une
agglomération plus forte.

La consommation varie avec les pays, les localités, la latitude, et, dans la même ville, avec la température et l'état de
l'atmosphère. L'humidité restreint la dépense ; un temps sec
lui est favorable. En été on consomme plus d'eau qu'en
hiver : l'accroissement reste ordinairement compris entre
30 et 50 0/0 de la *moyenne journalière* annuelle ; mais, avec des
chaleurs exceptionnelles, l'écart est encore plus considérable.
A Paris, en juillet 1896, durant quelques jours de grandes
chaleurs, l'augmentation a dépassé 70 0/0.

L'étendue des *variations annuelles* en fait un élément
important dont il faut tenir compte dans l'évaluation première des besoins et le calcul de la canalisation : toute distribution d'eau bien comprise doit fournir un service satisfaisant d'un bout de l'année à l'autre.

La consommation d'eau est également variable dans le
cours d'une même journée : presque nulle pendant la nuit,
elle présente deux maxima entre sept et dix heures du
matin, et quatre et sept heures du soir, un minimum intermédiaire vers midi. D'après M. Fanning, l'amplitude des
variations horaires peut atteindre 50 0/0 dans les villes pourvues de compteurs et 80 0/0 dans celles où la distribution se

fait à robinet libre.-Pour que le service reste constamment
régulier, il faut que la capacité des réservoirs soit calculée en
conséquence.

La figure 39 représente, d'après M. Gille, la courbe de la
consommation horaire pour la ville de Berlin, journée du
13 août 1892. La dépense maxima, vers onze heures du

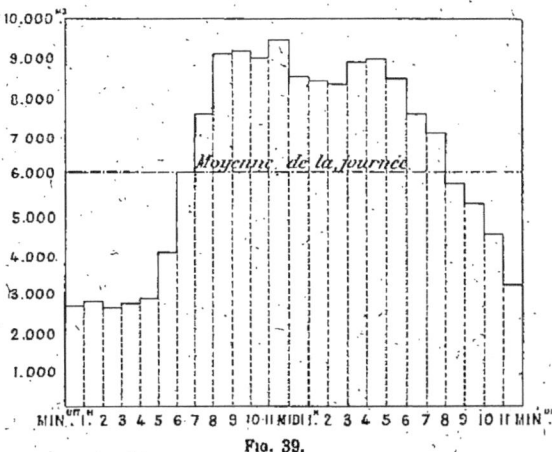

Fig. 39.

matin égale une fois et demie la moyenne et presque quatre
fois la consommation horaire la plus faible de deux heures à
trois heures du matin.

Enfin, à côté des variations périodiques, il faut considérer
l'accroissement de consommation qui résulte de l'augmentation progressive de la population de presque toutes les
villes et du développement des diverses industries. C'est
encore là une question d'espèce qui doit être examinée
dans chaque cas d'après les circonstances locales. Il résulte
d'un grand nombre de statistiques que cet accroissement est
sensiblement plus rapide que celui de la population. En
dix ans, la consommation d'eau-de Chicago a doublé. Paris a
dépensé 180 litres par tête en 1885 ; 260, en 1895.

63. Calcul de la consommation d'eau d'une ville. — Toute
étude de distribution d'eau pour une ville doit être précédée

du recensement général des habitants, des chevaux, des ânes, des vaches, etc. ; il faut calculer la superficie des voies à arroser, évaluer la consommation des diverses industries, des établissements publics, des casernes, fixer le nombre et le débit des fontaines d'agrément que l'on veut installer; en un mot, il faut réunir tous les éléments qui peuvent influer sur le chiffre de la consommation.

Si l'on suppose, par exemple, que dans une ville que l'on se propose d'alimenter par une dérivation d'eau de source, le recensement ait donné :

$$
\begin{array}{ll}
12.500 & \text{habitants,} \\
 & \left\{\begin{array}{l} \text{chevaux,} \\ \text{mulets,} \\ \text{vaches, etc.,} \end{array}\right. \\
650 & \\
75.000^{m2} & \text{de voies à arroser,}
\end{array}
$$

et que la consommation industrielle soit évaluée à 1.000 mètres cubes par jour; si l'on estime que le jardin public et son lac exigeront environ 15 mètres cubes, que les fontaines des deux places publiques consommeront la première 350 mètres cubes, la seconde 250 mètres cubes, voici comment pourra s'évaluer la consommation journalière totale :

			M. cubes
Service privé :	pour les habitants.	12.500×85...	1.060
	pour les chevaux, etc.	650×75...	50
Service public :	pour l'arrosage.....	75.000×2...	150
	pour le lavage des rues et des égouts.	12.500×10...	125
	pour les fontaines et le jardin public...	$350 + 250 + 15$...	615
Service industriel	......	......	1.000
		TOTAL.....	3.000

Soit une moyenne par habitant de :

$$
\frac{3.000^{m3}}{12.500} = 240 \text{ litres par jour,}
$$

chiffre suffisant pour assurer un bon service, même en été. La perte indivise est comprise dans la dépense de 85 litres admise pour chaque habitant.

En ajoutant 1.000 mètres cubes pour tenir compte de l'accroissement probable de la population et des besoins industriels, on arrive au total de 4.000 mètres cubes. La source devra donc fournir :

$$\frac{4.000^{m3}}{60 \times 60 \times 24} = 46^l,29 \text{ par seconde.}$$

La totalité de la consommation journalière ne se répartit pas uniformément sur les vingt-quatre heures ; pour que le service se fasse constamment dans de bonnes conditions, *il faut qu'aux heures où la dépense est maximum la canalisation puisse débiter toute l'eau demandée sans produire une dépression exagérée.* Il est donc intéressant de calculer le volume total qui sera consommé en une seconde, durant la période la plus active de la journée.

1° On peut admettre que la consommation privée se répartit environ sur sept heures : quatre heures le matin, de sept heures à onze heures, trois heures le soir, de quatre heures à sept heures ; le débit par seconde pour ce service est, par suite :

$$\frac{\overline{1.060 + 50}^{m3}}{60 \times 60 \times 7} = 44^l,05.$$

2° L'arrosage des rues s'effectue ordinairement pendant quatre heures : deux heures le matin et deux heures l'après-midi ; la dépense correspondante est de :

$$\frac{150^{m3}}{60 \times 60 \times 4} = 10^l,42.$$

3° Pour le lavage des rues on peut répartir la consommation sur cinq heures, ce qui donne :

$$\frac{125^{m3}}{60 \times 60 \times 5} = 6^l,94.$$

4° Les fontaines publiques et le lac du jardin fonctionnent environ pendant huit heures, soit :

$$\frac{615^{m3}}{60 \times 60 \times 8} = 21^l,35.$$

5° L'ensemble de la consommation industrielle s'étend, à quelques exceptions près, sur la journée normale de dix heures ; le débit est, par conséquent :

$$\frac{1.000^{m3}}{60 \times 60 \times 10} = 27^l,78.$$

Aux heures de la journée où la consommation est la plus forte, la canalisation débitera donc :

$$44,05 + 10,42 + 6,94 + 21,35 + 27,78 = 110^l,54 \text{ par seconde.}$$

En majorant ce chiffre de moitié pour tenir compte des variations annuelles, on arrive à un débit de 165 litres, qui doit servir de base pour le calcul des éléments de la distribution.

CHAPITRE V

PUISAGE ET CAPTATION DES EAUX

64. Les travaux qu'il faut exécuter pour installer un service d'eau dans une ville dépendent du genre et de l'importance du système hydraulique que l'on se propose de réaliser.

L'emploi des *citernes* où l'on recueille l'eau de pluie est une solution primitive qui présente de grands inconvénients pour le puisage et la conservation de l'eau; ce mode d'alimentation n'est applicable que pour des services particuliers très peu développés, dans les fermes isolées, et dans les régions totalement dépourvues de sources et de rivières.

Les *puits ordinaires* offrent plus de sécurité s'ils descendent jusqu'à la seconde nappe, et sont par cela même beaucoup plus répandus dans tous les pays, notamment à la campagne. L'inconvénient du système vient de l'obligation du puisage à la main, au moyen de seaux, et du manque de pression de l'eau.

Le système le plus généralement adopté pour les agglomérations de quelque importance est constitué par une *conduite de dérivation* qui amène l'eau de la rivière voisine ou d'une source captée à quelque distance, d'un *réservoir* régulateur de la consommation et d'une *conduite de distribution* qui part du réservoir et se ramifie par diamètres décroissants, dans toutes les rues pour conduire l'eau au droit de chaque propriété. L'aménagement dans la maison ne nécessite plus alors qu'une prise sur la conduite publique et la pose d'un branchement de faible longueur.

CITERNES

65. Construction des citernes. — Une citerne n'est autre chose qu'une chambre plus ou moins grande creusée dans le sol au voisinage des habitations et dont les parois sont rendues étanches pour éviter la déperdition de l'eau ; ces parois sont ordinairement en maçonnerie, quelquefois en bois ou en tôle.

L'eau de pluie est dirigée vers la citerne par des rigoles tracées sur le sol ou par une conduite qui prolonge le tuyau de descente des bâtiments ; lorsqu'elle est utilisée pour la boisson, il est bon de ne recueillir que celle qui coule sur les toits. Les puisages s'effectuent à l'aide d'une pompe ou d'un seau, suivant les dispositions adoptées.

La figure 40 représente la coupe verticale d'un type de

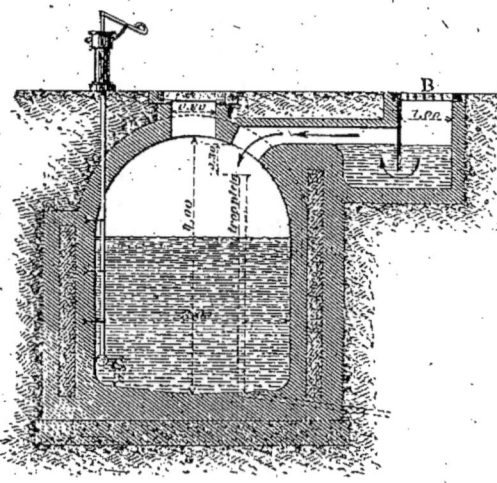

. Fig. 40.

citerne assez rationnel : le radier en maçonnerie repose sur une fondation en béton ; les parois sont formées de deux

murs parallèles emprisonnant une couche de glaise fortement comprimée qui assure l'étanchéité. La couverture
maintient l'eau dans l'obscurité, la protège contre l'échauffement et la gelée, et restreint l'évaporation. Un regard de
descente fermé par un tampon facilite la visite et le nettoyage
de la citerne. L'eau arrive dans le *citerneau* B, qui peut
contenir environ 1 mètre cube, où elle se débarrasse des
matières en suspension, et de là se déverse dans la citerne.
Le tuyau d'aspiration, scellé dans la maçonnerie, est muni
d'une crépine de prise qui empêche les corps solides d'être
entraînés.

L'usage des citernes exige de grandes précautions, si l'on
veut que l'eau conserve sa potabilité. Celle qui tombe au
début d'une pluie lave les toitures et entraîne une foule de
poussières et d'immondices de toute espèce ; il est bon de la
rejeter. A Cadix, où chaque
maison a sa citerne, ce résultat est obtenu au moyen
d'un robinet à trois voies
placé sur le tuyau d'ali-
mentation AB de la citerne ;
en temps ordinaire, ce robinet est fermé (α) (*fig.* 41)
et l'eau qui surviendrait
pourrait s'écouler au
dehors par l'ouverture C ;

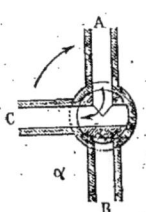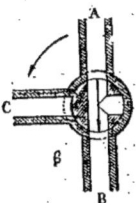

FIG. 41.

lorsqu'une pluie intense commence à tomber, on attend
quelques minutes, puis on tourne la manette du robinet
d'un quart de tour (β) ; la communication avec l'extérieur se
trouve interceptée, et l'eau pénètre dans la citerne ; dès que
la pluie a cessé, on replace la manette dans sa position normale.

Les parois des citernes et surtout le radier doivent être
parfaitement étanches pour empêcher les fuites et l'infiltration
des eaux de l'extérieur, souvent contaminées au voisinage
des maisons. Le choix des matériaux de construction n'est
pas indifférent : les pierres calcaires et le mortier de chaux
altèrent lentement la composition de l'eau en augmentant
sa crudité ; le mortier de ciment de Portland est préférable ;

chaque citerne doit être pourvue d'un tuyau de *trop-plein* dont l'orifice est nivelé à 0ᵐ,30 environ au-dessous du plafond, et d'un tuyau de *décharge* commençant au radier; ces tuyaux vont se perdre à quelque distance dans un fossé d'écoulement ou dans un puits absorbant. Il importe que l'eau soit maintenue dans l'obscurité pour arrêter le développement des germes microbiens, et il est indispensable de nettoyer les citernes au moins une fois par an; tous les six mois serait encore mieux.

La figure 42 représente le type en béton de ciment adopté

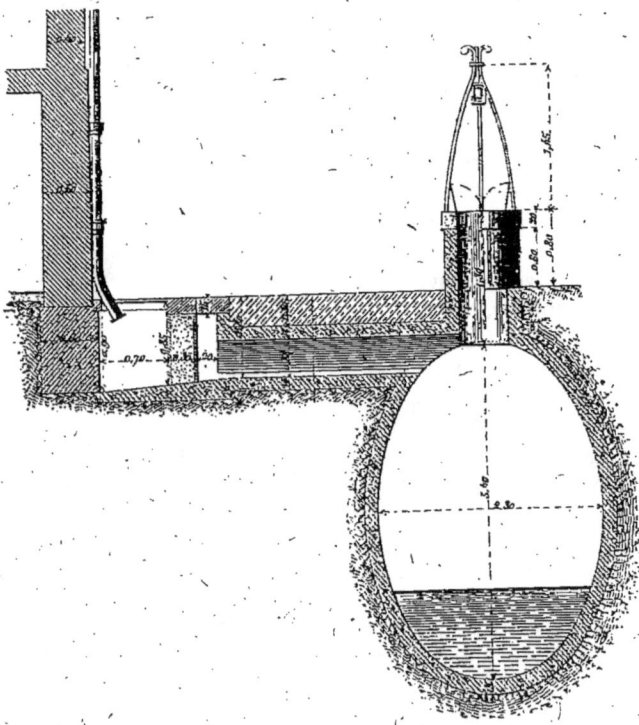

Fig. 42.

par la Compagnie du chemin de fer d'Orléans pour ses maisons de garde ; la contenance est d'environ 9 mètres cubes. A la sortie du citerneau, l'eau traverse une grille, puis un filtre vertical en gravier de 0ᵐ,30 d'épaisseur. Les puisages se font avec des seaux.

Les citernes de quelque importance doivent comprendre deux compartiments, afin que l'eau ne fasse pas totalement défaut lorsque l'un d'entre eux vient à être mis en vidange pour le nettoyage. Les grandes citernes espagnoles de l'Alhambra à Grenade, de Manissès près de Valencé, peuvent contenir jusqu'à 3.000 mètres cubes d'eau et sont divisées en deux et trois compartiments.

66. Capacité des citernes. — Les dimensions des citernes dépendent du volume d'eau qu'il faut emmagasiner pour satisfaire à la consommation d'une année et du régime des pluies dans la contrée ; c'est une étude à faire dans chaque cas particulier, d'après les données pluviométriques que l'on peut recueillir. M. Grimaud de Caux évalue la consommation d'eau d'une ferme française de la façon suivante :

Pour une personne. 10 litres par jour, soit 3.650 litres par an
— un cheval..... 50   —   — 18.250   —
— un bœuf...... 30   —   — 10.950   —
— un porc....... 3   —   — 1.095   —
— un mouton.... 2   —   —   730   —

D'autre part, on peut admettre que chaque mètre carré de toiture fournit annuellement 250 litres d'eau. Si donc une ferme abrite trois personnes, un cheval, deux bœufs et un porc, la dépense sera de :

$$3650 \times 3 + 18250 + 10950 \times 2 + 1095 = 52 \text{ mètres cubes environ.}$$

Une surface de toits d'environ 200 mètres carrés suffirait pour recueillir ce volume.

67. Citernes filtrantes de Venise. — Les citernes de Venise formaient encore, il y a quelques années, la base de l'alimentation de cette ville ; construites sur un modèle

DISTRIBUTIONS D'EAU.   8

uniforme représenté en coupe par la figure 43, l'eau de pluie s'y trouvait à la fois emmagasinée et filtrée.

L'excavation qui devait former la citerne recevait la forme d'un tronc de cône ayant sa petite base à la partie inférieure

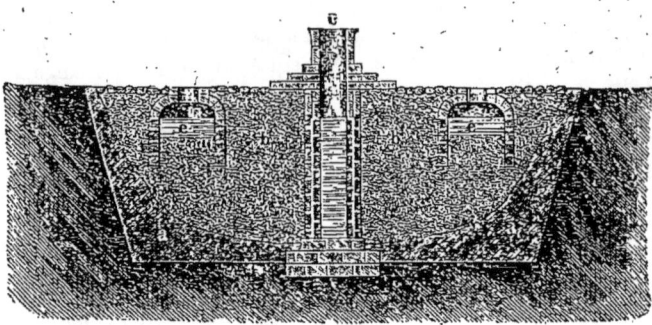

FIG. 43.

L'étanchéité était obtenue par une couche d'argile pure *a*, fortement comprimée et dont la surface était lissée avec soin ; la cavité laissée par l'argile se remplissait avec du sable de mer soigneusement lavé. Le puits central *C*, construit en briques sèches, reposait sur une fondation en béton, et les briques inférieures étaient percées à jour pour former barbacanes.

Les dalles recouvrant la citerne étaient légèrement inclinées vers quatre ouvertures faisant communiquer l'extérieur avec des regards *e*, dits *cassetoni*, reliés entre eux par une galerie circulaire en briques sèches. L'eau pénétrait directement dans ces regards, filtrait au travers de la masse de sable *b* et arrivait limpide dans le puits du milieu.

PUITS ET GALERIES FILTRANTES

68. Reconnaissance de la nappe. — L'établissement d'un puits pour l'alimentation d'une ville doit être précédé d'une étude géologique de la nappe aquifère, afin de recueillir des données positives sur son étendue, sa puissance, sa pente, la perméabilité du sol et la direction du courant. Le nivellement des puits voisins alimentés par la même nappe doit être effectué avec soin et à différentes époques, notamment en automne, en temps de basses eaux. Des épuisements prolongés doivent être exécutés aux mêmes époques sur plusieurs de ces puits, en même temps que l'on note l'abaissement du plan d'eau dans ceux du voisinage.

Et ce n'est qu'après avoir acquis la quasi-certitude de l'existence d'une nappe bien alimentée, capable d'un débit notablement supérieur à celui que l'on désire, que l'on doit commencer la construction.

En général, un bassin alimentaire très étendu, une forte pente de superficie une grande épaisseur et une grande perméabilité de la couche aquifère, ainsi qu'une influence peu prononcée des épuisements sur les puits environnants doivent être considérés comme des indices favorables à la richesse de la nappe. Au contraire, un bassin limité, une faible pente, un terrain peu perméable, annoncent ordinairement une nappe peu abondante.

69. Construction.— Les puits ont généralement la forme d'un cylindre droit à base circulaire; les sections rectangulaires sont exceptionnelles. Pour les puits particuliers, le diamètre dépasse rarement 1m,50 dans œuvre et 2 mètres extérieurement avec un revêtement de 0m,25 d'épaisseur.

Mais les grands puits, comme celui de Colmar (fig. 46), qui servent à l'alimentation des villes, et les puits filtrants, comme ceux d'Albi et de Buda-Pesth, ont souvent 4, 6 et même jusqu'à 10 et 20 mètres de diamètre. Leur fonçage se fait à l'air comprimé et entraîne parfois à des travaux considérables.

Le creusage des puits ordinaires s'exécute de préférence par des ouvriers spéciaux dits puisatiers, qui ont l'habitude de ces travaux. Lorsque le terrain est suffisamment résistant, la fouille est descendue sans autre précaution jusqu'à la couche imperméable sur laquelle repose la nappe, quelquefois elle pénètre d'environ 0m,50 dans cette couche. Un ou deux ouvriers creusent le puits et chargent les déblais dans des bennes qu'un troisième ouvrier, placé au dehors, remonte au moyen d'un treuil installé au-dessus de l'orifice.

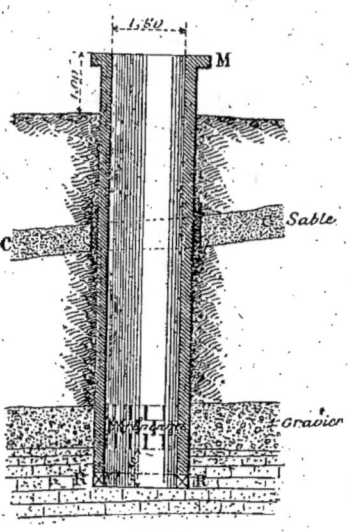

Fig. 44.

Dès que l'on atteint la nappe, il est nécessaire d'épuiser l'eau avec des seaux ou des pompes.

Dans les terrains de moyenne consistance ou lorsque la fouille traverse des couches ébouleuses, il est indispensable d'étayer pour éviter les accidents; des madriers sont appliqués le long de la paroi et soutenus par des cercles en fer distants de 1 mètre à 1m,50; lorsque le sol est très peu résistant, les madriers sont jointifs et les cercles rapprochés à 0m,50.

Le revêtement en maçonnerie, de 0m,20 à 0m,25 d'épaisseur, s'exécute après que le puits est arrivé à fond; la partie inférieure peut reposer sur le sol naturel si ce dernier forme une base solide; mais ordinairement on l'asseoit sur une couronne circulaire, R en bois, appelée *rouet*, de même épaisseur que le revêtement. Dans la traversée de la nappe, la maçonnerie est en pierres sèches avec barbacanes pour permettre l'introduction de l'eau; au dessus les joints sont hourdés au ciment. Les étais sont enlevés au fur et à mesure que le mur s'élève; il faut avoir soin de bourrer complètement l'intervalle qui sépare la maçonnerie des parois de la fouille. Si l'on rencontre des couches aquifères, telles que C, on entoure le mur d'un bourrelet d'argile qui empêche les eaux de pénétrer dans le puits. Le revêtement est continué au-dessus du sol jusqu'à 1 mètre environ et se termine par un couronnement M appelé *margelle*.

Au lieu d'établir le revêtement après le fonçage, bien des

puisatiers préfèrent exécuter simultanément ces deux opérations; le procédé est plus rapide et plus économique, mais plus difficultueux. On fouille d'abord jusqu'à 2 mètres environ, puis on place le rouet, et la maçonnerie est exécutée par dessus jusqu'au niveau du sol; en continuant la fouille, le rouet s'abaisse lentement sous le poids de la maçonnerie que l'on exécute au fur et à mesure de la descente. Le puits est ainsi descendu petit à petit jusqu'à la profondeur voulue.

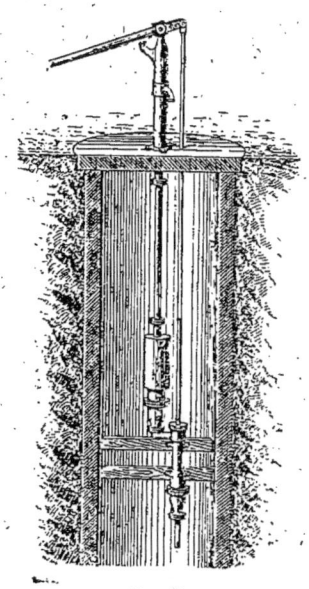

Fig. 45.

Les puisages s'effectuent le plus souvent à l'aide de seaux que l'on descend au moyen d'une corde ou d'une chaîne passant sur une poulie ou enroulée sur le cylindre d'un treuil; mais d'autres fois le revêtement du puits est arasé au niveau du sol, et l'orifice fermé par un tampon en pierre ou en tôle; l'eau est alors élevée par une pompe dont le tuyau d'aspiration, scellé à la paroi du puits, descend jusqu'à quelques centimètres du fond.

70. **Puits de Colmar.** — Colmar est alimentée, depuis 1885, par les eaux relevées d'un puits de 4 mètres de diamètre et de 10 mètres de profondeur, creusé dans la plaine du Rhin, au sud et à 3 kilomètres environ de la ville, et qui lui fournit 70 litres d'eau par seconde pour une population de 25.000 habitants, soit 240 litres par tête.

Le relevé du niveau de l'eau dans les puits des environs et dans quelques tuyaux d'observation en fer creux placés aux endroits dépourvus de puits a fait reconnaître l'existence d'une nappe très épaisse et très large, coulant dans la vallée

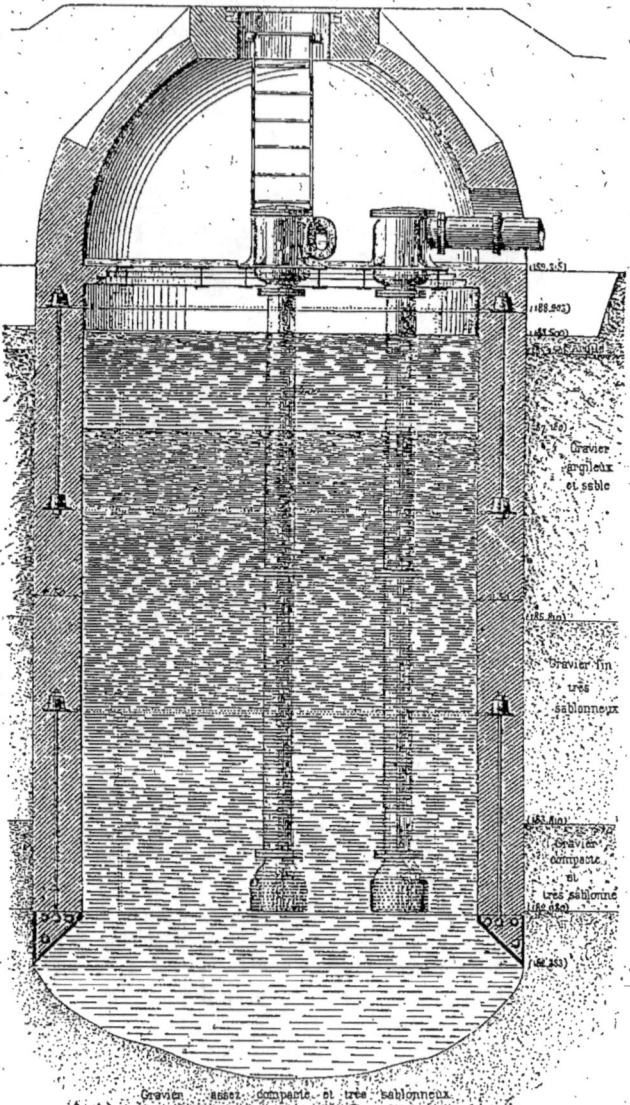

Fig. 46.

du sud-est au nord-ouest avec une pente variant de $0^m,001$
à $0^m,0017$. C'est le même courant souterrain, qui prend son
origine au haut de la vallée du Rhin dans la plaine de Sund-
gau, près de Bâle, qui traverse toute l'Alsace, et que Strasbourg utilise depuis 1880 pour sa distribution.

Un puits d'essai devenu puits définitif (*fig.* 46) a montré
que la couche aquifère était composée de sables, de graviers
et de cailloux de $0^m,02$ à $0^m,25$, le tout éminemment perméable. Les épuisements effectués pendant dix-neuf jours
consécutifs à l'aide de deux pompes centrifuges débitant
ensemble 72 litres par seconde, n'ont amené qu'un abaissement de $1^m,10$ dans le niveau statique de l'eau; après l'arrêt
des pompes, le niveau primitif s'est rétabli en dix-neuf minutes. L'effet des épuisements n'a été sensible que dans un
rayon de 100 mètres. La hauteur normale de l'eau au-dessus
du fond est de 6 mètres, et son niveau ne varie que de $0^m,60$
par an.

L'eau est de bonne qualité, pauvre en matières organiques, température constante de 10°, marque 11° à l'hydrotimètre.

Le revêtement en maçonnerie de briques, de $0^m,50$ d'épaisseur, a été construit au fur et à mesure des dragages et
consolidé par des armatures en fer; le rouet en fonte taillé
en biseau a facilité sa descente dans les alluvions.

Une conduite de refoulement de $0^m,35$ de diamètre, de
3 kilomètres de long, et un double système de pompes
actionnées par des machines à vapeur élève l'eau dans un
réservoir en tôle (187) à 51 mètres au-dessus du niveau de
prise, ce qui assure dans la ville une pression de 30 mètres.

71. Puits filtrants d'Albi. — Le service d'eau de la ville
d'Albi est assuré depuis 1886 par deux puits filtrants de
12 mètres de profondeur, établis à 10 kilomètres en amont
de la ville dans l'alluvion de Saint-Juéry noyée dans le lit
du Tarn et formée d'un mélange de gravier et de sable avec
très peu de vase. Ces puits fournissent 60 litres par seconde
d'eau fraîche et très limpide que relève dans un réservoir,
à 60 mètres de hauteur, un système de pompes horizontales
Girard actionnées par deux turbines Fontaine (165).

Fig. 1 *Puits filtrant*
Coupe verticale.

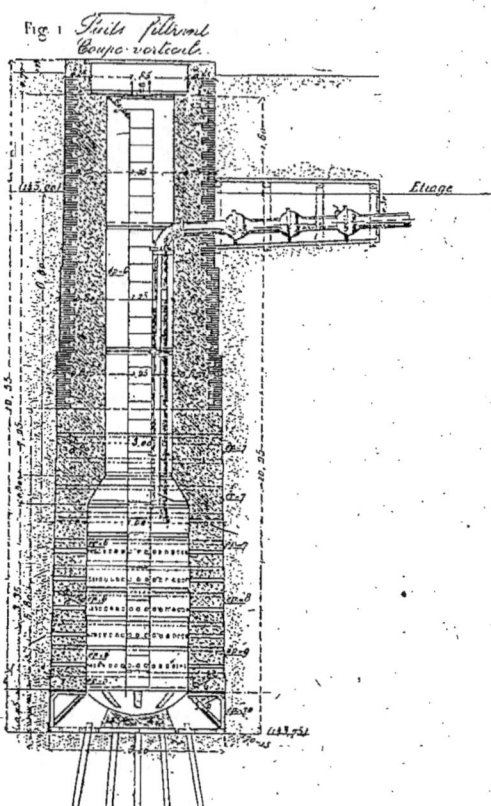

Étiage

Fig. 2 *Coupe suiv.* AB

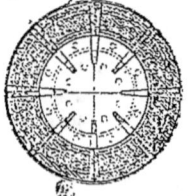

Fig. 47.

La figure 47 représente deux coupes, verticale et horizontale, de l'un des puits; la partie inférieure qui constitue la
chambre de filtration est formée d'un double caisson cylindrique en tôle, de 3 mètres et 1^m,80 de diamètre, dont les
parois sont reliées par 95 entretoises tubées. Le radier, en
forme de calotte renversée, est percé de cheminées qui livrent
passage aux infiltrations ascendantes, de sorte que l'alimentation se fait à la fois par le fond et par la paroi. L'intervalle
compris entre les deux cylindres est rempli de béton de
ciment, et, sur toute la hauteur de la cheminée d'accès qui
surmonte la chambre, l'enveloppe extérieure est en maçonnerie. Chaque puits, descendu à l'air comprimé et exécuté à
forfait, est revenu à 18.000 francs pour un débit qui peut
être porté à 40 litres par seconde.

La conduite d'aspiration, de 0^m,30 de diamètre, commence
à 6 mètres au-dessous du niveau d'étiage; dans la traversée
de la rivière on a utilisé
le système de tuyaux avec
joints sphériques Badois
(91), qui est revenu à
60 francs le mètre courant.

72. Puits instantanés. —

Lorsque la nappe coule à
une faible profondeur et
que le sol est peu résistant
comme dans certaines val-
lées d'alluvions, le système
des forages instantanés offre
de précieux avantages par
la rapidité avec laquelle
il permet de se procurer
de grandes quantités d'eau.
Ce système, pratiqué en
Chine depuis fort long-
temps, consiste à enfoncer

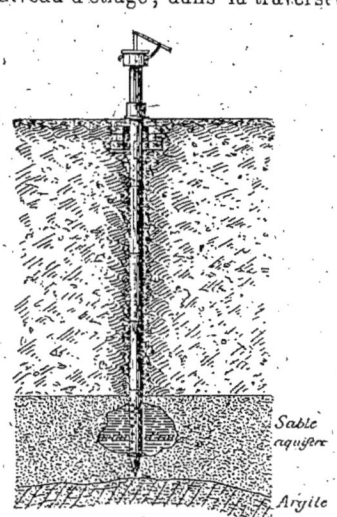

Fig. 48.

dans le sol, jusqu'à la rencontre de la nappe, un tube en fer
de 3 à 6 centimètres de diamètre, percé de trous à la base
pour permettre l'introduction de l'eau, que l'on aspire ensuite

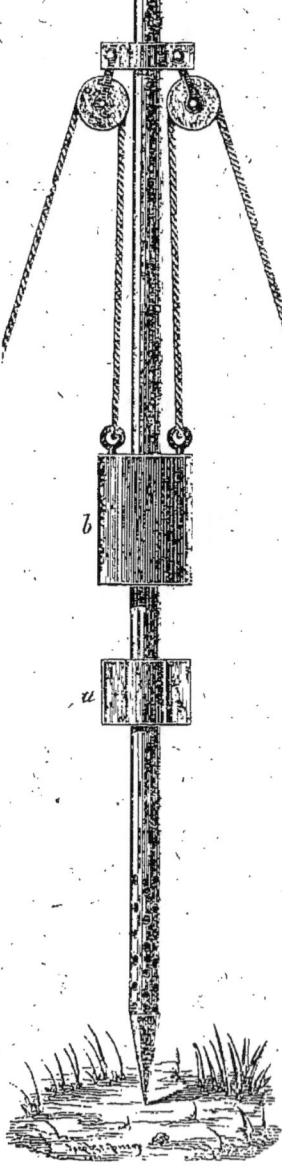

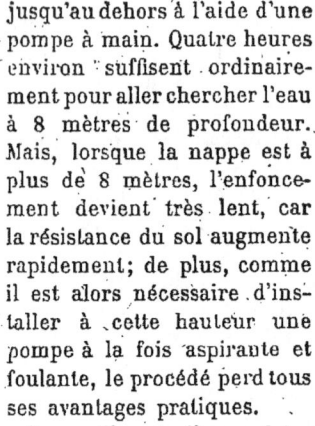

jusqu'au dehors à l'aide d'une pompe à main. Quatre heures environ suffisent ordinairement pour aller chercher l'eau à 8 mètres de profondeur. Mais, lorsque la nappe est à plus de 8 mètres, l'enfoncement devient très lent, car la résistance du sol augmente rapidement; de plus, comme il est alors nécessaire d'installer à cette hauteur une pompe à la fois aspirante et foulante, le procédé perd tous ses avantages pratiques.

Les outils et pièces nécessaires à l'établissement de ces puits se trouvent dans le commerce; la figure 49 représente la disposition adoptée par M. Clark pour produire l'enfoncement du tube : a est un manchon fixé au tube, b un mouton qui vient frapper sur le manchon; un sabot effilé en acier très dur en forme de cône facilite la pénétration. La partie perforée a 1 mètre de hauteur et l'aire totale des trous égale une fois et demie la section intérieure du tube; après que ce bout est enfoncé, on en visse un second de même longueur à l'extrémité, puis un troisième, etc., au fur et à mesure de l'enfoncement.

Le système des puits instantanés n'a qu'un champ d'application limité, mais il

Fig. 49.

est économique et convient très bien pour des recherches et des exploitations de courte durée; les armées en campagne peuvent l'utiliser avantageusement, comme l'ont fait les Anglais en 1868 durant la guerre d'Abyssinie. L'un de ses inconvénients tient à ce que le sable de la nappe aquifère se trouve entraîné en plus ou moins grande quantité, ce qui encrasse et détériore rapidement le corps de pompe, et parfois même obstrue complètement les orifices d'aspiration.

73. Galerie filtrante d'Angers. — Les galeries filtrantes ont amené à tant de mécomptes comme rendement que ce système est abandonné aujourd'hui; celui des puits filtrants le remplace avantageusement.

Le débit de ces galeries n'est pas toujours proportionnel à leur longueur, comme l'indique la théorie; de multiples causes d'altération entrent en ligne, et la réussite demande des terrains spéciaux que l'on ne rencontre pas partout : très perméables, dépourvus de vase, composés plutôt de graviers que de sable fin.

La charge est le facteur prépondérant du débit: aux époques de sécheresse, lorsque les rivières et les nappes deviennent basses, le rendement diminue considérablement, et, pour le rendre plus constant, il est nécessaire d'abaisser le plan d'eau en approfondissant la galerie, ce qui entraîne à des épuisements coûteux. En second lieu, ces galeries doivent être couvertes pour empêcher le développement de la végétation, qui contaminerait l'eau, comme cela est arrivé au premier filtre de Toulouse (57), et cette obligation constitue un autre surcroît de dépense.

Les puits filtrants sont d'un établissement moins onéreux et d'un rendement supérieur à celui des galeries (56); actuellement le fonçage à l'air comprimé d'un puits de 3 mètres de diamètre et plus, et de 10 à 12 mètres de profondeur, est un travail ordinaire et relativement peu coûteux.

On donnera (fig. 50) une coupe de la galerie filtrante construite par Dupuit aux Ponts-de-Cé, sur la Loire, pour la distribution d'eau de la ville d'Angers. La galerie proprement dite, de 2 mètres de largeur, repose sur des enrochements soutenus par une double pile de pieux, maintenus à la dis-

tance de 1 mètre par des moises étrésillonnées. Le premier
tronçon, de 80 mètres de longueur, fournissait 1.200 mètres

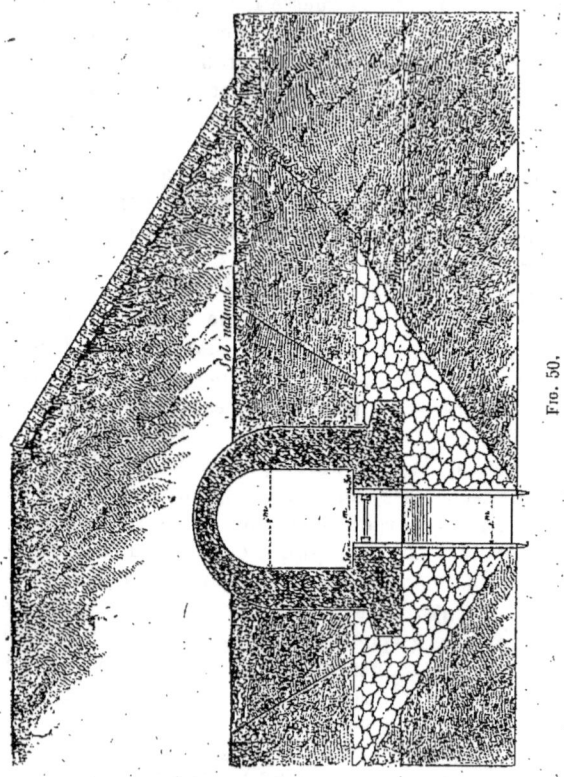

Fig. 50.

cubes par jour en temps ordinaire, et 800 en temps d'étiage
pour un prix de revient de 75.000 francs. La nouvelle galerie,
de 295 mètres de long, fournit environ 3.000 mètres cubes.

EXÉCUTION DES FORAGES

74. Le creusage d'un puits à la pelle et à la pioche n'est praticable que pour descendre jusqu'à la première nappe, lorsqu'elle n'est qu'à quelques mètres. L'emploi de l'air comprimé permet aisément, avec un large diamètre, de descendre jusqu'à 25 mètres. Mais, pour recueillir l'eau des nappes très profondes et des nappes artésiennes qui coulent à plusieurs centaines de mètres de profondeur, il n'y a pas d'autre procédé que le forage à la sonde. On commence par descendre le puits jusqu'aux premiers suintements, comme pour un puits ordinaire, et l'on continue le travail en se servant de la sonde, que l'on manœuvre de l'extérieur à la main ou à la vapeur.

Bien que les sondages soient pratiqués en Chine depuis plus de deux mille ans et en France depuis le XIIe siècle, les procédés anciens étaient fort primitifs, et le forage d'un puits de quelque profondeur était autrefois une grosse opération pleine d'aléas et qui exigeait de nombreuses années. L'industrie moderne a considérablement perfectionné l'outillage du puisatier, notamment depuis trente ans ; de nos jours ces travaux sont devenus plus rapides et moins coûteux, quoique présentant encore de sérieuses difficultés. L'exécution en est généralement confiée à des entrepreneurs spéciaux, avec lesquels on traite à forfait ou au mètre linéaire de profondeur.

75. **Appareils et procédés.** — La *sonde* se compose d'une tige rigide, en bois ou en fer, terminée inférieurement par l'*outil* de forage qui attaque et brise la roche par percussion, lorsqu'on soulève le système à une certaine hauteur, 0m,50 environ, et qu'on le laisse retomber.

Dans les sondages peu profonds que l'on exécute pour la recherche des sources, et lorsque le terrain n'est pas trop résistant, la sonde est enfoncée à bras d'hommes à l'aide d'un tourne-à-gauche, ou avec un maillet, ou encore avec le mouton d'une sonnette à tiraudes; pour les sondages importants on utilise la vapeur.

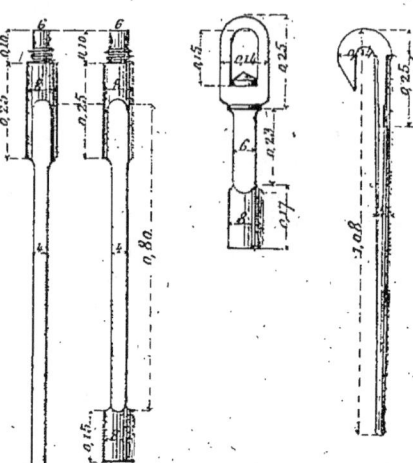

Fig. 51.

Après avoir foré pendant un certain temps, on relève la sonde, et l'on remplace l'outil par un appareil destiné à retirer les déblais.

Le tubage d'u puits est presque toujours nécessaire pour soutenir les parois, guider la sonde, et, lorsque le forage est terminé, pour empêcher les eaux de se perdre dans les couches perméables supérieures, comme cela arrive trop souvent.

Les instruments de sondage présentent diverses dispositions. Dans la sonde ordinaire la tige de suspension est en fer carré (*fig.* 51), formée de barres de 10 mètres que l'on visse l'une au bout de l'autre, au fur et à mesure de la descente; son poids augmente rapidement avec la longueur, ce qui est un inconvénient sérieux pour la manœuvre.

L'ingénieur Kind qui fut chargé, en 1855, du forage du puits de Passy (59), employait une sonde dont la tige était formée de barres de bois réunies entre elles par des viroles filetées, ce qui la rendait plus légère que le volume d'eau qu'elle déplaçait dans la fouille et facilitait le relèvement de l'appareil. La tige n'était pas invariablement liée à l'outil : un déclic (*fig.* 52), assujetti à l'outil, permettait à ce dernier de se détacher de la tige à un instant donné, de sorte que la pénétration n'était produite que par le poids de l'outil. Cette disposition avait l'avantage de régulariser la descente de la tige et de protéger le tubage en supprimant les chocs contre les parois. Les sondes du système Kind sont encore employées de nos jours.

La forme de l'outil varie avec la nature des roches qu'il s'agit de traverser. Les terrains tendres, tels que les argiles et les sables, se laissent facilement entamer par la *tarière* (*fig. 53*) qui agit par rotation ;

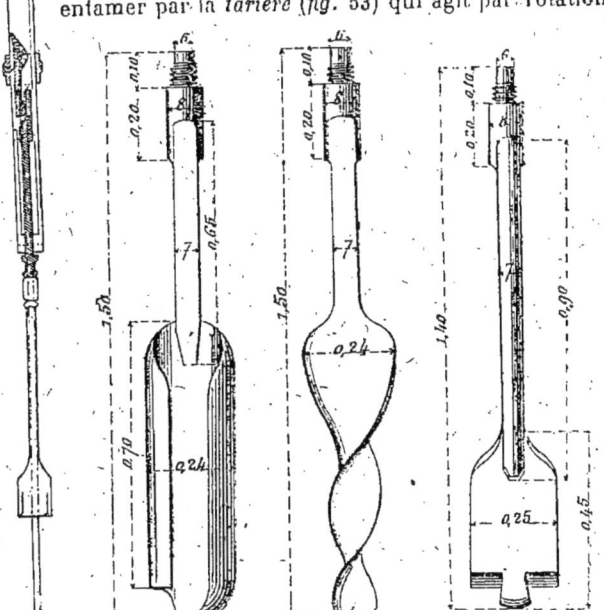

Fig. 52.   Fig. 53.   Fig. 54.

pour les roches dures il faut recourir au *trépan*, en fer forgé, qui fonctionne par percussion (*fig. 54*). Les dimensions et le poids des outils dépendent de l'importance du forage. Autrefois, pour les grands puits, la largeur des trépans ne dépassait pas 1 mètre, et leur poids 2.000 kilogrammes; dans les terrains durs on n'avançait guère que de 0m,12 par jour. Aujourd'hui on fore des puits de 2, 3 et 4 mètres de diamètre ; les trépans pèsent jusqu'à 12.000 kilogrammes; dans les mêmes terrains, l'avancement journalier peut atteindre 0m,40.

La figure 55 représente le trépan de 1^m,62 de diamètre, pesant 4.000 kilogrammes, employé par MM. Dégousée et Laurent au forage du puits artésien de la Chapelle (59).

L'enlèvement des déblais s'effectue au moyen d'un *cylindre à fond mobile (fig.* 57) que l'on installe à la place de l'outil et que l'on descend au fond du puits; la soupape inférieure est disposée de telle façon que les détritus, une fois entrés dans le cylindre, n'en peuvent plus sortir. Au puits de Passy, le cylindre avait 0^m,80 de diamètre et 1 mètre de hauteur avec deux clapets. La figure 56 représente le modèle à douze clapets qui a servi au puits de la Chapelle.

Dans la sonde à curage continu, ima-

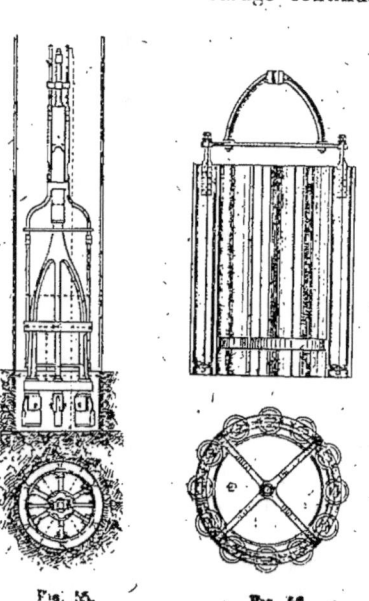

Fig. 55.   Fig. 56.   Fig. 57.

ginée par Fauvelle vers 1850, la tige de suspension est creuse, et une pompe y refoule de l'eau qui descend jusqu'au fond du puits, lave la roche et remonte en entraînant les détritus dans l'espace annulaire compris entre la tige et la paroi du puits ; le courant liquide est descendant dans l'intérieur de la tige, et ascendant à l'extérieur. Cette sonde permet d'extraire, sans les broyer, des cailloux de 0^m,06 de longueur et 0^m,03 d'épaisseur.

Le tubage s'exécute au fur et à mesure de la descente : on place un premier tube de même diamètre que le puits, puis un second assemblé à l'extrémité, un troisième après, et ainsi de suite jusqu'à ce que ce premier tubage cesse de descendre sous l'action de son poids et de la surcharge. Après cela, on prend des tubes d'un diamètre moindre que l'on descend de la même façon jusqu'au refus. On continue ainsi en diminuant chaque fois le diamètre de quelques centimètres. L'opération doit être exécutée avec un soin extrême et avec des tubes suffisamment épais, sous peine de voir les ruptures se multiplier. Lorsque les eaux sont oxydantes, on se sert de tubes en cuivre comme au puits de Grenelle (59); l'emploi de la tôle galvanisée est néanmoins plus général. Les tubes en bois ne sont pas suffisamment résistants.

Lors du forage du puits de Passy, le tube en bois a cédé à 52 mètres de profondeur sous la pression de l'argile, et les eaux se sont perdues dans le calcaire grossier. Au puits de la Chapelle, le premier tube en fer a 1^m,80 de diamètre intérieur, 0^m,02 d'épaisseur et 35 mètres de hauteur; le second a 1^m,60 et descend à 120 mètres; le troisième, de 1^m,30, est établi sur 140 mètres ; le dernier descend jusqu'au fond, à 718 mètres, avec 1^m,10 de diamètre.

79. **Puits artésiens de Ferrare.** — La nouvelle distribution d'eau de Ferrare, inaugurée en 1890, est desservie par sept puits artésiens de 25 et 30 mètres de profondeur, forés à Castel-Franco au pied de l'Apennin, à 57 kilomètres et à 20 mètres au-dessus de Ferrare (97).

La nappe souterraine circule en pression à l'intérieur d'un banc de gravier et de sable intercalé entre deux couches

d'argile ; la charge est suffisante pour que l'eau arrive naturellement à la surface.

La figure 58 représente l'un des puits en plan et en coupe.

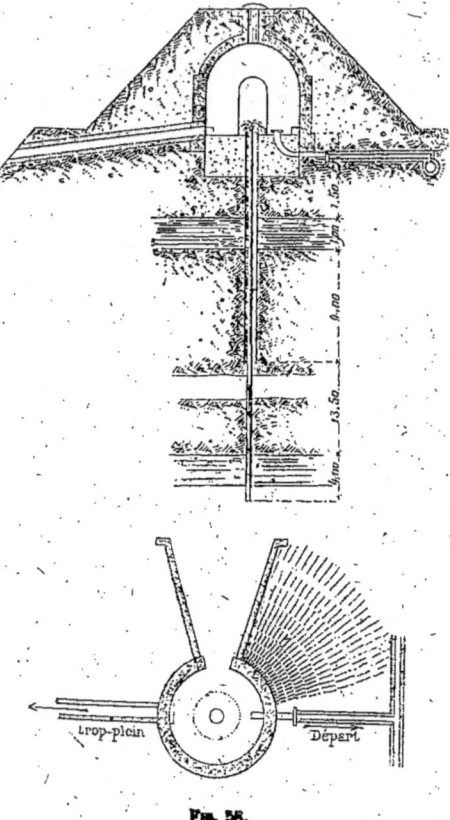

Fig. 58.

les sept réunis fournissent 2.000 mètres cubes par jour pour
une population de 30.000 âmes, soit 65 litres par tête. Une
conduite forcée en ciment, de 0ᵐ,42 de diamètre, calculée

pour un débit de 2.500 mètres cubes en vue de l'accroissement de la consommation, rassemble le tout et l'amène
dans le réservoir de la ville à 14^m,60 au-dessous du point de
départ.

Le tubage des puits s'est effectué à l'aide de tuyaux en fer
de 0^m,20 de diamètre. Afin de prévenir l'afflux des eaux
superficielles, le premier tube est entouré, sur 10 mètres de
hauteur, d'un second tube également en fer de 0^m,50 de diamètre, avec intervalle bourré au mortier de ciment.

77. Forages dans les sables fluents. — Les forages dans les
sables fins présentent souvent de grandes difficultés d'exécution, à cause de l'entraînement des particules de sable qui
coulent avec l'eau; les poches qui se forment à la partie inférieure des puits ne cessent d'augmenter de volume, et il arrive
quelquefois que le forage s'effondre sur une grande hauteur
en entraînant les tubes.

Lorsque les eaux sont relevées par machines, le sable vient
encrasser les organes des pompes au point d'en rendre rapidement le fonctionnement impraticable. Si la nappe dessert
directement une distribution, les inconvénients ne sont pas
moins graves : le sable bouche les crépines de prise, pénètre
dans la conduite d'amenée, puis dans le réservoir et dans la
canalisation où il vient obstruer les prises d'eau des appareils
et des branchements de concession, qui sont généralement de
faible diamètre; il faut procéder fréquemment au nettoyage
des conduites, ce qui est une sujétion onéreuse. Bien des
fois cet inconvénient a fait abandonner des nappes peu profondes et très abondantes, qui auraient fourni des eaux excellentes, pour en rechercher d'autres plus utilisables à une plus
grande profondeur.

Parmi les nombreuses dispositions qui ont été imaginées
pour recueillir l'eau des bancs de sables fluents, celle de
MM. Sonne et Simons et le *cuvelage filtrant* de M. Lipmann
nous semblent mériter une attention particulière, à cause de
leur caractère pratique; la première a été appliquée avec
succès à plusieurs puits de la ligne du Palatinat et à Francfort-sur-le-Mein; la seconde a fort bien réussi au puits de
Rambouillet.

Le *puits-filtre* de MM. Sonne et Simons est constitué par
un double tube en fer *aa* et *bb* (*fig.* 59), à claire-voie dans la
traversée de la nappe aquifère, fermé à la base par un cou-

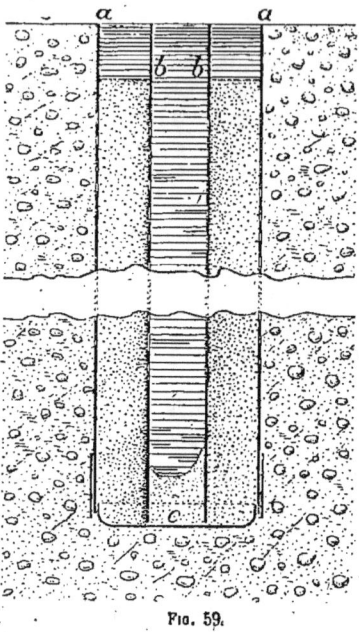

vercle bombé *c*, et dans
l'intérieur duquel on
dispose un filtre en gra-
vier dont les grains di-
minuent graduellement
de grosseur en allant
de *b* vers *a*; ce dernier
résultat est obtenu à
l'aide de cylindres ver-
ticaux en tôle mince,
de diamètre déterminé,
que l'on relève par trac-
tion lorsque le remplis-
sage est terminé. On a
reconnu par expérience
que le cylindre exté-
rieur *a* pouvait lui-
même être relevé sans
inconvénient.

Le plus souvent le
tube *b* s'arrête à
quelques centimètres
au-dessus du niveau

Fig. 59.

normal de l'eau dans le tube, au fond d'un puits maçonné
de plus grand diamètre qui s'élève jusqu'au sol.

A Francfort-sur-le-Mein, l'un des puits-filtres a 30 mètres de
profondeur; le tube extérieur, $0^m,18$ de diamètre; le tube
intérieur, $0^m,07$; et le débit est de 60 litres à la minute.

Le cuvelage Lippmann se compose d'un tube prismatique
à section octogonale, fermé à sa partie inférieure, et dont la
surface est décomposée en un certain nombre d'alvéoles par
des nervures horizontales et des arêtes verticales formées
avec de petits fers cornières rivés. A l'intérieur de ces
alvéoles, dont la figure 60 donne le plan et la coupe, viennent
se placer des plaques carrées d'une matière filtrante, sable
calcaire aggluting sous forte pression, de $0^m,12$ de hauteur et

de 0ᵐ,012 à 0ᵐ,015 d'épaisseur. La carcasse métallique est
doublée de feuilles de tôle percées de trous.

On exécute d'abord le forage jusqu'à la profondeur voulue,
comme pour un puits ordi-
naire, en même temps que
l'on installe un premier tube
en tôle pleine. Après cela, on
procède à la descente du
cuvelage filtrant; les pla-
quettes se posent au fur et
à mesure de l'enfoncement.
La partie filtrante ne subsiste que sur la hauteur
baignée par la nappe, et au
dessus le cuvelage est en
tôle pleine; une fois à fond,

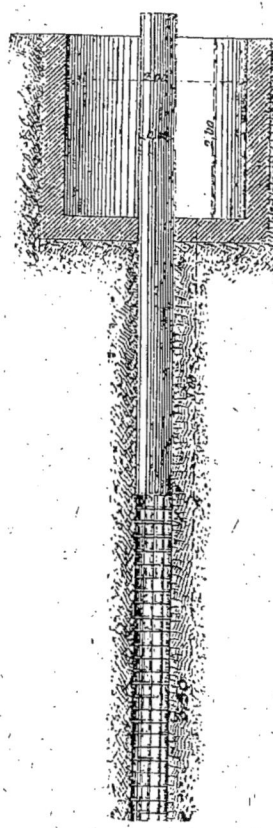

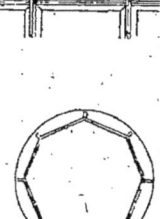

Fig. 60.   Fig. 61.

on retire le tube étanche posé en premier lieu.

La figure 61 représente une coupe verticale du puits de
Rambouillet; le forage avait 0ᵐ,56 de diamètre. Au début, le
cuvelage subsistait sur 7 mètres de hauteur, mais un accident

indépendant du système l'a réduit à 3^m,50, ce qui a suffi. On a posé 420 plaques filtrantes. Le débit s'est élevé à 6 mètres cubes à l'heure pour une surface filtrante de 3 mètres carrés, sous 10 mètres de charge.

CAPTAGE DES SOURCES

78. Les travaux qu'il faut exécuter pour capter une source ou un ensemble de sources dépendent de la configuration du terrain, de la façon dont les eaux se présentent, de l'importance des sources et du volume d'eau que l'on veut recueillir; aucune règle absolue ne saurait être prescrite à cet égard. Le problème du captage ne comporte que des solutions d'espèce; on ne peut donner que quelques indications générales, **en** les accompagnant de nombreux exemples.

79. **Source concentrée en un point.** — Le captage d'une petite source concentrée en un point, comme on en rencontre dans les pays à sous-sol fissuré et au pied des montagnes, n'offre aucune difficulté : on reçoit l'eau dans une bâche, ou cuve en maçonnerie, de capacité proportionnée au volume de la source, en lui donnant une chute de 0^m,10 environ, et c'est de cette bâche que part la conduite de dérivation.

Lorsqu'on ne veut utiliser qu'une fraction de la source, il suffit de pratiquer une saignée sur le flanc du bassin naturel où elle vient émerger, à l'endroit le plus convenable, et d'y placer l'orifice de la conduite, qui doit être pourvue d'une *crépine* de prise (*fig.* 62), pour arrêter les corps volumineux.

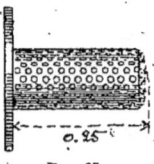

Fig. 62.

Mais, en général, ces captages à l'air libre offrent de graves inconvénients au point de vue de la qualité de l'eau, qui se trouve chargée de poussières et de détritus charriés par les vents, et contaminée par les débris de végétaux et d'animaux. Pour conserver à l'eau ses qualités primordiales de fraîcheur,

et de pureté, il est indispensable de la recueillir avant qu'elle
ait vu la lumière et de l'amener, dans les mêmes conditions,
jusqu'au robinet où elle doit être puisée.

Les trois *sources de la Dhuis* (44) sont recueillies dans des
bâches couvertes construites sur l'emplacement des bassins
d'émergence ; un tuyau en fonte part de chacune d'elles et
amène les eaux dans un regard central. Comme ces eaux sont
un peu trop calcaires, on les fait passer sur des plaques en
tôle perforée desquelles elles jaillissent en pluie sur des amas
de meulière. Cette disposition provoque le dépôt de l'excès
de carbonate de chaux.

Dieppe est alimentée par les *sources de Saint-Aubin-sur-Scie*
qui émergent au pied du plateau crayeux qui domine la rive
gauche de la vallée de la Scie, à 6 kilomètres environ de
la ville. Plusieurs de ces sources sont captées à l'intérieur
du coteau, à l'aide de pierrées et de drains ; d'autres débouchent au fond d'une pièce d'eau artificielle, dénommée
le Vivier, établie partiellement en remblai du côté de la vallée.

La figure 63 représente la prise d'eau dans le bassin du
Vivier, que deux tuyaux de 0^m,30, commandés par un vannage

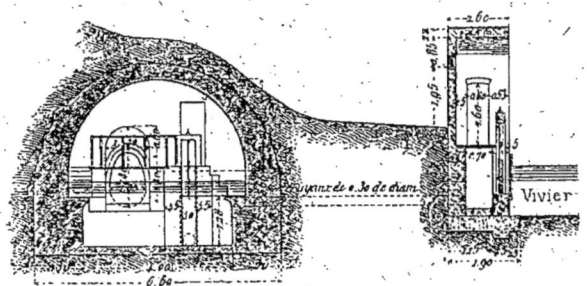

Fig. 63.

font communiquer avec une chambre de captage voisine,
qui reçoit également les produits des pierrées et des drains.
Le volume d'eau recueilli s'engage en partie, 50 litres par
seconde environ, dans un aqueduc de forme ovoïde qui
l'amène jusqu'à Dieppe ; l'excédent s'échappe par un trop-
plein en déversoir et va alimenter un ruisseau.

80. Pierrées. — Il n'est guère pratique de recueillir les eaux qui coulent à plus de 9 ou 10 mètres de profondeur, car les travaux de captage deviennent rapidement dispendieux.

Pour capter une source concentrée au fond d'un thalweg, il suffit de creuser un puits d'environ 1^m,50 de diamètre dans l'axe de cette ligne et de placer au fond l'orifice de la conduite; le puits est maçonné, muni d'échelons et recouvert d'un tampon qui permet d'y descendre pour le visiter ou le nettoyer.

Le plus souvent la source principale est accompagnée de sources secondaires voisines marchant parallèlement et qu'il est nécessaire de recueillir. On creuse alors une tranchée de 2 mètres de largeur environ, perpendiculaire à la direction du courant, et que l'on fait pénétrer de quelques centimètres dans la cbuche imperméable sur laquelle coule la nappe; le fond doit être légèrement incliné vers l'une des extrémités pour que les eaux puissent s'y accumuler. Pendant les travaux, ces eaux sont épuisées à l'aide de pompes ou dérivées temporairement vers un ruisseau par une rigole creusée au fond de la tranchée. Quand il y a surabondance d'eau, la longueur de la fouille est proportionnée au volume que l'on désire obtenir.

Il va sans dire que, comme pour les puits (68), il est d'abord nécessaire d'étudier la nappe et de pratiquer quelques sondages pour être renseigné aussi exactement

que possible sur la direction du banc d'argile, son inclinaison et la position des points bas.

Sur le fond de la tranchée on établit ensuite une pierrée (*fig.* 64), sorte d'aqueduc dallé destiné à drainer les filets d'eau et à les amener dans le puits que l'on construit à l'extrémité inférieure;

Fig. 64.

les joints supérieurs et ceux de la face d'amont doivent être à jour, pour former barbacanes; ceux de l'aval sont soigneusement calfeutrés avec de la glaise ou du mortier, pour empêcher la déperdition de l'eau.

Lorsque les pierrées ont une certaine longueur, plusieurs

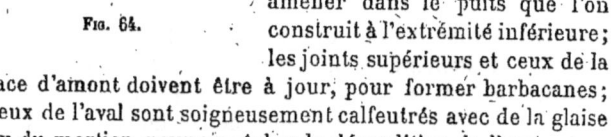

centaines de mètres par exemple, comme cela arrive dans les larges vallées ou lorsque les suintements émergent à flanc de coteau (41), il est bon de ménager des *puisards de descente* tous les 100 mètres environ, afin de reconnaître et de supprimer les engorgements, qui se produisent souvent quand il n'existe pas de zone de protection. Ces puisards, de 0ᵐ,70 à 0ᵐ,40 dans œuvre, se construisent en pierres sèches; la maçonnerie s'arrête à 0ᵐ,70 du sol, et l'orifice est bouché par d'épais madriers; le tout est recouvert de terre, une borne marque l'emplacement du puisard.

Les dimensions des pierrées dépendent de la quantité d'eau qu'elles ont à écouler; lorsque les nappes sont abondantes, il faut construire de véritables galeries maçonnées pourvues de barbacanes à l'amont; celles qui sont assez hautes pour qu'un homme puisse y circuler debout sont préférables dans tous les cas, à cause des facilités qu'elles offrent pour le nettoyage et les réparations.

Durant le moyen âge, les sources des *prés Saint-Gervais et de Belleville*, captées vers 1100, furent le principal appoint de la distribution des eaux de Paris: elles fournissaient, en moyenne, 400 mètres cubes par jour d'eau fraîche, limpide, mais extrêmement séléniteuse, marquant 120° à l'hydrotimètre. Le débit actuel ne dépasse guère 250 mètres; depuis 1860, les eaux ne sont plus utilisées pour l'alimentation.

Ces sources naissaient à l'affleurement des marnes gypseuses sur les plateaux de Romainville et de Belleville et se trouvaient captées par un réseau de pierrées (*fig.* 66), présentant environ 5 kilomètres de développement.

Les pierres sèches disposées à l'amont de la pierrée (*fig.* 65) empêchent le sable et la terre d'y pénétrer et de l'obstruer; c'est une bonne précaution dans les terrains peu consistants. Une conduite en plomb, de 0ᵐ,162 de diamètre, partait de la fontaine du pré Saint-Gervais, où se concentraient toutes

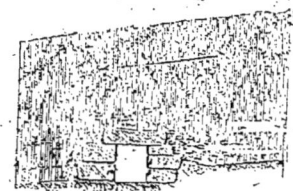

Fig. 65.

les eaux, et les amenait dans Paris jusqu'au prieuré de Saint-Lazare.

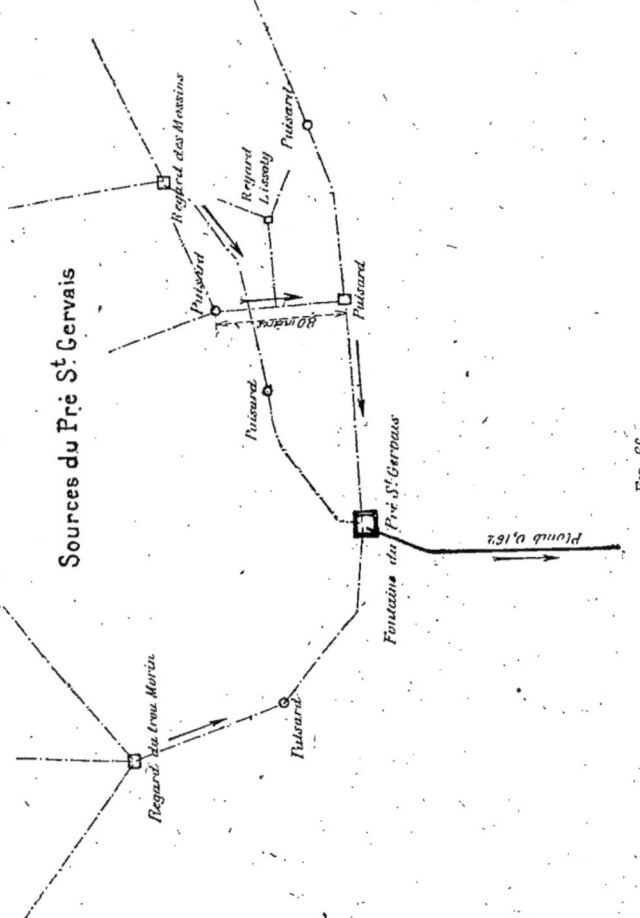

Fig. 66.

La ville de *Haguenau* (Alsace) était alimentée, il y a quelques années, par une pierrée de 200 mètres de long, $0^m,35$ de hauteur et $0^m,18$ de largeur, établie le long du coteau de Bellevue, à l'affleurement de la couche d'argile tertiaire qui sou-

tient le sable diluvien. Le débit était d'environ 112 mètres
cubes par jour.

81. **Drains.** — De nos jours on remplace souvent les pierrées par des tuyaux en ciment
munis de barbacanes que l'on
trouve tout préparés dans le commerce par bouts de 1 mètre environ, et qu'il ne reste plus qu'à
raccorder dans la tranchée.
Comme les pierrées, il faut que
ces tuyaux soient profondément
enfoncés dans l'argile pour empêcher la filtration de l'eau par
dessous. Les figures 67 et 68 représentent deux types de drains
qui conviennent parfaitement pour

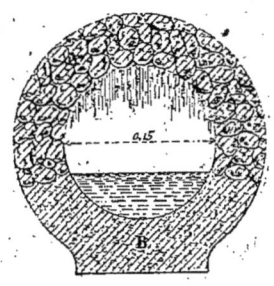

FIG. 67.

le captage des sources;
le premier a été utilisé
par la ville d'Épinal; la
partie supérieure du
tuyau est à jour, le fond
forme cuvette étanche.

A Avallon et sur la dé-
rivation de la Vanne,
pour la captation dans
la craie des sources du
Maroy et des Pâtures,
Belgrand s'est servi avec
succès des drains de la
forme spéciale repré-
sentée par la figure 69.
Les tuyaux sont entourés
de pierres sèches qui
s'opposent à l'entraîne-
ment des terres.

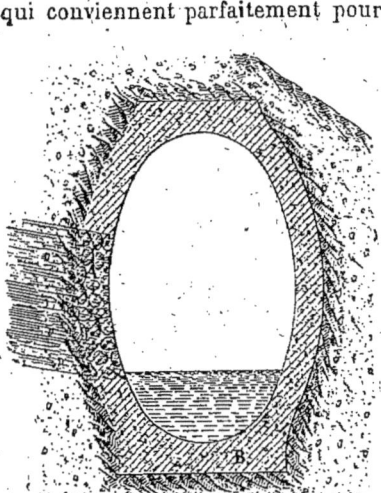

FIG. 68.

Dans les roches fis-
surées, où l'eau ne circule que par les crevasses et s'accumule parfois dans de grandes poches, on est obligé de creuser
des galeries de recherche pour découvrir les filets d'eau; les

pierrées ou drains suivent ces galeries, que l'on fait converger vers une chambre centrale sans radier d'où part la conduite d'amenée.

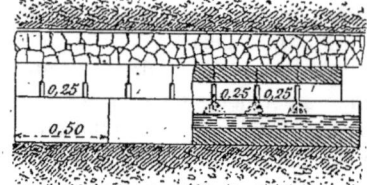

Fig. 69.

Pour recueillir de grandes quantités d'eau, on est quelquefois amené à couvrir toute une région perméable d'un réseau de drains; des regards secondaires (*fig.* 66) recueillent les eaux d'un groupe naturel de ces drains, et un regard collecteur rassemble le tout.

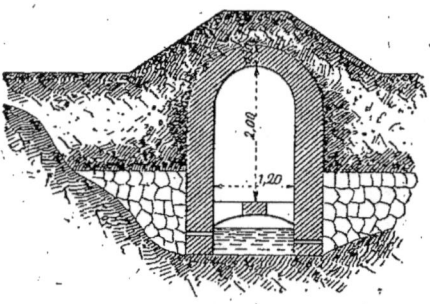

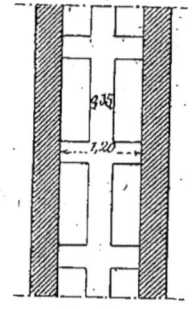

Fig. 70.

D'autres fois, lorsqu'il s'agit de capter une puissante nappe d'eau, on établit au niveau de cette nappe une seule galerie de grandes dimensions, perpendiculaire à la direction du courant, et qui se prolonge par l'aqueduc de dérivation. La figure 70 donne la coupe de la galerie de captage de Saint-Philibert sur la Vanne; les piédroits sont maintenus par de petites voûtes qui servent en même temps à la circulation.

82. Sources artificielles. — Lorsque les eaux imprègnent de grandes superficies de terrain, en formant au-dessus de l'argile une nappe de faible épaisseur, on doit procéder à un drainage méthodique du sous-sol. Cette opération a souvent un double résultat; elle procure de l'eau et assainit les terres. Les lignes de faîte et de dépression divisent le terrain en sections naturelles, suivant lesquelles doivent être établis les drains collecteurs.

Il y a quarante ans environ, on a beaucoup préconisé le drainage général du sol comme un moyen de se procurer de

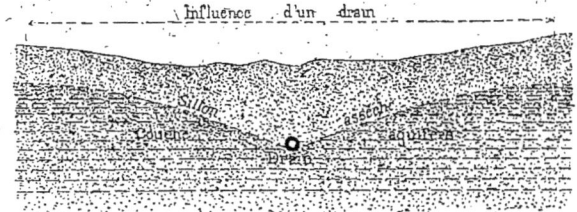

Fig. 71.

l'eau de bonne qualité. Plusieurs villes d'Angleterre, Farnham, Rugby, Sandgate, etc., ont appliqué ce procédé avec succès. A Farnham, le drainage de 1 hectare de bruyères a fourni l'eau nécessaire pour 1.500 habitants; à Rugby, ville de 11.000 âmes, le service a pu être assuré par un seul drainage de 1.800 mètres. Mais ces résultats exceptionnels ont tenu à un concours de circonstances géologiques et topographiques que l'on ne rencontre que très rarement. Le drainage de Farnham est disposé en patte d'oie (fig.72), sur le flanc d'un coteau légèrement incliné et dominé à l'amont par un plateau sablonneux éminemment perméable.

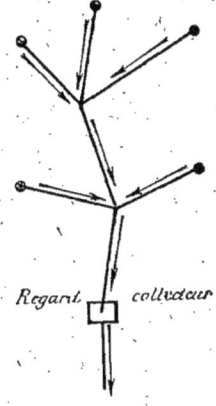

Regard   collecteur

Fig. 72.

En réalité, rien n'est plus aléatoire que l'évaluation du volume d'eau que peut fournir le drainage d'une superficie donnée; il est arrivé plus d'une fois que des drains sur lesquels on fondait de grandes espérances n'ont fourni que de médiocres résultats. Avec les exigences actuelles, ce procédé est impraticable pour alimenter les agglomérations importantes, à cause des immenses surfaces que l'on serait amené à drainer.

Le calcul ci-dessous est très instructif à cet égard :

Soient :
z, la hauteur d'eau moyenne qui tombe annuellement sur une région ;
m, un coefficient d'utilisation ;
V, le volume d'eau que fournit le drainage d'une superficie S ;
On a :

$$V = mSz.$$

Lorsque la couche imperméable n'est pas très profonde, m atteint $0^m,40$ et même $0^m,50$; ce résultat est obtenu par le drainage naturel du mont Ventoux ; si les drains sont noyés dans un terrain perméable, m ne dépasse pas $0^m,20$.

A Paris, $z = 0^m,600$ environ ; chaque hectare fournit donc par an :

$$V = 0,20 \times 10.000 \times 0,600 = 1.200 \text{ mètres cubes}$$

et par jour :

$$\frac{1.200.000}{365} = 3.288 \text{ litres.}$$

Pour recueillir quotidiennement 1.000 mètres cubes d'eau, il faudrait drainer :

$$\frac{1.000.000}{3.288} = 304 \text{ hectares.}$$

88. Drainage de Liège. — Les eaux de Liège sont captées par un réseau de galeries de 12 kilomètres de longueur, creusées dans le plateau calcaire de la Hesbaye, qui domine la rive gauche de la Meuse de près de 125 mètres (*fig.* 73). Le volume recueilli est d'environ 15.000 mètres cubes par jour pour une population de 150.000 habitants, ce qui donne 100 litres par jour et par personne.

La galerie d'adduction AB, de 4.800 mètres de longueur, drainante sur 1.800 mètres, débouche dans le réservoir d'Ans, à la cote 120, et remonte jusqu'en B avec une rampe de $1^m,25$

par kilomètre. Les galeries de captation CB et DB, normales au cours de la nappe aquifère, n'ont que 0ᵐ,50 de pente par kilomètre.

Ces galeries ont une section rectangulaire surmontée d'un demi-cercle, de 1ᵐ,20 de largeur et 1ᵐ,80 de hauteur sous clé, avec revêtement de 0ᵐ,25 partout où la craie n'est pas suffisamment compacte. La galerie AB est complètement

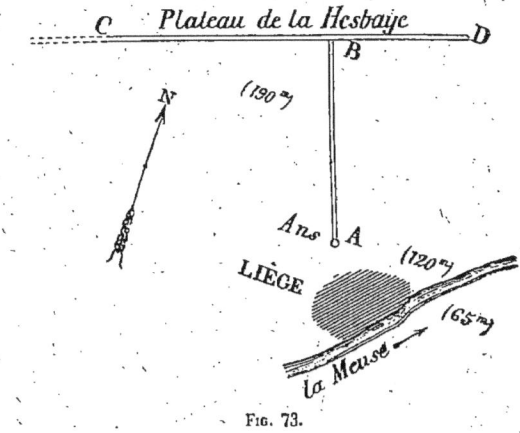

FIG. 73.

maçonnée sur les trois premiers kilomètres, plus haut elle ne l'est que par tronçons isolés de 4 à 5 mètres.

Plusieurs puits de construction ont été conservés et leurs parois perforées par des sondages de 0ᵐ,15 de diamètre inclinés dans la direction de la nappe pour accroître l'afflux de l'eau dans les galeries.

En 1869, après des sécheresses persistantes qui firent tomber le débit à 8.000 mètres, les ingénieurs appliquèrent pour la première fois le principe des *serrements*, qui consiste à barrer la galerie d'amenée par un ou plusieurs vannages ne laissant passer, en toute saison, que le volume d'eau nécessaire à la consommation; de cette façon le trop-plein du réservoir ne fonctionne jamais, et l'excédent de débit pendant l'hiver reste emmagasiné dans la nappe souterraine, où il conserve sa fraîcheur et sa pureté, pour être utilisé, durant l'été, aux jours de grande consommation. La réserve qui s'accumule pendant les années pluvieuses soutient le service aux époques de sécheresse.

84. Chambres de captage. — Fréquemment les sources jaillissent de la profondeur du sol en s'épanouissant dans des bassins naturels plus ou moins vastes, à l'intérieur desquels l'eau afflue par le fond et par les côtés. D'autres fois, lorsque le terrain est fortement incliné, la nappe arrive à l'affleurement à une certaine hauteur, et l'eau tombe presque verticalement comme du seuil d'un déversoir.

Pour capter ces sources, on les fait déboucher dans des chambres en maçonnerie, sans radier, construites sur l'emplacement même du bassin sourcier, dont les dimensions et la forme se déterminent dans chaque cas d'après les circonstances spéciales, et qu'il est toujours bon de couvrir et de clore pour protéger l'eau contre la malveillance ou les détournements et pour empêcher l'infiltration des eaux sauvages.

On remarquera dès maintenant que tous ces ouvrages : puits, regards, collecteurs, chambres de captage, doivent, autant que possible, être pourvus de décharges de fond ou accompagnés de puits absorbants voisins pour les mettre en vidange et enlever les vases. Dans les grands regards on dispose des appareils de jaugeage : déversoirs, vannes, cuves graduées, pour connaître les variations du débit des sources.

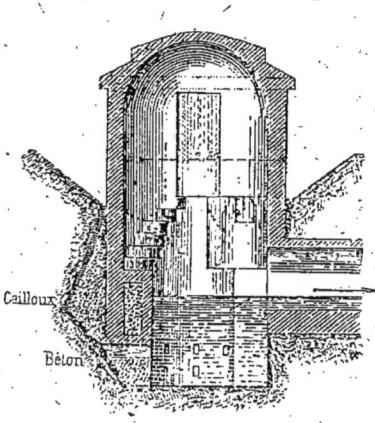

Caillou

Béton

Fig. 74.

La figure 74 représente la chambre de captage de la source de la Bouillarde sur la Vanne (44); l'eau pénètre par le fond et latéralement par des barbacanes. A Rochefort, on a préféré la disposition représentée par la figure 75; l'eau se décante en partie dans la fosse de dépôt.

L'eau de la source d'Érigny, sur l'Avre, jaillissait presque verticale de la nappe aquifère et venait s'étaler à la

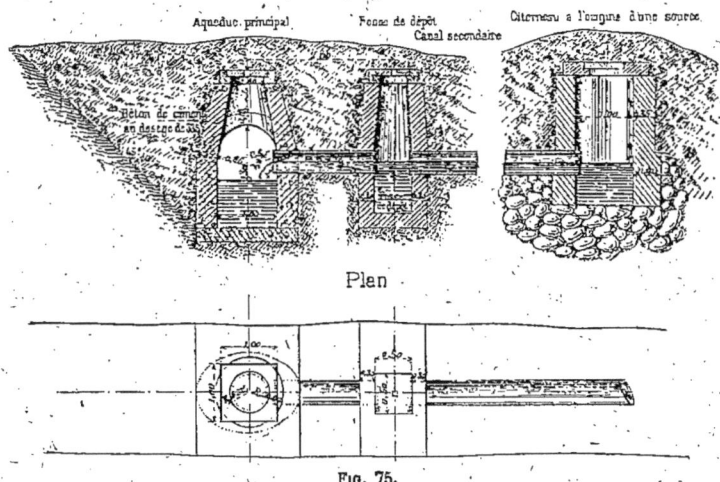

Plan

Fig. 75.

surface du sol. Le regard de captation, dont la figure 76 re-

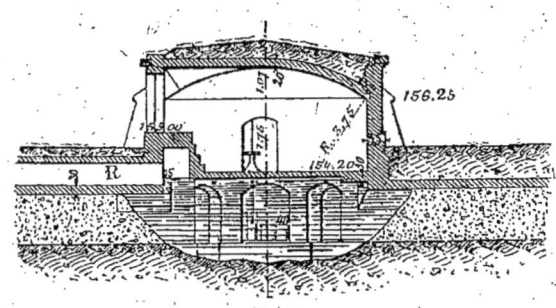

Fig. 76.

produit les principaux détails, a été placé au point d'émergence; l'ouvrage repose sur six piliers en maçonnerie entre lesquels sont jetées des voûtes en arc de cercle supportant une passerelle circulaire. Une source secondaire voisine est

amenée par la galerie R. Le canal est précédé d'une chambre
de sortie. Au départ, le courant est divisé en deux par un
mur longitudinal, et des vannes placées à l'amont et à l'aval
permettent de fermer ou d'ouvrir à volonté l'un des orifices.

La chambre de jaugeage (*fig.* 77) est construite à l'origine

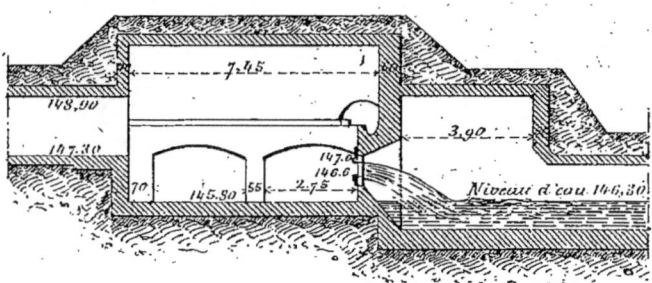

Fig. 77.

de l'aqueduc principal, pour mesurer le volume d'eau
prélevé sur les sources d'Érigny, du Nouvet, des Graviers et
de Foisy, lequel doit être de 1.200 litres par seconde. L'eau
s'écoule par un orifice de $0^m,92$ de largeur, $0^m,40$ de hauteur, sous une charge de $1^m,50$, lorsque l'eau arase le déversoir; le débit est donc (51) :

$$Q = 0,60 \times 0,92 \times 0,40 \times \sqrt{19,62 \times 1,50} = 1.199 \text{ litres.}$$

L'excédent coule sur le déversoir et regagne la rivière par
une rigole suivie d'un aqueduc spécial.

MODIFICATION DU NIVEAU D'ÉMERGENCE DES SOURCES. — On
terminera ce chapitre par une recommandation importante : Il faut éviter autant que possible, dans tous les travaux de captage, de modifier dans un sens ou dans l'autre,
le niveau d'émergence des sources. Belgrand et d'autres ingénieurs ont procédé quelquefois à un abaissement du plan
d'eau pour obtenir un débit plus considérable, mais leurs
espérances n'ont pas toujours été réalisées. Il faut opérer avec

une grande circonspection et en toute connaissance de cause sur la configuration géologique du sous-sol.

Le relèvement du plan d'eau diminue le débit, puisque la charge qui provoque l'écoulement devient moindre, et il peut encore arriver que l'eau se fraye un passage dans les couches perméables supérieures et aille se perdre dans une autre direction. L'abaissement du niveau augmente momentanément le débit, comme dans les puits artésiens (58); mais l'appauvrissement de la nappe qui en est la conséquence amène souvent, par la suite, une diminution persistante.

CHAPITRE VI

ADDUCTION DES EAUX

85. L'eau peut être amenée de la source au réservoir de distribution par une *conduite forcée*, un *aqueduc couvert* ou par un *canal découvert ;* les deux premiers modes ont l'avantage de conserver la température et la qualité de l'eau. L'aqueduc de la Dhuis (99) mesure 130 kilomètres de longueur, la température de l'eau ne varie guère que d'un degré d'une extrémité à l'autre.

Pour les sources plus basses que le réservoir, ou lorsque l'eau est empruntée à la rivière voisine, en un mot quand il est nécessaire de la relever, la conduite est le seul mode d'adduction possible ; elle se plie plus facilement que l'aqueduc aux ondulations du terrain et permet souvent de réduire la longueur de la dérivation.

Les canaux découverts ne conviennent que pour amener de grandes quantités d'eau de médiocre qualité que l'on réserve pour le lavage, l'arrosage et les besoins industriels, lorsque la ville doit être pourvue d'une double canalisation. A Paris, le double réseau existe, et le canal de l'Ourcq fournit quotidiennement 130.000 mètres cubes.

Lorsqu'une dérivation rassemble l'apport de tout un système de sources émergeant à des altitudes différentes, l'aqueduc part d'un point central voisin des sources les plus hautes et recueille directement celles qui peuvent y parvenir par la simple action de la gravité ; les sources basses y sont rejetées par machines élévatoires.

La dérivation de la Vanne (99) offre un exemple de ce système mixte : l'aqueduc principal part de la source d'Armentières (44), à la cote 111, et reçoit directement celles de Gaudin et le Bîme de Cérilly ; les sources de Chigy, du Maroy, de Saint-Philibert, du Theil, de Cochepies, etc., qui n'émergent qu'à des altitudes comprises entre 78 et 86, sont remontées par des turbines.

CONDUITES FORCÉES

86. **Du choix entre la conduite et l'aqueduc.** — Tant que le débit ne dépasse pas 3.000 mètres cubes par jour, la conduite constitue presque toujours le mode de transit le plus économique. Au dessus, lorsque la topographie de l'endroit s'y prête, il peut être plus avantageux d'utiliser de petits aqueducs en béton, tels que ceux représentés par les figures 117, 118.

La perte de charge est plus forte dans les conduites forcées que dans les aqueducs où l'eau coule sans pression, car la résistance de la paroi s'exerce sur tout le périmètre ; ces derniers devront donc être préférés lorsque la différence de niveau entre les points de départ et d'arrivée sera faible, eu égard à la distance horizontale. Mais, lorsque la pente est considérable, la conduite permet de recevoir l'eau sous pression, ce qui peut, dans certains cas, avoir son utilité. A un autre point de vue, il est souvent possible de lui faire suivre le sous-sol des routes et des propriétés publiques, ce qui évite les longues formalités et les expropriations.

Dans chaque cas, le choix entre la conduite et l'aqueduc résultera d'une étude approfondie du terrain, des conditions du tracé, des moyens d'exécution, et surtout de la comparaison des dépenses tant de premier établissement que d'entretien. « Il n'y a, dit Dupuit, qu'une étude complète et détaillée de chaque projet qui puisse déterminer d'une manière définitive le choix du système à employer, lequel peut varier selon les ressources dont on dispose. »

Pour les dérivations importantes, l'aqueduc est le système le plus économique, lorsque la section est étudiée en vue de réduire au minimum le cube de la maçonnerie.

87. **Calcul des conduites.** — Le diamètre se calcule d'après le volume d'eau que l'on veut dériver et la différence

de niveau entre les deux extrémités de la conduite. *On doit tabler sur le débit maximum de la source*, il vaut mieux pécher par excès que par défaut. Après le calcul, on adopte le diamètre de la série commerciale immédiatement supérieur au nombre trouvé.

Le profil en long définitif fait connaître la charge disponible et la longueur développée de la conduite; on en déduit la pente par mètre.

Les formules générales de l'écoulement sont:

$$\frac{1}{4} DJ = \varphi(U), \qquad Q = \pi \frac{D^2}{4} U ;$$

D représente le diamètre, J la perte de charge par mètre, U la vitesse, Q le débit par seconde, φ une fonction empirique qui a reçu une multiplicité de déterminations.

En France, on emploie de préférence les formules de Prony et de Darcy (tuyaux vieux), qui conviennent assez bien jusqu'à $0^m,40$:

$$\frac{1}{4} DJ = aU + bU^2 \text{ (Prony)} \qquad \begin{cases} a = 0,0000173 \\ b = 0,000348 \end{cases}$$

$$\frac{1}{4} DJ = \left(\alpha + \frac{\beta}{D}\right) U^2 \text{ (Darcy)} \qquad \begin{cases} \alpha = 0,000507 \\ \beta = 0,00001294 \end{cases}$$

Celles de Dupuit, de Darcy (tuyaux neufs), de M. Lévy et de M. Flamant, donnent cependant de meilleurs résultats pour les diamètres supérieurs à $0^m,40$:

$$\frac{1}{4} DJ = 0,0004U^2 \text{ (Dupuit)},$$

$$U = 20,5 \sqrt{RJ\left(1 + 3\sqrt{R}\right)} \text{ (Lévy)},$$

$$\frac{1}{4} DJ = 0,00023U^{\frac{7}{4}}D^{-\frac{1}{4}} \text{ (Flamant)}.$$

Ces formules s'appliquent à des tuyaux d'une nature quelconque; les tables numériques et les abaques qui les traduisent abrègent considérablement les calculs.

L'abaque (*fig.* 78), construit par M. Dariès, reproduit la formule de M. Flamant; l'application en est simple : un exemple fera bien saisir son mode d'emploi.

Abaque pour le calcul des conduites d'eau

d'après la formule de M. Flamant.

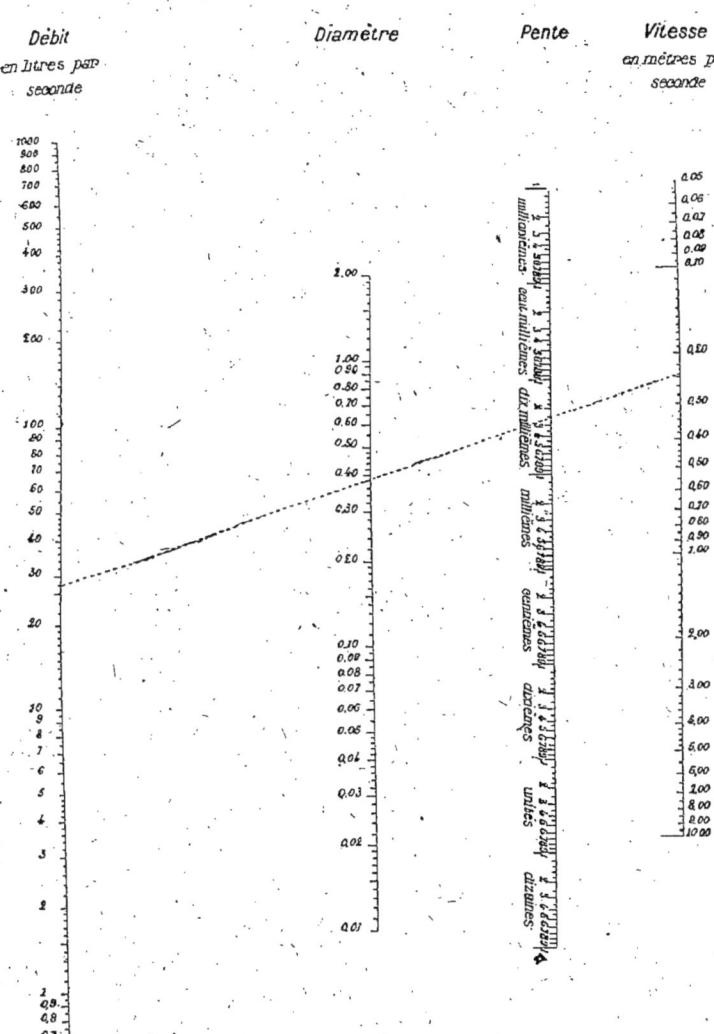

Fig. 78.

La conduite en ciment qui amène à Ferrare les eaux des puits artésiens de Castel-Franco (76) a été calculée pour un débit maximum de 28 litres par seconde, avec 14,60 de perte de charge pour une longueur de 57 kilomètres.

La perte de charge par mètre a pour valeur :

$$J = \frac{14,60}{57.000} = 0,00026;$$

en joignant par une ligne droite les points des échelles du débit et de la pente cotés respectivement 28 litres et 2 dix-millièmes 6, cette ligne coupe les axes du diamètre et de la vitesse aux points 0,39 et 0,24. On a pris une conduite de 0m,42 de diamètre (97).

Avec les tables de Darcy il faut calculer le rapport :

$$\frac{J}{Q^2} = \frac{0,00026}{0,028^2} = 0,33 ;$$

la valeur correspondante D = 0,40 se lit dans la table III, et la vitesse U = 0,23 dans la table IV bis (*Hydraulique*[1]).

L'abaque détermine de la même façon deux quelconques des éléments D, Q, J, U, en fonction des deux autres.

88. Tuyaux en bois et en poterie. — Les tuyaux de conduite s'établissent en matériaux de diverses natures : bois, poterie, ciment, fonte, tôle, plomb ; on en construit également en béton, en sidéro-ciment, en maçonnerie ; mais, en général, les tuyaux métalliques sont de beaucoup supérieurs à ces derniers au point de vue de la résistance à la pression. Les tuyaux en fer étiré et en plomb, utilisés de préférence sous un faible diamètre pour la distribution de l'eau dans les maisons, seront étudiés au chapitre x.

Le bois, très employé autrefois, est à peu près abandonné aujourd'hui, à cause de son manque d'étanchéité sous les fortes pressions et de sa durée limitée lorsqu'il est enterré. A Tokio, presque toute la canalisation est en bois de sapin.

Les tuyaux en poterie sont économiques ; mais leur faible résistance ne permet pas de les utiliser comme conduites forcées, dès que la pression dépasse 8 à 10 mètres et dans les

---

[1] *Mécanique*, *Hydraulique*, par DARIÈS (Bibliothèque du Conducteur de travaux publics).

terrains sujets au tassement. On les fabrique par bouts de
1 mètre environ, que l'on assemble par emboîtement ou à
l'aide de manchons jointés au ciment (*fig*. 79) ; pour accroître
l'adhérence du mortier, on ménage des stries aux extrémités
de chaque tuyau. En confectionnant les joints, il faut empêcher le ciment de pénétrer dans la conduite, afin de prévenir les engorgements.

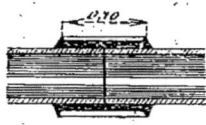

Fig. 79.

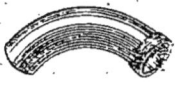

Fig. 80.

Les tuyaux en *grès* de Rambervillers sont assez renommés.
Ceux en *terre cuite émaillée*, fabriqués à Ollwiller (Alsace),
sont capables de certaines pressions et ne favorisent pas
les incrustations.

TUYAUX DE OLLWILLER

DIAMÈTRE	0,064	0,075	0,093	0,105	0,120	0,141	0,162	0,175
Charge de rupture en atmosphères................	»	30	25	»	15	21	»	»
Poids.....................	12ᵏ	15ᵏ	18ᵏ	22ᵏ	25ᵏ	29ᵏ	34ᵏ	38ᵏ
Prix du mètre { en fabrique......	2ᶠ,20	2ᶠ,65	3ᶠ,40	3ᶠ,95	4ᶠ,40	5ᶠ,60	6ᶠ,55	7ᶠ,45
Prix du mètre { de pose.........	0 55	0 65	0 75	0 80	0 85	0 90	0 95	1 05

La pression permanente ne doit guère dépasser le 1/10 de
la charge de rupture.

89. Tuyaux en ciment. — Les tuyaux en ciment et en béton
de ciment présentent de sérieux avantages d'économie, toutes
les fois que la pression ne dépasse pas 18 à 20 mètres et
que l'installation est faite dans de bonnes conditions de main-

d'œuvre et de matériaux. Le mortier ne doit pas être maigre
ni insuffisamment comprimé; sinon, l'étanchéité laisse à désirer, même sous de faibles pressions.

A Autun, 7 kilomètres de conduites de 0^m,06 à 0^m,16 de
diamètre, charge maximum de 20 mètres, fonctionnent dans
d'excellentes conditions depuis 1856. A Nice, 3.500 mètres de
conduites de 0^m,40 sous 15 mètres de charge, et 870 mètres
de conduites de 0^m,70, posées depuis vingt ans, se sont toujours
très bien comportées. Il en est de même de la conduite en
béton de ciment de 1^m,30 de diamètre et de 1.340 mètres de
longueur, en service depuis 1875, par laquelle l'eau de la
Vanne, à Paris, pénètre dans la distribution. Alais, Cette,
Bourgoin, Annonay, etc., ont des canalisations en ciment.

La figure 81 représente un tuyau de 0^m,55 pouvant suppor-

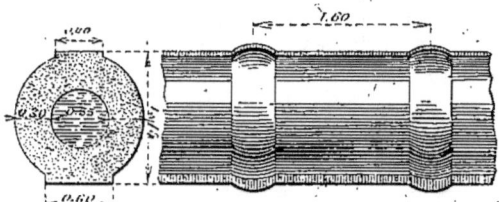

FIG. 81.

ter d'une façon permanente 16 mètres de pression (95); la
section de 0^m,70 de diamètre (*fig*. 82)
ne supporterait que 2 mètres au
maximum.

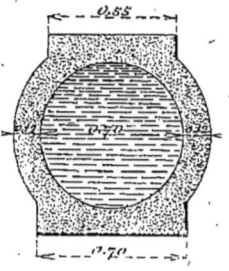

FIG. 82.

Pour les petits et moyens diamètres,
jusqu'à 0^m,25, les tuyaux se moulent
par bouts portatifs, en fabrique ou
à proximité du lieu d'emploi, et les
raccordements s'exécutent dans la
fouille. Les grands diamètres se
moulent directement dans la tranchée
sans solution de continuité. La mise
en charge ne peut avoir lieu que trois
mois environ après l'établissement de la conduite.

La Porte de France, à Grenoble, a beaucoup perfectionné

la fabrication des tuyaux en ciment; ses produits ont été utilisés avec succès comme conduites forcées par plusieurs villes de France et de l'Étranger : Nice, Nîmes, Limoges, Antibes, Rennes, Tournon, Ferrare, etc.

Le dosage normal est le suivant :

	Béton	Ciment
Ciment prompt..............	500kg	750 à 800kg
Sable bien nettoyé...........	0m,500	0m,800
Gravier bien nettoyé........	0m,800	»
PRODUIT...............	1 mètre cube	

TUYAUX EN CIMENT DE LA PORTE DE FRANCE

DIAMÈTRE	0m,10	0m,15	0m,20	0m,30	0m,40	0m,50	0m,60
Épaisseur des tuyaux sans pression........	0m,04	0m,04	0m,05	0m,05	0m,06	0m,07	0m,08
Prix du mètre { en fabrique....	0f,85	1f,10	1f,50	2f,30	3f,30	4f,80	6f,50
{ de pose.......	0,20	0,35	0,50	0,80	1,25	1,70	2,40

L'épaisseur des conduites forcées est réglée par la formule (2) du § 95.

Le volume de matière par mètre courant de tuyau, joints et perte compris, est donné par la formule empirique :

$$V = 3,20 (D + E + 0,01) (E + 0,01);$$

D représente le diamètre, E l'épaisseur. Le prix de revient approximatif s'approche de 60 francs le mètre cube.

D'une façon générale, les tuyaux en ciment conviennent mieux pour les conduites d'adduction que pour celles de distribution où les coups de bélier sont fréquents et parfois violents, à cause de la multiplicité des robinets.

90. Tuyaux en sidéro-ciment. — Afin d'obtenir une résistance plus considérable, M. Bordenave a eu récemment

l'idée de noyer dans l'épaisseur des tuyaux en ciment une carcasse métallique formée de barres d'acier longitudinales liées avec d'autres tiges enroulées transversalement en hélice. Les tiges ont des sections en forme de **I**, de **U**, de **T**, de $0^m,006$ à $0^m,025$ de hauteur, pour favoriser l'adhérence du ciment. On fait travailler le métal à raison de 15 kilogrammes par millimètre carré, et la section totale des tiges transversales est calculée pour que la carcasse métallique puisse résister seule à l'effort maximum (95). Le moulage des tuyaux s'effectue verticalement.

Ces tuyaux sont économiques et donnent des résultats satisfaisants lorsque la pose est faite avec soin, surtout pour les grands diamètres; la présence de l'armature permet de diminuer sensiblement l'épaisseur du ciment, ce qui les rend plus légers et plus maniables. Un autre avantage de l'armature vient de ce que, en cas d'avarie, il y a déchirure et non rupture complète, comme dans les tuyaux en fonte ou en ciment simple, et les dégâts sont moins considérables. D'après l'inventeur, l'économie sur les tuyaux en fonte ou en tôle varie de 15 à 45 0/0.

Les assemblages se font à bague ou à emboîtement et cordon, comme dans les tuyaux en fonte (91); au voisinage de l'emboîtement, les tiges transversales sont plus rapprochées pour accroître la résistance.

La figure 83 représente l'ossature d'un tuyau de $0^m,40$ de

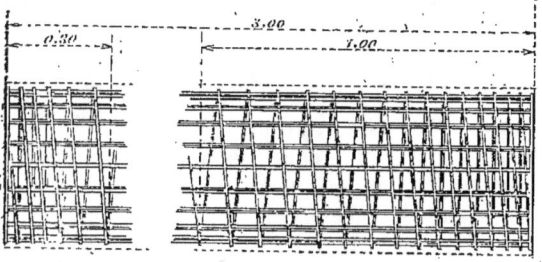

FIG. 83.

diamètre; la figure 84, un tuyau de $0^m,60$. Pour une pres-

sion de 15 mètres, l'épaisseur du ciment devrait atteindre
0ᵐ,30 (95); l'armature permet de la réduire à 0ᵐ,04 et à
0ᵐ,045 pour une charge de 25 mètres.

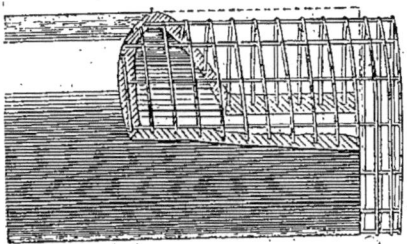

FIG. 84.

A Venise, 6.500 mètres de conduites de 0ᵐ,80 fonctionnent
convenablement depuis plusieurs années sous 7 mètres de
charge ; l'épaisseur des tuyaux est de 0ᵐ,037. La perte d'eau
par filtration atteignait 70 litres par minute quelques jours
après la mise en service, et 9 litres seulement au bout de huit
mois. A Alfortville, sur 5 kilomètres de conduites en ciment
armé de 0ᵐ,50 de diamètre (eaux vannes), avec 25 mètres de
pression, la perte ne dépasse pas 2 litres à la minute.

On mentionnera également les tuyaux de M. Bonna,
analogues à ceux de M. Bordenave. La section en double T
des tiges d'acier est remplacée par une section en croix; les
barres longitudinales maintiennent ces tiges et sont maintenues à leur tour par des frettes circulaires internes. L'acier
ne travaille qu'à 12 kilogrammes par millimètre carré. Le
même constructeur fabrique des tuyaux avec enveloppe intérieure inaltérable en tôle d'acier plombée.

91. Tuyaux en fonte. — Ces tuyaux sont les plus employés
aujourd'hui, bien que leur prix de revient soit assez élevé; on
les utilise de préférence aux tuyaux en ciment, dès que la
pression atteint 18 à 20 mètres ; ce sont les seuls véritable-
ment pratiques pour le service de distribution dans les villes,
car les prises d'eau peuvent s'exécuter en laissant la con-

duite en charge. D'une fabrication courante et d'une pose
facile, ces tuyaux sont très résistants sous une faible épaisseur,
et leur durée est presque indéfinie.

- Fabrication. — Le coulage du métal en fusion à l'intérieur
des moules s'exécute verticalement, disposition qui a l'avantage de rendre l'épaisseur bien uniforme et la fonte plus
homogène. Des précautions doivent être prises pendant
la durée du moulage et du démoulage, pour éviter la
production des pailles, des bulles et des craquelures, qui
constitueraient par la suite autant de points faibles pour le
tuyau. Tous les diamètres peuvent se faire à la demande,
ainsi que les pièces de raccords, depuis 0^m,04 jusqu'à 1^m,30 ;
mais, pour simplifier la fabrication et éviter les stocks considérables, chaque usine fait choix d'une série commerciale
de diamètres dont elle s'écarte le moins possible. — Les
tuyaux de 0^m,04 ont 2 mètres de longueur utile et pèsent
19 kilogrammes ; ceux de 0^m,06 ont 2^m,50 ; de 0^m,10 à 0^m,25
on leur donne 3^m,10, et au dessus 4^m,10 ; cet excédent de
longueur sur les tuyaux en poterie, qui n'ont guère que

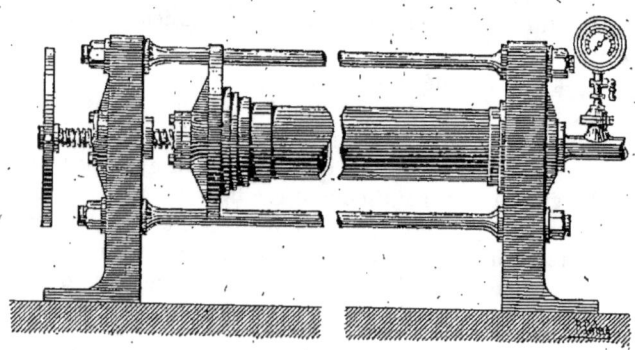

Fig. 85.

1 mètre, est un avantage sérieux, à cause de la diminution du
nombre des joints. Les tuyaux de 1^m,30 pèsent jusqu'à
3.500 kilogrammes.

Après leur fabrication, les tuyaux sont soigneusement

vérifiés comme constitution, forme et épaisseur, puis soumis, pendant un temps déterminé, à l'aide d'une presse hydraulique et de la machine (*fig.* 85), à une pression de 16 atmosphères, sous laquelle ils doivent demeurer rigoureusement étanches ; ceux qui ne satisfont pas à toutes les conditions voulues sont immédiatement rebutés.

Ordinairement, quand une administration fait une commande importante à une usine, elle y délègue un agent spécial qui surveille la fabrication et assiste à la vérification et à l'épreuve finales.

Enfin, lorsque tous les essais sont terminés on recouvre les tuyaux, intérieurement et extérieurement, d'une bonne couche de *coaltar* qui les protège contre l'oxydation, et après leur mise en service, contre les dépôts adhérents de carbonate.

Assemblage. — Diverses dispositions ont été successivement proposées pour l'assemblage des tuyaux en fonte ; la plus universellement employée est celle du joint à *emboîtement*.

Chaque tuyau, dit à emboîtement et cordon, présente à l'une de ses extrémités une petite saillie appelée *cordon* et, à l'autre extrémité, une partie élargie, de 0^m,13 de longueur environ, qui constitue l'emboîtement. Les tuyaux étant descendus dans le fond de la tranchée, on commence par engager le bout à cordon de chacun d'eux dans l'emboîtement du tuyau suivant (*fig.* 86). Une partie de l'intervalle

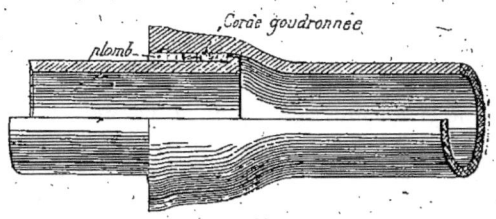

Fig. 86.

laissé libre entre les deux tuyaux est bourrée de corde goudronnée à l'aide d'un ciseau ; l'autre partie, de 0^m,04 de longueur, est remplie de plomb que l'on coule en place

après avoir bouché l'orifice par un bourrelet d'argile, en
ménageant au dessus deux petites ouvertures pour l'échappement de l'air; le plomb est ensuite ébarbé et maté fortement sur tout le pourtour. La petite rainure creusée dans
l'emboîtement a pour objet de résister aux efforts longitudi-
naux que supporte la conduite, notamment dans les coudes
et aux extrémités, lorsque des coups de bélier viennent à se
produire.

Le joint à emboîtement offre une certaine flexibilité qui
le fait résister assez bien aux effets de dilatation et aux tassements; il ne peut être démonté qu'en fondant le plomb,
et, dans la plupart des cas, la dépose de la
conduite exige la coupure de l'un des tuyaux
au droit de l'emboîtement.

Fig. 87.

A Paris, Belgrand a fait prévaloir le principe de la pose des conduites d'eau dans les
égouts (200). Les tuyaux, absolument cylindriques, sont supportés par des consoles
scellées dans les parois de la galerie; leur
asemblage se fait à l'aide de manchons
étroits, de $0^m,08$ à $0^m,10$ de largeur, appelés
bagues (fig. 87). Les extrémités de deux tuyaux
étant rapprochées à une petite distance, on
garnit l'intervalle d'une couronne d'argile
pour empêcher la pénétration du plomb fondu dans l'intérieur,
puis la bague est amenée sur le joint et disposée convenablement à l'aide de cales; enfin on établit de chaque côté un
bourrelet d'argile avec évents, et l'on coule le plomb qui est
ensuite ébarbé et maté. Ce joint est commode sous galerie,
car on peut le démonter à froid en chassant la bague à
coups de marteau; le matage des fuites s'exécute avec
facilité; mais, sur les conduites posées en terre, la bague
est trop étroite: le moindre tassement détruit l'effet du matage et amène des fuites.

Les premiers tuyaux en fonte portaient à chaque extrémité
une couronne, ou bride, venue de fonte et percée de trous
(fig. 88). On rapprochait les brides de deux tuyaux adjacents
et dans l'intervalle était placée une rondelle de plomb que
l'on serrait avec des boulons et matait ensuite sur son pour-

tour. Le joint à brides n'offre aucune flexibilité et se com

porte assez mal en terre à l'égard des tassements; quoique facilement démontable, il n'est plus guère employé que pour raccorder certaines pièces spéciales et aussi sur les conduits d'aspiration et de refoulement des pompes.

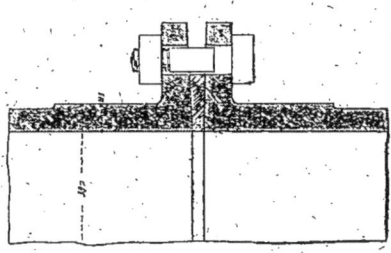

Fig. 88.

Frappés des inconvénients que présente l'usage du plomb pour la confection et le démontage des joints, à cause de son prix de revient élevé et de l'obligation de recourir cons-

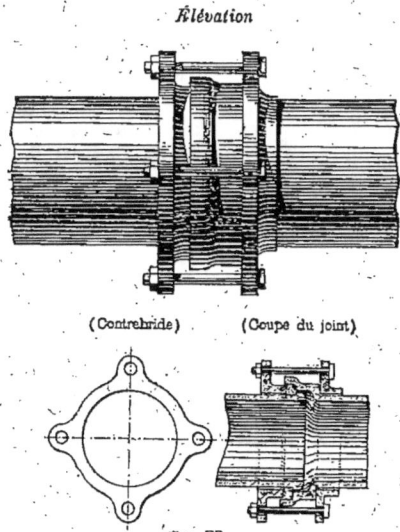

Élévation

(Contrebride)   (Coupe du joint)

Fig. 89.

tamment à des ouvriers plombiers, plusieurs constructeurs ont préconisé l'emploi de joints au caoutchouc pouvant s'établir à froid et par des ouvriers quelconques. Parmi les nombreuses dispositions qui ont été proposées, peu sont entrées dans la pratique courante; quelques-unes fournissent des joints d'une grande flexibilité et rendraient, le cas échéant, d'appréciables services pour l'installation de canalisations. dans des terrains peu stables ou sur des ponts métalliques, sujets aux trépidations; mais, d'une manière générale, la supériorité économique du joint au caoutchouc sur celui

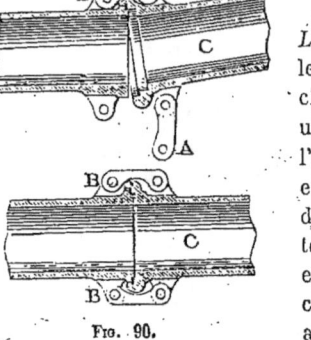

Fig. 90.

au plomb n'est pas encore nettement établie.

Dans les tuyaux du système *Lavril* (*fig*. 89), perfectionné par les usines de *Pont-à-Mousson*, chaque joint est constitué par une rondelle en caoutchouc que l'on comprime entre le cordon et l'emboîtement par le moyen de deux contre-brides maintenues par des boulons; ce joint est étanche et assez flexible; c'est le plus ancien des joints au caoutchouc; il a l'inconvénient d'exiger des tuyaux spéciaux. Il en est de même du joint *Petit*, obtenu en réunissant les tuyaux à l'aide de pattes AB (*fig*. 90).

TUYAUX SYSTÈME LAVRIL A DOUBLE CONTRE-BRIDE

DIAMÈTRE	0m,06	0m,08	0m,10	0m,15	0m,20	0m,2:
Longueur utile...............	2m,575	3m,075	3m,075	3m,075	3m,075	3m,075
Poids du mètre courant (contre-brides comprises)............	15k	20k	25k	40k	60k	80k
Nombre de boulons par joint.....	3	3	3	3	4	4

DIAMÈTRE	0m,30	0m,35	0m,40	0m,45	0m,50	0m,60	0m,70
Longueur utile..........	4m,075	4m,075	4m,075	4m,075	4m,075	4m,075	4m,075
Poids du mètre courant (contre-brides comprises).	97k	118k	140k	170k	195k	250k	320k
Nombre de boulons par joint	4	4	6	8	8	10	1:

Le joint *Somzée*, constitué par un simple anneau en caoutchouc serré entre le cordon et l'emboîtement (*fig.* 91), peut
être fait avec des tuyaux ordinaires ; son montage est simple
et rapide : il ne comporte ni boulons ni contre-brides ; l'étanchéité est satisfaisante.

L'assemblage à rotule de M. *Badois* (*fig.* 92) jouit également

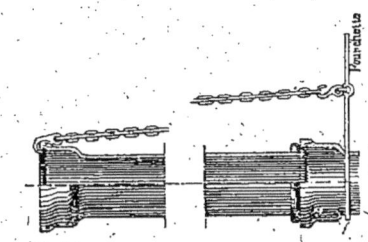

Fig. 91.

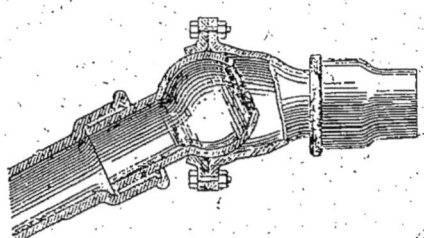

Fig. 92.

d'une grande élasticité et peut être utilisé avantageusement
pour l'installation d'une conduite dans le fond d'un cours
d'eau. On l'a employé à Albi pour la traversée du Tarn (71).

On mentionnera encore le joint *Gibault*, dont il a été
fait, dans ces derniers temps, un certain nombre d'applications qui ont fort bien réussi, à Roanne, Mézières, Com-
mercy, etc., pour l'installation de distributions d'eau. Ce
joint n'exige que des tuyaux cylindriques (*fig.* 93) ; ceux sur
lesquels se fait la jonction sont engagés dans une bague A,
fortement évidée à l'intérieur, maintenue par deux contre-
brides C avec boulons ; les deux rondelles de caoutchouc

vulcanisé B sont pincées entre la bague et les contre-brides.

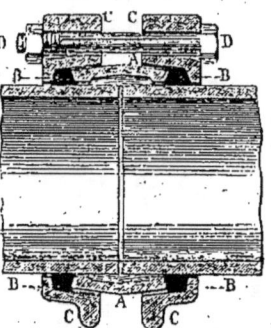

Fig. 93.

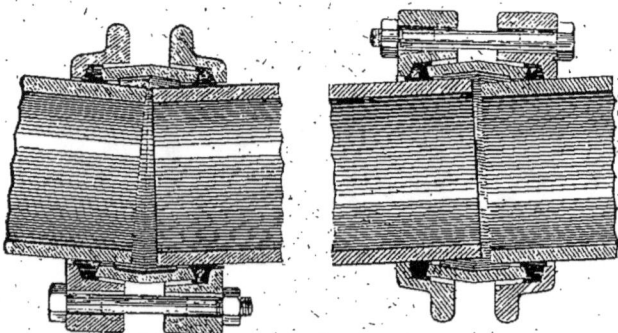

Fig. 94.

L'évidement de la bague permet aux tuyaux des inflexions assez considérables (*fig*. 94).

TUYAUX CYLINDRIQUES EN FONTE, AVEC JOINT SYSTÈME GIBAULT

DIAMÈTRE INTÉRIEUR (en millimètres)	40	50	60	70	80	90	100	125	135	150
Longueur utile du tuyau....	2m	2m	2m,50	2m,50	3m,10	3m,10	3m,10	3m,10	3m,10	3m,10
Poids de fonte par mètre de tuyau (joint compris).....	8k,50	11k	14k	15k50	18k	22k	24k	32k	34k	36k
Prix du mètre de tuyau (joint compris) sans transport ni pose........	3,05	3,85	4,85	5,30	5,70	7,05	7,75	10,20	10,95	11,60

DIAMÈTRE INTÉRIEUR (en millimètres)	200	225	250	300	325	350	400	450	500	600
Longueur utile du tuyau....	3m,10	3m,10	3m,10	4m,10	4m,10	4m,10	4m,10	4m,10	4m,10	4m,10
Poids de fonte par mètre de tuyau (joint compris).....	54k	67k	73k	91k	106k	115k	142k	167k	189k	254k
Prix du mètre de tuyau (joint compris) sans transport ni pose........	17,80	22,10	24,35	29,75	34,35	37,10	45,30	53 »	60,15	80,35

Pièces spéciales. — Il est rare qu'une conduite d'une certaine longueur soit rectiligne d'une extrémité à l'autre; le tracé en plan comporte le plus souvent une série d'alignements qui se coupent sous des angles déterminés, et le profil en long une suite de pentes et de contrepentes reproduisant, à peu de chose près, les sinuosités du terrain. Sans doute les changements de direction absorbent un supplément de charge, et ce serait une faute de les multiplier sans nécessité, mais, lorsqu'ils sont motivés par des convenances de tracé et par la disposition des lieux, il est inutile de faire de grands sacrifices pour les éviter; leur influence n'est pas considérable, le débit d'une conduite dépend surtout de

son diamètre. C'est précisément l'avantage des conduites
forcées de se plier commodément aux inflexions du sol.

Sur les réseaux de distribution dans les villes, les extrémités des conduites sont fermées par des plaques pleines;
aux angles des rues où elles viennent se rencontrer il

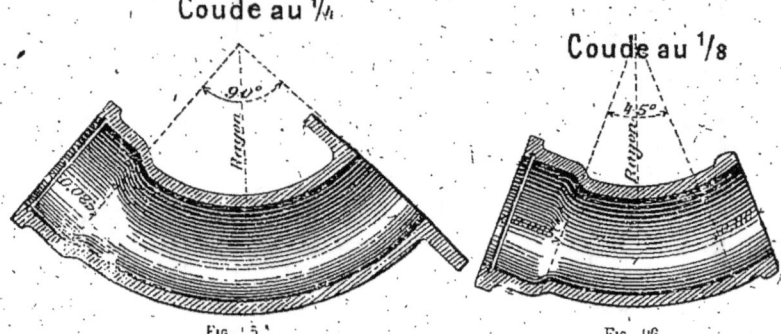

Coude au ¼   Coude au ⅛

Fig. 95.   Fig. 96.

Coude au ¹⁄₁₆

Manchon courbe

 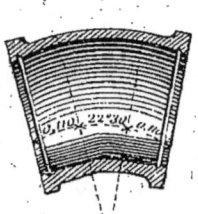 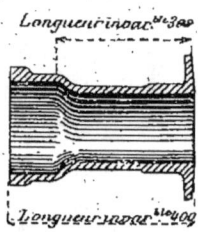

Fig. 97.   Fig. 98.   Fig. 99.

est nécessaire de les raccorder et de placer des robinets
pour les arrêts d'eau; en certains endroits, le diamètre de la
conduite peut changer. Si un tuyau vient à se rompre transversalement, il est bon de pouvoir réunir les deux tronçons
pour l'utiliser encore, etc. On conçoit d'après cela que, pour
effectuer ces déviations et ces raccords, il faille disposer, sur
toute l'échelle des diamètres, d'un certain nombre de pièces

diverses, droites ou courbes, à emboîtement ou à brides; ce
sont les *pièces spéciales.*

Les coudes et manchon-courbe (*fig.* 95, 96, 97, 98), qui permettent des déviations de 90°, 45° et 22° 30′ suffisent dans la
plupart des cas ; au besoin on peut les couper. A Paris, on
utilise encore la bague biaise dont l'angle au centre varie
entre 3° et 9°. Les déviations plus petites s'obtiennent en
inclinant légèrement le bout à cordon du tuyau à l'intérieur de l'emboîtement. Le bout d'extrémité (*fig.* 99) comporte toujours une bride sur laquelle se boulonne une
plaque pleine en tôle, ou une autre pièce à brides, robinet
par exemple. Les embranchements se font par manchon à

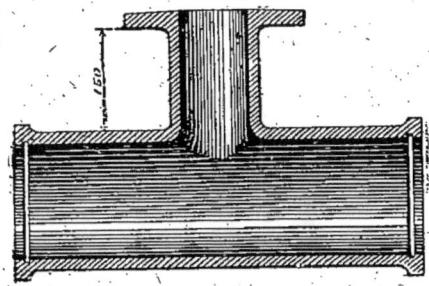

Fig. 100.

tubulure (*fig.* 100) ou à l'aide de tés (*fig.* 101); ces dernières

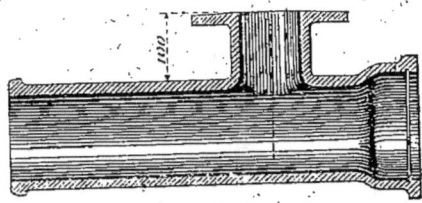

Fig. 101.

pièces ne sont pas employées à Paris. Le manchon droit

(*fig.* 102) permet de raccorder deux tronçons de tuyaux cylindriques. Enfin le passage d'un diamètre à un autre s'effectue par l'intermédiaire d'un cône à deux brides (*fig.*103).

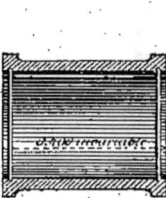 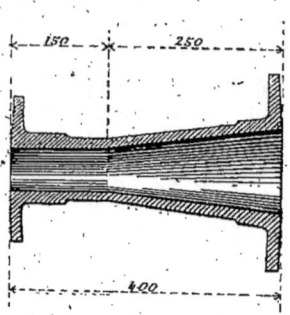

Fig. 102.   Fig. 103.

On trouvera, page 535, le devis et le cahier des charges ainsi que l'album des types de la fourniture des tuyaux et pièces en fonte nécessaires au service des eaux de Paris.

92. Tuyaux frettés. — La Société d'Aubrives et Villerupt vient d'expérimenter avec succès un système de tuyaux en fonte de grand diamètre, frettés avec des fils d'acier.

Le but de la frette est d'augmenter la résistance des tuyaux à la rupture, et, en cas de rupture, de maintenir dans leur position d'origine les fragments du tuyau brisé, de façon à réduire le débit des fuites à celui des fissures. Ce dernier résultat est également obtenu par les tuyaux en sidéro-ciment.

Chaque tuyau est enveloppé de six frettes de 0^m,10 de lar-

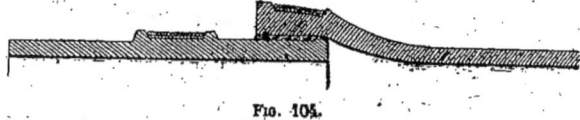

Fig. 104.

geur environ, distantes de 0^m,90, constituées par des fils en

acier écroui et recuit de 0m,006 de diamètre, enroulés sous
forte tension.

Ce système vient d'être adopté par la Ville de Paris,
qui a employé 1.000 mètres de conduites de 2 mètres de
diamètre, pour l'amenée des eaux vannes dans la plaine
d'Achères, siphon de Maurecourt.

93. Pose des conduites. — Les conduites se posent en terre,
au fond d'une tranchée que l'on creuse suivant le tracé
adopté, et dont la largeur doit être proportionnée au diamètre de la conduite, sans cependant être jamais inférieure
à 0m,60 environ, pour que les ouvriers puissent s'y mouvoir,
piocher, enlever les déblais et ensuite poser les tuyaux et
confectionner les joints.

L'enfouissement de la conduite a pour but de conserver
la température de l'eau, de la mettre à l'abri de la gelée et
de protéger les tuyaux contre la malveillance et les risques
d'écrasement par les voi-
tures, lorsque le tracé emprunte le sous-sol des
routes. L'épaisseur de la
couche de terre au-dessus
de la conduite peut varier
entre 0m,70 et 1m,30 ; 0m,70
en rase campagne, 1 mètre
sous les routes pavées ou
peu fréquentées, et 1m,20
à 1m,30 sous les voies parcourues par de lourds véhi-
cules. A Paris, où la cir-

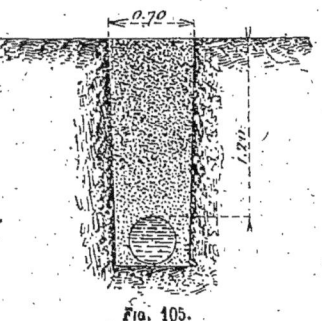

Fig. 105.

culation des rues est intense, on les pose à 1m,20 ; l'eau y gèle
bien rarement. En Angleterre et en Allemagne, où la température est plus froide, on va jusqu'à 1m,50 et même 2 mètres.
Quoi qu'il en soit, lorsque la pression est faible, il faut éviter
d'enterrer la ligne de charge, pour que les fuites qui viendraient à se produire puissent se manifester à la surface du
sol.

Lorsque le terrain présente de légères inflexions de pente,
il importe de les faire disparaître, autant que possible, dans

le nivellement de la conduite, en approfondissant la tranchée ou en réduisant la profondeur, afin d'éviter les contre-pentes et les points hauts où l'air ne manquerait pas de se confiner au moment de la mise en service.

Dans la plupart des cas, lorsque le sol se trouve remué pour la première fois, le fond de la tranchée est suffisamment résistant pour que l'on puisse y installer la conduite sans autre précaution particulière ; mais, si des tassements importants étaient susceptibles de se produire, comme cela arrive quelquefois dans les terrains de remblai ou dans les sols humides, on ferait reposer la conduite sur une couche de béton ou sur une ligne de madriers supportés par des pieux en bois ou en béton. Cette solution a été appliquée sur la dérivation de la Vanne (106), pour la pose de la conduite en fonte de 1^m,10 de diamètre, qui constitue le siphon de Chigy ; cette conduite se trouve noyée dans un sol marécageux, qui n'offrait aucune consistance.

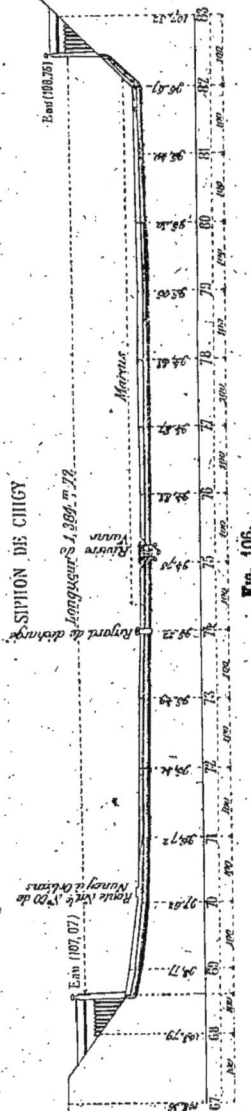

Fig. 106.

La traversée des cours d'eau s'effectue par l'intermédiaire des ponts existants, que la conduite soit enterrée entre l'extrados de la voûte et la route, lorsque la hauteur est suffisante, ou qu'on l'installe dans une petite galerie établie sous l'un des trottoirs et recouverte de dalles, ou encore, sous les ponts en bois et en fer, qu'on la suspende solidement dans l'intervalle de deux poutres. A Dunkerque, une conduite de 0m,25 est posée à même sur le trottoir d'un pont et plus loin scellée au garde-corps ; cette solution économique est quelquefois imposée par les circonstances ; il ne semble pas qu'elle soit recommandable en général.

Les points bas de la conduite doivent être pourvus de décharges pour la vidange des biefs en cas de réparation ; l'eau est dirigée vers le cours d'eau voisin ou dans un puits absorbant. Sur une conduite de 0m,10 les décharges sont de 0m,04 ; on les prend de 0m,08 pour une conduite de 0m,20, de 0m,15 pour une de 0m,40, etc. *Aux*

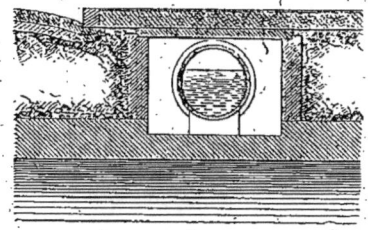

Fig. 107.

points hauts il faut établir des ventouses pour l'échappement de l'air lors des remplissages ; leur diamètre varie de 0m,020 à 0m,10. Plus d'une fois, pendant la mise en service d'une conduite, on a vu l'écoulement complètement arrêté par un matelas d'air cantonné dans un sommet dépourvu de ventouse.

Chaque fois que la conduite change de direction, il importe de contre-buter le coude par un fort massif en maçonnerie pour éviter la dislocation des joints quand surviennent des coups de bélier.

Lorsque la pose est complètement terminée, avant de remblayer, tous les joints doivent être soigneusement vérifiés ; s'il est facile de se procurer une presse hydraulique, et le volume d'eau nécessaire, on mettra la conduite en pression et l'on vérifiera matériellement l'étanchéité des joints, ce qui sera encore préférable.

Le remblayage de la tranchée doit se faire par couches successives de 0ᵐ,20 environ, que l'on pilonne fortement avec une dame en fonte pour diminuer autant que possible les tassements; on ne doit pas y laisser de grosses pierres qui pourraient endommager la conduite.

94. Robinets. — Toute canalisation comporte un certain nombre de robinets intercalés sur le parcours en des points déterminés, soit pour décharges, ventouses ou pour embranchements. Cette question sera traitée au chapitre x.

95. Épaisseur des tuyaux. — L'épaisseur dépend du degré de résistance à l'extension de la matière dont est formé le tuyau. Les conduites en fonte et en tôle, notamment celles en fonte frettée et en tôle d'acier, sont à beaucoup près les plus résistantes.

Considérant un tronçon de conduite de 1 mètre de longueur, de diamètre D, rempli d'eau à la pression H; on cherchera à évaluer la résultante des actions qui s'exercent normalement sur le demi-cylindre quelconque ACB; par raison de symétrie, cette résultante est dirigée suivant le rayon OC perpendiculaire à AB. Or, sur une bande de paroi de largeur ds, la pression est 1.000 Hds (*Hydraulique*, 91), sa composante suivant OC s'exprime par le produit 1.000H sin θds; la résultante cherchée, P, double de la pression totale qui s'exerce sur le quadrant AC, a donc pour valeur :

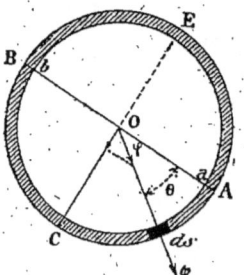

Fig. 108.

$$P = 2.000H \int_0^{\frac{\pi}{2}} \sin \theta ds,$$

ou encore, puisque $ds = \dfrac{D}{2} d\theta$,

$$P = 1.000DH \int_0^{\frac{\pi}{2}} \sin \theta d\theta = 1.000DH \left| \cos \theta \right|_{\frac{\pi}{2}}$$

ou enfin : -

$$P = 1.000DH.$$

Mais, sous l'action de la force P, les deux demi-cylindres ACB et AEB tendent à se séparer suivant le plan diamétral AOB; c'est à cet effort que doit résister l'enveloppe du tuyau. Appelons ε l'épaisseur Aa, R le coefficient de résistance pratique, par unité de surface, de la matière dont est formée la paroi ; la surface et la force de résistance ont respectivement pour valeur 2ε et 2Rε, puisque la longueur est égale à l'unité, de sorte que l'on doit écrire l'équation :

$$2Rε = 1.000DH,$$

d'où l'on déduit :

(1) $$ε = \frac{1.000DH}{2R} ;$$

c'est la formule théorique qui permet de calculer l'épaisseur du tuyau, lorsque D, H et R sont connus. Les fabricants de Grenoble l'utilisent pour leurs tuyaux en *ciment*, en admettant que R = 15.000 kilogrammes par mètre carré ; dans ce cas :

(2) $$ε = \frac{DH}{30}.$$

Pour D = 0,55 et H = 16 mètres, on trouve ε = 0m,30 (*fig.* 81) :

En réalité, la formule (1) ne se préoccupe que de la résistance à la pression statique H, sans envisager les efforts dynamiques, et l'on peut vérifier que, pour la fonte, la tôle et le plomb, elle fournit des épaisseurs pratiquement inacceptables, à cause de leur petitesse. La charge de rupture de la fonte est d'environ 12 millions de kilogrammes par mètre carré ; en imposant au métal le quart de cette charge seulement, un tuyau en fonte de 0m,30 de diamètre qui supporterait 80 mètres de pression devrait avoir :

$$ε = \frac{1.000 \times 0,30 \times 80}{6.000.000} = 0,0038,$$

soit moins de 4 millimètres d'épaisseur.

Il est donc nécessaire de majorer le second membre de (1)
d'une certaine quantité, tant pour tenir compte des chocs et
des coups de bélier résultant de la fermeture brusque des
robinets, que pour se garantir contre l'usure et les défauts
de la matière. La formule de l'épaisseur s'écrit ainsi :

$$\varepsilon = \frac{1.000DH}{2R} + C.$$

R est une donnée expérimentale pour chaque nature de
matériaux ; les valeurs correspondantes de C, adoptées par
la pratique, sont des données empiriques qui ne se justifient
par aucune considération théorique.

En France, les tuyaux en fonte s'établissent en supposant
que R = 3 millions de kilogrammes par mètre carré et
C = 0^m,008, ce qui donne :

$$\varepsilon = 0,00016DH + 0,008.$$

Pour les conduites fabriquées avec d'autres matériaux, on
a les formules analogues indiquées par différents constructeurs :

Bois................. $\varepsilon = 0,033DH + 0,027$
Poterie............. $\varepsilon = 0,005DH + 0,012$
Fer étiré.......... $\varepsilon = 0,000083DH + 0,0015$
Tôle rivée.......... $\varepsilon = 0,000166DH + 0,002$
Acier............... $\varepsilon = 0,000063DH + 0,001$
Plomb............... $\varepsilon = 0,0025DH + 0,005$

La pression H doit toujours être comptée largement : les
tuyaux en fonte employés par le service des Eaux de Paris
sont établis pour une pression normale de 100 mètres
(H = 100 mètres), bien que la charge effective ne soit jamais
supérieure à 70 mètres ; leur épaisseur est réglée par la formule

$$\varepsilon = 0,016D + 0,008.$$

On les essaie à 15 atmosphères. Les pièces de raccord ne
sont pas essayées ; mais leur épaisseur est majorée de plusieurs millimètres, surtout les pièces courbes.

96. Conduite en tôle d'acier. — L'eau de l'Avre est amenée du réservoir de Saint-Cloud à la porte d'Auteuil par une conduite en tôle d'acier de 1ᵐ,50 de diamètre, qui traverse la Seine sur un pont-aqueduc en maçonnerie avec tablier métallique. La pression normale au point bas est de 80 mètres; les épaisseurs successives ont été réglées à :

0,008 pour les pressions inférieures à 50 mètres ;
0,010   —   de 50 à 70 mètres;
0,012   —   de 70 à 80 mètres;

elles correspondent à la formule

$$\varepsilon = 0,000066 DH + 0,004.$$

Soumise à des efforts considérables s'exerçant en différents

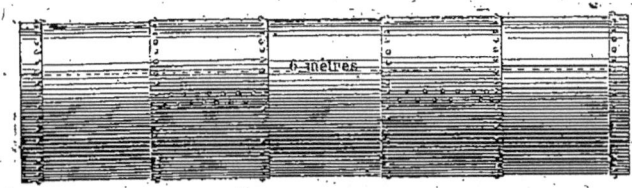

Détail du joint

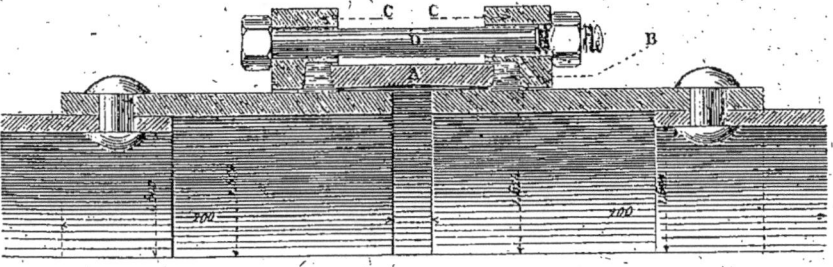

Fig. 109.

sens, cette conduite devait offrir des garanties exceptionnelles de solidité ; l'emploi de la fonte eût exigé au point bas :

0,00016 × 1,50 × 80 + 0,008 = 0,027 d'épaisseur ;

on a préféré la tôle d'acier avec laquelle les déchirements n'étaient pas à craindre. L'installation, exécutée dans les meilleures conditions par la maison Gibault de Paris, a nécessité un matériel tout à fait spécial, en raison des dimensions inusitées et du poids considérable des tuyaux ; ces derniers sont placés bout à bout à 2 centimètres d'intervalle ; la figure 109 donne le détail d'un joint ; A est une bague en acier laminé de 100 millimètres de longueur, aux extrémités de laquelle sont placées deux rondelles en caoutchouc B, B ; ces rondelles sont pressées par deux contre-brides C, C, également en acier laminé, réunies par trente boulons de serrage D.

97. **Dérivation de Ferrare.** — On a donné, au paragraphe 76, la coupe de l'un des puits artésiens de Castel-Franco dont les eaux sont amenées à Ferrare, au réservoir

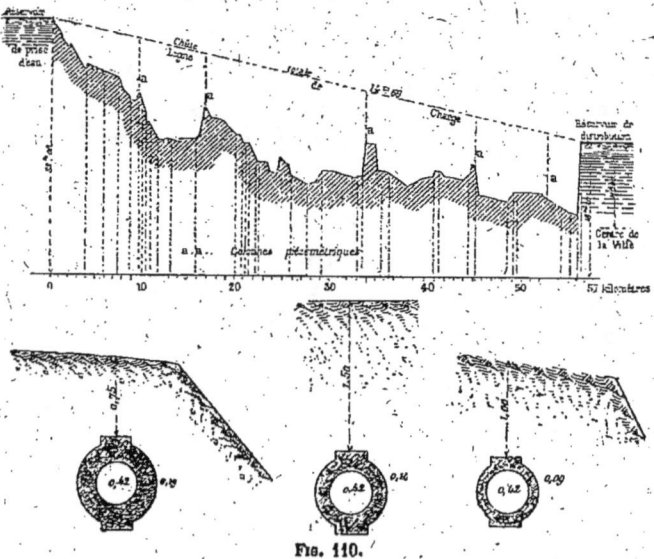

Fig. 110.

de Montagnone, par une conduite forcée en ciment de $0^m,42$ de diamètre et de 57 kilomètres de long.

Les figures 110 représentent le profil en long et trois

profils en travers de cette longue conduite, qui a absorbé
8.039 tonnes de ciment de la Porte de France (89). Le moulage s'est effectué en tranchée par quatorze équipes qui avan-
çaient chacune de 20 mètres par jour en moyenne. L'épaisseur
des tuyaux varie depuis $0^m,09$ jusqu'à $0^m,19$, suivant la charge.

Chaque point haut est pourvu d'une ventouse automatique
pour éviter les coups de bélier; il y en a soixante-dix sur
tout le parcours.

AQUEDUCS COUVERTS

98. Pente. — Vitesse. — L'aqueduc libre absorbe moins de
pente que la conduite forcée, mais l'étude du tracé présente
de plus grandes difficultés : l'écoulement de l'eau exige une
pente continue vers l'aval, jamais de contre-pente, de sorte
que l'ouvrage doit se développer à flanc de coteau, contour-
ner les contreforts, descendre doucement les versants, et,
comme conséquence, prendre une plus grande longueur que
la conduite, qui peut suivre un tracé quelconque. Pour conduire les eaux d'Uzès à Nîmes, les Romains ont dû construire
un aqueduc de 50 kilomètres de longueur, bien que ces deux
villes ne soient qu'à 20 kilomètres l'une de l'autre; on voit
qu'une conduite n'aurait eu que la moitié de cette longueur.

La traversée des vallées s'effectue généralement par *siphon*,
c'est-à-dire par conduite forcée; mais il arrive quelquefois
que le peu de charge disponible d'une extrémité à l'autre de
la dérivation rend cette solution impraticable, à cause de la
perte de charge assez forte que produit chaque traversée (100);
il faut alors établir des ponts-aqueducs ou des arcades s'élevant jusqu'au niveau de la ligne de charge. Sur la dérivation de la Vanne, Belgrand a construit 14 kilomètres d'arcades
dans le seul but d'économiser la pente. Dans d'autres cas,
le souci d'abréger le parcours entraîne l'obligation de franchir les montagnes en souterrain.

La pente de l'aqueduc peut descendre, comme sur la Dhuis,
jusqu'à $0^m,10$ par kilomètre, et la vitesse jusqu'à $0^m,30$ par

seconde ; mais cette dernière limite ne doit guère être dépassée sous peine de voir s'accumuler les dépôts. L'expérience de tous les jours sur les dérivations existantes montre que le contact prolongé de l'eau avec la maçonnerie n'altère pas sensiblement sa composition.

Lorsque la charge est considérable, on peut en profiter pour restreindre la section de l'aqueduc en augmentant la vitesse ; $1^m,20$ par seconde est une limite supérieure au-delà de laquelle les parois de l'ouvrage pourraient être dégradées par le courant. Sur l'aqueduc de Dijon, Darcy a ménagé plusieurs chutes de $0^m,80$ environ, pour diminuer la pente et la vitesse qui étaient trop fortes.

On ne peut rien dire de général sur la question du tracé des aqueducs ; ce problème, éminemment complexe comme celui du tracé d'une route ou d'un chemin de fer, ne comporte que des solutions d'espèce ; c'est par l'étude approfondie du terrain et l'examen comparatif des différentes solutions possibles, notamment l'évaluation de la dépense dans chaque cas, que l'on se détermine sur le tracé définitif à adopter.

99. Dérivations de la Ville de Paris. — Paris est alimentée en eau de *source* par les trois dérivations (*fig.* 111) de la Dhuis, de la Vanne et de l'Avre, qui amènent ensemble près de 235.000 mètres cubes d'eau par vingt-quatre heures (44). L'adduction des sources du Loing et du Lunain, actuellement en cours d'exécution, portera ce volume à 275.000 mètres cubes, soit 120 litres par habitant, chiffre reconnu suffisant pour la consommation privée (61).

La *Dhuis*, petit affluent du Surmelin qui lui-même se jette dans la Marne, près de Dormans, fut dérivée par Belgrand dès 1864. L'aqueduc part du voisinage de Château-Thierry, à l'altitude de 128 mètres, et arrive au réservoir de Ménilmontant, à la cote 108, après un parcours de 131 kilomètres ; sa pente, en dehors des siphons, est uniformément de $0^m,10$ par kilomètre. Il franchit sept vallées principales et quatorze vallées secondaires d'une longueur totale de 7 kilomètres, dont la profondeur varie entre 4 et 72 mètres. L'ouvrage est entièrement en tranchée : rien d'apparent, si ce n'est quelques ponts-siphons et les portes des regards de descente.

L'ensemble des travaux, y compris l'acquisition des sources, a coûté 18 millions de francs; débit quotidien, 20.000 mètres cubes.

La dérivation de la *Vanne*, exécutée de 1868 à 1874, est également l'œuvre de Belgrand ; elle constitue un vaste système

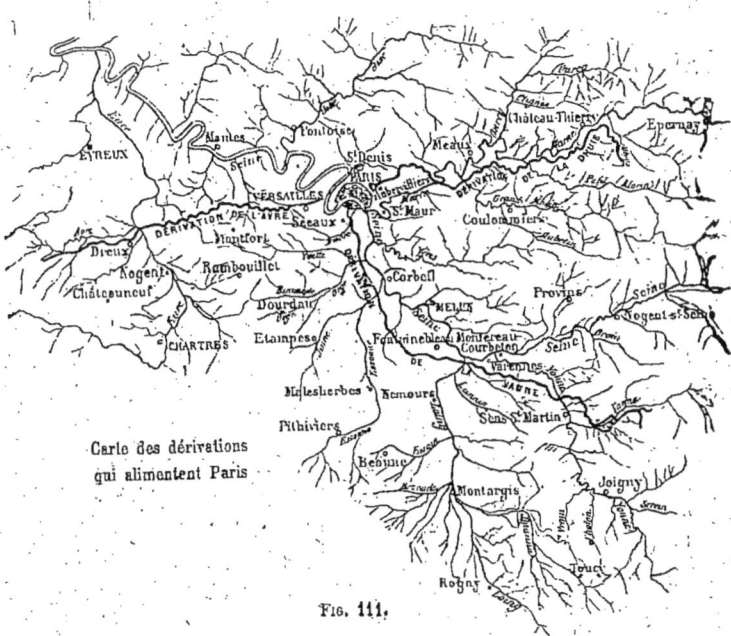

Carte des dérivations
qui alimentent Paris

Fig. 111.

hydraulique beaucoup plus complexe que celui de la Dhuis, et son histoire suffirait à l'instruction d'un ingénieur en matière de travaux d'adduction ; presque toutes les difficultés que l'on peut rencontrer dans ces sortes de travaux s'y sont présentées et ont été surmontées de la façon la plus heureuse, aussi bien pour le captage des sources que pour l'établissement de l'aqueduc d'amenée.

Cette dérivation mesure 173 kilomètres de longueur. L'aqueduc commence à la cote 111 et arrive au réservoir de Montsouris à l'altitude 80; sa pente varie de 0ᵐ,13 à 0ᵐ,10 par kilomètre. Les arcades figurent pour 14 kilomètres ; les siphons, 21 kilomètres; les souterrains, 42; le reste est en tranchée. L'installation complète, avec l'achat des sources et la construction du réservoir, est revenue à 50 millions de francs pour 110.000 mètres cubes par jour.

Les sources de l'*Avre* et de la *Vigne* ont été dérivées, de 1891 à 1893, par M. Humblot, ancien directeur des eaux de la Ville de Paris et collaborateur de Belgrand à la Vanne. L'aqueduc part de la côte 146 et vient déboucher dans le réservoir de Saint-Cloud à l'altitude 107; son développement total atteint 102 kilomètres, comprenant deux tronçons de 19 et 76 kilomètres, plus 7 kilomètres de siphons et de nombreux ouvrages d'art dont quelques-uns sont assez remarquables. Sur le tronçon d'amont, la pente est de $0^m,40$ par kilomètre et sur celui d'aval de $0^m,30$ seulement (*fig.* 112). Cet aqueduc amène 105.000 mètres cubes d'eau par vingt-quatre heures; le tout a coûté 35 millions de francs.

Les détails de ces dérivations seront étudiés dans les paragraphes suivants.

100. Calcul des aqueducs. — Les aqueducs se calculent avec les formules des canaux découverts. Le débit et la pente sont généralement connus; il faut déterminer la section d'écoulement et la vitesse; lorsque cette dernière est donnée, c'est la pente qu'il faut calculer; mais le problème reste indéterminé tant que l'on ne précise pas la forme géométrique de la section de l'aqueduc.

Soient ω la section d'écoulement, χ son périmètre mouillé, $R = \dfrac{\omega}{\chi}$ le rayon moyen, U la vitesse de l'eau, I la pente par mètre. On a, d'après M. Bazin :

$$RI = bU^2,$$

ou bien, en posant $C = \dfrac{1}{\sqrt{b}}$:

$$U = C\sqrt{RI}$$

(Voir les tables de M. Bazin, pages 358 et 359 du traité de *Mécanique, Hydraulique* de la Bibliothèque).

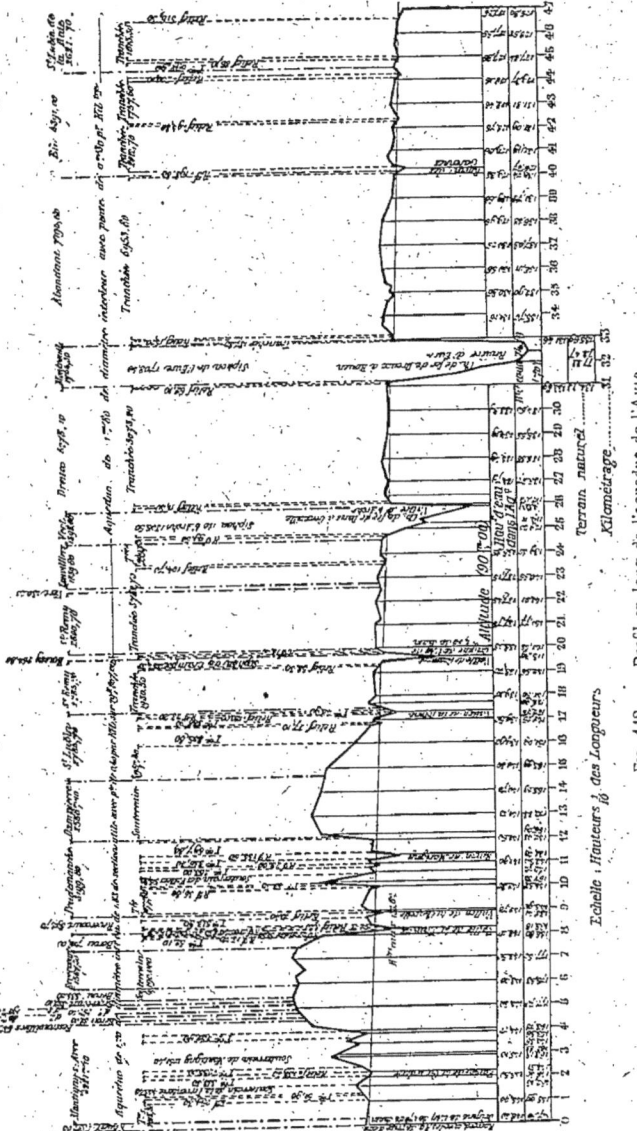

Fig. 112. — Profil en long de l'aqueduc de l'Avre.

Comme la paroi interne des aqueducs est ordinairement recouverte d'un enduit en ciment de 1 ou 2 centimètres d'épaisseur, on prend les valeurs de b relatives à des parois très unies. Pour les aqueducs en béton et en briques, on prend les coefficients des parois unies.

Aux relations précédentes il faut ajouter celle qui exprime le débit par seconde :

$$Q = \omega U.$$

On voit que le problème est indéterminé, puisqu'il n'existe que deux relations distinctes pour calculer ω, χ, I, à l'aide de Q et de U ; il n'en est plus de même lorsque l'aqueduc a une forme déterminée, cercle ou rectangle, car χ peut alors s'exprimer en fonction de ω, ou inversement; R ne dépend plus que d'une variable, et le nombre des inconnues se réduit à deux.

Section rectangulaire. — 1° On se proposera d'établir un petit aqueduc en béton pour amener 50 litres d'eau par seconde. Soient λ et h la base et la hauteur de la section d'eau; on sait que le rayon moyen maximum correspond à $h = \dfrac{\lambda}{2}$. Le nivellement du tracé fait connaître la charge totale d'une extrémité à l'autre et, par suite, la pente par mètre d'après la longueur de l'ouvrage ; on connaît alors Q et I, il faut calculer λ et U.

En admettant que l'aqueduc ait 1.450 mètres de long avec une charge disponible de 1,20, on a d'abord pour la pente :

$$I = \frac{1,20}{1.450} = 0,00082,$$

soit environ 0^m,80 par kilomètre. On prend $U = 0,70$ et on calcule la pente correspondante. Si le chiffre obtenu est supérieur à 0^m,00082, on devra réduire la vitesse et recommencer le calcul. On trouve :

$$\omega = \lambda h = \frac{\lambda^2}{2} = \frac{Q}{U} = \frac{0,050}{0,70} = 0,0714,$$

d'où successivement:

$$\lambda^2 = 0,1428, \qquad \lambda = 0,38, \qquad R = \frac{0.0714}{0,76} = 0,092 ;$$

pour cette valeur de R, les tables IX et VIII indiquent :

$$C = 54, \qquad b = 0,000340,$$

par suite :

$$I = \frac{bU^2}{R} = \frac{0,000340 \times 0.49}{0,092} = 0,00178.$$

Cette pente étant supérieure à 0,00082, la vitesse est inférieure à 0,70 ; on prendra U = 0,60, alors :

$$\omega = \frac{0.050}{0,60} = 0,0833,$$

$$\lambda^2 = 0,1666, \qquad \lambda = 0,41, \qquad R = \frac{0,0833}{0,82} = 0,101 ;$$

et les tables accusent :

$$C = 56, \qquad b = 0,000320 ;$$

d'où :

$$I = \frac{0,000320 \times 0,36}{0,101} = 0,00114.$$

Ce chiffre est encore supérieur à 0,00082, on prendra U = 0,50 ; il vient comme précédemment :

$$\omega = 0,10, \qquad \lambda = 0,45,$$
$$R = 0,11 ;$$

par suite :

$$b = 0,000311,$$
$$I = 0,00070.$$

Entre les limites $0^m,50$ et $0^m,60$ l'interpolation proportionnelle donne U = 0,53 environ ; on en déduit $\lambda = 0,44$ et $h = 0,22$.

2° Si la pente pouvait être suffisamment augmentée pour que la vitesse atteignît 1 mètre par seconde, les dimensions de la section seraient :

$$\omega = \frac{\lambda^2}{2} = \frac{0,050}{1,00} = 0,050,$$

d'où :

$$\lambda^2 = 0,10, \qquad \lambda = 0,32 \qquad \text{et} \qquad h = 0,16.$$

3° Avec une pente de $0^m,80$ par kilomètre et une section rectangulaire : $\lambda = 0^m,40$ et $h = 0^m,30$, quels seraient la vitesse et le débit par seconde ? On a d'abord :

$$\omega = 0,40 \times 0,30 = 0,12, \qquad R = \frac{0,12}{1,00} = 0,12 ;$$

la table IX donne ensuite :

$$C = 57, \qquad U^2 = 57^2 \times 0,12 \times 0,0008 = 0,31,$$

d'où :

$$U = 0,56 ;$$

et enfin :

$$Q = 0,12 \times 0,56 = 67 \text{ litres par seconde.}$$

Dans d'autres circonstances, le débit seul est connu, et le problème est encore plus indéterminé ; souvent alors on jouit d'une certaine latitude quant à l'emplacement du réservoir, c'est-à-dire à la charge disponible ; en pareil cas, c'est par une série de tâtonnements que l'on parvient à la combinaison de pente, de vitesse et de section qui convient le mieux au projet que l'on étudie. Mais, d'une manière générale, il est inutile de chercher les pentes considérables, car la vitesse d'écoulement n'est proportionnelle qu'à la racine carrée de cette quantité.

Sections circulaires et ovoïdes. — La plupart des anciens aqueducs étaient à section rectangulaire, avec des dimensions souvent exagérées, eu égard aux volumes d'eau qu'ils écoulaient.

Les aqueducs de Rome, de Belleville, d'Arcueil et de Montpellier étaient de cette forme ; celui de Vienne, qui ne date cependant que de 1875, est également rectangulaire. De nos jours les sections circulaires et ovoïdes semblent préférées pour les grands aqueducs et pour les égouts. Le cube de la maçonnerie est proportionnel au périmètre, et, parmi toutes les figures de même périmètre, le cercle est celle dont la surface est maximum ; en second lieu, ces deux formes annulent les poussées horizontales aux naissances, circonstance favorable à la stabilité de l'ouvrage.

Lors de la dérivation de la Dhuis, l'aqueduc fut calculé pour porter 500 litres d'eau par seconde; comme la section circulaire correspondante eût été trop exiguë pour le pas-sage d'un homme debout, lequel exige au minimum 1^m,70, Belgrand a préféré le type ovoïde à trois centres que représente la figure 126; pour une même hauteur à la clé, cette forme est plus économique que la section circulaire. Les aqueducs de la Vaune et de l'Avre sont circulaires, excepté dans les parties sur arcades découvertes.

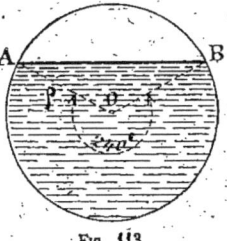

Fig. 113.

Connaissant la pente, le débit et l'angle au centre qui sous-tend le périmètre mouillé, on peut calculer le rayon ρ d'un aqueduc circulaire.

On supposera que l'angle au centre soit de 240°; on re-lèvera pour cet angle dans une table de cercles :

$$\chi = 4,19\rho, \qquad \omega = 2,53\rho^2,$$

d'où :

$$\frac{\omega}{\chi} = R = \frac{2,53}{4,19}\rho = 0,60\rho;$$

d'autre part :

$$U = \frac{Q}{\omega} = \frac{Q}{2,53\rho^2};$$

transportant ces valeurs dans la formule de M. Bazin, elle devient:

$$0,60\rho I = \left(0,00015 + \frac{0,0000045}{0,60\rho}\right)\frac{\overline{Q^2}}{2,53^2\rho^4},$$

équation qui permet de calculer ρ, puisque Q et I sont con-nus; il suffit de la traiter par les méthodes approchées indi-quées au chapitre VI du volume de *Mathématiques*.

EXEMPLE. — L'aqueduc de l'Avre a été construit pour porter 2.050 litres d'eau par seconde; le second tronçon ayant une pente de 0^m,30 par kilomètre, son rayon est donné par l'équation :

$$0,60\rho \times 0,0003 = \left[0,00015 + \frac{0,0000045}{0,60\rho}\right] \frac{\overline{2,050^2}}{2,53^2\rho^4},$$

qui est vérifiée pour $\rho = 0,90$; la section a 1^m,80 de diamètre, ce qui donne 0^m,45 de flèche à la clef (*fig.* 129).

Au lieu de résoudre directement cette équation, on peut utiliser la table IX de l'*Hydraulique ;* trois ou quatre essais suffisent pour obtenir ρ avec une approximation convenable.

La section ovoïde donne lieu à un calcul plus compliqué, à cause des trois rayons qu'il faut calculer; il est préférable alors de procéder *graphiquement.* Ayant fait choix d'une première section, que l'on dessine à l'échelle de 1/10, on évalue sur l'épure les périmètres mouillés et les aires qui correspondent à diverses hauteurs de la ligne d'eau; les rayons moyens, les vitesses et les débits se déduisent de ces données par de simples calculs arithmétiques; en répétant les mêmes opérations sur un certain nombre de sections différentes, la comparaison des résultats conduit rapidement à l'adoption d'un profil rationnel. Les formules fournissent à la fin une vérification utile.

101. Sections circulaire et rectangulaire équivalentes. — Connais-

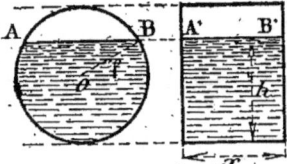

Fig. 114.

sant le rayon d'un aqueduc circulaire et la hauteur de la ligne d'eau au-dessus du radier, c'est-à-dire le périmètre mouillé, l'aire et le rayon moyen de la section d'écoulement, on peut se demander quelle sera la largeur de la section rectangulaire de débit équivalent, le plan d'eau étant le même dans les deux sections (*fig.* 114). Ce problème a dû être résolu sur la Vanne et sur l'Avre pour le passage du type circulaire en tranchée au type rectangulaire sur arcades découvertes.

On a d'abord :

$$RI = b \frac{Q^2}{\omega^2} ;$$

R, b, Q, ω sont connus dans le cercle; si h désigne la hauteur donnée du rectangle, la même équation s'écrit:

$$\frac{hx}{2h + x} I = b \frac{Q^2}{h^2 x^2};$$

b n'a pas rigoureusement la même valeur dans les deux équations; mais, pratiquement, il y a peu d'inconvénient à supposer ces valeurs égales. En divisant les équations membre à membre, il vient:

$$\frac{R (2h + x)}{hx} = \frac{h^2 x^2}{\omega^2},$$

ce que l'on peut écrire :

$$h^3 x^3 - \omega^2 R x - 2\omega^2 R h = 0,$$

équation qui ne contient plus que l'inconnue x.

Sur l'Avre on avait :

$$I = 0,0003, \qquad h = 1,37,$$
$$\omega = 2,53 \times 0,81 = 2,04, \qquad R = 0,54,$$
$$\chi = 4,19 \times 0,90 = 3,77, \qquad U = 1,00.$$
$$Q = 2,03,$$

Il en résulte l'équation :

$$2,57 x^3 - 2,25 x - 6,17 = 0,$$

dont la racine approchée est $x = 1,57$; on a fait $x = 1,60$ (*fig.* 146); pour cette valeur dans le rectangle :

$$\omega = 1,37 \times 1,60 = 2,19, \qquad R = \frac{2,19}{4,34} = 0,50;$$
$$\chi = 2 \times 1,37 + 1,60 = 4,34,$$

puis, d'après la table IX de l'*Hydraulique* :

$$U^2 = \overline{79}^2 \times 0,50 \times 0,0003 = 0,95; \qquad \text{d'où :} \quad U = 0,97.$$

102. Débit et vitesse maxima. — Si, pour un aqueduc de section et de pente connues, on calcule successivement les débits qui correspondent à des positions AB, A'B', A'B', etc., de la ligne d'eau, on reconnaît que le *débit maximum* est obtenu, non par l'écoulement à plein aqueduc comme on pourrait le supposer, mais pour une certaine position MN de la ligne d'eau voisine de la clef de voûte ; ce débit dépasse de 4 à 6 0/0 celui à plein tuyau.

L'analyse rend compte de ce fait en apparence paradoxal; mais on peut l'expliquer *a priori*, en observant qu'au voisinage de la clef une petite élévation de la ligne d'eau accroît sensiblement le périmètre mouillé, sans augmenter en proportion la section d'écoulement, de sorte que le rayon moyen va en diminuant ainsi que la vitesse, et, s'il arrive que l'accroissement de la section ω ne soit pas suffisant pour compenser la diminution de la vitesse U, le produit ωU, c'est-à-dire le débit, se trouve diminué.

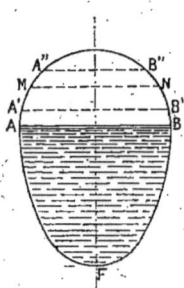

Fig. 115.

Il y a lieu de fixer la position de la ligne MN, qui varie avec la forme géométrique de la section d'écoulement. On a, en général,

$$Q = \omega U,$$

d'où, en différentiant :

$$dQ = \omega dU + U d\omega ;$$

emaximum de Q est caractérisé par la condition $dQ = 0$, c'est à-dire :

(1) $$\omega dU + U d\omega = 0.$$

Mais l'équation de M. Bazin :

(2) $$\frac{\omega}{\chi} I = bU^2$$

donne par différentiation, en supposant b constant :

(3) $$\frac{\chi d\omega - \omega d\chi}{\chi^2} I = 2b U dU.$$

Si entre les équations (1), (2) et (3) on élimine U et dU, la relation différentielle résultante entre χ et ω est celle qui doit exister dans tous les cas pour que le débit maximum se produise.

L'équation (1) donne d'abord :

$$dU = -\frac{U d\omega}{\omega},$$

transportant cette valeur dans (3) et tenant compte de (2), il vient :

$$\frac{\chi d\omega - \omega d\chi}{\chi^2} \, i = -\frac{2}{\omega}\frac{\omega}{\chi}\, I d\omega,$$

ou, en simplifiant et réduisant :

$$d\omega - \frac{\omega}{\chi} d\chi = -2d\omega;$$

enfin :

(4) $$3d\omega = \frac{\omega}{\chi} d\chi,$$

c'est la relation différentielle cherchée.

Pour une section circulaire de rayon ρ, on appellera α l'angle au centre correspondant à l'arc mouillé MBN . on trouve immédiatement (*fig.* 116) :

$$\omega = \frac{\rho^2}{2} (\alpha - \sin \alpha), \qquad \chi = \rho\alpha,$$

d'où :

$$d\omega = \frac{\rho^2}{2} (1 - \cos \alpha)\, d\alpha, \qquad d\chi = \rho d\alpha;$$

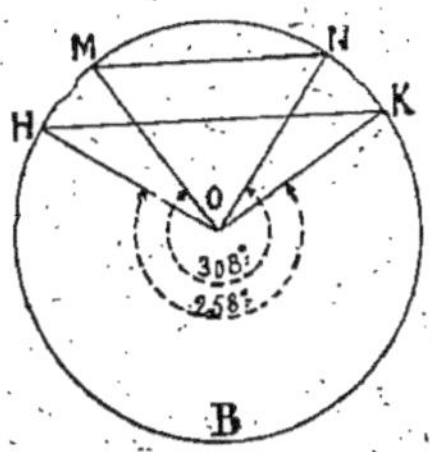

transportant ces valeurs dans l'équation (4), elle devient après simplifications :

Fig. 116.

$$3 (1 - \cos \alpha) = 1 - \frac{\sin \alpha}{\alpha},$$

ou encore :

$$2\alpha - 3\alpha \cos \alpha + \sin \alpha = 0.$$

Cette équation n'est résoluble que par approximation, graphiquement ou à l'aide de tables ; on trouve qu'elle est vérifiée pour :

$$\alpha \doteqdot 308° ;$$

la flèche non mouillée au cerveau égale alors :

$$\rho + \rho \cos \frac{\alpha}{2} = \rho + \rho \cos 154° = 0,10\rho.$$

Le rayon moyen égale 0,57ρ, comme il est facile de s'en rendre compte.

L'expression du débit peut se mettre sous la forme

$$Q = \sqrt{\frac{I}{b}} \, \omega \, \sqrt{R} \, ;$$

en appelant Q', Q'', Q''' les débits qui correspondent à des arcs mouillés de 240°, 308° et 360°; on trouve à l'aide d'une table de cercles :

$$Q' = 1,99 \rho^2 \sqrt{\frac{\varrho I}{b}},$$

$$Q'' = 2,34 \rho^2 \sqrt{\frac{\varrho I}{b}},$$

$$Q''' = 2,23 \rho^2 \sqrt{\frac{\varrho I}{b}},$$

Q'' est effectivement supérieur à Q' et Q'''; les rapports :

$$\frac{Q''}{Q'''} = 1,05, \qquad \frac{Q''}{Q'} = 1,18,$$

montrent que le débit maximum dépasse de 5 0/0 celui à plein tuyau, et de 18 0/0 le débit correspondant à l'arc mouillé de 240°.

La position de la ligne d'eau, pour laquelle *la vitesse est maximum*, n'est pas la même que celle qui répond au maximum de débit; on peut la déterminer en suivant une marche identique; on a toujours :

$$\frac{\omega}{\chi} I = b U^2 \, ;$$

d'où :

$$U = \sqrt{\frac{I}{b}} \sqrt{\frac{\omega}{\chi}},$$

différentiant :

$$dU = \sqrt{\frac{I}{b}} \frac{\chi d\omega - \omega d\chi}{2\chi^2 \sqrt{\dfrac{\omega}{\chi}}} \, ;$$

la condition de maximum est $dU = o$, c'est-à-dire :

(5).
$$\chi d\omega - \omega d\chi = o.$$

Dans le cas d'une section circulaire de rayon ρ, si l'on désigne par β l'angle au centre HOK correspondant au périmètre mouillé HBK, on a comme plus haut :

$$\omega = \frac{\rho^2}{2} (\beta - \sin\beta); \qquad \chi = \rho\beta,$$

d'où :

$$d\omega = \frac{\rho^2}{2} (1 - \cos\beta)\, d\beta, \qquad d\chi = \rho\, d\beta;$$

portant ces valeurs dans la relation (5), il vient après simplifications :

$$\beta \cos\beta - \sin\beta = 0,$$

équation qui est vérifiée pour $\beta = 258°$.

103. **Principes de la construction des aqueducs.** — Les aqueducs peuvent être apparents ou souterrains, sur arcades, en tranchée, ou en relief avec remblai par dessus. La couche de terre qui recouvre l'ouvrage doit avoir de 1 mètre à $1^m,20$ d'épaisseur; c'est la profondeur nécessaire, dans nos climats, pour conserver la température de l'eau. Dans les régions plus froides, il faut descendre jusqu'à $1^m,50$ et 2 mètres.

Ce remblai a également pour but de protéger la maçonnerie contre la malveillance et les chocs qui pourraient la disloquer, et aussi d'empêcher les fissures qui ne manqueraient pas de se produire aux époques de chaleurs et de froids intenses, par suite de la différence de température qui s'établirait entre la paroi interne de l'aqueduc en contact avec l'eau et la face extérieure en contact avec l'air ambiant.

Les aqueducs se construisent en maçonnerie de meulière, de moellons, de briques, avec mortier de chaux hydraulique; on en construit également en béton et en ciment que l'on moule directement sur place. Le plus économique consiste à utiliser les matériaux que l'on trouve à proximité des travaux.

Les ouvrages doivent être solidement fondés pour empêcher que les tassements ultérieurs n'amènent des lézardes et des fuites plus ou moins abondantes qui finiraient, à la longue, par ruiner la construction. L'étanchéité ne peut être obtenue qu'en soignant particulièrement la maçonnerie : le mortier ne doit jamais être ménagé, et tous les vides doivent être remplis.

Lorsque l'ouvrage est enterré, le parement extérieur reste brut, excepté à l'extrados, que l'on recouvre d'une chape en ciment de Vassy de 0ᵐ,02 d'épaisseur, pour empêcher l'afflux des eaux d'infiltration. Le parement intérieur doit, au moins sur tout le périmètre mouillé, être recouvert d'un enduit en ciment de Portland, de même épaisseur que la chape ; sur le fond, on lui donne souvent 0ᵐ,03 et même 0ᵐ,04 d'épaisseur. Il est bon de n'exécuter l'enduit qu'après l'achèvement complet de la voûte, lorsque la maçonnerie a fini de tasser.

L'épaisseur des murs varie avec la forme et la grandeur

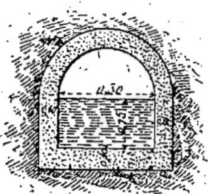

Fɪɢ. 117.   Fɪɢ. 118.

des ouvrages et la résistance des parois de la tranchée ; mais elle reste comprise entre 0ᵐ,20 et 0ᵐ,35. Dans les terrains compacts, la roche par exemple, il suffit d'un enduit qui assure l'étanchéité.

La plupart des anciens aqueducs avaient des dimensions exagérées, eu égard aux volumes d'eau qu'ils écoulaient (fig. 123). Avec les sections rationnelles préconisées par Dupuit et Belgrand, on a pu descendre jusqu'à 0ᵐ,20 pour la Dhuis, la Vanne et l'Avre ; il convient cependant de ne pas établir des ouvrages trop faibles, car l'économie de matériaux et de main-d'œuvre est alors illusoire : ces ouvrages deviennent rapidement caducs, des fissures se produisent de toutes parts en laissant perdre l'eau ; les réparations se multiplient, ce qui augmente les frais d'entretien, et l'on se trouve bientôt dans l'obligation de les reprendre en partie, sinon en totalité.

La construction d'un aqueduc doit être complétée par l'exécution de quelques ouvrages accessoires indispensables à son bon fonctionnement. Il faut d'abord réserver des puits ou des *regards de descente*, pour pouvoir y pénétrer en cours

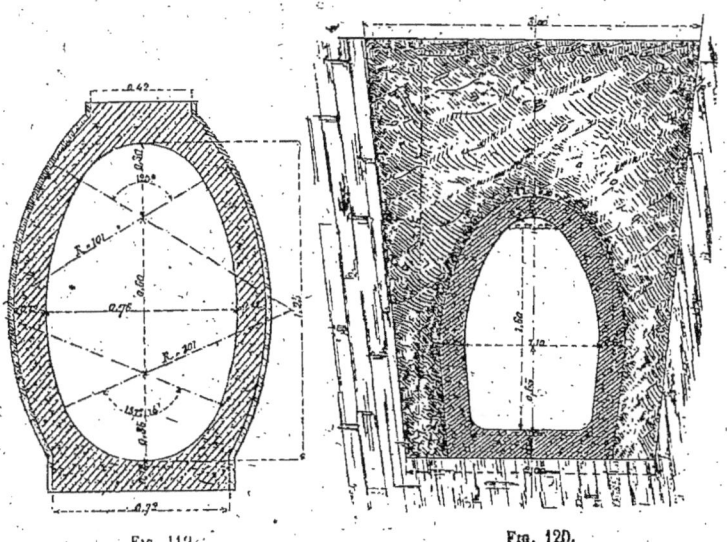

Fig. 119.   Fig. 120.

de route ; lorsque la circulation est difficile à l'intérieur, ces regards sont espacés de 100 mètres environ ; sur les grands aqueducs facilement visitables, l'équidistance normale est de 500 mètres.

Des *vannes de décharge* sont nécessaires aux points bas, pour mettre les siphons en vidange, lorsque des réparations ont besoin d'être exécutées ; la vanne est suivie d'un tuyau ou d'une rigole maçonnée qui conduit l'eau à la rivière voisine. Les points hauts des conduites forcées doivent être pourvus de *ventouses*. Dans les têtes de siphons on dispose des *trop-pleins*, en forme de déversoir, pour l'évacuation de l'eau en excès, lorsque le débit devient surabondant. Enfin il est utile de diviser l'aqueduc en un certain nombre de biefs, par des *vannes de partage*, qui permettent d'isoler l'un quelconque d'entre eux, lorsque survient un accident important.

104. Types d'aqueducs. — Pour amener économiquement de petits volumes d'eau, on peut utiliser le type en béton, recouvert de dalles, représenté en coupe par la figure 117,

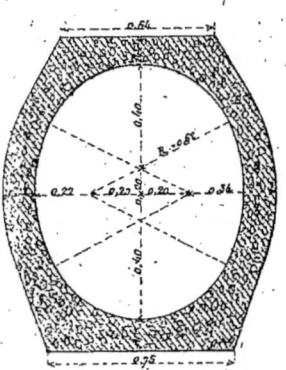

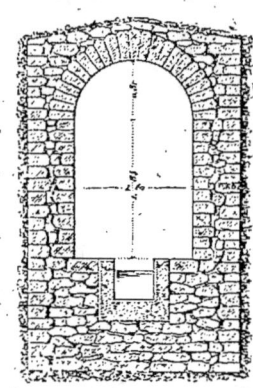

Fig. 121.   Fig. 122.

ou un aqueduc semblable à celui qui alimente la ville d'Avallon (*fig.* 118), et dont le débit est d'environ 2.000 mètres par vingt-quatre heures. Pour des cubes plus considérables il vaut mieux recouvrir l'ouvrage par une voûte élevée de 1 mètre environ, afin que l'on puisse y circuler.

Les aqueducs de Nice (*fig.* 119), de Grenoble (*fig.* 120) et de Rochefort (*fig.* 121) sont en béton de ciment ; un homme peut les parcourir. Tous ces ouvrages en ciment et en béton se moulent directement dans la tranchée par bouts de 1^m,20 à 1^m,50 que l'on assemble par des bourrelets de même matière.

Comme types d'anciens aqueducs, on citera ici celui de Montpellier (*fig.* 122), construit par Pitot en 1750, et celui que fit établir Girard vers 1810 (*fig.* 123), pour la distribution des eaux de l'Ourcq à Paris. Le volume de la maçonnerie est manifestement exagéré ; de pareils ouvrages coûteraient de nos jours des sommes considérables, on doit bien se garder de les reproduire.

La figure 124 donne la section de l'aqueduc de Poitiers

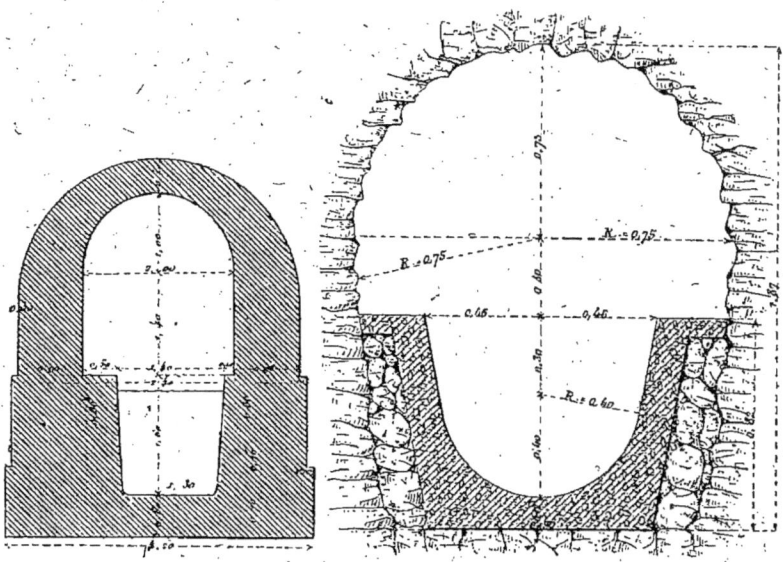

Fig. 123.   Fig. 124.

dans la roche compacte; l'épaisseur au radier n'est que 0ᵐ,12. L'aqueduc de Besançon (*fig.* 125), quoique récent, est rectangulaire comme les ouvrages anciens, aussi bien dans le rocher (A) qu'en tranchée (B).

Pour l'amenée de la Dhuis, Belgrand a construit le type ovoïde en maçonnerie de meulière et de ciment romain représenté par la figure 126; c'est le premier ouvrage dont le profil ait été étudié en vue d'obtenir le plus grand débit possible avec un minimum de matière, tout en conservant une stabilité suffisante.

L'aqueduc de la Vanne (*fig.* 127) a 2 mètres de diamètre et 0ᵐ,20 d'épaisseur à la clé et au radier avec 0ᵐ,02 d'enduit et de chape. Les axes de l'ellipse d'extrados ont respectivement 2ᵐ,70 et 2ᵐ,52. L'utilisation de la maçonnerie

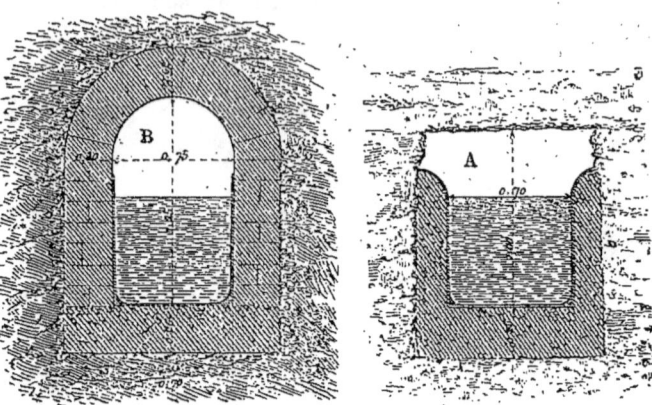

Fig. 125.

est poussée très loin, car l'ouvrage amène actuellement

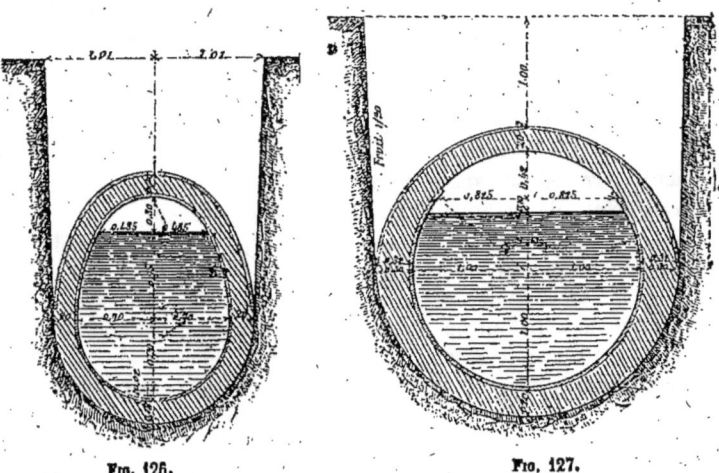

Fig. 126.   Fig. 127.

110.000 mètres cubes par vingt-quatre heures. Une portion

est en maçonnerie ordinaire, moellons et meulière ; mais
par économie on s'est imposé l'obligation de se suffire autant
que possible avec les ressources locales. Sur d'assez longs
parcours où la pierre manquait, notamment depuis la limite
du département de l'Yonne jusqu'à la tête amont du siphon

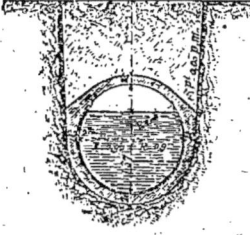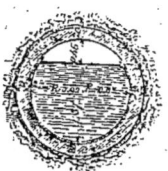

Fig. 128.   Fig. 129.

de Moret, on a fait usage du béton aggloméré, système
Coignet, qui a donné de bons résultats.

Fondé sur le sol naturel   Fondé sur arcades
lorsque le dessus de   quand le dessus de
l'aqueduc est de 0=60   l'aqueduc est de 1=50
à 1=50 au-dessus du sol   à 3=50 au-dessus du sol

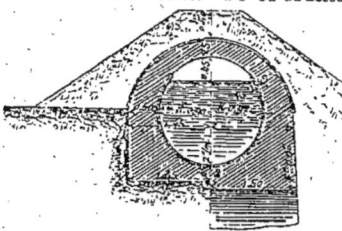

Fig. 130.

Le profil de l'aqueduc de Naples est reproduit figure 128.
Les ouvrages de l'Avre offrent beaucoup d'analogie avec
leurs similaires de la Vanne ; pour certains détails on a
profité de l'expérience acquise. Les figures 129 et 130 représentent les types normaux du second tronçon de 1m,80 de

diamètre, lorsque l'aqueduc est en tranchée, en souterrain,
ou en relief couvert. Chaque fois que la profondeur devait
atteindre 7 mètres, l'ouvrage était exécuté en souterrain, au
moyen de puits espacés de 60 à 250 mètres suivant la hauteur. Partout où la nature du sol faisait craindre l'accumulation des eaux autour de l'aqueduc, les tranchées ont été
assainies par des drainages de fond de 0^m,30 de diamètre et
des pierrées transversales, et le rejointement et l'enduit
particulièrement soignés.

105. **Traversée des vallées.** — Le siphon constitue presque
toujours la solution la plus économique, qu'on enfouisse la
conduite dans le sol, ou qu'on l'établisse en relief remblayé,
ou bien qu'elle repose sur des arcades découvertes en maçonnerie.

La conduite forcée n'exige pas, comme l'aqueduc, un emplacement approprié et une assiette solide pour les fondations; elle s'adapte sans grandes difficultés à tous les tracés
et aux diverses natures de terrain; on peut franchir les
dépressions les plus profondes, pourvu qu'aux points bas les
tuyaux soient assez épais pour résister à la pression de l'eau.
La dérivation de Naples, exécutée en 1885, comporte un
siphon de 20 kilomètres de long et de 170 mètres de flèche.

Le pont-aqueduc ne reprend ses avantages que lorsqu'il
est nécessaire de ménager la charge, ou pour la traversée des
vallées peu profondes, ou encore lorsque les dépressions
sont étroites, comme au passage d'une route en déblai, d'un
chemin de fer en tranchée ou d'un canal. -

Si une rivière coule dans le thalweg, le siphon ne doit pas
y être noyé autant que possible, à cause des difficultés que
l'on rencontrerait pour son installation et plus tard pour les
réparations; il est préférable de franchir le cours d'eau sur
un pont-siphon.

Dans chaque cas, les circonstances spéciales, l'économie
sur la construction et l'économie sur la pente, décideront
du choix entre le siphon et le pont-aqueduc, ou la combinaison mixte du pont-siphon.

L'industrie fournit aujourd'hui des tuyaux en fonte ou en
tôle, capables de supporter les pressions les plus considé-

rables; mais les Anciens, qui ne possédaient que des conduites
en poterie ou en plomb fort peu résistantes, n'avaient pas
d'autre solution pratique que les arcades superposées; de là
ces magnifiques substructions en maçonnerie dont on rencontre les vestiges dans toutes les colonies romaines, et qui
coûteraient de nos jours des sommes fabuleuses, si l'on avait
la fantaisie de les reproduire.

106. Siphons. — Au point de vue théorique, le problème
du siphon se présente de la façon suivante : On connaît le
débit maximum Q de l'aqueduc et la vitesse U en amont, on
se donne *a priori* la pente par mètre J de la conduite forcée,
il s'agit de déterminer le diamètre de cette conduite et la
dénivellation h que subira la ligne d'eau. Sans doute, cette
dénivellation dépend de la longueur développée de la conduite, et l'on ne peut l'évaluer d'un seul coup par l'application d'une formule; mais, en tâtonnant quelque peu, on
arrive rapidement à la combinaison de tracé et de perte de
charge qui convient le mieux au cas spécial que l'on étudie.

Soient L la longueur de la conduite, U' la vitesse de l'eau;
on admettra que, par suite des remous qui se produisent dans

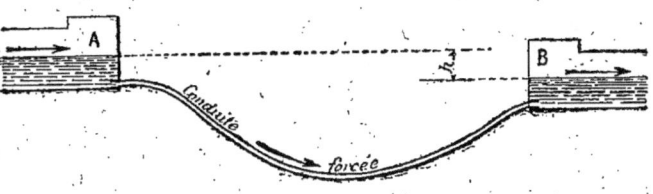

FIG. 131.

les têtes du siphon, les vitesses U et U' sont complètement
détruites en A et en B; dans cette hypothèse, la valeur de
h est donnée par la formule :

$$h = \frac{U^2}{2g} + \frac{U'^2}{2g} + LJ;$$

les deux premiers termes, qui représentent les charges correspondant aux vitesses détruites, sont généralement très
petits par rapport au troisième.

Exemple. — Le radier de la tête amont du siphon de Chézy sur la Dhuis est à la cote 123,302, et la conduite forcée a 719^m,97 de longueur avec 0^m,55 de perte de charge par kilomètre ; la vitesse égale 0^m,20 par seconde.

La portée maxima de l'aqueduc ayant été fixée à 500 litres par seconde, on avait les données :

$$Q = 500^l,00 \qquad U = 0.20, \qquad L = 719,97, \qquad J = 0,00055,$$

d'où l'on déduit :

$$\frac{Q}{\sqrt{J}} = \frac{0.500}{\sqrt{0,00055}} = 21,5 ;$$

Fig. 132.

à ce quotient correspond, table VII, colonnes β et μ (*Hydraulique*) :

$$D = 1,02, \qquad \frac{U'}{\sqrt{0,00055}} = 25,9,$$

d'où

$$U' = 0,62$$

On trouve enfin avec la table XI :

$$h = 0,002 + 0,019 + 719,97 \times 0,00055 = 0,416.$$

On a pris une conduite en fonte de 1 mètre de diamètre, qui traverse le ruisseau de Doloir sur le pont-siphon (*fig.* 132). Le radier de la tête aval étant à la cote 122,886, on a bien :

$$0,416 = 123,302 - 122,886.$$

Tous les siphons de la Dhuis ont 1 mètre de diamètre et $0^m,55$ de pente par kilomètre.

Les siphons de l'aqueduc principal de la Vanne sont constitués par deux conduites en fonte de $1^m,10$ de diamètre avec $0^m,60$ de pente par kilomètre; la figure 133 représente leur profil normal en tranchée; les deux conduites sont espacées de $1^m,65$ d'axe en axe; l'expérience a montré que cet écartement était trop faible, car le tassement provoqué par une forte fuite sur l'une des conduites a plus d'une fois

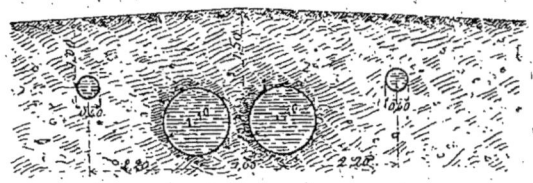

FIG. 133.

entraîné la seconde. A droite et à gauche sont figurés des tuyaux de drainage qui éloignent les eaux d'infiltration. A Chigy et pour la traversée de la vallée tourbeuse de l'Essonne, Belgrand a rencontré des difficultés d'exécution exceptionnelles; les conduites ont dû être posées sur des tasseaux en maçonnerie supportés par des pieux cloisonnés enfoncés au refus (*fig.* 134); certains de ces pieux ont jusqu'à 18 mètres de longueur.

La précaution de doubler les siphons est capitale et doit

être réalisée toutes les fois qu'il n'en résulte pas un surcroît
de dépense inacceptable ; en raison de la pression intérieure,

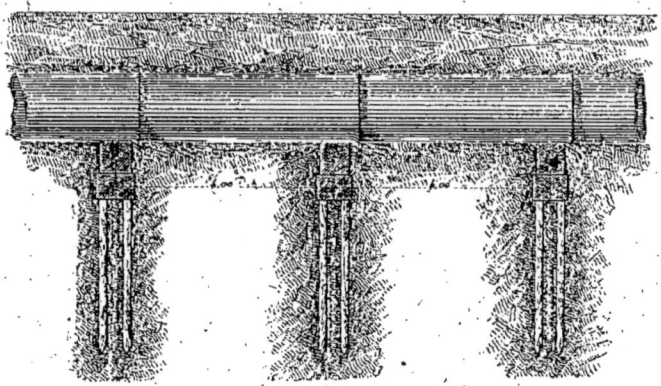

Fig. 134.

quelquefois considérable, qu'elles supportent, les conduites
forcées sont les points faibles des dérivations ; c'est là que se
produisent la plupart des ruptures : si l'on ne dispose que

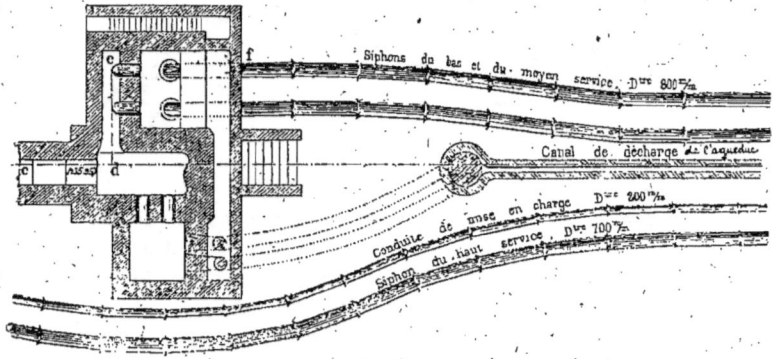

Fig. 135.

d'une seule conduite, le service de distribution reste à la merc₄
du moindre accident.

Le grand siphon de l'aqueduc de Naples comporte deux conduites en fonte de 0^m,800 et une autre de 0^m,700 (*fig.* 135) ; la charge au point bas atteint 170 mètres ; en raison de cette énorme pression, on a pris la sage précaution d'installer une conduite de 0^m,200, spécialement destinée à la mise en service des trois autres, de façon que leur remplissage s'effectue lentement.

Au passage du Drac sur la dérivation de Grenoble, les conduites sont placées dans une galerie elliptique creusée dans le roc sous le lit de la rivière, et supportées par des tasseaux en béton (*fig.* 136).

Sur l'Avre, où l'on disposait d'une charge considérable (99), la pente des siphons a été portée à 1^m,20 par kilomètre au profit du diamètre qui n'est que de 1 mètre ; l'écartement normal des conduites est de 5 mètres ; c'est un perfectionnement sérieux sur les siphons de la Vanne. Près du thalweg, les conduites sont relevées au-dessus du terrain naturel et supportées, suivant la hauteur, par des tasseaux ou des arcades en maçonnerie ; elles franchissent la rivière sur un pont-siphon. Cette disposition a l'avantage de tenir

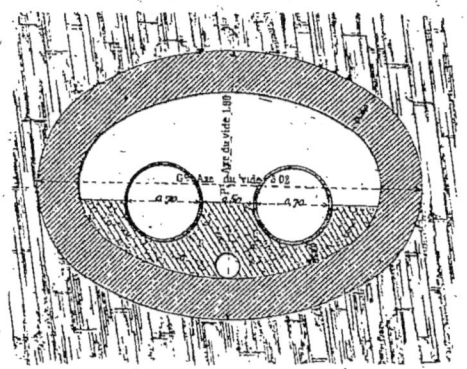

Fig. 136.

le point bas au-dessus du niveau des plus fortes crues et de permettre à toute époque la vidange du siphon.

La figure 137 reproduit l'ensemble du siphon du ruisseau de Gally, près de Versailles ; on y voit le point bas reporté à

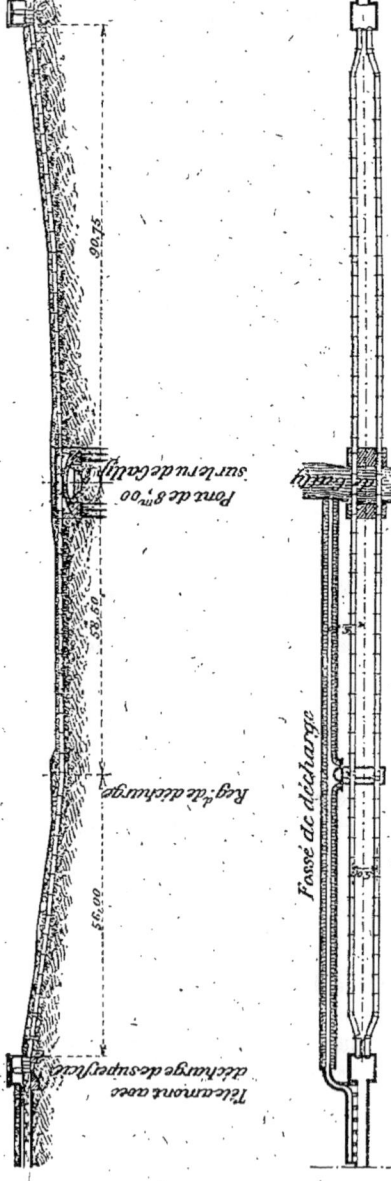

Fig. 137. — Siphon du ru de Gally, sur l'Avre.

58ᵐ,50 du cours d'eau. Le fossé de décharge remonte jusqu'à la tête amont, dans laquelle sont installés le déversoir

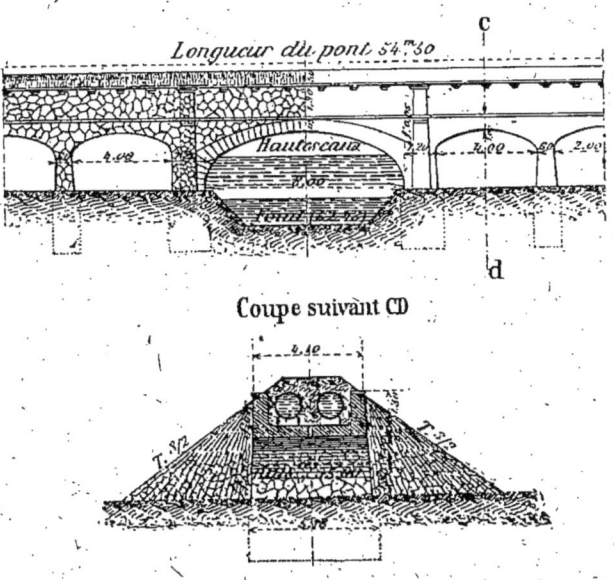

Fɪɢ. 138.

de superficie et la décharge de fond de l'aqueduc. Pour la traversée de la Mauldre en Seine-et-Oise, on a construit l'élégant ouvrage représenté par la figure 138.

107. **Têtes et regards de décharge des siphons.** — Sur les grands aqueducs on fait déboucher les extrémités des siphons dans des chambres spéciales, dites *têtes de siphons*, à l'intérieur desquelles se disposent les vannes de remplissage, les déversoirs, les bondes de fond pour la vidange des biefs et les ventouses. Ces chambres sont nécessairement plus grandes que les regards ordinaires; leur disposition intérieure doit être étudiée avec soin pour ralentir la vitesse de l'eau à son entrée dans les tuyaux et restreindre, autant que possible, les remous et les pertes de charge.

La figure 139 représente la tête amont de l'un des siphons

de la Vanne avec tous ses détails; les têtes d'aval sont identiques, mais sans décharges.

FIG. 139.

Les têtes de siphons de l'Avre sont établies comme il est

FIG. 140.

indiqué sur la figure 137; le mode de départ des tuyaux est préférable pour supprimer les remous. A la sortie, les deux conduites ne sont espacées que de 1^m,90; l'écartement est porté à 5 mètres, au moyen de deux coudes au 1/16 tournés en sens contraires.

A Naples, on a préféré la disposition de la figure 140.

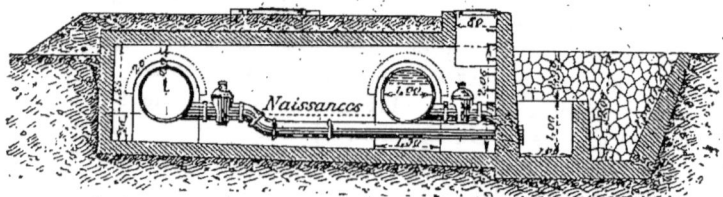

Naissances

FIG. 141.

On voit (fig. 141) la coupe du *regard de décharge* établi

au point bas de chaque siphon de l'Avre pour sa mise en vidange ; la rigole de décharge figurée à droite descend jusqu'au cours d'eau.

108. Arcades et ponts-aqueducs. — Les longues arcades et les ponts-aqueducs élevés qui maintiennent le plan d'eau du canal au niveau de la ligne de charge sont plus rarement employés de nos jours qu'autrefois ; cela tient à ce que le prix de revient de ces ouvrages augmente très rapidement avec la hauteur. Sur la Vanne, Belgrand a construit 14 kilomètres d'arcades dans le seul but de rendre minimum la perte de charge. Sur 173 kilomètres de dérivation, les dépressions à franchir représentaient plus de 31 kilomètres, et avec des pentes de $0^m,12$ par kilomètre sur l'aqueduc et de $0^m,60$ sur les siphons, la perte de charge totale eût été voisine de 36 mètres ; l'eau ne serait arrivée à Montsouris qu'à la cote 75, au lieu de 80, au détriment du service de distribution dans Paris.

Le mode de construction des arcades n'offre rien de particulier : ce sont de véritables ponts, à l'intérieur desquels on ménage une cuvette étanche pour l'écoulement de l'eau, ponts qui peuvent être en maçonnerie, en bois, en fer, ou avec piles et culées en maçonnerie et tablier métallique, mais dont les fondations doivent être très solidement établies, à cause de l'éventualité de rupture et d'inondation.

Les Romains connaissaient le principe du passage en siphon et l'ont appliqué à plusieurs reprises, notamment sur la dérivation de la ville de Lyon ; mais la faiblesse de leurs tuyaux en plomb, très lourds et très dispendieux (*fig.* 142),

FIG. 142.

et la préférence marquée de ce peuple conquérant pour les œuvres hardies expliquent la construction de ces gigantesques aqueducs que l'on rencontre au voisinage de Rome.

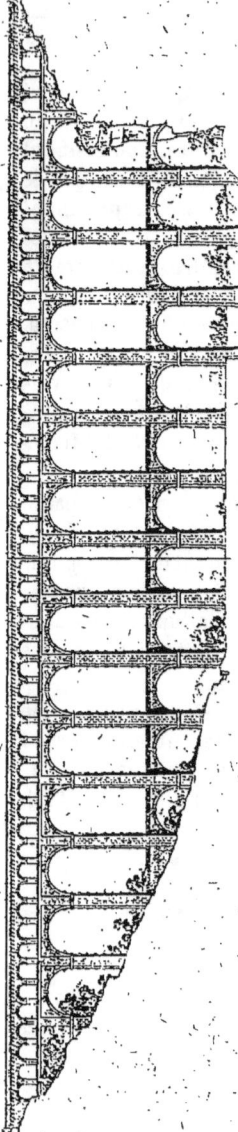

Fig. 143. — Aqueduc de Roquefavour.

Le pont du Gard, près de Nîmes, date de la domination romaine, et ne mesure pas moins de 275 mètres de longueur, 48 mètres de hauteur. L'aqueduc avait 0ᵐ,40 de pente par kilomètre et amenait 65.000 mètres cubes d'eau par vingt-quatre heures. Pitot a calculé que la vitesse devait être de 0ᵐ,61 par seconde. La section était un rectangle de 1ᵐ,20 de largeur et 1ᵐ,80 de hauteur.

La dérivation de la Vanne offre une série d'ouvrages, moins majestueux peut-être, mais remarquables encore par leur développement et la grande légèreté de formes qui en est le caractère principal. Les siphons n'ont été employés que pour la traversée des vallées très profondes et de celles où la nature du sol aurait rendu trop dispendieuse la fondation des ouvrages en maçonnerie. La figure 144 reproduit une section agrandie des arcades du Grand-Maître dans la forêt de Fontainebleau; le profil type adopté au début était limité à la courbe ABC et n'avait que 0ᵐ,15 d'épaisseur à la clef; mais les nombreuses fissures qui se sont produites sur l'extrados, après la mise en service de l'aqueduc, ont nécessité la modification indiquée sur la figure. La partie supérieure est recouverte d'une couche de terre gazonnée qui soustrait l'aqueduc aux variations de la température.

Le petit pont-aqueduc, avec buse en tôle qui passe sur le chemin de fer du Bourbonnais à Moret, est d'un type fort élégant ; il comporte, à 15 mètres au-dessus des voies, 2 poutres à treillis de 30 mètres de longueur supportées par deux piles à mi-talus, sur lesquelles viennent s'arc-bouter des petites voûtes de 6 mètres à plein cintre, portant un garde-corps élégi d'un très bel effet.

Les arcades de l'Avre sont établies suivant deux types indiqués par les figures 145 et 146 ; la section de l'aqueduc est un rectangle de $1^m,60$ de largeur, surmonté d'un demi-cercle. L'enduit intérieur en mortier de ciment (600 kilogrammes de ciment par mètre

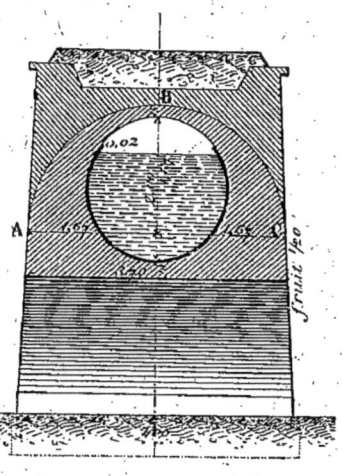

Fig. 144.

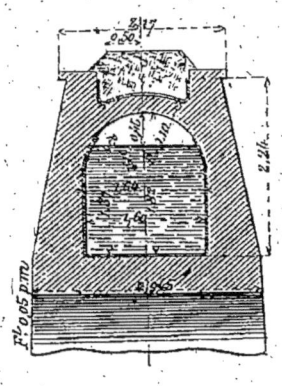

Fig. 145.

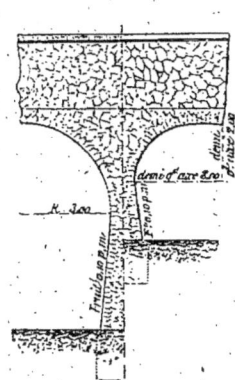

Fig. 146.

cube de sable) est doublé d'une chemise en plomb de $0^m,002$ d'épaisseur, qui assure une étanchéité absolue.

DISTRIBUTIONS D'EAU.   14

La figure 147 représente les arcades établies sur le ru de Saint-Cyr.

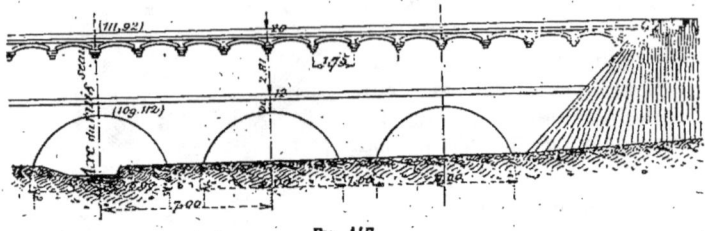

Fig. 147.

109. Regards de descente. — Sur les petits aqueducs non visitables, on peut se contenter de cheminées rectangulaires ou circulaires, de 0^m,80 dans œuvre, munies d'échelons. La

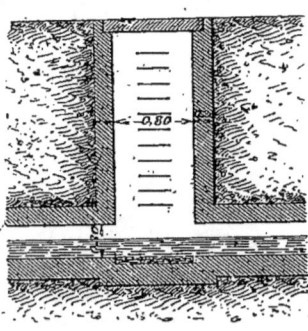

Fig. 148.

maçonnerie est arasée à 0^m,60 du sol et l'orifice bouché par une dalle ou un tampon, que l'on recouvre de 0^m,50 de terre ; une borne apparente marque l'emplacement du regard. A l'aplomb de la descente, il est bon d'abaisser le radier de l'aqueduc de 0^m,15 à 0^m,20 pour former une cuvette dans laquelle viendront s'accumuler le sable et la terre entraînés par le courant.

Ces regards s'espacent de 100 à 150 mètres ; on en place aux points où le tracé change de direction. Souvent la maçonnerie est élevée jusqu'au niveau du sol pour rendre le tampon apparent (*fig.* 148), ce qui supprime l'obligation de le déterrer à chaque visite.

Sur les aqueducs visitables, on préfère reporter la cheminée de descente sur le côté de l'ouvrage (*fig.* 149), disposition qui a l'avantage de ménager un petit palier sur lequel on peut se tenir et déposer les outils et les matériaux. La figure 150 représente, en élévation et en coupe, un regard de l'aqueduc de Bordeaux pourvu d'un escalier de descente avec chambre, d'accès.

Les regards de la Vanne sont semblables à ceux de l'Avre

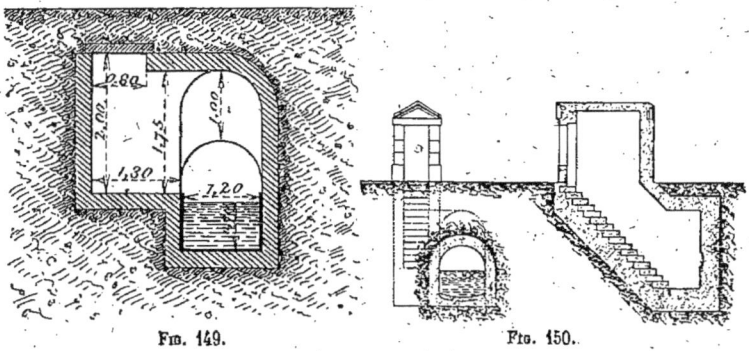

Fɪɢ. 149.   Fɪɢ. 150.

dont la forme est indiquée par la figure 151 ; la cheminée

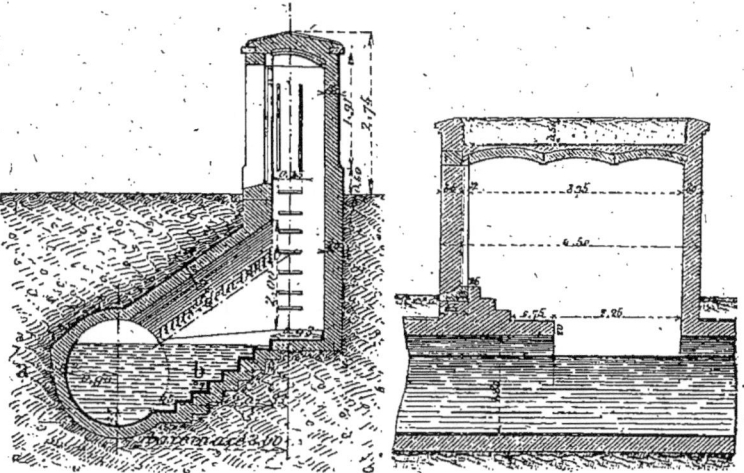

Fɪɢ. 151.   Fɪɢ. 152.

circulaire est munie d'échelons en fer scellés dans la paroi, et fermée par une porte. Dans les parties en souterrain on a utilisé les puits d'extraction; la section a jusqu'à 2 mètres de diamètre.

Sur chaque bief entre deux siphons, il a été établi un ou plusieurs regards spéciaux pour remiser les bateaux qui servent à la visite et à l'entretien de l'aqueduc (*fig.* 152).

CANAUX DÉCOUVERTS

110. La rigole en terre ou le canal découvert de grande longueur constitue un mode d'adduction d'eau potable des plus défectueux : il ne conserve ni la fraîcheur, ni la limpidité, ni la pureté de l'eau; ce mode d'amenée ne convient que pour les eaux destinées aux irrigations, au lavage et à la consommation industrielle : bains, lavoirs, force motrice, etc.

La température de l'eau varie avec celle de l'atmosphère : chaude en été, alors que la fraîcheur serait désirable, elle devient trop froide en hiver. Les vents apportent une infinité de poussières et de microbes, sans compter les parcelles de terre que le courant détache des parois du canal, ainsi que les déjections de toutes sortes que reçoivent les cours d'eau à la traversée des villages. En été, la fermentation des débris de plantes marécageuses et d'animaux en dissolution est une cause sérieuse d'altération. Enfin l'insalubrité de l'eau se trouve augmentée, lorsque le canal est utilisé pour la navigation.

111. **Calcul des canaux.** — Les canaux se calculent, comme les aqueducs, d'après la formule de M. Bazin; le débit doit être majoré d'un certain chiffre pour tenir compte de l'infiltration dans les terres et de l'évaporation. D'après M. Halley, la perte annuelle par évaporation, pour une surface donnée, représente les 2/3 du volume d'eau tombé en pluie sur la même surface. Cette question du calcul des canaux se trouve développée dans le traité d'*Hydraulique* ; il est inutile de la reproduire ici. On peut cependant observer que, dans les canaux spécialement destinés à l'alimentation des villes, il y a intérêt à augmenter la pente et la vitesse de l'eau pour restreindre la durée du parcours et, par suite, les

chances de contamination. Genieys admettait dans ce cas une vitesse minima de 0ᵐ,35 par seconde ou de 30 kilomètres par jour; cette limite est un peu faible. Lorsque le canal est creusé dans les sables, on peut aller jusqu'à 0ᵐ,60 par seconde, dans le rocher jusqu'à 1ᵐ,50 et même 2 mètres.

Sur le canal d'amenée de la Gravona, qui alimente la ville d'Ajaccio, la pente par kilomètre a été réglée à 0ᵐ,50 dans les parties en terre, à 1 mètre dans celles en souterrain et à 1ᵐ,60 sur les ouvrages d'art. La branche du canal du Verdon, qui irrigue la ville d'Aix et les communes voisines n'a qu'une pente de 0ᵐ,25 par kilomètre; la même pente existe sur le canal d'irrigation de la Bourne, département de la Drôme.

112. Prises d'eau. — Les prises d'eau en rivière s'établissent comme celles des canaux d'irrigation et des usines hydrauliques; les détails se modifient suivant les circonstances particulières et la disposition des lieux; mais la règle ordinaire consiste à établir un barrage de retenue à l'aval et près du point de prise, de façon que, le niveau d'amont se relevant, l'eau soit forcée de pénétrer dans le

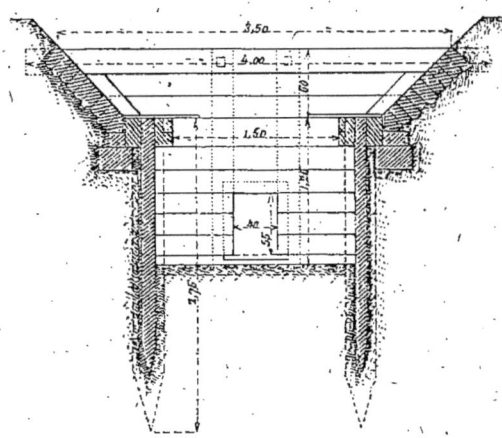

Fig. 153.

canal. Si l'on ne dérive qu'une fraction du courant, ce qui est le cas général, l'entrée de la dérivation doit être munie d'une vanne (*fig.* 153) ou d'un déversoir de jaugeage pour régler le débit. Le volume d'eau non dérivé poursuit son chemin en coulant sur la crête du barrage. Il est bon que l'orifice de prise soit pourvu d'un grillage ou d'un filtre en gros gravier pour arrêter les corps flottants et les grosses matières en suspension. Il est également utile d'installer une vanne de décharge à la partie inférieure du barrage pour faciliter le nettoyage de la retenue.

113. **Mode de construction.** — La section des canaux présente ordinairement la forme d'un trapèze isocèle dont les faces latérales sont plus ou moins inclinées, suivant la consistance du terrain dans lequel est creusé le lit. Dans le rocher on peut se rapprocher de la forme rectangulaire; il en est de même lorsque le canal doit être pourvu d'un radier général et de murs de soutènement. Entre la terre meuble et le revêtement maçonné, la pente d'inclinaison sur la verticale peut varier de 2 mètres à $0^m,50$ par mètre. La relation entre la profondeur et la largeur au plafond s'établit dans chaque cas d'après les circonstances spéciales; une grande profondeur restreint la surface d'évaporation, mais entraîne une augmentation proportionnelle de l'épaisseur des digues et du revêtement, c'est-à-dire de la dépense de construction.

La question de l'étanchéité de la cuvette est entièrement liée à la composition du sol sous-jacent. Ordinairement, dans les couches épaisses de terre meuble et de sable fin, les fil-

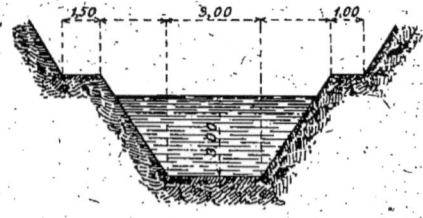

Fig. 154.

trations ne persistent pas longtemps après la mise en service du canal, et dans les terrains de gravier fin une couche d'ar-

gile comprimée de 0^m,10 environ est suffisante pour les supprimer presque complètement. Mais il n'en est plus de même
dans le gros gravier et les roches fissurées ; lors de l'inaugu-
ration de la branche d'Huningue, sur le canal du Rhône au

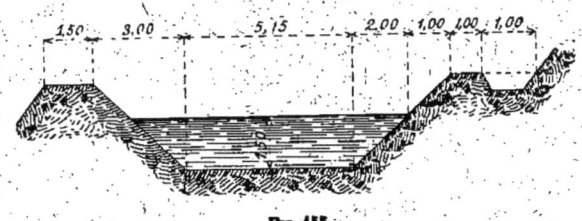

Fig. 155.

Rhin, les eaux se perdirent en totalité sur un trajet de
moins de 20 kilomètres, et l'on dut indemniser les riverains
dont les propriétés avaient été fortement endommagées. En
pareil cas, l'étanchéité ne peut être obtenue qu'en doublant
l'épaisseur de la couche de terre meuble et d'argile, ou en
établissant un revêtement maçonné en moellons, en briques

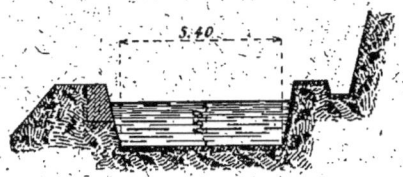

Fig. 156.

ou en béton. Le canal de la Gravona est taillé en partie
dans un granit fissuré essentiellement perméable ; le radier
et les parois sont revêtus d'une couche de béton hydraulique de 0^m,15 d'épaisseur, protégée elle-même par un enduit
en ciment de 15 millimètres.

La traversée des vallées s'opère par *ponts-canaux*, ouvrages
identiques aux arcades et aux ponts-aqueducs, dont l'étude
a fait l'objet du paragraphe 108. Si le canal rencontre des
ruisseaux ou des suintements que l'on veut empêcher de s'y

déverser, on établit des fossés latéraux ou des drainages communiquant avec les cours d'eau voisins.

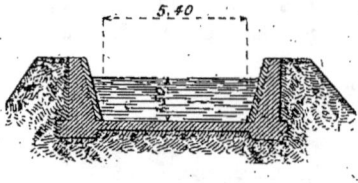

Fig. 157.

On voit ci-dessus dif-férentes coupes du canal de Carpentras, qui montrent de quelle façon le profil a été modifié suivant la nature des terrains traversés. Les figures 154 et 155 représentent les sections normales en terrain ordinaire et en terrain imperméable ; la figure 156, le profil dans la roche ; et la figure 157, la section dans les parties en remblai pourvues d'un revêtement maçonné.

114. Canal de l'Ourcq. — Le canal de l'Ourcq, construit par Girard de 1803 à 1823, est la première grande dérivation éta-

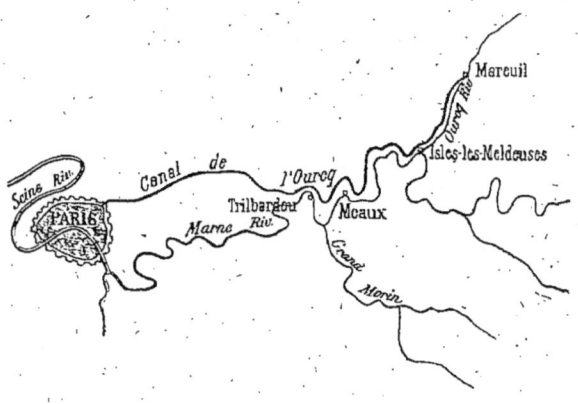

Fig. 158.

blie par la Ville de Paris pour son alimentation. La rivière d'Ourcq, dont il amène les eaux, est un affluent de la Marne, dans laquelle elle se jette au voisinage de Lizy. La prise d'eau se fait à Mareuil à l'altitude 67 ; le canal se développe à flanc de coteau le long de la vallée de la Marne, recueille au passage le Clignon, affluent de l'Ourcq, la Beuvronne et la Thérouenne, affluents de la Marne, et arrive à Paris, dans le bassin de la Villette, à la cote 52, après un parcours de près de 108 kilomètres.

La section primitive était un trapèze de 3ᵐ,50 de petite base avec des côtés inclinés à 1 et 1/2 de base pour 1 de hauteur; mais plusieurs biefs modifiés après coup ont actuellement 5 mètres de largeur au plafond. La charge de 15 mètres est absorbée par deux pentes de 0ᵐ,0625 et 0ᵐ,1236 par kilomètre, et dix écluses dont la chute reste comprise entre 0ᵐ,60 et 1ᵐ,80; sur la seconde pente, le tirant d'eau est de 1ᵐ,50.

Le canal est utilisé pour la navigation; sa section fut cal-

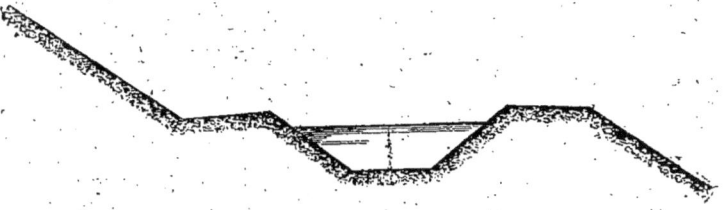

Fig. 159.

culée sur un débit de 3 mètres cubes par seconde, ou 259.200 mètres cubes par vingt-quatre heures; 80.000 mètres devaient servir à l'alimentation de Paris, et le reste au service des canaux Saint-Denis et Saint-Martin. En 1868, le service des eaux a fait installer deux usines hydrauliques à Isles-les-Meldeuses et à Trilbardou, en Seine-et-Marne, où le canal passe près de la Marne, et qui peuvent y rejeter 60.000 mètres cubes empruntés à cette rivière; actuellement le canal de l'Ourcq fournit 130.000 mètres cubes d'eau utilisée spécialement pour les services public et industriel des quartiers bas de la ville. La distribution se fait par l'intermédiaire de l'aqueduc de Ceinture (fig. 123), qui conduit l'eau du bassin de la Villette au réservoir de Monceau. Les entrées des deux galeries de prise, placées à l'origine de l'aqueduc, sont barrées par des grilles qui arrêtent les corps flottants au passage et dont le nettoyage s'effectue quotidiennement à l'aide de râteaux ou de griffes.

Pour la rédaction de son projet, Girard s'était fixé *a priori* le débit et le profil en travers du canal; le nivellement du tracé lui avait indiqué la charge disponible; il s'agissait de calculer la profondeur de l'eau, ainsi que la vitesse.

Appelant comme au paragraphe 100 :

χ, le périmètre mouillé;

ω, l'aire mouillée,

R, le rayon moyen ;

I, la pente par mètre (I = 0,0001236);

Q, le débit (Q = 3 mètres cubes);

h, la profondeur;

U, la vitesse moyenne;

On avait (*Hydraulique*, § 141 et table IX):

$$\chi = 3,50 + \sqrt{13h},$$
$$\omega = h\,(3,50 + 1,50h);$$

d'où :

$$R = \frac{h\,(3,50 + 1,50h)}{3,50 + \sqrt{13h}},$$

puis :

$$(1) \qquad U = \frac{Q}{\omega} = \frac{3}{h\,(3,50 + 1,50h)},$$

et enfin, d'après l'équation du mouvement,

$$\frac{h\,(3,50 + 1,50h)}{3,50 + \sqrt{13h}} \times 0,0001236 = \frac{9b}{h^2\,(3,50 + 1,50h)^2}.$$

Cette équation, résolue par tâtonnement, donne pour h la valeur $1^m,50$; la formule (1) permet ensuite de calculer la vitesse; on trouve U = $0^m,40$.

CHAPITRE VII

PROCÉDÉS DE FILTRAGE ET D'ÉPURATION

115. La purification des eaux a pour objet de les débarrasser le mieux possible des impuretés qu'elles tiennent en suspension et en dissolution.

Sans doute les eaux de boisson devraient pouvoir être absorbées telles qu'on les recueille aux fontaines publiques, sans aucune préparation préalable, mais la double condition de limpidité et de pureté n'est généralement remplie, d'une manière satisfaisante, que par les eaux de sources convenablement choisies et soigneusement captées et dérivées.

Malheureusement les sources abondantes ne se rencontrent pas toujours à proximité des villes ou des communes; leur dérivation entraîne souvent à des expropriations onéreuses et à des dépenses de construction hors de proportion avec les ressources disponibles, de sorte que les municipalités sont obligées de recourir aux eaux de rivières qu'elles utilisent directement ou qu'elles rendent plus limpides et plus pures par le filtrage.

Certains villages, certaines exploitations agricoles ou industrielles isolées dans des régions mal desservies, trouvent également dans le filtrage une ressource précieuse pour l'amélioration de leurs eaux. D'ailleurs, un grand nombre de villes de l'Étranger parmi les plus importantes, Glasgow, Berlin (120), Magdebourg, Altona, Varsovie, etc., y ont recours depuis longtemps et s'en trouvent fort bien au point de vue de l'hygiène et de l'économie. A Paris, pendant les grandes chaleurs, lorsque la consommation privée est supérieure au débit des sources et que les réserves sont épuisées, l'appoint est fourni en eau de rivière filtrée (130).

Les procédés d'épuration sont différents, suivant qu'ils

portent sur les impuretés en suspension ou sur celles en
dissolution. Pour les premières, la purification mécanique
(*décantation* et *filtrage*) suffit; les impuretés en dissolution
ne peuvent être enlevées que par les procédés physiques
(*congélation, distillation, ébullition*) et chimiques (*précipitation* et *oxydation*).

Ce sont ces procédés qui seront passés en revue, en
insistant de préférence sur les plus récents et les plus pratiques.

DÉCANTATION ET FILTRAGE

116. Décantation. — Le procédé consiste à laisser reposer
l'eau pendant un certain temps dans des réservoirs spéciaux
et à séparer le liquide clair en laissant la vase s'accumuler
à la partie inférieure. Les impuretés en suspension se
déposent par ordre de grosseur et de densité; on s'en débarrasse à des époques déterminées, plus ou moins rapprochées,
suivant le volume de matières charriées.

L'observation montre que le dépôt s'effectue d'autant plus
vite que la couche de liquide est moins épaisse, ce qui
indique que les bassins de décantation ne doivent pas être
profonds.

Mais, dans tous les cas, l'opération ne cesse pas que d'être
passablement longue, et une clarification parfaite exige souvent dix et douze jours, et quelquefois plusieurs semaines,
aux époques de crue, avec des eaux chargées de limon argileux. D'ailleurs, certaines eaux, comme celles de Versailles
(*eaux blanches*), ne se clarifient jamais par le repos et restent
indéfiniment louches.

D'une manière générale, la décantation doit être considérée
comme une opération préliminaire de la filtration, pour
débarrasser l'eau de ce qu'elle renferme de plus lourd et de
plus grossier. Les deux opérations se complètent, et, à ce
point de vue, la durée du repos peut être notablement
réduite.

Les réservoirs de décantation doivent être couverts pour
maintenir l'eau dans l'obscurité et conserver sa température;

au risque de n'obtenir qu'une clarification imparfaite, l'opération doit être accélérée autant que possible, sous peine de voir se développer les germes végétaux putrescibles et les microbes qui altèrent l'eau avec rapidité, notamment en été.

Il semble cependant établi, d'après quelques analyses, qu'une décantation prolongée purifie l'eau de ses microbes. Au dire de M. Dunant, huit jours de stagnation suffiraient pour que l'eau ne contienne plus que 10 0/0 des microbes qu'elle renfermait ; cette observation mériterait d'être confirmée.

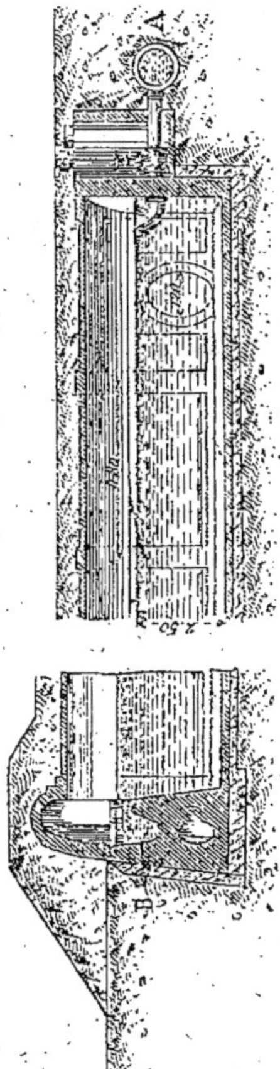

117. Bassins de Francfort. — L'alimentation de Francfort est en partie assurée par les eaux du Mein préalablement décantées, puis filtrées.

Les bassins de décantation sont formés de galeries distinctes, de 5 mètres de large et de 80 à 120 mètres de long, avec tranche d'eau de 2^m,50. Cette disposition a été suggérée par ce fait plusieurs fois observé que, dans les bassins de grande largeur, l'eau suit naturellement le plus court chemin et reste stagnante dans les parties latérales.

L'eau est amenée par une conduite A (*fig.* 160), qui communique avec chaque galerie par l'intermédiaire d'un robinet-vanne suivi d'un bout de tuyau. Au départ, elle tombe en déversoir dans le canal B, puis dans la conduite C (*fig.* 161), qui l'amène aux bassins de filtration.

La figure 161 reproduit le détail des appareils de **décharge** et d'évacuation des boues.

Fig. 160.

D'après M. Lindley, directeur des eaux de la ville, cette clarification retient en six heures les 9/10 des matières en suspension, bien que la vitesse du courant atteigne 0ᵐ,004 à la seconde. Dans les installations anglaises de Londres, d'York, de Hull, la vitesse dépasse rarement 0ᵐ,001.

Ces bassins ont coûté 47 fr. 50 le mètre carré de surface;

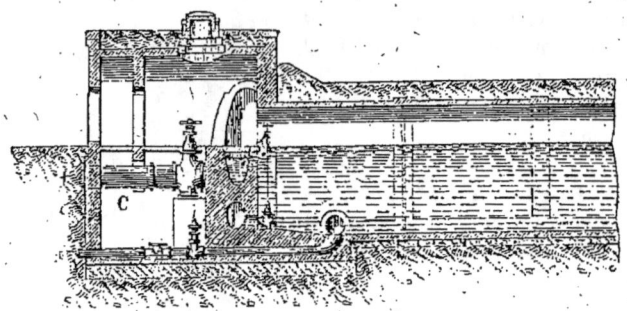

Fig. 161.

l'entretien et l'exploitation reviennent, en moyenne, à 1/3 de centime par mètre cube d'eau.

Les dimensions des réservoirs de décantation se calculent d'après le volume d'eau à obtenir quotidiennement et la vitesse d'écoulement. Le nombre des compartiments doit être de quatre au moins, pour éviter les interruptions : un compartiment en service, un en remplissage, un troisième en vidange, le quatrième en nettoyage.

118. Filtrage. — Le filtrage consiste à faire passer l'eau à travers un corps poreux et perméable qui retient les matières solides et se laisse traverser par les liquides. Cette opération est plus rapide et plus efficace que la décantation, qui ne retient que les impuretés les plus grossières. Dans la plupart des installations importantes, les eaux sont d'abord décantées, puis filtrées.

La perfection et la rapidité de la filtration dépendent de la nature de la matière filtrante. Darcy a reconnu que, dans les filtres à sable, le débit variait proportionnellement à la charge et en raison inverse de l'épaisseur de la couche de sable (45).

Le filtrage des eaux peut s'effectuer avec l'une des matières suivantes : gravier, sable, pierre ponce, béton poreux, laine, ouate, flanelle, tissus d'amiante, feutre, copeaux et sciure de bois, crin, éponge, etc. Mais la matière la plus économique, que l'on emploie presque exclusivement dans les grands filtres, est le sable de grosseur variable. Les autres sont d'un prix de revient élevé et ne conviennent que pour la filtration domestique, dans des appareils de petites dimensions.

Le noir animal, le charbon de bois, les charbons artificiels agglomérés exercent à la fois une double action mécanique et chimique, en déterminant des combinaisons partielles entre leurs éléments et ceux du liquide. C'est ainsi que le charbon animal retient les phosphates, les alcalis, les sels de chaux, les composés organiques azotés et les matières colorantes. Ces matières ne sont pas seulement retenues, mais détruites en partie par l'oxydation qui transforme les composés azotés en ammoniaque. L'oxygène, l'azote et l'acide carbonique sont également retenus par le charbon.

Le premier liquide qui vient de traverser un filtre est généralement louche, à cause de l'entraînement des poussières; la limpidité n'apparaît qu'au bout de quelque temps. Ensuite les matières qui se déposent dans les pores et sur la surface arrêtent graduellement la filtration jusqu'à ce qu'il faille procéder au nettoyage ou au remplacement du sable. La vitesse d'envasement peut se déterminer approximativement d'après la teneur moyenne de l'eau en matière solide, la proportion de vide que présente le sable, le débit qu'on veut réaliser. Ordinairement, pour un débit horaire de 100 à 120 litres par mètre carré de filtre, on est amené à enlever sur la surface une couche de sable de $0^m,03$ d'épaisseur, tous les vingt jours.

De nombreuses analyses effectuées dans ces dernières années en Allemagne, notamment à Berlin, par le célèbre bactériologiste Koch, ont nettement établi le pouvoir épurant des filtres à sable à l'égard des bactéries. L'eau de la Sprée, contenant 360 microbes par centimètre cube avant la filtra-

tion, n'en détenait plus que 20 immédiatement après; l'eau
du lac Tegel accusait 1.500 germes avant l'opération et 310
aussitôt après. Résultats équivalents à Breslau, Magdebourg,
Stuttgard, Altona, Varsovie, Rotterdam, Zurich. Les bactéries
ou leurs spores sont arrêtées surtout par la surface du filtre,
sur laquelle elles se déposent en une couche glutineuse; on
n'en rencontre guère au-delà de 0^m,15 de profondeur.

« On peut considérer, dit M. Putzeys, directeur des eaux de
Bruxelles, que les filtres à sable convenablement installés,
avec des opérations bien conduites, retiennent de 94 à 98 0/0
des bactéries contenues dans l'eau. » A ce point de vue, les
eaux de rivières filtrées seraient donc supérieures aux eaux
de sources non filtrées. Il serait intéressant de savoir si cette
pureté relative subsiste longtemps après le filtrage, ce qui
ne semble pas prouvé.

119. Filtres anglais. — Plusieurs villes anglaises sont
exclusivement alimentées en eau de rivière filtrée; la disposition des filtres est partout la même, à quelques variantes
près. L'eau est d'abord décantée dans des réservoirs découverts et ensuite filtrée.

La figure 162 reproduit, en coupe, l'un des bassins filtrants
de *Chelsea*, l'une des huit compagnies qui se partagent le
service des eaux de Londres; *a* est une couche de sable de

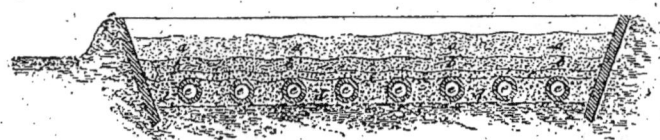

FIG. 162.

mer très fin de 0^m,60 de hauteur; *b* une autre couche de
gravier de 0^m,40; *c* un banc de coquillage de 0^m,08 d'épaisseur; et *d* une couche de gravier de 1^m,32, dans laquelle sont
noyés les drains *e*; ces derniers, de 0^m,57 de diamètre, sont
en maçonnerie de briques avec joints partiellement ouverts
pour la pénétration de l'eau. Le produit des drains se
rassemble dans un puisard où vient plonger la conduite

d'aspiration des pompes élévatoires. C'est cette aspiration qui règle la vitesse de filtrage; le débit est d'environ 2 mètres cubes par mètre carré de surface et par jour.

L'eau est amenée des bassins de décantation, situés à 3 kilomètres de ceux de filtration, par une conduite de 1ᵐ,10, et répandue à la surface du sable, sur une hauteur de 1ᵐ,50 environ.

Les bassins de décantation de Chelsea peuvent contenir jusqu'à 630.000 mètres cubes d'eau; la Compagnie possède sept bassins filtrants de 4.000 mètres carrés de surface, qui emmagasinent 40.000 mètres cubes, consommation moyenne d'une journée.

Le nettoyage des filtres s'effectue deux fois par mois, celui des bassins de dépôt tous les six mois; pour les premiers, l'opération consiste simplement à décaper le filtre sur 0ᵐ,04 à 0ᵐ,05 d'épaisseur, à laver le sable ainsi enlevé et à remettre en place la partie susceptible de réemploi. Avec ces soins répétés et l'apport de sable neuf une fois par an, on obtient une eau généralement très claire.

Les filtres des autres Compagnies de Londres présentent des dispositions analogues; il n'y a que l'épaisseur de la tranche d'eau, celle de la couche filtrante, et la capacité des réservoirs qui varient : Compagnie Lambeth, tranche d'eau 2ᵐ,20, filtre 1ᵐ,70; Compagnie Southwark, eau 1ᵐ,30, filtre 1ᵐ,60; Compagnie West Middlesex, eau 0ᵐ,95, filtre 1ᵐ,50, etc.

Les filtres anglais, à ciel ouvert, coûtent de 50 à 60 francs par mètre carré de couche de sable.

120. Eaux de Berlin. — Berlin est à la fois desservie par les eaux de la Sprée, du lac Muggel qui en est une dépendance et par celles du lac de Tegel, qui communique avec la rivière Havel dans laquelle se jette la Sprée. Toutes ces eaux sont filtrées dans des bassins voûtés et recouverts de terre, installés au voisinage de la prise.

La consommation totale atteint actuellement 180.000 mètres cubes, soit 70 litres par tête ; des travaux en cours d'exécution porteront prochainement le volume disponible à 100 litres. Seul l'usage rigoureux du compteur permet de satisfaire convenablement aux exigences de la consommation avec un volume d'eau aussi restreint.

Le lac Tegel fournit 85.000 mètres cubes qui, au sortir des filtres, sont relevés jusqu'au réservoir de Charlottenbourg, installé à 7 kilomètres et 20 mètres plus haut que le lac.

Le volume journalier emprunté au lac Muggel est en moyenne de 70.000 mètres cubes. La prise d'eau se fait dans le lac à 100 mètres de la rive et à 2 mètres de profondeur; un aqueduc, pourvu d'une grille transversale qui arrête les corps flottants, amène l'eau aux bassins filtrants établis près du lac, d'où elle est ensuite refoulée dans le réservoir de Lichtenberg, à 16 kilomètres de là.

La Sprée, dont les eaux sont fortement contaminées par le mouvement des bateaux et les écoulements riverains, ne fournit que l'appoint nécessaire, soit 25.000 mètres cubes par jour, qui sont filtrés, puis relevés dans le réservoir de Muhlberg, point haut du nord de la ville.

L'installation du lac Muggel, toute récente, est très perfectionnée au point de vue du filtrage. Le sable employé est d'un grain uniforme de $0^m,0005$ à $0^m,0007$ de diamètre avec 33 0/0 de vide ; l'épaisseur de la couche est de $1^m,20$. Le débit normal a été fixé à 100 litres par heure et par mètre carré de sable; une disposition spéciale permet d'augmenter graduellement la charge au fur et à mesure de l'envasement du filtre, afin de rendre constant le débit.

Il existe deux groupes indépendants de filtres comportant chacun huit bassins actifs, plus trois bassins de réserve; chaque bassin, d'une superficie de 233 ares, est couvert par des voûtes d'arêtes supportées par des piliers; la hauteur libre au-dessus du filtre est de $1^m,80$. Le lavage du sable s'effectue mécaniquement, 1 mètre cube exige 10 mètres cubes d'eau.

Ces bassins ont coûté 85 francs le mètre carré de surface de filtre; les frais d'entretien et d'exploitation ressortent à 4 millimes par mètre cube d'eau.

121. Filtre Howatson (*fig.* 163). — Cet appareil n'est utilisable que pour les consommations restreintes : dans les usines, les fermes importantes, les hôpitaux, casernes, etc.; en un mot pour des services particuliers.

La couche filtrante D est composée de silex et de graviers séparés par une couche de *polarite*, substance minérale

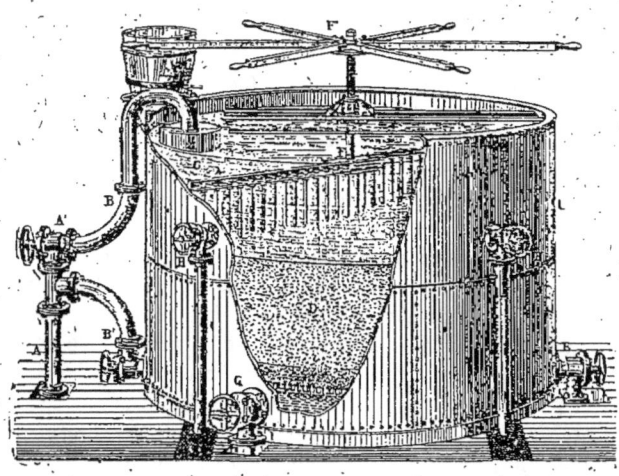

Fig. 163.

poreuse composée surtout d'oxyde magnétique de fer, Fe^3O^4.

L'eau arrive par le tuyau AA'B, traverse le filtre et sort, en E, débarrassée de ses impuretés et de ses microbes.

Le nettoyage s'effectue en renversant le courant; on ferme le robinet A', et l'eau arrive par B à la partie inférieure du filtre qu'elle traverse de bas en haut en le lavant; le dispositif FF'C permet de remuer la couche filtrante à une profondeur quelconque. Les impuretés s'écoulent par les vannes H et H', et l'eau de lavage par la vanne G.

122. Filtres domestiques. — La filtration à domicile est une excellente précaution, lorsque l'eau livrée à la consommation laisse à désirer au point de vue de la limpidité et de la pureté.

Un des plus anciens filtres est celui de *Fonvielle-Souchon*, qui fut en grand usage pendant longtemps : composé de couches alternatives d'éponge, de sable et de charbon, ce filtre assure une épuration satisfaisante avec un débit assez considérable, pourvu qu'on le maintienne en bon état d'entretien et de propreté, et qu'on l'aère de temps à autre. Cette condition est d'ailleurs capitale dans tous les filtres. Les éponges se nettoient plus facilement que le sable; mais l'opération doit être fréquemment renouvelée.

Le filtre *Ducommun*, également composé d'éponge, de sable et de charbon, peut fonctionner sans pression.

Dans la fontaine filtrante anglaise, l'épuration s'effectue au travers d'une pierre poreuse taillée en forme de dé à coudre renversé. L'enveloppe de la fontaine est en terre cuite; l'eau arrive en pression au-dessus de la plaque de grès, la traverse et s'écoule par un robinet installé à la partie supérieure. Dans le filtre *Turner*, une première toile métallique fine arrête les plus grosses matières, et l'épuration se complète au travers d'une couche de charbon de bois pulvérisé.

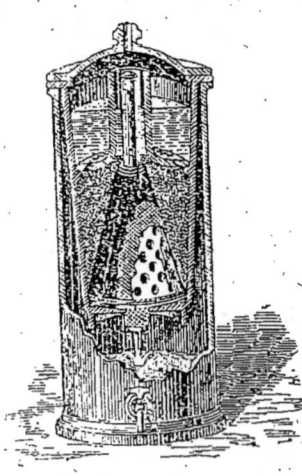

La toile métallique doit être nettoyée tous les jours, le charbon de bois revivifié ou remplacé au moins une fois par mois. L'inconvénient des filtres en grès vient de la lenteur de la filtration.

Le filtre *Maignen*, de Londres (*fig.* 164), présenté en 1880, est supérieur aux précédents.

Le système filtrant est constitué par un cône de grès A percé de trous, recouvert d'un sac E de toile d'amiante que l'on saupoudre avec une poudre spéciale dite *carbo-calcis*; le tout est recouvert

Fig. 164.

d'une couche épaisse de carbo-calcis en grains. Cette dernière matière, qui est un mélange de charbon animal et de chaux, augmente la puissance de filtration.

Ce filtre dure assez longtemps et donne des résultats satisfaisants; on obtient une purification encore plus complète à l'égard du sulfate de chaux, de la matière organique et même des bactéries, par l'emploi de la *poudre anticalcaire Maignen*, mélange de carbonate de soude, de chaux vive et d'alun.

Les grands filtres des fontaines publiques de Cherbourg, établis d'après le principe Mai-gnen, fonctionnent dans de bonnes conditions avec un débit qui s'élève jusqu'à 400 litres à l'heure. Un réservoir installé au-dessous du filtre peut contenir 700 litres d'eau purifiée. Le net-toyage s'effectue tous les deux mois.

123. **Filtre Chamberland.** — Le filtre Chamberland est cons-titué par une bougie creuse en *porcelaine dégourdie* enfermée dans un cylindre métallique (*fig.* 165). L'eau arrive sous pres-sion autour de la bougie, tra-verse la paroi poreuse et s'écoule goutte à goutte par le téton in-férieur. Les impuretés se dé-posent sur la bougie en une couche glaireuse. Un filtre de 0^m,20 donne environ 1 litre à l'heure sous 20 mètres de pres-sion.

Ce filtre est le plus perfec-tionné de tous; la stérilisation de l'eau est complète pendant un temps qui varie de plusieurs jours à quelques semaines, sui-vant son degré d'impureté.

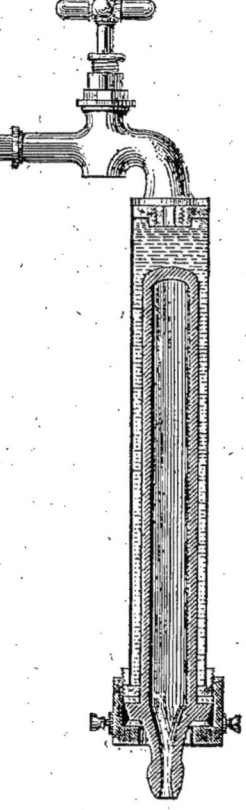

Fig. 165.

D'après M. Miquel, l'eau de la Vanne peut être stérilisée pendant un mois; l'eau de la Seine trouble, pendant trois

jours seulement; au bout de cinq jours, les microbes passent en grande quantité ; l'eau de l'Ourcq passe impure moins de quarante-huit heures après la mise en service du filtre. Des nettoyages réguliers et fréquents à la chaleur, à l'acide chlorhydrique ou au permanganate de potasse, conservent le pouvoir épurant du filtre pendant deux ou trois ans.

Pour obtenir de grandes quantités d'eau, on dispose les bougies en batteries à l'intérieur d'un réservoir cylindrique (*fig.* 166) ; l'eau arrive par les robinets inférieurs,

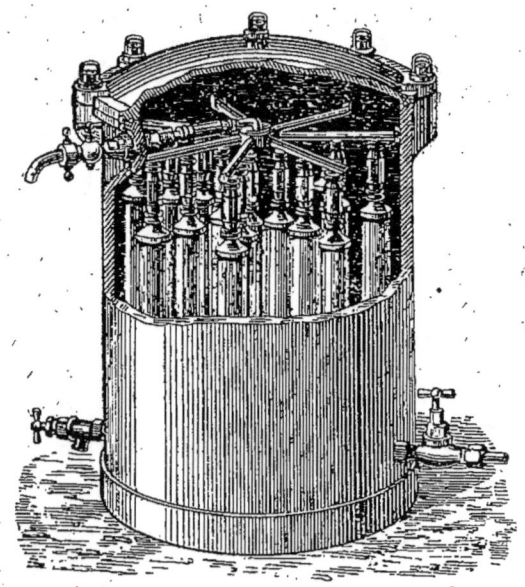

Fig. 166.

traverse les bougies et sort à la partie supérieure. **Un filtre de 50** bougies donne environ 1.200 litres par vingt-quatre heures sous 20 mètres de charge, 1.800 litres avec 30 mètres. Chaque bougie est indépendante des autres et peut être remplacée séparément.

Dans plusieurs établissements militaires, casernes, hôpi-

taux, etc., le service de la Guerre emploie des batteries
Chamberland, système Pasteur, de 12, 25, 50 bougies,
pourvues du nettoyeur automatique système André, qui donne
d'assez bons résultats. Le Grand Hôtel, à Paris, possède six
filtres de 50 bougies, avec nettoyeur André, débitant ensemble 10.000 litres par jour.

En 1892, lors de la substitution de l'eau de Seine à l'eau de
source dans plusieurs quartiers de Paris, le
service des eaux a installé des filtres Chamberland, 4 batteries de 21 bougies, sur les
branchements alimentaires de quelques fontaines Wallace. Le système était disposé dans
un regard en maçonnerie fermé par un tampon, placé au pied de la fontaine. M. Miquel
a constaté à cette époque que de l'eau contenant 200.000 bactéries par centimètre cube
avant la filtration n'en détenait plus qu'un
millier immédiatement après.

Fig. 167.

L'aëri-filtre Maillié, variante du système
Chamberland, donne également de bons résultats. L'enveloppe extérieure est en verre, pour
constater les fêlures de la bougie; l'eau arrive
dans l'intérieur de cette dernière et filtre vers l'extérieur.

PROCÉDÉS PHYSIQUES ET CHIMIQUES

124. Congélation. — La congélation de l'eau ne la purifie
pas d'une façon absolue ; les impuretés minérales disparaissent en majeure partie, mais la matière organique et les
microbes ne sont que faiblement éliminés. D'après quelques
expériences faites dans le Massachusets, la matière organique disparaît dans la proportion de 20 0/0, et les microbes
15 0/0 seulement.

Il est reconnu, d'ailleurs, que la matière organique con-
gelée est plus altérable que l'autre après le dégel. Le bacille

typhique, le Coli communis et d'autres germes pathogènes(19) résistent très bien à l'action prolongée du froid.

MM. Girard et Bordas, qui ont fait, en 1892, l'analyse bactériologique des glaces consommées à Paris, y ont trouvé des quantités énormes de matières organiques et certains germes pathogènes des plus dangereux : le spirille de Finkler et de Prior, le bacille des matières fécales, etc.

125. Ébullition et cuisson sous pression. — L'ébullition est plus efficace que la congélation, bien que certains microbes et leurs spores puissent résister plusieurs heures à une température de 100°.

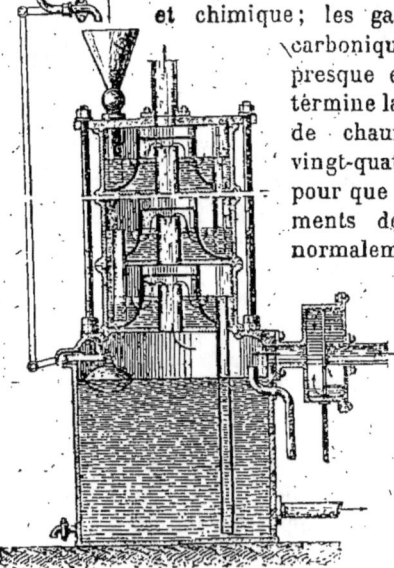

Il se produit à la fois une action physique et chimique ; les gaz, notamment l'acide carbonique, se trouvent expulsés presque en totalité, ce qui détermine la précipitation des sels de chaux et de magnésie ; vingt-quatre heures suffisent pour que l'eau reprenne les éléments de l'air qu'elle détient normalement.

En temps d'épidémie, lorsque les eaux sont suspectes, l'ébullition est une sage précaution pour purifier celles que l'on absorbe directement ; mais l'application générale de ce procédé d'épuration ne laisserait pas cependant que d'être passablement onéreuse. Dans

Fig. 168.

les établissements industriels où l'on dispose de chaleur perdue, il suffit de faire arriver dans l'eau la vapeur qui a servi pour obtenir déjà une certaine purification.

La figure 168 représente le *détartreur Chevalet* établi

d'après ce principe. L'eau arrive par l'entonnoir placé en haut et descend lentement dans les divers compartiments, puis dans le réservoir inférieur. La vapeur suit une marche inverse, indiquée par les flèches ascendantes ; elle pénètre par la tubulure de droite, barbote au travers de l'eau en la débarrassant de ses carbonates calcaires, et sort par l'orifice supérieur. L'eau purifiée est recueillie aux robinets du réservoir ; les deux tiers des sels de chaux ont disparu.

L'appareil *Rouart, Geneste et Herscher* (fig. 169), dans

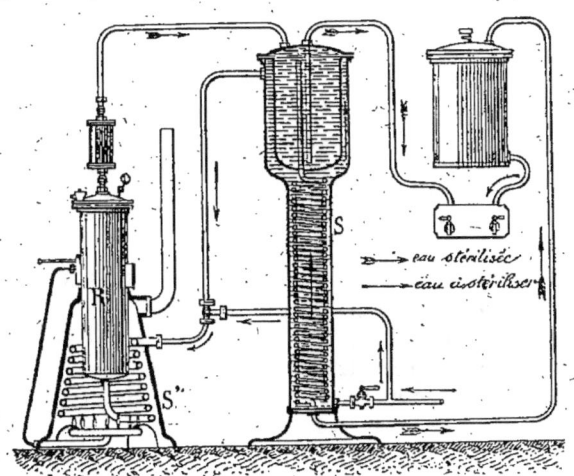

FIG. 169.

lequel la température de l'eau est élevée jusqu'à 130°, assure une stérilisation beaucoup plus parfaite : le tiers de la matière organique, tous les microbes, les carbonates, disparaissent.

L'eau, déjà échauffée jusqu'au voisinage de 100° par son passage autour du serpentin S, arrive dans le serpentin S', où elle reste soumise pendant dix minutes à une température de 130°, quinze minutes avec 120°, et de là passe dans le réservoir R, puis à l'intérieur du serpentin S, d'où elle sort à 15°.

L'inconvénient du procédé vient de la disparition des
gaz, notamment de l'air, qui rend l'eau indigeste; il est
nécessaire de l'agiter à l'air pendant un certain temps avant
de l'absorber.

D'après les expériences de M. Pouchet, l'eau ainsi stérilisée
se conserve parfaitement en bouteilles pendant plusieurs
années; au bout d'un an, elle ne contient que quelques bactéries inoffensives.

L'application du système Herscher a donné de bons résultats en plusieurs circonstances, notamment à Brest, lors de
l'épidémie de fièvre typhoïde qui sévit, en 1891, sur le
deuxième dépôt des équipages de la flotte; le nombre des
malades, qui s'était élevé à 129 pendant le premier trimestre
de l'épidémie, alors que l'eau n'était pas encore purifiée,
descendit à 18 le trimestre suivant, après sa stérilisation. Le
même système a été utilisé à la prison de Nanterre et va
l'être prochainement pour l'alimentation de la ville de Par-
thenay (Deux-Sèvres).

126. Distillation. — C'est le procédé de stérilisation le plus
parfait, lorsque l'opération est exécutée avec soin et que
l'on a la précaution de rejeter la première et la dernière
eau; toutes les matières fixes restent dans la chaudière, et
l'eau sort du serpentin absolument pure; mais l'expulsion
des gaz la rend fade et indigeste; il est indispensable de
l'aérer.

La distillation est surtout pratiquée dans les laboratoires,
à l'aide de l'appareil bien connu constitué d'une chaudière,
d'un serpentin et d'un réfrigérant. Au point de vue industriel, pour l'épuration de grandes masses d'eau, le procédé
cesse d'être utilisable, à cause de l'élévation du prix de
revient.

Sur les navires, on obtient de l'eau potable par la distillation de l'eau de mer que l'on chauffe à l'aide de la chaleur
perdue du foyer de cuisine; au sortir du serpentin, l'eau
passe sur un filtre de sable et de charbon.

127. Action de la lumière. — La lumière solaire est un agent
d'épuration des plus actifs à l'égard des composés organiques

et des bactéries : sous son influence, l'oxygène emprunté à
l'air et à l'eau brûle peu à peu la matière organique qu'il
transforme en ammoniaque, puis en composés nitreux.

A la sortie des grandes villes, surtout des cités industrielles, les eaux de rivières sont fortement polluées par des
déjections de diverses sortes : microbes, azote albuminoïde, etc., et l'eau est impropre à l'alimentation; elle ne
reprend sa composition normale qu'après un long parcours;
encore la purification ne se fait-elle sentir qu'à quelques
mètres de profondeur.

Le diagramme (*fig.* 170) reproduit, d'après MM. Girard et

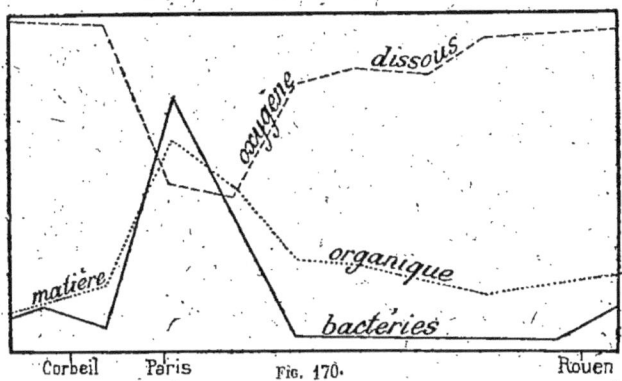

Corbeil   Paris   Fig. 170.   Rouen

Bordas (1893), la composition moyenne de l'eau de la Seine
entre Corbeil et Rouen, au point de vue des bactéries, de la
matière organique et de l'oxygène dissous. 1 centimètre
en ordonnée représente 10.000 colonies de bactéries et
1 milligramme de matière organique par centimètre cube;
0,005 représente 1 centimètre cube d'oxygène dissous. Ce
n'est qu'à Meulan que l'eau redevient normale.

128. **Procédés chimiques.** — Ces procédés ne s'appliquent
qu'à l'épuration des eaux d'égout et des eaux industrielles
dans les usines; ce n'est qu'accidentellement qu'on y a
recours pour l'amélioration des eaux de rivières destinées à
la boisson. On passera rapidement sur cette question.

L'addition à chaud d'une dose suffisante de *carbonate de soude* détermine la précipitation des sels de chaux et de magnésie (sulfate et carbonate), ce qui diminue la dureté de l'eau ; la purification est complète à cet égard ; le liquide doit être décanté, puis filtré. Les réactions s'expriment par les équations

$$CaO.SO^3 + NaO.CO^2 = NaO.SO^3 + CaO.CO^2$$
$$MgO.SO^3 + NaO.CO^2 = NaO.SO^3 + MgO.CO^2.$$

Il faut, en moyenne, $2^{kg},7$ de carbonate de soude par degré hydrotimétrique de sulfate de chaux, degré persistant (31), et par mètre cube d'eau.

En ajoutant un peu d'eau de chaux, on provoque également la précipitation des bicarbonates, qui se trouvent ramenés à l'état de carbonates simples, suivant la réaction :

$$CaO.2CO^2 + CaO = 2 (CaO.CO^2).$$

La simple agitation de l'eau la débarrasse déjà d'une grande partie de son acide carbonique ; il se forme un dépôt calcaire, que l'on observe très bien sur les chutes et les parties métalliques de certains aqueducs ; le même résultat est obtenu lorsqu'on fait tomber l'eau en cascade ou en pluie d'une certaine hauteur ; c'est ce qu'a fait Belgrand au regard de captage de la Dhuis (79).

La *chaux* seule agit sur les bicarbonates, mais ne précipite ni les sulfates ni les chlorures ; la *magnésie* présente les mêmes inconvénients, outre que son emploi est assez coûteux.

La Compagnie du Nord purifie l'eau consommée dans plusieurs de ses gares en la traitant par un lait de chaux ; on laisse décanter le mélange six à huit heures, puis on le dirige sur un filtre à sable ou à éponge. A la gare de Creil, l'eau de l'Oise est traitée par la chaux grasse, à raison de 130 grammes par mètre cube d'eau ; le lait de chaux est préparé dans un bassin spécial, qui communique par des tuyaux avec le réservoir de décantation. Pendant le premier trimestre de 1893, il a été consommé 60.000 mètres cubes d'eau dont la purification a exigé 12 mètres cubes de chaux ; la dépense s'est élevée à 755 francs. Les filtres à éponge se nettoient à l'acide chlorhydrique étendu tous les dix jours en moyenne.

L'*alun*, à faible dose (5 grammes par hectolitre), assure une clarification complète des eaux carbonatées ; il se forme du sulfate de chaux soluble et des sous-sels qui entraînent les matières en suspension.

On emploie quelquefois, mais rarement, le *carbonate de baryte*, et la *soude* à l'état d'oxalate, de silicate, ou pure.

Le *fer*, notamment l'éponge de fer que l'on obtient en projetant de la vapeur d'eau dans de la fonte en fusion, a la propriété de détruire la matière organique, en même temps que les carbonates terreux sont précipités. L'eau qui traverse le *filtre Bischoff*, constitué par un mélange de sable et de grenaille de fer intercalé entre deux couches de sable, perd la moitié de sa matière organique, les deux tiers de sa matière albuminoïde et souvent la totalité de son ammoniaque ; les microbes sont détruits en grande quantité.

On peut également se débarrasser des matières organiques par oxydation, à l'aide du *permanganate de potasse* ou de *soude* ; le procédé est plus actif, mais beaucoup plus coûteux ; on ne peut l'appliquer qu'en petit dans l'économie domestique.

129. Procédé mixte d'Anderson. — Ce procédé comporte un traitement chimique par le fer (128) suivi d'une épuration mécanique ; il consiste à malaxer l'eau dans des appareils dits *revolvers* avec de menus morceaux de fer, à l'aérer, la décanter et la filtrer au sable.

Appliqué pour la première fois à Anvers en 1880, le procédé Anderson a donné de bons résultats, à Dordrecht, Libourne, Nice, Constantinople, et plus récemment aux usines de la Compagnie des Eaux, à Boulogne-sur-Seine, Choisy-le-Roi et Neuilly-sur-Marne, pour l'alimentation de la banlieue de Paris (130).

L'eau recueillie est d'une limpidité parfaite : d'après les analyses de M. Miquel et d'autres chimistes étrangers, 50 0/0 de la matière organique se trouve détruite, et les bactéries sont retenues, en moyenne, dans la proportion de 995 par mille. Ce procédé a l'avantage de pouvoir s'appliquer sans dépense excessive à l'épuration d'un volume d'eau suffisant pour l'alimentation d'une ville, même importante.

Appareils épurateurs dits revolvers. — L'appareil d'épuration est un grand cylindre A (*fig. 171*) en tôle d'acier, disposé horizon-

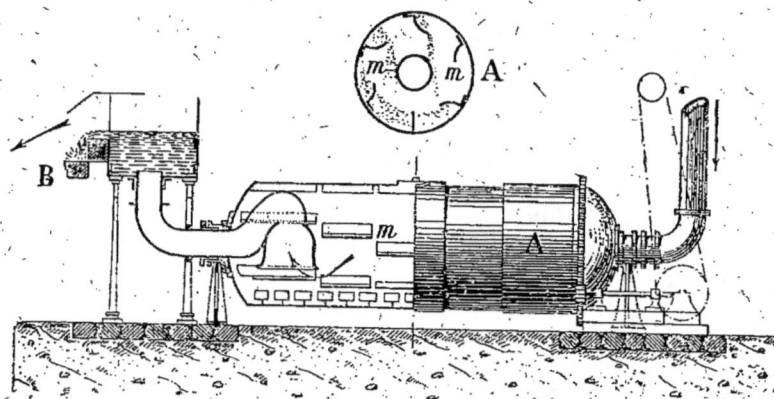

Fig. 171.

talement, renfermant de petits morceaux de fer : grosse grenaille, fonte brisée, copeaux de fer, etc., et tournant lentement autour de son axe. A l'arrivée, l'eau envoyée par les pompes élévatoires s'épanouit dans le cylindre au moyen d'un bouclier ; à la sortie, une sorte de cloche renversée permet d'éviter les entraînements de fer.

Parallèlement à son axe et rivées sur l'enveloppe, sont fixées des cornières *m* destinées à relever le fer et à le faire retomber constamment dans la masse liquide. La charge en ferraille varie avec les dimensions des revolvers, qui, elles-mêmes, dépendent du volume d'eau à épurer et de son degré d'impureté.

Le malaxage de l'eau avec le fer a pour résultat de produire des sels ferreux plus ou moins combinés avec la matière organique de l'eau, et donnant naissance ultérieurement, après oxydation, à des sels ferriques gélatineux.

Un revolver de 6 mètres de long et de 1m,50 de diamètre, exigeant moins d'un cheval-vapeur de puissance, peut traiter environ 4.000 mètres cubes d'eau par vingt-quatre heures.

Aération. — L'eau passe ensuite sur les ouvrages destinés à compléter la peroxydation des sels ferreux : ce sont, ou des cascades B qui ont l'avantage d'exposer l'eau en couches très minces à la lumière et à l'air, ou des faux fonds perforés au moyen desquels l'air envoyé sous pression produit dans le liquide une véritable ébullition.

Décantation. — On fait ensuite précipiter une partie des sels gélatineux dans les bassins de décantation (*fig*. 172). Cette opération constitue un collage d'autant plus parfait que le sel gélatineux était primitivement en dissolution, et que son action s'étend à toute particule du liquide. Le collage enveloppe et entraîne au fond toutes les matières solides en suspension de dimension appréciable, presque toute la matière organique combinée et un très grand nombre de microbes. L'eau, à la sortie des bassins décantants, s'est notablement clarifiée ; elle arrive sur les filtres en tenant encore en suspension un peu de sels de fer.

Filtration. — Ces sels de fer sont arrêtés par le sable, dans les couches superficielles duquel ils pénètrent, fermant de leur matière spongieuse les petits canaux d'écoulement, de telle sorte que, après une période suffisante de mise en service, le vrai filtre est constitué par la couche spongieuse de sels gélatineux déposés et que le sable et le caillou constituant le filtre inférieur ne sont plus qu'un support.

Il s'agit alors de donner à l'eau à travers le filtre la vitesse qui correspond à la pureté physique et biologique que l'on désire obtenir. Le débit qui produit le maximum d'épuration compatible avec un bon rendement industriel est de 4 à 5 mètres cubes par mètre carré de surface filtrante et par vingt-quatre heures.

L'eau filtrée obtenue est recueillie dans des canalisations fermées, et amenée à la crépine d'aspiration des pompes élévatoires avec ou sans réservoir d'accumulation d'eau.

Conditions économiques des installations. — Les installations déjà exécutées permettent de donner dès maintenant des chiffres suffisamment approchés.

Pour prendre un exemple, la surface du terrain nécessaire pour l'épuration de 20,000 mètres cubes par jour est d'environ 6 à 7.000 mètres carrés en y comprenant les bâtiments des pompes alimentaires, des épurateurs et des générateurs, les cascades d'aération, les bassins de décantation et de filtration, le réservoir accumulateur. Cette surface est inférieure à celle qu'exigent les filtres à sable ordinaire.

En laissant de côté la valeur du terrain, les frais de premier établissement correspondant aux bâtiments et bassins, matières filtrantes, machines, générateurs, revolvers, canalisations métalques ou autres, appareils divers de réglage, etc., etc., sont d'environ 30 francs par mètre cube pour les petites installations de 5.000 mètres cubes et au dessous; ils décroissent avec l'augmentation du cube épuré et ne dépassent pas 25 francs pour 20.000 à 30.000 mètres cubes.

Enfin ce chiffre est encore réduit, si les épurateurs sont alimentés par les pompes nourricières des machines élévatoires déjà existantes; il peut alors s'abaisser à 20 et 18 francs.

Le prix de revient du mètre cube d'eau épurée, comprenant l'intérêt et l'amortissement du capital du premier établissement, l'entretien des appareils, le renouvellement du sable, la consommation de charbon, d'huile, etc., etc., est de 1 centime par mètre cube d'eau épurée. La dépense en fer comprise dans ce chiffre de 1 centime est de 2 à 4 grammes par mètre cube d'eau traitée.

130. Usines de la Compagnie des Eaux. — La figure 172 reproduit la disposition d'ensemble de l'installation de la Compagnie des Eaux à Boulogne-sur-Seine où ont été effectuées de 1892 à 1894 les expériences sur le procédé Anderson.

L'eau de la Seine, relevée par machine, arrivait par une conduite de $0^m,60$, passait dans le revolver, puis dans une seconde conduite qui l'amenait aux bassins de décantation, d'où elle sortait pour parvenir aux filtres. Une conduite de $0^m,40$ en sidéro-ciment (89) amenait l'eau filtrée dans le réservoir d'accumulation d'une contenance de 300 mètres cubes, d'où elle était reprise par les machines élévatoires.

Le bassin de décantation était divisé en six compartiments de 2 mètres de large, que l'eau parcourait successivement dans le sens indiqué par les flèches; les cloisons séparatives de $0^m,06$ d'épaisseur étaient en ciment armé. Chaque compartiment communiquait avec le précédent par un orifice rectangulaire placé alternativement à la partie inférieure et supérieure à la cloison; de cette façon, le courant d'eau subsistait sur toute la hauteur et le fond ne restait pas stagnant. La couche de sable de 1 mètre d'épaisseur reposait sur des carreaux en briques; son nettoyage s'effectuait environ une fois par mois.

Actuellement l'usine de Boulogne et toutes celles qui puisaient l'eau de Seine en aval de Paris n'existent plus : elles ont été remplacées en 1895 et 1896 par les usines de Choisy-

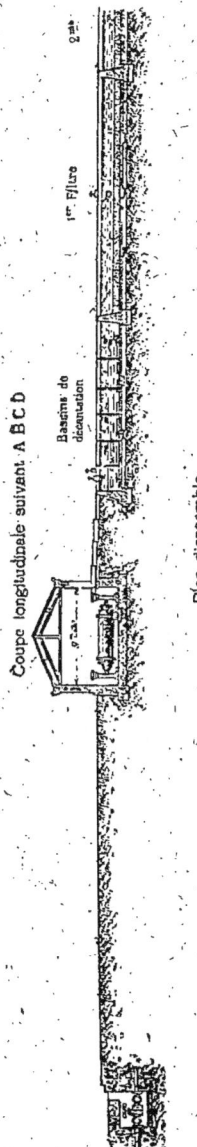

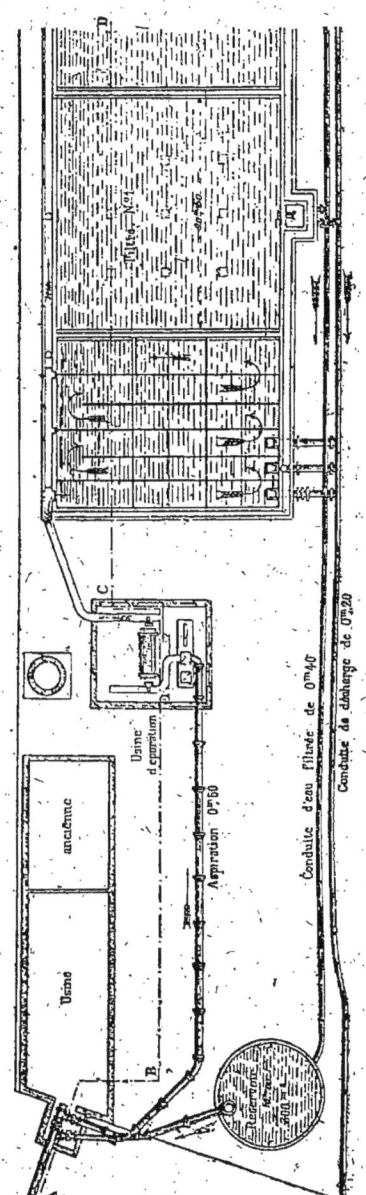

Coupe longitudinale suivant A B C D

Bassins de décantation

1er Filtre

2me

Plan d'ensemble

Usine ancienne

Usine d'épuration

Aspiration 0m50

Conduite d'eau filtrée de 0m40

Conduite de décharge de 0m20

Fig. 172.

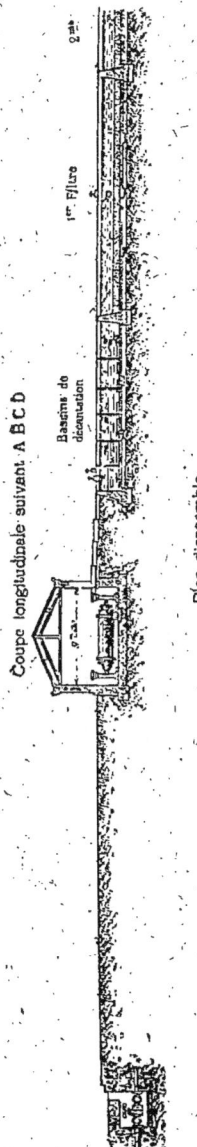

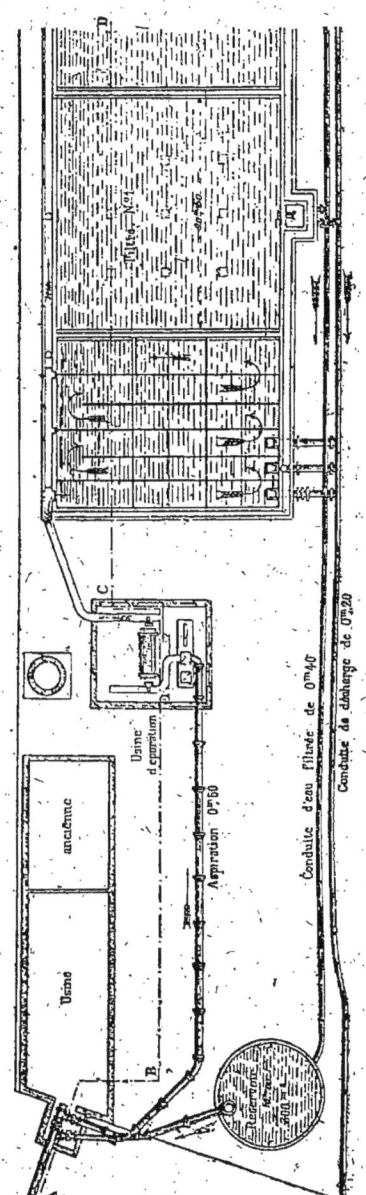

le-Roi *(fig.* 173), de Neuilly-sur-Marne et de Nogent-sur-Marne, qui prennent l'eau en amont. Les installations sont analogues à celle de Boulogne avec le même système d'épuration, qui continue à donner de bons résultats; mais les bassins de décantation sont eux-mêmes précédés de bassins dégrossisseurs, sur lesquels se dépose une grande partie de sels gélatineux.

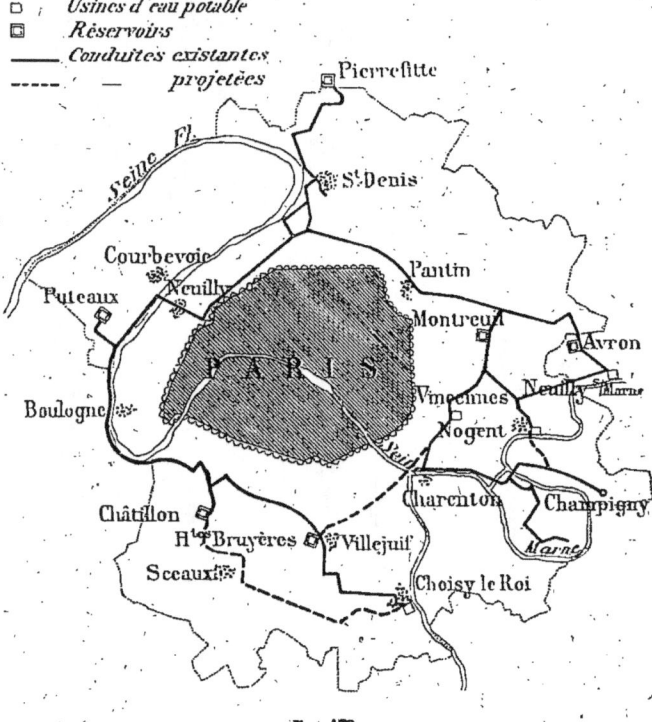

Fig. 173.

Le volume d'eau quotidiennement épuré atteint aujourd'hui 110.000 mètres cubes; Choisy-le-Roi, 50.000; Neuilly-sur-Marne, 50.000; Nogent-sur-Marne, 10.000. L'eau est refoulée dans les réservoirs des Hautes-Bruyères, de Mon treuil, du plateau d'Avron; les réservoirs de Puteaux et de Pierrefitte sont installés aux extrémités du réseau de distribution, qui est très long, pour maintenir la pression aux heures de forte consommation.

Bassins filtrants de Saint-Maur. — Les filtres établis à Saint-Maur par le service des eaux de Paris pour parer temporairement, pendant les chaleurs, à l'insuffisance du débit des sources, sont analogues à ceux de Boulogne, mais sans revolvers; l'eau est simplement filtrée au sable, comme à Londres. Les microbes sont retenus dans la proportion de 95 0/0; plus de la moitié de la matière organique disparaît; la limpidité de l'eau filtrée est parfaite.

CHAPITRE VIII

MACHINES ÉLÉVATOIRES

131. Le chapitre des machines élévatoires devrait être le plus important de cet ouvrage, à cause des nombreuses applications pratiques dont ces machines sont journellement l'objet pour l'alimentation des villes et de certains établissements agricoles et industriels. Cependant on n'entrera pas dans de longs développements; on trouvera dans le volume des *Machines hydrauliques*[1] et dans celui des *Machines à vapeur* tous les éléments théoriques et pratiques que comporte ce vaste sujet.

132. **Classification.** — Les machines à élever l'eau se classent généralement en deux groupes :

1° Celles qui l'élèvent mécaniquement en la portant : tels sont les chapelets, norias, roues, vis d'Archimède, etc.;

2° Les différentes variétés de *pompes*, dont les organes actionnés par un moteur quelconque font circuler l'eau dans des tuyaux de conduite par l'aspiration et le refoulement.

Les machines du premier groupe n'ont plus guère qu'un intérêt historique; on ne les utilise que rarement pour les épuisements ou les irrigations; la pompe centrifuge les remplace avantageusement.

On parlera également des *béliers hydrauliques :* systèmes Montgolfier, Bollée, Decœur, qui utilisent la force vive d'une colonne d'eau en mouvement.

Les *moteurs à vent :* appareils Halladay, Beaume, Éolienne Bollée, rendent de précieux services pour l'alimentation des villages et des propriétés particulières; leur prix d'installation n'est pas exagéré; l'entretien est faible.

[1] F. Chaudy, *Machines hydrauliques.* — Dejust, *Chaudières et Machines à vapeur.*

133. Machines anciennes. — La figure 174 représente le

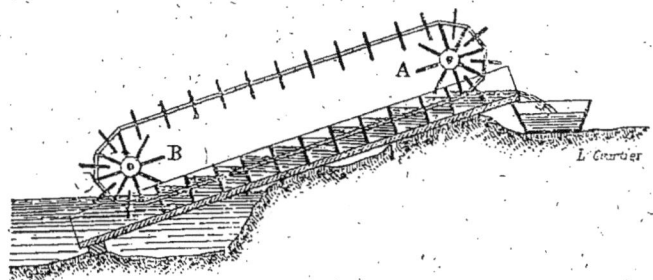

FIG. 174.

chapelet incliné, composé d'une chaîne sans fin formée de maillons en fer portant en leur milieu, et perpendiculairement à leur direction, des palettes en bois. Le mouvement est communiqué à la roue A et, par suite, à la chaîne et à la roue B par un moteur animé. Le liquide compris entre deux palettes s'élève lentement dans le canal inférieur et vient se déverser à la partie supérieure. Le rendement de l'appareil, que l'on dispose quelquefois verticalement, ne dépasse pas 0,40.

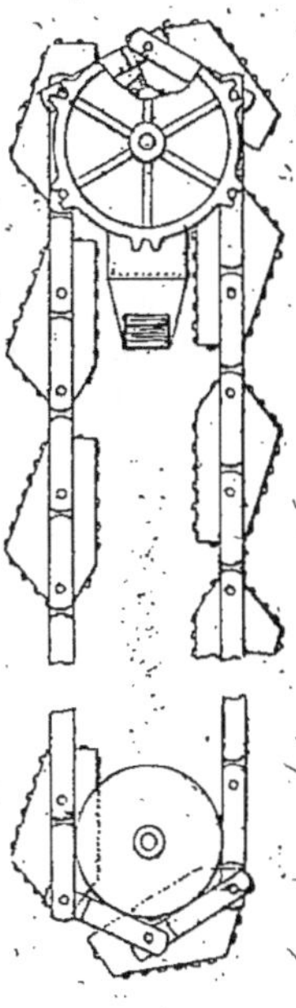

La *noria* (fig. 175) n'est autre chose qu'un chapelet vertical dans lequel les palettes sont remplacées par des godets, qui puisent l'eau à la partie inférieure et la déversent dans une bâche au sommet de leur course. D'après Navier, le rendement de la noria correspond à la formule :

$$\rho = \frac{0,80 h}{h + 0,75} ;$$

h représente la différence de niveau entre la surface du liquide à élever et le réservoir qui emmagasine l'eau déversée.

FIG. 175.

Dans la *roue à palettes* planes (*fig.* 176), dont le rendement peut atteindre 0,70, l'eau emprisonnée entre deux palettes consécutives se trouve élevée par le mouvement de la roue.

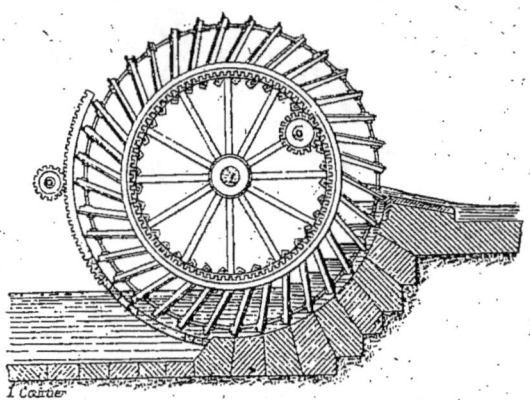

Fig. 176.

La vitesse à la circonférence extérieure ne doit guère dépasser 1 mètre par seconde.

La *vis d'Archimède* (*fig.* 177), du nom de son célèbre

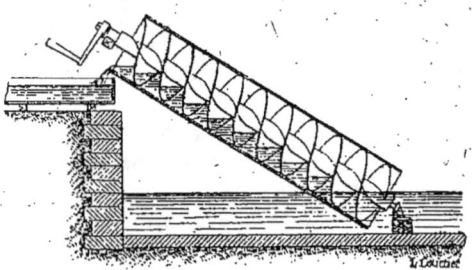

Fig. 177.

inventeur, est constituée par un axe en fer sur lequel sont fixées les spires d'une surface héliçoïdale droite ; l'enveloppe cylindrique est en fer ou en bois fretté. Quand on tourne la manivelle, l'eau s'élève dans les spires successives et vient se déverser dans le réservoir supérieur. La hauteur d'élévation dépasse rarement 3^m,50. Le rendement varie de 0,40 à 0,60 pour 40 tours à la minute.

POMPES

134. On divise les pompes en trois catégories :

1° Les appareils ordinaires à mouvement rectiligne alternatif, comprenant la pompe aspirante, la pompe foulante, et la pompe à la fois aspirante et foulante ;

2° Les pompes rotatives à un ou plusieurs axes ;

3° Les pompes centrifuges.

Celles de la première catégorie sont de beaucoup les plus employées ; leur axe est tantôt vertical et quelquefois horizontal ; elles peuvent être à simple effet ou à double effet. Il existe un grand nombre de variétés qui ne diffèrent que par la forme ou par quelques détails de construction.

135. Pompe aspirante. — C'est la plus ancienne ; sa découverte remonte à près de deux mille ans. Elle se compose essentiellement d'un *corps de pompe* P dans lequel se meut un piston muni de deux soupapes s'ouvrant de bas en haut, et d'un *tuyau d'aspiration* C, qui plonge dans l'eau à élever et communique avec le corps de pompe

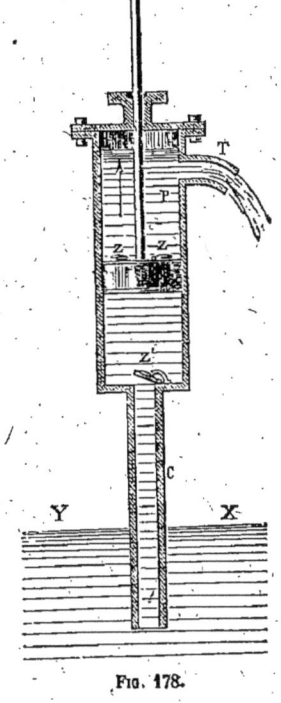

Fig. 178.

par une soupape z' s'ouvrant également de bas en haut.

Lorsque le piston s'élève, les soupapes z se ferment sous l'effet de la pression atmosphérique ; le vide se fait au-dessous de lui, et l'air contenu dans le tuyau d'aspiration soulève la soupape z' et pénètre dans le corps de pompe. Par suite de la raréfaction de cet air dont la tension devient ainsi inférieure à la pression atmosphérique, cette dernière, qui agit sur le plan XY, fait monter le liquide dans le tuyau C d'une hauteur capable de la différence de pression.

Quand le piston redescend, la soupape z' retombe aussitôt sous l'action de son poids, et la tension de l'air emprisonné au-dessous du piston ne cesse d'augmenter jusqu'à ce que, dépassant la pression atmosphérique, il soulève les soupapes z et s'échappe librement au dehors.

Une nouvelle course complète du piston accroît la raré-faction de l'air contenu dans le tuyau d'aspiration et fait encore monter le liquide d'une certaine hauteur. L'ascension de la colonne d'eau se continue ainsi à chaque oscillation du piston, jusqu'à ce qu'elle pénètre dans le corps de pompe et vienne s'écouler par la décharge T, ou continuer son mouvement dans une conduite de refoulement. La pompe est alors amorcée et ne cesse plus de donner de l'eau tant que le piston fonctionne.

L'ascension résultant de l'effet de la pression atmosphérique sur la surface libre XY, son niveau peut théoriquement s'élever jusqu'à $10^m,33$ au-dessus de cette surface, lorsque le vide absolu subsiste dans le tuyau d'aspiration et dans le corps de pompe. Mais, pratiquement, le vide absolu n'est jamais réalisé, à cause de l'espace nuisible ; en outre, une partie de la charge se trouve absorbée par le frottement de l'eau contre la paroi des tuyaux et par les chocs et étranglements de la colonne liquide. Pour obtenir un fonctionnement régulier, la hauteur d'aspiration, distance de XY à la décharge T, ne doit guère dépasser 7 mètres. Le nombre de coups de piston nécessaires pour l'amorçage de la pompe dépend des dimensions relatives, hauteur et section, du corps de pompe et du tube d'aspiration ; un long tube rend l'amorçage très pénible. Il faut que les tuyaux soient parfaitement étanches, afin d'éviter les rentrées d'air qui rendent la marche défectueuse.

La vitesse du piston doit être en rapport avec celle de la colonne d'eau qui le suit pour qu'il ne se forme pas de vide, qu'il ne se produise pas de choc, et que l'écoulement reste continu ; cela dépend encore de la hauteur d'aspiration et du rapport des sections du tube et du corps de pompe. Lorsque l'aspiration est maximum, la vitesse moyenne du piston, moitié environ de sa plus grande vitesse, ne doit pas dépasser 1 mètre par seconde avec les pistons ordinaires et 2 mètres avec les pistons plongeurs (143) ; son minimum est $0^m,20$.

136. Rendement. — Le *rendement mécanique* fait connaître le rapport du travail utile, produit du poids de l'eau par la hauteur d'élévation, au travail moteur exercé sur la tige du piston. Ce rendement, qui varie avec le débit et la hauteur, est d'autant plus fort que la machine est plus perfectionnée, sa marche plus régulière, les frottements plus réduits, et les chocs complètement annulés. Une bonne pompe donne actuellement 0,75 de rendement mécanique ; les anciennes ne fournissaient guère que de 0,35 à 0,40 ; c'est le rendement des petites pompes ménagères dont l'entretien n'est pas toujours parfait.

Le *rendement en volume* représente le rapport du volume d'eau élevé au volume engendré par le piston. Avec des garnitures étanches et des clapets bien tenus, ce rendement peut atteindre 0,95 ; à l'inverse du rendement mécanique, il diminue à mesure que la hauteur d'aspiration augmente.

137. Pompe foulante. — **Pompe aspirante et foulante.** — Dans la pompe foulante (*fig.* 179), le corps de pompe est totalement ou partiellement immergé dans l'eau à élever. Les soupapes z et z' s'ouvrent toujours de bas en haut.

Lorsque le piston s'élève, la soupape z se ferme et l'eau passe dans le corps de pompe ; quand il redescend, z' retombe sur son siège, z s'ouvre, et l'eau se trouve refoulée dans le tuyau T.

La pompe aspirante et foulante (*fig.* 180) n'est qu'une combinaison des deux autres.

La hauteur d'élévation dépend de l'effort que l'on exerce

sur le piston ; pratiquement elle est limitée par les chocs
et par les fuites dont l'importance croît très rapidement
avec la charge.

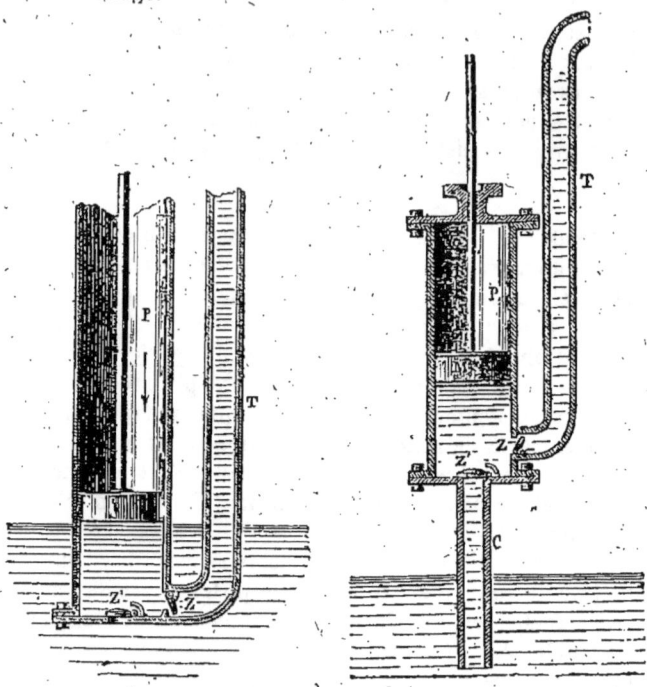

Fig. 179.   Fig. 180.

Ce qui a été dit de l'amorçage, de la vitesse du piston et
du rendement d'une pompe aspirante, subsiste identique-
ment pour la pompe foulante.

138. Pompe à double effet. — Dans les appareils précédents,
dits *à simple effet*, l'élévation de l'eau dans le tube T ne se
produit que pendant une demi-oscillation du piston : pendant la montée lorsque la pompe est aspirante, durant la
descente si elle est foulante.

Pour rendre l'ascension continue, on a imaginé des appa-

reils à double effet dont la disposition générale est représentée par la figure 181. Le corps de pompe est pourvu de
quatre soupapes z et z' : deux à la partie
inférieure, et les deux autres à la partie
supérieure ; les soupapes z' s'ouvrent de
l'extérieur vers l'intérieur, les soupapes z
du dedans au dehors. Avec cette disposition, dont le fonctionnement est facile à
comprendre, l'ascension de l'eau se produit
aussi bien à la montée qu'à la descente du
piston.

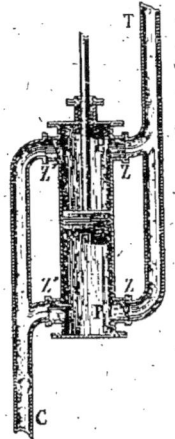

Ces pompes fournissent un travail symétrique, ce qui est un avantage ; mais la
complication du système rend aussi plus
difficile la surveillance et l'entretien de
la machine.

139. Accouplement des corps de pompe.
— La constance de la vitesse de l'eau dans
le tuyau de refoulement est une condition

Fig. 181.

qu'il importe de remplir autant que possible, afin de rendre
le débit uniforme, d'atténuer les coups de bélier, et aussi
pour diminuer la perte de charge due au frottement contre
la paroi et celle que consomme chaque accroissement de
vitesse pour vaincre l'inertie de la colonne liquide.

Cette constance se trouve réalisée, au moins approximativement, dans les pompes à double effet ; mais on s'en rapproche davantage en accouplant sur le même tuyau trois
pompes égales à simple effet, ou deux ou trois pompes à
double effet. Les tiges des pistons sont alors actionnées suivant le cas par une manivelle triple ou double.

Avec une seule pompe à double effet, l'écart de la vitesse
de l'eau sur sa valeur moyenne pour l'ensemble de la course
atteint 60 0/0.

Avec trois pompes à simple effet on articule les tiges sur
une manivelle triple (*fig.* 182), aux trois sommets d'un triangle
équilatéral. A certains instants, un piston monte et les deux
autres descendent ; puis le mouvement change de sens, et
deux pistons montent pendant que le troisième descend. Le

calcul montre que, dans ce cas, l'écart de la vitesse sur sa valeur maxima ne dépasse pas 14 0/0. La régularisation est pratiquement satisfaisante.

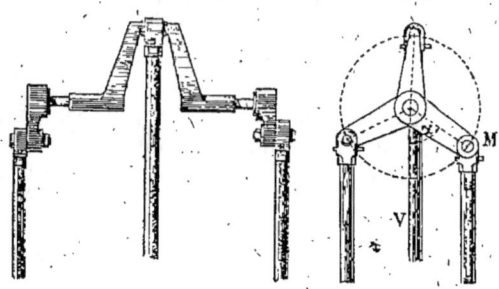

Fig. 182.

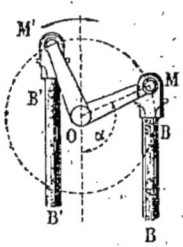

Fig. 183.

Dans le cas de deux pompes à double effet, les points d'articulation M et M' (*fig.* 183) des tiges sur la manivelle sont distants de un quadrant; les deux pistons montent ou descendent simultanément, ou bien l'un descend pendant que l'autre monte. La régularité est encore satisfaisante, bien que l'écart de la vitesse sur sa moyenne soit de 21 0/0.

Avec trois pompes à double effet, l'écart n'est plus que de 9 0/0.

140. Réservoirs d'air. — Plus fréquemment on régularise l'ascension de l'eau dans les conduites d'aspiration et de refoulement par l'emploi de réservoirs en fonte ou en tôle, de capacité déterminée, dans lesquels on emmagasine de l'air, et qui fonctionnent en quelque sorte comme volants, pour atténuer les chocs et les coups de bélier, si préjudiciables à l'entretien du matériel, surtout avec de longues conduites.

Ces réservoirs (*fig.* 184) se placent : un peu en amont du corps de pompe sur les tuyaux d'aspiration, immédiatement après la pompe sur ceux de refoulement.

La variation brusque de force vive qui se produit sur la

colonne d'eau à chaque coup de piston se dépense en travail de compression de la masse d'air emprisonnée pendant que l'eau s'introduit et monte dans le réservoir, et c'est la détente

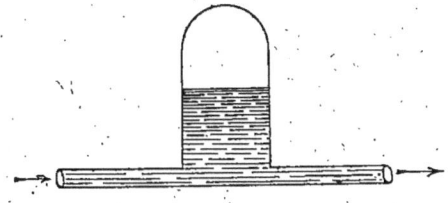

FIG. 184.

lente et progressive de ce gaz qui renvoie ensuite le liquide dans la conduite de refoulement.

Sur les tuyaux d'aspiration de faible longueur, jusqu'à 15 mètres environ, et lorsque la hauteur d'aspiration ne dépasse pas 6 à 7 mètres, on se passe ordinairement du réservoir d'air; le volume d'eau n'étant pas considérable, les coups de bélier présentent peu de danger.

La capacité des réservoirs se détermine dans chaque cas par la condition qu'à l'instant de la plus grande compression la tension de l'air ne soit pas supérieure à une limite donnée. En appelant v_0 et v_1 les volumes de la masse d'air avant et après l'arrivée du volume d'eau affluent, p_0 et p_1 les tensions correspondantes, v le volume d'eau fourni par chaque coup de piston, on a, d'après la loi de Mariotte :

$$v_0 p_0 = v_1 p_1 ;$$

et si l'on pose :

$$v = v_0 - v_1, \qquad \frac{1}{2n} = \frac{p_1 - p_0}{p_1 + p_0},$$

l'élimination de v_1, p_0, p_1 entre ces équations conduit à la formule

$$v_0 = \frac{v}{2} (2n + 1),$$

qui permet de calculer v_0, lorsque v, e et n sont connus.

Pour les limites pratiques : $n = 20$, $n = 100$, et la valeur
$\rho = 0{,}20$, qui convient pour une pompe à simple effet et deux
pistons conjugués, on obtient approximativement :

$$v_0 = 4v, \qquad v_0 = 10v.$$

L'air en dissolution qui vient se dégager dans le réservoir
ne suffit généralement pas à l'alimenter, d'autant plus qu'une
certaine fraction se trouve toujours entraînée dans la conduite de refoulement. Pour renouveler de temps à autre la
provision, on a recours à une petite pompe à air, et quelquefois à une prise directe sur le tuyau d'aspiration.

141. Clapets et soupapes. — La forme de ces organes varie
beaucoup suivant le genre et l'importance des appareils, depuis le clapet rustique en cuir, ou en cuivre, des pompes
domestiques, jusqu'aux soupapes perfectionnées à double
siège des grandes pompes.

Il est préférable, en général, d'accroître la section d'écoulement de l'eau, afin de diminuer la levée et d'accélérer la
fermeture ; cette section ne doit pas être inférieure à celle du
tuyau d'aspiration ; elle en est souvent les trois demi. Dans
beaucoup de pompes, le rapport de la section d'ouverture à
celle du piston reste compris entre 0,5 et 1 ; quelquefois
même ce rapport dépasse l'unité.

Le poids des soupapes augmente avec la vitesse de l'eau.

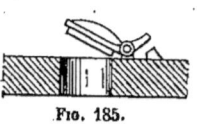

Fig. 185.

Le clapet ordinaire (*fig*. 185) est
constitué par une plaque de cuivre
ou de bronze mobile autour d'une
charnière ; le siège de l'orifice sur
lequel vient retomber la plaque est
parfaitement ajusté et protégé par
une petite rondelle de caoutchouc qui amortit le choc et
supprime le bruit. Souvent, pour rendre la fermeture hermétique, on recouvre la face supérieure du clapet d'une
rondelle de caoutchouc d'un diamètre un peu supérieur.
L'ascension du clapet est limitée, au moyen d'un taquet, à
un angle de 45°, afin qu'il retombe plus aisément.

La figure 186 représente la soupape conique avec son ressort, qui assure une fermeture presque instantanée ; le rodage de la soupape et du siège doit être parfait pour que le joint soit étanche.

Dans les soupapes à boulet de la pompe Noël, la fermeture est obtenue par une sphère creuse en cuivre ou en caoutchouc, qui retombe naturellement sur son siège (*fig.* 187).

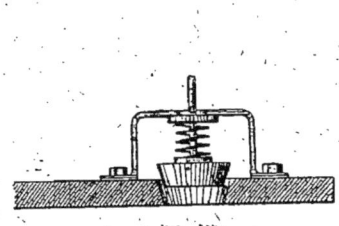

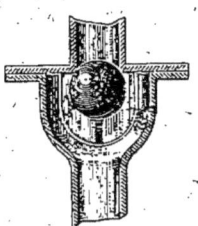

Fig. 186.   Fig. 187.

Les figures ci-dessous reproduisent quelques modèles plus perfectionnés employés dans les grandes pompes pour élévations d'eau importantes. Sur le premier (*fig.* 188), la tranche d'eau affluente présente la forme d'une couronne circulaire ; la soupape est guidée par une tige et actionnée de haut en

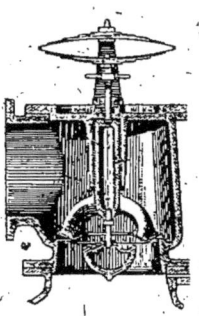
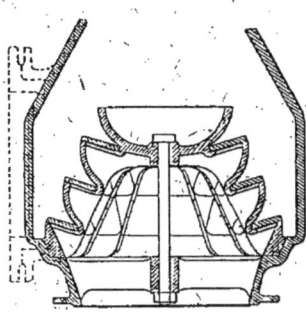

Fig. 188.   Fig. 189.

bas par un ressort à pincettes. Le type à trois battements (*fig.* 189) comporte trois sections annulaires concentriques

par où l'eau afflue et que bouchent hermétiquement trois
anneaux fixés à la soupape, lorsque cette dernière est baissée

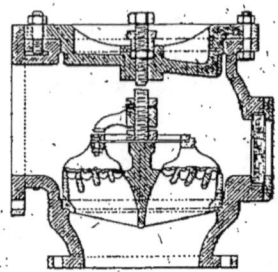

Fig. 190.

Sur le modèle (*fig.* 190), les quatre sections annulaires
sont disposées sur le siège, dans un plan horizontal.

142. Clapets de pied et de retenue. — On place quelquefois des clapets de pied (*fig.* 191) au
bas des tuyaux d'aspiration, quand
ils sont longs, pour empêcher le dé-
samorçage des pompes au moment
des arrêts; dès que l'écoulement est
suspendu, le clapet retombe sur son
siège, et la colonne d'eau demeure

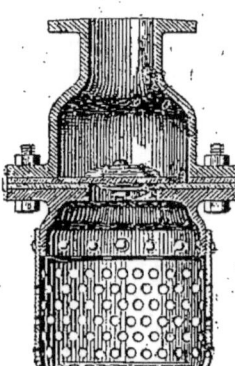

Fig. 191.

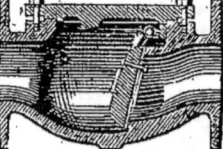

Fig. 192.

emprisonnée dans le tuyau. La crépine qui entoure l'orifice
arrête les corps volumineux à l'entrée.

D'autres fois, mais plus rarement, on dispose des clapets de
retenue (*fig.* 192) au bas des conduites de refoulement pour
les maintenir en charge aux époques de chômage.

143. Pistons. — Les pistons et les soupapes sont les organes essentiels des pompes ; un rendement satisfaisant est intimement lié à leur étanchéité et à leur bon fonctionnement.

Les pistons sont pleins ou à soupapes ; les premiers comprennent ceux à garnitures et les pistons plongeurs.

Les pistons les plus simples sont en bois, ou en métal (*fig.* 193) avec garnitures en étoupes graissées pour adoucir le mouvement et accroître l'étanchéité.

On obtient de bons pistons avec des rondelles de cuir graissées et fortement comprimées par un serrage à vis entre deux disques de fer.

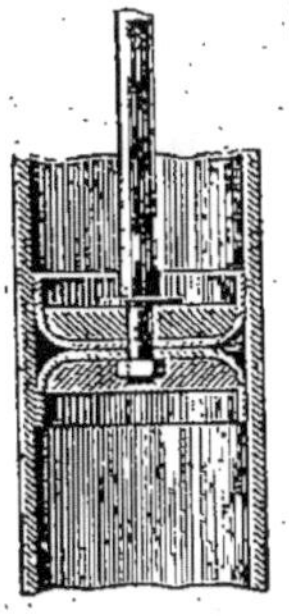

Une disposition plus perfectionnée (*fig.* 194) comprend deux disques métalliques superposés, garnis chacun d'un cuir embouti

Fig. 193.

Fig. 194.

placés en sens contraires ; quelquefois on emploie du caoutchouc. La pression de l'eau a pour effet d'appliquer le cuir sur la paroi du corps de pompe, ce qui favorise l'obturation.

La figure 195 représente le type primitif des *pistons plongeurs*, composé d'un cylindre de plus petit diamètre que le corps de pompe, mais d'une assez grande longueur ; l'avantage de ce piston, aujourd'hui universellement employé pour les grandes pompes, vient de la suppression de la garniture, qui se réduit à une petite boîte à étoupes facilement visitable. L'alésage du piston doit être soigneusement exécuté ; celui du corps de pompe n'est plus nécessaire, ce qui réalise une économie.

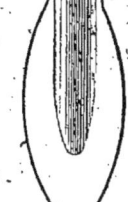

Fig. 195.

Fig. 196.

Le plongeur Girard (*fig.* 196) avec sa forme effilée diminue sensiblement les effets de la résistance de l'eau, lorsque le mouvement

change de sens; la vitesse peut alors être portée à 1ᵐ,50 et
même 1ᵐ,80 par seconde avec des
clapets à double siège.

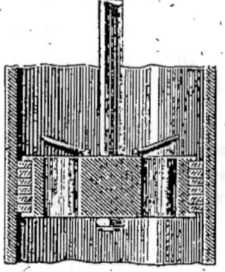

La figure 197 représente un piston
à soupapes avec deux ouvertures.

144. Calcul de la pompe. — Le
volume d'une cylindrée, et par suite
le diamètre du piston, se déduit du
volume d'eau à élever et du nombre
de courses doubles par minute,
nombre qui dépend de la vitesse
moyenne du piston. La vitesse varie
depuis 0ᵐ,20 jusqu'à 2 mètres par

Fig. 197.

seconde, suivant le système de pompe adopté; la hauteur
de course du piston dépend également du système de pompe
et dépasse rarement le double ou le triple du diamètre.

Le nombre de courses doubles par minute et le volume de
la cylindrée déterminent le travail à demander à l'arbre
moteur, c'est-à-dire la puissance de la machine.

Le calcul de la pompe et sa mise en place sont généralement laissés aux soins du constructeur; le devis qui fixe les
conditions d'une installation (167) indique exactement le
volume d'eau maximum à fournir, l'élévation manométrique,
la plus grande consommation de charbon par heure, et
quelquefois la vitesse maxima des pistons.

145. Conduite de refoulement. — Le diamètre se calcule d'après le débit maximum et la charge totale, qui doit
comprendre la hauteur d'élévation, aspiration et refoulement,
et les pertes résultant du frottement de l'eau contre la paroi
des tuyaux, de la destruction de la vitesse à l'extrémité
de la conduite, des coudes, étranglements, etc.

La vitesse doit rester comprise entre 0ᵐ,50 et 1 mètre par
seconde. Le plus souvent on se fixe a priori une première
vitesse, d'où l'on déduit le diamètre et la charge correspondants, et ensuite la puissance en chevaux-vapeur à fournir
par la machine; faisant varier la vitesse et le diamètre de

quelques centimètres en plus et en moins, la comparaison
des résultats conduit rapidement au diamètre cherché.

M. Flamant indique la formule :

$$D = \sqrt{\frac{4}{\pi}} \sqrt[6]{\frac{b_1 \pi \rho}{15 m} \frac{p}{p'}} \sqrt{Q}.$$

On appelle :

b_1 le coefficient de Darcy (tuyaux vieux) ;

ρ le poids du mètre cube d'eau ;

m le rendement mécanique de la machine ;

p le prix du cheval-vapeur de la machine élévatoire, y
compris la dépense d'entretien et d'exploitation capitalisée ;

p' le prix de revient du mètre linéaire de conduite en
fonte de 1 mètre de diamètre toute posée ;

Q le volume d'eau à élever par seconde.

Avec les données moyennes :

$$b_1 = 0,0004, \quad m = 0,75, \quad p = 5.000 \text{ fr.}, \quad p' = 100 \text{ fr.}$$

on obtient :

$$D = 1,50 \sqrt{Q} ;$$

d'où :

$$U = 0,56.$$

Cette valeur est un minimum ; dans la pratique le rapport $\dfrac{D}{\sqrt{Q}}$ oscille entre $1^m,50$ et $1^m,75$.

Le prix approximatif de 5.000 francs par cheval-vapeur se
justifie ainsi : acquisition de la machine, 1.000 francs ; frais
annuels pour une marche journalière de dix heures,
consommation de charbon, 4 tonnes à 30 francs, soit
120 francs ; entretien, 30 francs ; amortissement, 50 francs.
Total : 200 francs, qui représentent un capital de 4.000 francs.

EXEMPLE. — La conduite de refoulement des eaux de Pithiviers,
de 3.200 mètres de long, a été calculée pour un débit quotidien de
500 mètres cubes, ou $11^l,5$ par seconde, avec une pente de $0^m,002$ par
mètre. L'abaque (*fig.* 78) indique pour ces données :

$$D = 0,192, \quad U = 0,48 ;$$

c'est le diamètre qu'a choisi M. Debauve, auquel le projet de service d'eau avait été confié.

La formule de M. Flamant donne seulement :

$$D = 1,50 \sqrt{0,0115} = 0,160.$$

La charge afférente à la longueur totale de la conduite est de 6,40; ajoutant la hauteur réelle d'élévation qui est de 36,51, on arrive à une charge manométrique maximum de 46,91 représentant en eau montée un travail de

$$46,91 \times 11,5 = 493 \text{ kilogrammètres par seconde,}$$

c'est-à-dire :

$$\frac{493}{75} = 6,57 \text{ chevaux-vapeur.}$$

La conduite commence au réservoir d'air, près duquel on place un robinet d'arrêt, se développe suivant le tracé adopté (93) et vient généralement déboucher dans une petite bâche attenant au réservoir; il faut autant que possible éviter les contre-pentes, à cause des cantonnements d'air qui se produisent aux points hauts; ces derniers doivent être pourvus de ventouses, et les points bas de décharges, comme sur les conduites de dérivation et de distribution.

Ordinairement la conduite ne forme qu'un seul bief, car les robinets de partage ont l'inconvénient de provoquer des accidents sur les machines, lorsque l'un d'eux se trouve fermé par mégarde au moment de leur mise en marche.

Quelquefois on double la conduite de refoulement, en adoptant un tracé différent, pour parer aux interruptions de service, en cas d'accident ou de travaux; cette pratique a l'inconvénient d'immobiliser presque inutilement un capital parfois considérable.

D'autres fois, lorsque la ville est placée entre l'usine élévatoire et le réservoir, comme à Pithiviers, à Vierzon et à Buda-Pesth, la conduite sert à la fois au refoulement et à la distribution; le réservoir emmagasine l'excédent de débit ou fournit l'appoint nécessaire, suivant que la consommation est inférieure ou supérieure au produit des machines. Cette disposition réalise une économie sur la canalisation, et aussi sur le combustible, puisque la charge à vaincre est moindre;

mais les machines en souffrent comme régularité de marche,
usure, rendement, etc. Une
comparaison est à faire, dans
chaque cas, entre les avantages
et les inconvénients du système,
qui convient surtout pour les
petites installations.

DESCRIPTION SOMMAIRE
DE QUELQUES POMPES

146. Pompe Letestu (*fig.* 198).
— Elle convient très bien pour
les épuisements et l'aspiration
de l'eau à de grandes profondeurs, dans des puits de $0^m,40$ à
$0^m,50$ de diamètre; sa construction est simple, le système de
piston ingénieux et pratique, les
organes robustes.

Le corps de pompe est descendu dans le puits jusqu'au
niveau de la nappe; le système
de la pompe et le tuyau de refoulement sont suspendus à des
traverses disposées près de l'orifice dans une partie élargie.

L'ascension de l'eau est régu-
larisée par l'accouplement de
deux pistons P et P', actionnés
par une manivelle triple à 180°;
l'un des pistons monte pendant
que l'autre descend. Les manivelles M conduisent P, et N
commande P'.

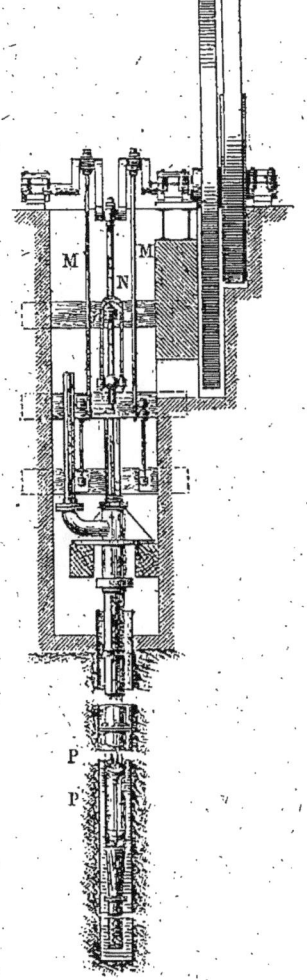

Fig. 198.

La figure 199 représente le système de piston composé de
deux cônes; le premier est en cuivre percé de trous, le second

est en cuir ou en caoutchouc ; dans certains appareils, le premier cône est remplacé par
une grille concave (*fig.* 200).

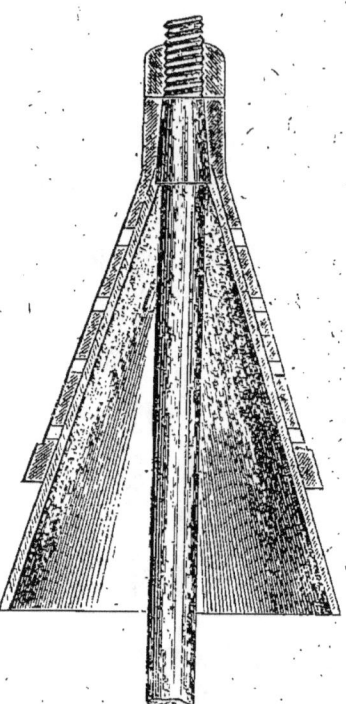

Les pistons ne travaillent
qu'en montant ; lorsque
l'un d'eux s'élève, le caoutchouc s'applique exacte-
ment sur le cuivre, en
réalisant une fermeture
hermétique, et l'eau qui
est au dessus se trouve sou-
levée et rejetée dans la
conduite de refoulement ;
pendant la descente, le

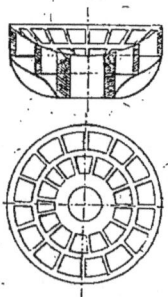

Fig. 199.　　　　　　　　　　Fig. 200.

caoutchouc flotte dans l'eau et découvre les trous du cône
de cuivre.

147. Pompe Girard (*fig.* 201). — Cette pompe donne d'excellents résultats ; c'est un des meilleurs types pour les grandes
élévations d'eau. Le service des eaux de Paris l'utilise aux
usines de Saint-Maur, de l'Ourcq, de Ménilmontant, de
Laforge, etc. (168).

Le piston plongeur présente une forme effilée qui atténue
considérablement les chocs et les pertes de charge ; ce piston est lié directement à celui de la machine à vapeur. Les

deux corps de pompe, de forme allongée, sont notablement plus gros que le piston, ce qui facilite le mouvement de l'eau.

Les clapets, en forme de poire, ont leurs contacts munis de garnitures en caoutchouc vulcanisé ; des ressorts à spirale, placés à l'extérieur, les ramènent instantanément sur leur siège, dès que le mouvement change de sens ; leur déplacement est faible, mais l'eau y trouve un large passage.

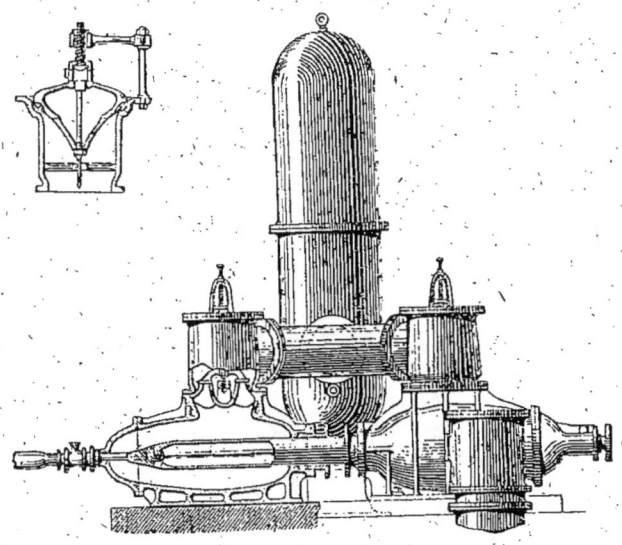

Fig. 201.

La vitesse de l'eau à l'aspiration varie de 0^m,40 à 0^m,50 ; celle du piston atteint 1^m,80.

Dans d'autres modèles plus récents, les corps de pompe sont des cylindres verticaux dont la partie haute sert de réservoir d'air ; les clapets, en nombre variable suivant le débit, sont disposés sur deux plateaux horizontaux, l'un au-dessus et l'autre au-dessous du piston ; des ressorts réglables assurent la prompte fermeture de ces petits clapets.

148. Pompe Worthington *(fig. 202)*. — C'est un type à double effet et à action directe ; la vapeur agit sans détente.

D'une marche douce, exempte de chocs, cette pompe se prête
avec facilité à de grandes variations de vitesse et de débit, ce
qui la rend précieuse pour les services intermittents et lorsque
la conduite de refoulement doit faire du service de route. On
lui reproche une consommation exagérée de combustible.

Le service des eaux de Paris a installé une pompe Worthington à l'usine de relais de la place Saint-Pierre, pour
fournir un travail variable de 36 à 72 chevaux (168).

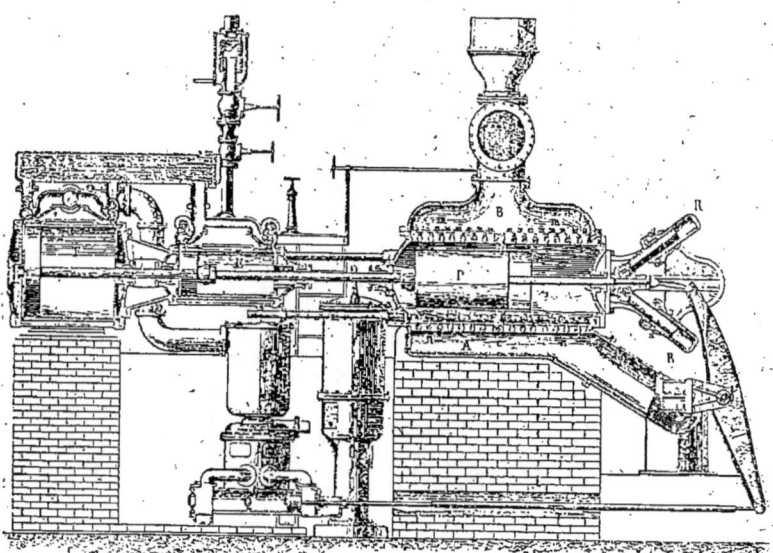

Fig. 202.

La pompe est double, ainsi que le cylindre à vapeur;
chaque corps de pompe est divisé en deux par la cloison c.
A est la chambre d'aspiration, B celle de refoulement, P le
plongeur, nn et mm les plateaux à clapets.

Le piston du cylindre de droite conduit le tiroir du piston
de gauche, et réciproquement; chaque tiroir marche donc
en sens inverse de son piston, de sorte que le mouvement
des pistons et des plongeurs est alternatif, ce qui régularise
l'écoulement de l'eau.

Sur le modèle représenté par la figure 202, le moteur comporte, pour chaque pompe, deux cylindres à vapeur E et F, le premier à haute, et le second à basse pression.

Les modèles perfectionnés munis du compensateur Worthington R, disposé à l'extrémité du corps de pompe, peuvent fonctionner avec détente.

149. Pompes rotatives. — Dans les pompes rotatives, les éléments qui constituent le piston se meuvent d'un mouvement circulaire continu.

Le corps de pompe B (*fig.* 203) est un cylindre à axe horizontal, à l'intérieur duquel se meut, d'un mouvement de rotation uniforme, un anneau concentrique A muni de palettes p qui font office de pistons. L'eau, qui arrive par le tuyau C, est aspirée dans le vide existant entre le corps de pompe, l'anneau et deux palettes consécutives, puis entraînée et rejetée dans le refoulement C' où son ascension est uniforme et continue.

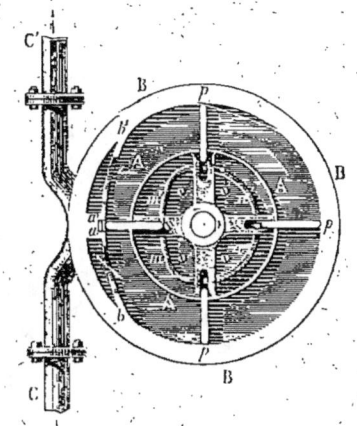

Fig. 203.

Ces pompes à un axe ne donnent que de médiocres résultats : malgré de sérieux perfectionnements, le rendement effectif ne dépasse guère 0,45 ; leur construction est délicate, l'étanchéité difficile à réaliser, et le frottement des palettes à l'intérieur du corps de pompe absorbe une notable partie du travail moteur.

Les appareils à deux axes, types Evrard, Greindl, etc., donnent un rendement supérieur qui atteint quelquefois 0,75 ; mais la dépense de combustible du moteur à vapeur est assez élevée.

Les pompes rotatives conviennent surtout pour les épuisements et les élévations d'eau à une faible hauteur.

150. **Pompes centrifuges.** — Les pompes centrifuges conviennent également pour les épuisements et l'élévation de

Fig. 204.

gros volumes d'eau à des hauteurs ne dépassant pas 10 mètres; on les utilise avantageusement dans les travaux de captage.

fondations d'ouvrages d'art, et pour l'élévation des liquides épais, vases, eaux chargées de sable, eaux-vannes, etc.

Le principe de ces pompes diffère de celui des appareils précédents : l'eau aspirée vient affluer au centre d'une roue à aubes courbes qui tourne avec une grande vitesse autour d'un axe horizontal; la rotation des aubes communique au liquide une vitesse d'entraînement d'autant plus grande que ses molécules sont plus éloignées de l'axe, et une vitesse centrifuge qui le projette vers la circonférence de la roue, dans l'espace annulaire compris entre cette dernière et l'enveloppe. L'ascension dans le tuyau de refoulement est produite par la force vive de la masse d'eau qui s'échappe.

L'aspiration ne doit guère dépasser 5 mètres. La mise en marche exige l'amorçage préalable de la pompe par le moyen d'un entonnoir ou à l'aide d'un éjecteur. Le rendement des pompes centrifuges varie de 0,50 à 0,60, suivant la grosseur de l'appareil et la vitesse de l'eau dans les tuyaux, qui peut varier de 1 mètre à 2^m,50.

La figure 204 représente une coupe verticale de la pompe Dumont : l'eau arrive par la conduite C sur la roue à six aubes R et s'échappe par le tuyau D. L'arbre O sur lequel est montée la roue porte également une poulie qu'actionne la courroie d'un moteur. L'entonnoir E sert à l'amorçage.

DONNÉES SUR LES POMPES DUMONT

NUMÉROS	1	2	3	4	6	8	10
Hectolitres par minute.	1,8 à 3	3,6 à 6	7,5 à 10	10 à 15	28 à 42	50 à 75	80 à 120
ÉLÉVATION	NOMBRE DE TOURS PAR MINUTE						
2 mètres........	1.000	840	725	635	600	465	380
4 —	1.190	1.000	865	760	715	555	455
6 —	1.330	1.120	965	845	800	620	510
8 —	1.450	1.215	1.050	920	870	675	555
10 —	1.545	1.300	1.120	985	930	720	590
Prix............	375f	450f	520f	700f	1000f	1500f	2100f
Poids	70kg	130kg	160kg	290kg	420kg	675kg	950kg
Chevaux par mètre d'élévation.	0,10 à 0,15	0,20 à 0,30	0,32 à 0,45	0,45 à 0,60	1,15 à 1.70	2 à 2,75	3 à 4,50

BÉLIERS HYDRAULIQUES. — SIPHON ÉLÉVATEUR

151. Le bélier hydraulique, imaginé par Montgolfier vers 1796, est un appareil élévatoire fort ingénieux, qui utilise la force d'une chute d'eau pour remonter une fraction de l'eau fournie par la chute à un niveau supérieur à celui du bief d'amont.

L'appareil primitif a été perfectionné par plusieurs constructeurs; mais la théorie de cette machine n'est pas encore donnée d'une manière entièrement satisfaisante, malgré les expériences d'Eytelwein et de Morin.

Le rendement mécanique oscille entre 0,80 et 0,60, suivant que l'appareil est plus ou moins bien réglé et sa construction plus soignée; il atteint même 0,90 dans certains appareils de M. Decœur. La chute peut varier de 1 à 10 mètres, et le débit atteindre 30 litres par seconde; pour des volumes plus considérables, on accouple plusieurs béliers.

152. Bélier Montgolfier (*fig.* 205). — L'eau de la chute arrive en charge par le tuyau T et tout d'abord s'échappe par un orifice placé au-dessus de la soupape S, dont la densité est environ double de celle du liquide. Au bout d'un certain temps, la dépression qui se produit près de l'orifice

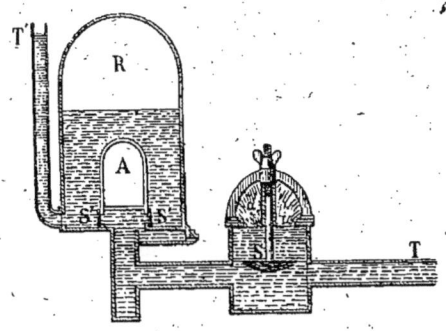

FIG. 205.

par suite de l'écoulement et de la contraction de la veine suffit pour soulever la soupape S, qui vient alors fermer cet orifice et arrêter l'écoulement de l'eau. Mais la pression considérable que développe cet arrêt brusque de la masse affluente soulève les soupapes S', ce qui permet au liquide de passer dans le réservoir d'air R, puis dans le tuyau d'ascension T'. Immédiatement après, la pression dans l'appareil redescend, les soupapes S' retombent; S retombe également en laissant ouvert l'orifice extérieur, et les mêmes phénomènes se reproduisent dans le même ordre pendant que l'eau s'élève lentement dans la conduite de refoulement.

Chaque relèvement du clapet S amène un choc violent du liquide contre la paroi des tuyaux, ce que l'on nomme un *coup de bélier*, et le matelas d'air cantonné dans le petit réservoir A a pour effet d'amortir ce choc, afin d'éviter la rupture des organes. Le tuyau placé sous le clapet S' permet de renouveler de temps à autre la provision d'air du réservoir A.

En appelant :

Q le volume d'eau fourni par la source;

Q' le volume qui sort par la soupape S;

q le volume élevé dans le tuyau T' ($Q = Q' + q$);
H la distance verticale de S à la source;
h la hauteur d'ascension au-dessus de la source;
ρ le rendement du bélier,
On aurait, d'après Eytelwein,

$$q = Q \frac{\rho H}{\rho H + h};$$

les diamètres des tuyaux d'amenée et de refoulement se déterminent par les formules :

$$D = 3,3 \sqrt{Q'}, \qquad d = 2 \sqrt{q}.$$

L'avantage du bélier tient à son fonctionnement automatique, qui ne demande aucune surveillance et n'entraîne à aucun frais; son inconvénient tient à ce qu'il ne peut être construit que pour de petites forces, à cause des chocs; lorsque la hauteur d'élévation est grande, on est obligé de superposer plusieurs appareils, et le rendement diminue rapidement. Néanmoins les béliers peuvent rendre de grands services à la campagne pour l'alimentation des villages, des fermes importantes, des grandes usines.

BÉLIERS DE LA SOCIÉTÉ SAINT-OUEN-VENDÔME

DÉBIT PAR MINUTE Q	DIAMÈTRE		POIDS	PRIX
	du tuyau d'amenée D	du tuyau d'ascension d		
litres	mètres	mètres	kilogrammes	francs
40	0,040	0,025	85	350
80	0,060	0,030	150	500
180	0,080	0,035	260	650
300	0,100	0,040	400	800
400	0,120	0,045	500	950
600	0,150	0,050	600	1.200
1000	0,200	0,070	900	1.800
1500	0,220	0,075	1.100	2.200

153. Autres modèles de béliers. — Dans les appareils *Durozoi* (*fig.* 206), dont le rendement est satisfaisant, les deux soupapes sont guidées par une même tige verticale ; l'eau arrive par le tuyau A, s'échappe par la soupape inférieure et pénètre ensuite dans le réservoir J, puis dans le tuyau N,

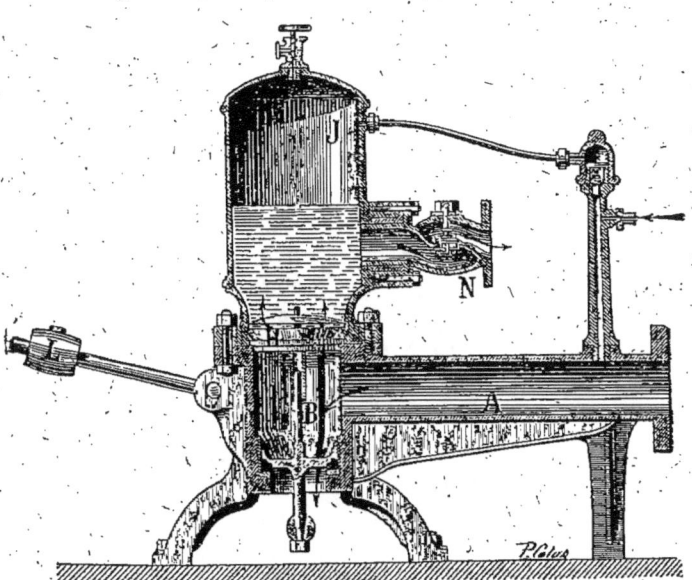

Fig. 206.

après que les clapets se sont relevés. Le tube figuré à droite sert à l'alimentation du réservoir d'air.

Le *bélier-pompe* du même constructeur aspire et refoule une eau différente de celle qui le fait fonctionner ; les eaux troubles d'un ruisseau peuvent servir à relever les eaux limpides d'une source.

M. *Decœur* a également perfectionné la construction des béliers en vue de restreindre les pertes d'eau, de diminuer le poids, de faciliter le réglage et d'augmenter le rendement ; ses appareils jouissent d'une réputation méritée ; certains d'entre eux donnent jusqu'à 0,90 de rendement.

154. Siphon élévateur. — La maison Lemichel, à Paris, construit un appareil, dit siphon élévateur, qui peut, dans certains cas, résoudre économiquement le problème de l'élévation de l'eau pour le service d'un bourg ou d'une maison particulière. Le principe de cet appareil dérive de ceux du siphon et du bélier.

La boîte de distribution B *(fig. 207)* comporte deux soupapes s'ouvrant respectivement sur les colonnes descendante et de surélévation.

Lorsque le siphon est amorcé, ce qui doit se faire directement, l'eau qui arrive par la colonne montante entraîne le clapet placé devant la colonne descendante, et arrête l'écoulement dans cette direction; la pression que développe cet arrêt brusque repousse la soupape supérieure, et l'eau entre dans le tuyau de surélévation. Après cela, la pression intérieure diminue, les clapets reprennent leur position première, et le même phénomène se reproduit régulièrement tout le temps que fonc-

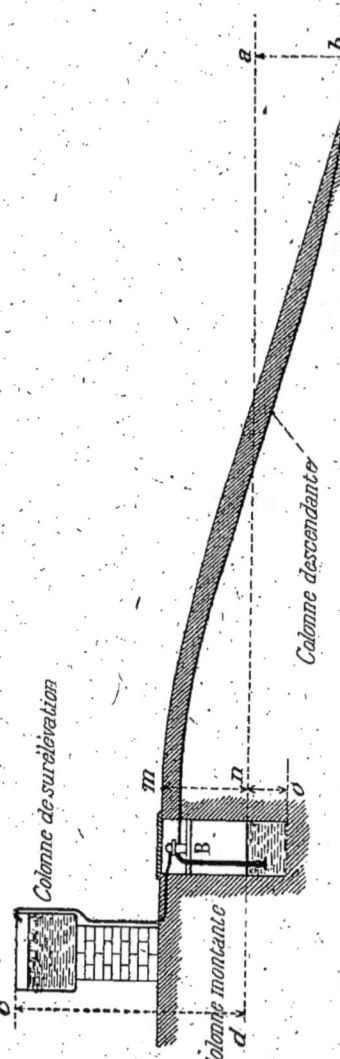

Fig. 207.

tionne l'appareil. La mise en marche et l'arrêt s'effectuent par une simple manœuvre de robinets.

Toutes choses égales, le débit varie en raison directe de la charge ab, et en raison inverse de la hauteur d'élévation cd; le rendement atteint 0,80 et même 0,90 dans les circonstances favorables.

Suivant leurs dimensions les siphons élévateurs débitent de 500 litres à 10.000 mètres cubes par vingt-quatre heures; le prix d'achat varie de 150 francs à 4.500 francs.

PRISE D'EAU

155. Il est rare que les prises d'eau en rivière s'effectuent directement, en faisant déboucher le tuyau d'aspiration des pompes vers le milieu du courant à une certaine profondeur; cette disposition n'est possible que sur les cours d'eau de faible largeur, à cause de l'obligation de rendre minimum la longueur d'aspiration.

L'orifice du tuyau doit être pourvu d'une crépine (*fig.* 191) pour arrêter les corps flottants et les grosses matières en suspension.

Le plus souvent on établit sur la rive, au voisinage des machines, un puisard ou une galerie parallèle au cours d'eau, que l'on fait communiquer avec ce dernier par une conduite ou un petit canal, et dans lequel vient plonger le tuyau d'aspiration. Le sable et la vase entraînés par l'eau se déposent en partie dans ce puits, et ne vont pas encrasser les organes des pompes. De temps à autre on procède au nettoyage du puisard.

156. Exemples de prises d'eau. — La figure 208 représente la prise d'eau en Marne de l'usine de Créteil; cette prise est directe; le tuyau des pompes débouche dans un puisard d'aspiration en maçonnerie établi au fond du cours d'eau.

Une autre disposition est représentée par la figure 209 : l'eau arrive dans le puisard par un petit aqueduc de $0^m,70 \times 0^m,80$, dont l'ouverture est munie d'une grille.

À Vierzon, les eaux du Cher sont filtrées avant d'être relevées. Une galerie filtrante, sans radier, est établie parallèlement à la rivière (*fig.* 210), dans le talus perreyé de l'île du Cher, composé principalement de sable et de menu gravier

Cette galerie, de 0m,80 de large et 15 mètres de long, fournit environ 1.000 mètres cubes d'eau en douze heures ; les piédroits sont en maçonnerie de moellons avec joints horizontaux au mortier et joints verticaux libres pour former barbacanes.

Au milieu de la longueur de la galerie, perpendiculairement à cette dernière, est établie une galerie transversale, à l'extrémité de laquelle se trouve le puisard d'aspiration, de 1m,50 de diamètre, ainsi que le puits qui permet de descendre dans la galerie pour la visiter et la nettoyer au besoin.

La figure 211 reproduit la disposition de la prise d'eau en Seine de l'usine d'Ivry, appartenant à la Ville de Paris (168). Deux conduites en tôle de 1 mètre de diamètre font communiquer le fleuve avec la galerie d'aspiration établie sur la rive, dans l'enceinte de l'usine ; leur débit est d'environ 85.000 mètres cubes par jour ; les orifices d'entrée, tournés vers l'aval, sont placés à 1 mètre du fond, au centre d'une caisse en bois à claire-voie entourée d'une estacade en charpente, dite *patte d'oie*, qui la protège contre les chocs des bateaux ; les orifices de sortie peuvent être fermés par des vannes circulaires se manœuvrant du dehors.

Des grilles en fers plats placés de champ, disposées transversalement dans la galerie, empêchent les corps solides de pénétrer dans les tuyaux d'aspiration dépourvus de crépines et de clapets de pied. La conduite, placée à gauche et au-dessus de la galerie, fait communiquer les tuyaux d'amenée avec ceux de refoulement et permet, quand cela est nécessaire, de nettoyer les premiers par le moyen de chasses.

Aux usines de Javel et de Bercy, appartenant également à la ville de Paris, les prises d'eau se font à l'aide de tuyaux formant siphon entre la Seine et les puisards d'aspiration. On a ainsi évité les travaux dispendieux nécessaires pour descendre complètement ces tuyaux au-dessous du niveau d'étiage du fleuve. L'eau nécessaire à l'amorçage est fournie par les conduites de refoulement ; des dispositions spéciales

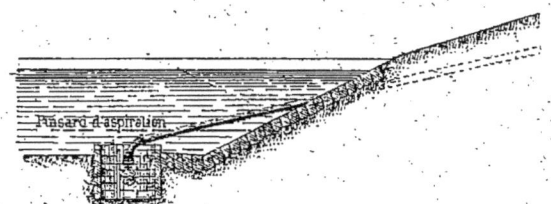

Fig. 208.

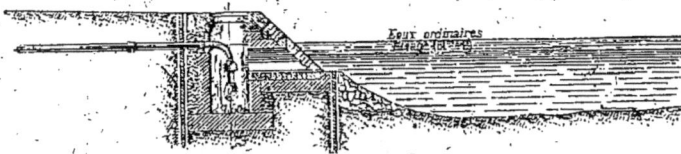

Fig. 209.

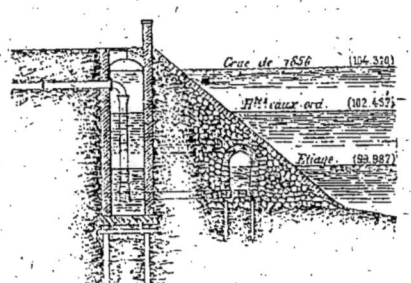

Fig. 210.

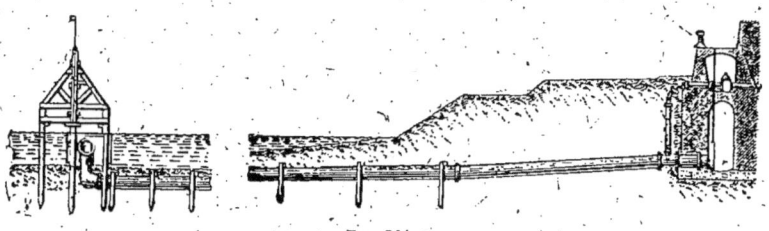

Fig. 211.

facilitent l'échappement de l'air accumulé aux points hauts des siphons.

Ce mode de prise d'eau a donné de bons résultats.

DES MOTEURS

157. **Puissance du moteur.** — Le choix du moteur à employer pour actionner un système de pompes est une question d'espèce dépendant d'une foule d'éléments divers : hauteur d'élévation de l'eau, volume à élever, ressources disponibles, circonstances locales, etc. ; aucune règle fixe ne saurait être prescrite à cet égard. L'ingénieur doit envisager les conditions dans lesquelles se présente le problème et se déterminer, dans chaque cas, après une étude comparative des différentes solutions possibles.

La première question à considérer est celle de la puissance du moteur ; si Q représente le volume d'eau à élever en une seconde, H la hauteur totale d'élévation, aspiration et refoulement, h la perte de charge sur la conduite de refoulement ; le travail de la machine *en eau montée*, c'est-à-dire en ne tenant pas compte des frottements dus aux organes de la machine et de la pompe, a pour expression :

$$N = \frac{1.000 Q (H + h)}{75},$$

N représente le nombre de chevaux-vapeur, $H + h$ l'élévation manométrique (145).

La force réelle de la machine calculée sur l'arbre-manivelle devra donc être de :

$$N' = \frac{1.000 Q (H + h)}{75 \rho},$$

ρ désignant le rendement des pompes.

Dans le cas d'un moteur hydraulique, le volume d'eau Q

nécessaire avec une chute z, pour élever le volume Q égale :

$$Q' = \frac{Q.(H + h)}{mpz}.$$

158. **Classification.** — Les moteurs se classent en deux catégories principales : les *moteurs animés* et les *moteurs inanimés*. Les premiers comprennent l'homme et certains animaux : chevaux, bœufs, ânes, etc. ; aux seconds se rattachent la pesanteur, le vent, l'eau, la vapeur, l'électricité et quelques machines spéciales : moteurs à gaz et à pétrole.

Les moteurs animés sont caractérisés par une marche nécessairement discontinue à cause de la fatigue, par une puissance très limitée et un travail coûteux. En matière de distribution d'eau on ne les utilise que pour l'élévation de petits volumes d'eau à de faibles hauteurs : manœuvre des seaux dans les puits, manœuvre des pompes à bras pour les incendies, arrosages et irrigations ; mise en mouvement des manèges, roues, norias, etc.

L'action de la pesanteur sur les corps les transforme en véritables moteurs ; exemples : le mouton des sonnettes à tiraudes et les poids dans les horloges.

159. **Moteurs à vent.** — Les moteurs à vent peuvent rendre de précieux services dans les contrées où les vents sont fréquents et suffisamment intenses ; nombre de villages et de fermes, en Hollande, en Allemagne, en Espagne, en France, et surtout en Amérique, les utilisent avec succès et économie pour relever leurs eaux d'alimentation.

Mais l'emploi du vent comme moteur exige une enquête préalable très documentée sur la fréquence, l'intensité, et la direction des courants aériens dans la région. Il ne manque pas de localités, en France, où les vents dominants sont trop faibles pour produire un travail appréciable, et où l'installation d'éoliennes ne conduirait qu'à des mécomptes.

Vitesse du vent. — La vitesse du vent se détermine à l'aide d'appareils spéciaux dits *anémomètres*, que l'on trouve dans le commerce et que l'on installe à la hauteur voulue pour les observations. L'anémomètre de Combes est le plus précis.

A Paris, la direction et la vitesse des vents sont observées et enregistrées quotidiennement à l'observatoire de Montsouris; le tableau ci-dessous donne les moyennes mensuelles pour les années de 1886 à 1890, exprimées en kilomètres par heure. Les vitesses maxima atteignent quelquefois 50 kilomètres. Les observations se font à 20 mètres du sol.

MOIS	1886-1887	1887-1888	1888-1889	1889-1890
	k	k	k	k
Décembre........	19 »	16,2	11,5	12,9
Janvier..........	8 »	13,8	11,8	18,6
Février..........	13,6	16,1	18,6	14,5
Mars............	15,8	19,9	15,6	14 »
Avril	16,4	15,9	12,6	14,5
Mai.............	12,7	16,3	9,6	13 »
Juin............	13,4	14 »	12,2	12,4
Juillet..........	12,2	16,7	13,2	13,1
Août...........	12,9	13,1	13,1	14 »
Septembre.......	13,9	10,9	9,7	9,3
Octobre.........	12 »	12,7	13,3	11,8
Novembre.......	14,7	15,9	11,4	15,2
Année entière....	13,7	12,7	15,1	13,6

Ces moyennes ne dépassent pas 20 kilomètres à l'heure, ou 5 mètres à la seconde, ce qui serait insuffisant pour des moteurs ordinaires qui demandent de 7 à 8 mètres à la seconde.

Les vents sont généralement plus fréquents et plus violents au voisinage de la mer que dans l'intérieur des terres; les grandes plaines dénudées, comme celles de la Beauce, sont favorables à leur régularité; on doit installer les moulins à vent de préférence dans les endroits découverts, éloignés des arbres et des maisons.

Des observations récentes ont établi que l'inclinaison du vent sur l'horizontale dépasse rarement 5°.

Pression et travail exercés par le vent. — La pression qu'un courant d'air exerce sur une surface plane normale à sa direction s'exprime approximativement par la formule :

$$P = 0,125 S V^2,$$

S représente la sur-
face d'action, V la vitesse
du vent en mètres par
seconde; P est exprimé
en kilogrammes par
mètre carré.

La pression sur une
surface cylindrique
n'est que les 2/3 de celle
qui s'exerce sur la pro-
jection de cette surface.

Le travail mécanique
produit par un courant
d'air de section S et de
vitesse V venant frapper
normalement une sur-
face plane a pour ex-
pression en kilogrammètres :

$$T = 0,02 S V^3.$$

D'après Coulomb, on aurait
pour le travail sur les ailes
d'un moulin à vent :

$$T = 0,03 S V^3,$$

S désignant la surface totale
des ailes.

**160. Modèles de moteurs à
vent.** — Le vieux moulin à vent
avec ses immenses ailes, très
pesantes, s'orientant et se
réglant difficilement, a presque
complètement disparu ; les
moteurs modernes à axe horizontal, pourvus de régulateurs
de vitesse, l'ont avantageusement remplacé. On ne dé-
crira que ces derniers.

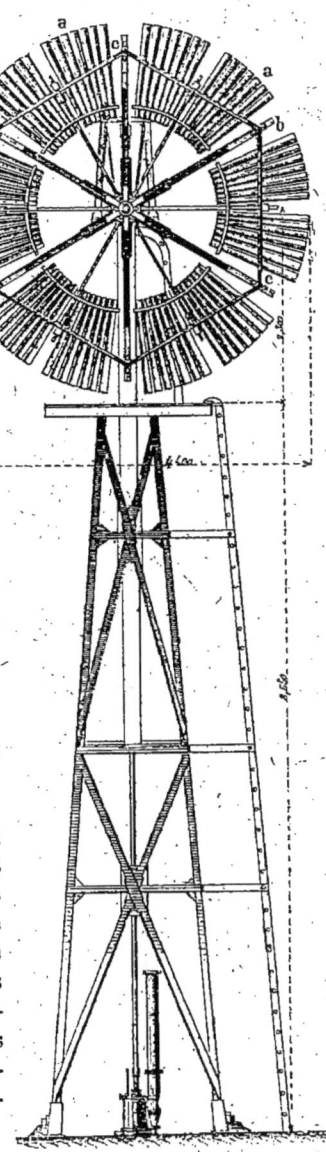

Fig. 212.

Dans l'appareil *Halladay* (*fig.* 212), fort répandu en Amérique, le vent agit sur un grand nombre d'ailettes mobiles en bois *a*, de faible largeur, montées sur une carcasse métallique *bc* présentant la forme d'un hexagone. Le système est mobile sur une couronne de galets placée au sommet du pylône et s'oriente de lui-même. Un régulateur ferme progressivement les ailettes, lorsque la vitesse du vent dépasse une certaine limite, 12 mètres à la seconde par exemple ; la surface motrice se trouve diminuée, et le travail reste sensiblement constant.

Les moteurs Halladay sont construits, en France, par M. Schabaver, de Castres, qui en a installé un grand nombre dans le Midi où ils donnent de bons résultats. Le mouvement de la roue est transmis aux pistons des pompes à l'aide d'un mécanisme qui transforme la rotation continue en mouvement rectiligne alternatif. Un réservoir suffisamment vaste doit être établi au voisinage du moteur pour emmagasiner l'excédent de débit aux heures où le vent souffle, et assurer le service pendant les chômages.

MOTEURS HALLADAY

NUMÉRO du MOTEUR	RANGS de VOLETS	DIAMÈTRE DES AILES		SURFACE au VENT	PUISSANCE GARANTIE EN CHEVAUX (vent de 10 mètres)	TOURS par MINUTE
		extérieur	intérieur			
		mètres	mètres	mèt. car.		
0	1	2,10	0,55	3	0,3	70
1	1	2,44	0,75	4,22	0,5	60
2	1	3,05	0,85	6,75	0,7	48
3	1	3,66	1,65	8,37	1	44
4	1	3,96	1,80	9,65	1,5	40
5	2	4,40	1,15	14,15	2	38
6	2	4,87	1,24	17,33	2,5	36
7	2	5,50	1,75	21,30	3,7	33
8	2	6,10	1,75	28	4	31
9	2	7,60	4,40	30	6	25
10	2	9,15	4,40	50	8	21

La figure 213 représente l'*Éclipse* de la maison Beaume, de Boulogne-sur-Seine, autre moteur à vent à orientation et régulation automatiques qui donne également de bons résultats, lorsque le débit demandé n'est pas considérable et que la vitesse du vent ne descend pas au-dessous de 7 à 8 mètres.

Fig. 213.

La roue ne diffère pas sensiblement de celle du moulin Halladay, mais le mode de régulation est différent : sous l'influence d'un gouvernail, dont la direction normale est perpendiculaire au plan de la roue, cette dernière s'incline progressivement sur la direction du vent, au fur et à mesure que la vitesse s'accroît, jusqu'à s'effacer complètement en devenant parallèle au gouvernail, lorsque cette vitesse dépasse une limite déterminée.

La Compagnie des chemins de fer de l'État a utilisé le moteur Beaume pour l'alimentation de plusieurs gares de son réseau (164).

L'*Éolienne Bollée* (*fig.* 214) est une véritable turbine aérienne s'orientant et se réglant automatiquement comme les appa-

reils précédents. De nombreuses applications ont fait ressortir les avantages pratiques de ce moteur, qui est très répandu
dans le Nord et le Centre de la France pour l'alimentation de
bourgs et de gares.

ÉOLIENNES BOLLÉE

HAUTEUR D'ÉLÉVATION	VOLUMES D'EAU ÉLEVÉS EN 24 HEURES		
	N° 1 Prix : 3.400 francs	N° 2 Prix : 4.500 francs	N° 3 Prix : 6.200 francs
1 mètre	140 mètres cubes	320 mètres cubes	670 mètres cubes
2 —	75 —	155 —	330 —
5 —	32 —	70 —	160 —
10 —	20 —	45 —	95 —
15 —	12 —	28 —	60,3 —
20 —	10 —	22 —	45,5 —
25 —	8,2 —	17 —	38,5 —
30 —	6,3 —	13 —	30,6 —
35 —	4,7 —	9 —	22,5 —
40 —	3,5 —	8 —	18,2 —
50 —	3,0 —	7 —	16,5 —
60 —	2,2 —	5,5 —	13,0 —

161. Moteurs hydrauliques. — Les moteurs qui utilisent
des chutes d'eau comprennent les *roues* et les *turbines* : roues
en dessous, roues de côté, roues en dessus, diverses variétés
de turbines. Le principal avantage de ces moteurs réside
dans le bas prix de leur travail à cause de la gratuité de
l'eau ; mais leur inconvénient vient du chômage forcé des
machines aux époques d'étiage ; il faut leur adjoindre de
vastes réservoirs et quelquefois des moteurs à vapeur, ce qui
augmente immédiatement la dépense d'installation et d'entretien.

Le choix entre les différents moteurs se fixe d'après les
circonstances particulières : hauteur de chute, débit, système de pompes, etc. ; mais, d'une façon générale, la turbine
est le récepteur par excellence pour les élévations d'eau.

La faculté que possède la turbine de pouvoir utiliser,

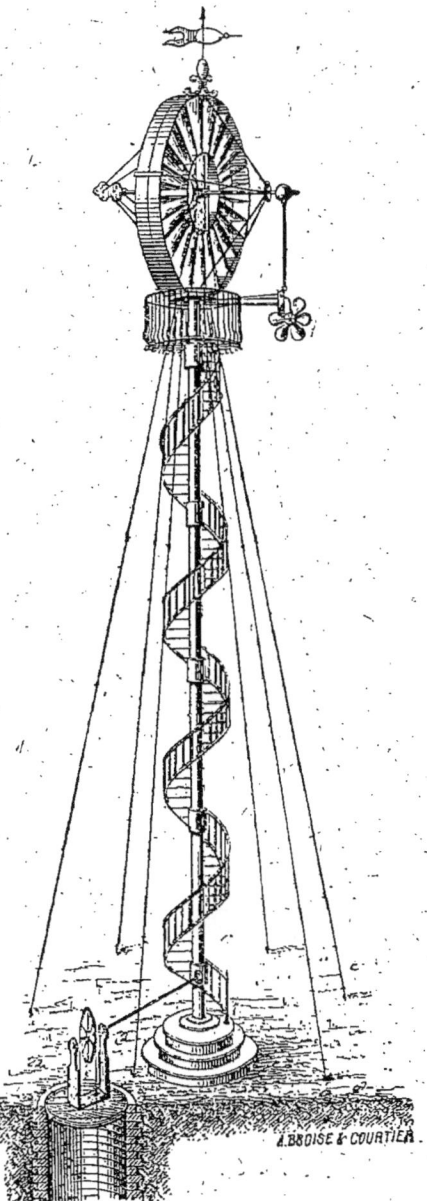

FIG. 214.

sous des dimensions restreintes, des volumes d'eau énormes ou des chutes très faibles ou considérables, de se prêter à de grandes variations de vitesse, de débit et de chute, en fait un moteur infiniment supérieur aux roues; on ne peut lui reprocher qu'une construction plus difficile et une plus grande délicatesse.

La roue de côté, dite roue Sagebien, est celle qui donne le meilleur rendement, 0,85; elle convient pour des chutes de 0m,60 à 3 mètres au plus; mais sa marche lente se prête difficilement à la commande directe des pompes.

La roue à augets (*fig.* 215) est également un bon moteur

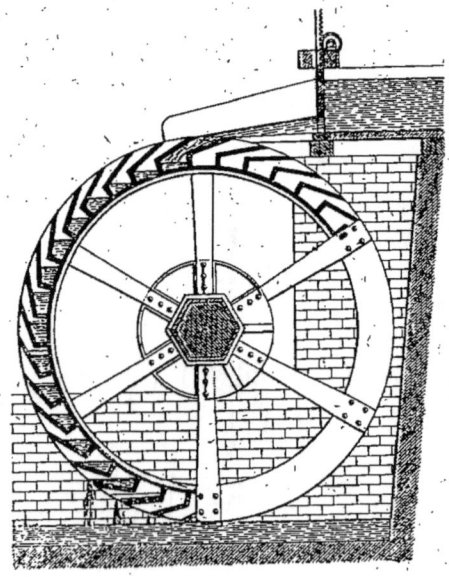

Fig. 215.

pour des chutes de 4 à 10 mètres; lorsque la vitesse ne dépasse pas 1m,30, le rendement peut atteindre 0,75.

Les autres systèmes de roues ne sont plus employés à cause de leur faible rendement.

Il existe de nombreux et excellents modèles de turbines :

types Fourneyron, Hercule-Progrès (*fig.* 216), Fontaine-Baron, Jonval, Girard. L'axe est quelquefois horizontal ou incliné, mais le plus souvent vertical. Le rendement oscille entre 0,60 et 0,70 suivant la vitesse.

162. Moteurs à vapeur. — Un service régulier et continu ne peut être obtenu qu'avec un moteur à vapeur, et cette raison est déterminante, dans la plupart des cas, en faveur de ces moteurs, surtout lorsqu'il s'agit d'élever de gros volumes d'eau.

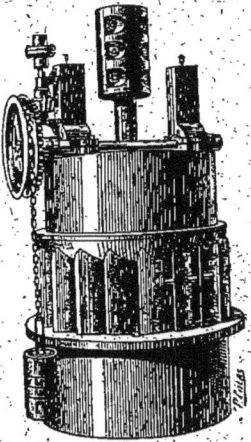

Il est impossible de donner la description de toutes les machines actuellement employées à la commande des pompes pour

Fɪɢ. 216.

élévations d'eau. Les types sont extrêmement nombreux, que la dissemblance vienne du générateur, ou du mode de distribution de la vapeur, ou encore de la disposition des organes de transmission. Il faudrait un volume pour étudier cette vaste question ; on ne fera que l'indiquer.

L'ancienne *machine des Cornouailles,* considérée longtemps comme le moteur à vapeur par excellence pour les élévations d'eau, a presque complètement disparu. Le type le plus répandu à l'heure actuelle est la *machine à balancier,* horizontale ou verticale (*fig.* 225), qui se prête facilement à la commande directe ; les pistons des pompes conjuguées sont supendus au balancier symétriquement par rapport à l'axe. Le fonctionnement de ces machines est régulier et satisfaisant ; cependant on les construit de moins en moins, à cause de l'élévation du prix d'achat et des frais d'installation.

La commande directe, c'est-à-dire l'attelage sur une même tige, comme dans l'appareil Worthington (*fig.* 224), des organes mobiles du moteur et de la pompe, présente de sérieux avantages au point de vue du rendement et de la simplicité des installations, car on supprime le volant et les engrenages réducteurs de la vitesse qui absorbent une certaine fraction du travail, mais les circonstances particulières ne permettent pas toujours de réaliser cette disposition.

Les machines perfectionnées actuelles comprennent les types à deux cylindres *Woolf et compound*, et le système *Corliss* à un seul cylindre. Le modèle *Sulzer* est une variante de ce dernier.

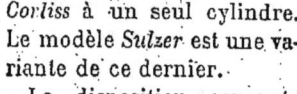

FIG. 217.

La disposition courante des machines Woolf est celle en tandem (*fig.* 217); les deux pistons P et P' sont montés sur la même tige. La vapeur arrive par α et travaille un instant à pleine pression sur le petit piston, pendant que celle qui a fonctionné au coup précédent en β passe sur le grand piston en γ où elle achève sa détente; de δ elle gagne le condenseur.

Le système compound diffère du précédent en ce que le passage de la vapeur d'un cylindre à l'autre ne s'effectue pas directement: sortant du petit cylindre, la vapeur traverse un réservoir intermédiaire avant de se rendre dans le grand. Les deux pistons sont reliés à des manivelles faisant entre elles un angle de 90°.

Ces machines réalisent sur celles à cylindre unique une économie de vapeur de près de 20 0/0; l'influence des espaces nuisibles est considérablement diminué, ainsi que les pertes par condensation à chaque période d'admission; leur mouvement est plus régulier, et elles se prêtent bien à la commande des pompes conjuguées. On peut leur reprocher une élasticité de puissance moindre que dans les machines simples et un entretien plus coûteux.

Dans les machines Corliss, la distribution de vapeur se fait par quatre tiroirs rotatifs conduits par un balancier et une barre d'excentrique; l'admission est réglée à chaque coup de piston, et sa fermeture s'effectue brusquement. Les espaces nuisibles sont réduits au minimum. Ces moteurs sont plus simples, moins coûteux et aussi économiques que les précédents.

Lorsque la commande est indirecte, il faut recourir à des organes de transmission et de réduction de la vitesse ; les plus ordinaires sont le *balancier*, horizontal ou vertical, le *levier coudé*, le mécanisme *bielle et manivelle* avec *volant* régulateur, les *engrenages*, *courroies*, etc. Ces divers organes sont bien connus.

Enfin toute machine élévatoire doit être munie d'un *manomètre* placé à l'origine de la conduite de refoulement, et d'un *compteur de tours* installé sur l'arbre des pompes ; le premier fait connaître à chaque instant la pression de l'eau dans la conduite (145) et révèle immédiatement les fuites ; le second indique le nombre de coups de piston, simples ou doubles, exécutés dans un temps donné, et, par suite, la quantité d'eau montée pendant ce temps, d'après le volume d'une cylindrée.

EXEMPLES D'INSTALLATIONS

163. Quand on se propose d'établir une usine élévatoire et que l'on est fixé sur l'emplacement de la prise d'eau et sur celui du réservoir, que l'on connaît le volume à élever, la hauteur d'élévation, le genre de moteur, hydraulique ou à vapeur, auquel on donne la préférence, il n'y a rien de mieux à faire que de soumettre ces données à un constructeur de la région et de lui demander un projet complet, aussi bien pour la fourniture et l'installation des pompes que pour les machines et les chaudières. Les prix sont ensuite débattus sur le bordereau. L'acte qui arrête les conditions du marché doit nettement spécifier la durée du délai de garantie après la réception provisoire.

Pour des installations importantes **on procède généralement** par voie de concours (167).

164. **Installation avec moteur à vent.** — La figure 218 reproduit la disposition adoptée par la Compagnie des che-

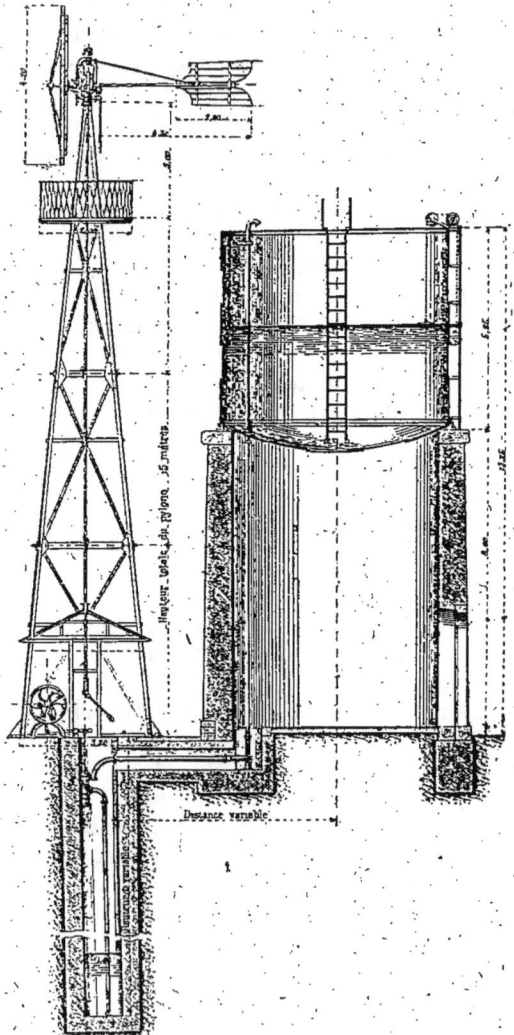

Fig. 218.

mins de fer de l'État pour l'alimentation de plusieurs de ses
gares à l'aide d'appareils à vent système Beaume (160).

La roue motrice est supportée par un pylône en fer
qui repose sur quatre dés en pierre de taille établis autour
du puits dont on veut relever l'eau ; une échelle en fer, fixée
à l'un des montants, permet d'accéder à la plateforme supérieure pour visiter et graisser l'appareil. La hauteur du pylône
varie suivant que le terrain est plus ou moins découvert.

La pompe aspirante et foulante est fixée à la paroi interne
du puits, la tige du piston exactement dans l'axe du pylône.
Le mouvement de la roue se transmet au piston par l'intermédiaire d'un mécanisme bielle manivelle et d'une longue
tringle en bois dont le mouvement est rendu rigoureusement vertical par des glissières.

Lorsque le moteur ne fonctionne pas, ou que le volume
d'eau élevé est insuffisant, on peut séparer la tringle en bois
de la tige du piston et actionner ce dernier à bras d'hommes
à l'aide d'un treuil à manivelle.

Une installation complète : puits, pompe, pylône, moteur,
tuyaux, réservoir en tôle de 150 mètres cubes avec tour en
maçonnerie, le tout mis place, coûte de 18 à 20.000 francs
pour un débit de 15 à 20 mètres cubes par vingt-quatre heures.
L'entretien se réduit à fort peu de chose, un peu d'huile
pour le graissage des parties frottantes.

165. Usine hydraulique d'Albi. — On trouvera au paragraphe 71 la description des deux puits filtrants creusés dans
le lit du Tarn, près de Saint-Juéry, et dont l'eau est relevée
dans un réservoir, à une hauteur virtuelle de 75 mètres,
par deux turbines du système Fontaine.

La hauteur de la chute d'eau, située au voisinage des
puits, varie suivant les saisons de $1^m,50$ à $3^m,50$, et la puissance brute de la chute oscille entre 160 et 200 chevaux.

La figure 219 représente une coupe verticale de l'usine.
Chaque turbine actionne deux pompes horizontales Girard
à double effet et piston plongeur (143), qui élèvent chacune
20 litres par seconde. Les turbines ont $2^m,20$ de diamètre et
peuvent faire 32 tours à la minute ; leur rendement en eau
montée atteint 0,57 de la puissance de la chute.

Comme la hauteur d'aspiration dépassait 10 mètres, on a installé pour chaque turbine une pompe nourricière qui élève l'eau à 7 mètres dans une bâche métallique où plongent les tuyaux d'aspiration des pompes de refoulement.

La prise d'eau dans les puits se fait par siphon ; le liquide

Fig. 219.

arrive dans un puisard maçonné où viennent le prendre les pompes nourricières. Les tuyaux d'aspiration et la conduite de refoulement sont pourvus de réservoirs d'air.

L'installation complète de l'usine est revenue en nombre rond à 352.000 francs. La conduite de refoulement en fonte, de 0^m,35 de diamètre, et 7.600 mètres de long, a coûté 268.000 francs, y compris les robinets de décharge et les ventouses.

166. La figure 220 représente une petite installation avec
prise d'eau dans un
puits de faible profon-
deur et moteur à vapeur.

167. Eaux de Vierzon.
— La ville de Vierzon
est alimentée depuis
1888 par les eaux du
Cher, préalablement
filtrées, puisées à la
cote 99,987 et refoulées
dans un réservoir de
1.000 mètres cubes de
capacité, installé sur un
point haut de la ville à
l'altitude 159,50 (trop-
plein). La figure 220
donne la disposition du
puisard de prise d'eau.

La machine élévatoire
à détente et condensa-
tion, d'une force réelle
de 30 chevaux, fait mou-
voir deux pompes à pis-
ton plongeur constituant
un système à double
effet (Voir, plus loin, le

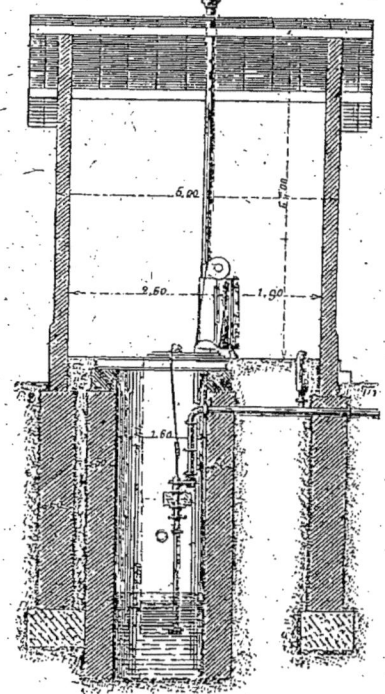

Fɪɢ. 220.

Programme du concours). La figure 221 reproduit une coupe
longitudinale de l'usine et de ses dépendances.

La conduite de refoulement en fonte, de 0ᵐ,30 de diamètre et 1.810 mètres de long (*fig.* 221 *bis*), a été calculée pour
un débit de 46 litres par seconde, bien que celui des pompes
ne soit actuellement que de 23ˡⁱᵗ,15 ; c'est en prévision de
l'établissement futur d'un second appareil élévatoire équivalent au premier.

La construction de l'usine, y compris l'achat du terrain, la
galerie de filtration, le hangar à charbon et le pavillon du
mécanicien, est revenue à 80.000 francs, plus 25.000 francs

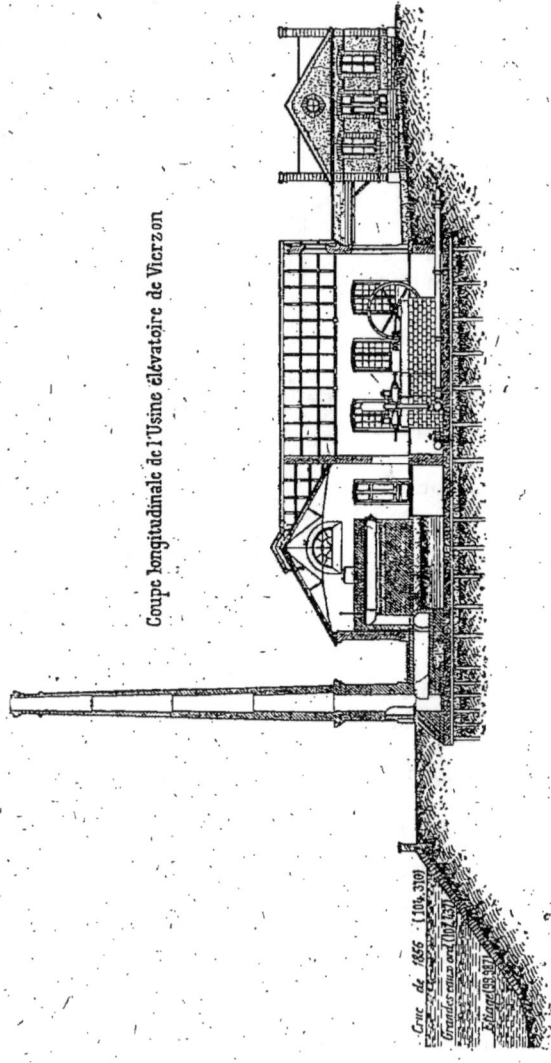

Coupe longitudinale de l'Usine élévatoire de Vierzon

Fig. 221.

pour l'appareil élévatoire : machine à vapeur, chaudières.

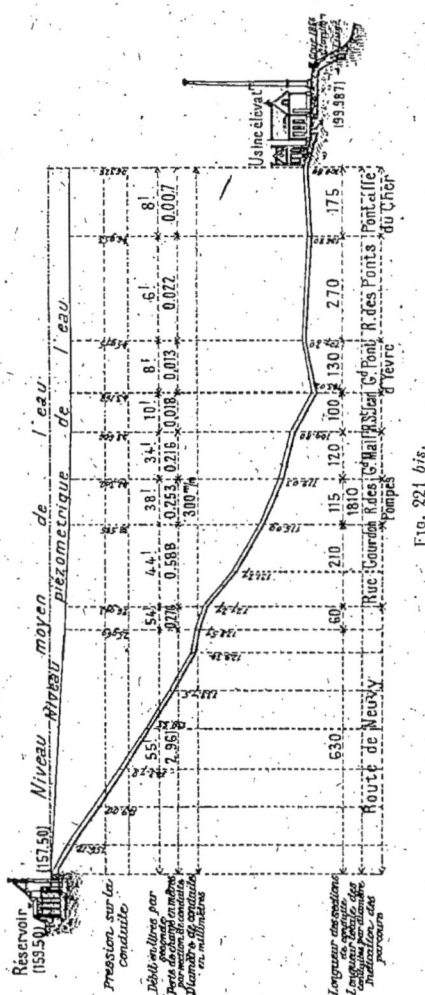

Fig. 221 bis.

pompes, etc. La conduite de refoulement a dépensé

35.000 francs ; le réservoir, 45.000 ; la canalisation en ville, 65.000 ; en tout, 250.000 francs.

La formule approchée du paragraphe 145 donne pour le diamètre de la conduite de refoulement :

$$D = 1,50 \sqrt{0,046} = 0,32 ;$$

on a posé une conduite de $0^m,30$, et les chiffres du tableau ci-dessous établissent une comparaison économique entre les diamètres $0^m,25$ et $0^m,30$.

DIAMÈTRE	DÉBIT	LONGUEUR	VITESSE.	PERTE DE CHARGE		TRAVAIL		CONSOMMATION de combustible par jour
				par mètre	totale	en kilogram-mètres	en chevaux-vapeur	
0,25	46ˡ	1.810ᵐ	0,933	0,0083	15,023	695,56	9,2	200ᵏ,232
0,30	46	1.810	0,636	0,003	5,430	251,41	3,52	76 ,232

Ces chiffres montrent que le diamètre $0^m,25$ eût été trop faible ; il aurait donné lieu, en effet, à une consommation supplémentaire de charbon de 124 kilogrammes par jour, représentant une dépense annuelle de 4.360 francs, tandis que l'économie sur la conduite n'eût été que de 6.250 francs, soit 312 francs d'intérêt par an.

Pour un débit de 46 litres et le diamètre $0^m,30$, l'abaque (*fig.* 263) accuse :

$$J = 0,003, \qquad U = 0,64 ;$$

la perte de charge totale sur la conduite égale par conséquent :

$$h = 0,003 \times 1.810 = 5,430,$$

ce qui donne pour la hauteur manométrique d'élévation (157) :

$$159,50 - 99,987 + 5,430 = 65 \text{ mètres en nombre rond.}$$

Cette hauteur et un débit de 23^{lit},15 par seconde représentent un travail en eau montée de :

$$\frac{23,15 \times 65,00}{75} = 20 \text{ chevaux};$$

ce qui exigeait un moteur d'une force réelle de :

$$\frac{23,15 \times 65,00}{75 \times 0,75} = 30 \text{ chevaux environ.}$$

VILLE DE VIERZON

CONCOURS POUR LA CONSTRUCTION DES MACHINES A VAPEUR, POMPES, GÉNÉRATEURS ET ACCESSOIRES, NÉCESSAIRES A L'ÉLÉVATION DE L'EAU DU CHER AU RÉSERVOIR DE DISTRIBUTION.

ARTICLE PREMIER. — Objet du cahier des charges. — Le présent cahier des charges a pour objet la construction et l'installation de l'appareil élévatoire à établir à Vierzon pour assurer le service de distribution des eaux de cette ville. Cet appareil comprend une machine à vapeur avec pompe à piston plongeur et deux chaudières.

ART. 2. — Volume d'eau à refouler. — Le volume d'eau à refouler sera de 1.000 mètres cubes en douze heures, ce qui correspond à un débit de 23^{lit},15 par seconde.

ART. 3. — Hauteur du refoulement. — La hauteur à laquelle l'eau sera élevée est de 65 mètres, y compris aspiration, refoulement et perte de charge.

Le plan d'eau du puisard d'aspiration sera à la cote.... 99,99
Le plan d'eau supérieur dans le réservoir de distribution sera établi à la cote................................. 159,50
Ces cotes sont prises au-dessus du niveau de la mer.

ART. 4. — Force de la machine et des chaudières. — L'appareil élévatoire comprenant la machine à vapeur avec pompe et les chaudières devra être capable d'élever 23^{lit},15 par seconde à la hauteur de 65 mètres.

Art. 5. — **Machine à vapeur.** — La machine à vapeur sera du système horizontal ou du système vertical ; dans l'un ou l'autre cas, elle sera à détente et à condensation, avec disposition permettant, s'il y a lieu, de marcher avec échappement de vapeur à air libre.

Le condenseur sera muni d'un appareil indicateur du vide.

Pompe élévatoire. — La machine fera mouvoir un jeu de pompes constituant ensemble un système à double effet ; en d'autres termes, pendant chaque course, soit ascendante, soit descendante, une égale quantité d'eau sera refoulée dans la conduite ascensionnelle.

Les pompes seront à piston plongeur. Elles seront solidement fixées sur les fondations destinées à les recevoir ; les clapets seront disposés de manière à se fermer sans choc et à livrer facilement passage à l'eau ; la visite de ces organes devra pouvoir s'effectuer rapidement.

Réservoirs d'air. — Le jeu de pompes sera mis en communication avec deux réservoirs d'air placés : l'un à l'extrémité de la conduite d'aspiration, l'autre à l'origine de la conduite d'ascension. Le réservoir d'air de refoulement sera muni :

1° D'un **manomètre** métallique indiquant la pression de l'air intérieur ;

2° D'un tube indicateur faisant connaître la hauteur de l'eau à l'intérieur ;

3° D'un robinet pour l'évacuation de l'air en excès et deux robinets de vérification de hauteur d'eau dans ce récipient ;

4° D'un robinet-vanne à la tubulure d'aspiration ;

5° D'un robinet-vanne à la tubulure de refoulement.

Soupape de sûreté. — Avant le robinet-vanne à établir sur la conduite de refoulement, et entre les boîtes à clapet et le réservoir d'eau, sera placée une soupape de sûreté pour vider l'eau dans le puisard des pompes, s'il arrivait que l'on mît la machine en marche sans avoir préalablement ouvert tous les robinets.

Robinets graisseurs, etc. — La machine sera pourvue de tous les robinets graisseurs et de purge qui seront nécessaires.

Les machines et pompes devront fonctionner sans bruit, sans choc et sans vibration.

Art. 6. — **Chaudières à vapeur.** — Le générateur destiné à produire la vapeur sera composé de deux chaudières.

Chaque chaudière devra être capable de produire la vapeur nécessaire pour la marche de la machine ; en conséquence, la seconde chaudière sera de rechange.

La surface de chauffe devra être calculée à raison de 2 mètres carrés par cheval-vapeur en eau montée.

Appareils de sûreté. — Chaque chaudière portera deux soupapes de sûreté avec levier et contrepoids, un sifflet d'alarme, un indicateur magnétique de Lethuillier-Pinel, une bouteille à niveau d'eau avec robinets de jauge, deux tubulures portant l'une le robinet de prise de vapeur, l'autre le robinet de décharge ; une troisième tubulure sera placée à la partie inférieure pour recevoir le tube d'alimentation d'un manomètre métallique indiquant la pression en kilogrammes.

Le timbre des chaudières sera de 6 kilogrammes.

Art. 7. — **Exécution des appareils.** — Tous les appareils seront exécutés avec le plus grand soin, une solidité parfaite, et conformément à toutes les règles de l'art.

Toutes les pièces qui, par suite de leur usage, peuvent exiger le plus de réparations, seront combinées de façon à pouvoir être facilement démontées et remplacées par d'autres pièces semblables disposées pour rechange.

Tous les cylindres seront bien alésés ; tous les pistons, tiges et paliers seront parfaitement tournés.

Toutes les pièces mobiles et toutes celles qui seront le plus en vue seront blanchies avec soin à la lime et au tour.

Les pièces qui, par suite de leur conformation, ne peuvent être blanchies, seront peintes soigneusement dans toutes leurs parties, après avoir été bien finies et bien nettoyées.

En un mot, tous les appareils devront répondre à toutes les conditions de solidité, de nature à assurer la plus grande économie possible dans les frais d'entretien et d'exploitation.

Tous les frais de modèle, de transport, de bardage et de montage, quels qu'ils soient, seront au compte du constructeur.

Art. 8. — **Fondations des machines.** — Les fondations des machines, pompes, chaudières, ne font pas partie de l'installation de l'appareil élévatoire ; mais elles seront exécutées conformément aux dessins de détails fournis par le constructeur, et selon les indications qu'il donnera, en vue d'assurer la parfaite stabilité des appareils.

Toutes les pièces à encastrer dans les maçonneries pour sceller et supporter les différentes parties des machines et pompes seront fournies par le constructeur.

Art. 9. — **Consistance de l'entreprise.** — L'entreprise comprendra :

1° La fourniture et l'installation de la machine à vapeur, de la pompe à double effet, y compris clapets, réservoirs d'air, compteur de tours à sept chiffres avec mouvement ; le tout posé, mis en place et fonctionnant suivant les conditions imposées au cahier des charges;

2' Deux chaudières capables de produire chacune la vapeur nécessaire pour assurer le service de la machine et de la pompe, y compris devanture de foyer, gueulard, grille, sommier, support, registres et tous les appareils énumérés à l'article 6;

3° La tuyauterie de cuivre rouge et tous les appareils nécessaires pour l'amenée de vapeur, l'alimentation et la vidange des chaudières, d'indication du vide;

4° La fourniture et la pose des conduites d'aspiration et de refoulement en fonte de 0ᵐ,30 de diamètre intérieur, dans la partie comprise seulement dans le bâtiment des machines;

5° La fourniture et la pose des conduites d'aspiration du condenseur, jusques et y compris le puisard d'aspiration des pompes, dans lequel l'eau d'alimentation et de condensation sera prise;

6° La fourniture de l'outillage nécessaire à la mise en marche de la machine, des pompes, des générateurs, ainsi que celui nécessaire à l'entretien ordinaire desdits appareils;

7° La fourniture des pièces de rechange suivantes:

Un piston de cylindre à vapeur;

Un piston de la pompe élévatoire;

Un clapet de pompe;

Un piston de condenseur;

Une série de boulons et goujons susceptibles d'être le plus souvent démontés;

Une série de clés de service pour les joints;

Un jeu complet de barreaux de grille.

Aʀᴛ. 10. — Conduite d'aspiration. — La conduite d'aspiration de la pompe aura 20 mètres de longueur environ et un diamètre intérieur de 0ᵐ,300.

Elle sera posée dans le puisard d'aspiration de la galerie de filtration et se dirigera ensuite vers le bâtiment de la machine.

- Conduite de refoulement. — La conduite ascensionnelle aura une longueur approximative de 1.810 mètres et sera formée de tuyaux en fonte de 0ᵐ,300 de diamètre.

Ces données sont communiquées aux soumissionnaires pour leur permettre de se rendre compte des pertes de charge qui se produiront dans ces conduites.

Aʀᴛ. 11. — Consommation de combustible. — La dépense du combustible sera de 1ᵏ,600 par heure et par force de cheval-vapeur en eau montée, cendres et mâchefer déduits.

Le combustible à employer pour la constater sera du charbon ou de la briquette de bonne qualité, ne laissant que 6 à 8 0/0 de cendres.

Si la ville le désire, la machine sera éprouvée dès qu'elle pourra être mise en marche régulière, et dans un délai maximum de trois mois, à partir de la mise en marche.

Les épreuves consisteront à faire marcher, sans interruption, la machine jusqu'à ce que le régime de l'appareil soit bien établi.

On observera ensuite, pendant trois heures, la quantité d'eau élevée par la machine dans le réservoir, afin de déterminer le volume d'eau fourni par chaque tour.

Pendant les six heures suivantes, on déterminera la consommation de la houille, déduction faite de l'allumage. Les feux des fourneaux seront remis, à la fin de l'expérience, dans l'état où ils étaient au commencement, ainsi que le niveau de l'eau dans les générateurs et la tension de la vapeur.

La hauteur de l'élévation de l'eau pendant les épreuves sera celle indiquée par le manomètre placé sur le réservoir d'air augmentée de la différence entre le niveau de l'eau dans ce réservoir et celui du puisard d'aspiration.

Les expériences pourront être poussées jusqu'au nombre de huit, à diverses époques, soit à la demande de la municipalité, soit à la demande du constructeur.

On prendra pour résultat définitif la moyenne des expériences faites.

Pendant les expériences, la machine et le feu seront dirigés par le mécanicien du constructeur.

A partir de la mise en marche de l'appareil, la ville s'engage à conserver pendant trois mois le mécanicien du constructeur et à lui payer des appointements de 200 francs par mois.

ART. 12. — **Pénalités en cas d'excédent de la consommation du combustible.** — Il sera fait, sur les sommes dues au constructeur, une retenue basée sur le chiffre de 500 francs par chaque augmentation de 1 hectogramme, sur la consommation maxima de $1^{kg},600$ de combustible garanti par cheval et par heure en eau montée.

Primes en cas de diminution de la consommation du combustible. — Au contraire, il lui sera alloué une prime de 500 francs pour chaque diminution de 1 hectogramme sur la même quantité de combustible de $1^{kg},600$.

Si la consommation dépasse $2^{kg},600$, la machine pourra être refusée par la ville, cette dernière se réservant le droit de s'en servir néanmoins jusqu'à l'époque de son remplacement.

CONDITIONS GÉNÉRALES ET PARTICULIÈRES

ART. 13. — Droits d'octroi. — L'entrepreneur sera exempté des droits d'octroi.

ART. 14. — Délai d'exécution. — L'appareil complet devra être terminé et mis en état de fonctionnement, dans un délai de six mois, à partir de la date de la notification qui lui sera faite de commencer son travail.

Il lui sera fait une retenue de 50 francs par jour de retard, sans que le constructeur puisse se prévaloir de la réciprocité pour avance, étant entendu qu'il peut y avoir préjudice pour la ville en cas de retard, tandis qu'il n'y aurait pas profit pour elle à ce que ce délai ne soit pas atteint.

ART. 15. — Réception provisoire. — La réception provisoire des machines, pompes, chaudières, etc., aura lieu un mois après la mise en service de la distribution d'eau. C'est à partir de cette réception provisoire que courra le délai de garantie.

ART. 16. — Délai de garantie. — Le délai de garantie sera d'une année à partir de la réception provisoire.

Pendant le délai de garantie, l'entrepreneur restera complètement responsable du bon fonctionnement de ses appareils et devra remplacer à ses frais toute pièce qui viendrait à manquer, soit par vice de construction ou de pose, soit par insuffisance dans les dimensions, soit par mauvaise qualité de la matière.

Les manœuvres, les fournitures de charbon, graisses, huiles, chiffons, etc., seront à la charge de la ville ; mais le constructeur pourra faire surveiller la marche de la machine par un de ses agents, s'il le juge convenable.

Toute avarie survenue dans les appareils pendant le délai de garantie sera réparée d'office aux frais du constructeur, si celui-ci néglige de faire sans délai les réparations qui lui sont réclamées, et après qu'un procès-verbal circonstancié aura été dressé et lui aura été régulièrement notifié.

ART. 17. — Mode de paiement. — Les paiements auront lieu en quatre termes, savoir :

1° Trois dixièmes, lorsqu'il justifiera que les principales pièces sont en construction à son usine ;

2° Trois dixièmes, après l'arrivée complète de l'appareil dans l'usine de Vierzon ;

3° Trois dixièmes, après la réception provisoire ;

4° Le dixième restant, à l'expiration du délai de garantie.

ART. 18. — Conditions d'admission au concours. — Nul constructeur ne sera admis à concourir, s'il ne prouve, par des certificats authentiques, qu'il a déjà exécuté, soit pour élévation d'eau, soit pour l'industrie, des machines de force analogue à celle qui fait l'objet du présent marché, et qu'il s'est toujours parfaitement acquitté de ses engagements.

ART. 19. — Pièces à déposer. — Un mois avant l'adjudication, chaque concurrent devra présenter à l'Administration municipale :

1° Un certificat délivré par un ingénieur, faisant connaître les travaux analogues que le concurrent a déjà exécutés et la manière dont il a rempli ses engagements.

Ce certificat sera visé par l'ingénieur auteur du projet de la distribution des eaux de Vierzon.

2° La nomenclature des villes, des usines, où des machines analogues ont été installées, afin que la Commission des eaux puisse les visiter, si elle le juge convenable ;

3° Les plans, coupes, élévations de l'appareil élévatoire et des massifs de fondation de machine, pompes, chaudières ;

4° Un mémoire descriptif très complet, dans lequel le constructeur devra décrire le système qu'il compte employer. Il devra également indiquer en toutes lettres la consommation maxima de charbon que sa machine devra brûler par force de cheval-vapeur en eau montée et par heure, la quantité de 1^k,600 indiquée dans le présent cahier des charges n'étant qu'un maximum devant servir de base.

Le chiffre de consommation garanti par le constructeur indiquera la limite à partir de laquelle on appliquera la pénalité ou on accordera la prime stipulée par l'article 12.

5° Un avant-métré et un détail estimatif des fondations de la machine, de la pompe, ainsi que du massif des générateurs en prenant pour base les prix unitaires du bordereau des prix des travaux du premier lot.

Bien que ces divers travaux ne fassent pas partie du lot de machines et ne soient pas à la charge du constructeur, ils devront néanmoins entrer en ligne de compte dans le devis général de l'appareil élévatoire, afin de permettre la comparaison entre les divers projets.

ART. 20. — Admission des constructeurs à soumissionner. — La Commission des eaux, assistée de l'ingénieur auteur du projet, après examen des projets et documents stipulés à l'article 19, avertira, huit jours avant l'adjudication, ceux de MM. les constructeurs qui, ayant satisfait aux conditions du programme, seront admis à soumissionner.

ART. 21. — **Dépôt des soumissions.** — Le jour fixé pour l'adjudication, à deux heures de l'après-midi, les concurrents déposeront à la mairie de Vierzon, sous une seule enveloppe portant le nom du soumissionnaire :

Un premier pli cacheté renfermant leur certificat de capacité, visé comme il est dit article 19, ainsi qu'un acte conforme au modèle déposé, par lequel ils s'engageront à verser entre les mains de M. le Receveur municipal de Vierzon, dans les huit jours qui suivront l'acceptation de leur soumission, un cautionnement en numéraire ou en inscription de rentes sur l'État, fixé au trentième du montant de leur soumission.

Nul ne sera admis à soumissionner, si les formalités ci-dessus ne sont pas rigoureusement observées.

ART. 22. — **Désignation de l'adjudicataire.** — La Commission des eaux choisira parmi les systèmes proposés celui qui lui paraîtra offrir le plus d'avantages, aux divers points de vue du prix d'installation, d'économie de combustible. Ayant aussi à mettre en balance les dépenses de fondation des appareils, elle ne sera pas liée dans son choix par les conditions de prix faits par les soumissionnaires.

En conséquence, les concurrents évincés ne pourront exercer aucun recours contre la décision de la Commission des eaux, ni réclamer aucune indemnité à quelque titre que ce soit.

ART. 23. — **Élection de domicile.** — L'entrepreneur sera tenu, pendant le montage des machines et pendant la durée du délai de garantie, d'élire domicile à Vierzon, ou de s'y faire représenter par un agent agréé par l'ingénieur, et où il lui sera notifié tous les ordres de service et actes administratifs relatifs à son entreprise.

ART. 24. — **Frais d'adjudication.** — Les frais de timbre, d'enregistrement, affiches, imprimés, sont à la charge de l'entrepreneur.

ART. 25. — **Clauses et conditions générales.** — L'entrepreneur sera soumis aux clauses et conditions générales stipulées dans la circulaire ministérielle du 16 octobre 1866, en toutes les dispositions auxquelles il n'est pas dérogé spécialement par le présent cahier des charges.

168. Usines élévatoires de la ville de Paris. — La figure 222 indique les emplacements des différentes usines et réservoirs appartenant à la ville de Paris. Celles de Saint-

Pierre, de l'Ourcq, de Ménilmontant et de Charonne fonc-

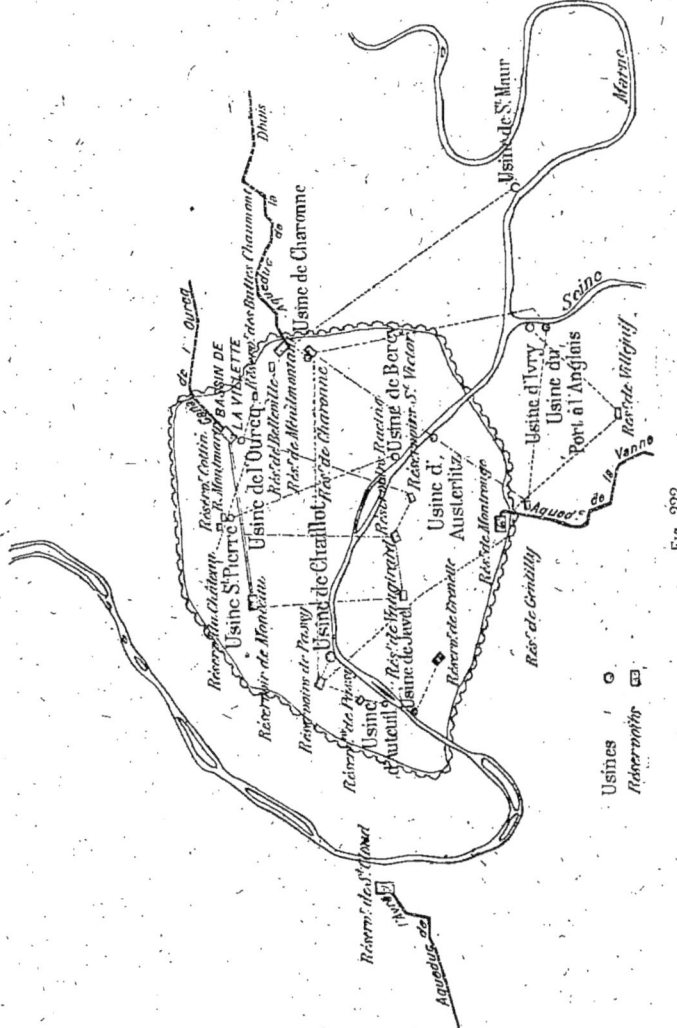

Fig. 222.

tionnent comme relais. La ville possède d'autres usines hy-

drauliques et à vapeur sur le canal de l'Ourcq et sur la
dérivation de la Vanne pour le relèvement des sources
basses (44).

L'*usine de Saint-Maur* peut remonter quotidiennement
près de 115.000 mètres cubes d'eau de Marne dans les réservoirs inférieurs de Ménilmontant; elle comprend quatre
machines à vapeur horizontales à action directe, quatre turbines Fourneyron et quatre roues Girard de 12 mètres de
diamètre, qui actionnent douze pompes horizontales à double
effet. L'ensemble développe une force de 1.600 chevaux en
eau montée : 900 pour les machines à vapeur, 700 pour les
moteurs hydrauliques. Deux machines à vapeur développent
165 chevaux chacune; la troisième, 270; la quatrième, 300.

Une turbine est spécialement affectée au service du lac de
Gravelle, bois de Vincennes; pour cette dernière, l'élévation
manométrique n'est que de 37,50; elle atteint 80 mètres
pour les autres moteurs.

La chute de l'usine hydraulique, de 4^m,50, a été obtenue en
reliant par un canal souterrain, avec barrage à l'aval, les
deux extrémités de la boucle de la Marne, entre Joinville et
Saint-Maur.

L'*usine d'Ivry*, qui ne date que de 1882, comporte six
machines horizontales à un seul cylindre, distribution Corliss et à condensation, d'une force de 160 chevaux en eau
montée, ensemble 960 chevaux. Chaque machine actionne
deux pompes verticales juxtaposées à simple effet. Le débit
total est de 1.026 litres par seconde, soit 85.000 mètres cubes
par jour.

L'ascension manométrique maxima atteint 70 mètres;
mais la hauteur réelle d'élévation n'est que de 63 mètres. La
consommation moyenne de charbon par cheval et par heure
égale 1^{kg},030.

Trois nouvelles machines semblables à celles qui existent
et dont l'installation est déjà très avancée porteront prochainement la puissance de l'usine à 1.500 chevaux.

L'*usine d'Austerlitz* remonte à l'année 1863; on y trouve
deux machines Woolf, verticales à balancier, actionnant
chacune deux pompes verticales étagées à simple effet;
chaque moteur, d'une force de 110 chevaux, peut relever

10.000 mètres cubes par vingt-quatre heures à une hauteur virtuelle de 72 mètres ; la consommation de charbon par cheval et par heure atteint 1^{kg},400.

D'ici quelques mois, la force de l'usine sera doublée par l'établissement de deux nouvelles machines.

L'*usine de Bercy* est la plus récente (1889) : elle comprend huit générateurs et quatre machines horizontales à action directe, type Suzer (*fig.* 1223) d'une force totale de 600 che-

Fig. 223.

vaux en eau montée. Un régulateur permet de faire varier le débit de 450 à 600 litres par seconde. L'élévation virtuelle est de 74 mètres, et la hauteur réelle de 59 mètres, soit 15 mètres de perte de charge pour un refoulement de 5.785 mètres.

La consommation maxima de vapeur par cheval et par heure ne dépasse pas 9^{kg},250 en service normal, et la pression de la vapeur est limitée à 6 kilogrammes. Les pompes sont du système Farcot à piston plongeur; la vitesse moyenne des pistons est de 1^m,20 par seconde.

L'adjudication des machines et des générateurs s'est effectuée par voie de concours, comme pour toutes les installations de la ville de Paris. L'ensemble est revenu à 929.000 francs, soit 1.545 francs par cheval.

A l'*usine de Javel* (1888), deux machines horizontales de 50 chevaux chacune peuvent relever 25.000 mètres cubes par jour à 24 mètres de hauteur virtuelle. Ces machines, mises en place, générateurs compris, ont coûté 115.000 francs.

A l'*usine Saint-Pierre* existent deux horizontales Weyher et Richemond, à détente et condensation, de 35 chevaux chacune, qui actionnent des pompes horizontales. Une Worthington (*fig.* 224), dont le travail peut varier de 36 à

Fig. 224.

72 chevaux, soutient les précédentes en cas de besoin. Le débit est de 180 litres par seconde; l'élévation manométrique, de 55 mètres.

L'eau de Bercy arrive dans l'une des bâches de la place Saint-Pierre, d'où elle est reprise par les machines et relevée dans le compartiment inférieur de Montmartre. L'eau de l'Avre arrive directement dans l'autre bâche et se trouve refoulée dans les compartiments supérieur et moyen du même réservoir.

L'*usine de l'Ourcq* (1867) comporte trois machines : une

Woolf verticale à balancier (*fig.* 225) de 40 chevaux, pouvant
élever 4.500 mètres cubes à 48 mètres, et deux horizontales
à action directe, de 103 chevaux chacune, qui élèvent
24.000 mètres. Le refoulement s'effectue sur le réservoir des
Buttes-Chaumont et sur celui de Ménilmontant. Il existe

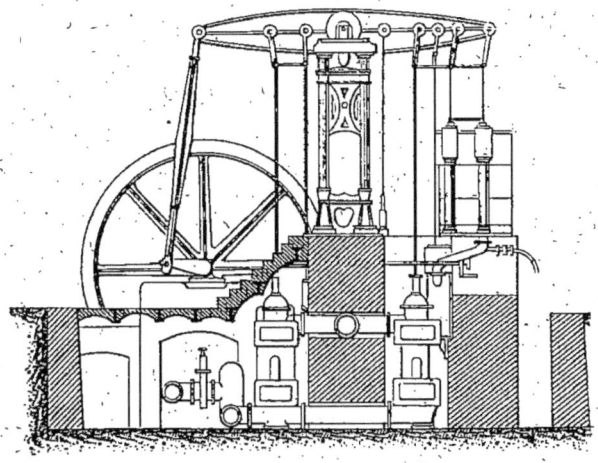

Fig. 225.

deux pompes verticales étagées à simple effet et une horizontale à double effet.

L'*usine de Ménilmontant*, qui relève 20.000 mètres cubes
d'eau de Dhuis et d'eau de Marne dans le réservoir de Belleville, est constituée par deux Windsor verticales à balancier (1888), système Woolf, fournissant chacune 70 chevaux
en eau montée, et par une Weyher et Richemond (1897)
horizontale, type Corliss, qui commande une pompe Girard à
double effet.

L'ascension manométrique atteint 42 mètres, bien que
l'élévation réelle ne soit que de 32 mètres; cette perte de
10 mètres pour un refoulement de 1 kilomètre environ
indique que les conduites de 0^m,30 sont trop faibles pour
leur débit; ces conduites seront prochainement remplacées
par d'autres de 0^m,50.

L'*usine de Charonne*, actuellement en construction, pourra indifféremment remonter de l'eau de Seine d'Ivry ou de l'eau filtrée du nouveau réservoir de Charonne dans celui de Ménilmontant.

Les autres usines sont anciennes et de moindre importance ; leur description ne présente aucun intérêt.

CHAPITRE IX

RÉSERVOIRS

169. L'utilité d'un réservoir dans une distribution d'eau ne saurait être sérieusement contestée; le rôle de cet organe est en quelque sorte double; à chaque instant il fonctionne comme régulateur entre l'arrivée qui se répartit uniformément sur les vingt-quatre heures, et la consommation qui est essentiellement variable suivant l'heure de la journée. Pendant la nuit, alors que la consommation est presque nulle, le réservoir emmagasine le produit des sources ou des machines, et le jour suivant fournit l'appoint nécessaire pour maintenir la pression dans la canalisation, lorsque la dépense devient supérieure à l'arrivée.

En outre, la réserve d'eau emmagasinée permet de ne pas interrompre complètement le service de distribution lorsqu'un accident quelconque se produit sur la dérivation.

170. Capacité. — En France, on estime généralement que la capacité d'un réservoir doit représenter environ la consommation maxima d'une journée. Cette règle, excellente dans le cas de réservoirs en maçonnerie, n'a cependant rien d'absolu; on rencontre des réservoirs qui ne peuvent emmagasiner que la moitié ou le tiers de l'apport quotidien des sources, tandis que d'autres peuvent retenir plus du double. A Paris, la contenance totale des réservoirs ne dépasse pas 700.000 mètres cubes pour une consommation journalière de 600.000 mètres.

En Allemagne et en Hollande, où les réservoirs en tôle sont nombreux, la capacité est très souvent inférieure à la moitié de la dépense quotidienne; pour quelques-uns, elle ne dépasse pas 1/5. A Leipzig, la capacité n'est que la

fraction 0,25 de la consommation; à Dantzig, 0,40; à Kœnigs-
berg, 0,43.

Lorsque le réservoir n'est envisagé que comme régulateur
du débit, il suffit de lui donner une capacité égale à la moitié
de la consommation quotidienne, pour qu'il puisse retenir le
volume d'eau qui arrive pendant la nuit. On peut même
descendre au-dessous de la moitié lorsque l'alimentation se
fait par machines élévatoires ; car, en forçant ou en restrei-
gnant la vitesse, il est possible de faire varier le débit des
pompes suivant les besoins de la consommation; mais, au
point de vue du rendement, il est préférable de conserver
aux machines leur allure normale.

Un vaste réservoir laisse plus de latitude pour parer temporairement aux chômages de l'aqueduc en cas d'accidents,
et pour répondre aux éventualités d'un grand incendie dans
la ville ; mais, outre qu'une longue stagnation de l'eau n'est
pas chose désirable, l'ingénieur est souvent limité dans ses
vues par la considération de la dépense, qui augmente rapidement avec la capacité.

Le réservoir de Ménilmontant à Paris, d'une contenance
de 92 mille mètres cubes, fut construit par Belgrand pour emmagasiner deux fois et demi le débit quotidien de la Dhuis. A
diverses reprises lorsque des ruptures se sont produites sur
les siphons de l'aqueduc, le service des eaux a pu juger de
l'avantage que présentent les grands réservoirs pour la
sécurité de la distribution.

171. Emplacement et niveau. — L'emplacement normal
d'un réservoir est à l'extrémité aval de la dérivation, au
voisinage ou à l'intérieur de la ville, sur un point suffisamment élevé pour que l'eau parvienne facilement dans toutes
les rues au dernier étage des plus hautes maisons.

La position est très souvent indiquée par le relief du sol,
la disposition des lieux, les terrains disponibles et la direction de la dérivation; mais il est avantageux que le réservoir
soit voisin du centre de la consommation, afin que la perte
de charge se répartisse uniformément sur tout le réseau, et
que le débit et la pression restent sensiblement constants en
chaque point.

Une pression de 30 mètres au sol suffit ordinairement pour le service d'une maison de quatre à cinq étages ; on peut se contenter de 15 à 20 mètres pour des constructions de deux à trois étages, de 10 mètres pour celle à un étage ; mais il est prudent de rester un peu au-dessus du niveau strictement nécessaire au moment de l'exécution, pour réserver l'avenir en cas d'extension des parties hautes de la cité.

Lorsque le service est étendu, que les régions extrêmes sont éloignées du réservoir, et que la charge disponible est très limitée, il est utile de construire un second réservoir à l'extrémité de la conduite maîtresse de distribution ; on lui donne une capacité un peu moindre que celle du réservoir principal, et on le place à un niveau légèrement inférieur. Ce réservoir emmagasine l'eau pendant la nuit et la restitue le jour dans une fraction du réseau aux heures de grande consommation. On maintient ainsi le débit et la pression. Cette disposition, qui s'impose presque toujours dans les villes importantes lorsque le pays est peu accidenté, a été appliquée avec succès à Paris pour la distribution des eaux de l'Ourcq ; on la rencontre également à Dijon et à Dieppe.

Dans les villes où les dénivellations du sol sont très accusées, on est quelquefois amené à diviser le service de distribution en un certain nombre de zones dont les réservoirs alimentaires sont placés à des niveaux différents. L'eau arrive directement dans les réservoirs inférieurs à celui où débouche l'aqueduc, et des machines de relais la remontent dans les réservoirs supérieurs. Cette combinaison compliquée résulte souvent de ce que la pente de la dérivation est trop faible pour amener l'aqueduc à un niveau capable d'assurer le service des parties hautes de la ville ; d'autres fois, mais plus rarement, elle est motivée par l'obligation de restreindre la charge dans les régions basses du réseau, et de modérer la vitesse d'écoulement de l'eau vers ces régions, aux heures de forte consommation, pour maintenir la pression dans les parties hautes.

172. **Divers genres de réservoirs.** — Les réservoirs se construisent en *maçonnerie* ou en *tôle* ; mais ces derniers ne comportent que des capacités restreintes ; on les installe à

une certaine hauteur sur des supports en maçonnerie ou en charpente.

On construit quelquefois des réservoirs en béton, en ciment armé, en fonte. D'autres fois on se contente d'excaver le sol de 2 ou 3 mètres sur une certaine surface et de rendre l'excavation étanche par un mince bétonnage avec enduit de mortier de ciment.

On ne parlera pas des vastes réservoirs que l'on crée dans les montagnes, en barrant transversalement les vallées étroites, et dans lesquels viennent s'accumuler les eaux superficielles des régions plus élevées. Ces réservoirs se rattachent à la question des irrigations plutôt qu'à celle de la distribution des eaux; on en trouvera l'étude complète dans le deuxième volume d'*Hydraulique agricole*[1].

Dans les pays plats on a quelquefois recours à de petits réservoirs en tôle complètement clos, dans lesquels on comprime de l'air à 1 ou 2 atmosphères. La tension de l'air développe sur la surface libre de l'eau une charge artificielle qui se transmet à tout le réseau de distribution et lui permet de faire un service d'étages.

Autrefois on couvrait très rarement les réservoirs d'eau ; de nos jours c'est une règle générale de couvrir ceux qui doivent emmagasiner de l'eau destinée aux usages domestiques. Dans les grandes villes, comme Paris et Bruxelles, où il existe des canalisations spéciales pour l'eau industrielle, on peut se dispenser de voûter les réservoirs qui desservent ces canalisations.

La couverture maintient la température de l'eau et l'empêche d'être salie et contaminée par les projections du dehors ; mais il est bon de ménager dans la voûte un certain nombre d'orifices pour assurer le renouvellement de l'air, ainsi que quelques fenêtres fermées par d'épaisses plaques de verre pour donner accès à la lumière.

173. Forme des réservoirs. — Nombre de compartiments. — Profondeur.—Les réservoirs s'établissent en grand déblai et en élévation, rarement en souterrain. Ceux en maçon-

[1] *Hydraulique agricole*, par M. Lévy Salvador.

nerie sont généralement rectangulaires, et les réservoirs en tôle presque toujours cylindriques; cependant on rencontre des réservoirs en maçonnerie cylindriques, demi-cylindriques, tronconiques, et des cuves en tôle rectangulaires, et à fond sphérique ou conique.

La forme cylindrique est la plus avantageuse au point de vue théorique ; car, de toutes les figures de même périmètre, le cercle est celle dont l'aire est maximum. Mais d'autres considérations, telles que la forme et la disposition du terrain disponible, sa situation, le prix d'achat, les convenances d'architecture, etc., viennent souvent dans les villes primer celle de l'économie de matériaux.

Un réservoir de quelque importance doit toujours comprendre deux *compartiments* sensiblement égaux, pouvant communiquer entre eux et chacun avec l'aqueduc de dérivation et la conduite maîtresse de distribution. En temps ordinaire, les deux compartiments communiquent et concourent à l'alimentation; mais, si l'un d'eux vient à être mis en vidange pour le nettoyage ou pour des réparations, l'autre compartiment reste disponible pour assurer le service; en outre, cette disposition facilite le jaugeage du volume d'eau qui arrive. Dans tous les cas, qu'il y ait un compartiment ou deux, il est pratique que l'aqueduc soit relié directement à la conduite du départ.

Lorsque le réservoir doit emmagasiner des eaux de diverses provenances destinées à des services distincts, on est naturellement conduit à multiplier le nombre des compartiments, mais ce cas est exceptionnel.

Dans le cas d'un réservoir rectangulaire à deux compartiments égaux, lorsque les dimensions peuvent être choisies arbitrairement il y a lieu de déterminer par le calcul le rapport qui doit exister entre la longueur et la largeur pour que le volume des murs soit le plus petit possible.

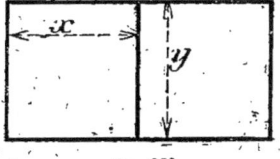

Fig. 226.

Si l'on appelle (*fig.* 226) :
x, y, les dimensions intérieures d'un compartiment;
v, le volume des murs de pourtour et de séparation;

a^2, l'aire de la section horizontale du réservoir;

k^2, une constante;

le volume de la maçonnerie étant proportionnel au périmètre des murs, on a approximativement :

(1) $$v = k^2 (4x + 3y),$$

puis :

(2) $$a^2 = 2xy.$$

On tire de (2) :

$$y = \frac{a^2}{2x};$$

transportant dans (1), il vient :

$$v = k^2 \left[4x + \frac{3a^2}{2x} \right].$$

La valeur de x, qui correspond au minimum de v est racine de l'équation dérivée :

$$16x^2 - 6a^2 = 0,$$

qui donne pour x :

$$x = \frac{\sqrt{6}\,a}{4},$$

et pour y :

$$y = \frac{2a}{\sqrt{6}}.$$

On a donc :

$$\frac{x}{y} = \frac{3}{4}.$$

Les dimensions du réservoir de Briey construit par M. Eymar ont été calculées d'après cette théorie.

La *profondeur* d'eau reste ordinairement comprise entre $2^m,50$ et 5 mètres; il est rare qu'elle dépasse 5 mètres, et souvent elle n'est que de 4 mètres dans les réservoirs de moyenne importance.

Au-dessous de $2^m,50$, l'eau est exposée à des variations de température qui peuvent en compromettre la qualité, surtout lorsque le réservoir n'est pas couvert.

Les grandes profondeurs ont l'inconvénient d'exiger des murs très épais dont il faut étudier avec soin la stabilité et surveiller de très près l'exécution, à cause des fissures dont le débit peut devenir considérable, en raison de l'importance de la charge. Un autre inconvénient des grandes hauteurs est de produire sur le réseau de canalisation, dans le cours d'une journée, de sensibles dénivellations piézométriques.

RÉSERVOIRS EN MAÇONNERIE

174. Fondations. — Avant de construire un réservoir il importe de reconnaître la nature et le degré de résistance du terrain qui doit le supporter. On creuse trois ou quatre puits que l'on descend jusqu'à 2 mètres environ en contre-bas du futur radier, et l'on note soigneusement la nature et l'épaisseur des couches traversées. Il faut s'assurer également que le sol n'est pas excavé à une certaine profondeur par d'anciennes carrières ou par des mines.

On peut construire en toute sécurité sur le roc, le tuf, les galets, le gravier, et le sable lorsque la couche n'a pas moins de 4 mètres d'épaisseur. Les terrains dangereux comprennent : l'argile et la terre franche humides, les sables fluents, les sables très mouillés, la marne, les sols marécageux, la tourbe, la terre rapportée, et les remblais même après un siècle.

Une couche de terre franche, d'argile sèche mélangée de sable, de sable compact, de marne, de 2 à 3 mètres d'épaisteur, peut supporter d'une façon permanente 50.000 kilogrammes par mètre carré. Le sol de formation ancienne supporte 30.000 kilogrammes. Un pieux en hêtre enfoncé au refus peut être chargé de 30 kilogrammes par centimètre carré.

175. Radier. — Dans les anciens réservoirs, l'épaisseur du radier variait, suivant la profondeur de l'eau, de 0^m,75 à 0^m,90, enduit compris ; ces fortes épaisseurs étaient justifiées par la nécessité de résister aux sous-pressions qui se produisaient lorsque le radier venait à être fissuré.

Depuis Belgrand, on a l'habitude de drainer le sol sous les

radiers, à l'aide de tuyaux en poterie de 0^m,06, que l'on fait déboucher dans un ou plusieurs drains collecteurs qui conduisent l'eau à l'égout le plus voisin. Cette disposition supprime les sous-pressions en cas de fissures importantes, et permet de reconnaître ces dernières. Avec un drainage général du radier, on peut se contenter d'une épaisseur de 0^m,30 à 0^m,40 ; l'étanchéité reste satisfaisante.

Une légère pente doit être donnée au radier dans la direction de la décharge, afin de permettre la vidange complète du réservoir en cas de nettoyage.

176. Étude des murs. — La section transversale des murs de pourtour présente ordinairement la forme d'un trapèze rectangle, quelquefois d'un rectangle ; celle du mur de refend présente la forme d'un trapèze isocèle. Le profil trapèze est le plus rationnel, car la poussée que l'eau exerce sur le mur augmente avec la profondeur.

Le plus souvent on se donne la largeur du mur en couronne, sa hauteur, ainsi que l'épaisseur maxima de la tranche d'eau ; il faut alors déterminer la largeur de la base pour que le mur puisse résister efficacement aux actions qui tendent à le renverser autour de l'arête extérieure et à le faire glisser transversalement sur sa base.

Pour soumettre la question au calcul, on considère un élément de mur compris entre deux plans verticaux parallèles distants de 1 mètre, et l'on écrit que ce solide, supposé homogène, reste en équilibre sous l'action des forces qui le sollicitent.

Résistance au renversement. — Les forces extérieures qui agissent sur l'élément de mur considéré sont :

1° La poussée horizontale de l'eau Q, appliquée en n au tiers de la hauteur ;

2° Le poids du mur P appliqué au centre de gravité g du trapèze $bcde$;

3° La résistance des maçonneries à l'arrachement suivant de, force verticale P' agissant au point f milieu de de.

Soient :

a, la largeur en couronne ;

h, la hauteur du mur ;

z, la profondeur d'eau maximum ;

x, la largeur à la base ;

l, la distance de la force P à l'arête d ;

ρ, le poids du mètre cube de maçonnerie ;

θ, la résistance de la maçonnerie à l'arrachement par mètre carré.

La largeur a reste ordinairement comprise entre 0m,80 et 1m,20 ; z varie de 2m,50 à 5 mètres. Pour de la maçonnerie de meulière et de briques, $\rho = 1.800$ kilogrammes environ ; moellons de calcaire dur, $\rho = 2.200$ kilogrammes ; moellons de granit, $\rho = 2.400$ kilogrammes. Avec de la maçonnerie soignée on peut faire $\theta = 10.000$ kilogrammes.

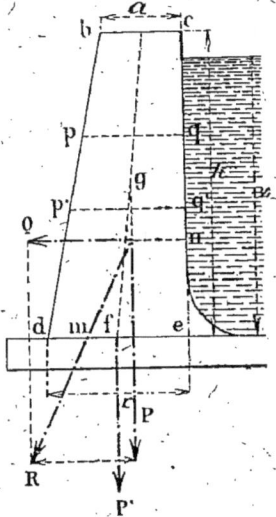

Fig. 227.

Pour que le mur soit en équilibre sous l'action des trois forces qui le sollicitent, autrement dit pour que la résultante passe par le point d, il faut que la somme des moments des forces par rapport à ce point soit égale à zéro ; on obtient l'équation :

$$\frac{Qz}{3} - Pl - \frac{P'x}{2} = 0,$$

ou encore :

(1)
$$\frac{Qz}{3} = Pl + \frac{P'x}{2}.$$

On a, d'autre part :

$$Q = \frac{1\,000z^2}{2}, \qquad P' = \theta x,$$

$$P = \frac{\rho h}{2}(a + x), \qquad l = \frac{x}{2} + \frac{1}{6}\frac{(x + 2a)(x - a)}{x + a}.$$

Mais, au point de vue pratique, l'équilibre strict est insuffisant, et, pour que le mur ne se renverse pas autour de
l'arête d au moindre accroissement de la poussée, il faut que
la résultante rencontre de en un point m situé entre f et d,
plus rapproché de f que de d. Pour obtenir ce résultat, on
convient d'affecter la force Q d'un coefficient m plus grand
que l'unité, appelé coefficient de sécurité au renversement ;
l'équation d'équilibre s'écrit d'après cela :

$$(2) \qquad \frac{mQz}{3} = Pl + \frac{P'x}{2}.$$

Remplaçant Q, P, P', l par leurs valeurs ci-dessus et faisant
$m = 2$, on obtient une équation du second degré en x qui
détermine cette inconnue.

Quelques ingénieurs, en vue de simplifier les calculs,
négligent la force P' et font $m = 1,5$; les largeurs obtenues
sont légèrement supérieures à celles que donne la formule
complète.

Dans le cas d'un mur rectangulaire, on fait $a = x$, et pour
une section trapèze isocèle $l = \frac{x}{2}$.

Résistance à l'écrasement. — Pour que la pression P s'exerce
sur la base entière du mur et qu'il n'y ait pas au voisinage
de e une tendance à l'arrachement, il faut que le point m où
la résultante des forces rencontre de soit situé dans le tiers
central de de. Lorsque cette condition est remplie, la pression
du mur sur sa base se répartit suivant la loi du trapèze, et
la charge maxima se produit sur l'arête d la plus rapprochée
de m ; cette charge est donnée par la formule :

$$p = \frac{P}{x} (1 + 3n), \qquad n = \frac{fm}{fd}.$$

La pression minima s'exerce sur l'arête e où sa valeur
égale :

$$p' = \frac{P}{x} (1 - 3n).$$

La pression maxima ne doit pas dépasser 5 kilogrammes

par centimètre carré, ce qui a généralement lieu dans les murs de moyenne hauteur. Lorsqu'il en est autrement, ou

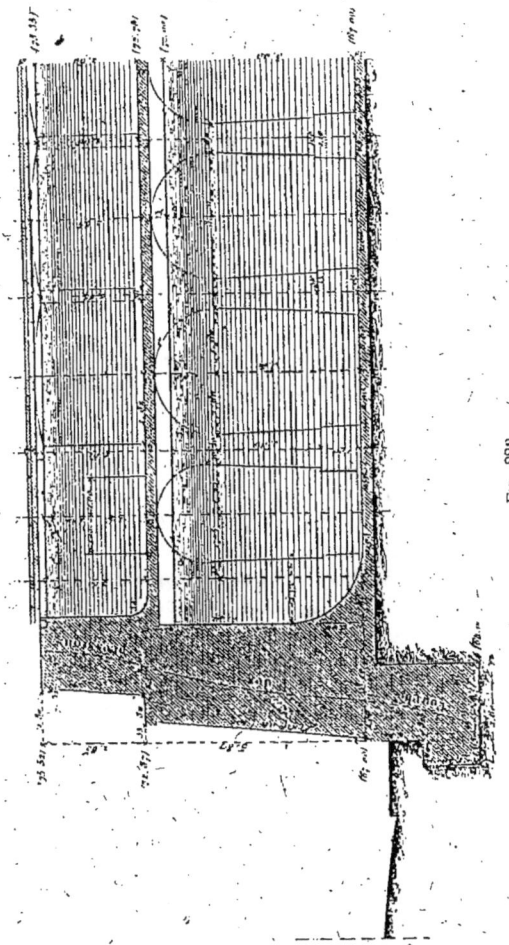

Fig. 228.

que le point *m* ne tombe pas dans le tiers central de *de*, on modifie le profil du mur en élargissant la base.

La pression minima doit être supérieure à celle qu'exerce

le liquide sur l'arête e, le réservoir étant plein, pour que l'eau ne tende pas à élargir les fissures qui pourraient se produire au voisinage de cette arête.

Résistance au glissement. — Le glissement du mur sur sa base serait à redouter s'il existait un joint séparatif continu entre le mur et le radier; mais, dans la pratique, l'adhérence du mortier et surtout la résistance des moellons, que l'on a soin d'enchevêtrer complètement les uns dans les autres pour obtenir un bloc de maçonnerie continu, s'opposent à ce glissement.

Néanmoins il est toujours bon de vérifier que le rapport $\frac{Q}{P}$ est inférieur à 0,75, chiffre admis comme coefficient de frottement de la maçonnerie sur elle-même.

Voir, page 507, l'étude complète d'un réservoir.

Remarque. — Lorsque la profondeur d'eau dépasse 6 mètres, ce qui est rare dans les réservoirs à un seul étage, il est nécessaire d'étudier la forme du profil d'égale résistance. Dans diverses sections pq, $p'q'$, ..., la courbe des pressions doit couper pq à l'intérieur du tiers central, et la charge sur l'arête la plus comprimée ne doit pas dépasser 5 kilogrammes par centimètre carré. Le lecteur pourra s'exercer sur les dimensions du réservoir de Passy (*fig.* 228) et sur celles du réservoir de Belleville (*fig.* 236).

177. Piliers. — Voûtes. — Diverses dispositions ont été adoptées pour couvrir les réservoirs à l'aide de voûtes. Quelquefois,

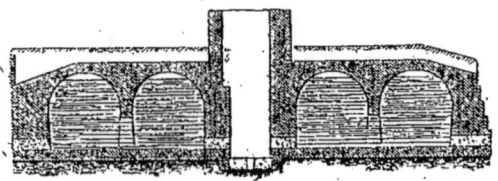

Fig. 229.

comme à Dijon, on a eu recours à des *voûtes en berceau* s'ap-

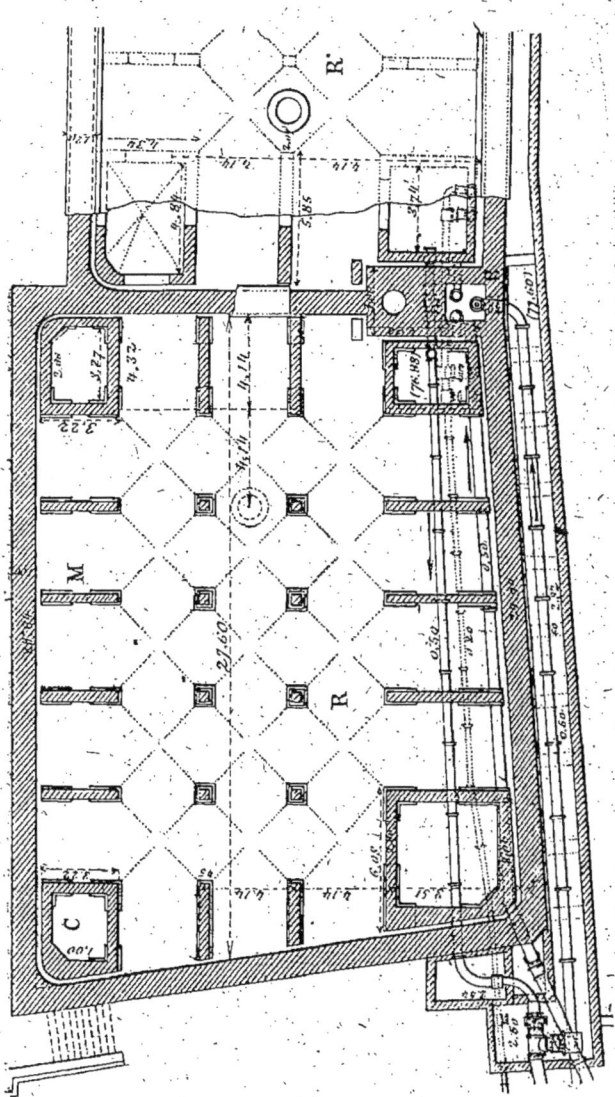

Fig. 230.

puyant sur les murs de pourtour et de séparation et, dans l'intervalle, sur des murs parallèles de 0^m,50 à 0^m,60 d'épaisseur, distants de 4 à 5 mètres d'axe en axe et évidés pour diminuer le volume de la maçonnerie (*fig.* 229).

D'autres fois on a remplacé les murs évidés par des *piliers carrés*, voire même par de simples colonnes en fonte, distants de 3 à 5 mètres de centre en centre, sur lesquels on a fait reposer des poutres en fer à double T, calculées pour supporter le poids de la voûte et de la couche de terre placée au dessus.

Aujourd'hui, pour les réservoirs de moyenne et de grande importance, on emploie presque exclusivement des *voûtes d'arêtes* très surbaissées, disposées sur plan carré, que l'on supporte au moyen de piliers (*fig.* 230). Afin que les poussées des voûtes ne soient pas transmises aux murs d'enceinte, on entoure les voûtes d'arêtes centrales d'un cadre de voûtes en berceau reposant sur des murs-culées avec *voûtes en arc de clottre* aux angles.

Ce système de couverture, inauguré par Belgrand, est à la fois élégant et économique, et donne de bons résultats lorsque les travaux sont exécutés avec soin.

La section de base des piliers pourrait se calculer d'après leur hauteur et le poids du mètre superficiel de voûte, surcharge de terre comprise; mais rarement on leur donne moins de 0^m,50 à la base et 0^m,40 au sommet. Dans les réservoirs à double étage, les piliers du bassin inférieur reçoivent une section plus forte qu'il faut déterminer pour que la maçonnerie ne travaille pas à plus de 5 kilogrammes par centimètre carré.

Les voûtes s'exécutent le plus souvent en briques ordinaires de 0^m,11 placées de champ, que l'on revêt sur l'extrados d'une chape de Portland de 0^m,02 d'épaisseur pour empêcher l'infiltration des eaux pluviales.

Le service des eaux de Paris constitue les voûtes de ses réservoirs d'un double rang de briquettes de 0^m,03 d'épaisseur, posées à plat et à joints croisés, avec chape extérieure (*fig.* 231); là flèche ne dépasse pas 0^m,60 pour des portées de 5 mètres. Dans les réservoirs d'eau de rivière, les eaux pluviales qui s'accumulent au-dessus des piliers sont conduites

à l'intérieur par des tuyaux ; dans ceux d'eau de source, elles
sont évacuées vers
l'égout.

La couche de terre vé-
gétale qui recouvre les
voûtes maintient la tem-
pérature de l'eau ; son
épaisseur varie de 0ᵐ,40
à 0ᵐ,50 ; on y sème du
gazon.

178. Construction. —
Les *radiers* s'exécutent
en béton ou en maçon-
nerie de mortier de ci-
ment : 350 kilogrammes
de ciment de Portland
par mètre cube de sable
dragué. On leur donne
une pente de 0ᵐ,02 vers
la décharge pour assurer

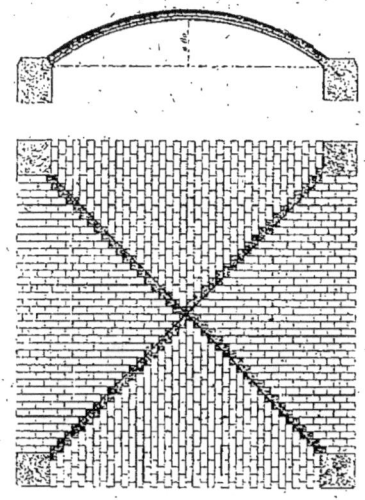

Fᴵᴳ. 231.

l'égouttement en cas de vidange du réservoir.

Afin d'éviter les sous-pressions si funestes à la stabilité des
ouvrages, c'est une règle aujourd'hui pour les grands réservoirs de drainer le sol sous les radiers : on dispose de
5 mètres en 5 mètres des files de tuyaux en poterie de 0ᵐ,06,
à joints libres, auxquelles on donne une pente de 0ᵐ.03

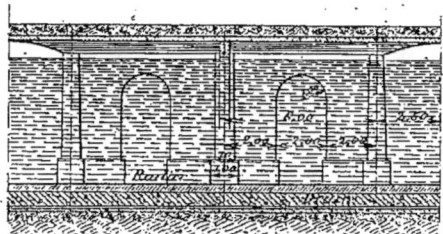

Fᴵᴳ. 232.

vers un drain collecteur ou vers l'égout (*fig.* 232). Ces drains se posent dans de petites tranchées de 0^m,20 que l'on remplit ensuite de sable ou de gravillon.

Les réservoirs en élévation sont à éviter autant que possible, à cause de la difficulté d'obtenir des murs absolument étanches; les changements de température produisent sur la maçonnerie des effets successifs de dilatation et de contraction qui se traduisent par des fissures plus ou moins profondes par où l'eau ne tarde pas à s'échapper. Cependant le réservoir de Belleville (*fig.* 233, 236), construit en 1867, et

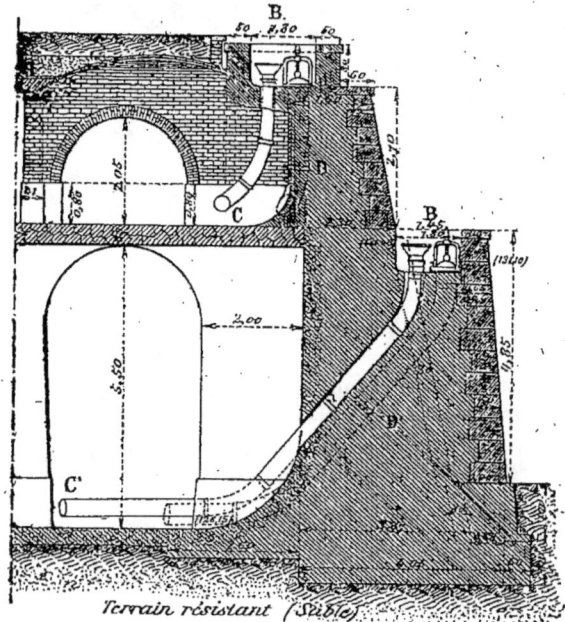

Fig. 233.

qui est entièrement hors de terre, s'est toujours très bien comporté à cet égard.

Les *murs* s'exécutent en maçonnerie de meulière ou de moellons avec mortier de Portland au dosage de 350 à 400 kilogrammes de ciment par mètre cube de sable; les pierres doivent être soigneusement grattées, lavées et mouillées au moment de l'emploi pendant les chaleurs. Les parements des murs se raccordent avec le radier par des solins en quart de rond de 1 mètre à 1^m,50 de rayon.

Aux réservoirs de Passy, l'enceinte a été assainie par une ceinture de drains placés extérieurement, à 1^m,50 du mur et à 1^m,30 en contre-bas du radier.

Les *piliers* se construisent quelquefois en briques; il en est ainsi à l'ancien réservoir de Charonne (*fig.* 234) et au bassin supérieur de Belleville. A leur partie supérieure et sur les reins des voûtes, on établit des massifs de béton maigre avec chape imperméable pour arrêter les eaux pluviales; ces massifs réduisent un tant soit peu la portée des voûtes.

On exécute d'abord les *voûtes* en arc de cloître aux angles, puis celles en berceau et, en dernier, les voûtes d'arêtes; ce travail est délicat; il faut le suivre de près.

L'étanchéité s'obtient au moyen d'un *enduit* en ciment de Portland ou de Vassy, de 0^m,02 à 0^m,03 d'épaisseur, dont on recouvre le radier, les piliers et tous les murs. Le dosage ordinaire est de 1 de ciment pour 1 de sable. Il est bon de n'exécuter l'enduit qu'après que le réservoir est couvert, afin de le soustraire aux variations de température.

L'exécution du *remblai* au des-

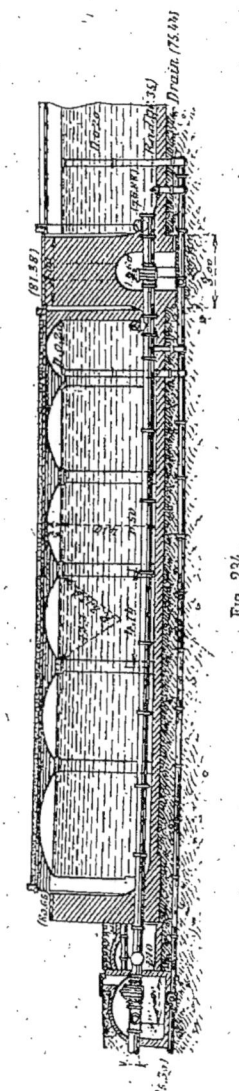

Fig. 234.

sus des voûtes demande également quelques précautions
pour ne pas compromettre leur stabilité : on procède par
couches de 0^m,20 environ, en commençant par les voûtes en
arc de cloître et en terminant par les voûtes d'arêtes.

179. Fissures. — Il est presque impossible d'éviter les fissures
dans les murs et principalement dans les radiers des réservoirs :
quelques-unes se produisent au début par suite du tassement iné-
gal des fondations ; mais la plupart sont dues au travail moléculaire
que développent dans la maçonnerie les variations brusques de la
température.

Les fissures superficielles qui n'attaquent que l'enduit présentent
peu d'inconvénients, mais celles qui entament profondément la
maçonnerie peuvent donner lieu à des filtrations considérables,
capables de dissoudre la roche sous-jacente et de compromettre la
stabilité des murs.

Chaque année, lors de la mise à sec du réservoir pour son
nettoyage, on doit faire une visite minutieuse des murs et du radier
pour reconnaître les fissures, les repérer et procéder à la réfection
des plus importantes.

Dans les réservoirs de Paris on ne cherche plus à supprimer les
fissures, on se contente de les rendre inoffensives. Lorsque l'une
d'elles a été reconnue, on pique l'enduit jusqu'à la maçonnerie sur

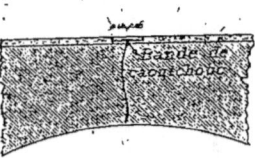

FIG. 235.

toute la longueur et sur une largeur
de 0^m,10 environ ; après le lavage de
la tranchée que l'on sèche à l'aide
de petits réchauds à charbon de bois,
on applique à cheval sur la fissure
de petites bandes de caoutchouc non
vulcanisé de 0^m,05 de largeur, que
l'on colle au moyen d'une dissolution
de caoutchouc dans de la benzine
(*fig*. 235). Le vide de l'entaille est ensuite rempli avec du mortier
de ciment. L'élasticité du caoutchouc lui permet de suivre les
mouvements de la fissure sans se laisser traverser par l'eau.

180. Descente dans les réservoirs. — Pour descendre
jusqu'au radier des réservoirs, pour les visiter ou pour effectuer
des travaux, il est nécessaire de ménager des escaliers.

Une disposition simple est constituée par une échelle en fer,
verticale ou inclinée, que l'on appuie, d'une part, sur le radier
où elle se trouve fixée et, d'autre part, sur la paroi d'une
ouverture pratiquée dans la voûte. Il est utile que l'ouverture
soit entourée d'une grille pour éviter les accidents.

Quelquefois on remplace l'échelle par un escalier en coli-
maçon (*fig.* 236)

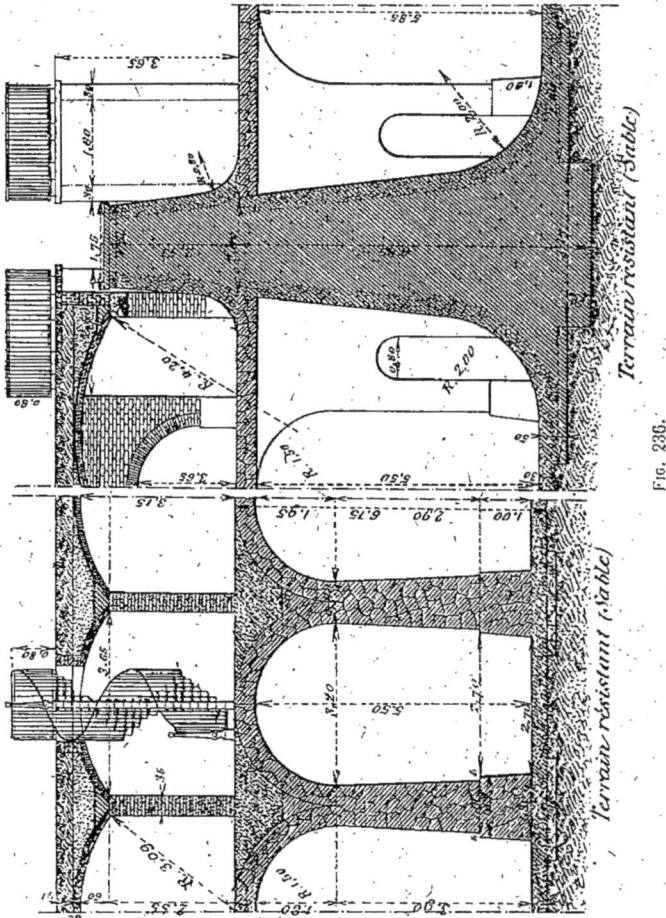

Fig. 236.

181. **Bâche.** — **Conduite directe.** — Il est rare que l'on
fasse déboucher l'aqueduc ou la conduite de refoulement
directement dans le réservoir; l'introduction de l'eau se

fait le plus souvent par l'intermédiaire d'un petit bassin, ou *bâche*, d'où partent des tuyaux spéciaux qui aboutissent aux divers compartiments.

Sur la figure 230, qui représente une disposition très générale, on voit les deux conduites de refoulement de 0ᵐ,50 déboucher dans la bâche B; deux tuyaux commandés chacun par une bonde conduisent l'eau dans les compartiments R et R'. En fermant l'une des bondes, on intercepte le passage du liquide dans le compartiment correspondant.

La bâche est assise sur le mur de séparation des deux bassins, à l'une des extrémités. Les tuyaux doivent être calculés pour écouler le produit maximum du refoulement sous le minimum de charge.

La figure 233 montre une disposition analogue dans le cas d'un réservoir à double étage. Les conduites de refoulement C et C' débouchent respectivement dans les bâches B et B', et les tuyaux D et D' conduisent l'eau jusqu'au radier de chaque bassin. Les deux bâches sont placées sur le mur séparatif des deux compartiments.

Quelquefois, lorsque le réservoir est circulaire ou rectangulaire, on est amené à placer la bâche au centre de figure; d'autres fois son emplacement est imposé par des circonstances particulières.

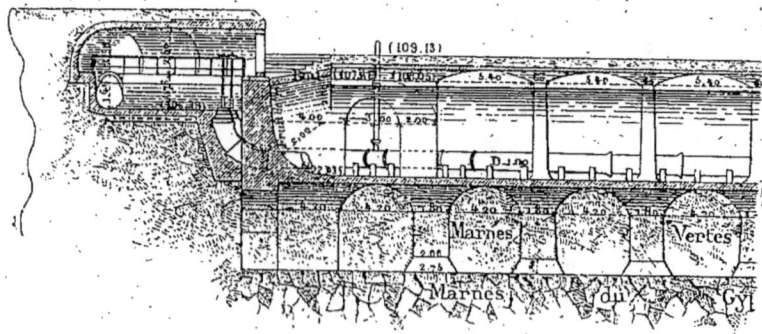

Fig. 237.

L'aqueduc de la Dhuis à Ménilmontant (*fig.* 237) se termine par une petite bâche (*fig.* 238) au fond de laquelle sont placées deux bondes de 0ᵐ,80 et une de 1 mètre; les deux premières servent à l'introduction de l'eau dans les deux compartiments, la troisième commande une conduite de même

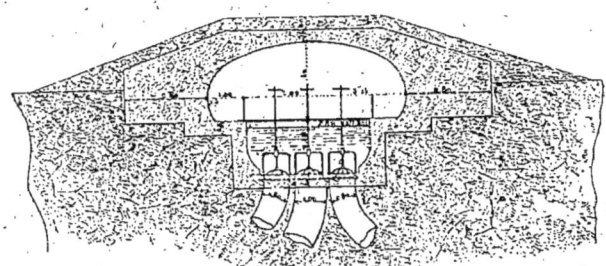

Fɪɢ. 238.

diamètre qui va se raccorder à la sortie du réservoir avec la conduite maîtresse de distribution. Cette *conduite directe* permettrait, le cas échéant, de faire le service en ville sans utiliser le réservoir.

C'est une excellente précaution, lors de la construction d'un réservoir, que de relier directement l'arrivée et le départ de l'eau; on est ainsi prémuni contre les accidents qui peuvent nécessiter la vidange complète du bassin.

Au réservoir de Saint-Cloud, l'aqueduc de l'Avre débouche dans une chambre centrale (*fig.* 239) d'où partent quatre

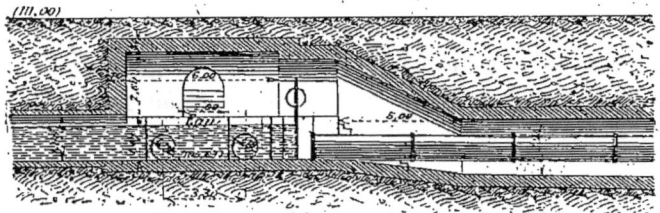

Fɪɢ. 239.

conduites de 1ᵐ,10 qui portent l'eau dans les deux compar-

timents pourvus chacun d'une bâche. L'entrée de cès conduites est commandée par des vannes métalliques. L'eau
arrive dans les bâches et pénètre ensuite dans le réservoir
en coulant sur le déversoir (*fig.* 240). Pour effectuer le rem-

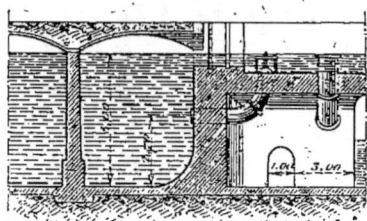

Fig. 240.

plissage du réservoir sans s'exposer aux dégradations qu'entraînerait pour le radier la
chute d'une telle masse d'eau
tombant de 5 mètres de hauteur, on a installé deux tuyaux
de $0^m,50$ qui traversent le
radier de la bâche et vont
déboucher, dans la paroi du
compartiment, à une hauteur
de $2^m,70$ seulement.

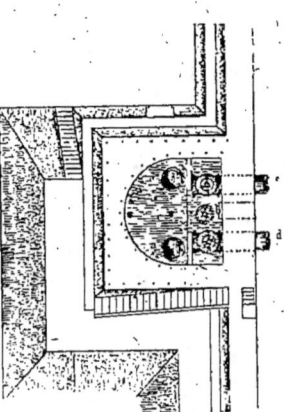

Fig. 241.

Une disposition analogue
existe au réservoir de Montsouris, dans lequel se déverse
l'eau de la Vanne. La figure 241
représente la bâche d'arrivée :
aa sont les conduites d'alimentation ; *b*, la conduite directe ; *c* et *d*, les conduites des
compartiments ouest et est; *v*, une ventouse. Dans les réservoirs de secours que l'on installe quelquefois aux extrémités
des longs réseaux de distribution, pour soutenir la pression
et le débit aux heures de forte consommation, l'introduction
de l'eau se fait nécessairement par les bondes de départ ;
la bâche devient inutile.

182. Fontainerie. — La fontainerie de chaque compartiment d'un réservoir doit comprendre : une *bonde de départ*,

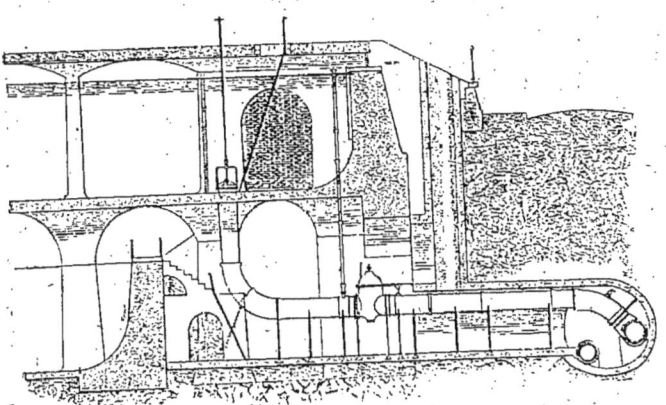

Fig. 242.

placée à l'origine de la conduite de distribution, un tuyau
de *décharge* commandé par une bonde pour la vidange du
bassin, un tuyau de *trop-plein* pour limiter le niveau de
l'eau, et un tuyau de *communication* avec le compartiment
voisin. Il est également utile de placer un robinet-vanne sur
la conduite de distribution, à sa sortie du réservoir, pour le
cas où la bonde ne fermerait pas hermétiquement.

Dans les compartiments supérieurs des réservoirs à double
étage, il est bon d'installer des décharges spéciales débouchant dans les bassins inférieurs, afin de pouvoir soutenir
ces derniers s'ils venaient à manquer d'eau.

Toutes les bondes se manœuvrent de l'extérieur à l'aide
d'une tige en fer et d'un tourne-à-gauche (*fig.* 242).

La figure 243 représente une bonde de départ fermée ;
en remontant le plateau supérieur à l'aide de la vis, on
découvre l'orifice, et l'eau pénètre dans la conduite. Le
tuyau inférieur se scelle dans le radier, de façon que l'orifice soit relevé de 0^m,30 environ ; cette disposition évite
l'entraînement de la vase

BONDES DE FOND SYSTÈME GIBAULT (*fig*. 243)

Diamètres.....	0,100	0,125	0,150	0,175	0,200	0,250
Prix (francs)...	90	120	140	160	180	250
Diamètres.....	0,300	0,350	0,400	0,450	0,500	0,600
Prix (francs)...	290	340	380	430	480	580

Il existe de nombreux modèles de bondes; le type *conique*, représenté par la figure 244, est utilisé depuis quelques années par le service des eaux de Paris; la perte de charge au passage ne dépasse guère 0ᵐ,10.

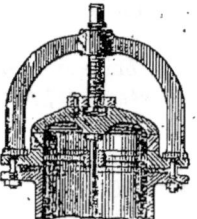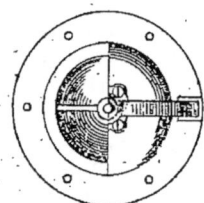

Fig. 243.

La bonde de décharge se place au point bas du radier, au niveau de la maçonnerie, et autant que possible au voisinage de l'égout ou du fossé de décharge, afin de restreindre la longueur du tuyau, dont le diamètre doit être suffisant pour que la vidange complète du réservoir puisse s'effectuer en deux heures environ.

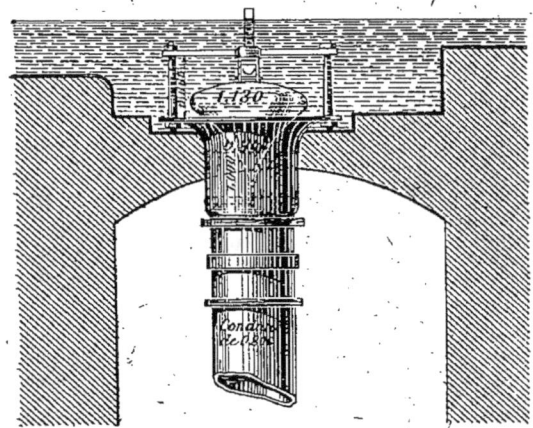

Fig. 244.

Fig. 245.

Le trop-plein n'est autre chose qu'un tuyau vertical dont l'orifice est nivelé à la cote que l'eau ne doit pas dépasser et que l'on fait déboucher dans l'égout ou dans la conduite de décharge. Ce tuyau empêche le débordement du réservoir; on détermine son diamètre par la condition qu'il puisse débiter seul, coulant en charge, le volume d'eau maximum que peut amener l'aqueduc.

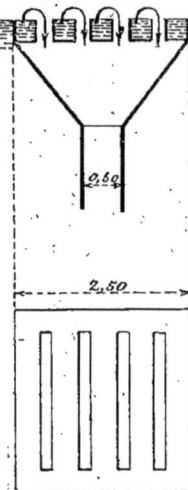

Diverses dispositions ont été imaginées pour allonger le périmètre de déversement de l'eau sans donner au tuyau un diamètre exagéré. A ce point de vue, l'embouchure tronconique (*fig. 246*) constitue une amélioration sur l'embouchure cylindrique. Les trop-pleins de M. Humblot, dont la figure 247 explique clairement le fonctionnement,

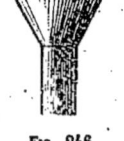

Fig. 246.

Fig. 247.

donnent des résultats encore plus satisfaisants; il en existe aux réservoirs de Saint-Cloud et de Charonne (*fig.* 248).

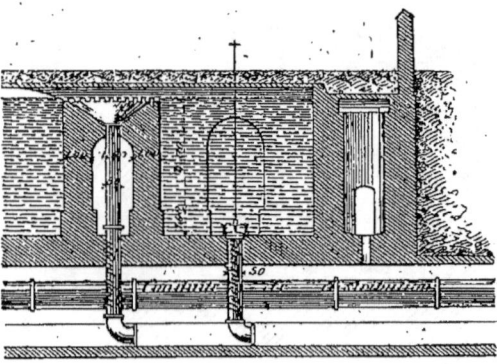

Fig. 248.

Le tuyau de communication se place dans le mur de

séparation des deux compartiments avec une vanne à chaque extrémité.

188. Échelle des haueurs. — Enregistreur Richard. — Pour la constatation quotidienne des hauteurs d'eau, il faut pourvoir chaque compartiment d'une échelle graduée dont le zéro est nivelé avec l'orifice de la bonde de départ.

Au réservoir de la Dhuis, ces échelles sont en laiton; leur graduation est analogue à celle de la mire parlante; les chiffres et les divisions sont découpés dans le métal; elles sont placées en regard des escaliers de descente adossées à des madriers verticaux.

Les règles en bois ou en tôle émaillée sur lesquelles les chiffres sont peints donnent de médiocres résultats, lorsqu'elles sont constamment noyées; la graduation s'efface rapidement.

Dans beaucoup de réservoirs, les échelles sont constituées par des flotteurs sur lesquels sont fixées des tiges en fer creux de $0^m,05$ de diamètre, graduées en centimètres; les tiges traversent la voûte du réservoir dans des fourreaux qui guident leur mouvement vertical. Le zéro est placé au sommet de la tige, et la graduation va en descendant; les lectures se font à l'extérieur, au droit d'un repère fixe.

Quelquefois l'échelle n'est pas attachée directement au flotteur, et les oscillations de ce dernier lui sont transmises par l'intermédiaire d'une chaîne et d'une poulie.

Le relevé des hauteurs à intervalles réguliers par le garde-bassin est heureusement complété par l'enregistrement continu du niveau d'eau dans le réservoir, à l'aide de l'appareil Richard.

Les oscillations du plan d'eau sont transmises à une tige, terminée par une plume, par l'intermédiaire d'un flotteur et d'une chaînette qui passe sur une poulie; l'extrémité de la plume appuie sur une feuille de papier divisée horizontalement par des lignes dont l'intervalle représente $0^m,50$ de hauteur, et dans le sens vertical par des droites qui représentent les jours et les heures de la semaine. Cette feuille de papier est fixée sur un cylindre vertical mû par un appareil d'horlogerie; pendant le mouvement, la plume trace sur la surface du papier une courbe continue, qui indique à chaque instant la hauteur de l'eau dans le réservoir par la lecture de la division horizontale. La feuille de papier se change tous les huit jours.

Une installation complète revient à peu près à 200 francs.

Il existe d'autres appareils pour la transmission à grande distance; mais leur fonctionnement n'est pas toujours très régulier.

184. Description de quelques réservoirs. — La figure 249 représente une coupe du radier et du mur de pourtour du

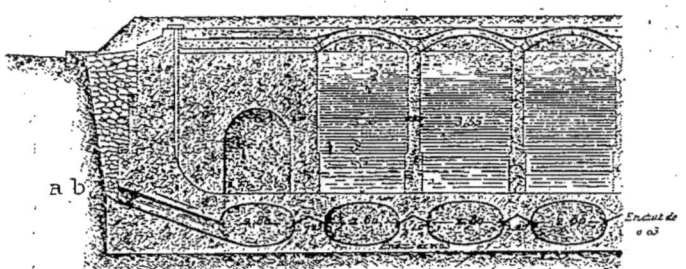

Fig. 249.

réservoir de Villejuif, qui reçoit les eaux de l'usine d'Ivry (*fig.* 222). Chaque compartiment peut contenir environ 12.500 mètres cubes, soit au total 25.000 mètres.

La construction repose sur le gypse, substance résistante quand elle est sèche, mais qui a l'inconvénient d'être très soluble.

Pour empêcher que la filtration de l'eau au travers des fissures du radier ne vienne dissoudre le gypse et compromettre la stabilité de l'ouvrage, on a donné au radier une épaisseur de $2^m,30$ en l'évidant dans le sens de la longueur et dans celui de la largeur par des galeries elliptiques de $1^m,50$ de hauteur qui, en se recoupant, forment une série de voûtes d'arêtes. Le ciel de ces galeries présente bien quelques fissures, inévitables dans tout radier à température variable, mais, les eaux recueillies par le radier inférieur qui a une pente y coulent sans pression et ne donnent lieu à aucune infiltration dans le sol.

Le radier est en béton avec enduit de ciment de Portland de 0ᵐ,03 d'épaisseur; on y accède par des escaliers en fonte à hélice. Les galeries sont praticables et ont reçu la tuyauterie de départ et d'arrivée.

Le réservoir est couvert, bien qu'il ne reçoive que de l'eau de la Seine; la couverture est formée de voûtes d'arêtes supportées par des piliers.

La construction, fontainerie comprise, est revenue à 1.400.000 francs, ce qui fait ressortir le mètre cube de capacité utile à 57 francs, chiffre élevé pour un réservoir à un seul étage, mais qui s'explique par le système de radier.

Dans les circonstances ordinaires, le prix du mètre cube de capacité varie de 30 à 40 francs.

Le réservoir de Montmartre (fig. 250), à triple étage, cons-

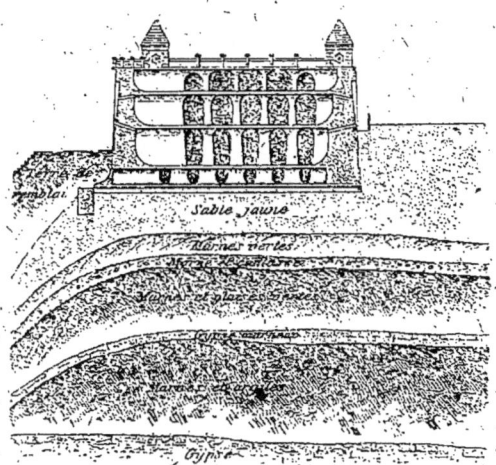

Fig. 250.

truit par M. Bechmann de 1886 à 1889, est un ouvrage fort remarquable dont la disposition a été commandée par le relief très accidenté de la butte sur laquelle il est établi à la cote 125. Ce réservoir est spécialement affecté au service des quartiers hauts de Montmartre, que ne peuvent desservir directement les eaux de la Marne et de l'Avre (168).

La construction comporte, comme à Villejuif, un radier évidé qui reçoit les infiltrations venant de l'intérieur. La pression transmise au sable jaune atteint $2^{kg},5$ par centimètre carré.

La maçonnerie, dont l'exécution a demandé un soin tout particulier à cause de la position dominante de l'ouvrage, est en mortier de ciment de Portland, au dosage variable de 300 à 450 kilogrammes par mètre cube de sable. Des chaînes en fer noyées dans les murs s'opposent aux déchirures et donnent une complète sécurité.

L'étage inférieur, d'une contenance de 5.000 mètres cubes, reçoit l'eau de Seine de Bercy, remontée par l'usine de relai de la place Saint-Pierre : tranche d'eau, de $4^m,70$; trop-plein, à la cote 127,30.

Les étages moyen et supérieur, d'une capacité totale de 5.800 mètres, emmagasinent de l'eau de source pour les usages domestiques. Étage moyen : tranche d'eau, $3^m,30$; contenance, 3.940 mètres; trop-plein, cote 132; — étage supérieur : profondeur, $2^m,70$; capacité, 1.860 mètres; trop-plein, cote 136.

Ce réservoir a coûté 1.150.000 francs; soit 103 francs par mètre cube de capacité.

Le *réservoir de Saint-Cloud* est placé à l'extrémité aval de l'aqueduc de l'Avre ; sa capacité a été fixée à 300.000 mètres cubes avec trois compartiments équivalents ; mais deux compartiments seulement sont en service; le troisième ne sera construit que plus tard.

La figure 251 représente le plan du premier compartiment, et les figures 252 et 253 des coupes du mur d'enceinte et de la bâche de distribution.

Le sol sous le radier a été drainé par un réseau de tuyaux de poterie de $0^m,06$, qui débouchent dans la galerie de départ, comme le montre la figure 252. Le radier a une épaisseur de $0^m,30$ avec une pente de $0^m,003$ vers la décharge placée dans l'angle sud-est.

Les murs de pourtour, dont le type a été imaginé par

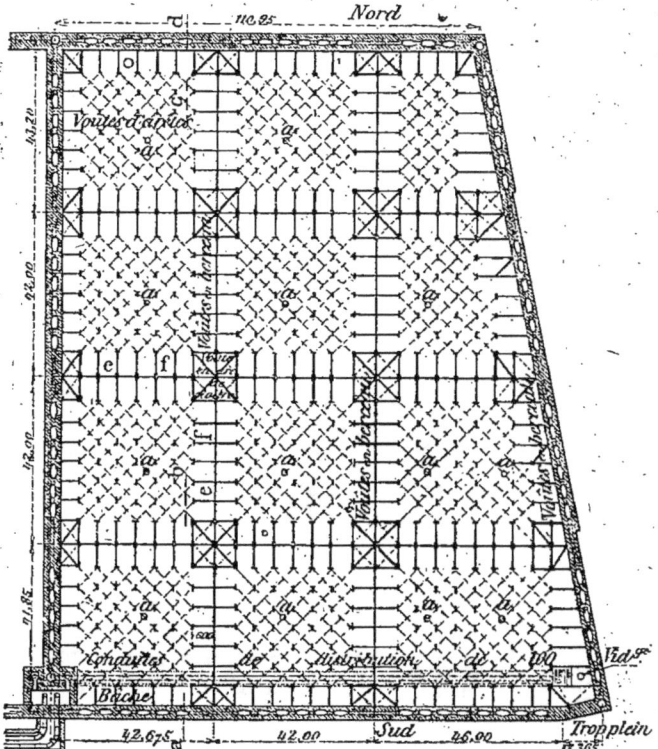

Fig. 251.

Coupe abcd

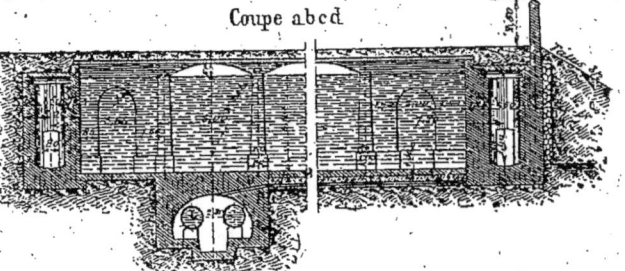

Fig. 252.

M. Humblot, présentent une section évidée qui permet de
les parcourir d'un bout à l'autre pour les visiter et reconnaître l'emplacement des fissures ; des drains noyés dans la
maçonnerie, du côté des terres, débouchent dans la galerie
centrale et font office de barbacanes, ce qui empêche les
eaux extérieures de pénétrer dans le réservoir. En outre, le

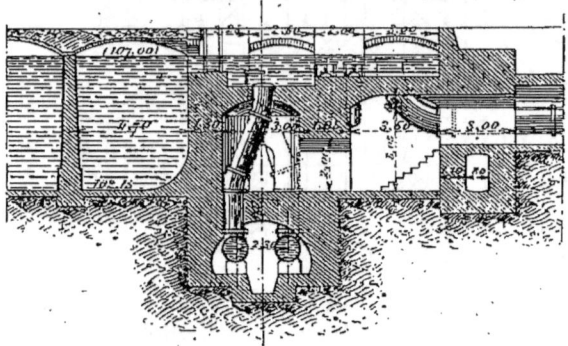

Fig. 253.

surcroît de largeur qui résulte, à volume de maçonnerie
égal, de l'évidement augmente la stabilité des murs et
diminue la pression par centimètre carré sur le sol des fondations.

Ces murs sont en maçonnerie de meulière et de mortier
de Portland au dosage de 300 kilogrammes de ciment par
mètre de sable. Les enduits ont 0^m,03 d'épaisseur.

Les eaux arrivent dans la bâche par deux conduites de
1^m,10 et peuvent se rendre dans les compartiments par trois
déversoirs de 2^m,50 de longueur chacun ou par quatre
tuyaux de 0^m,50 (fig. 240).

La distribution se fait par deux conduites de 1 mètre, logées
dans une galerie construite sous le radier le long du mur
sud ; à l'extrémité de la galerie ces deux conduites se réu-
nissent en une seule de 1^m,50, en tôle d'acier, qui amène
l'eau jusqu'à la porte d'Auteuil où commence le service en
route (96).

Les conduites de 1 mètre peuvent être alimentées directement par la bâche, à l'aide de deux tuyaux de 0^m,80, comme
on le voit sur la coupe (*fig.* 253).

L'embouchure des tuyaux de trop-plein, de 0^m,50, présente
la disposition de la figure 247.

RÉSERVOIRS EN TOLE

185. On a construit autrefois des cuves en fonte rectangulaires et à fond plat, que l'on supportait à une certaine
hauteur par une substruction en maçonnerie ou à l'aide de
piliers en fonte ou en briques.

Aujourd'hui on ne construit plus que des réservoirs cylindriques en tôle, à fond sphérique ou conique, que l'on fait
reposer sur une tour en maçonnerie par l'intermédiaire
d'une couronne en fonte (*fig.* 256).

Ces réservoirs ne s'appliquent qu'à des capacités réduites,
pour des services de peu d'importance; il en existe cependant qui peuvent contenir jusqu'à 2.000 mètres cubes.

186. **Épaisseur de la tôle.** — Le *cylindre vertical* est généralement constitué par des anneaux de 0^m,90 à 1 mètre de
hauteur, reliés par des rivets (*fig.* 256); l'épaisseur uniforme
de la tôle se calcule par la formule empirique (95) :

$$e = 0,000166DH + 0,002 ;$$

D représente le diamètre, et H la charge d'eau sur la base CD;
la constante du second membre, que l'on prend quelquefois égale à 0,0015, est introduite pour tenir compte de
l'action de la rouille et des petits défauts qui peuvent exister dans le métal. L'épaisseur ne doit jamais être inférieure
à 0,003.

Dans le cas d'un *fond sphérique* (*fig.* 254), l'épaisseur de la
calotte se détermine par la formule :

$$e = 0,000166rh + 0,0015 ;$$

r désigne le rayon OM, et *h* la profondeur de l'eau au sommet S.

On justifie cette formule par les considérations suivantes :

Soient :
ρ le poids du mètre cube d'eau;

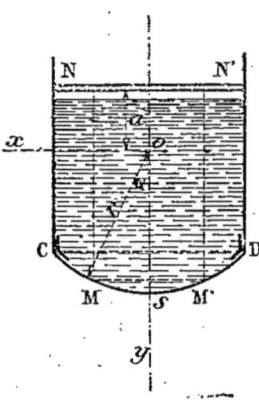

FIG. 254.

x, *y* les coordonnées d'un point quelconque M de la calotte, rapportées aux axes *ox* et *oy* passant par son centre.

La pression normale qu'exerce le liquide sur la zone élémentaire passant par M a pour expression :

$$2\pi\rho r\,(y + a)\,dy,$$

et la composante verticale de cette pression égale :

$$2\pi\rho r\,(y+a)\cos\alpha\,dy = 2\pi\rho\,(y+a)y\,dy.$$

On obtient la charge totale P que supporte la calotte MSM'; en intégrant cette équation de *y* à *r*, il vient :

$$P = 2\pi\rho \int_{y}^{r} y^2\,dy + \pi a\rho \int_{y}^{r} 2y\,dy\,;$$

effectuant l'intégration :

$$P = \frac{2}{3}\,\pi\rho\,(r^3 - y^3) + \pi a\rho\,(r^2 - y^2),$$

ou encore :

$$P = \pi\rho\left[\frac{2}{3}\,r^3 - \frac{2}{3}\,y^3 + ax^2\right].$$

On parviendrait à cette formule d'une façon élémentaire en évaluant séparément le volume du cylindre MM'N'N et celui du segment sphérique MSM' et faisant la somme des deux volumes.

Soit T la tension de la tôle au point M exprimée en kilogrammes par mètre carré; la section de résistance du métal égale $2\pi re$, et la résistance elle-même a pour valeur $2\pi e x T$. La composante verticale de cette force tangentielle faisant équilibre à la charge P, on a l'équation :

$$\frac{2\pi e x^2 T}{r} = \pi\rho\left[\frac{2}{3}\,r^3 - \frac{2}{3}\,y^3 + ax^2\right],$$

d'où l'on déduit :

$$T = \frac{\rho r}{2e}\left[a + \frac{2}{3}\frac{r^3 - y^3}{r^2 - y^2}\right].$$

La tension de la tôle augmente avec y et devient maximum au sommet S pour $y = r$, alors :

$$T = \frac{\rho r}{2e}(a + r);$$

faisant T=3 millions de kilogrammes par mètre carré, $\rho = 1.000$ kilogrammes, $a + r = h$, on obtient la formule

$$e = 0,000166rh,$$

à laquelle on ajoute 0,0015 pour tenir compte de l'effet de la rouille.

L'analyse serait la même pour une cuve à *fond conique* (fig. 255). Si h représente la hauteur OS du cône, et l la longueur de la génératrice CS, la charge P sur la parallèle MM' a pour expression :

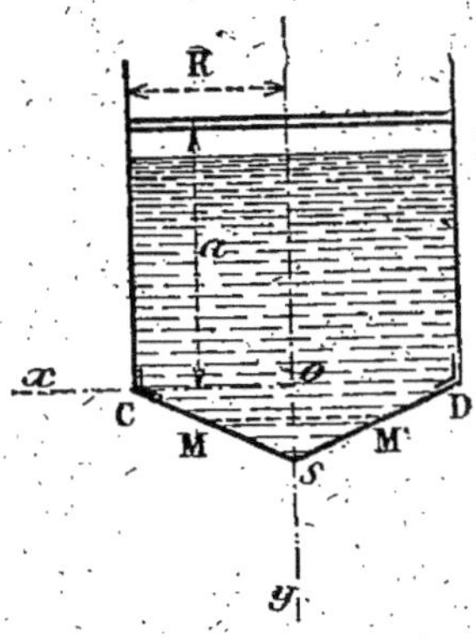

Fig. 255.

$$P = 2\pi\rho\left[(a + h)\frac{x^2}{2} - \frac{hx^3}{3R}\right],$$

et la formule de la tension devient :

$$T = \frac{\rho l}{he}x\left[\frac{a + h}{2} - \frac{hx}{3R}\right].$$

Le maximum de T se produit pour :

$$x = (a + h)\frac{3R}{4h}.$$

187. Réservoir de Colmar. — On trouvera au paragraphe 70 la description et la coupe du puits qui alimente le service d'eau de Colmar.

Les eaux sont relevées dans une cuve en tôle de 1.200 mètres cubes de capacité, installée au sommet d'une tour en maçonnerie de 42 mètres de hauteur; cette disposition a été nécessitée par l'absence de toute colline à proximité de la ville.

Le débit journalier des pompes étant de 6.000 mètres cubes, on voit que la capacité du réservoir représente seulement le cinquième de la consommation d'une journée.

Dans plusieurs villes d'Allemagne alimentées par des machines
à vapeur avec réservoir métallique, le même rapport existe

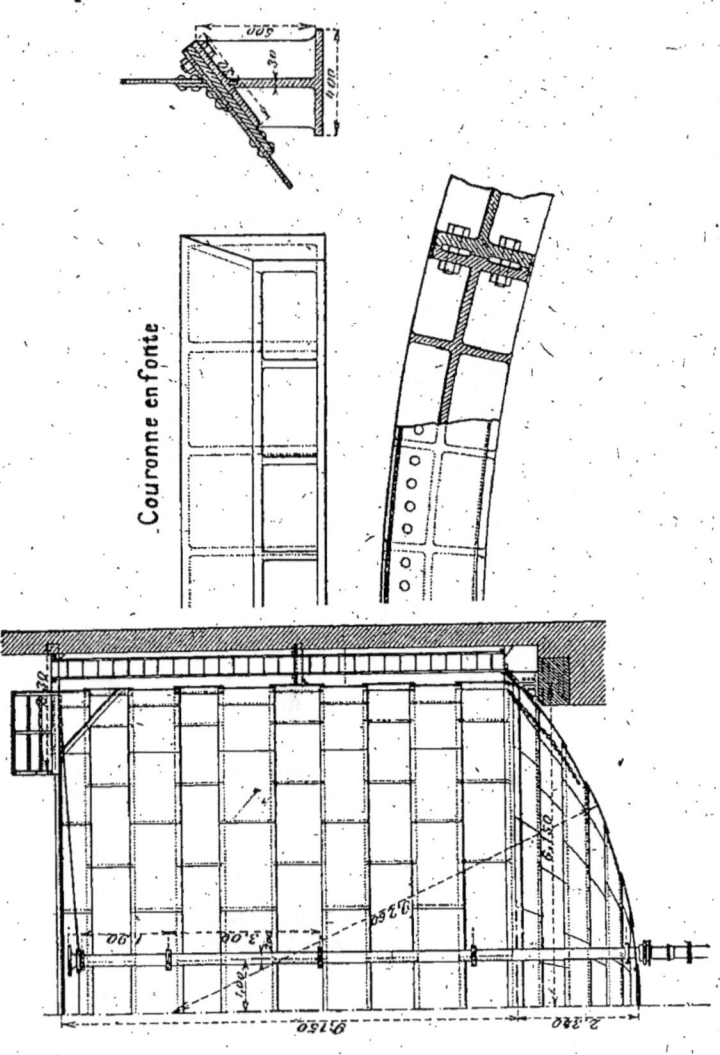

Couronne en fonte

Fig. 250.

entre la contenance du réservoir et la dépense d'eau quotidienne.

La figure 256 donne une coupe de la cuve avec les détails de la couronne en fonte, par l'intermédiaire de laquelle elle repose sur la tour ; cette couronne est composée de plusieurs segments reliés ensemble ; des boulons à scellement la fixent au couronnement en pierre de taille qui termine la tour.

La conduite d'arrivée, de 0^m,35 de diamètre, traverse la calotte du réservoir et vient déboucher à 0^m,15 au-dessus du niveau supérieur de l'eau ; celle de distribution, de 0^m,25, part du fond ; un robinet-vanne est placé à la sortie de la cuve. Le service direct en cas d'accident au réservoir est rendu possible par une communication de 0^m,25 établie à l'extérieur, entre les tuyaux d'arrivée et de départ. Une troisième conduite de 0^m,20 sert de trop-plein, et une quatrième, raccordée sur la précédente, fonctionne comme décharge. Toutes ces

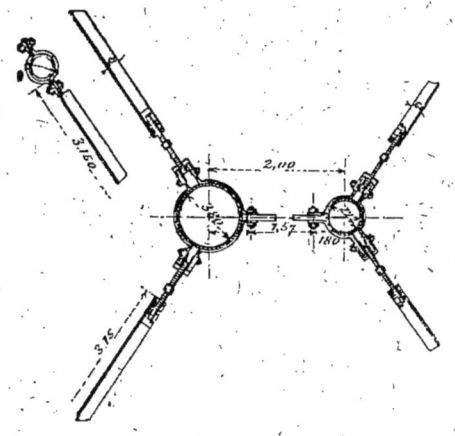

Fig. 257.

conduites sont fixées verticalement par des colliers raidis au moyen de tirants à vis (*fig.* 257).

L'installation de la cuve est revenue à 37.000 francs ; le château d'eau, qui est d'aspect monumental (*fig.* 258), a coûté 126.000 francs.

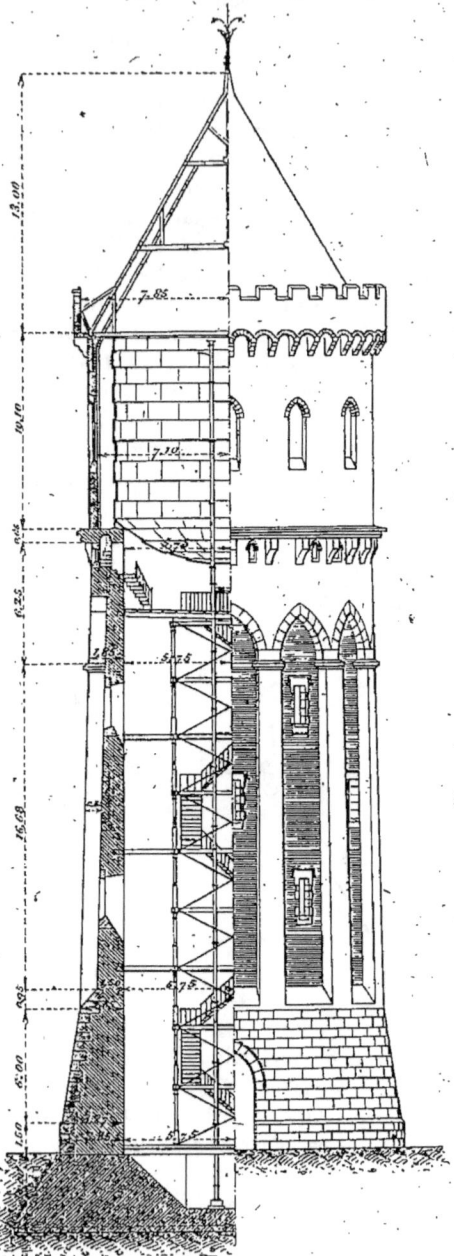

Fig. 258.

RÉSERVOIRS A FOND SPHÉRIQUE MONTÉS SUR TOURS EN MAÇONNERIE

CONTENANCE en mètres cubes	DIAMÈTRE	HAUTEUR	POIDS TOTAL APPROXIMATIF	CONTENANCE en mètres cubes	DIAMÈTRE	HAUTEUR	POIDS TOTAL APPROXIMATIF
m3	m.	m.	kilog.	m3	m.	m.	kilog.
12	2,60	2,30	2120	100	5,50	4,15	6880
15	2,80	2,45	2340	120	6,00	4,10	8400
20	3,20	2,50	2740	150	5,50	5,10	9300
25	3,40	2,50	3000	200	6,00	7,00	12400
50	4,00	4,00	4380	250	7,00	6,30	13800
75	5,00	3,91	5540	300	8,40	5,00	19400

Nota. — La tôle se compte de 0 fr. 40 à 0 fr. 50 le kilogramme, ouvrage mis en place avec peinture.

188. Réservoir de Düren. — La figure 259 montre la disposition du réservoir de Düren (Prusse), de 550 mètres cubes de capacité, installé à 40m,00 de hauteur au sommet d'un château en maçonnerie.

Cette cuve est une variante du type à fond conique imaginé par M. Intze, type qui présente cet avantage que le réservoir peut être supporté par une tour d'un diamètre sensiblement moindre, ce qui rend la construction plus légère et plus économique.

Les dimensions des cônes sont calculées de façon que les composantes horizontales de la pression de l'eau sur les génératrices soient deux à deux égales et opposées, disposition qui supprime tout

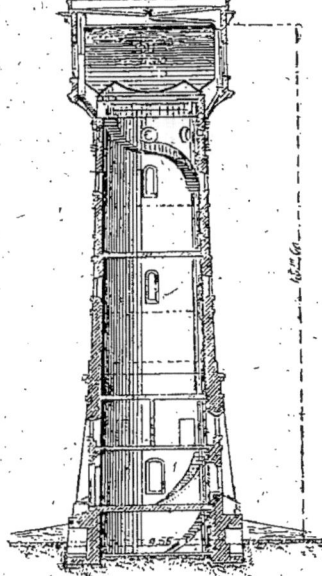

Fig. 259.

effort horizontal sur la couronne de support, qui ne reste
soumise qu'à des efforts verticaux.

Les réservoirs de Thionville, de Bremerhaven, de Mann-
heim, et la bâche de la place Saint-Pierre à Paris sont analogues à celui de Düren.

189. Cuves en ciment armé. — Depuis quelques années
les constructions en ciment armé, ou sidéro-ciment, ont pris
une certaine importance; de nombreux constructeurs éta-

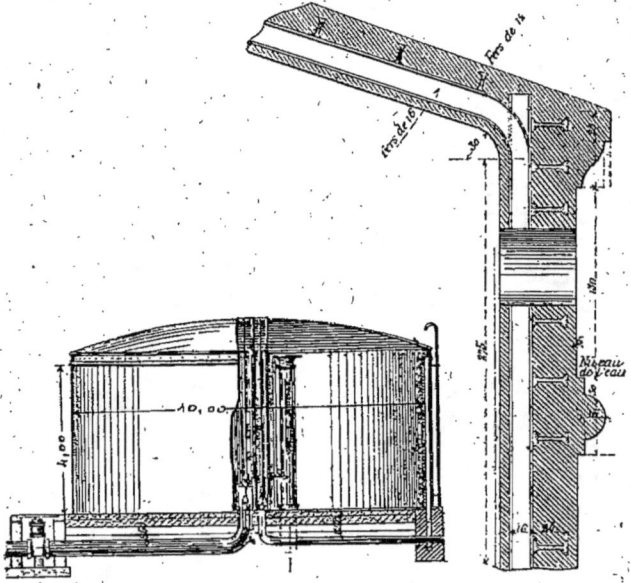

Fig. 260.

blissent des conduites (90), des aqueducs, des réservoirs, des
barrages, ponts, etc., et les résultats sont satisfaisants comme
solidité et économie, lorsque l'exécution est faite avec soin.

Le système consiste à noyer une carcasse en fer ou en
acier dans un enduit en mortier de ciment de faible épaisseur; les éléments de l'ossature sont calculés pour qu'elle

puisse résister seule à l'effort qui tend à la rompre, le ciment n'intervient que pour assurer l'étanchéité et protéger le métal contre la rouille.

La figure 260 représente une cuve en sidéro-ciment pouvant, contenir environ. 300 mètres cubes. La carcasse est constituée par des tiges verticales reliées à des barres d'acier à double **T** de 12, 14, 16, 24 millimètres de hauteur, enroulées transversalement en hélice ; le pas des spires va en diminuant du sommet au fond pour tenir compte de l'accroissement de la charge d'eau. La coupe de droite donne les détails de la paroi et de la couverture.

Le réservoir repose sur une fondation en béton de $0^m,15$ d'épaisseur, supportée elle-même par une couche de sable pilonné de $0^m,20$.

On monte d'abord l'ossature, puis le mortier est moulé par bandes verticales entre deux panneaux cylindriques.

Les cuves en ciment armé reviennent de 20 à 25 francs le mètre cube de capacité.

CHAPITRE X

CONDUITES DE DISTRIBUTION

190. L'aménagement de l'eau dans la ville se fait par un réseau de conduites qui commence au réservoir et se développe dans toutes les rues; l'eau est ainsi amenée au droit de chaque propriété, et l'installation dans la maison ne nécessite plus qu'un branchement de faible longueur raccordé sur la conduite publique.

L'extrémité amont du réseau se compose le plus souvent d'une seule conduite de gros diamètre dont l'embouchure, placée au fond du réservoir, est commandée par une bonde.

Le système des *châteaux d'eau*, en usage dans l'ancienne Rome, consistait à recevoir l'eau qui sortait des piscines ou réservoirs, dans un grand nombre de cuvettes disséminées dans les divers quartiers de la ville; de chacune de ces cuvettes partaient des branchements qui aboutissaient aux propriétés environnantes pourvues de concessions. Ce système n'est plus utilisé de nos jours à cause de sa complication; mais on en trouve des vestiges à la fontaine du pré Saint-Gervais (80) et à celle de la rue Gaillon. Les Romains, qui ne connaissaient pas le compteur, y avaient recours dans le but de jauger le débit des concessions; le diamètre du branchement, ainsi que la charge d'une extrémité à l'autre demeurant constants, il en était de même du débit.

Le réseau de distribution doit être étudié avec le plus grand soin comme tracé et diamètre des conduites maîtresses, afin que sur tous les points de la ville le débit reste suffisant pendant les grandes consommations, sans produire une dépression exagérée.

ÉTUDE D'UN RÉSEAU

191. L'étude d'un réseau comporte deux opérations principales : 1° le *tracé des conduites;* 2° le *calcul des diamètres et des pertes de charge.* Ce calcul est indispensable pour les conduites maîtresses et secondaires.

Il va sans dire que cette étude suppose connus le volume d'eau à distribuer quotidiennement, la façon dont ce volume se répartit dans les différentes rues, d'après le nombre d'habitants, l'importance des établissements publics et industriels, la surface de voie à arroser, etc. Mais tous ces éléments ont dû être rassemblés dès le début pour fixer la quantité d'eau à dériver.

192. **Tracé des conduites.** — On commence par se procurer un plan coté de la ville, ou un plan à courbes de niveau, à l'échelle de 1/2000 ou 1/2500, sur lequel on reporte l'emplacement du réservoir.

Le tracé des conduites maîtresses présente toujours une certaine indétermination, qui oblige à quelques tâtonnements indispensables pour dégager la solution la plus rationnelle.

Cependant l'indétermination n'est généralement pas aussi grande qu'on pourrait le supposer; un examen attentif du plan et du terrain réduit souvent à deux ou trois au plus le nombre de tracés à comparer au point de vue de l'économie.

Il apparaît d'ailleurs comme évident que les conduites maîtresses doivent suivre les voies les plus centrales et les plus denses comme population, que la largeur des rues et leur nivellement sont des éléments importants à considérer, et que les choses doivent être prévues de façon à parer le mieux possible aux interruptions de service nécessitées par l'arrêt des conduites en cas d'accident ou de travaux d'extension.

La comparaison économique de plusieurs réseaux fournissant des services également satisfaisants s'effectue à l'aide du tableau des prix de revient des divers diamètres. Pour chaque réseau on calcule la longueur et le diamètre des différents tronçons, d'après le débit à fournir et la charge disponible ; on applique les prix correspondants, et l'addition de tous les totaux partiels fait connaître la dépense générale.

193. Réseau ramifié, réseau maillé. — On peut supposer, par exemple, que la ville à canaliser s'allonge à flanc de coteau à l'intérieur d'un périmètre sensiblement elliptique, et que

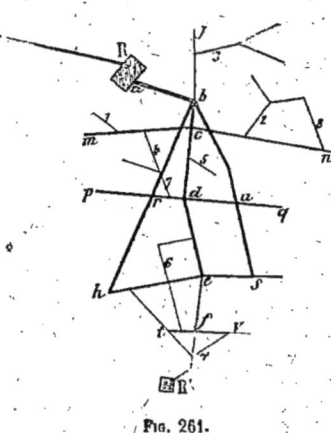

Fig. 261.

le réservoir soit placé en R (*fig.* 261). S'il existe une grande rue *jbg*, dirigée à peu de chose près suivant l'axe majeur de l'ellipse, il sera naturel de descendre la conduite maîtresse jusqu'en *b*, de lui faire suivre cette rue, et d'installer des conduites secondaires *mn*, *pq*, *hs* dans les voies transversales ; les conduites de troisième et de quatrième ordre : 1, 2, 3, ..., viendront se brancher sur ces dernières.

La figure ci-dessus ne doit être envisagée que comme un schéma ; il est clair que la position du point *b* et que le tracé des conduites sont entièrement subordonnés à la direction des voies existantes.

Chaque tronçon de la conduite maîtresse devra suffire à l'alimentation des branchements qu'il dessert directement et de toutes les conduites placées en aval. Il en sera de même pour les tronçons successifs des conduites secondaires, tertiaires, etc. Un pareil réseau est dit *ramifié* ou *palmé ;* l'écoulement de l'eau s'effectue constamment du réservoir vers les extrémités ; mais, lorsqu'un arrêt devient nécessaire sur un point quelconque, toutes les conduites placées en aval se trouvent privées d'eau, ce qui est un grave inconvénient au point de vue de l'exploitation.

Pour rendre possible l'alimentation en retour des principales conduites, il sera pratique d'en poser deux autres, telles que *bh* et *bs*, équivalentes comme débit à *be* et raccordées sur *mn, pq, hs*; dans ces conditions le réseau sera *maillé*. L'adjonction de ces deux conduites aura pour autre résultat de créer un secours permanent, qui maintiendra la pression aux heures de forte consommation

On déterminera le diamètre de *bh* par la condition qu'il suffise seul au service des rues situées à gauche de *bg*; le diamètre de *bs* se calculera de la même façon d'après le volume à fournir dans la région à droite de *bg*; on augmentera le diamètre de *ru, hs*, et au besoin celui de *de*.

Quelques petites voies, comme 2 et 3, seront privées d'alimentation en retour; mais cette situation n'aura que peu d'inconvénient; il est d'ailleurs impossible de l'éviter dans les rues en impasse, telles que 1 et 5.

Nous avons indiqué une solution pour transformer le réseau palmé en réseau maillé; mais il est clair que, dans la plupart des cas, cette transformation pourra s'effectuer de plusieurs façons; par exemple, s'il existe un boulevard de ceinture passant par *a, m, p, ..., n, j*, on pourra l'adopter comme tracé des conduites maîtresses.

La solution resterait la même dans le cas où le réservoir serait établi au voisinage du point *p*; on pourrait descendre la conduite maîtresse jusqu'en *d* et la subdiviser en deux branches *dj* et *dg*, puis installer des conduites de ceinture dans les directions *pb, bq, qf, fp*, ou emprunter les boulevards extérieurs.

Lorsque la charge disponible de *a* en *g* se trouve faible, eu égard à la longueur *abg*, il est à craindre que le service de la région extrême *tvg* ne devienne défectueux pendant les grandes consommations. On doit alors examiner, quand le relief du terrain le permet, les avantages qui résulteraient de la construction d'un second réservoir en R′ à un niveau un peu inférieur à celui de R; il n'est pas nécessaire que ce réservoir ait une grande capacité, mais la conduite *adf* doit être suffisante pour le remplir pendant la nuit.

Pour une ville assise sur deux coteaux opposés et présentant un périmètre sensiblement circulaire, avec réservoir

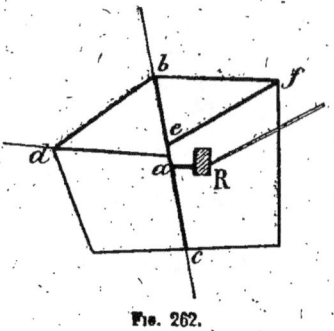

en R, on peut adopter la disposition d'ensemble représentée par la figure 262 : *ad, ef, be,* conduites maîtresses, *bfcd* conduites de ceinture!

Il n'y a pas lieu de multiplier ces exemples théoriques ; il était utile toutefois de les donner pour fixer les idées sur la question du tracé des conduites principales d'un réseau de distribution ;

Fig. 262.

mais c'est seulement par l'examen attentif du plan de la ville et l'exploration du terrain, que l'ingénieur peut se déterminer judicieusement sur le tracé qu'il convient d'adopter définitivement.

194. Calcul des diamètres et des pertes de charge. — Le diamètre de chaque tronçon, *ab, bc, cd,*... (*fig.* 261), se détermine d'après son débit, sa longueur et la perte de charge dont on peut disposer d'une extrémité à l'autre. Connaissant la longueur et la charge, une simple division fournit la pente par mètre.

Les abaques (p. 151 et 356) facilitent considérablement les calculs. En fin de compte, on prend pour chaque tuyau le diamètre de la série commerciale immédiatement supérieur au nombre trouvé et l'on corrige en conséquence la perte de charge. Par exemple, si le calcul donne 0^m,27 comme diamètre, on prend une conduite de 0^m,30.

Quelques ingénieurs procèdent d'une façon légèrement différente : se donnant *a priori* le diamètre du tronçon, ils calculent la perte de charge d'une extrémité à l'autre et déterminent la pression que cette perte laisse disponible sur le bout aval ; lorsque cette pression est trop faible, on recommence le calcul avec un diamètre supérieur. Au fond, les tâtonnements sont analogues, que l'on se donne la perte de charge pour calculer le diamètre, ou inversement.

Il serait évidemment plus rigoureux d'appliquer la formule de Dupuit sur le service en route; mais bien peu de praticiens utilisent cette formule; l'économie qu'elle apporte dans la détermination des diamètres est la plupart du temps insignifiante.

Le tronçon *ab* doit porter la totalité de la consommation de la ville. Le débit de *bc* s'obtient en retranchant de celui de *ab* le service en route de *a* en *b*, et le débit de *bj* auquel il faut ajouter celui des conduites 3. La dépense du tronçon *cd* se calcule pareillement en retranchant du débit de *bc* le service de *b* en *c*; et celui de la conduite *mn*, des branchements 1, 2, 4, 8. On opère de même pour *de*, et ainsi de suite. En général, le débit d'un tronçon quelconque de *abg* égale le débit du tronçon précédent diminué de son service de route et du volume d'eau consommé par les conduites qu'il alimente.

Le débit de *dp* égale son service de route augmenté de celui de la conduite 7. Pour *bh*, on cumule les débits de *cm*, *dp*, *he*.

Les conduites tertiaires et quaternaires se déterminent de la même façon, mais il est rare que leur diamètre soit soumis au calcul, car on s'impose toujours un diamètre minimum, $0^m,06$ ordinairement, quelquefois $0^m,04$. Les diamètres inférieurs ne sont utilisés que pour les branchements des maisons et des bouches d'eau.

Lorsque les calculs sont terminés, on dresse les profils en long des principales conduites, avec indication des lignes de charge, afin de mieux apprécier les variations de la pression tout le long du tracé; cette représentation graphique fait quelquefois ressortir la nécessité d'augmenter tant soit peu quelques diamètres.

Ordinairement, on ne se préoccupe pas des pertes de charge produites par les coudes, changements de diamètre, tubulures, robinets, etc.; il est bon cependant, lorsque la pression est faible, de calculer la perte au droit de chaque tubulure, en *a* pour la conduite *cm*, afin de voir si elle n'entraîne pas une correction du diamètre.

195. **Débit et pression.** — Le débit de chaque conduite se déduit des éléments consignés dans le tableau ci-dessous,

Abaque pour le calcul des conduites d'eau
d'après la formule de M. Maurice Levy.

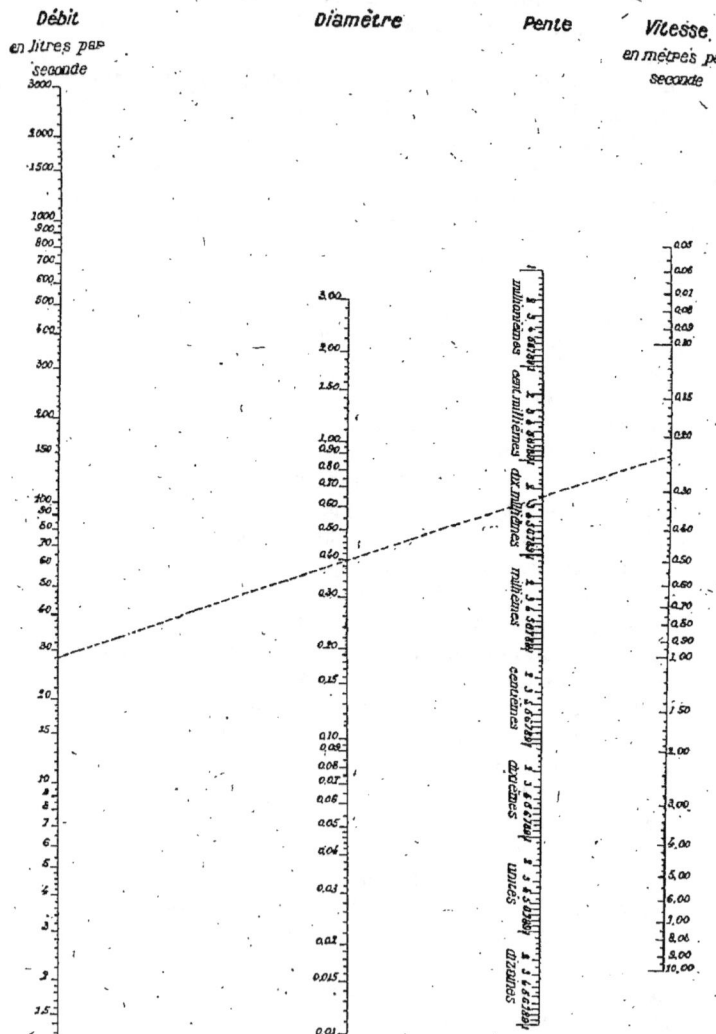

Débit	Diamètre	Pente	Vitesse
en litres par seconde			en mètres par seconde

qui constitue l'une des pièces du projet et dont la confection incombe à la Municipalité. Pour tenir compte des variations de la consommation, les chiffres de la colonne α doivent être majorés du triple environ (63).

Pour la pression, voir au paragraphe 171.

INDICATION DES RUES, PLACES, ÉTABLISSEMENTS	LONGUEUR DES RUES	SURFACE DES RUES	NOMBRE D'HABITANTS	VOLUME D'EAU NÉCESSAIRE PAR JOUR				VOLUME TOTAL PAR JOUR	VOLUME PAR SECONDE (α)	OBSERVATIONS
				Arrosage	Industrie	Particuliers	Chevaux			
	m	m²		m³	m³	m³	m³	m³	litres	

196. Canalisation de Vierzon. — La figure 263 reproduit le plan de la ville de Vierzon, avec la configuration du réseau de conduites, l'emplacement de l'usine élévatoire (167) et celui du réservoir.

La conduite maîtresse de distribution comprend un tronçon de $0^m,300$, qui appartient à celle de refoulement, suivi d'un autre de $0^m,250$, rue Neuve, auquel succède un troisième de $0^m,200$, qui se termine à l'École nationale. Les conduites de $0^m,150$ des rues Gourdon et de la Monnaie assurent l'alimentation en retour; deux conduites de $0^m,200$ eussent été préférables.

Le tableau de la page 362 donne les éléments du réseau, calculés d'après la formule de Darcy (tuyaux vieux). Les débits ont été obtenus par soustractions successives, comme il a été indiqué au paragraphe 194. On a tablé sur une consommation totale de 55 litres par seconde, bien que

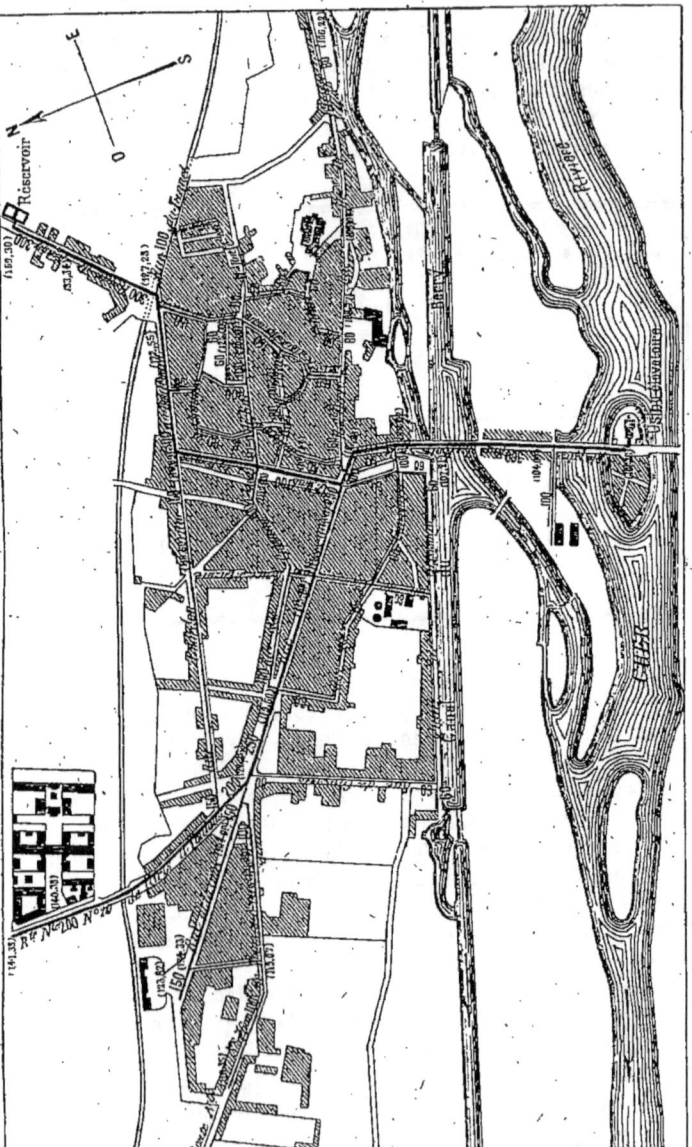

Fig. 263.

la machine n'élève que 23 litres pendant douze heures, ou 11ˡⁱᵗ,5 durant vingt-quatre heures.

La colonne 3 fait connaître le niveau piézométrique à l'extrémité amont de chaque tronçon; la colonne 7, le même niveau à l'aval; la pression effective sur ce dernier point se trouve consignée dans la colonne 9. La petitesse des vitesses montre que le travail imposé aux conduites est relativement faible; le service doit être satisfaisant.

Il n'y a pas eu, à proprement parler, de calcul des diamètres : se basant sur celui de la conduite de refoulement, l'ingénieur s'est fixé *a priori* les diamètres 0ᵐ,250 et 0ᵐ,200 des conduites des rues Neuve et de Toulouse et a déterminé les pertes de charge correspondantes pour connaître la pression

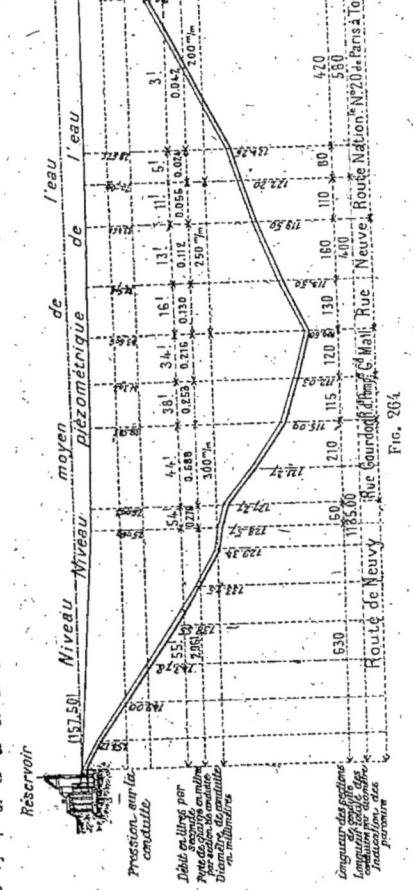

Fig. 264.

qu'elles laissaient disponible au point haut (cote 141,33). D'ailleurs, on pouvait voir immédiatement que, pour obtenir en ce point 11 mètres de pression environ, la pente par mètre le long des conduites ne devait guère dépasser

1 millimètre, ce qui exigeait pour un débit de 16 litres une conduite de 0ᵐ,25.

Pour la branche secondaire rue des Capucins, on connaissait le débit et les niveaux piézométriques aux extrémités; d'après la pente de la conduite maîtresse, le diamètre et la vitesse en découlaient sans ambiguïté.

Enfin la figure 264 représente le profil en long de la conduite principale. Un projet définitif doit également contenir ceux des conduites secondaires et de ceinture.

197. Réseau de la Vanne. — La figure 265 représente le

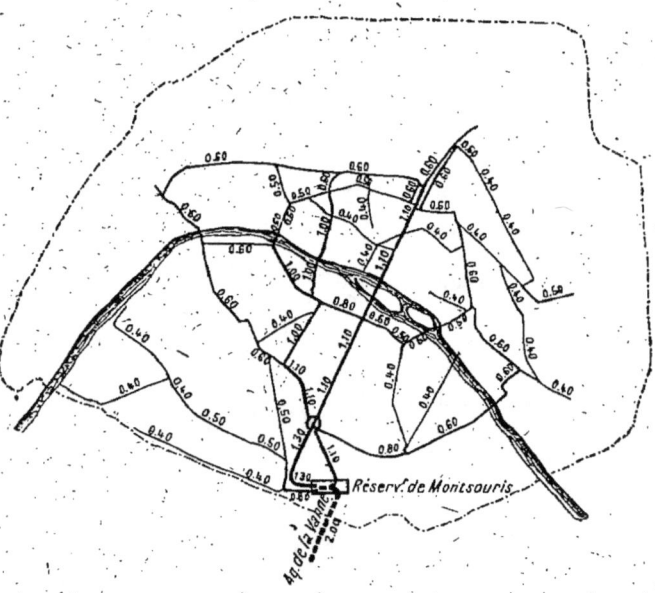

Fig. 265.

réseau de distribution de la Vanne dans Paris, conduites de 0ᵐ,40 et au dessus. L'eau sort du réservoir de Montsouris, qui peut emmagasiner environ 200.000 mètres cubes, par une conduite en béton de 1ᵐ,30 et deux conduites en fonte de 1ᵐ,10 et 0ᵐ,80. La conduite de 1ᵐ,10 double celle de 1ᵐ,30 pour parer aux accidents.

Le réseau est maillé ; les grosses artères comprennent une conduite médiane de 1ᵐ,10, une autre de 1 mètre dirigée vers l'ouest et qui assure le service en retour, une conduite de ceinture de 0ᵐ,80 et 0ᵐ,60. La conduite de 1ᵐ,10 et celle de 1 mètre sont reliées par des conduites transversales de 0ᵐ,80, 0ᵐ,60, 0ᵐ,50, qui équilibrent la pression. D'autres branches secondaires, tertiaires, de 0ᵐ,40, 0ᵐ,30, ..., 0ᵐ,10, s'intercalent entre ces artères pour distribuer l'eau dans les diverses voies, selon leur importance.

Dans les autres quartiers de la ville, le service d'eau de source est fait par les eaux de l'Avre et de la Dhuis. Des robinets, normalement fermés, permettent aux trois réseaux de communiquer entre eux pour se soutenir en cas de besoin.

DÉSIGNATION DES RUES et POINTS DE PASSAGE	LONGUEUR	DIAMÈTRE	COTE DU NIVEAU PIÉZOMÉTRIQUE (amont)	DÉBIT par seconde	PERTE DE CHARGE par mètre	PERTE DE CHARGE totale	COTE DU NIVEAU PIÉZOMÉTRIQUE (aval)	ALTITUDE de la conduite (pied)	PRESSION sur la conduite (eau)	VITESSE par seconde
	mètres	mètres	mètres	litres	millim.	mètres	mètres	mètres	mètres	mètres

Conduite maîtresse de 0,300

Conduites de 0,250 et 0,200

Conduites de 0,150

Conduites de ceinture de 0,150

Conduites secondaires de 0,100

POSE DES CONDUITES. — TUYAUX EN PLOMB ET EN FER

198. Les conduites de distribution sont généralement en fonte; les tuyaux en poterie, en ciment, en tôle et bitume se prêtent difficilement à l'exécution des prises d'eau. Les tuyaux en plomb et en fer étiré ne sont utilisés qu'en petits diamètres, 0m,10 au plus, pour les branchements de concessions et d'appareils publics.

On trouvera au paragraphe 91 les développements relatifs à la fabrication et au mode de raccordement des tuyaux en fonte, droits et courbes.

199. Pose en tranchée. — Voir paragraphe 93.

La largeur de la tranchée augmente évidemment avec le diamètre de la conduite. Au droit de chaque emboîtement, pour les gros diamètres, on ménage une niche qui facilite la confection du joint. Dans les terrains peu consistants, il est

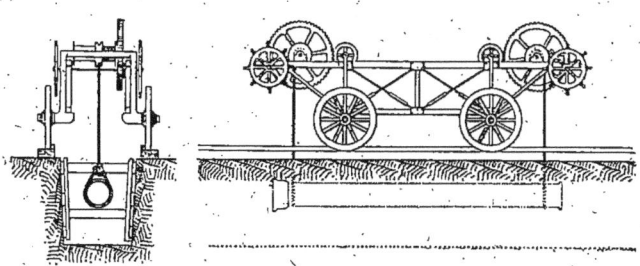

Fig. 265.

nécessaire d'étayer la fouille avec de forts madriers pour prévenir les éboulements.

Jusqu'à 0m,35, les tuyaux sont descendus dans la tranchée à bras d'hommes, à l'aide de cordes; les plombiers engagent le bout à cordon de chaque tuyau dans l'emboîtement du tuyau suivant et exécutent les joints. Dans les parties inclinées il est préférable que l'emboîtement soit dirigé vers le haut.

Pour les diamètres supérieurs, la mise en place s'effectue au moyen d'un chariot roulant que l'on installe au-dessus de la tranchée et auquel on suspend successivement les tuyaux à l'aide de chaînes. Le chariot se meut sur deux rails placés le long de la fouille. Les chaînes se manœuvrent à l'aide de treuils installés au-dessus du chariot. Le tuyau étant solidement attaché aux chaînes, on le descend lentement dans le fond de la tranchée, et on l'amène au point en imprimant aux attaches de petits mouvements dans les deux sens coordonnés.

Tous les 300 mètres environ, il est utile de placer un *robinet de partage* pour diviser la conduite en un certain nombre de *biefs;* on diminue ainsi l'importance des arrêts d'eau en cas de travaux de réparation. Sur les très grosses conduites, les biefs sont quelquefois de 500 mètres.

Lorsque la conduite est intercalée dans un réseau en service, on fait l'épreuve des joints en la mettant en pression; il suffit d'ouvrir la ventouse placée au sommet, ainsi que le robinet qui fait communiquer la conduite avec le réseau.

La mise en charge du réseau demande quelques précautions indispensables pour éviter les accidents; toutes les ventouses doivent être ouvertes, afin que l'air emprisonné dans les conduites puisse s'échapper au dehors; on doit procéder au remplissage en ouvrant lentement les bondes de départ au réservoir; lorsque l'opération est terminée, que l'eau arrive partout et que les ventouses ne rejettent plus d'air, on les ferme.

200. **Pose en égout.** — Dans la plupart des villes, les conduites d'eau sont placées en terre sous les voies publiques; ce système est le plus économique et n'offre des inconvénients que dans quelques cas exceptionnels, par exemple lorsque les rues sont étroites, bordées par de hautes maisons, très fréquentées, et leur sol peu consistant; en pareil cas, en effet, les moindres fuites peuvent produire des dégâts considérables, sans compter que l'ouverture fréquente de tranchées cause une gêne sérieuse à la circulation des voitures et des piétons.

À Paris, depuis Belgrand, c'est une règle de poser les conduites d'eau dans les égouts; le report en galerie s'effectue au fur et à mesure de l'avancement du réseau d'égouts. Aujourd'hui le tiers seulement de la canalisation subsiste en terre.

Ce système ne cesse pas que d'être très onéreux, lorsque les galeries sont construites spécialement pour recevoir les conduites; mais il offre d'incontestables avantages, qui doivent le faire préférer dans les cas exceptionnels ci-dessus mentionnés. L'installation, les réparations et les prises d'eau peuvent s'effectuer sans aucune coupure ni encombrement des voies publiques; la surveillance et l'entretien du réseau sont rendus plus faciles et moins coûteux; les dégâts produits par les fuites ne sont plus à redouter.

Les tuyaux posés en égout sont cylindriques avec joints à bagues (91); les pièces de raccord sont à emboîtement ou à brides; pour les petits et moyens diamètres, jusqu'à 0ᵐ,50, on fait reposer les tuyaux sur des *consoles* en fonte (*fig.* 267)

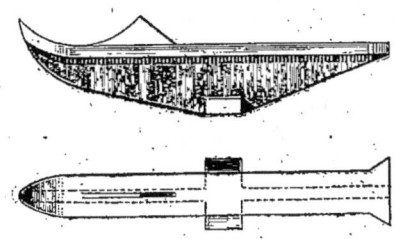

Fᴵᴳ. 267.

que l'on scelle dans la maçonnerie de l'égout au niveau des naissances; chaque tuyau est porté par deux consoles. La conduite est maintenue sur ses supports à l'aide d'*agrafes* en fer, une tous les 12 à 15 mètres, que l'on scelle dans le mur et dont l'extrémité arrondie embrasse une partie du tuyau. Quelquefois la conduite est placée au voisinage de la voûte, ou à la voûte même, et supportée seulement par des agrafes (*fig.* 268). Les grosses conduites sont portées par des *colonnettes* en fonte ou par des *tasseaux* en briques qui offrent plus de sécurité (*fig.* 269).

La butée des coudes et des bouts d'extrémité s'obtient au moyen d'*arcs-boutants* en fer, que l'on appuie sur le radier ou sur la voûte de l'égout, on a quelquefois recours à des massifs de maçonnerie.

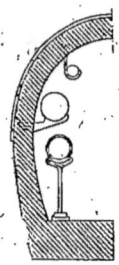

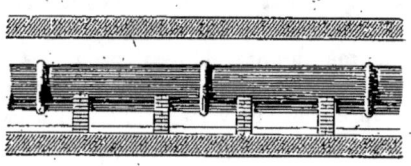

FIG. 268.   FIG. 269.

La descente des tuyaux dans les galeries s'effectue par les regards existants, qui sont espacés de 50 mètres; pour les gros diamètres, ces regards sont trop étroits et l'on pratique des ouvertures dans la voûte de l'égout.

201. Tuyaux en plomb. — Les tuyaux en plomb sont plus chers que ceux en fonte avec une résistance notablement moindre; c'est la raison qui les a fait abandonner depuis longtemps, au-dessus de $0^m,10$ de diamètre, pour la distribution de l'eau.

Mais la grande flexibilité de ces tuyaux et la facilité avec laquelle ils se courbent et s'adaptent aux tracés les plus sinueux, les rendent précieux pour les branchements de faible diamètre, qui distribuent l'eau dans les maisons et alimentent les bornes-fontaines.

Les tuyaux en plomb se trouvent dans le commerce par couronnes de 5 et 10 mètres; tous les diamètres se font depuis $0^m,005$ jusqu'à $0^m,10$, mais il existe une série commerciale de calibres; l'épaisseur reste comprise entre $0^m,003$ et $0^m,007$.

La plupart des eaux naturelles n'attaquent pas le plomb, et l'emploi de ce métal pour la fabrication des tuyaux ne présente aucun inconvénient au point de vue de l'hygiène; c'est là un fait suffisamment établi par l'expérience de tous les jours sur les canalisations existantes, qui ne donnent lieu à aucun accident (16).

L'eau chimiquement pure attaque le plomb avec énergie ; mais la présence d'une faible dose de carbonate de chaux suffit pour empêcher l'altération, et cette circonstance se produit presque toujours avec les eaux de sources et de rivières. La dissolution du plomb n'est à redouter qu'avec l'eau de pluie, souvent dépourvue de sels minéraux.

Néanmoins il faut éviter, autant que possible, de laisser stationner l'eau très longtemps dans les tuyaux; il est bon de rejeter celle qui y a séjourné plus de huit à dix heures.

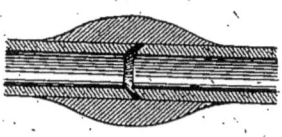

Fig. 270.

Les assemblages se font à chaud par *nœuds de soudure*, et à froid à l'aide de *brides* mobiles. Dans le premier cas, on fait pénétrer les tuyaux l'un dans l'autre, en taillant leurs abouts en sifflet, l'un en dedans et l'autre en dehors (*fig.* 270), puis on confectionne le nœud de soudure en versant un alliage en fusion sur les extrémités des tuyaux que l'ouvrier maintient en présence au moyen d'un linge. L'alliage est ordinairement formé de 1/3 de bon étain et de 2/3 de plomb.

L'assemblage à brides est le plus pratique pour les diamètres supérieurs à 0m,04; on l'obtient en passant dans les deux bouts de tuyaux des anneaux, ou brides, en fer, percés de trous sur lesquels on rabat le plomb en forme de collet; lorsque les deux collets sont bien dressés au marteau, on les rapproche en intercalant une rondelle en cuir gras, puis on les serre fortement l'un sur l'autre à l'aide de boulons passés dans les trous des brides.

202. Tuyaux en tôle et bitume. — Les tuyaux en tôle et bitume, très employés autrefois à cause de leur prix de revient sensiblement inférieur à celui des tuyaux en fonte, sont abandonnés aujourd'hui; on ne les utilise guère que pour les conduites de gaz.

Ces tuyaux s'obtiennent en cintrant une feuille de tôle que l'on soude et rive suivant une génératrice de cylindre; l'intérieur est plombé et préservé contre la rouille et les dépôts calcaires par un enduit de bitume et de cire de $0^m,002$; l'extérieur est recouvert de ficelle goudronnée et d'une couche de bitume de $0^m,02$ d'épaisseur environ, que l'on saupoudre de sable. On les fabrique par tronçons de 4 mètres, en tôle de fer et en tôle d'acier; l'épaisseur du métal n'est que de $0^m,0012$ pour les tuyaux de $0^m,10$ et de $0^m,0031$ pour ceux de $0^m,50$.

Les assemblages se font à emboîtement par le moyen de filasse grasse et d'un métal fusible dont on enduit les bouts mâle et femelle.

Les tuyaux en tôle et bitume conviennent surtout pour les conduites rectilignes; dans les parties courbes, il faut recourir aux pièces de fonte, et l'économie se trouve réduite. Les prises d'eau s'établissent plus difficilement que sur les tuyaux en fonte, tout en offrant moins de solidité. Enfin ces tuyaux n'ont qu'une durée assez limitée et se comportent mal à l'égard des coups de bélier.

203. **Tuyaux en fer.** — Voir au paragraphe 96 pour la conduite en *tôle d'acier*, de $1^m,50$ de diamètre et de 3.500 mètres de long, qui amène l'eau de l'Avre du réservoir de Saint-Cloud à la porte d'Auteuil. Cette conduite est logée dans une galerie maçonnée (*fig.* 271); elle repose sur des supports en fonte à assise circulaire et franchit la Seine à l'intérieur d'une passerelle métallique portée par des piles en maçonnerie (*fig.* 272).

L'emploi des tuyaux en *fer étiré* de petit calibre pour la distribution de l'eau à l'intérieur des maisons se généralise de plus en plus; à diamètre égal, ces tuyaux sont moins chers que ceux en plomb; l'économie est de près d'un tiers; il est vrai qu'étant moins malléables ils s'adaptent plus difficilement aux tracés accidentés; mais on fabrique une variété de pièces courbes et de manchons qui facilitent les changements de direction et les raccords (*fig.* 273).

Les assemblages se font à vis avec soudure; pour protéger

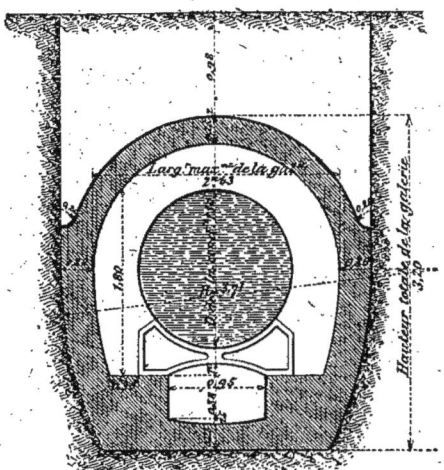

Fig. 271.

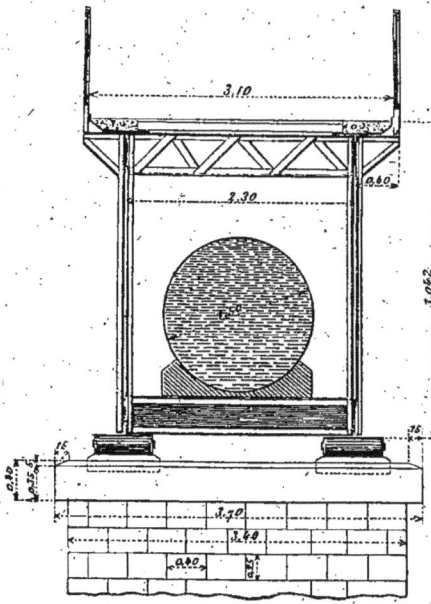

Fig. 272.

les tuyaux contre l'oxydation, qui les détruit rapidement, on

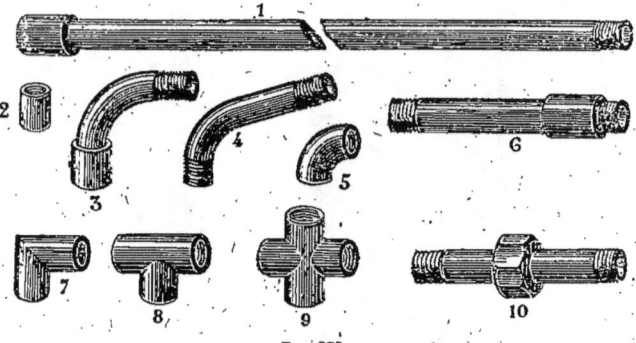

Fig. 273.

a recours à la galvanisation au zinc, qui donne d'assez bons
résultats lorsqu'elle est exécutée avec soin.

TUYAUX EN FER SOUDÉS PAR RAPPROCHEMENT AVEC JOINTS TARAUDÉS

NUMÉROS DES DESSINS	DIAMÈTRES en millimètres — Intérieurs / Extérieurs →	5 / 10	8 / 13	12 / 17	15 / 21	20 / 27	28 / 34	38 / 43	40 / 49	50 / 60	57 et 60 / 67 et 70	66 / 76	73 / 88	80 / 90	90 / 100	100 / 112
1	Poids approximatif du mètre courant	0,400	0,600	0,850	1,210	1,800	2,600	3,600	4,680	6,600	8,380	9,600	11	12,500	14,500	18,400
	Tubes longueur tout-venant. Taraudés et manchon. *Le mètre*	1,05	1,35	1,40	1,95	2,60	3,70	5,60	6,95	9	» 13	» 16	19,50	22	28	36
2	Manchons ordinaires. *La pièce*	» 20	» 25	» 30	» 40	» 50	» 60	» 80	» 95	1,65	2,50	3,75	4,50	5,20	6,20	7,50
3, 4, 5	Coudes ronds, angles différents. *La pièce*	» 65	» 90	1 »	1,20	1,50	2 »	3 »	3,70	6,70	10,20	15,50	18,50	22	36	46
6	Longues vis. *La pièce*	» 65	» 75	» 90	1,50	2	2,70	3,70	4,40	6,70	9	11,50	13,60	15	21	25
7	Coudes droits, côtés égaux ou inégaux. *La pièce*	» 65	» 75	» 85	» 95	1,15	1,65	2,45	3,25	5	7,80	11,80	15,20	20	30	38
8	Raccords en T, côtés égaux ou inégaux. *La pièce*	» 65	» 75	» 90	1 »	1,45	1,80	2,60	3,60	5,50	8,70	13,30	17,20	22,50	33	41
9	Raccords en croix, côtés égaux ou inégaux. *La pièce*	1,55	2 »	2,15	2,50	3,10	4,05	5,40	6,35	9,75	18,95	28,25	37	53	75	89
10	Écrous de rappel, mâles ou femelles. *La pièce*	2,70	3,30	4,10	5,40	7,50	9,20	11,20	13,80	16,80	20	23	25,50	31	38,50	

Pour les tubes galvanisés il faut majorer les prix de 30 francs par 100 kilogrammes.

EXTRAIT DES DEVIS ET BORDEREAU DES PRIX

APPLICABLES AUX TRAVAUX

DE FONTAINERIE CONCERNANT LES CONDUITES

ET

OUVRAGES ACCESSOIRES

SERVANT A LA DISTRIBUTION DES EAUX DE PARIS

ENTRETIEN DE LA FONTAINERIE

Du 1ᵉʳ février 1895 au 31 janvier 1898.

1° DEVIS

CHAPITRE II

CONDITIONS RELATIVES A L'EXÉCUTION DES TRAVAUX
EN GÉNÉRAL

ART. 6. — Ouvertures de tranchées. — Lorsque, pour la pose de conduites, il y aura lieu de procéder à l'ouverture d'une tranchée, l'entrepreneur l'exécutera suivant le tracé et la profondeur indiquée par l'ingénieur et en ayant soin de ranger les terres et les matériaux qu'il sera tenu de remettre en place, en se conformant aux conditions détaillées à l'article 10 ci-après. S'il est reconnu que les déblais ne peuvent pas, sans inconvénient, rester sur le chantier, l'entrepreneur sera tenu de les transporter dans tel endroit qui lui conviendra, pour les reprendre ensuite et les réemployer, le tout à ses frais.

Il sera, en tout cas, tenu de prendre toutes les précautions nécessaires pour préserver les ouvrages dépendant du service municipal, tels que candélabres, bancs, arbres, etc., et sera responsable des dégradations qui seraient de son fait ou de celui de ses ouvriers.

ART. 7. — Transport à pied d'œuvre et descente des tuyaux. — Les tuyaux et autres pièces de fontainerie seront pris aux lieux de dépôt indiqués par l'ingénieur et transportés à pied d'œuvre ; toutefois l'Administration se réserve la faculté de les faire amener par les fournisseurs eux-mêmes ; dans ce cas on retranchera des prix de pose et autres prix similaires portés à la série le sous-détail correspondant au prix de transport, pourvu que les pièces ainsi approvisionnées aient été déposées à moins de 100 mètres du lieu d'emploi ou de descente.

L'entrepreneur est responsable de toutes les avaries qui arriveront aux tuyaux et autres pièces de fontainerie, à partir du moment où ils lui auront été livrés ; si les pièces sont prises au dépôt de la ville, la livraison résultera de leur chargement sur les voitures de l'entrepreneur ; si elles sont amenées sur les chantiers par le fournisseur, la livraison se fera en sa présence et devant l'entrepreneur de fontainerie, ou de leurs représentants, ou eux dûment appelés, et d'un agent de la ville ; elle sera constatée par un procès-verbal signé par les parties présentes.

Dans chaque cas, l'entrepreneur de fontainerie, avant de prendre livraison des pièces, aura le droit de les faire manutentionner à ses frais, pour reconnaître si elles sont exemptes de défaut.

Les pièces trouvées brisées ou détériorées après la livraison seront abandonnées à l'entrepreneur de fontainerie et la valeur qu'elles avaient avant l'avarie sera déduite de son décompte.

Lorsque les pièces devront être posées sous galerie, le service des ateliers se fera autant que possible par les trappes de regard que l'entrepreneur devra faire entourer et garder avec soin ; il sera autorisé, en cas de besoin, à percer les voûtes des égouts et galeries, mais seulement aux points désignés par l'ingénieur ; il sera tenu de les refermer à la fin du travail et de faire tous les raccordements nécessaires, etc., etc. Ce travail sera payé à part.

Les tuyaux seront descendus avec soin dans les galeries ou dans les tranchées où ils devront être placés. Lorsqu'il n'y aura pas d'échelons dans les regards de l'égout où l'entrepreneur fait exécuter un travail, il devra mettre à la disposition de ses ouvriers une échelle assez longue pour faire la descente sans danger ; la même obligation lui est imposée pour les tranchées, à raison d'une échelle au moins par intervalle de 75 mètres.

ART. 8. — Pose des tuyaux. — Au moment de leur mise en place, les tuyaux devront être visités à l'intérieur et soigneusement débarrassés de tous les corps étrangers qui pourraient y avoir été accidentellement introduits.

Les tuyaux en fonte seront assemblés, soit par des joints à emboîtement, soit au moyen de brides ou de bagues.

Joints à emboîtement. — La pénétration de deux tuyaux consécutifs sera moindre que la profondeur de l'emboîtement, de manière à laisser 1 centimètre de jeu pour la dilatation. On aura soin de placer en dessus la portion de l'emboîtement qui portera le mamelon. Le bout mâle de chaque tuyau sera engagé dans le renflement du tuyau suivant, de manière à rendre régulier l'intervalle compris entre les parois intérieures de l'un et les parois extérieures de l'autre. Cet intervalle sera rempli partie avec de la corde neuve imprégnée de goudron, partie avec du plomb fondu. La profondeur du joint en plomb sera de 4 centimètres.

La corde, roulée régulièrement autour du bout mâle, sera matée au refus et disposée de manière à laisser un vide de profondeur uniforme, pour recevoir le plomb, lequel sera lui-même maté après le refroidissement.

Joints à brides. — Dans la confection des joints à brides, on laissera entre les brides un intervalle suffisant pour recevoir une rondelle en plomb convenablement dressée et enduite, sur les deux faces, d'une couche de mastic ou de minium.

Les rondelles auront la forme d'un anneau plat dont le diamètre intérieur sera égal à celui des tuyaux à raccorder et dont le diamètre extérieur sera calculé de manière à affleurer les trous des boulons. Ces rondelles auront en général $0^m,012$ d'épaisseur uniforme. Lorsqu'elles devront être biaises, leur épaisseur sera variable et déterminée par l'obliquité à donner aux tuyaux; toutefois elles ne devront pas avoir, au point le plus mince, moins de 1 centimètre d'épaisseur.

Les boulons destinés à relier les brides des tuyaux auront $0^m,018$ de diamètre; ils seront faits et filetés avec le plus grand soin. Ces boulons seront serrés graduellement les uns après les autres jusqu'au refus, et la rondelle sera refoulée avec un ciseau à mater.

Joints à bagues. — Dans les joints à bagues, on conservera entre les deux bouts de tuyau, pour les mouvements de dilatation, un intervalle de $0^m,002$, en se servant à cet effet d'une plaque en tôle; on masquera le vide avec de la terre glaise pour empêcher la pénétration du plomb; le joint devra partager la bague exactement par le milieu.

Le vide entre la bague et le tuyau sera uniforme sur tout le pourtour, il sera entièrement rempli en plomb fondu, lequel sera maté au refus après le refroidissement.

Joints de divers systèmes. — L'entrepreneur devra, s'il est fait emploi de joints de forme particulière ou d'un système autre que les précédents, se conformer aux instructions qui lui seront données.

Tubulures. — Les tubulures d'attente et les extrémités des conduites seront tamponnées par des plaques pleines en tôle, fixées à la tubulure au moyen d'une bride.

Tuyaux en plomb. — Les tuyaux en plomb posés en terre devront être assemblés au moyen de nœuds de soudure; sous galerie, ils pourront l'être au moyen de brides.

Étanchéité des joints. — Les joints d'assemblage de toutes les conduites, quelles qu'elles soient, devront être absolument étanches.

Sujétion sous galerie. — Dans le cas où, par suite de l'impossibilité de faire dans les égouts des percements assez rapprochés, l'entrepreneur serait obligé de transporter les tuyaux à plus de 100 mètres sous galerie pour les mettre en place, la pose de la partie de conduite formée par ces tuyaux donnera lieu à une plus-value portée au bordereau des prix.

ART. 9. — Épreuves des conduites. — Avant de recouvrir de terre chacune des portions de conduites nouvellement posées, on y mettra l'eau et on leur fera éprouver, à l'aide d'une pompe de presse hydraulique, une pression équivalente à 8 atmosphères; cette opération, y compris les travaux préparatoires nécessaires, tels que pose de plaques pleines, butées, etc., sera faite au compte de l'entrepreneur.

L'entrepreneur devra exécuter immédiatement et à ses frais les travaux de réparation, quels qu'ils soient, dont cette épreuve aura fait reconnaître la nécessité. Ne sont pas à sa charge le remplacement des pièces non fournies par lui, dont le défaut de résistance serait reconnu provenir de la mauvaise qualité du métal ou d'un vice d'exécution. Après la réparation de la conduite, il sera procédé à une nouvelle épreuve faite dans les mêmes conditions que la précédente.

Il en sera de même pour les conduites posées sous galerie, avant qu'elles ne soient mises en service.

ART. 10. — Comblement des tranchées et rétablissement du sol. — L'entrepreneur demeure chargé de remblayer toutes les tranchées ouvertes par lui sur la voie publique.

Il aura dû, au moment du déblai, mettre soigneusement de côté les matériaux qui constituent le revêtement de la chaussée ou du trottoir, ainsi que ceux de la fondation en sable ou béton.

Les remblais seront bien purgés de pierres et sans mélange de boue et immondices; les terres imprégnées de gaz ou donnant de mauvaises odeurs en seront exclues ; au sortir de la tranchée, elles auront dû être immédiatement portées aux décharges publiques, après désinfection par les soins et aux frais de l'entrepreneur, qui devra, en outre, désinfecter la tranchée elle-même, s'il y a lieu ; mais les désinfectants seront fournis par l'Administration.

Les remblais seront faits par couches de 0ᵐ,20 au maximum, pilonnés avec le plus grand soin et arrosés lorsque l'ordre en sera donné.

L'entrepreneur devra, aussitôt après l'achèvement du remblai, rétablir provisoirement la chaussée ou le trottoir, en réemployant les mêmes matériaux.

Dans les *pavages en pierre*, l'ancienne forme devra être rapportée avec soin à la surface du remblai, en réservant seulement la quantité de sable nécessaire pour remplir les joints.

Les pavés seront posés en suivant exactement les ranges ; ce travail sera fait par des compagnons paveurs.

Dans les *chaussées asphaltées ou pavées en bois*, l'entrepreneur effectuera seulement le remblai de la tranchée, soit jusqu'au niveau inférieur de la fondation, soit jusqu'au niveau supérieur de la chaussée, suivant les ordres de l'ingénieur.

Pour les *chaussées empierrées*, l'empierrement sera rétabli après avoir été fortement pilonné et arrosé ; enfin, pour les trottoirs, le dallage sera rétabli suivant l'appareil des dalles, et dans ceux en bitume, le remblai se raccordera sans saillie ou flache avec les surfaces voisines.

Les saillies sur l'ancien profil ne devront être nulle part de plus de 0ᵐ,05.

Dans tous les cas, les anciens matériaux non réemployés, asphalte, bitume, pavés en bois, bétons, etc., seront rangés à proximité de manière à ne pas entraver la circulation et à ne pas être perdus.

L'entrepreneur sera responsable de tous les matériaux des chaussées ou trottoirs, quelle qu'en soit la nature ; il devra remplacer à ses frais ceux qui auraient été enfouis sous le remblai, perdus ou détériorés de quelque manière que ce soit par le fait de ses ouvriers.

Il aura la responsabilité et l'entretien des premières réfections susindiquées jusqu'à l'exécution de la viabilité définitive, qui sera faite par le service de la Voie publique. Toutefois cette garantie ne s'étendra pas au-delà des quinze jours qui suivront le remblai complet de la tranchée.

Faute par l'entrepreneur d'assurer convenablement l'exécution et l'entretien des travaux provisoires dont il s'agit, il y sera pourvu d'office à ses frais, risques et périls par les soins des ingénieurs, et après une mise en demeure résultant d'un simple ordre de service.

ART. 11. — **Dépose des conduites.** — Pour déposer les conduites devenues inutiles, l'entrepreneur ouvrira une tranchée, aussi étroite que faire se pourra, en ayant soin de ranger les pavés au bord de la tranchée avec les précautions convenables.

Il déboîtera ensuite les tuyaux après avoir fait fondre les joints en plomb, s'il y a lieu, et de manière à éviter toute rupture; toutes les pièces seront séparées, déboulonnées et parfaitement nettoyées intérieurement et extérieurement, puis enlevées et transportées dans les magasins de la Ville. Le plomb seul sera repris par l'entrepreneur, et la valeur, calculée d'après les prix du bordereau, sera déduite du décompte.

La tranchée sera remblayée avec les soins indiqués à l'article précédent.

L'entrepreneur sera responsable des tuyaux et pièces de fontainerie qu'il aurait brisés ou dégradés ou qui auraient disparu: la valeur en sera déduite du décompte dans les conditions indiquées à l'article 7.

ART. 12. — **Enlèvement des matériaux, terres, gravois, etc.** — L'entrepreneur fera transporter dans les dépôts du service les vieux matériaux et autres objets appartenant à la Ville.

Il devra toujours avoir sur les ateliers les moyens de peser ces objets et un pot de peinture à l'huile pour les marquer.

Les voitures qui seront employées à ces transports seront munies d'une plaque peinte à l'huile portant l'inscription « SERVICE MUNICIPAL », peinte en blanc, en caractères très apparents sur fond noir; la plaque portera, en outre, le nom et la demeure de l'entrepreneur.

La voiture devra toujours se rendre directement au dépôt indiqué sur le bon de rentrée qui sera remis au charretier, et qui donnera la désignation détaillée des objets transportés, le nombre des pièces, leur longueur et leur poids respectifs.

L'entrepreneur sera responsable des objets inscrits sur cette lettre de voiture, qui sera présentée à l'acceptation de son chef d'atelier. Il devra justifier de la remise au dépôt, par un reçu du garde-magasin; en cas de non-justification, il deviendra responsable de la valeur des objets enlevés, valeur qui sera arbitrée par l'ingénieur en chef des Eaux, sans préjudice des poursuites qui pourront être exercées à cet égard.

Tout objet chargé devra être rendu au dépôt dans la même journée. Les matériaux quelconques non employés, ainsi que les terres provenant des tranchées devront, sans qu'il soit besoin d'un ordre de service spécial, être enlevés dans les vingt-quatre heures qui suivront l'achèvement des travaux.

A l'expiration de ce délai, l'ingénieur pourra, sans qu'il soit besoin d'une mise en demeure, faire procéder, aux frais de l'entrepreneur, à l'enlèvement des matériaux laissés sur les chantiers.

ART. 13. — **Prises d'eau, pose de plaques pleines, etc.** — Les prises d'eau devront être faites sur conduite en charge, s'il y a lieu, sans plus-value spéciale.

En exécutant ces prises d'eau, les percements de tuyaux et la pose des plaques pleines à l'extrémité des conduites, l'entrepreneur devra prendre toutes les précautions nécessaires pour éviter les fuites, et se conformer aux instructions qui lui seront données par les agents de la Ville.

Les percements sur conduites de fonte seront faits, suivant le calibre voulu, avec la machine à percer, de telle sorte que les bords soient francs et nets de toute bavure. Ceux sur conduites en tôle et bitume devront toujours être faits au trépan, et le bitume devra être rétabli sur la soudure du tuyau de prise.

ART. 14. — **Travaux divers.** — L'entrepreneur sera tenu d'exécuter les travaux de fontainerie, maçonnerie, charpente, tôlerie, serrurerie et zingage, autres que ceux de pose de conduites, qui lui seront ordonnés, en se conformant :

1° Aux projets de détail, aux dessins cotés qui lui seront remis et aux modèles d'appareils déposés avant l'adjudication dans les magasins de la ville, que les concurrents pourront visiter avant de soumissionner après en avoir demandé l'autorisation à l'ingénieur en chef des Eaux, et qu'en conséquence l'adjudicataire sera censé parfaitement connaître;

2° Au mode d'exécution décrit pour chaque nature d'ouvrages dans le cahier des charges imposées aux entrepreneurs du service municipal, — approuvé par M. le préfet de la Seine, le 4 août 1879.

ART. 15. — **Réception provisoire des matériaux.** — Les travaux d'entretien proprement dit étant exécutés à forfait et l'entrepreneur demeurant garant de leur bonne exécution pendant la durée de son marché, les matériaux qui seront employés dans lesdits travaux ne seront généralement soumis à aucune réception préalable.

Les tuyaux de fonte devront être pris au dépôt municipal où ils seront remplacés, aux frais de l'entrepreneur de pose, par le fournisseur de la Ville et aux conditions du marché de ce dernier. Les agents de l'Administration pourront, lorsqu'ils le jugeront convenable, exiger que les robinets, mécanismes et autres appareils fournis par l'adjudicataire, leur soient présentés avant la pose, afin de s'assurer qu'ils satisfont aux conditions de poids, de forme et de composition de métal prescrites.

En ce qui concerne les travaux neufs, les matériaux seront soumis, avant leur emploi, à la réception provisoire de l'agent délégué par l'ingénieur.

Ces matériaux consistant le plus souvent en métaux de différentes espèces, l'entrepreneur sera tenu d'avoir toujours sur ses ateliers les balances et instruments de pesage nécessaires pour vérifier les poids.

Dans le cas où il serait reconnu que les matériaux rebutés ou autres que ceux reçus auraient été mis en œuvre, le remplacement en serait effectué par l'entrepreneur qui supporterait, en outre, la dépense de main-d'œuvre que ce travail pourrait nécessiter, indépendamment d'une amende de *cinquante francs* par chaque pièce employée en fraude.

L'entrepreneur sera tenu d'avoir toujours en réserve, dans ses magasins et dépôts, des matériaux, appareils, etc., en nombre et quantité suffisants pour assurer l'exécution immédiate des travaux.

Les matériaux employés seront, autant que possible, d'origine française.

Art. 16. — **Composition des soudures et alliages.** — Les soudures pour nœuds, embranchements, empattements, etc., seront composées de 1/3 de bon étain et de 2/3 de plomb.

L'alliage de cuivre, qui sera exclusivement employé pour la robinetterie et pour toutes les pièces accessoires de la distribution sera celui qui est connu dans le commerce sous le nom de « bronze ». On ne fera usage de l'alliage de cuivre, dit « laiton » ou « cuivre jaune », que sur les indications spéciales des ingénieurs.

Le bronze contiendra en poids :

1° Pour les vis de robinets-vannes, clefs de robinets ordinaires, etc., etc. :

> 90 parties de cuivre
> 10 — d'étain
> 2 — de zinc

2° Pour les écrous, boisseaux de robinets, etc. :

> 86 parties de cuivre
> 14 — d'étain
> 4 — de zinc

Et le laiton contiendra :

> 100 parties de cuivre
> pour 5 — de zinc

VILLE DE PARIS

———

Extrait du Bordereau des prix d'entretien de la fontainerie

VILLE DE PARIS. — Extrait du Bordereau

N° DES PRIX	DÉSIGNATION DES OUVRAGES	DIAMÈTRES			
		0,030 à 0,040	0,054 à 0,060	0,100	0,150
592	**Pose en terre d'une conduite**				
	(A 1ᵐ,20 de profondeur moyenne mesurée entre le dessus de la ci main-d'œuvre comprises, la fourniture de	fr. c.	fr. c.	fr. c.	fr. c.
	1. Démolition de chaussée pavée, empierrée ou de trottoir	0,20	0,20	0,20	0,20
	2. Ouverture de la tranchée	0,55	0,65	0,65	0,70
	3. Dressement du fond	0,05	0,05	0,05	0,10
	4. Façon des niches	0,05	0,05	0,05	0,05
	5. Transport du tuyau à pied d'œuvre	0,05	0,10	0,20	0,25
	6. Rapprochage et descente des tuyaux	0,05	0,05	0,10	0,20
	7. Mise en place	0,15	0,20	0,30	0,40
	8. Plomb	0,30	0,30	0,45	0,55
	9. Corde goudronnée	0,05	0,05	0,10	0,15
	10. Façon des joints	0,20	0,20	0,45	0,55
	11. Remblai et pilonnage	0,35	0,40	0,40	0,45
	12. Premier pavage soigné de la tranchée, sans fourniture de sable, ou remise en place du empierrement du vieux béton ou des dalles du trottoir	0,50	0,55	0,55	0,65
	13. Transport des terres excédentes aux décharges publiques	0,20	0,20	0,20	0,35
	Prix du mètre linéaire	2,70	3,00	3,70	4,90
593	Nota. — *La pose des tuyaux coniques sera comptée suivant leur diamètre moyen*				
594	A déduire lorsqu'il n'y aura pas lieu à démontage de chaussée pavée, d'empierrement ou de trottoir dallé en bitume	0,40	0,50	0,50	0,60
595	Plus ou moins-value à ajouter ou à retrancher par mètre linéaire de tranchée et par décimètre de profondeur de 1ᵐ,20 à 2 mètres	0,10	0,10	0,10	0,15
596	Idem : au-delà de 2 mètres	0,20	0,20	0,20	0,20
597	Nota. — *Lorsqu'il y aura lieu de compter l'une ou l'autre des plus-values ci-dessus, elle ne s'appliquera qu'à l'excédent lui-même sur les profondeurs normales de 1ᵐ,20 ou 2 mètres.*				
598	Plus-value par mètre linéaire de conduites avec joints à bagues	»	»	0,20	0,20
599	Plus-value par mètre linéaire de conduites posées avec démolition de chaussée empierrée	1,00	1,00	1,00	1,00

des prix d'entretien de la fontainerie

DES TUYAUX EN FONTE

en fonte à joints à emboîtements

conduite et le dessus du pavé ou du trottoir, toutes fournitures la fonte et l'essai des tuyaux seuls exceptés)

0,200	0,250	0,300	0,350	0,400	0,500	0,600	0,800	1,000	1,100
fr. c.	fr. c.	fr. c.	fr. c.	fr. c.	fr. c.	fr. c.	fr. c.	fr. c.	fr. c.
0,25	0,25	0,25	0,25	0,25	0,30	0,30	0,40	0,45	0,45
0,75	1,00	1,00	1,10	1,20	1,35	1,75	2,40	2,60	3,00
0,10	0,10	0,15	0,15	0,15	0,15	0,20	0,20	0,25	0,25
0,05	0,05	0,10	0,10	0,10	0,15	0,15	0,15	0,15	0,15
0,30	0,45	0,55	0,70	0,80	1,05	1,45	2,15	2,75	3,45
0,25	0,30	0,30	0,40	0,50	0,65	0,75	0,90	1,00	1,25
0,50	0,55	0,60	0,70	0,90	1,15	1,40	1,65	2,15	2,50
0,90	0,95	1,15	1,25	1,30	1,50	1,50	2,50	3,00	3,30
0,15	0,20	0,20	0,20	0,25	0,30	0,35	0,40	0,45	0,50
0,75	0,95	1,00	1,05	1,15	1,25	1,45	1,65	1,90	2,15
0,55	0,65	0,65	0,70	0,70	0,80	0,95	1,15	1,40	1,45
0,70	0,75	0,75	0,80	0,80	0,95	1,00	1,15	1,25	1,50
0,45	0,60	0,70	0,80	1,10	1,60	2,00	3,30	5,00	6,15
5,70	6,90	7,40	8,20	9,20	11,10	13,70	18,00	22,55	26,00
0,60	0,70	0,70	0,70	0,80	0,80	0,90	1,00	1,20	1,20
0,15	0,15	0,20	0,20	0,20	0,20	0,25	0,20	0,30	0,30
0,20	0,20	0,25	0,25	0,25	0,25	0,30	0,30	0,35	0,45
0,60	0,60	0,60	0,60	1,10	1,30	1,40	2,60	4,50	5,30
1,40	1,60	1,60	1,70	1,80	2,00	2,10	2,20	2,40	2,50

Nº DES PRIX	DÉSIGNATION DES OUVRAGES	DIAMÈTRES			
		0,030 à 0,040	0,054 à 0,060	0,100	0,150
617	**Pose de robinets.**	fr. c.	fr. c.	fr. c.	fr. c.
	1. Transport du robinet...................	»	»	2,40	2,40
	2. Descente dans le regard et transport au lieu d'emploi	»	»	0,75	1,25
	3. Mise en place	»	»	0,50	0,75
	4. Rondelles en plomb	»	»	2,90	3,40
	5. Boulons	»	»	1,60	2,40
	6. Façon des joints...................	»	»	2,95	3,80
	PRIX DU ROBINET MIS EN PLACE	»	»	11,00	14,00
618	NOTA. — On tiendra compte à l'entrepreneur s'il y a lieu : 1° De la fourniture, pose de bouche à clef en fonte avec ou sans : tabernacle 2° Des percements et raccords de maçonnerie, 3° Du percement de la conduite pour les robinets montés sur colliers, des				
	Dépose de robinets.				
619	1. Dépose	»	»	1,65	2,25
	2. Sortie du regard	»	»	0,75	1,25
	3. Transport au dépôt et rangement....	»	»	2,50	2,50
	PRIX DU ROBINET DÉPOSÉ ET TRANSPORTÉ	»	»	4,90	6,90
620	A déduire des prix (de dépose ci-dessus, la valeur des rondelles en plomb reprises par l'entrepreneur............	»	»	1,80	2,30
621	NOTA. — Dans le cas où le robinet serait déposé sans sortie du regard, décompte du travail. Il sera tenu compte à l'entrepreneur des coupements de conduites pour Il sera tenu compte également des tamponnages de percements ou de tubu-				
	Plomb à compter pour	kilog. 0,800	kilog. 1,100	kilog. 2,400	kilog. 4,000
626	A emboîtement				
627	A bague	»	1,250	2,800	4,900

DES TUYAUX DE FONTE									
0,200	0,250	0,300	0,350	0,400	0,500	0,600	0,800	1,000	1,100
Vannes									
fr. c. 3,60	fr. c. 6,00	fr. c. 6,60	fr. c. 6,75	fr. c. 8,95	fr. c. 12,95	fr. c. 26,30	fr. c. 37,40	fr. c. 55,90	fr. c. 73,35
2,40	3,00	3,45	3,65	5,00	7,90	15,00	25,00	81,25	105,25
1,25	1,85	1,90	2,25	2,50	3,15	3,75	6,25	12,50	18,75
5,85	7,30	9,35	10,70	11,80	15,90	18,60	25,30	28,15	31,50
2,60	2,90	5,00	5,65	6,90	10,10	11,75	26,00	27,50	30,00
5,30	6,25	6,90	8,50	9,45	10,70	12,20	14,05	17,70	22,15
21,00	27,40	33,00	37,50	42,00	60,00	87,00	126,00	223,00	284,00

suivant le cas;

coupements pour pose de manchons à tubulure, etc., ou pour pose de robinets d'arrêt.

Vannes									
3,25	3,30	3,90	4,90	5,40	5,60	6,25	7,50	10,00	12,50
2,40	3,60	3,10	3,60	5,00	7,65	13,00	25,00	81,00	105,50
3,75	5,90	6,90	6,90	6,90	13,15	26,25	37,50	56,00	75,00
9,40	13,40	13,90	15,40	17,30	26,80	47,50	70,00	147,00	194,00
3,68	4,80	6,80	7,00	8,00	10,00	12,00	16,70	18,50	21,00

ni transport, la valeur du vieux plomb sera retranchée du montant total du

raccorder des conduites aux emplacements de robinets supprimés. tures lorsque les conduites seront maintenues en service.

un joint de tuyaux

kilog. 4,000	kilog. 5,100	kilog. 6,700	kilog. 8,500	kilog. 9,300	kilog. 11,000	kilog. 13,900	kilog. 18,400	kdog. 21,600	kilog. 24,000
7,150	9,400	10,690	13,200	15,150	18,900	22,300	35,600	51,000	60,000

Nᵒˢ DES PRIX	DÉSIGNATION DES OUVRAGES	DIAMÈTRE			
		0,005	0,010	0,013	0,016

Fourniture et pose en terre

(à 1ᵐ,20 de profondeur moyenne, mesurée entre le dessus

		fr. c.	fr. c.	fr. c.	fr. c.
645	1. Démontage de la chaussée pavée, empierrée ou du trottoir.	0,15	0,15	0,15	0,15
	2. Fouille et jet sur berge	0,40	0,40	0,40	0,40
	3. Dressement du fond de la tranchée	0,05	0,05	0,05	0,05
	4. Fourniture du plomb	0,15	0,80	1,40	1,65
	5. Main-d'œuvre de pose du plomb (compris ou nœud par 10 mètres, jusqu'à 0ᵐ,050 et par 4 mètres au delà)	0,20	0,20	0,20	0,25
	6. Remblai et pilonnage	0,20	0,25	0,25	0,25
	7. Transport aux décharges des terres excédentes	0,10	0,10	0,10	0,10
	8. Premier pavage soigné, sans fourniture de sable ou remise en place de l'empierrement du vieux béton ou des dalles de trottoir	0,45	0,45	0,45	0,45
	PRIX DU MÈTRE LINÉAIRE POSÉ A 1ᵐ,20 DE PROFONDEUR.	2,30	2,40	3,00	3,30
646	*Plus-value pour emploi et fourniture de plomb de 0ᵐ,010 avec 0ᵐ,004*				
	Plus ou moins-value à ajouter ou à retrancher par mètre linéaire de tranchée et par décimètre de profondeur de fouille :				
647	De 1ᵐ,20 à 2 mètres	0,10	0,10	0,10	0,10
648	De 2 mètres à 4 mètres (compris élargissement) de la fouille pour l'établissement d'une banquette)	0,20	0,20	0,20	0,20
649	A déduire lorsqu'il n'y aura pas lieu à démontage de chaussée pavée, empierrée ou de trottoir dallé ou bitumé	0,45	0,45	0,45	0,45
650	Plus-value à ajouter par mètre courant de conduites posées avec démolition de chaussée empierrée	0,90	0,90	0,90	0,90

NOTA. — Des tuyaux en plomb de 0ᵐ,005   devront avoir
    —   —   0ᵐ,010   —
    —   —   0ᵐ,013 à 0ᵐ,016   —
    —   —   0ᵐ,020 à 0ᵐ,025   —
    —   —   0ᵐ,027 à 0ᵐ,100   —

DES TUYAUX EN PLOMB

0,020	0,025	0,027	0,030	0,035	0,040	0,050	0,055	0,069	0,051	0,100

de conduites en plomb

de la conduite et le dessus du pavé ou du trottoir)

fr. c.	fr. c.	fr. c.	fr. c.	fr. c.	fr. c.	fr. c.	fr. c.	fr. c.	fr. c.	fr. c.
0,15	0,15	0,15	0,15	0,15	0,15	0,15	0,15	0,15	0,15	0,15
0,45	0,45	0,45	0,45	0,45	0,45	0,45	0,45	0,45	0,45	0,50
0,05	0,05	0,05	0,05	0,05	0,05	0,05	0,05	0,05	0,05	0,05
3,15	3,65	4,60	5,05	5,80	6,50	7,70	8,45	9,80	11,95	18,35
0,35	0,40	0,45	0,50	0,55	0,65	0,95	1,50	1,75	2,70	2,90
0,25	0,30	0,30	0,30	0,30	0,30	0,30	0,30	0,30	0,30	0,30
0,15	0,15	0,15	0,15	0,15	0,15	0,15	0,15	0,15	0,15	0,20
0,45	0,45	0,45	0,45	0,45	0,45	0,45	0,45	0,45	0,45	0,45
5,00	5,60	6,60	7,10	7,90	8,70	10,20	11,50	12,60	18,20	20,90

d'épaisseur applicable à la pose en terre, en galerie ou en élévation. 0 fr. 35

0,10	0,10	0,10	0,10	0,10	0,10	0,10	0,10	0,10	0,10	0,10
0,20	0,20	0,20	0,20	0,20	0,20	0,20	0,20	0,20	0,20	0,20
0,45	0,45	0,45	0,45	0,45	0,45	0,45	0,45	0,45	0,45	0,45
0,90	0,90	0,90	0,90	0,90	0,90	0,90	0,90	0,90	0,90	0,90

0ᵐ,004 d'épaisseur (pour branchements de manomètres)
0ᵐ,003   —   et 0ᵐ,004 (pour branchements de manomètres).
0ᵐ,004   —
0ᵐ,005   —
0ᵐ,007   —

N° DES PRIX	DÉSIGNATION DES OUVRAGES	DIAMÈTRE			
		0,005	0,010	0,012	0,016
652		Poids du mètre linéaire			
	Poids du mètre linéaire de conduites en plomb....	k 1,86 (1k,400) /K^{0,004}	k 2k,011	k 2,53	k 3,00
653		Dépose de conduites en			
		fr.c.	fr.c.	fr.c.	fr.c.
	1. Démontage de chaussée empierrée ou de trottoirs.	0,15	0,15	0,15	0,15
	2. Fouille et jet sur berge	0,40	0,40	0,40	0,40
	3. Extraction de la conduite....................	0,10	0,15	0,20	0,20
	4. Transport et rangement en dépôt	0,05	0,05	0,05	0,05
	5. Remblai et pilonnage	0,20	0,25	0,30	0,30
	6. Transport aux décharges des terres excédantes..	0,15	0,15	0,15	0,15
	7. Premier pavage soigné sans fourniture de sable ou remise en place de l'empierrement du vieux béton ou des dalles du trottoir	0,45	0,45	0,45	0,45
	Prix du mètre linéaire de plomb déposé à 1m,20 de profondeur......................	1,50	1,60	1,70	1,70
	Plus ou moins-value à ajouter ou à retrancher par décimètre de profondeur de fouille :				
654	De 1m,20 à 2 mètres	0,10	0,10	0,10	0,10
655	De 2 mètres à 4 mètres	0,20	0,20	0,20	0,20
656	A déduire lorsqu'il n'y aura pas lieu à démontage de chaussée empierrée, ou de trottoir dallé ou bitumé...............................	0,45	0,45	0,45	0,45
657	Plus-value à ajouter, par mètre courant de conduites déposées avec démolition de chaussée empierrée...............................	0,90	0,90	0,90	0,90

DES CONDUITES EN PLOMB											
0,020	0,025	0,027	0,030	0,035	0,040	0,050	0,055	0,060	0,081	0,100
de conduites en plomb										
k 5,73	k 6,03	k 8,40	k 9,27	k 10,53	k 11,80	k 14,00	k 15,39	k 17,00	k 21,76	k 28,73
plomb placées en terre										
fr.c.	fr.c.	fr.c.	fr.c.	fr.c.	fr.c.	fr.c.	fr.c.	fr.c.	fr.c.	fr.c.
0,15	0,15	0,15	0,15	0,15	0,15	0,15	0,15	0,15	0,15	0,15
0,45	0,45	0,45	0,45	0,45	0,45	0,45	0,45	0,45	0,45	0,50
0,25	0,30	0,30	0,40	0,40	0,50	0,00	0,70	0,70	1,00	1,70
0,05	0,10	0,10	0,10	0,15	0,15	0,15	0,15	0,15	0,15	0,20
0,30	0,30	0,30	0,30	0,30	0,30	0,30	0,30	0,30	0,30	0,30
0,15	0,15	0,15	0,15	0,10	0,10	0,10	0,10	0,10	0,10	0,05
0,45	0,45	0,45	0,45	0,45	0,45	0,45	0,45	0,45	0,45	0,45
1,80	1,90	1,90	2,00	2,00	2,10	2,30	2,30	2,30	2,60	2,90
0,10	0,10	0,10	0,10	0,15	0,10	0,10	0,10	0,10	0,10	0,10
0,20	0,20	0,20	0,20	0,20	0,20	0,20	0,20	0,20	0,20	0,20
0,45	0,45	0,45	0,45	0,45	0,45	0,45	0,45	0,45	0,45	0,45
0,90	0,90	0,90	0,90	0,90	0,90	0,90	0,90	0,90	0,90	0,90

ROBINETS

204. Toute distribution d'eau comporte un certain nombre de robinets indispensables pour son exploitation et son entretien.

La canalisation proprement dite suppose des robinets de partage, de prise pour embranchement, de décharge, et des ventouses. Les robinets de prise se placent aux carrefours et aux angles des rues où les conduites se raccordent. Sur chaque branchement doivent exister un robinet de prise sur la voie publique et un autre d'arrêt dans l'intérieur de l'immeuble, sans compter les robinets de puisage que le branchement alimente.

Sur les tuyaux d'appareils publics : bouche d'incendie, de lavage, d'arrosage, etc., sont également placés des robinets de prise et de barrage.

Il existe un grand nombre de systèmes de robinets que l'on peut rattacher à deux types principaux : les *robinets-vannes* et les *robinets à boisseau*. Les premiers ne se posent guère que sur les conduites de 0m,15 et au dessus ; leur fermeture

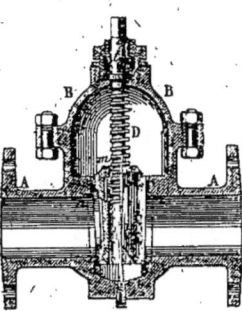

complète, ou leur ouverture, comporte un nombre de tours variable suivant le calibre du robinet. L'avantage des vannes tient à leur action lente et progressive, qui évite les coups de bélier, si préjudiciables aux organes de la canalisation.

Les robinets à boisseau dépassent rarement le calibre de 0m,10 ; un quart de tour suffit pour opérer la fermeture.

Fig. 274.

205. **Robinets-vannes.** — Le robinet-vanne est généralement constitué par une portion de tuyau à brides A (*fig.* 274), une calotte hémisphérique B, et par la vanne proprement dite C, sorte de lentille épaisse

que l'on élève ou abaisse verticalement à l'aide de la vis fixe D.

Lorsque la vanne est levée et logée dans la calotte, elle laisse libre la section d'écoulement de la conduite; pour intercepter le passage, il suffit de l'abaisser sur son siège; son mouvement est guidé par deux coulisseaux venus de fonte dans le corps du robinet.

La calotte et le tuyau sont ordinairement en fonte; les brides permettent de raccorder l'appareil avec la conduite. La lentille G est formée de deux disques en fonte fondus ensemble et garnis de deux couronnes en bronze m soigneusement dressées, qui viennent s'appliquer sur deux autres couronnes n, également en bronze, et fixées au corps du robinet. La présence de ces couronnes, que l'on ajuste avec le plus grand soin, assure une fermeture hermétique.

La vis et son écrou sont en bronze; la vis se continue par une tige t sur le chapeau de laquelle on vient placer la clef de manœuvre. Une petite rondelle s'oppose aux mouvements verticaux de la vis dont l'étanchéité est obtenue par une garniture en cuir embouti ou par un presse-étoupe.

Les pierres et autres détritus entraînés par l'eau viennent se déposer dans une cavité que l'on vide de temps à autre en enlevant le boulon inférieur.

Il existe de nombreux modèles de robinets-vannes qui diffèrent par la forme extérieure : cylindrique, elliptique ou aplatie, par la qualité du bronze, le pas de la vis et la disposition du presse-étoupe.

Les figures 274 et 275 représentent le robinet Mathelin et Garnier, seul adopté depuis 1895 par le service des eaux de Paris :

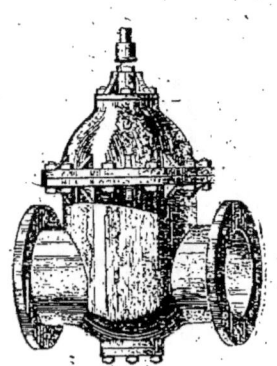

Fig. 275.

le corps est cylindrique; la vis en bronze « Roma » forgé, inoxydable, offre une grande résistance à la traction, 40 à 45 kilogrammes par millimètre carré.

ROBINETS-VANNES SYSTÈME MATHELIN ET GARNIER

DIMENSIONS			POIDS approximatif	PRIX DES ROBINETS		PRIX DES VOLANTS
ORIFICES	LONGUEUR entre brides	HAUTEUR totale		avec vis en *Roma* forgé Résistance : 40 à 45ᵏᵍ	avec vis en bronze phos- phoreux Rés.: 15 à 20ᵏᵍ	
millim.	millim.	millim.	kilos	francs	francs	fr.
40	230	0,257	17	40 »	30 »	1 50
60	280	0,360	32	55 »	44 »	2 25
80	325	0,455	50	78 »	58 »	3 »
100	400	0,507	65	88 »	68 »	5 »
150	430	0,670	125	120 »	92 »	5 »
200	500	0,848	175	165 »	132 »	5 »
250	580	0,940	250	225 »	190 »	8 »
300	680	1,080	370	330 »	300 »	8 »
350	740	1,184	490	440 »	400 »	8 »
400	790	1,305	635	525 »	480 »	» »
500	910	1,580	980	720 »	670 »	» »
600	1,040	1,790	1525	1030 »	970 »	» »
800	1,320	2,357	2800	1590 »	1520 »	» »

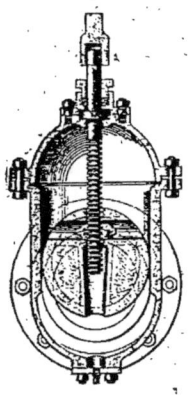

Fig. 276.

La vanne Herdevin (*fig.* 276), également cylindrique, a été employée à Paris pendant trente-cinq ans; elle diffère de la vanne Mathelin par la nature du bronze de la vis et par la disposition du stuffing-box. La fabrication est très soignée. Jusqu'à 0ᵐ,500, les robinets sont essayés à 15 atmosphères et à 10 pour les dia- mètres supérieurs.

Qu'ils soient placés en terre ou en égout, les robinets-vannes se manœu- vrent presque toujours de l'extérieur à l'aide d'une clé en fer (*fig.* 277), évidée en carré à son extrémité, et que l'on adapte sur la tête de la vis également équarrie; une bouche à clé (*fig.* 278) facilite l'opération; lorsque la profon- dure dépasse 1ᵐ,50, on installe une tige fixe sur le chapeau de la vanne; la rotation de la clé est transmise à la vis par l'intermédiaire de cette tige et du chapeau.

L'inconvénient de la plupart des robinets-vannes vient de la difficulté que l'on éprouve à manœuvrer les gros diamètres, lorsque l'un des biefs contigus de la conduite se trouve plein d'eau et l'autre vide; la poussée que le liquide exerce sur l'une des faces de la lentille la presse sur les parois opposées des coulisseaux, et l'élévation est rendue extrêmement pénible. Avec de fortes pressions, l'ouverture exige quelquefois au démarrage l'effort simultané de trois ou quatre hommes.

On pare à cet inconvénient, lorsque la chose est possible, en remplissant le bief mis en vidange par les conduites adjacentes, de diamètre moindre,

Fig. 277.   Fig. 278.

demeurées en pression, avec lesquelles il peut communiquer. Souvent, sur les grosses conduites, au droit de chaque robinet de partage, on dispose une nourrice de petit diamètre (*fig.* 278), dans le but d'équilibrer les pressions à droite et à gauche et de faciliter la réouverture de la vanne lors des arrêts d'eau.

Le robinet de M. Humblot (*fig.* 279) est exempt de l'inconvénient en question; à pression et à calibres égaux, l'effort à exercer pour le démarrage de la vanne est incomparablement moindre dans ce robinet que dans les appareils Mathelin, Herdevin et autres analogues. En outre, la suppression de la calotte rend le robinet moins volumineux, ce qui est un avantage pour la pose des gros calibres.

La tige *t* porte un pignon horizontal *p* qui engrène une roue dentée verticale R reliée à la vis V ; la vanne *e* est évi-

dée et guidée dans son mouvement horizontal par les boulons *b*. La figure représente le robinet fermé; lorsqu'il est
ouvert, la vanne est logée dans le vide *c'*. Le pignon, la vis,

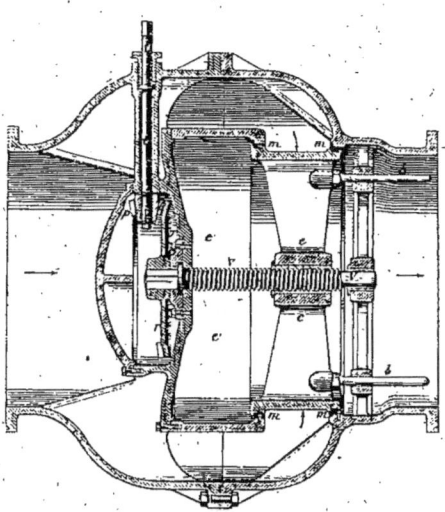

Fig. 279.

l'écrou, les surfaces de contact *m* sont en bronze; tout le reste
est en fonte.

Les conduites maîtresses de l'Avre, de $0^m,60$ à $1^m,10$, sont
pourvues de robinets-vannes Humblot; leur fonctionnement
est satisfaisant.

206. Autres modèles de robinets. — La figure 280 représente le robinet à clapet en caoutchouc utilisé par le service
des eaux de Saint-Étienne; les disques *a* et *a'* commandés par
deux tiges articulées sur le manchon taraudé *b*, viennent s'appliquer sur deux sièges fixés au corps du robinet et intercepter le passage de l'eau. La manœuvre s'effectue comme pour
les appareils précédents, à l'aide d'une clef que l'on place
sur la tige *t*.

Le robinet à soupape mobile et presse-étoupe (*fig.* 281) se

construit jusqu'au diamètre de 0ᵐ,20; on le ferme en descendant la soupape *s*, légèrement conique, sur son siège *t*.

Mais les robinets à soupape sont rarement employés sur

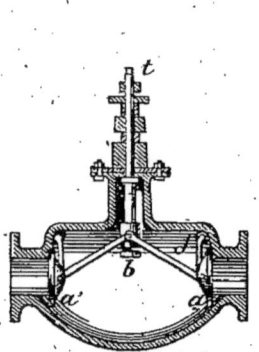

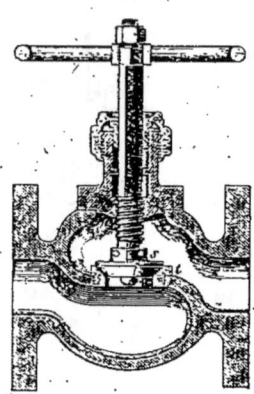

Fig. 280.   Fig. 281.

les conduites publiques, si ce n'est comme décharges; on
leur préfère les robinets-vannes dont l'étanchéité est généralement supérieure.

207. Pose des robinets-vannes. — Les vannes de petit
calibre se posent quel-
quefois en terre; leur
manœuvre y est faci-
litée par une bouche à
clé, sorte de tube ver-
tical que l'on installe
au-dessus et à l'aplomb
de la tête du robinet.
Mais le plus souvent les
robinets-vannes s'ins-
tallent dans des
chambres spéciales en
maçonnerie, que l'on
fait communiquer avec le dehors par une cheminée d'accès

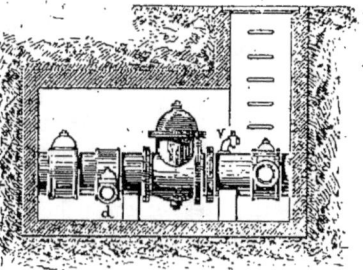

Fig. 282.

de 1 mètre de largeur environ, pourvue d'échelons et fermée au niveau du sol par un tampon en fonte.

Cette disposition, que l'on applique surtout dans les carrefours où se trouvent réunis plusieurs robinets, a l'avantage de permettre la visite et la réparation des appareils sans ouvrir de tranchées. La manœuvre des robinets peut s'effectuer du dedans à l'aide de volants ou de clés à S ; les bouches à clé ne sont plus indispensables.

Les décharges *d* et les ventouses *v* se placent également dans ces regards, qui doivent toujours être drainés à l'égout voisin ou vers un puisard, afin de les maintenir à sec.

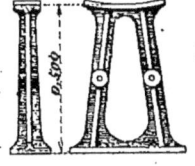

Fig. 283.

Les robinets reposent sur des tasseaux en maçonnerie ou sur des colonnettes, ou encore sur des supports spéciaux (*fig.* 283); les boulons et la plaque du dessous doivent pouvoir se démonter facilement. Il faut contrebuter solidement la vanne avec des pièces de fer scellées dans les parois de la chambre, pour qu'elle puisse résister aux chocs et aux efforts qui tendent à la renverser.

Sur les conduites en égout les vannes se posent comme à l'intérieur des regards ; on les appuie sur des tasseaux en briques ou sur des supports en fonte ; quelquefois, par suite de l'exiguité de la galerie et de l'importance des raccords, on est obligé de relever la voûte et de

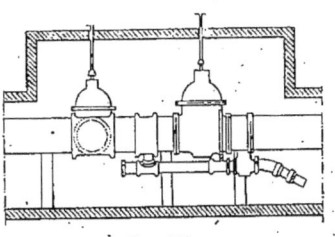

Fig. 284.

construire de véritables chambres (*fig.* 284).

Très souvent la manœuvre en égout des robinets-vannes est impraticable, à cause de leur élévation au-dessus du radier ; il faut établir des bouches à clé avec de longs tubes que l'on fait reposer sur la voûte de l'égout.

208. Robinets à boisseau. — Dans le robinet à bois-

seau (*fig.* 285), l'obturation du tuyau est obtenue au moyen
d'une pièce tronconique *c*, appelée *clef*, qui traverse le
corps du robinet; cette pièce
est maintenue en place par
un écrou ou par une clavette
a, passée dans un trou disposé à la base; la partie supérieure se termine par
une courte tige carrée que
recouvre le chapeau *b*.

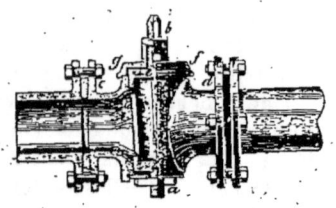

Fig. 285.

L'obturateur est percé
dans toute son épaisseur
d'un orifice rectangulaire, dont la section équivaut à celle
du tuyau; lorsque l'axe de l'orifice coïncide avec celui de la
conduite, le passage est ouvert; on l'intercepte complètement
en tournant la clef d'un quart de tour.

Le corps du robinet porte deux abouts terminés par des
brides *c* et *d*, qui permettent de fixer
l'appareil sur la conduite à l'aide de
boulons. Les petits calibres se raccordent
sur les tuyaux en plomb par nœuds de
soudure (*fig.* 286).

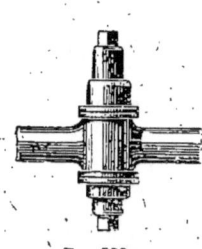

Fig. 286.

On doit observer que le chapeau, sur
lequel vient se placer la clé de manœuvre, s'appuie en *g* et *f* sur la boîte
du robinet et non sur sa tête; cette disposition empêche que le poids de la clé,
qui est généralement assez lourde, porte sur l'obturateur, ce
qui le presserait fortement contre les parois du boisseau et
rendrait sa manœuvre très pénible.

Le robinet à boisseau s'établit généralement en bronze
avec chapeau en fonte; tous les calibres se font, depuis
$0^m,01$ jusqu'à $0^m,10$; mais on dépasse rarement ce diamètre,
à cause de l'effort à vaincre pour l'ouverture qui devient
considérable avec de fortes pressions.

Dans quelques appareils, la clé est percée d'un petit orifice vertical qui fonctionne comme décharge lorsque le robinet est fermé pour vider l'un des biefs.

L'avantage de ces robinets tient à leur légèreté et à leur

manœuvre rapide; l'inconvénient du type ordinaire que nous venons de décrire tient à son manque d'étanchéité, lorsque la clé n'est pas fortement serrée dans le boisseau, ce qui arrive quand il fonctionne fréquemment. Souvent ces robinets sont durs et difficiles à manœuvrer, ou bien ils fuient; on les remet en état en rodant légèrement à l'émeri le cône et le boisseau. En outre, il se produit quelquefois de sérieux grippements qui mettent l'appareil hors d'usage.

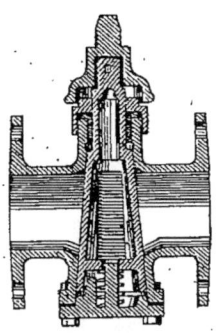

Fio. 287.

Le robinet à clé renversée (*fig.* 287), système Gibault, offre plus de sécurité contre les fuites. Le cône a sa petite base dirigée vers le haut; le ressort métallique placé à la partie inférieure le serre constamment contre le boisseau; la tête de la clé traverse une garniture en caoutchouc, et sa base est fermée par une plaque obturatrice. Le chapeau porte sur le carré de la clé et non sur le corps du robinet, comme dans le modèle ordinaire; le poids de la tige de manœuvre, que l'on vient placer sur la tête du chapeau, a pour effet d'abaisser le cône obturateur, ce qui facilite sa rotation dans le boisseau.

ROBINETS D'ARRÊT A BOISSEAU, EN BRONZE

MODÈLES	CALIBRES					
	0,020	0,027	0,040	0,060	0,080	0,100
	francs	francs	francs	francs	francs	francs
Ordinaire...........	15,50	21,00	33,00	69,00	100,00	109,00
Gibault............	19,00	25,00	40,00	74,00	108,00	128,00

209. **Bouche à clé.** — En terre, les robinets à boisseau se placent horizontalement, la clé verticale, à l'intérieur d'une petite chambre ou *tabernacle*, en briques, dont le couvercle en bois est percé d'un trou (*fig.* 288); ce tabernacle supporte une *bouche à clé* composée d'un tube *a* et d'une *tête mobile b*, que ferme un tampon retenu par une chaîne; l'axe du tube coïncide avec celui du robinet et passe par le centre du trou du couvercle en bois. On peut ainsi, en enlevant le tampon de la tête

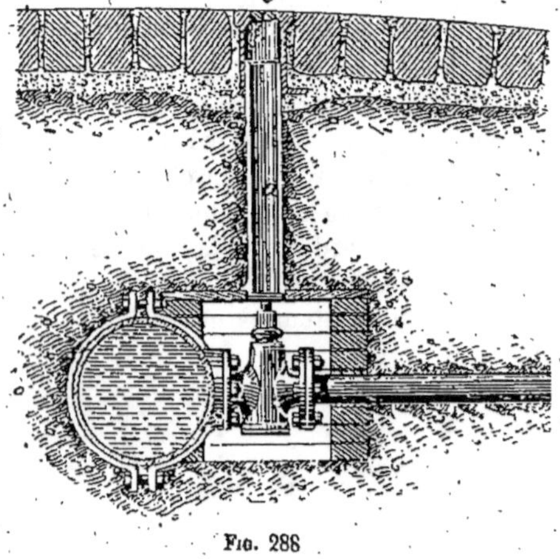

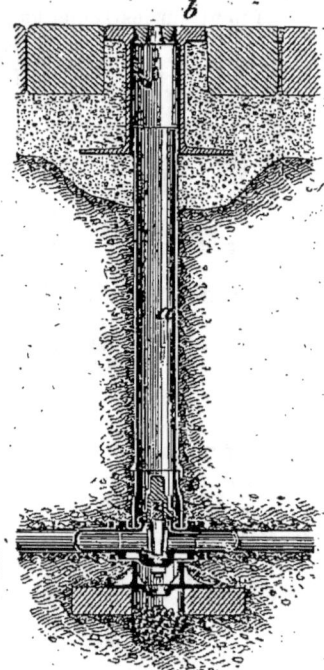

Fig. 288.

Fig. 289.

mobile, descendre la clé de manœuvre sur la tête du robinet pour l'ouvrir ou le fermer.

Pour les robinets de petit calibre, il existe des tabernacles en fonte *c* (*fig.* 289).

En égout, les robinets se manœuvrent à la main à l'aide d'une clé à S percée d'un trou carré que l'on engage dans la tête du chapeau; cependant, lorsque l'égout est élevé, et que les robinets sont difficilement accessibles, on les place sous bouche à clé.

210. **Décharges et ventouses.** — Les décharges sont constituées par des bouts de tuyaux d (*fig*. 282), pourvus de robinets et branchés sur les conduites aux points bas du réseau;

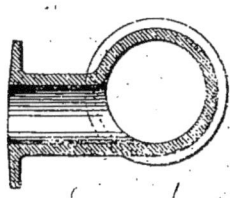

il faut une décharge sur chaque
bief pour le mettre en vidange lors
des chômages; très souvent elle est
placée à côté du robinet de partage
d'aval.

La tubulure du manchon de prise
doit être dirigée vers le bas, pour
que la vidange de la conduite
puisse s'effectuer complètement;
parfois on a recours à un manchon

Fig. 290.

à tubulure tangente (*fig*. 290), sur lequel on raccorde le
robinet horizontalement.

Dans tous les cas, il importe de rendre facile l'évacuation
de l'eau, ce qui ne présente aucune difficulté lorsque les
conduites sont en égout.

A Paris, les conduites en terre de $0^m,20$ et au dessous
sont dépourvues de décharges; lors des arrêts, on les vide
en ouvrant les bouches d'eau placées aux points bas; l'eau
qui ne peut être évacuée reste dans les tuyaux, ou s'écoule
dans la tranchée lorsque la conduite est coupée. Sur les gros
diamètres, les décharges sont installées dans les regards des
robinets-vannes (*fig*. 282).

DIAMÈTRES			DIAMÈTRES		
CONDUITE	DÉCHARGE	VENTOUSE	CONDUITE	DÉCHARGE	VENTOUSE
0,06	0,027	0,020	0,40	0,15	0,06
0,10	0,04	0,020	0,50	0,15	0,06
0,15	0,06	0,027	0,60	0,20	0,08
0,20	0,08	0,027	0,80	0,20	0,08
0,25	0,08	0,040	1,00	0,25	0,10
0,30	0,10	0,040	1,10	0,25	0,10
0,35	0,10	0,040	1,20	0,30	0,10

Les ventouses se placent aux points hauts du réseau pour

évacuer l'air contenu dans les tuyaux au moment de leur mise en charge.

Sur les conduites qui ne font pas de service en route, les ventouses sont indispensables; il en faut une sur chaque sommet et à l'extrémité amont de chaque bief. Mais sur les conduites de distribution qui desservent les branchements d'appareils publics : bornes-fontaines, bouches d'incendie, etc., ces organes sont moins utiles, car ces branchements peuvent, le cas échéant, fonctionner comme purgeurs si leur prise est voisine du point haut de la conduite. Quoi qu'il en soit, c'est une excellente précaution, principalement sur les gros diamètres, que de pourvoir chaque sommet d'une ventouse.

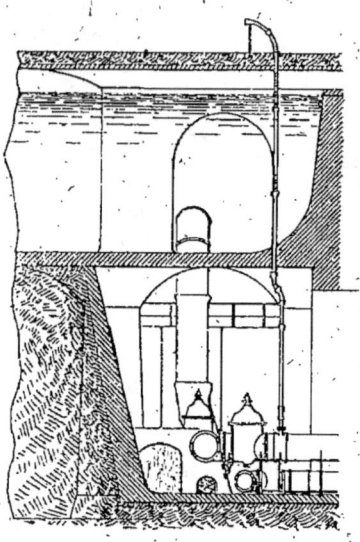

Fig. 291.

La plus efficace de toutes les ventouses est constituée par un tube piézométrique débouchant dans l'atmosphère à une certaine hauteur au-dessus du niveau du réservoir; malheureusement un pareil système est inapplicable à l'intérieur des villes, si ce n'est au voisinage même du réservoir (fig. 291); de fortes pressions exigeraient des tubes d'une grande hauteur qui seraient encombrants et coûteux à installer. Cette disposition s'applique de préférence sur les conduites de dérivation (291).

On a utilisé autrefois comme purgeurs divers appareils à fonctionnement automatique, qui ne sont plus guère employés de nos jours. La figure 292 représente la ventouse à soupape imaginée par Girard; la boule en caoutchouc durci flotte dans l'eau quand l'air a été chassé; la pression la repousse avec le clapet qui ferme l'orifice d'émission et empêche le liquide de s'échapper.

Aujourd'hui on se contente presque toujours d'un simple tuyau commandé par un robinet que l'on ouvre au moment de la mise en service de la conduite, et que l'on referme lorsque l'air a été complètement expulsé. Quelquefois même la ventouse est simplement constituée par un robinet à mamelon vissé sur la conduite.

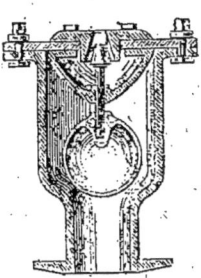

Fig. 292.

Les cantonnements d'air sont également à redouter sur les parties horizontales des conduites dans les coudes à petit rayon ; il est utile d'installer sur ces coudes des robinets purgeurs ; cette précaution ne doit jamais être négligée sur les tuyaux de fort calibre, à cause de l'importance des coups de bélier.

211. Prises d'eau. — Les embranchements des conduites secondaires et tertiaires sur les conduites maîtresses se font par *manchon à tubulure* (*fig.* 100). On place le manchon en disposant convenablement la tubulure, ce qui exige la coupure et la dépose du tuyau, et l'on raccorde l'une des brides du robinet de prise sur celle de la tubulure à l'aide de boulons ; l'autre bride du robinet est assemblée de même sur un bout de tuyau également à bride.

Lorsque des circonstances particulières obligent à séparer le robinet du manchon, disposition qu'il faut éviter autant que possible, on intercale diverses pièces à brides et à emboîtement dans l'intervalle.

Sur les grosses conduites, lorsque la pression est forte, il est nécessaire de contrebuter les manchons du côté opposé à la tubulure ; en terre, les butées s'exécutent en maçonnerie ; en égout, on se sert de pièces de fer scellées aux murs.

Le raccordement de deux conduites de calibres très différents, 0m,10 et 0m,80 par exemple, s'effectue souvent par l'intermédiaire d'un *collier à lunette* (*fig.* 293) ; on perce la conduite au point voulu à l'aide d'un bédane, puis on place le collier, et la bride du robinet est fixée sur ce dernier par le moyen de boulons. La figure 294 montre une disposition analogue avec un collier de forme différente.

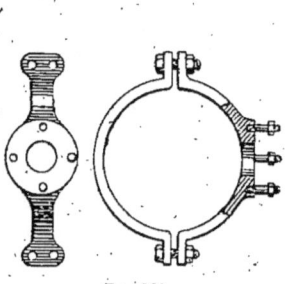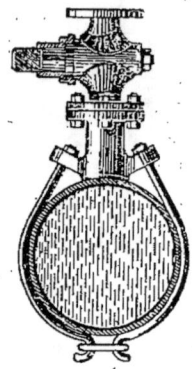

Fig. 293.

Fig. 294.

Les prises d'eau de petit diamètre pour les branchements de concession se font également à collier, soit par collier à lunette simple (*fig.* 295), soit par *collier de prise en charge* (*fig.* 296). Le second système est de beaucoup le plus employé,

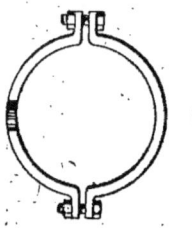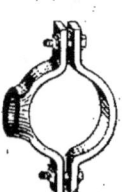

Fig. 295.

Fig. 296.

à cause de l'avantage qu'il offre de pouvoir se pratiquer sans arrêter et vider la conduite, sujétion gênante des autres systèmes.

Dans le premier cas, après la mise à sec de la conduite,

on perce cette dernière à l'endroit voulu ; puis on amène la
lunette du collier sur l'orifice, après y avoir introduit le bout
de tuyau en plomb que l'on rabat en collet sur la conduite,
en intercalant une rondelle en cuir gras ; le collier permet
de serrer fortement le plomb contre la rondelle et la fonte
de façon à rendre la prise étanche. Le robinet est raccordé
sur le branchement par deux nœuds de soudure.

La figure 297 explique le mode d'exécution des prises en

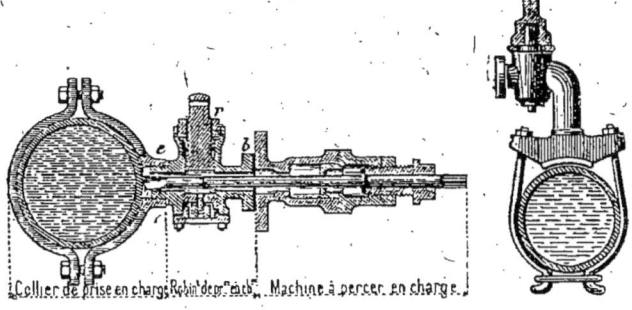

Collier de prise en charge. Robinet d'arrêt. Machine à percer en charge.

FIG. 297.   FIG. 298.

charge : on commence par fixer le collier sur la conduite et
par visser le robinet d'arrêt r dans l'écrou ; la mèche qui
doit percer le tuyau traverse le robinet ; elle travaille à la
manière d'un foret ; lorsque le percement est effectué et
que l'eau jaillit, on retire rapidement la mèche, et l'on
ferme le robinet ; il ne reste plus qu'à raccorder le plomb sur
la bride b et à terminer le branchement. Les prises en charge
s'exécutent jusqu'au diamètre de $0^m,08$.

Le collier de prise en charge peut être utilisé avec un
robinet à mamelon (*fig.* 298) ; mais l'exécution de la prise
exige l'arrêt de la conduite.

PRISES D'EAU SUR CONDUITES EN TERRE

DIAMÈTRE DE LA PRISE	0,020	0,027	0,041	0,060	0,081	0,100
Exécution de la prise, y compris la tranchée, le robinet et la bouche à clé, mais sans le manchon ou le collier.................	37ᶠ	42ᶠ	56ᶠ	95ᶠ	130ᶠ	140ᶠ

PRIX DES COLLIERS

DIAMÈTRE DES TUYAUX	0,05	0,06	0,08	0,10	0,15	0,20
	francs	francs	francs	francs	francs	francs
Collier à lunette (fig. 295).......	2,33	2,50	3,20	3,70	4,40	5,65
Collier de prise en charge (fig. 296).	3 »	3,30	4 »	4,50	5,30	6,50

DIAMÈTRE DES TUYAUX	0,25	0,30	0,35	0,40	0,50	0,60
	francs	francs	francs	francs	francs	francs
Collier à lunette (fig. 295)........	6,50	7,50	8,80	10 »	13 »	17 »
Collier de prise en charge (fig. 296).	7,40	8,40	9,70	10,90	14 »	18,10
Colliers renforcés à lunette de (fig. 293): { 0,050 et 0,060	»	28 »	32 »	36 »	40 »	44 »
0,100	»	32 »	37 »	42 »	48 »	54 »

Les prises d'eau à manchon se *suppriment* en enlevant ce dernier et en le remplaçant par un manchon droit (*fig.* 102), ou plus simplement en posant une plaque pleine sur la bride de la tubulure. Les prises avec colliers à lunette se déposent en bouchant l'orifice avec une plaque en métal, que l'on maintient à l'aide du collier. Enfin, pour les prises en charge, on dévisse le robinet que l'on remplace par un mamelon taraudé. Dans tous les cas, la suppression de prise exige l'arrêt de l'eau pendant un temps plus ou moins long.

CHAPITRE XI

APPAREILS PUBLICS. — SERVICE DANS LA MAISON

APPAREILS PUBLICS

212. Généralités. — Les appareils qui distribuent l'eau sur la voie publique sont de catégories très diverses :

Les *bornes-fontaines* de puisage alimentent les habitants des maisons dépourvues de concession, les passants, les chevaux, etc. ; il importe de les multiplier, principalement dans les quartiers pauvres et très peuplés qu'elles contribuent à assainir. A la même destination se rattachent, à Paris, les différents modèles de *fontaines Wallace.*

Viennent ensuite les *bouches d'incendie* dont le rôle consiste, comme leur nom l'indique, à desservir les pompes pour l'extinction des incendies : pompes à bras, pompes à vapeur, dévidoirs.

Les *bouches de lavage* fournissent l'eau pour le nettoyage des chaussées et des caniveaux ; on leur adjoint ordinairement des *bouches* ou des poteaux d'*arrosement*, auxquels les cantonniers viennent remplir les tonneaux et brancher les tuyaux d'arrosage à la lance. Dans beaucoup de localités, les appareils de lavage et d'arrosage sont utilisés au besoin comme bouches d'incendie.

Les *fontaines monumentales, jets d'eau, gerbes, cascades,* que l'on établit sur les places et dans les jardins publics pour l'ornementation, ne se rencontrent guère que dans les grandes villes.

Il est utile de mentionner les branchements que l'on installe spécialement pour le lavage des égouts, des urinoirs, des marchés, et ceux qui alimentent les postes de voitures. A Paris, les bornes-fontaines, les fontaines Wallace et les bouches d'incendie écoulent de l'eau de source (61); les autres appareils sont branchés sur les conduites d'eau de rivière.

213. Bornes-fontaines. — Le plus simple des appareils de puisage est constitué par un branchement en plomb, piqué sur la conduite publique, et qui se termine, à une certaine hauteur au-dessus du trottoir, par un robinet de puisage placé horizontalement; dans sa partie verticale le tuyau est appliqué le long d'un mur ou d'un montant en bois.

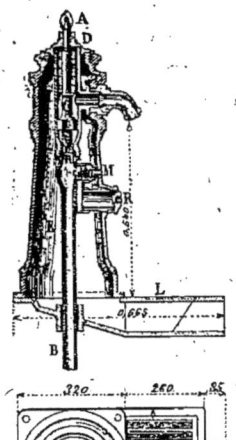

Fig. 299.

Cette disposition primitive et fort peu élégante présente de nombreux inconvénients au point de vue des fuites et de la gelée; elle convient tout au plus pour des installations temporaires.

Les bornes-fontaines proprement dites, dont il existe une grande variété de systèmes, sont aujourd'hui d'un emploi général sur les voies publiques. La figure 299 représente un modèle simple construit par les usines d'Aubrives. L'enveloppe cylindro-conique E est en fonte; B est le tuyau alimentaire, S la soupape d'admission, G un guide avec cannelure pour le passage de l'eau, D le couvercle en bronze que l'on enlève pour visiter l'appareil de puisage H, F le nez ou dégorgeoir. La fontaine porte, en outre, un appareil d'incendie R manœuvré par la soupape M.

Pour provoquer l'écoulement au dégorgeoir, il suffit de lever le bouton A; la soupape conique S est équilibrée par des rondelles de plomb P suivant la pression de l'eau et le diamètre d'admission de l'orifice K dont le débit normal est de 1 litre à la seconde :

En temps ordinaire, une vis bouche un très petit conduit

ouvert dans la soupape S. Au commencement de l'hiver, on enlève cette vis pour produire un écoulement d'eau continu qui empêche le tuyau d'amenée de geler.

Pour utiliser la bouche d'incendie, il suffit d'enlever le tampon R, de le remplacer par le raccord du tuyau à incendie et d'ouvrir ensuite la soupape M.

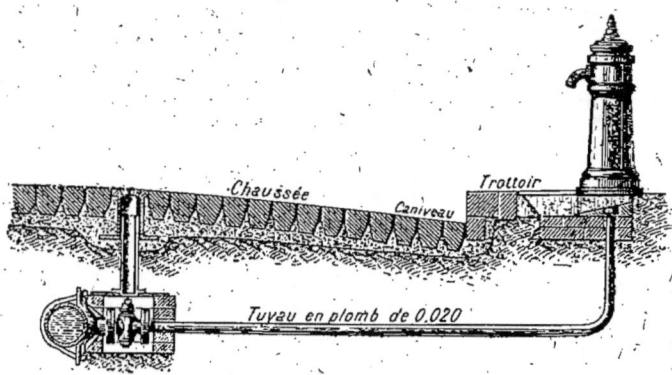

Fig. 300.

A la base et faisant corps avec l'enveloppe, est disposée une cuvette métallique L, ou souillard, recouverte d'une grille carrée sur laquelle se placent les seaux ; l'eau perdue tombe dans le souillard et gagne le caniveau par un bout de gargouille noyé dans le trottoir.

Ordinairement on fait reposer la fontaine sur un massif cubique en maçonnerie de briques ou de meulière de 0m,50 d'arête environ (fig. 300). Le branchement est en plomb de 0m,020.

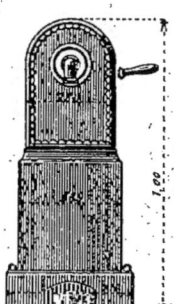

Fig. 301.

L'usine d'Aubrives fabrique d'autres modèles plus riches, également incongelables, dans lesquels le bouton de manœuvre est remplacé par une manette, et qui conviennent mieux pour les pressions supérieures à 20 mètres (fig. 301). Quelques-uns sont disposés pour fonctionner à volonté d'une façon intermittente ou continue, avec prises pour l'arrosage et l'incendie.

A Paris, l'écartement minimum des bornes-fontaines dans les quartiers ouvriers est de 80 mètres; leur débit ne dépasse guère un demi-litre par seconde.

Les appareils récents **sont** du type Gibault (*fig.* 302), robinet servo-moteur se fermant seul et dispositif efficace contre la gelée; le débit est

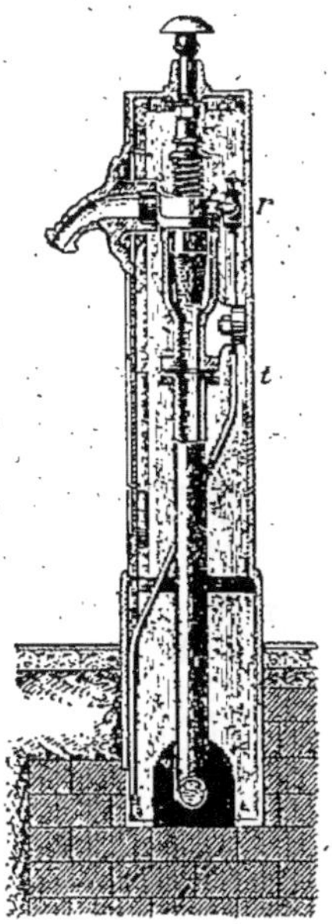

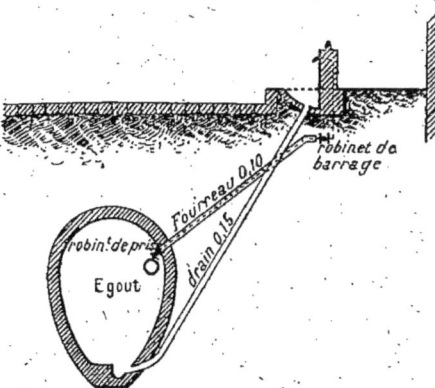

Fig. 302.

Fig. 303.

réglable à la volonté de celui qui puise; les coups de **bélier** sont notablement atténués, et l'étanchéité reste satisfaisante. Le dé perforé que l'on aperçoit sur la figure arrête les matières solides qui détérioreraient le robinet. On met la fontaine en service d'hiver en ouvrant le petit robinet à boisseau *r* pour provoquer l'écoulement continu par le tube *t* qui dégorge dans la cuvette.

Ces appareils fournissent un bon service; on ne peut leur reprocher qu'une certaine complication, qui serait peut-être un inconvénient dans les petites villes où les réparations sont moins faciles qu'à Paris. La maison Gibault construit d'autres modèles avec cuvette métallique et prises pour l'arrosage et l'incendie.

Les bornes-fontaines s'installent, suivant les circonstances, sur le bord des trottoirs, à côté des candélabres à gaz, ou contre les murs des propriétés ; dans ce dernier cas, on protège le mur contre l'humidité par un enduit rocaillé en ciment de $1^m,50 \times 1$ mètre.

Les cuvettes sont en maçonnerie de meulière, enduites en Vassy et recouvertes de grilles en fonte demi-circulaires de $0^m,50$ de rayon. Lorsqu'il existe un égout à proximité, la cuvette y est drainée par un tuyau en fonte de $0^m,15$ (*fig.* 303), et le branchement en plomb placé dans un four-reau de $0^m,10$; on est ainsi prémuni contre les fuites qui peuvent survenir et inonder les propriétés riveraines.

214. Fontaines Wallace. Sur quelques places et boule-vards de Paris sont installées des fontaines Wallace aux-quelles le public peut se dé-saltérer ; l'écoulement y est continu, mais le débit est jaugé à 4 mètres cubes par jour seulement. Deux gobelets en fer-blanc, maintenus par des chaînettes, facilitent les puisages.

Le modèle (*fig.* 304), en fonte bronzée, est d'un aspect fort gracieux, mais d'un prix assez élevé ; on le fait reposer sur un épais massif de ma-çonnerie avec cuvette cir-culaire extérieure recouverte

Fig. 304.

d'une grille et drainée à l'égout. L'eau arrive à la partie supé-rieure et s'échappe par un petit ajutage vertical dirigé vers le bas. Une installation complète revient à 1.200 francs environ.

FIG. 305.

Le petit modèle (*fig.* 305) est plus économique; on le pose de préférence dans les squares; il est accessible aux enfants. L'eau de source, fournie par un robinet à repoussoir que commande un bouton, sort en un mince filet. L'installation coûte, en moyenne, 300 francs.

215. Bouches d'incendie. — Beaucoup de bornes-fontaines portent des raccords spéciaux de 0^m,027 ou de 0^m,040, accompagnés de soupapes, qui leur permettent, le cas échéant, de fonctionner comme bouches d'incendie; il suffit de visser le raccord du boyau d'aspiration de la pompe sur celui de la fontaine et d'ouvrir la soupape. Lorsque la pression de l'eau est assez forte pour qu'on puisse se passer de pompe, on utilise un dévidoir, c'est-à-dire un tuyau en caoutchouc ou en toile, terminé par une lance (*fig.* 306), et que l'on fixe sur le raccord spécial de la fontaine.

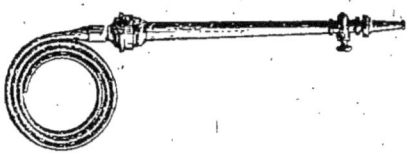

FIG. 306.

Les bouches de lavage et d'arrosage dont l'orifice, de 0^m,027, termine un petit bout de tuyau fileté, sont utilisables de la même façon avec des boyaux d'un diamètre égal pourvus de raccords; on découvre l'orifice en relevant le couvercle de la boîte, et on raccorde le boyau sur la bouche.

Mais l'inconvénient de ces prises de petit calibre vient de la faiblesse de leur débit, qui est presque toujours insuffisant, lors des grands incendies, pour desservir convenablement les pompes.

Quelquefois on a recours à des coffres en fonte (fig. 307) que l'on scelle dans les murs de face des propriétés; chaque coffre contient un robinet à raccord, ordinairement de 0^m,040, qui termine un branchement en plomb piqué sur la conduite publique; ce robinet se manœuvre à l'aide d'un volant. Les coffres

Fig. 307.

d'incendie sont employés de préférence à l'intérieur des grands établissements comme postes de secours; on les branche sur le tuyau d'alimentation de la maison.

Les tuyaux en caoutchouc, en toile, en cuir rivé, se fabriquent par bouts de 10 mètres, aux extrémités desquels on dispose des raccords en bronze pour relier les bouts entre eux (fig. 308). Il existe plusieurs systèmes de raccords;

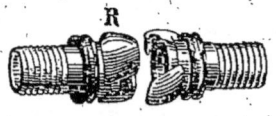

Fig. 308.

Fig. 309.

celui que représente la figure 309 est perfectionné; les deux pièces R sont identiques et symétriques, et la jonction s'opère au moyen d'un mécanisme analogue à celui de la fermeture des canons.

PRIX DU MÈTRE LINÉAIRE DE TUYAUX

CALIBRE	CUIR RIVÉ	TOILE SIMPLE	CAOUTCHOUC		
			1 pli toile	2 plis toile	fretté en fil de fer
	francs	francs	francs	francs	francs
0,020	8,10	1,05	2,95	3,85	5,35
0,027	9,75	1,20	3,95	4,70	6,85
0,035	10,25	1,45	4,50	5,50	8,75
0,040	11,65	1,65	4,95	6,35	10,00

Comme on le voit, ces tuyaux coûtent assez cher ; leur entretien est d'ailleurs passablement onéreux ; on doit éviter de les maintenir à l'humidité ou de les laisser dessécher à la chaleur.

Dans les grandes villes, comme Paris, Londres, New-York, Chicago, etc., où le service de secours en cas d'incendie est méthodiquement organisé, où l'on a recours à des pompes à vapeur capables de débiter jusqu'à 30 litres par seconde, on dispose dans chaque rue un certain nombre de bouches de fort calibre, spécialement destinées au service d'incendie.

A Paris, ces bouches ont un orifice de 0^m,10 ; leur espacement normal est de 100 mètres ; la plupart sont alimentées en eau de source, à cause de la pression supérieure de cette eau que l'on peut presque partout utiliser directement à l'aide de dévidoirs. Quelques-unes sont branchées sur les conduites d'eau de rivière de gros diamètre.

La figure 310 reproduit le modèle de bouche actuellement en usage. L'admission de l'eau est commandée par la soupape en bronze s, et le raccord du dévidoir ou du tuyau d'aspiration de la pompe se fixe sur le tube t, également en bronze. Le couvercle est en acier coulé et dépourvu de serrure pour simplifier l'ouverture de la boîte ; on le soulève pour placer le raccord et manœuvrer la soupape.

La bouche repose sur un massif en maçonnerie qui consti-

tue une fondation solide ; il en est ainsi, d'ailleurs, pour tous
les appareils hydrauliques du même genre. Le branchement
en fonte, de 0ᵐ,10, porte deux robinets, l'un à la prise, et
l'autre près de la bouche. Lorsque la conduite alimentaire et

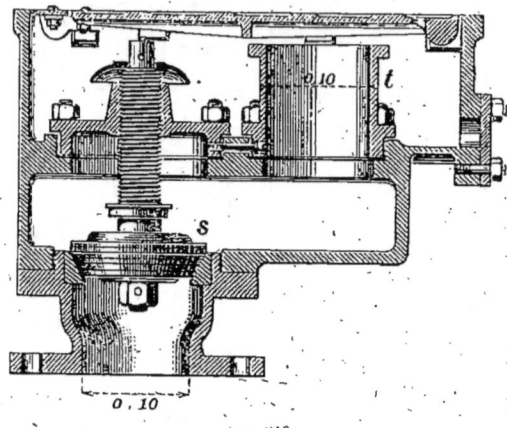

Fig. 310.

le branchement sont en terre, l'ensemble présente la disposition de la figure 311. Le tube en plomb, ou en fer, de 0ᵐ,020,

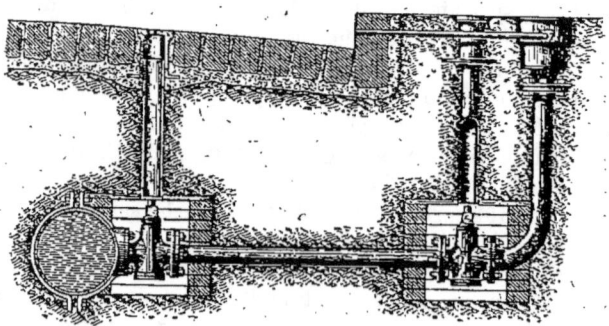

Fig. 311.

qui débouche dans le caniveau, empêche l'eau de séjourner
dans la boîte.

Mais, pour la plupart des bouches d'incendie, la prise, le branchement et le robinet de barrage sont installés dans les regards de descente d'égout ; le robinet de barrage est placé à l'intérieur d'une niche en maçonnerie creusée dans l'une des parois de la cheminée du regard ; ce robinet est percé à décharge ; lorsqu'on le ferme, la colonne verticale et la boîte se vident lentement dans l'égout. L'hiver, à cause des gelées qui ne manqueraient pas de détériorer les pièces pleines d'eau et exposées au froid, les bouches sont fermées au robinet de barrage ; l'été, on ferme seulement la soupape.

L'installation complète d'une bouche avec branchement en égout et double robinet revient en moyenne à 550 francs. Les premiers appareils étaient dépourvus de robinets de prise ; on réalisait ainsi une économie de plus de 100 francs ; mais la moindre fuite qui se produisait sur le branchement à l'amont du robinet de barrage nécessitait l'arrêt de la conduite publique, ce qui était un inconvénient pour le service des abonnés. Les appareils sont maintenus en bon état d'entretien et de fonctionnement par une surveillance active de la part des fontainiers et par des visites mensuelles du service des pompiers.

216. Bouches de lavage. — Les bouches de lavage se placent aux sommets des caniveaux ; lorsqu'on ouvre l'appareil, le courant d'eau qui se forme entraîne les immondices que le balayage de la rue y rejette, ainsi que les eaux pluviales et ménagères des maisons riveraines. Les points bas du caniveau doivent communiquer avec l'égout ou avec un fossé de décharge ; il importe que la cuvette d'écoulement soit imperméable autant que possible, afin d'éviter la déperdition de l'eau sur le parcours et les infiltrations dans les maisons voisines.

Dans les villes pourvues d'un réseau d'égouts, la pente des caniveaux est disposée de façon que, sur le périmètre de chaque îlot de maisons, il existe un point haut où l'on installe la bouche de lavage à l'alignement du trottoir et un point bas où l'on établit la bouche d'égout.

La figure 312 représente un modèle de bouche d'eau sous trottoir avec soupape et raccord en bronze, et coffre en fonte.

La soupape se manœuvre du dehors avec une clé à ca-

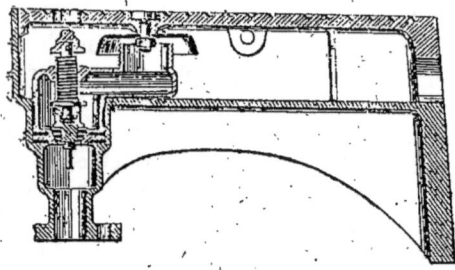

Fig. 312.

Fig. 313.

non (*fig.* 313); la coupe renversée qui recouvre l'orifice écrase

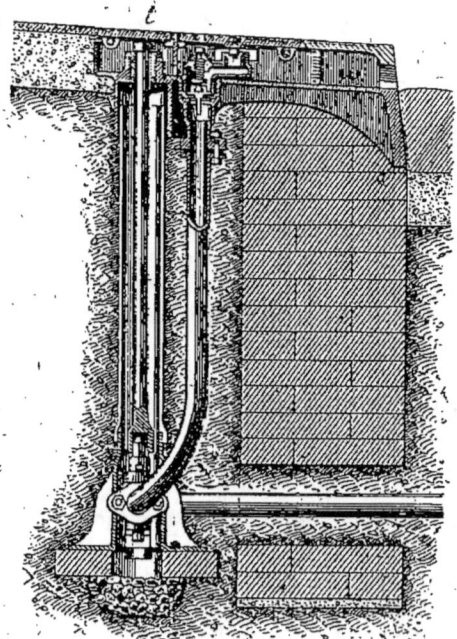

Fig. 314.

le jet, et l'eau descend dans le caniveau par l'ouverture inférieure. Le couvercle est retenu par une serrure en bronze.

Ordinairement le branchement alimentaire est de 0^m,027, et l'orifice de 0^m,041 ; mais on construit des appareils avec branchement de 0^m,040 et raccord de 0^m,055, que l'on utilise comme bouches d'incendie. Le robinet de barrage se place à côté du coffre; on le manœuvre sous bouche à clé. Dans le modèle de la ville de Paris (*fig.* 314), ce robinet est en quelque sorte attenant à la boîte; pour actionner la tige de manœuvre, il faut soulever le petit couvercle *t*.

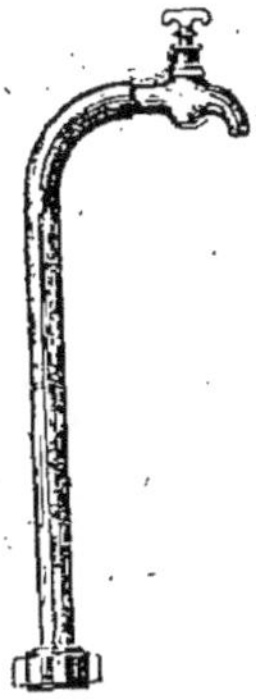

FIG. 315.

A Paris, le débit des bouches de lavage est réglé à 108 litres par minute; dans beaucoup de localités on ne dépasse pas 90 litres.

En relevant le grand couvercle, on peut fixer un *col de cygne* (*fig.* 315) sur le raccord et puiser de l'eau avec un seau; c'est ainsi que l'on dessert les concessions temporaires sur la voie publique, pour les constructions, fêtes foraines, etc.

217. Bouches d'arrosage. — Les voies publiques s'arrosent au *tonneau* ou à la *lance*. Dans le premier cas on a recours à des tonneaux en bois ou en fer montés sur roue, d'une capacité variable depuis 100 jusqu'à 1.200 litres, que l'on remplit à des bouches d'eau installées en des points déterminés, et que l'on promène sur les chaussées; un robinet fait communiquer le tonneau avec une rampe placée à l'arrière et percée d'une multitude de petits trous d'où l'eau s'échappe sous forme de pluie.

Les petits tonneaux jusqu'à 250 litres sont traînés à bras d'homme; on les utilise de préférence sur les larges trottoirs et sur les contre-allées. Les grands tonneaux en tôle (*fig.* 316) sont à traction de cheval; le charretier est assis sur un siège fixé au tonneau et peut, sans dérangement, à l'aide d'une transmission, manœuvrer à son gré le robinet de l'arrosoir.

Les bouches de lavage ordinaires peuvent servir au remplissage des tonneaux; il suffit de les pourvoir d'un boyau suffisamment long muni d'un raccord; à Paris, pour restreindre la durée de l'opération, on se sert de bouches spé-

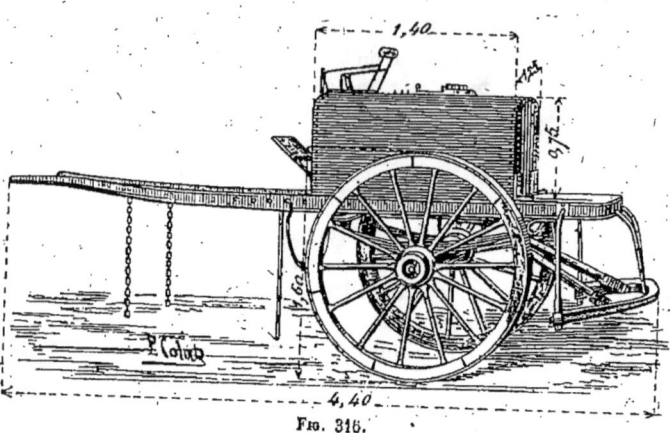

Fig. 316.

ciales, analogues aux bouches d'eau sous trottoir, mais dont le branchement est de 0^m,040 au lieu de 0^m,027.

A l'intérieur des parcs sur les places et dans les voies plantées d'arbres où il existe des conduites d'eau; on pratique de préférence l'arrosage à la lance, qui est moins dispendieux que celui au tonneau. On installe sur le bord des trottoirs, tous les 50 mètres environ, une bouche branchée sur la conduite publique et sur laquelle le cantonnier vient fixer le raccord d'un tuyau

Fig. 317.

flexible terminé par une lance ; pour arroser, il suffit d'ouvrir
la soupape de l'appareil, ce qui met le tuyau en pression, et
de diriger le jet en tenant la
lance entre les mains (*fig*. 317).

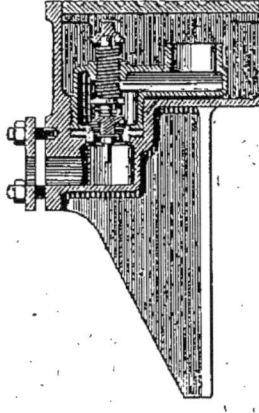

La figure 318 montre le type
de bouche d'arrosage adopté par
le service des eaux de Paris ;
il existe un modèle analogue à
section circulaire que l'on pose
de préférence dans les squares.
Le coffre en fonte porte une tubulure latérale pour le tuyau de
décharge et une queue que l'on
scelle dans le massif de fondation ; la soupape et le raccord
de 0^m,041 sont en bronze. Le
branchement est en plomb de
0^m,027 pour un débit de 1 litre
par seconde.

Fig. 318.

Pour éviter la détérioration des tuyaux d'arrosage par le
fait de leur frottement sur le sol, on les constitue souvent de
tubes en fer étiré de 2 mètres de long, reliés entre eux par
des jonctions en cuir ou en caoutchouc et montés sur des
chariots en fonte à roulettes (*fig*. 319). Avec un tuyau de

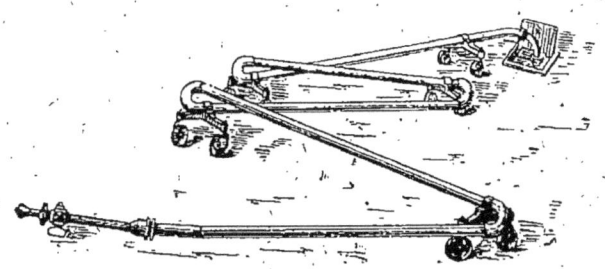

Fig. 319.

15 mètres de long, lance comprise, l'arrosage se pratique
sans de trop grandes difficultés de maniement.

Quelquefois on dispose à l'extrémité de la lance un ajutage

à pomme d'arrosoir ou en queue de carpe (*fig.* 320), ou un
autre appareil, qui pulvérise le
jet de telle façon que l'eau retombe en éventail, en parapluie
(*fig.* 321), etc.

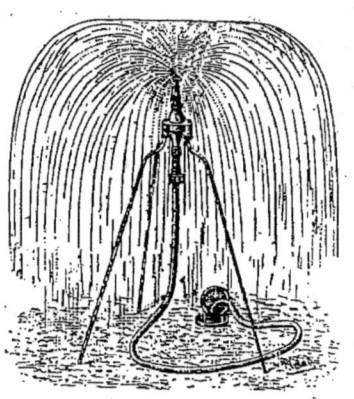

Fig. 320.

On mentionnera encore la
bouche que l'on installe à Paris
pour les marchés, qui n'est autre chose qu'une boîte d'ar-

Fig. 321.

rosement ordinaire, entourée d'une grille circulaire de
$0^m,50$ de rayon et sur le raccord de
laquelle on visse un col de cygne les
jours de marché.

Les couvercles des bouches d'arrosage et de lavage sont accompagnés
de serrures que l'on manœuvre à
l'aide de clés (*fig.* 322, *a*); pour serrer

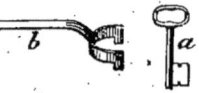

Fig. 322.

fortement les raccords, on utilise des clés tricoises de la
forme *b*.

PRIX DE QUELQUES APPAREILS ET OUTILS

DÉSIGNATION	DIAMÈTRE DES ORIFICES ET DES RACCORDS (en millimètres)		
	27 × 41	40 × 41	40 × 55
	francs	francs	francs	francs
Bouche de lavage (*fig*. 312)....	42	44	46	»
— — petit modèle..	40	42	44	»
Bouche d'arrosage carrée......	36	38	40	»
— — ronde	29	31	33	»

	francs
Col de cygne en cuivre, de 0,025, avec robinet	25
Lance d'incendie, avec robinet.....................................	24
Chariot d'arrosage en fer monté sur boules en bois, le mètre linéaire.	9
Clef de manœuvre de 1 mètre, en fer forgé (*fig*. 277)...............	15
Clef à canon (*fig*. 313)	2,50
Clef tricoise (*fig*. 322)...	3,00

218. **Fontaines monumentales.** — Il y a peu de chose à dire, dans un ouvrage technique, sur la question des fontaines monumentales. La disposition, la grandeur, la décoration de ces fontaines suivant leur emplacement, les ressources disponibles et l'effet que l'on veut obtenir, sont autant de problèmes qui ressortent de l'art de l'architecte et du sculpteur plutôt que de la science de l'hydraulicien; ce dernier n'intervient le plus souvent que pour le calcul des jets d'eau, l'installation et le calcul de la tuyauterie et l'évaluation du volume d'eau nécessaire.

Fig. 323.

Il est constant que l'eau joue un rôle considérable dans la nature, que la présence d'un lac, d'un ruisseau ou d'une cascade donne de la vie à un paysage, et que les fontaines jaillissantes font le plus bel ornement des places

publiques et des jardins des grandes villes qu'elles contribuent également à rafraîchir.

Les grandes fonderies, comme le Val d'Osne, Durenne, etc.,
fabriquent aujourd'hui une grande variété de fontaines en
métal de toutes dimensions, surmontées d'attributs et de
motifs d'architecture plus ou moins riches ; les unes peuvent
servir de bornes de puisage (*fig.* 323), d'autres sont purement
décoratives. En consultant l'Album de ces maisons, on trouvera facilement, eu égard au prix que l'on veut consentir, un
modèle qui donne satisfaction.

D'autres maisons établissent des bassins et des vasques en
ciment que l'on peut faire décorer par un architecte. Il en
est de même pour les grottes, cascades, lacs et ruisseaux

Fig. 324.

artificiels que l'on installe dans les parcs publics ou privés.
Quand l'on doit procéder à une installation de ce genre, le
plus simple est de s'adresser à un entrepreneur spécialiste,
de lui soumettre ses idées et ses moyens et de lui demander
un projet.

Comme les autres appareils hydrauliques, on fait reposer
les fontaines décoratives sur une large et solide fondation
en maçonnerie ; la canalisation avec tous les robinets est
installée dans une chambre construite au-dessous ou sur le
côté de la fontaine. Le diamètre de la conduite alimentaire
se détermine d'après son débit et la perte de charge dont on
peut disposer eu égard à l'amplitude des jets d'eau ; chaque
branchement partiel doit être commandé par un robinet.
Enfin il est nécessaire que le bassin inférieur soit pourvu
d'une décharge de fond et d'un trop-plein se déversant en
égout.

Calcul des jets d'eau. — Si, en un point d'une conduite sur lequel
la pression est h, on établit une prise d'eau verticale de très petit
diamètre, la hauteur d'élévation h' du jet d'eau que l'on obtient
est donnée par la formule :

$$h' = h - 0,01 h^2.$$

A vrai dire, cette hauteur dépend de la forme de l'ajutage d'écoulement et du rapport qui existe entre le diamètre de la conduite
et celui de l'orifice ; mais, tant que ce rapport reste très faible, la
formule précédente fournit des chiffres suffisamment approchés.

Lorsque le jet est incliné d'un angle α sur l'horizon, chaque
molécule d'eau décrit une courbe dont l'équation est (*Mécanique*, 63) :

$$(m) \qquad z = x \tang \alpha + \frac{k^2}{g} \mathrm{L} \left(1 - \frac{g x}{k v \cos \alpha} \right);$$

v représente la vitesse du liquide à la sortie de l'ajutage ; k, une
constante numérique ; L, un logarithme népérien ; $g = 9,81$, l'accé-
lération de la pesanteur.

Si l'écoulement s'effectuait dans le vide, le jet présenterait la
forme d'une parabole :

$$(1) \qquad z = x \tang \alpha - \frac{g x^2}{2 v^2 \cos^2 \alpha};$$

son amplitude, qui s'obtient en faisant $z = 0$ dans l'équation (1),
aurait pour expression :

$$(2) \qquad x = \frac{v^2 \sin 2\alpha}{g};$$

on trouverait pour la hauteur maxima du jet:

$$z = \frac{v^2}{2g} \sin^2 \alpha.$$

Dans la pratique, on applique de préférence les formules (1) et (2), qui donnent lieu à des calculs plus simples que ceux auxquels on serait entraîné avec l'équation (m); l'écart en excès est peu considérable à cause de la petitesse relative de la vitesse initiale.

D'après les valeurs de v et du rayon du bassin de la fontaine, on peut calculer l'inclinaison des ajutages par la formule (2); inversement la connaissance de α et de v détermine x.

La figure 325 met sous les yeux du lecteur la belle fontaine de Médicis du jardin du Luxembourg, à Paris; l'eau jaillit en nappe d'un rocher sur lequel se dresse une gracieuse statue. Ici l'œuvre de l'architecte dépasse de beaucoup celle de l'hydraulicien; l'effet produit tient surtout à l'aspect sévère du monument et à sa richesse artistique.

Aux fontaines de la place de la Concorde (fig. 326), de

Fig. 325.

construction moderne, les effets d'eau ont un développement plus considérable; outre plusieurs jets inclinés d'une très belle allure, le liquide monte dans une colonne centrale et

Fig. 326.

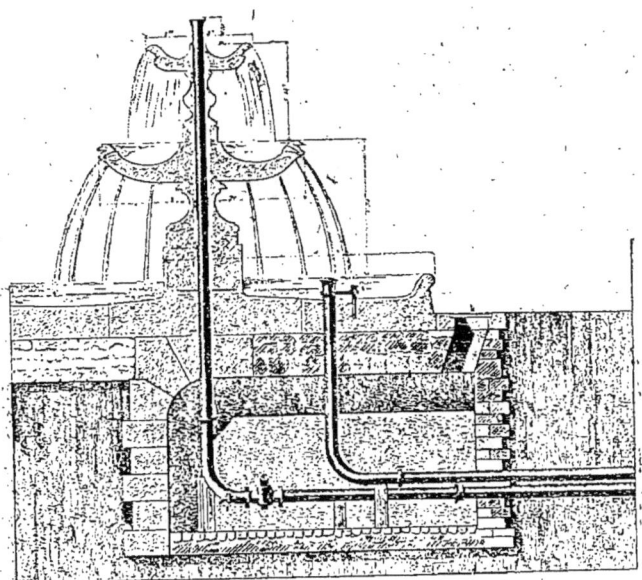

Fig. 327.

donne naissance à trois petites gerbes qui retombent sur les vasques en produisant un heureux effet. Chaque fontaine consomme 165 mètres cubes par heure.

Les fontaines de la place des Vosges sont d'aspect moins imposant; la coupe (*fig.* 327) explique leur disposition. Chacune d'elles dépense 5 mètres cubes par heure; on les fait marcher tous les jours pendant sept heures.

Depuis quelques années, les gerbes jaillissantes, accompagnées de bassins plus ou moins vastes, sans motif d'architecture, sont d'un emploi fréquent pour la décoration des places et des jardins; Paris en compte un certain nombre d'un fort bel aspect, notamment celle du rond-point du Trocadéro, qui absorbe 850 mètres cubes d'eau par heure.

On peut obtenir économiquement de très jolis effets en multipliant les ajutages, que l'on dispose dans plusieurs directions (*fig.* 328), de façon que les jets se recoupent et amènent

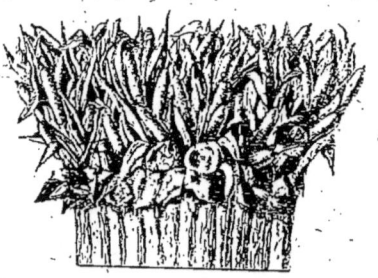

-Fig. 328.

par le choc la pulvérisation des filets liquides. Cette pulvérisation est nécessaire pour que l'eau perde de sa transparence, qu'elle réfléchisse et disperse la lumière dans toutes les directions en produisant sur l'œil une sensation agréable. La résistance de l'air est une cause naturelle de l'émiettement des filets d'eau; quelquefois on le force artificiellement en insufflant de l'air dans les jets par un moyen quelconque.

La figure 329 représente la gerbe du Palais-Royal, qui consomme 70^{m3},00 par heure ; le champignon porte dix-sept ajutages de 0ᵐ,012; la conduite alimentaire est de 0ᵐ,30.

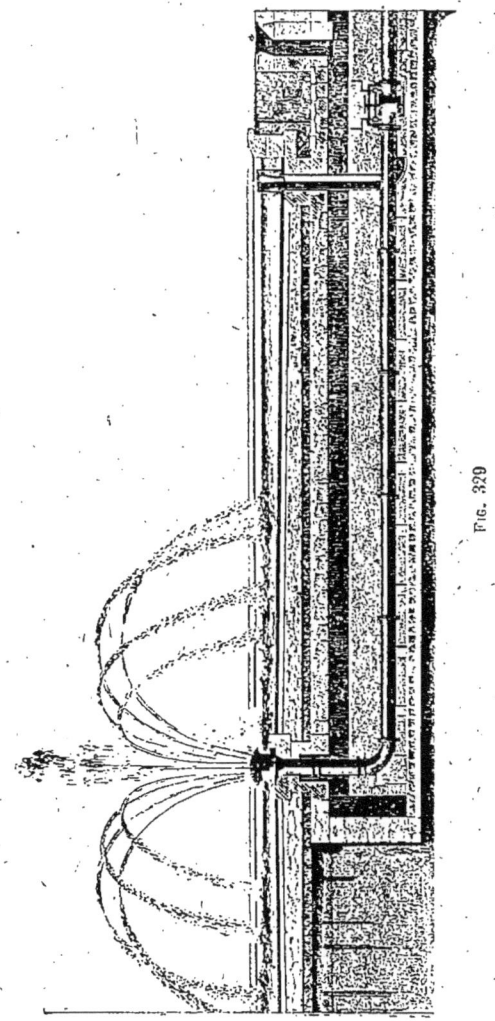

FIG. 329

219. Branchements pour réservoirs de chasse dans les égouts. — Depuis quelques années, le nettoyage des égouts

de Paris est puissamment facilité par des réservoirs que l'on établit sur les sommets et aux extrémités du réseau. Ces réservoirs, la plupart en maçonnerie et d'une contenance de 10 mètres cubes, sont alimentés en eau de rivière par les conduites de distribution; à l'intérieur, on dispose des appareils spéciaux qui déterminent automatiquement des chasses d'eau se succédant à intervalles réguliers (*fig.* 330).

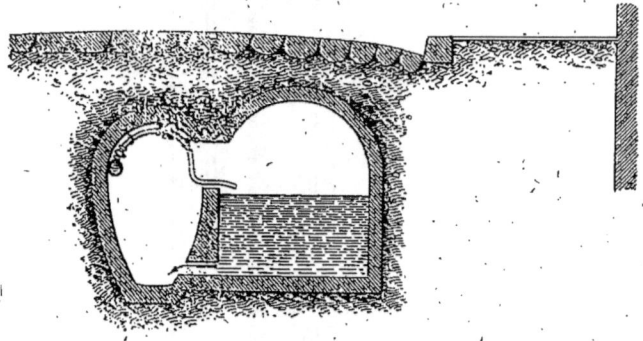

FIG. 330.

Le branchement alimentaire est en fer étiré de 0^m,005, son débit est uniformément de 10 mètres cubes par vingt-quatre heures; on le réalise sans interposition de jauge, en faisant varier la longueur du branchement à raison de 12 mètres de perte de charge par mètre de tuyau; par exemple, si la pression sur la conduite, au voisinage de la prise, égale 24 mètres, on prend un tube de 2 mètres de long.

220. Effets d'eau d'urinoirs. — Le lavage des urinoirs est indispensable pour entraîner complètement l'urine et en faire disparaître l'odeur autant que possible; chacun a pu observer, dans certaines gares, les émanations putrides qu'exhalent les urinoirs non rafraîchis.

A Paris, le débit des effets d'eau d'urinoirs à stalles rectangulaires (*fig.* 331) est d'environ 70 litres par stalle et par heure. L'alimentation se fait par un plomb de 0ᵐ,020 avec robinet de jauge au pied de l'édicule. ˌ

L'eau arrive à la partie supérieure sans bouillonnement

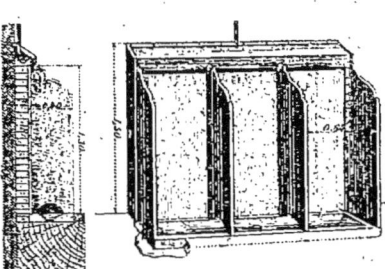

FIG. 331.

par un petit tube en cuivre de 0ᵐ,007, raccordé sur le plomb, et remplit une rigole en ardoise qui couronne le revêtement, de là elle se répand d'une manière uniforme sur toute la surface verticale des ardoises.

SERVICE DANS LA MAISON

221. L'eau est amenée dans les propriétés par des branchements de faible diamètre, ordinairement en plomb, piqués sur les conduites publiques. On a indiqué au paragraphe 211, les divers modes d'exécution des prises d'eau.

Le branchement traverse la chaussée et le trottoir et pénètre dans la maison par une ouverture pratiquée dans le mur de face; il est bon que, dans la traversée du mur, le branchement soit protégé par un *fourreau* en fonte qui empêche le plomb d'être aplati. Lorsque la rue est pourvue d'un égout qui contient la conduite, c'est une excellente précaution contre les dégâts que pourraient produire les fuites que de mettre le plomb en fourreau depuis l'intérieur de la maison jusqu'à l'égout.

Dans le cas où la distribution se fait par compteur d'eau,

on installe ce dernier dans la cave, ou au rez-de-chaussée, à proximité du mur de face, en l'intercalant sur le branchement. Le robinet d'arrêt se place à côté et en amont du compteur. Quelquefois, quand il n'existe pas de cave, on dispose le compteur dans un regard en maçonnerie établi dans la cour et fermé par un tampon.

Lorsque le service se fait par abonnement jaugé, on place le robinet de jauge sous le trottoir; sa manœuvre s'effectue sous bouche à clé; ce robinet sert en même temps au barrage.

Du compteur, le branchement continue vers l'intérieur de la maison, en se ramifiant dans les directions des robinets de puisage pour les desservir.

222. Service de rez-de-chaussée. — La plupart des anciennes distributions ne comportaient qu'un service de rez-de-chaussée; il en est nécessairement ainsi lorsque la pression fait défaut. Quelquefois on a recours à une pompe foulante que l'on installe dans le sous-sol, et qui relève l'eau dans un réservoir établi dans les combles; les robinets de puisage des étages sont alors branchés sur une colonne descendante issue de ce réservoir. Mais cette disposition compliquée constitue une exception; on ne l'applique guère que dans les établissements d'une certaine importance.

Le plus souvent, lorsque la pression est trop faible pour faire un service d'étages, on se contente d'installer une borne de puisage dans la cour, à l'endroit le plus convenable; le branchement vient se raccorder sur cette borne dont la cuvette doit être drainée au tuyau ou au caniveau de décharge de la maison.

La disposition des fontaines d'intérieur ne diffère pas de celle des appareils similaires que l'on pose sur la voie publique (213); chaque fabricant possède une variété de modèles plus ou moins ornementés (*fig.* 332), avec robinet à repoussoir ou à vis et bouton de puisage.

Dans l'abonnement jaugé, l'eau est livrée par écoulement continu réglé de manière à fournir en vingt-quatre heures un volume déterminé; ce système suppose l'établissement d'un *réservoir* de capacité proportionnée à ce volume; le

réservoir emmagasine l'eau et permet ensuite de la consommer aux heures et dans le temps qu'on veut.

Ces réservoirs, auxquels on donne de préférence la forme
cylindrique, se construisent en zinc; on en fabrique égale-

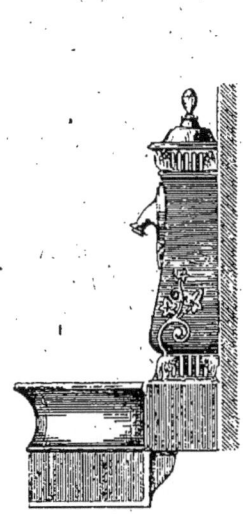 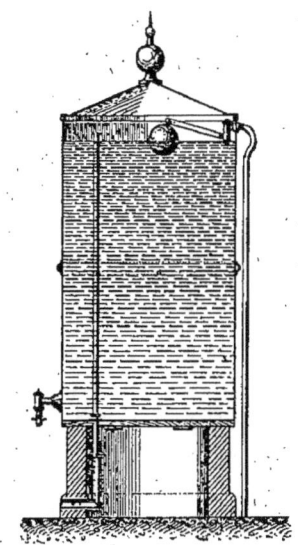

Fig. 332.   Fig. 333.

ment en tôle à sections rectangulaire et cylindrique. On les
installe dans les cours ou sous des hangars, sur des supports
en maçonnerie; le branchement en plomb de $0^m,020$ débouche à la partie supérieure; à la base est placé le robinet
de puisage.

RÉSERVOIRS EN TÔLE GALVANISÉE

CON-TENANCE en litres	CYLINDRIQUES			RECTANGULAIRES			
	DIMENSIONS GÉNÉRALES		PRIX de la pièce	DIMENSIONS GÉNÉRALES			PRIX de la pièce
	diamètre	hauteur		longueur	largeur	hauteur	
			francs				francs
100	0m,45	0m,65	40	0m,60	0m,35	0m,40	45
200	0 ,51	1 ,00	55	0 ,80	0 ,50	0 ,50	62
300	0 ,62	1 ,00	68	0 ,90	0 ,50	0 ,70	82
500	0 ,80	1 ,00	84	1 ,00	0 ,50	1 ,00	100
1.000	1 ,10	1 ,10	124	1 ,50	0 ,70	1 ,00	172
1.200	1 ,14	1 ,20	136	1 ,50	0 ,75	1 ,10	185
1.500	1 ,20	1 ,30	168	1 ,70	0 ,75	1 ,20	220
1.700	1 ,20	1 ,50	180	1 ,80	0 ,80	1 ,20	235
2.000	1 ,30	1 ,50	205	1 ,90	0 ,90	1 ,20	255
2.500	1 ,40	1 ,60	235	2 ,00	1 ,00	1 ,30	305
3.000	1 ,55	1 ,60	265	2 ,30	1 ,00	1 ,30	335
3.500	1 ,60	1 ,75	290	2 ,30	1 ,20	1 ,30	375
4.000	1 ,65	1 ,90	330	2 ,40	1 ,20	1 ,40	410
5.000	1 ,80	2 ,00	365	2 ,50	1 ,35	1 ,50	530
6.000	1 ,85	2 ,25	430	2 ,80	1 ,45	1 ,50	585
7.000	2 ,00	2 ,25	475	3 ,00	1 ,60	1 ,50	640
8.000	2 ,00	2 ,60	505	3 ,00	1 ,60	1 ,70	740
9.000	2 ,10	2 ,60	525	3 ,00	1 ,70	1 ,80	850
10.000	2 ,25	2 ,60	575	3 ,00	1 ,70	2 ,00	920
15.000	2 ,55	3 ,00	725	3 ,00	1 ,95	2 ,60	1.375
20.000	2 ,90	3 ,00	875	3 ,60	1 ,95	2 ,90	1.750
30.000	3 ,60	3 ,00	1.300	4 ,50	2 ,30	2 ,90	2.300
40.000	3 ,60	4 ,00	1.750	4 ,30	2 ,50	3 ,80	3.150
50.000	4 ,00	4 ,00	2.100	4 ,60	2 ,90	3 ,80	3.800

Les réservoirs qui emmagasinent l'eau pour boire doivent être couverts autant que possible pour éviter que les projections du dehors et les eaux des toits ne viennent salir et contaminer le liquide, et pour le soustraire à l'action décomposante des rayons solaires; on doit les éloigner des tuyaux d'évent des fosses d'aisances, des écuries, etc.; c'est d'ailleurs une bonne précaution que de les vider complètement et de les nettoyer au moins une fois par an. Il va sans dire que chaque réservoir doit être muni d'un trop-plein fonctionnant parfaitement.

223. Colonnes montantes. — Le service d'étages réalise un notable perfectionnement sur celui de rez-de-chaussée.

DISTRIBUTIONS D'EAU. 28

outre que l'obligation pénible d'aller chercher l'eau dans la cour se trouve supprimée, il en résulte une amélioration de l'hygiène des appartements; les water-closets et les urinoirs peuvent être rafraîchis par un écoulement intermittent ou continu; on a la faculté d'installer à son gré des lavabos, salles de bains, postes d'incendie, etc., installations qui sont impraticables lorsque l'eau doit être remontée du rez-de-chaussée.

Dans tout projet de distribution on doit chercher, même au prix de quelques sacrifices, à rendre possible l'alimentation directe des étages en établissant le réservoir à un niveau suffisamment élevé (171).

Les colonnes montantes s'exécutent ordinairement en plomb de 0m,020, de 0m,027 ou de 0m,040; le fer étiré est encore d'un emploi restreint. Dans chaque cas on calcule approximativement le diamètre d'après le débit probable, la pression moyenne sur la conduite et la longueur totale du branchement; il faut considérer que la traversée du compteur absorbe environ 2 mètres de charge et qu'un service satisfaisant exige au moins 1 mètre de pression sur l'orifice le plus élevé.

L'évaluation du débit est la question la plus délicate : il faut tabler sur la consommation maxima; on peut admettre qu'un robinet de puisage de 0m,013, comme on en pose dans les cuisines, débite un quart de litre par seconde, et que sur un groupe de robinets alimentés par la même colonne il peut y en avoir le tiers d'ouverts simultanément.

C'est une faute que l'on commet fréquemment dans les hautes maisons, où les locataires sont nombreux, que d'installer un branchement d'eau trop faible; on veut économiser sur le diamètre, et, lorsque viennent les chaleurs, on est désagréablement surpris de voir les étages supérieurs manquer d'eau aux heures de forte consommation. Un plomb de 0m,027 qui débite 1 litre par seconde absorbe 0m,25 de charge par mètre de tuyau, non compris les pertes produites par les coudes, etranglements, etc.; pour le même débit, un plomb de 0m,020 perd 1 mètre par mètre.

En tranchée, le plomb se place à 1 mètre de profondeur environ; cette hauteur de terre suffit dans nos climats pour empêcher la congélation de l'eau pendant l'hiver. En cave, on installe le compteur sur deux supports scellés dans le mur, avec robinet d'arrêt à l'amont, de façon que son démontage et le relevé périodique de la consommation puissent s'effectuer aisément.

A l'aval du compteur, le branchement s'allonge horizontalement le long des murs, suivant le tracé le plus approprié eu égard à la disposition du local, pour atteindre le point où la colonne doit s'élever verticalement. On choisit de préférence la cage d'escalier, le long de laquelle le tuyau est visible et facilement accessible, ou l'aplomb des cuisines, ce qui diminue la longueur des branchements d'intérieur. Au dernier étage, la colonne se termine par un tamponnage soudé.

En cave et en élévation, le tuyau est appliqué contre les murs et maintenu par des colliers en fer distants de 1 mètre, scellés dans la maçonnerie; il faut le laisser apparent autant que possible pour faciliter la surveillance et les réparations. On doit éviter les grands percements qui sont difficultueux et risquent de compromettre la stabilité de l'immeuble; mais chaque fois que le plomb se trouve noyé dans un mur, notamment à la traversée des étages, c'est une bonne précaution que de le protéger par un fourreau.

Les parties de branchement exposées au froid doivent, en hiver, être entourées de substances peu conductrices de la chaleur : paille, copeaux, sciure de bois, etc. Ordinairement on dispose au bas de la colonne, près du compteur, un petit robinet de décharge qui permet de vider complètement les tuyaux, le soir, lorsque des gelées sont à craindre pendant la nuit.

A chaque étage et pour chaque appartement se détache de la colonne un branchement secondaire qui se subdivise à son tour en plusieurs branchements tertiaires, pour conduire l'eau aux divers orifices intérieurs : robinets sur la pierre d'évier, dans les water-closets, cabinets de toilette, etc. Ces branchements se font en plomb de $0^m,016$ et de $0^m,013$; chacun d'eux doit être commandé par un robinet d'arrêt.

Dans certaines maisons on se contente d'établir sur le palier de chaque étage un *poste d'eau*, c'est-à-dire un robinet de puisage placé au-dessus d'une cuvette en fonte drainée au tuyau de chute des eaux ménagères; les locataires de l'étage s'alimentent à ce robinet.

224. Robinets d'arrêt. — Les robinets d'arrêt des colonnes montantes ne sont autre chose que des robinets à boisseau ordinaire, en bronze ou en cuivre poli. On les fabrique depuis le calibre de 0m,010.

Les uns sont à double chapeau avec deux bouts droits (*fig.* 334), ou avec douille et raccord (*fig.* 335), ou encore

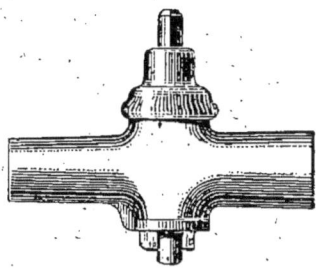 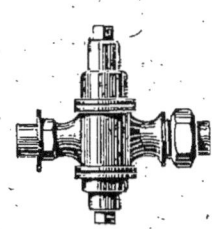

FIG. 334.   FIG. 335.

avec deux raccords (*fig.* 336); on les fixe sur le tuyau de

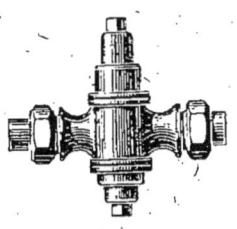 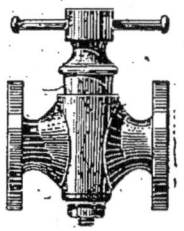

FIG. 336.   FIG. 937.

plomb par deux soudures. D'autres modèles sont à potence (*fig.* 337-338) et se manœuvrent simplement à la main. On en fabrique également avec fermeture à vis (*fig.* 339).

Dans les grands établissements : écoles, hôtels, hôpitaux, etc., où il existe un grand nombre de robinets de puisage installés aux divers étages, on a quelquefois recours à des *nourrices*

de distribution (*fig.* 340), que l'on installe sur le branchement principal à la sortie du compteur. Chaque robinet

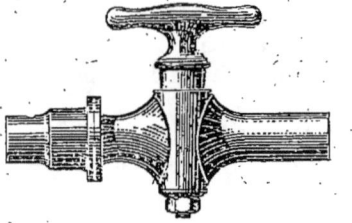

Fig. 338.　　　　　　　　　Fig. 339.

commande un plomb spécial qui alimente un ou plusieurs
orifices; pour éviter les erreurs de fermeture on place en

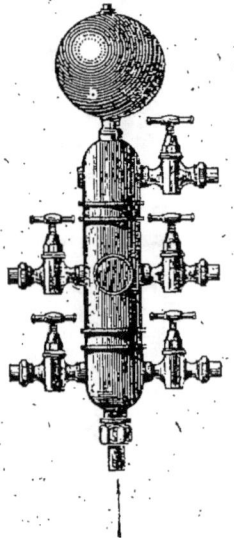

Fig. 340.　　　　　　　　　Fig. 341.

regard du robinet une plaque qui indique clairement la des
tination du branchement.

Tous les robinets d'arrêt doivent être à portée de la main
pour qu'on puisse les manœuvrer rapidement en cas de fuite;
s'ils sont à tête carrée, il est indispensable que le concierge,
ou le locataire, possède une clé à manette (*fig.* 341).

225. Robinets de jauge. — Pour les concessions jaugées,
la livraison de l'eau se fait par l'intermédiaire d'un robinet
spécial, en bronze, que l'on
intercale sur le branche-
ment.

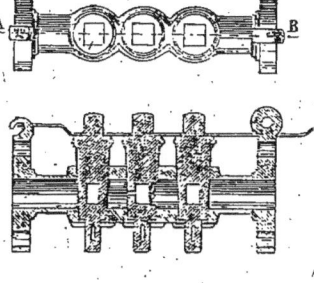
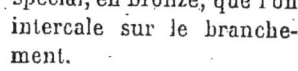
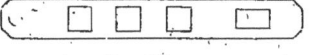

Le modèle de la Ville de
Paris (*fig.* 342) porte trois
clefs; les extrêmes sont
analogues à celles des robinets à boisseau et servent
pour la fermeture ou l'ouverture en plein; la clef
centrale porte l'appareil de
jauge proprement dit, constitué par un petit canal cylindrique, ouvert suivant
l'axe du robinet et dont le
diamètre est calculé pour
débiter en vingt-quatre heures, sous la pression moyenne de
l'eau dans la conduite, le volume fixé par la police d'abonne-

Fig. 342.

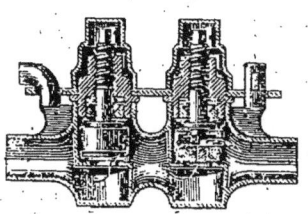
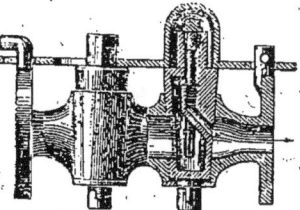

Fig. 343.   Fig. 344

ment. L'entrée du canal est fermée par une toile métallique
à mailles serrées qui retient les matières en suspension.
Dans certains robinets, le trou de jauge est percé à l'inté-

rieur d'une lentille en cristal que l'on rapporte dans la clef; le verre offre plus de résistance que le bronze au frottement de l'eau, qui tend à élargir l'orifice.

Les figures 343, 344, représentent deux autres modèles à vis avec deux têtes seulement; le second est remarquable par la facilité qu'il présente pour le réglage que l'on peut effectuer sans aucun outillage spécial, au moyen d'un simple tournevis.

Lorsque l'appareil est posé sous galerie, les clefs sont maintenues en place par une plaque de tôle assemblée à charnière sur le corps du robinet et arrêtée par un cadenas.

226. Robinets de puisage. — L'antique *robinet à boisseau* est presque abandonné aujourd'hui comme appareil de puisage; on lui reproche non sans raison de manquer d'étanchéité, ce qui exige de fréquents rodages, de se gripper facilement, et surtout de donner lieu, lors des fermetures, à de violents coups de bélier qui ébranlent les tuyaux en produisant un bruit désagréable.

Dans les *robinets à vis* (*fig.* 343), l'ouverture et la ferme-

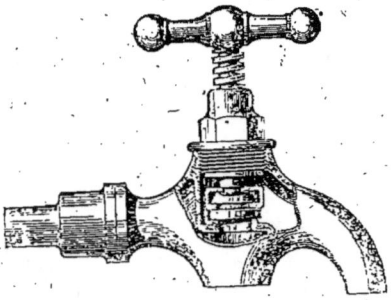

Fig. 343.

ture s'effectuent progressivement comme dans une vanne, les coups de bélier sont notablement atténués. La vis porte à sa base une soupape garnie de cuir ou de caoutchouc que l'on descend sur son siège pour opérer la fermeture; lorsque le robinet commence à perdre, il suffit de renouveler la garniture pour le rendre étanche.

La plupart des robinets à boisseau et à vis sont à potence, comme celui que représente la figure 345 ; on en fabrique également avec clé à béquille et à tête carrée (*fig.* 347), que l'on manœuvre au moyen d'une clé-manette. Ces robinets s'exécutent en bronze ou en cuivre jaune, depuis le calibre de 0ᵐ,010 jusqu'à celui de 0ᵐ,070, que l'on dépasse rarement. On les essaie à 15 atmosphères.

Sur les pierres d'évier on pose ordinairement des robinets

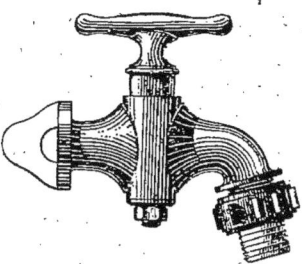 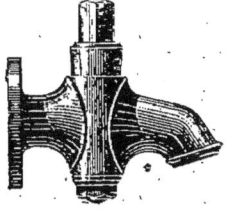

Fig. 346.   Fig. 347.

de 0ᵐ,013, quelquefois de 0ᵐ,010. Dans les cours, jardins, ateliers, on va jusqu'à 0ᵐ,035 et 0ᵐ,040 ; souvent alors le nez du robinet porte un raccord fileté sur lequel on peut visser un tuyau d'arrosage ou d'incendie (*fig.* 346).

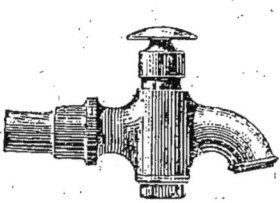

Fig. 348.

De nos jours, les *robinets à repoussoir* et à bouton (*fig.* 348), qui se referment seuls sous l'action d'un ressort intérieur dès qu'on cesse de les tenir à la main, sont d'un emploi général dans les cuisines : ils conjurent le danger d'inondation qui est à craindre avec les modèles précédents, lorsqu'on les laisse ouverts par mégarde ; en outre, ces robinets refrènent le gaspillage dans une certaine mesure, bien qu'il soit encore facile de les caler ; malheureusement la plupart sont durs à ouvrir et provoquent de violents coups de bélier.

La figure 349 représente un robinet de ce genre, à potence,

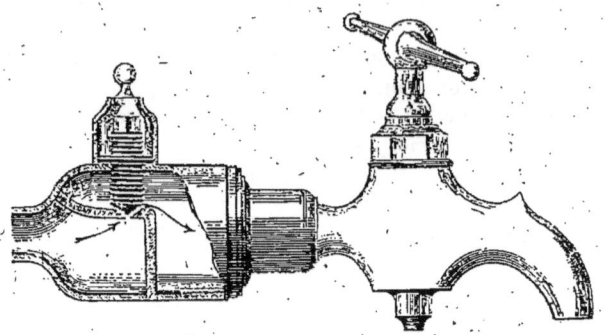

Fig. 349.

avec dispositif spécial pour modérer la pression, atténuer les coups de bélier, et régler le débit.

Le robinet servo-moteur de la maison Gibault (*fig. 350*) est en partie exempt des deux inconvénients précités des robinets à repoussoir ordinaires. Il se compose d'une soupape d'une très faible section destinée, lorsqu'on appuie sur la tige

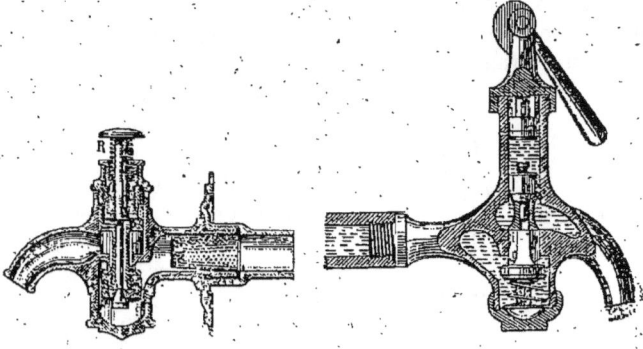

Fig. 350.   Fig. 351.

du repoussoir, à introduire la pression sur un piston moteur portant une seconde soupape de grande section, dite soupape de débit, laquelle a son siège sur le corps même du robinet. Sous l'influence de la pression, le piston s'abaisse, ouvre la grande soupape, et l'eau s'écoule par le dégorgeoir. Dès que l'on cesse de presser sur le bouton, le piston remonte sous l'action du ressort R; la soupape précitée vient s'appuyer sur son siège, et l'écoulement s'arrête.

On rappellera pour mémoire le robinet à écoulement intermittent de M. Chameroy, dont l'usage ne s'est pas propagé. Cet ingénieux appareil, représenté par la figure 351, donne à chaque manœuvre d'ouverture 10 litres d'eau environ, puis se referme automatiquement par l'effet d'un mécanisme hydraulique. Les coups de bélier sont complètement annulés; ce robinet ne peut être calé, ce qui le rend efficace contre le gaspillage.

227. Lavabos. — Bains. — Les robinets de *lavabos* d'appartements sont ordinairement du calibre de 0ᵐ,008; chez les coiffeurs, dans les collèges, ateliers, etc., on les pose de 0ᵐ,010 et de 0ᵐ,012. Chaque robinet est placé au-dessus d'une cuvette, qui peut communiquer avec le tuyau de décharge des eaux ménagères et dont la vidange s'effectue par un mouvement de bascule ou par l'intermédiaire d'une soupape de fond que l'on manœuvre à la main (*fig.* 352).

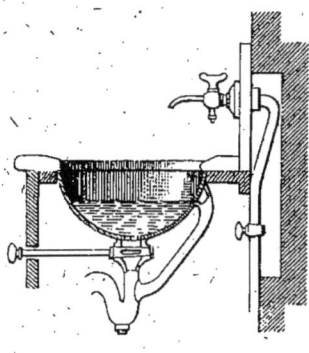

Fig. 352.

Ces robinets reçoivent des formes très diverses; pour les cabinets de toilette luxueusement aménagés, il existe des modèles ciselés, nickelés, argentés, avec poignée en bois ou en ivoire (*fig.* 354-355). La forme arrondie du dégorgeoir facilite le remplissage de la cuvette et évite les projections du liquide au dehors.

Dans les préaux d'écoles, à l'intérieur des casernes, **on** installe quelquefois des rampes de fort diamètre (fig. 353), en cuivre, sur lesquelles sont branchés un certain nombre

Fig. 353.

de robinets; au-dessous de ces derniers s'allonge une cuvette, ou une série de cuvettes. La rampe est commandée par un robinet d'arrêt.

L'aménagement le plus simple d'une salle de *bains* comporte une baignoire, munie d'une décharge de fond; le branchement d'eau arrive à la partie supérieure où est placé un robinet de puisage.

Ordinairement la baignoire peut recevoir de l'eau chaude par un tuyau spécial que termine un robinet identique au

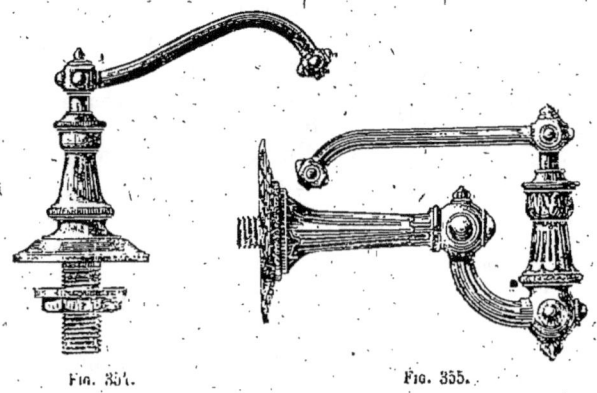

Fig. 354.　　　　　　　Fig. 355.

précédent et installé à côté. Le chauffage de l'eau s'effectue à l'aide d'une chaudière et d'un fourneau à gaz, ou en lui faisant traverser un serpentin placé au-dessus du foyer. Souvent une colonne de douches complète l'installation (*fig.* 356).

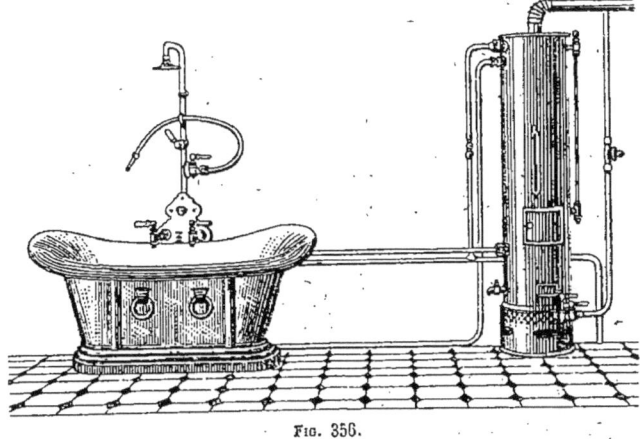

Fig. 356.

Les robinets de baignoires se font de 0^m,015, 0^m,020, 0^m,027, à boisseau, avec dégorgeoir vertical pour empêcher les éclaboussures (*fig.* 357 et 358).

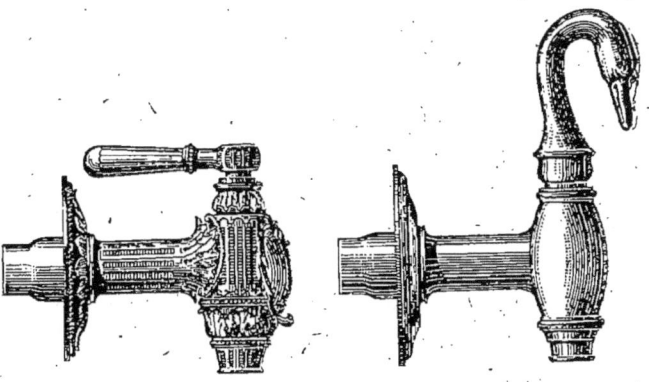

Fig. 357.   Fig. 358.

Il est nécessaire que les grands établissements de bains,

les lavoirs, possèdent des réservoirs capables d'emmagasiner la consommation moyenne d'une journée ; ces établissements sont ainsi prémunis contre les travaux qui peuvent nécessiter l'arrêt temporaire de la distribution ; au surplus, le réservoir constitue un secours permanent pour les jours de consommation exceptionnelle, lorsque le branchement ne peut fournir toute l'eau demandée.

228. Water-closets. — Les installations, dans lesquelles le branchement alimentaire débouche directement dans la cuvette qui reçoit les matières, sont défectueuses et doivent être proscrites ; les émanations qui s'échappent du tuyau de vidange peuvent, en cas d'aspiration, pénétrer dans les conduits et contaminer l'eau, tout au moins lui communiquer une odeur et un goût désagréables. En outre, lorsque la pression est forte, la manœuvre de la soupape devient pénible, et les coups de bélier sont à redouter.

La plupart des installations modernes comportent un petit *réservoir de chasse*, de 8 à 10 litres de capacité, que l'on fixe à 2 mètres environ en contre-haut du siège. L'eau arrive au-dessus du réservoir, lequel est pourvu d'un flotteur, pour en régler l'admission, et gagne la cuvette par un plomb de $0^m,027$ raccordé sur le fond du bassin. De cette façon, on évite les coups de bélier ; la manœuvre de la soupape est rendue plus facile, et la contamination de l'eau n'est plus à craindre.

Souvent l'afflux de l'eau dans la cuvette est provoqué par l'ouverture de la soupape, que l'on opère en soulevant le bouton placé sur le siège. Cependant les appareils à tirage dans lesquels l'écoulement est commandé par un clapet installé dans le réservoir sur l'orifice du plomb d'évacuation, sont d'un emploi assez étendu ; le clapet se manœuvre par l'intermédiaire d'une chaînette. Dans d'autres appareils, les chasses se produisent automatiquement à intervalles réguliers ; mais ce système entraîne à une consommation d'eau exagérée. On peut compter qu'un nettoyage complet de la cuvette, lorsque le jet est bien dirigé, absorbe en moyenne 4 litres d'eau.

Le branchement alimentaire se fait ordinairement en plomb de $0^m,013$; il est utile de placer un robinet d'arrêt à 1 mètre environ du réservoir pour le cas où le flotteur cesse-

Type d'installation de latrines collectives.

Evier.

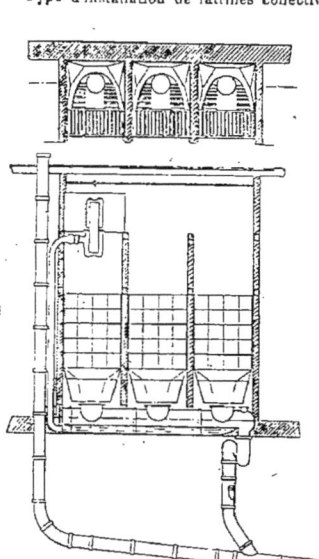

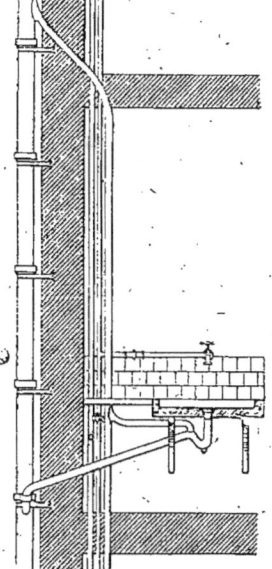

Cabinet d'appartement.

Cabinet commun.

Baignoire.

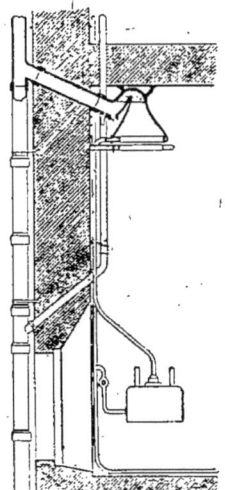

Vidoir.

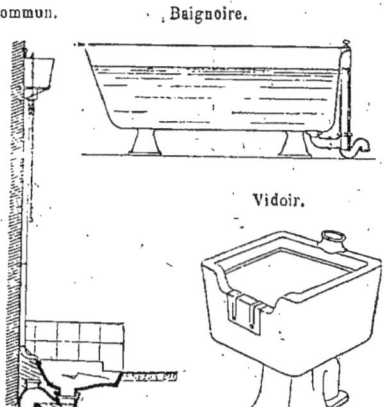

Fig. 359.

rait de fonctionner. La figure 360 montre la disposition d'un flotteur à soupape; son mécanisme très simple s'explique à la seule inspection du dessin.

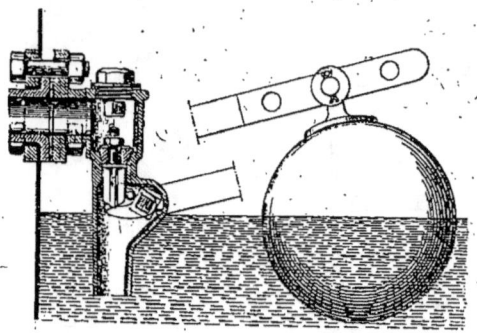

Fig. 360.

227. Postes d'incendie. — Théâtres. — A l'intérieur des maisons, les postes d'incendie sont simplement constitués par des robinets de $0^m,027$ ou de $0^m,040$, munis de raccords et greffés sur la colonne de distribution; quelquefois ces robinets sont placés dans de petits coffres en fonte (fig. 307). Il est indispensable de tenir constamment prêt et en bon état d'entretien le matériel nécessaire à une prompte organisation des secours en cas de sinistre : clef de manœuvre, boyaux, lances, etc.

Dans les cours on peut utiliser des bouches de $0^m,040$ ou de $0^m,060$ analogues aux bouches d'arrosage (fig. 318); les bornes-fontaines pourvues de raccords spéciaux rendent les mêmes services. Pour des installations de gros diamètre, $0^m,10$ par exemple, on emploie le modèle de la figure 310 ou tout autre semblable.

Les postes d'incendie sont utiles partout et indispensables dans les théâtres, concerts, hôpitaux, et dans les établissements où sont emmagasinées des matières facilement inflammables : dépôts de bois, de paniers, de chiffons, fabriques de produits chimiques, etc.

A Paris, en dehors des dispositions que les propriétaires

sont libres de prendre chez eux après le compteur, ces derniers ou leurs locataires ont la faculté de pouvoir faire établir
par la ville, mais à leurs frais, des branchements spéciaux
d'incendie (*fig.* 361). Le tuyau porte un robinet d'arrêt ins-

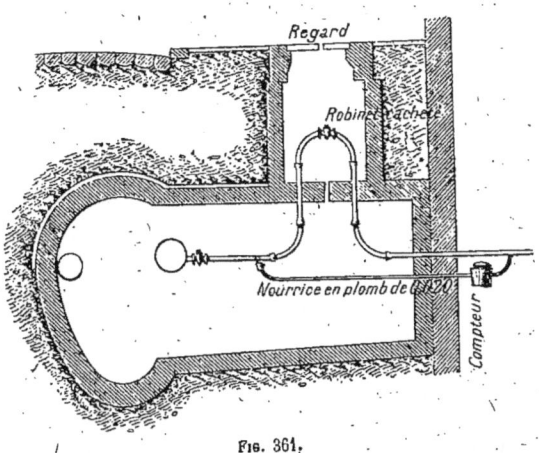

Fig. 361.

tallé dans un regard construit sous le trottoir de la voie
publique; ce robinet demeure fermé, sauf en cas d'incendie;
un système de cachets en empêche l'ouverture clandestine.
Lorsqu'un feu se déclare, on ouvre le robinet en brisant les
cachets, et l'eau consommée est fournie gratuitement. Le
recachetage est ensuite opéré par les agents de l'Administration.

La nourrice avec compteur établie entre l'amont et l'aval
du robinet cacheté sert à maintenir en charge la canalisation
intérieure d'incendie, de manière à avoir des secours immé-
diats avant l'ouverture du robinet et pour éviter la rupture
de cette canalisation par suite de manœuvres brusques.

Ces bouches d'incendie particulières sont essayées tous
les trois mois par le service des pompiers. Pour les théâtres
et les cafés-concerts soumis à un contrôle journalier, le
robinet extérieur cacheté n'est pas obligatoire.

La figure 362 montre la disposition du secours d'incendie

dans un théâtre de Paris. Quatre colonnes montantes *a, b, c, d,* de 0^m,06, constituent le *petit secours* pour éteindre le feu à son début; chacune d'elles alimente trois robinets à raccord, un par étage, à côté desquels sont disposés les tuyaux avec leurs lances.

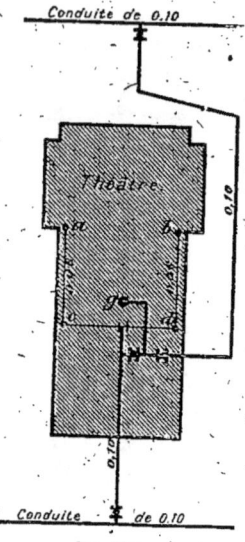

Conduite de 0.10

Théâtre

Conduite de 0.10

Fig. 362.

Une cinquième colonne *g*, de 0^m,10, qui constitue le *grand secours*, s'élève verticalement à l'aplomb de la scène; cette colonne se termine par six branchements de 0^m,04, aux extrémités desquels sont fixées des pommes d'arrosoir en cuivre, percées chacune de 185 trous de 0^m,003 de diamètre. Le grand secours a spécialement pour objet de noyer rapidement la scène et les décors en cas de sinistre important.

On voit que le service du théâtre peut être fait par deux conduites différentes de 0^m,10, ce qui place l'établissement dans un parfait état de sécurité.

230. Réservoirs élévateurs système Carré. — Dans les localités où il n'existe que des puits, des citernes, ou lorsque la pression de l'eau est trop faible pour desservir directement les étages des maisons, on peut utiliser avantageusement les petits réservoirs à air comprimé du système Carré.

Ces réservoirs, ordinairement en tôle, se logent dans les caves, ou bien dans le sous-sol des maisons; une installation de ce genre comporte une pompe à eau P, une pompe à air et un ou plusieurs réservoirs R placés au bas de la colonne montante. La pompe aspire l'eau de la citerne, qu'elle refoule dans le réservoir R, hermétiquement clos; l'air emprisonné dans ce réservoir se comprime lentement au fur et à mesure du remplissage et, lorsque sa tension acquiert une valeur déterminée, la pression qui s'exerce sur la surface libre de l'eau suffit à refouler cette dernière jusqu'au sommet de la colonne de distribution. La pompe à air permet de reconstituer périodiquement la provision d'air emmagasinée dans les réservoirs. Les pompes sont actionnées à bras d'hommes ou par un petit moteur à gaz ou à pétrole.

Dans beaucoup de cas, lorsque la pression sur la canalisa-

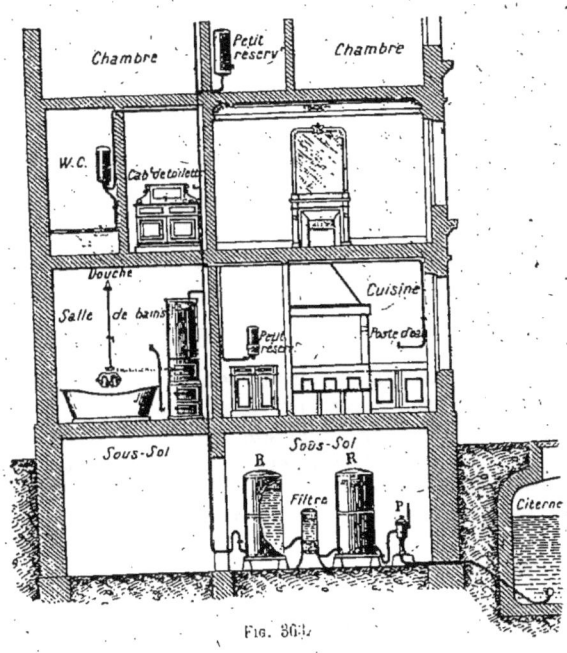

Fig. 304.

-tion publique devient assez forte pour que l'eau arrive directement dans le réservoir, la pompe aspirante peut être supprimée. La réserve se constitue automatiquement aux heures de moindre consommation; un clapet de retenue, placé sur le tuyau d'amenée, empêche l'eau du réservoir de retourner dans la conduite, aux heures de dépression.

Les réservoirs Carré sont pratiques pour l'alimentation des maisons de campagne, villas, châteaux, établissements publics, etc.; ils remplacent avec avantage les réservoirs de combles, qui présentent de nombreux inconvénients au point de vue de la conservation, de la fraîcheur et de la qualité de l'eau, et des chances d'inondation.

231. Compteurs d'eau. — Les compteurs servent à constater les volumes d'eau consommés par les usagers. L'abonnement au compteur constitue le mode de distribution le plus rationnel et le plus efficace contre le gaspillage; chaque concessionnaire payant exactement le volume qu'il a consommé, a intérêt à ne pas perdre l'eau, et les contestations de quantité se trouvent évitées. Ce système prévaut de plus en plus dans les services d'eau.

Les conditions essentielles que doit remplir un compteur pratique sont :

Enregistrer tous les débits, grands et petits, avec une suffisante approximation, quelle que soit la pression de l'eau;

Ne produire qu'une faible perte de charge, rester étanche et conserver une marche régulière sous des pressions de 4 à 5 atmosphères.

Être d'une construction simple et robuste et offrir des garanties de longue durée; les réparations doivent pouvoir s'exécuter sur place par un mécanicien.

Le prix d'achat et les frais d'entretien doivent rester dans des limites raisonnables.

Les types de compteurs imaginés jusqu'à ce jour, en France et à l'Étranger, sont extrêmement nombreux; la plupart découlent d'un principe fort simple, mais aucun ne satisfait encore à toutes les conditions requises par un bon appareil. Quelques modèles présentent de sérieux avantages comme régularité de marche, justesse de comptage, facilité d'entretien; malheureusement leur prix est très élevé. D'autres types plus économiques laissent à désirer au point de vue de la précision.

Les systèmes en usage à Paris n'ont été autorisés qu'après des épreuves très prolongées dont les conditions sont réglées par l'arrêté préfectoral du 15 octobre 1880. Ils offrent donc certaines garanties de bon fonctionnement qui les recommandent d'une façon toute particulière. Chaque appareil ne peut être mis en service qu'après avoir été vérifié par l'Admi-

nistration au point de vue de son exactitude et de sa bonne
confection. Plusieurs équipes volantes pourvues du matériel
nécessaire procèdent périodiquement à la vérification des
compteurs placés chez les abonnés.

Tous les compteurs d'eau peuvent se rattacher à deux
groupes principaux :

1° Les compteurs de volume, dans lesquels le mesurage est
obtenu par le mouvement alternatif d'un ou de plusieurs
pistons à l'intérieur de cylindres. Chaque coup de piston
entraîne un égal volume d'eau, lequel dépend de la longueur de la course et du diamètre du cylindre, de sorte que,
pour évaluer la quantité de liquide qui a traversé l'appareil, il suffit de connaître le nombre de coups de pistons
effectués et le produit de chaque cylindrée ;

2° Les compteurs de vitesse qui mesurent le volume d'eau
écoulé d'après le nombre de tours exécutés par un arbre à aubes
se mouvant sous l'impulsion du liquide affluent. Les appareils
de ce groupe sont assimilables aux turbines et aux roues.

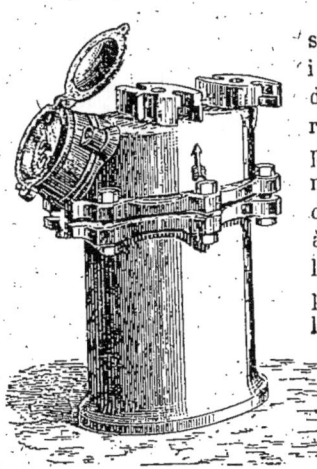

Les compteurs à piston présentent sur ceux de vitesse une
incontestable supériorité
d'exactitude qui les fait généralement préférer, quoique leur
prix soit plus élevé. Ces derniers enregistrent mal les petits
débits au-dessous de 800 litres
à l'heure, et souvent, lorsque
la pression est faible, ils laissent
passer l'eau sans la compter ;
l'écart entre le volume réellement écoulé et le chiffre
qu'accuse l'appareil est
d'autant plus considérable
que la pression se trouve
réduite. Les compteurs à
turbines conviennent sur-
tout pour de fortes con-

Fig. 364.

sommations, avec une bonne pression, et lorsqu'on peut se
contenter d'une exactitude relative.

232. Compteurs de volume. — La figure 364 représente
en élévation le compteur *Frager modèle* 1883, adopté depuis
longtemps par la ville de Paris. Près de trente mille appa-

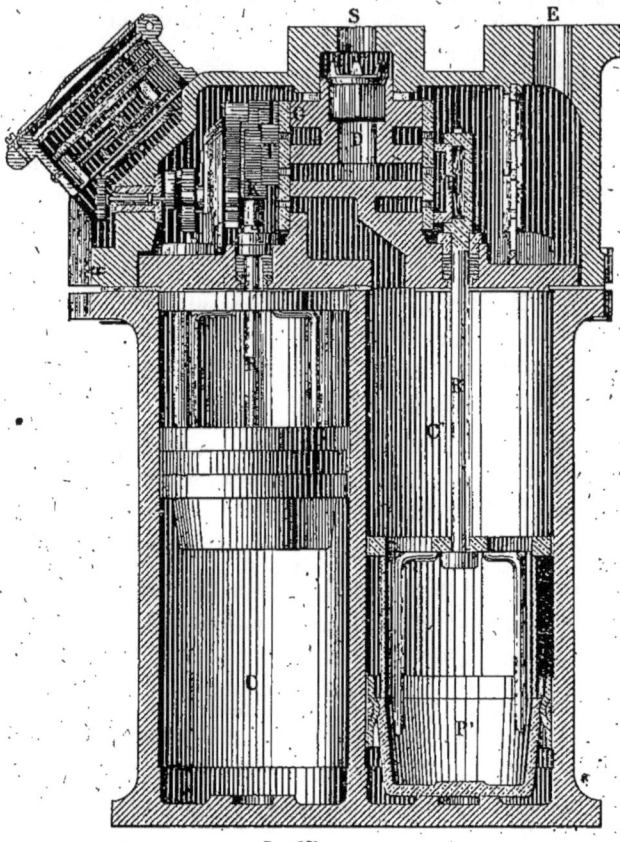

Fig. 365.

reils de ce système sont actuellement en service chez les
concessionnaires.

Ce compteur (*fig.* 365) comporte deux cylindres verticaux C et C'
placés côte à côte et contenant les pistons P et P'; au dessus est une

pièce D, présentant deux faces verticales dans lesquelles s'ouvrent les orifices de distribution. Les tiroirs T et T' glissent sur ces faces contre lesquelles ils sont appliqués. Un couvercle qui porte l'horlogerie et les tubulures d'entrée et de sortie E et S recouvre l'ensemble.

L'eau entre par la tubulure E, traverse une grille J qui retient les grosses impuretés, se répand autour de la pièce de distribution D, passe dans les cylindres, puis s'échappe par la sortie S.

Voici comment s'opère ce passage : la glace G présente toujours un de ses orifices découverts, 1 par exemple, qui amène l'eau au-dessus du piston P', tandis que par 3 le dessous est en communication avec la sortie par la coquille du tiroir. P' va donc monter ; mais, avant de s'arrêter en haut de sa course, son fond rencontre l'extrémité de la tige R' qui, entraînant le tiroir T', lui fait découvrir l'orifice 4 et couvrir 2. L'orifice 4 communiquant avec le dessus de P, tandis que 2 ouvre le dessous à la décharge, le piston P descend, entraînant, avant de s'arrêter à fond de course, le tiroir T qui découvre 3 en couvrant l'orifice 1.

La pression qui maintenait P' en haut de sa course étant renversée, le piston P' descend, renversant de même à la fin de son mouvement la pression qui retenait l'autre piston, qui monte à son tour, replaçant T dans la position initiale.

Le mouvement se continue ainsi indéfiniment, en passant par les phases énumérées ci-dessus.

L'enregistrement du volume débité se fait au moyen d'un cliquet monté sur la tige R qui, chaque fois que celle-ci descend, prend une dent du rochet K et marque sur le cadran la valeur des quatre cylindrées.

Les mêmes constructeurs, Michel et Cie, fabriquent également le compteur *Frager modèle* 1878, admis par la ville de Paris depuis 1880 ; ce modèle est à double piston et cylindre horizontaux ; son mesurage est satisfaisant ; on en compte plus de quarante-cinq mille à Paris.

Le compteur *Kennedy* (*fig.* 366) est un autre système à piston vertical autorisé par la ville, et dont le comptage est très exact ; sa construction est simple ; la perte de charge au passage se réduit à peu de chose ; on ne peut lui reprocher qu'une légère tendance au calage, ce qui est un inconvénient sérieux, puisque, en cas d'arrêt, l'eau passe sans être comptée.

Le compteur a deux parties principales : le cylindre de jauge et le mouvement.

Le mouvement du compteur fonctionne en grande partie à sec, ce qui empêche la détérioration rapide de l'appareil. Dans le

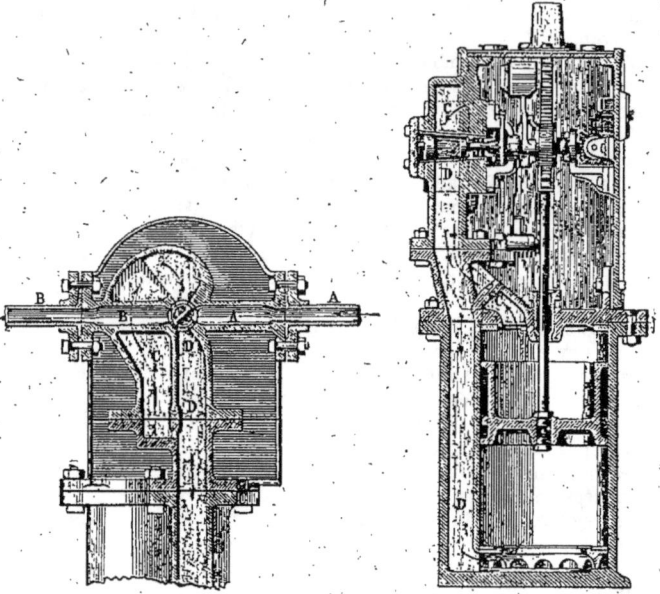

Fig. 366.

cylindre se meut un piston sur lequel roule une bague en caoutchouc qui fait garniture, et c'est précisément cette garniture roulante qui fait que la perte de charge du compteur Kennedy est si faible.

A l'extrémité de la tige du piston se trouve la crémaillère, qui transmet son mouvement à un pignon garni de deux cames. Sur une extrémité de l'axe de ce pignon à cames se trouve un petit pignon d'angle qui transmet le mouvement à la minuterie. Sur ce même axe, mais du côté opposé à la minuterie, se trouve un marteau que les cames entraînent d'un côté ou de l'autre, selon que la crémaillère monte ou descend, et, une fois que le marteau est entièrement soulevé, il tombe sur un des bras de la clef qui a pour objet de changer la direction de l'eau, et un butoir limite la course du marteau dont il amortit le choc.

Le compteur Kennedy est appliqué à toutes sortes d'industries.

entre autres à l'alimentation des chaudières ; dans ce cas, le piston avec bague en caoutchouc est remplacé par un piston en cuivre jaune, d'une construction spéciale, quand l'eau dépasse la température de 48° C.

Dans certains cas on ajoute des soupapes de retenue et de sûreté aux compteurs pour chaudières, et on élargit les orifices d'entrée et de sortie de ces appareils.

Le compteur *Kern* ne diffère du Kennedy que par la forme de l'enveloppe extérieure.

Le compteur *Frost-Tavenet* est agréé définitivement par la ville de Paris depuis 1886 ; c'est un appareil à un seul piston à double effet ; son fonctionnement est très doux et ne nécessite que de rares graissages ; il se comporte très bien à l'égard des coups de bélier.

Le mécanisme est enfermé dans une enveloppe de fonte en trois pièces (*fig.* 367) :

1° La partie inférieure ou cylindre (dite chambre de mesurage);
2° La partie du milieu où se trouve tout le mécanisme;
3° Le couvercle ou chapeau.

Ces trois parties, solidement boulonnées ensemble, constituent l'enveloppe extérieure. A l'intérieur, les différentes pièces du mécanisme sont en bronze.

Le mécanisme se compose : 1° du piston principal F avec sa tige H ; 2° du système de distribution A, B, C, D, etc. ; 3° de l'appareil enregistreur I, I, ou horlogerie; 4° de la minuterie.

Pour se faire une idée du fonctionnement général, il faut bien noter les positions respectives des différents organes au moment de la mise en marche, positions représentées sur la figure.

On remarque d'abord que le tiroir d'avant A est en bas de sa course, et que la lumière P est ouverte pour admettre l'eau sur la face postérieure du petit piston C qui actionne le tiroir de distribution. En même temps la partie antérieure du cylindre B, où se meut ce piston, est mise en communication par la lumière Q avec l'orifice d'évacuation 2.

Si donc on branche sur une conduite d'eau un compteur avec les organes ainsi disposés, le fonctionnement sera le suivant :

L'eau, après avoir pénétré par l'orifice d'admission, passe à travers le grillage en cuivre et remplit la chambre supérieure, formée par le chapeau et le corps du milieu de l'enveloppe. Ensuite elle passe par le conduit 3 et arrive dans le grand cylindre G (cylindre ou chambre de mesurage), sous le piston F.

La pression refoule le piston vers le haut, forçant le liquide contenu dans la partie supérieure du grand cylindre G à s'échapper par le conduit 1, pour gagner, sous le tiroir supérieur E l'orifice d'évacuation 2. Quand le piston principal arrive à l'extrémité

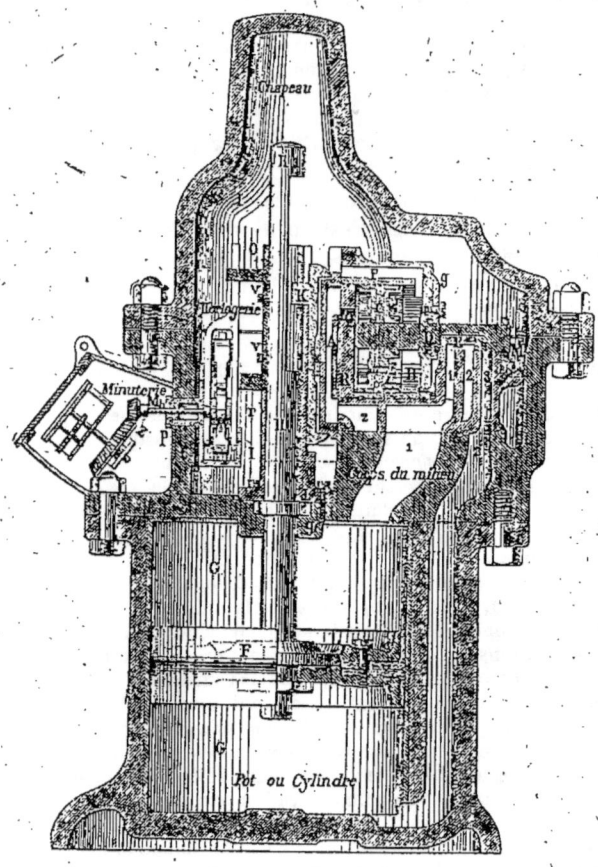

Fig. 367.

de cette course ascendante, l'épaulement inférieur de l'encoche que porte sa tige H entraîne le taquet K du cadre moteur du tiroir A et force ainsi ce tiroir à monter. Cela met la lumière P du petit cylindre B en communication avec l'évacuation pendant que la lumière Q ouvre à l'admission de l'eau le petit cylindre B de l'autre côté du piston C, forçant ainsi ce piston à se mettre en mouvement vers la droite. Il est à remarquer que le tiroir A est creux, de façon à permettre aux orifices P et Q, placés à côté l'un de l'autre, de se mettre en communication avec l'orifice d'évacuation 2, toujours ouvert sous le tiroir A.

Par son mouvement, le tiroir E met en communication l'orifice d'évacuation 2 et le conduit 3, pour laisser échapper l'eau contenue dans la partie inférieure du grand cylindre G, dès que le grand piston F descend.

Le sens de la distribution étant ainsi renversé, le piston principal va redescendre au fond du cylindre G, et l'épaulement supérieur de l'encoche de la tige H va entraîner à son tour, vers le bas, le taquet K, ce qui fera ouvrir à l'admission la lumière P. Le petit piston C sera alors forcé de revenir vers la gauche, entraînant avec lui le tiroir supérieur E, qui vient reprendre la position indiquée dans le croquis.

Le mouvement de va-et-vient du piston, mouvement que possèdent aussi les heurtoirs N et N', fixés à la tige H, fait qu'à chaque double course le heurtoir N soulève un levier à cliquet qui fait avancer d'une dent le rochet r de l'horlogerie. Cette roue est reliée à l'appareil enregistreur situé en dehors de l'enveloppe, par un petit arbre qui traverse un presse-étoupe P. Le heurtoir N' doit forcer le levier à cliquet O à redescendre, dans le cas où il resterait en l'air. Le volume d'eau débité par le compteur se lit alors sur les cadrans qui sont visibles à l'extérieur.

Ordinairement le calibre du compteur est indiqué par le diamètre de la conduite sur laquelle il doit être branché, car on suppose que ce diamètre a été calculé pour éviter une perte de charge sensible.

Cependant il importe de proportionner le calibre au débit que l'on veut obtenir, eu égard à la pression dans la conduite, afin de ne pas exagérer la vitesse d'écoulement, ce qui amènerait une usure rapide des pièces mobiles et entraînerait de fréquentes réparations.

Généralement un compteur de $0^m,020$, ou de $0^m,027$, suffit pour les maisons de plusieurs étages; dans les appartements on peut se contenter du calibre de $0^m,015$ et même de $0^m,010$. Les établissements d'une certaine importance : écoles, lavoirs, bains, demandent des appareils de $0^m,040$; les calibres de $0^m,060$, $0^m,080$, $0^m,100$, ne sont utilisés que dans les grands établissements où la consommation est considérable.

Il est impossible de passer complètement en revue tous

les types de compteurs d'eau actuellement en usage ; leur nombre est trop considérable. Les systèmes précédents sont les seuls définitivement admis à Paris ; mais d'autres, comme le *Schreiber*, le *Samain modèle* 1892 (*fig.* 368), le *Ros-*

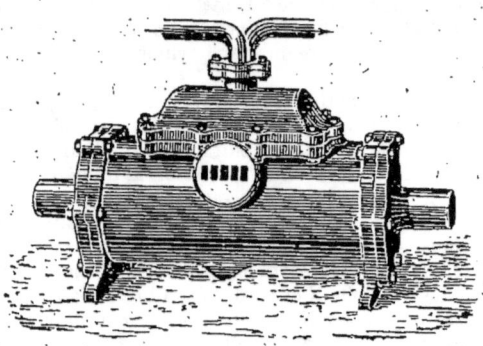

Fig. 368.

tagnat, sont en cours d'essai dans le laboratoire de la ville et chez les abonnés.

Le Schreiber (*fig.* 369), à doubles pistons verticaux, a reçu une première autorisation avec réserves.

Les deux pistons se commandent par une disposition absolument symétrique :

1° La bâche B renferme les deux cylindres et les deux pistons qui cubent l'eau dans leur marche alternative verticale. A cet effet, ils sont garnis de doubles rondelles E qui s'appliquent sur les cylindres par la pression même de l'eau et assurent l'étanchéité pendant le mouvement.

La tige F du piston porte deux touches G qui agissent sur le levier coudé J au point H et transmettent, par son intermédiaire, le mouvement d'un piston D au tiroir de distribution L de l'autre.

A la partie supérieure de la tige F est fixé un guide N taillé en hélice, qui, pendant le mouvement du piston, fait faire une fraction de tour à une tige O, également taillée en hélice.

Cette tige actionne la minuterie V par l'intermédiaire d'un cliquet agissant sur la roue R.

2° La table de distribution T est munie de canaux qui donnent l'eau tantôt au-dessus et tantôt au-dessous des pistons. Elle est traversée par les leviers J et porte les glaces M, dont les ouvertures correspondent aux canaux de la table ;

3° Le couvercle C porte les orifices d'entrée et de sortie de l'eau ;

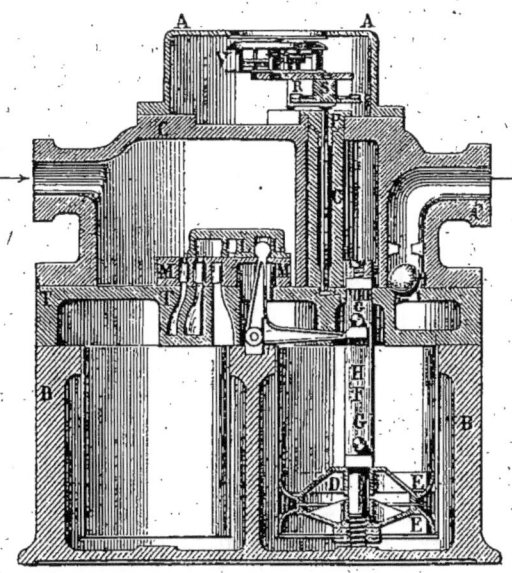

Fig. 369.

4° La boîte de minuterie A renferme le mouvement d'horlogerie enregistreur.

COMPTEURS D'EAU. — TARIF SUSCEPTIBLE DE RABAIS

CALIBRES	FRAGER		KENNEDY	FROST-TAVENET	DÉBIT MAXIMUM ANNUEL pour une USURE NORMALE
	1878	1883			
	francs	francs	francs	francs	mètres cubes
0,007	»	»	110	85	360
0,008	»	95	»	»	»
0,010	»	135	135	135	500
0,015	175	175	175	175	1.000
0,020	220	220	220	220	2.000
0,030	350	350	350	350	6.000
0,040	550	550	550	550	10.000
0,060	900	900	900	900	20.000
0,080	1.200	1.200	1.200	1.200	40.000
0,100	2.550	2.550	2.550	2.550	80.000
0,150	»	3.400	3.400	»	»
0,200	»	»	5.250	»	»
0,250	»	»	8.250	»	»

233. Compteurs de vitesse. — Dans les compteurs de vitesse, l'eau actionne une sorte de turbine dont l'axe vertical commande directement le mécanisme des cadrans enregistreurs. Le principe de ces compteurs dérive de l'hypothèse que le volume d'eau débité est proportionnel à la vitesse de rotation de l'axe de la turbine. Le coefficient de transformation de la vitesse en débit se détermine expérimentalement pour chaque appareil.

Les compteurs de vitesse sont généralement plus simples, moins volumineux, et coûtent meilleur marché que ceux à piston ; ces avantages les feraient certainement préférer, si leur sensibilité et leur précision laissaient un peu moins à désirer ; malheureusement ces compteurs se comportent mal à l'égard des petits débits qu'ils n'enregistrent pas ; même pour les grands débits, le comptage est loin d'être rigoureux.

Les systèmes les plus répandus sont : la turbine *Michel*, le compteur *Siemens* très employé en Angleterre ; les types *Faller*, *Berhaut*, *Thomson*, ne sont pas encore entrés dans la pratique. On décrira seulement la turbine Michel (*fig.* 370), qui est assez exacte pour les gros débits.

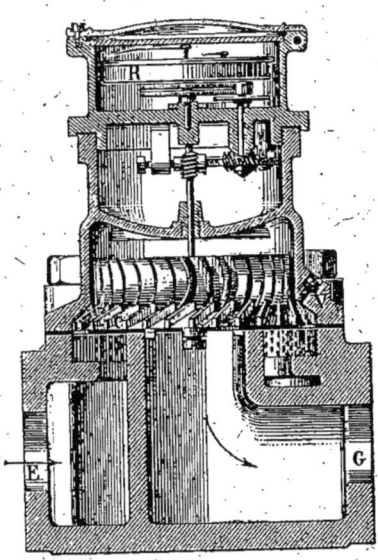

Fig. 370.

L'eau pénètre par la tubulure E et traverse le cylindre filtrant F qui arrête les grosses impuretés; elle s'engage ensuite dans les canaux de la couronne d'injection C; ces canaux, venus de fonte, sont fermés à l'extrémité par une mince toile de métal; on en débouche un nombre variable suivant le calibre de l'appareil; chaque trou fournit un jet qui agit sur les ailettes de la turbine pour déterminer son mouvement. L'eau sort enfin par la tubulure G.

L'axe de la turbine mène un train d'horlogerie logé dans une boîte à graisse. La dernier arbre, sortant par un presse-étoupe, porte le pignon de commande de l'horlogerie extérieure. Ce pignon, variable avec le calibre, actionne le cadran R, à l'aide d'un intermédiaire dont la monture mobile autour du centre du cadran se fixe à la demande du pignon. La turbine est en caoutchouc durci, matière à la fois légère et résistante. Les frottements sur l'axe sont presque nuls.

Les calibres ne diffèrent entre eux que par le pignon du presse-étoupe ; on peut toujours, en changeant simultanément ce pignon et le nombre des trous débouchés de la couronne d'injection, modifier le calibre de l'appareil et l'amener à fonctionner dans les meilleures conditions de sensibilité et de durée.

TURBINES MICHEL

CALIBRE en millim.	7	10	15	20	30	40	60	80	100	150	200	250
Prix....	fr. 65	fr. 65	fr. 70	fr. 75	fr. 80	fr. 150	fr. 165	fr. 180	fr. 200	fr. 550	fr. 750	fr. 1.000

VILLE DE PARIS

ARRÊTÉ PRÉFECTORAL RÉGLEMENTAIRE
SUR LES COMPTEURS D'EAU

Le Sénateur, Préfet de la Seine,

Vu . . . .

Arrête :

TITRE I

Conditions de principes auxquelles doivent satisfaire les appareils

Article premier. — Aucun compteur à eau, neuf ou réparé, ne pourra être mis en service à Paris, sans avoir été, au point de vue de son exactitude et de sa bonne confection, vérifié par les agents de l'Administration et revêtu par eux du poinçonnage municipal.

Art. 2. — Ne seront admis au poinçonnage que les compteurs d'un système autorisé à titre définitif ou provisoire.

ART. 3. — Ils devront résister et se maintenir étanches sous une pression intérieure de 15 atmosphères et fonctionner régulièrement et d'une manière continue sous toute pression comprise entre 1 mètre et 7 atmosphères.

ART. 4. — Les compteurs des différents débits devront pouvoir fonctionner régulièrement avec les écoulements suivants :

Ceux d'un débit n'excédant pas 3.000 litres d'eau, avec 2 litres à l'heure

—	—	5.000	—	3	—
—	—	10.000	—	4	—
—	—	20.000	—	6	—
—	—	30 000	—	8	—
—	—	60.000	—	12	—
—	—	120.000	—	15	—

Par débit d'un compteur il faut entendre la plus grande quanité d'eau que le compteur puisse fournir à l'heure, d'une manière régulière et permanente, sous une pression de 3 atmosphères.

ART. 5. — Néanmoins, pour ces petits débits et en général pour ceux inférieurs à 1 litre par minute, débits d'épreuve, qui ne correspondent à aucun puisage usuel, il sera accordé une tolérance en plus ou en moins. Cette tolérance sera de 20 0/0 jusqu'à un débit de demi-litre par minute, et de 10 0/0 au dessus.

ART. 6. — Tout puisage atteignant 1 litre par minute devra être enregistré à 8 0/0 près par les compteurs dont le débit, tel qu'il est défini par l'article 4, ne dépasse pas 3.000 litres à l'heure, et la tolérance n'existera qu'en faveur de l'abonné ; c'est-à-dire que le débit enregistré ne pourra être inférieur que de 8/100 au débit réel et ne devra en aucun cas lui être supérieur.

Les compteurs capables de débiter plus de 3.000 litres à l'heure ne seront tenus au même degré d'exactitude que pour les écoulements atteignant 2 0/0 de leur débit.

ART. 7. — Lorsqu'il sera constaté soit que la tolérance est dépassée au détriment de la Ville, soit, au contraire, qu'il y a un écart au détriment de l'abonné, le compteur sera immédiatement changé.

Mais, ni dans un cas, ni dans l'autre, il n'y aura lieu à répétition d'une des parties vis-à-vis de l'autre, chacune d'elles ayant à tout moment le droit de provoquer la vérification du compteur, et par conséquent ne pouvant s'en prendre qu'à elle, si elle a laissé se prolonger une erreur à son détriment.

TITRE II

Conditions imposées aux fournisseurs de compteurs

ART. 8. — Les fabricants qui, sous réserve des droits des inventeurs à l'égard des appareils brevetés, voudront entreprendre la construction, la vente et la location d'un ou plusieurs types de compteurs admis par la ville, devront produire à la Direction des Travaux de Paris :

1° Un certificat de l'ingénieur en chef du Service municipal des Eaux, constatant qu'ils ont, dans Paris, un atelier convenablement organisé pour la fabrication effective des compteurs;

2° Un engagement de soumettre leur fabrication au contrôle permanent des agents du service; de porter leurs appareils à l'atelier municipal d'essai et de poinçonnage; enfin de satisfaire à toutes les conditions stipulées par les articles ci-après;

3° Un certificat constatant le versement opéré par eux, à la Caisse municipale, d'un cautionnement de 5.000 francs, soit en numéraire, soit en rentes sur l'État ou obligations de la Ville de Paris, au porteur et au cours du jour.

ART. 9. — Chaque appareil devra porter d'une manière très apparente les indications suivantes :

Nom et demeure du fabricant;

Débit à l'heure et sous une pression de 3 atmosphères;

Numéro du compteur et année de fabrication.

ART. 10. — Aucun compteur ne pourra être posé qu'après déclaration du fabricant au bureau de l'ingénieur en chef des Eaux. Cette déclaration, préalablement visée par le Directeur de la Compagnie des Eaux, qui y inscrira le numéro de la police souscrite, devra indiquer si l'appareil est fourni en location ou vendu à l'abonné.

ART. 11. — Dans le cas de location, le fabricant restera responsable du bon fonctionnement du compteur, sans préjudice des responsabilités qui incombent également à l'abonné au terme du règlement.

Lorsqu'un dérangement sera signalé au fournisseur de l'appareil, la réparation, si elle peut avoir lieu sur place, ou, dans le cas contraire, le remplacement du compteur par un autre, devront avoir lieu dans les vingt-quatre heures du signalement.

La Compagnie générale des Eaux et l'ingénieur en chef du Service municipal des Eaux devront d'ailleurs en être avisés et mis à même de constater, contradictoirement avec l'abonné, que les indications du compteur ne sont pas altérées, où, en cas de mutation, sont reproduites sur l'appareil nouveau.

ART. 12. — Si, le délai de vingt-quatre heures expiré, la réparation n'est pas faite, l'Administration aura le droit, sans autre formalité, de remplacer d'office l'appareil défectueux par un autre en bon état pris chez le fabricant, ou, en cas de refus de sa part, par un appareil différent acheté ailleurs.

Les dépenses effectuées à cet effet seront recouvrées sur le fabricant d'après état régulièrement approuvé, et, en cas de refus de paiement, prélevées sur le cautionnement.

ART. 13. — Si le compteur est vendu à l'abonné, la responsabilité du fabricant vis-à-vis de l'Administration sera limitée à un an, à partir du jour de la mise en service de l'appareil, constatée par les agents du Service des Eaux.

Passé ce délai, l'abonné restera seul responsable, vis-à-vis de la ville, de la marche du compteur.

ART. 14. — Tout compteur enlevé pour réparation ne devra être remis en service qu'après avoir été ramené à zéro et soumis à une nouvelle vérification et à un second pointage.

ART. 15. — D'autre part, les fabricants seront tenus de ne placer qu'à Paris les appareils soumis au poinçonnage de la Ville. Ils devront, dans les quinze jours qui suivront chaque trimestre, fournir à l'Administration un état de situation indiquant où se trouvent les appareils présentés par eux au poinçonnage dans le trimestre précédent.

L'Administration sera libre d'interrompre les épreuves lorsqu'elle jugera suffisant l'écart entre le nombre des appareils poinçonnés et le nombre de ceux mis en service.

ART. 16. — L'autorisation de fournir des compteurs pourra être retirée, par arrêté préfectoral, à tout fabricant qui ne se conformerait pas aux diverses conditions indiquées ci-dessus, ou dont les produits ne feraient pas habituellement un bon usage, ou qui, enfin, ne compléterait pas son cautionnement dans le délai d'un mois, lorsque l'application de l'article 12 ou toute autre cause l'auront diminué de 1.000 francs.

TITRE III

Dispositions transitoires

ART. 17. — Les systèmes de compteurs admis jusqu'à nouvel ordre par la ville de Paris sont les suivants :

Compteur à 1 cylindre, système Kennedy ;
—   2   —   —   Frager ;
—   3   —   —   Mathelin ;
—   4   —   —   Samain.

Aucun changement ne devra être apporté aux dispositions actuelles de ces appareils, sans l'autorisation du Service des Eaux.

ART. 18. — Les compteurs, de quelque système qu'ils soient, en service à la date du présent arrêté, seront tolérés et pourront être réparés jusqu'à ce qu'ils soient reconnus hors d'état de fonctionner régulièrement.

L'identité de ces compteurs sera constatée par un poinçonnage spécial qui devra rester intact, pour assurer au compteur le bénéfice de cette disposition.

Néanmoins tout compteur qui laisserait passer 30 litres à l'heure sans enregistrement, devra être immédiatement remplacé par un compteur d'un des systèmes admis.

ART. 19. — Parmi les autres systèmes actuellement à l'essai dans les ateliers de la ville ou qui y seront mis, ceux qui seront reconnus satisfaisants, au fur et à mesure que ces essais se compléteront, feront l'objet d'arrêtés ultérieurs d'admission.

Réciproquement, ceux des systèmes provisoirement admis contre lesquels la pratique viendrait à se prononcer, seraient frappés du retrait d'autorisation.

Dans ce cas, la pose ne pourrait en être continuée ; mais ceux en service avant le retrait d'autorisation seraient provisoirement conservés dans les conditions et sous les réserves indiquées à l'article 18 ci-dessus.

ART. 20. — L'Inspecteur général des Ponts et Chaussées, Directeur des Travaux de Paris, est chargé de l'exécution du présent arrêté.

Fait à Paris, le 15 octobre 1880.

Signé : F. HEROLD.

CHAPITRE XII

ENTRETIEN DES CANALISATIONS. — EXPLOITATION

234. Plans. — Statistique du matériel. — Un *plan général* de la canalisation indiquant la position du réservoir, de l'usine, des robinets, ainsi que le diamètre des conduites, leur tracé et l'emplacement des appareils publics, est indispensable pour l'exploitation d'un service d'eau. Les manœuvres d'ensemble en cas d'arrêt d'eau important sont ainsi plus facilement combinées; l'ingénieur se fixe rapidement dans l'esprit la géographie du réseau qu'il doit exploiter.

Pour les réseaux étendus et compliqués, comme ceux de Paris, Londres, Berlin, etc., il est nécessaire de tenir des plans à des échelles différentes. Le service des eaux de Paris utilise trois sortes de plans, non compris les atlas des diverses usines et réservoirs.

1° Pour chaque nature d'eau : source, rivière, Ourcq, une carte d'ensemble à l'échelle de 1/25000, qui ne reproduit que les conduites d'un diamètre supérieur à 0^m,15. Le trait figuratif de chaque conduite est sensiblement proportionnel à son diamètre. Des cotes inscrites le long des grosses artères font connaître les ordonnées successives de la ligne de charge, c'est-à-dire les pressions moyennes sur les points correspondants;

2° Des cartes d'arrondissements, à l'échelle de 1/5000, où sont représentées toutes les conduites avec leurs robinets (*fig.* 371). La couleur du trait varie suivant la nature de l'eau. Il existe des cartes analogues pour les appareils de puisage (*fig.* 372);

3° Des plans de quartiers à l'échelle de 1/1000 figurant les conduites, robinets, décharges, ventouses, bouches d'eau, à leur emplacement exact.

Tous ces plans sont tenus à jour avec le plus grand soin.

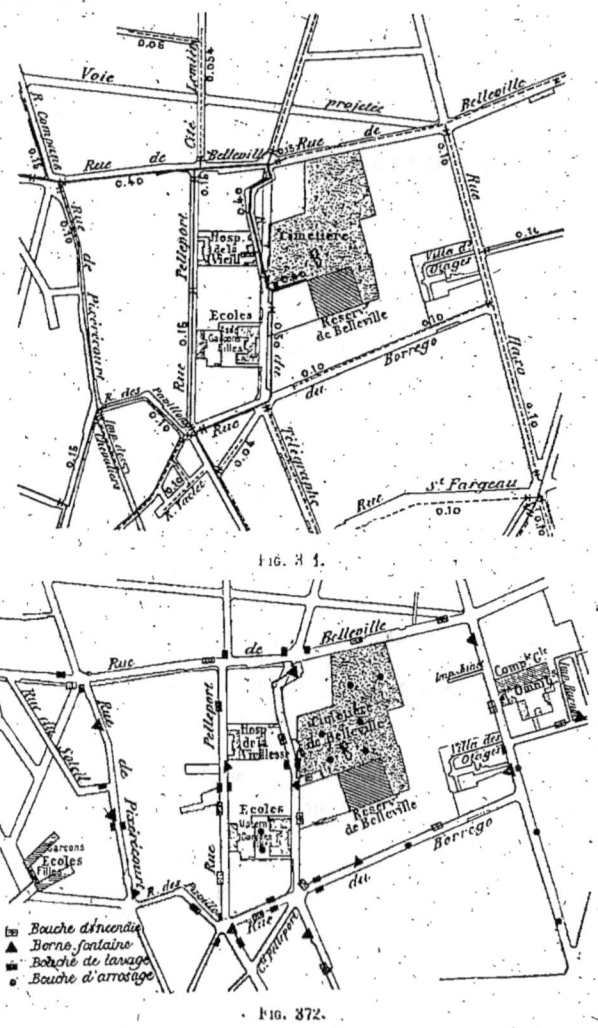

Fig. 371.

Fig. 372.

C'est également une bonne pratique, au point de vue de

l'entretien, que de tenir une *statistique* détaillée de tout le matériel de la distribution : bondes dans les réservoirs, longueur des conduites par diamètres, vannes, robinets à boisseau, bouches de diverses sortes, nombre de branchements avec la longueur et le calibre, etc. En inscrivant les additions et suppressions au fur et à mesure de l'exécution des travaux, il sera toujours facile d'établir la situation exacte du service.

235. **Fontainiers.** — **Arrêts d'eau.** — Les arrêts temporaires de conduites pour réparer les fuites, supprimer les prises d'eau, modifier la canalisation, sont ordonnés par l'ingénieur et exécutés par les *fontainiers*.

Dans les petites localités, le service de fontainier est souvent fait par un cantonnier chef ; un ou deux hommes suffisent ordinairement. Mais, dans les grandes villes, à Paris par exemple, il existe un personnel spécial de fontainiers ; chacun d'eux est chargé de la manœuvre des robinets et de la surveillance des appareils hydrauliques dans un quartier déterminé ; tous ceux d'un arrondissement forment une équipe commandée par un piqueur ; deux ou trois arrondissements sont dirigés par un conducteur, lequel reçoit les ordres de l'ingénieur.

Le fontainier doit connaître en détail la configuration de son quartier comme canalisation, principalement la position exacte des robinets dans les carrefours. Pour les *arrêts d'eau*, il faut qu'il se pénètre de ce principe que les robinets doivent être manœuvrés lentement, afin d'éviter les coups de béliers et les ruptures, que leur fermeture doit être suivie de l'ouverture des décharges pour vider les biefs arrêtés, et que leur réouverture doit toujours être précédée de celle des ventouses, afin d'évacuer autant que possible l'air confiné dans les tuyaux. Il importe également que cet agent sache constater une pression à l'aide du manomètre, relever les indications d'un compteur d'eau, surveiller un travail de réparation ou de prolongement de conduite.

L'exploitation du service suppose évidemment que le personnel est pourvu des outils nécessaires : clés de barrage, clés de jauge, marteaux de fontainier, manomètre avec raccord, clés à canon pour la manœuvre des bouches, clés de serrures pour les couvercles d'appareils, clés tricoises pour serrer les raccords, etc. (*fig.* 322).

A Paris, le public est prévenu de l'arrêt des conduites d'eau, vingt-quatre heures à l'avance, par des lettres spéciales qu'un fontainier dépose chez les abonnés; ces derniers ont ainsi tout le temps nécessaire pour se constituer une réserve; le service des pompiers est également avisé pour les bouches d'incendie qui seront privées d'eau; il en est de même des théâtres, concerts, cirques, qui reçoivent des avis préalables. Il n'est fait exception à cette règle que pour les arrêts d'eau effectués d'urgence, en cas de rupture de conduite.

Dans d'autres villes, à Bordeaux, les arrêts d'eau sont annoncés la veille par la voie des journaux.

236. Manœuvre des robinets. — Visite des appareils. — Le maintien en bon état de fonctionnement de tous les robinets et de leurs bouches à clé est une des principales occupations du fontainier; le conducteur doit y tenir la main, sous peine d'exposer le service de distribution à de fâcheux contretemps, en cas de forte fuite ou d'arrêt d'eau prévu. A Paris, les robinets-vannes sont manœuvrés à blanc tous les deux mois; les bondes et les robinets à boisseau, tous les trimestres. Les réparations jugées nécessaires : changements de vis, dégrippages, graissages, rodages, dégorgements de bouches à clé, sont exécutées aussitôt après.

Les fontainiers font des tournées quotidiennes pour visiter les appareils de puisage: bornes-fontaines, bouches d'incendie, bouches de lavage et d'arrosage. Les avaries reconnues, telles que couvercles cassés, serrures faussées, engorgements, sont signalées à l'entrepreneur chargé de l'entretien de la canalisation qui fait le nécessaire d'urgence.

En hiver, les appareils sont fermés au robinet de barrage, sauf les bornes-fontaines qui sont du type incongelable Gibault, pour éviter les effets destructeurs de la gelée sur les tuyaux; le branchement reste en pression jusqu'à ce robinet, qui est percé à décharge pour permettre, lorsqu'on le ferme, la vidange du tuyau compris entre l'ori-

fice et lui. Chaque jour, on débarre les appareils que l'on
veut utiliser et on les rebarre ensuite.

237. Engorgements de conduites, incrustations. — Les
engorgements de conduites sont fréquemment le fait d'objets
abandonnés dans les tuyaux lors de leur pose, ou d'amas de
corde goudronnée et de morceaux de plomb introduits accidentellement pendant la confection des joints. Le courant
entraîne ces matières, les réunit quelquefois, et, si leur
volume devient considérable, il se produit une obstruction
partielle ou totale de la conduite qui fait tomber son débit.

Le même fait peut également résulter, quoique cette circonstance soit plus rare, du dépôt spontané des matières en
suspension dans l'eau : sable, vase, coquillages, herbes. Ce
fait se produit de préférence dans les parties basses du réseau
où la vitesse du liquide se ralentit, notamment dans les
conduites en cul-de-sac, au voisinage des bouts d'extrémité.
Il est plus fréquent dans les réseaux palmés que dans les
canalisations maillées où l'eau circule dans un sens et
ensuite dans le sens opposé, suivant les variations de la pression. Les chances d'engorgement sont d'ailleurs plus grandes
avec l'eau de rivière qu'avec l'eau de source, à cause des
crues et des impuretés que charrient constamment les cours
d'eau.

Pour faire disparaître ces obstructions, il suffit ordinairement de pratiquer plusieurs chasses d'eau énergiques dans
la conduite ; on dépose un tuyau après avoir fait l'arrêt d'eau,
puis on remet la conduite en charge en ouvrant le robinet
et le fermant à plusieurs reprises ; le courant refoule la vase
qui tombe dans la tranchée ou dans l'égout. Quelquefois
cependant, lorsque le dépôt est fortement pressé contre la
paroi de la conduite, il faut déposer plusieurs tuyaux et
s'aider d'une tringle à hérisson pour reconnaître le point
obstrué et supprimer l'engorgement.

Les sels de chaux et de magnésie que l'eau tient en dissolution se déposent toujours en plus ou moins grande quantité sur les parois des conduites, en formant une couche
rugueuse d'aspect grisâtre ; mais il est rare que ces dépôts
amènent une obstruction appréciable, même à la longue,

car le vernis de coaltar que l'on étend sur les tuyaux, à l'intérieur et à l'extérieur, après leur fabrication, les défend contre l'*oxydation* et les *incrustations*. Cette circonstance ne pourrait se produire qu'avec des eaux extrêmement calcaires, qui seraient par cela même impropres à l'alimentation. Le plus souvent, après un long service, l'incrustation constitue une couche adhérente de 4 à 5 millimètres d'épaisseur dont la présence n'offre aucun inconvénient, si ce n'est d'accroître quelque peu la résistance de la paroi à l'écoulement de l'eau. Les dépôts calcaires sont plutôt à redouter pour les robinets-vannes et les appareils, qu'ils encrassent rapidement au point d'en rendre la manœuvre impraticable, ce qui nécessite de fréquents nettoyages.

Dans plusieurs localités, à Cherbourg, Grenoble, Versailles notamment, les ingénieurs ont signalé à diverses reprises la présence dans les tuyaux en fonte de dépôts ferrugineux adhérents à la paroi et d'une composition analogue à celle de la rouille (oxyde de fer hydraté) avec adjonction de matières organiques, mais en petite quantité. Ces dépôts, qui affectent la forme de *tubercules* plus ou moins allongés, prennent quelquefois une importance considérable, 0^m,07 à 0^m,08 de relief, au point de réduire dans une forte proportion la section d'écoulement.

Il est reconnu que les tubercules naissent de préférence dans les tuyaux en fonte grise avec des eaux pures légèrement alcalines ; la présence du sel marin en dissolution et de matières organiques végétales favorise l'attaque du métal par le liquide, attaque qui est d'autant plus active que

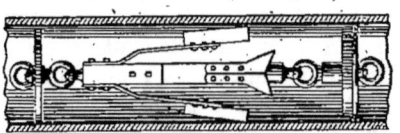

Fig. 373.

l'écoulement se trouve ralenti. Les eaux calcaires enrayent l'oxydation.

Dans la plupart des cas cependant, l'altération de la fonte

n'est que superficielle, et l'on ne s'en préoccupe pas autrement; mais, à Cherbourg, il a fallu se servir de grattoirs d'acier (*fig.* 373), que l'on mettait en mouvement au moyen de cordes, pour désobstruer complètement les conduites.

238. **Pertes dans les canalisations. — Réparation des fuites.** — Dans toute canalisation, le volume d'eau perdu par les fuites, trop-pleins, soupapes mal fermées, etc., représente une fraction assez forte de la consommation. On citait, il y a quelques années, des villes anglaises et américaines, Liverpool et Boston en particulier, dont les réseaux perdaient ainsi jusqu'à 60 0/0 de leur débit total.

Le mal provenait en grande partie de l'installation défectueuse des tuyaux et d'une mauvaise organisation du service d'entretien. Beaucoup de joints qui étaient mal coulés laissaient passer l'eau au bout de peu de temps, un grand nombre de robinets fuyaient en terre, et la plupart de ces fuites n'étant pas visibles restaient très longtemps sans être réparées. Les soupapes d'appareils, les décharges et les robinets d'intérieur qui ne fermaient pas hermétiquement donnaient également lieu à des écoulements parasites; d'autre part, le système forfaitaire pour les abonnements n'intéressait nullement les concessionnaires au bon entretien de leur tuyauterie.

Aujourd'hui la pose des conduites d'eau est un travail courant que beaucoup d'ouvriers effectuent dans de bonnes conditions. Les tuyaux de fonte se coulent debout, ce qui rend le métal plus homogène et plus résistant. Le compteur obligatoire pour les locataires, et non plus seulement pour les propriétaires, avec redevance proportionnelle à la consommation, est le remède par excellence contre les pertes d'eau chez les particuliers; il est regrettable que le prix des compteurs soit encore trop élevé; un progrès réalisé dans cette voie aura d'heureuses conséquences pour l'atténuation du *gaspillage*, ce fléau des services d'eau modernes.

Quoi qu'il en soit des perfectionnements apportés à la fabrication et à la pose des conduites, il est hors de doute que l'on ne parviendra jamais à supprimer totalement les fuites; le réseau absolument étanche est une impossibilité pratique. On ne saurait, en effet, empêcher un tuyau de se rompre, un joint de céder, un compteur de se briser, sous le choc d'un violent coup de bélier produit par une manœuvre brusque; de même qu'il est impossible de prévenir le coquillage qui empêchera une soupape de fermer complètement, pas davantage on ne peut éviter que les organes des robinets et des appareils ne s'encrassent et ne s'usent à la longue. La bonne organisation du service d'entretien consiste précisément à tenir prêts le matériel et les ouvriers nécessaires pour procéder rapidement à la réparation des fuites et à la suppression des engorgements.

Lorsque les conduites sont placées en égout, comme cela existe partiellement à Paris, les fuites ne peuvent subsister longtemps sans être signalées par les égoutiers ; mais, sur les réseaux enterrés dans des sols perméables, il n'y a que les forts écoulements qui viennent se manifester à la surface, encore faut-il que la ligne de charge soit hors de terre.

On estime aujourd'hui que les réseaux à pression moyenne convenablement entretenus perdent, par les fuites invisibles et autres écoulements non utilisés, environ le 1/5 de leur débit. Cette perte est un élément dont il faut tenir compte dans l'évaluation du volume d'eau nécessaire, lorsqu'on dresse un projet de distribution.

A Liverpool et dans d'autres villes anglaises, la recherche des fuites sur les conduites et chez les particuliers est méthodiquement organisée : des équipes de fontainiers procèdent pendant la nuit, alors que la consommation est presque nulle, à la visite de tous les robinets ; durant le jour, des inspections sont faites à domicile pour surveiller les installations intérieures et faire supprimer les écoulements par trop-plein. Ce système donne, paraît-il, de très bons résultats ; les pertes d'eau ne dépassent pas le 1/6 de la consommation.

En appliquant la clé de manœuvre sur la tête d'un robinet et mettant l'oreille en contact avec la clé, il est facile de reconnaître, à la trépidation de la tige et au son caractéristique que l'on perçoit, que l'eau passe dans le robinet ; un peu d'habitude suffit pour juger de l'importance de l'écoulement.

Le système de Liverpool ne s'est pas propagé sur le continent, à cause de sa complication et du personnel nombreux qu'il exige, ce qui doit le rendre passablement onéreux. A Paris, la recherche des fuites n'est pas organisée à proprement parler, mais toutes celles que l'on découvre sont réparées dans le plus bref délai. Le relevé des hauteurs d'eau dans les réservoirs, qui s'opère quatre fois par jour, fait connaître le mouvement de la consommation : dès qu'une dépense anormale se manifeste sur l'un des réseaux, les fontainiers procèdent à une inspection minutieuse des conduites en égout dépendant de ce réseau. On vérifie que les communications avec les réseaux inférieurs sont hermétiquement fermées. Des *manomètres* Bourdon, fixés aux candélabres, à gaz et branchés sur les artères maîtresses, accusent les dépressions et permettent de circonscrire les recherches. Enfin chaque poste d'arrondissement est pourvu d'un manomètre avertisseur qui déclenche une sonnerie, lorsque la pression descend au-dessous d'une limite déterminée, ce qui indique qu'une perte d'eau, ou un puisage exceptionnel, se produit dans le voisinage.

Sur les conduites en terre, les fuites se manifestent ordinairement par des excavations plus ou moins profondes précédées de tassements et de suintements à la surface. Quelquefois cependant d'énormes fuites subsistent très longtemps sans qu'aucun indice extérieur n'en marque l'existence ; ce fait se produit principalement sous les chaussées pavées dont les pierres constituent une sorte de voûte qui s'équilibre d'elle-même. L'eau délaye la terre en créant une poche dont le volume ne cesse d'augmenter et va se perdre dans les profondeurs ou déboucher à un niveau inférieur plus ou moins éloigné du point où se trouve la fuite. L'inondation subite d'une cave ou d'un rez-de-chaussée dénote presque toujours l'existence d'une fuite sur les conduites voisines ou sur le branchement de la maison ; de simples suintements pouvant provenir des gargouilles, des drains, ou du caniveau de la rue, ne sont pas des indices certains.

La présence de l'eau dans une bouche à clef présume un défaut d'étanchéité du robinet.

Les petites fuites de joints se réparent simplement en comprimant le plomb avec un matoir; l'arrêt de la conduite n'est pas nécessaire. Quand l'écoulement est trop considérable, on barre cette dernière pour annuler la pression, et l'on refait complètement le joint détérioré. Lorsqu'un tuyau est rompu transversalement, on le coupe au droit de l'emboîtement le plus voisin, on démonte le joint, et l'on remplace le tronçon avarié par un autre à emboîtement, ou cylindrique, suivant le cas, que l'on raccorde à l'aide d'un manchon. Quelquefois il n'est pas nécessaire de remplacer le tuyau, un manchon suffit. Les joints à brides, comme ceux des robinets, se prêtent mieux au démontage des pièces que les joints à emboîtement.

Sur les branchements en plomb, les fuites se réparent au moyen de soudures, ou bien en remplaçant la partie avariée par un bout de tuyau neuf que l'on raccorde sur le branchement par deux nœuds de soudure ou par deux joints à brides. Lorsqu'un robinet à boisseau laisse perdre l'eau, on le rode légèrement, on le graisse, puis on remonte le robinet en serrant fortement la clef sur le boisseau.

239. Ouvriers nécessaires pour l'entretien. — Dépôt des

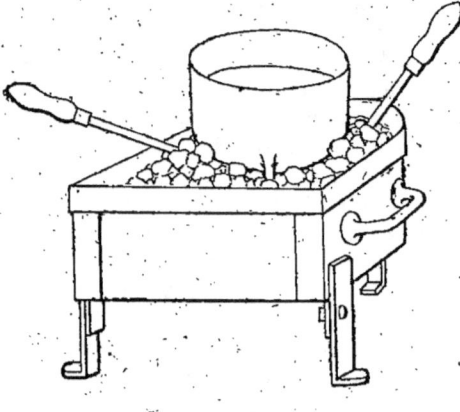

Fig. 374.

fontes. — La pose des conduites d'eau, ainsi que l'exécution des prises, les installations d'appareils hydrauliques, les

réparations de fuites, sont exécutées par des ouvriers *plombiers* auxquels on adjoint des *terrassiers* pour le creusage des
tranchées. Ordinairement ces ouvriers sont organisés en
équipes. Chaque équipe comprend un compagnon plombier,
un terrassier et un manœuvre; elle doit être pourvue de
tous les outils et des matériaux nécessaires à l'exécution des
travaux. Les principaux outils du plombier comprennent le
burin et le *bec d'âne* avec lesquels on coupe les tuyaux en
fonte, le *fourneau* à charbon (*fig.* 374) pour la fusion du
plomb, la *cuiller* en fer pour le coulage du métal fondu, le

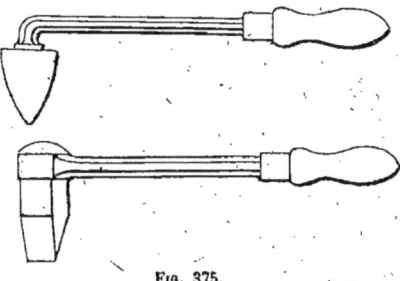

Fig. 375.

matoir pour le matage du plomb dans les joints et l'appareil
de prise en charge (*fig.* 297). Les nœuds de soudure se con-

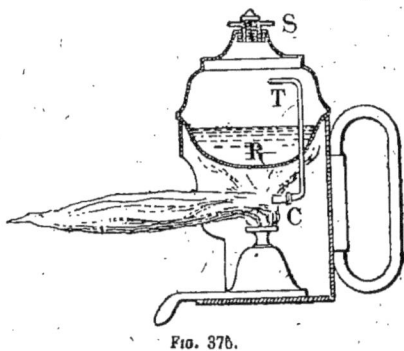

Fig. 376.

fectionnent avec le *fer à souder* (*fig.* 375) et la *lampe* à esprit-
de-vin (*fig.* 376).

La construction des chambres de robinets et des cuvettes de bornes-fontaines exige des ouvriers *maçons*. Il faut également des *ajusteurs* pour réparer les mécanismes des bornes-fontaines et les organes des bouches d'eau. Enfin un magasin suffisamment approvisionné de robinets de calibres différents, de pièces de fonte de divers types, d'appareils de rechange, etc., est le complément indispensable de tout service d'eau bien organisé.

À Paris, le personnel des fontainiers relève directement de l'Administration municipale; l'entretien général de la distribution est donné à l'entreprise et par adjudication.

VILLE DE PARIS

BORDEREAU DES PRIX APPLICABLES AUX TRAVAUX DE FONTAINERIE CONCERNANT LES CONDUITES ET OUVRAGES ACCESSOIRES SERVANT A LA DISTRIBUTION DES EAUX.

NATURE des OUVRAGES	Nos des PRIX	DÉSIGNATION DES OUVRAGES	PRIX de L'UNITÉ
		CHAPITRE I	
		—	
		Entretien des conduites et appareils de distribution remis à l'entrepreneur à l'origine et pendant la durée de son bail.	fr. c.
Prix alloné à forfait pour entretien annuel des appareils dénommés ci-contre.	1	Un mètre linéaire de conduite, quel qu'en soit le diamètre....................	» 08
	2	Une borne-fontaine de lavage (grand ou petit modèle), une bouche d'eau sous trottoir, une boîte ou un poteau d'arrosement, bouche d'arrosage à la lance, et fontaine Wallace, petit modèle (non compris le branchement payé à part, voir n° 11)............	9 »
	3	Une borne-fontaine de puisage public, y compris robinet ou une fontaine Wallace appliquée ou isolée (grand modèle, non compris le branchement, (voir n° 11).................	40 »
	4	Une bouche d'incendie de 0ᵐ,10 pour pompe à vapeur, en regard ou sous trottoir (non compris le branchement, voir n° 11)......................	12 »

NATURE des OUVRAGES	Nos des PRIX	DÉSIGNATION DES OUVRAGES	PRIX de L'UNITÉ
Prix alloué à forfait pour entretien annuel des appareils dénommés ci-contre.	5	Une bouche de puisage pour les marchés forains, y compris grilles et cuvettes (non compris le branchement)..................................	fr. c. 15 »
	6	Une fontaine de bureau de voitures (non compris le branchement)........	25 »
	7	Un urinoir à rosace ou à cuvette de déversement longitudinal, pour une seule case (non compris le branchement).................................	4 »
	8	Une case supplémentaire d'urinoir......	» 85
	9	Une fontaine monumentale..............	120 »
	10	Une fontaine de puisage public avec un ou plusieurs robinets.............	60 »
	11	Un branchement pour appareil de service public, qu'elle qu'en soit la longueur, y compris le robinet de prise sur la conduite et le robinet d'arrêt ou de jauge	1,25

CHAPITRE XIII

VENTE DE L'EAU

240. Livraison continue. — Livraison intermittente. — On distingue deux systèmes de distribution de l'eau : le système continu et le système intermittent. Dans le système continu, qui est à beaucoup près le plus répandu, la canalisation demeure constamment en charge, et le consommateur peut, à n'importe quelle heure de la journée, se procurer toute l'eau dont il a besoin.

Le système intermittent n'existe plus guère qu'à l'état d'exception dans quelques villes anglaises où le volume d'eau disponible serait insuffisant pour faire un service constant. Dans ce système, l'eau est distribuée successivement deux ou trois heures par jour aux divers quartiers de la ville ; chaque immeuble abonné doit être pourvu d'un réservoir, qui se remplit durant les heures de service et distribue ensuite l'eau suivant les besoins de la consommation.

La principale raison du service intermittent vient de ce que la dépense par les pertes diminue considérablement, puisque ces pertes sont très faibles pendant le chômage des conduites, et qu'il en résulte une notable économie d'eau. Mais ses inconvénients ont été signalés à diverses reprises par les ingénieurs. On peut citer en première ligne l'impossibilité de constituer un service public régulier, ce qui est un grave défaut au point de vue des secours en cas d'incendie. Avec le service discontinu, la consommation de chaque abonné est nécessairement limitée par la capacité de son réservoir. Lorsque les conduites sont fermées, l'air s'y introduit lentement, et il se produit de violents coups de bélier au moment de la remise en charge. L'eau emmaganisée dans les réservoirs particuliers y perd la plupart de ses qualités, si ces réservoirs ne sont pas proprement tenus.

La distribution continue présente plus d'aléas pour les Compagnies exploitantes, à cause des variations journalières de la consommation et surtout du gaspillage énorme auquel elle peut donner lieu pendant les chaleurs ; mais elle est infiniment plus commode pour le public, et la seule compatible avec les exigences de l'hygiène publique et privée. Le meilleur correctif du gaspillage est le compteur obligatoire pour chaque locataire.

241. Divers modes de concession. — L'eau est ordinairement servie aux abonnés de trois manières :

A robinet libre sur estimation ;

Par abonnement jaugé ;

Au compteur.

Avec le *robinet libre* on paye à forfait pour une consommation estimée *a priori* à tant par jour. La redevance varie suivant le nombre de personnes desservies, la quantité de chevaux, voitures, bestiaux, la surface des cours à nettoyer, etc. Quelquefois, pour les appartements habités bourgeoisement, elle dépend exclusivement du prix du loyer ou du montant des impositions.

Dans l'abonnement *jaugé*, l'eau est livrée par écoulement continu au moyen d'un robinet spécial (225) dont le débit est réglé pour fournir en vingt-quatre heures le volume prescrit par la police d'abonnement.

Avec le *compteur* qui enregistre les volumes d'eau consommés, l'abonné paie au prorata de sa consommation suivant un tarif déterminé.

Chacun de ces systèmes présente des avantages et certains inconvénients : le robinet libre, qui est le plus économique pour l'usager, est très répandu dans les petites villes ; les grandes, au contraire, préfèrent le compteur à cause du gaspillage. Parfois, dans la même localité, ces deux systèmes sont appliqués parallèlement. L'abonnement jaugé, qui était le plus répandu autrefois, perd chaque jour du terrain. A Paris, il y a quelques années, l'eau de source pouvait être concédée à robinet libre, à la jauge et au compteur ; aujourd'hui la livraison à la jauge n'existe que pour l'eau de rivière; encore le nombre des abonnements va-t-il en diminuant.

242. Robinet libre. — Le robinet libre est le mode de concession le plus simple, celui qui impose le moins de charges aux propriétaires et le plus favorable à la diffusion des abonnements, lorsque le tarif est raisonnable. Pour une redevance annuelle fixe, l'usager peut consommer toute l'eau dont il a besoin sans faire la dépense d'un robinet de jauge ou d'un compteur. Malheureusement le caractère arbitraire de ce système le rend très favorable aux abus, aussi bien du côté de l'exploitant que de celui de l'exploité.

L'exploitant qui fixe arbitrairement les chiffres de son tarif peut faire payer des sommes exagérées aux consommateurs, ce qui avait lieu autrefois dans beaucoup de services d'eau. L'exploité, n'étant soumis à aucun contrôle, a la faculté d'abuser et de gaspiller l'eau au détriment de ses voisins, qui risquent d'en manquer.

Depuis longtemps, d'ailleurs, l'expérience s'est prononcée à cet égard : beaucoup de villes, qui pratiquaient exclusivement le robinet libre, ont dû y renoncer, au moins partiellement, devant les exigences énormes de la consommation pendant l'été, et lui substituer le compteur.

Ordinairement l'abonnement à robinet libre comporte une redevance minima qui s'applique à la consommation d'un ménage de trois personnes, avec un seul robinet au-dessus de l'évier, débitant 7 à 8 litres par minute. Chaque personne en plus ou chaque robinet supplémentaire installé dans l'appartement donnent lieu à une augmentation.

Le prix de l'eau est essentiellement variable d'une localité à l'autre, et sa fixation est une question d'espèce qui doit être étudiée dans chaque cas, d'après les circonstances particulières. On conçoit, en effet, que ce prix doit être en rapport avec les dépenses occasionnées par l'installation du service et les frais d'entretien et d'exploitation. Lorsque les sources sont éloignées de la ville, que leur dérivation comporte des ouvrages d'art importants, que le volume d'eau n'est pas considérable, le prix de revient est nécessairement élevé. Mais d'autres considérations, telles que le mode de livraison, l'importance du service public, les besoins plus ou moins pressants des habitants viennent encore influer sur la détermination du prix de vente qui subit toujours, dans une certaine mesure, la loi de l'offre et de la demande. Pour développer rapidement les abonnements, chose désirable au point de vue de l'hygiène privée, il faut un tarif modéré, surtout lorsque les fontaines publiques sont nombreuses.

A Paris, on estime que la consommation des robinets libres est d'environ 45 litres par tête et par jour; celle des robinets supplémentaires, de 33 litres. La perception minima est de 16 fr. 20 pour un robinet ; au-dessus de trois personnes, on paie 4 francs par tête supplémentaire, 12 francs pour un robinet de salle de bains. Depuis le Règlement de 1894, les propriétaires ont la faculté pour les petits logements de souscrire des abonnements forfaitaires à tarif variable, suivant le prix des loyers (Voir art. 14 du Règlement, p. 499).

Le tableau ci-dessous indique les redevances annuelles payées, dans quelques villes, pour un ménage de trois personnes et un robinet dans la cuisine. Pour un cheval, on compte de 6 à 7 francs; bœuf, 4 francs; et 0 fr. 10 par mètre carré de cour.

Angers.............................	16 francs
Bordeaux............................	12 —
Caen...............................	15 —
Evreux.............................	18 —
Grenoble...........................	28 —
Mézières...........................	18 —

243. **Abonnement à la jauge.** — L'abonnement jaugé est avantageux pour l'exploitant, à cause de la régularité du service qui est indépendant des variations horaires de la consommation; celles-ci ne se répercutent que sur les réservoirs des concessionnaires.

Le débit du réseau demeurant à peu près constant pendant les vingt-quatre heures, les dépressions ne sont pas à redouter aux heures de grand service, et le travail des machines est rendu beaucoup plus régulier; la capacité des réservoirs peut être notablement réduite. La sujétion la plus lourde est la surveillance des jauges, qui doit être continuelle pour réprimer les fraudes provenant de l'agrandissement clandestin des orifices par les abonnés.

Mais les inconvénients sont pour le consommateur qui doit faire les frais d'un réservoir et d'un robinet de jauge, et qui n'a pas la possibilité de se procurer toute l'eau dont il aurait besoin en cas de consommation exceptionnelle, pour un incendie par exemple. Lorsqu'un accident survient au réservoir ou lorsque la jauge se bouche quand ce dernier est vide, l'abonné se trouve subitement privé d'eau. Avec l'abonnement jaugé le service d'étages n'est possible qu'en installant le réservoir dans les combles, ce qui est un inconvénient, à cause de l'échauffement de l'eau pendant les chaleurs et de l'éventualité d'inondation.

A Paris, les lentilles de jauge (225) sont en cristal, substance complètement inaltérable au frottement de l'eau qui tend à élargir l'orifice d'écoulement et à accroître le débit. Pour tenir compte des variations diurnes de la pression et des obstructions partielles produites par les matières en suspension dans l'eau, le débit réglementaire est majoré de 25 0/0.

Les concessions jaugées sont généralement de 200, 300, 500, ..., litres par jour, avec abonnement minimum et redevance payable par semestre et d'avance. Comme les baux, elles continuent à la fin de chaque année par tacite reconduction. Les résiliations ne sont acceptées qu'après avertissement préalable, deux ou trois mois à l'avance. Dans certaines villes, Paris en particulier, ce mode d'abonnement n'est employé que pour l'eau destinée aux usages industriels.

VILLE DE PARIS

EXTRAIT DU RÈGLEMENT DU 25 JUILLET 1880
SUR LES ABONNEMENTS AUX EAUX

§ V. — Prix de l'eau

Art. 24. — Usage de l'eau de l'Ourcq. — Les eaux de l'Ourcq
sont exclusivement réservées, en dehors des services publics, aux
besoins industriels et au service des écuries, remises, cours et
jardins.

Dans les rues où le niveau ne permet pas d'amener les eaux de
l'Ourcq, il pourra y être suppléé, aux mêmes conditions, par les
eaux de Seine, de Marne ou autres équivalentes, si l'Administration
le juge convenable et si les immeubles sont d'ailleurs approvision-
nés en eaux de sources pour les usages domestiques.

La Compagnie sera libre de traiter à forfait, sauf approbation
de l'Administration en cas de contestation, pour les livraisons
d'eau par attachement ou par supplément. Dans ce mode de livraison, les prix de vente devront être au moins égaux à ceux des
tarifs.

Art. 25. — Tarif pour les abonnements jaugés et au compteur.
— Le prix de l'eau sera déterminé d'après le tarif suivant :

QUANTITÉ DE LA FOURNITURE JOURNALIÈRE	PRIX PAR AN Eaux de l'Ourcq et de rivières pour les usages industriels ou pour le service des écuries, cours et jardins
	francs
1.000 litres par jour.................	60
1.500 — id.	90
2.000 — id.	120
2.500 — id.	150
3.000 — id.	180
3.500 — id.	210
4.000 — id.	240
4.500 — id.	270
5.000 — id.	300

Au-dessus de 5 mètres cubes, et jusqu'à 10 mètres cubes, mais pour les 5 derniers mètres cubes seulement, le prix sera de 50 francs par an et par mètre cube;

Au-dessus de 10 mètres cubes et jusqu'à 20 mètres cubes, mais pour les 10 derniers mètres cubes seulement, le prix sera de 40 francs par an et par mètre cube;

Au-delà de 20 mètres cubes, mais seulement pour les quantités excédentes, la Compagnie traitera de gré à gré sans qu'en aucun cas le prix du mètre cube puisse être inférieur à 25 francs.

Ces traités de gré à gré devront, d'ailleurs, être approuvés par le Préfet de la Seine.

Art. 26. — Il ne sera pas accordé d'abonnement inférieur à 1.000 litres pour les eaux de l'Ourcq ou autres équivalentes. L'abonné ne pourra réclamer de l'eau d'une origine autre que celle existant dans les conduites placées dans le sol de la voie publique où se trouve la propriété pour laquelle il contracte l'abonnement

Art. 27. — Payements. — Le prix de l'abonnement sera payé sur la quittance de la Compagnie, d'avance, aux époques indiquées dans l'engagement du concessionnaire.

L'abonné au compteur devra payer d'avance le montant de son abonnement minimum, tel qu'il est fixé par sa police d'abonnement, pour l'année entière.

Chaque mètre cube d'eau consommée en sus de l'abonnement sera payé au prix fixé par la police d'abonnement.

Le volume d'eau consommé sera relevé dans la première quinzaine de chaque trimestre contradictoirement avec l'abonné, qui devra reconnaître et signer ce relevé. Le supplément de consommation sera dû à la Compagnie par l'abonné, dès que le relevé trimestriel constatera que le montant de l'abonnement minimum sera dépassé. Dans le cas où la consommation annuelle n'atteindrait pas le chiffre résultant de la police d'abonnement, le prix minimum fixé à cette police n'en sera pas moins acquis intégralement à la Compagnie.

La consommation journalière ne devra d'ailleurs, dans aucun cas, dépasser quatre fois le volume d'eau de l'abonnement souscrit.

A défaut de payement régulier aux époques ci-dessus indiquées, le service des eaux sera suspendu, et l'abonnement pourra être résilié, sans préjudice des poursuites que la Compagnie pourra exercer contre l'abonné.

Certains tarifs accordent des réductions plus ou moins fortes aux abonnés industriels qui consomment de grandes quantités d'eau, et aux établissements de bains, lavoirs, qui présentent un certain caractère d'utilité publique. C'est ainsi qu'à Paris le prix de l'eau de rivière pour les bains et les lavoirs publics est, au-delà de 20 mètres cubes, réglé par le tarif supplémentaire suivant :

QUANTITÉ DE LA FOURNITURE JOURNALIÈRE	PRIX ANNUEL du MÈTRE CUBE
De 20 à 40 mètres cubes, pour les 20 derniers mètres seulement.	35 fr.
De 40 à 60 — id. id.	30 »
De 60 et au delà, mais seulement pour les quantités excédant 60 mètres cubes....................................	25 »

244. **Abonnement au compteur.** — Le service au compteur est incontestablement le plus équitable, le seul qui permette de contrôler sérieusement la consommation, et qui sauvegarde à la fois les intérêts du vendeur et de l'acheteur. L'abonné peut puiser l'eau au gré de ses besoins; mais il a intérêt à ne pas la gaspiller et à maintenir sa tuyauterie en bon état d'entretien, pour éviter les pertes qui seraient sensibles à sa bourse.

L'eau arrive directement de la conduite publique avec sa fraîcheur et sa pureté, monte aux étages lorsque la pression le permet, et dessert à volonté les robinets de puisage. L'obligation du réservoir se trouve supprimée, sauf pour quelques établissements auxquels une réserve d'eau est indispensable pour soutenir le service de jour et parer au chômage des conduites en cas de travaux.

Du côté de l'exploitant, l'inconvénient provient de l'irrégularité de la distribution ; cette dernière doit se plier à toutes les variations de la consommation, ce qui nécessite de grands réservoirs et un réseau de conduites perfectionné qui équilibre les pertes de charge. Pour l'abonné, l'inconvénient actuel c'est l'achat et l'entretien du compteur, qui majorent d'une façon très sensible le prix de l'abonnement.

Mais, à côté de ces inconvénients, le service au compteur présente de tels avantages pratiques qu'il prévaut de plus

en plus dans les villes. Le robinet libre ne subsiste, plus
guère que dans les petites localités, bourgs, villages. Il est
certain que, lorsque le prix des compteurs aura diminué
quelque peu, ce mode de concession sera le seul employé.

Avec le compteur, l'eau se vend généralement au mètre
cube, à un prix unique ou suivant un tarif différentiel qui
favorise les grosses consommations. Très souvent il existe
un abonnement minimum. A Grenoble, cet abonnement est
de 800 mètres cubes par an et se paie 44 francs ; chaque
mètre cube consommé en supplément est compté 0 fr. 055.
A Paris, l'eau de source coûte 0 fr. 35 le mètre cube ; l'eau
de rivière pour les usages industriels, 0 fr.165 seulement.

Le prix du mètre cube varie d'ailleurs d'une localité à
l'autre dans des limites assez étendues; beaucoup d'éléments
influent sur sa fixation : prix de revient de l'eau, prix de
l'abonnement minimum, mode de livraison, graduation du
tarif, etc. ; rien de général ne saurait être indiqué à cet
égard.

PRIX DU MÈTRE CUBE D'EAU DANS QUELQUES VILLES

Angers	0,18	Le Havre	0,30
Besançon	0,20 à 0,08	Laon	0,65 à 0,50
Bordeaux	0,30 à 0,125	Reims	0,18
Châlons	0,40 à 0,18	Tours	0,13 à 0,08
Evreux	0,24 à 0,07	Francfort-sur-le-Mein	0,30 à 0,18
Fontainebleau	0,30	Tarbes	0,50 à 0,40
La Rochelle	0,25 à 0,10	Zurich	0,15 à 0,05
Marseille	0,20	Poitiers	0,20 à 0,10
Nancy	0,10 à 0,05	Chartres	0,30 à 0,10

245. Exécution et entretien des branchements. — La prise
d'eau et le branchement sous la chaussée jusqu'au compteur
sont généralement exécutés par les entrepreneurs de la
ville ou de la Compagnie exploitante, aux frais de l'abonné,
suivant un tarif déterminé. Il faut compter 80 francs pour
un branchement ordinaire en plomb de 0m,020, non compris
le compteur ou le robinet de jauge. La tuyauterie au-delà du
compteur peut être exécutée par un plombier quelconque,
au choix de l'abonné. Cependant, lorsque la concession est à

robinet libre, le type et le calibre des robinets de puisage sont généralement imposés.

Quelques municipalités, au début de l'exploitation, fournissent gratuitement le branchement et le compteur, ou seulement ce dernier, pour favoriser le développement des abonnements ; d'autres se contentent d'en faire l'avance. Mais presque toujours le compteur est fourni en location pour 12 ou 15 francs par an, entretien compris.

La plupart des règlements prescrivent une prise d'eau spéciale pour chaque maison : l'eau ne peut être conduite d'un immeuble à un autre par des tuyaux intérieurs; la même maison peut d'ailleurs avoir plusieurs prises, soit qu'il existe deux natures d'eau pour les services domestique et industriel, ce qui a lieu à Paris, ou que chaque commerçant installé dans la maison veuille avoir un branchement distinct.

Le compteur doit être placé intérieurement à proximité du mur de face, et dans un endroit facilement accessible, pour que les agents des eaux puissent le relever périodiquement et le réparer sans difficulté. Le robinet de jauge se place à l'extérieur sous le trottoir.

A Paris, l'entretien du branchement est à la charge de l'abonné; les fuites qui se déclarent en amont du compteur sont réparées par l'entrepreneur de la Compagnie des Eaux, gérante de la ville, aux prix du tarif. Beaucoup de villes procèdent de la même façon; dans d'autres, la Compagnie se charge de l'entretien moyennant une redevance fixe, etc. Il est inutile d'insister sur ces détails d'exploitation, qui sont tout à fait particuliers.

246. Concessionnaire. — Exploitation directe. — Lorsqu'une municipalité a fait dresser un projet complet de service d'eau, qu'elle est fixée sur le chiffre approximatif de la dépense de premier établissement, il lui reste à examiner les voies et moyens qui permettront de réaliser l'œuvre, tant au point de vue de l'exécution des travaux que du mode d'exploitation du service.

Deux combinaisons principales peuvent être envisagées ; chacune d'elles présente ses avantages et quelques inconvénients et comporte d'ailleurs un certain nombre de variantes :

1° La ville peut affermer le service à un *concessionnaire* qui prendra les travaux à sa charge et fera l'exploitation à ses risques et périls, pendant un certain nombre d'années. Une variante de ce système, dont l'application est plus rare, consiste dans la garantie par la ville de l'intérêt et de l'amortissement du capital engagé ;

2° La municipalité peut faire exécuter les travaux en *régie*, par des entrepreneurs appelés à soumissionner par voie d'adjudication publique, et exploiter elle-même à ses risques et périls avec un personnel spécial.

La concession apparaît de prime abord comme un système commode et avantageux, à cause des aléas que peut occasionner l'établissement d'un service d'eau. La ville n'est pas obligée de contracter un emprunt pour constituer le capital nécessaire à l'exécution du projet, ni de s'occuper de l'exploitation, qui peut conduire à de sérieux mécomptes, si l'organisation du service est défectueuse.

Cependant il faut considérer, par contre, que le bénéfice du concessionnaire doit être suffisant pour le récupérer largement de son travail et de celui de ses employés, et qu'un industriel quelconque ne saurait se contenter du taux d'intérêt auquel peut emprunter une ville dont les finances sont prospères.

Un avantage indéniable de la concession, c'est que le rendement financier est généralement plus élevé qu'avec l'exploitation directe. Le personnel est réduit au strict nécessaire, ainsi que les dépenses d'entretien, ce qui diminue les frais généraux ; une application plus rigoureuse du règlement réduit considérablement les non-valeurs. Plus d'une ville qui avait racheté sa concession pour encaisser le bénéfice du concessionnaire et modifier le règlement des eaux est revenue à l'ancien système au bout de quelques années.

A Lyon, Melun, Montdidier, Senlis, les services d'eau sont concédés.

Aujourd'hui cependant, la préférence des municipalités est pour l'exploitation directe qui est, à beaucoup près, la plus répandue en France, surtout dans les villes d'importance moyenne. Il en est ainsi à Saint-Quentin, Troyes, la Rochelle,

Pau, Tarbes, etc. Les travaux d'installation sont dirigés par un conducteur des Ponts et Chaussées, qui est ensuite chargé du service; un ou deux cantonniers font office de fontainiers, et le percepteur encaisse les abonnements. Avec un service bien organisé, un directeur expérimenté, l'exploitation peut s'effectuer à bon compte.

De cette façon, la ville conserve sa pleine liberté d'action et peut, à son gré, étendre le service public, accroître le volume d'eau distribuée, diminuer le tarif, modifier le régime des abonnements, sans craindre les conflits avec une société concessionnaire.

A Paris, depuis 1860, l'exploitation commerciale du service est confiée à la Compagnie générale des Eaux. La ville est maîtresse de la canalisation et exécute tous les travaux d'aménagement et d'entretien. La Compagnie fait signer les polices d'abonnement, établit les prises et les branchements de chaque maison et touche les redevances pour le compte de la ville, moyennant commission. Ce système, qui est une variante du régime direct, est rendu satisfaisant par un contrôle efficace de la part du service municipal.

COMPAGNIE GÉNÉRALE DES EAUX

Société anonyme. — Capital : Quarante Millions

PARIS. — 52, Rue d'Anjou, 52. — PARIS

SERVICE DE LA DISTRIBUTION DES EAUX

RÈGLEMENT

CONCERNANT LES EAUX DE SOURCE DE LA VILLE DE PARIS

Délibéré par le Conseil Municipal de Paris, le 13 juillet 1894
et approuvé par arrêté du Préfet de la Seine le 8 août 1894

OBJET DU RÈGLEMENT

ARTICLE PREMIER. — Les concessions des eaux de source appartenant à la Ville de Paris sont assujetties aux engagements et conditions insérés dans le présent règlement.

TITRE I

FORME DES ENGAGEMENTS

ART. 2. — Engagements annuels. — Les eaux sont concédées en vertu d'engagements spéciaux toutes les fois que leur prise doit durer au moins une année.

Ces engagements partent du 1er janvier, 1er avril, 1er juillet, 1er octobre. Ils ne sont contractés que pour un an, mais ils continuent, comme les baux, par tacite reconduction.

ART. 3. — Engagements temporaires. — Les concessions d'eau temporaires sont faites à la demande des intéressés, moyennant déclaration de la durée probable et du montant approximatif de la concession.

TITRE II

EMPLOI DES EAUX DE SOURCE

ART. 4. — Destination. — Les eaux de source doivent être exclusivement consacrées aux besoins du ménage.

Il est interdit de les affecter aux usages industriels, à l'arrosage des jardins, au lavage des cours, des écuries et remises.

Il n'est fait d'exception que pour les industries touchant à l'alimentation, telles que cafés, débits de vin, brasseries, restaurants, établissements de consommation, fabriques et commerces de produits alimentaires, d'eaux minérales, etc., dans lesquelles les eaux de source devront être employées, ou pour les usages exigeant une permanence ou une importance de pression qui ne pourrait être assurée par les conduites d'eau de rivière.

Les constructeurs futurs devront, à première réquisition par l'Administration, procéder à l'installation d'une conduite d'amenée destinée à l'alimentation en eau de rivière.

Art. 5. — **Substitution des eaux de rivière aux eaux de source.** — Les eaux de source peuvent être remplacées par les eaux de Seine et de Marne, quand leur approvisionnement est devenu insuffisant ou que leur distribution est rendue impossible par suite d'un accident imprévu ou d'un empêchement majeur.

TITRE III

MODE DE LIVRAISON DE L'EAU

Art. 6. — **Compteurs.** — L'eau sera prise, aussi bien pour les concessions temporaires que pour les concessions permanentes, par l'intermédiaire de compteurs.

Art 7. — **Prise sur la canalisation publique.** — Chaque propriété particulière devra avoir un branchement avec prise particulière sur la conduite de la voie publique. Le concessionnaire ne pourra conduire tout ou partie de l'eau à laquelle il a droit dans une propriété lui appartenant, que dans le cas où celle-ci serait adjacente à la première et aurait avec elle une cour commune.

Tout orifice pratiqué sur une conduite publique pour desservir une concession d'eau de source, donnera lieu à une redevance annuelle de 6 francs, à payer par le titulaire de la concession.

En seront exemptés les immeubles jouissant de la réduction de tarif stipulée à l'article 15 ci-après.

Art. 8. — **Robinets d'arrêt.** — Le diamètre de chaque branchement à établir sur la conduite publique sera déterminé par l'Administration suivant l'importance présumée de la consommation.

A l'origine de chaque branchement, sera placé, sous la voie publique, un robinet d'arrêt en égout et sous bouche à clef, suivant le cas. Tout ancien branchement qui n'en serait pas pourvu devra

l'être aux frais du concessionnaire, dès que l'absence de cet appareil aura été constatée.

Un second robinet devra être placé dans l'intérieur et à moins
de 1 mètre en amont du compteur. En outre, sur le tuyau de sortie du compteur, on devra établir une douille à raccord du type
admis par l'Administration et un autre robinet d'arrêt, afin de permettre l'isolement de l'appareil et la vérification de son fonctionnement.

Les robinets d'arrêt intérieurs ne pourront être manœuvrés qu'au
moyen d'une clé d'un modèle différent de celui en usage au Service municipal.

ART. 9. — **Travaux de premier établissement et d'entretien des
branchements.** — Tous les travaux d'embranchement sur la conduite publique seront exécutés et réparés aux frais du concessionnaire, par les soins de la Compagnie générale des eaux, jusqu'au
compteur exclusivement.

Le concessionnaire est propriétaire de ces ouvrages dont la conservation et la responsabilité restent à sa charge.

Les réfections de pavage et de trottoirs seront exécutés par les
entrepreneurs de la voie publique, aux conditions de leur marché,
et les autres travaux seront l'objet d'adjudications restreintes en
plusieurs lots d'une durée de cinq ans au plus.

Les concessionnaires ne pourront s'opposer aux travaux d'entretien et de réparation des tuyaux et robinets établis pour le
service de leurs engagements, lorsque l'Administration les aura
reconnus nécessaires.

Au-delà du compteur, les concessionnaires pourront faire exécuter les travaux de distribution intérieure par les ouvriers de leur
choix.

ART. 10. — **Établissement du branchement.** — Dans tous les cas
où la prise d'eau sera pratiquée sur une conduite posée sous galerie, le tuyau alimentaire devra être placé dans le branchement
d'égout desservant l'immeuble, ou y être reporté dès que cet
ouvrage aura été construit, et ce, aux frais du concessionnaire.

Ce tuyau devra, pour s'introduire dans la propriété, pénétrer
dans le mur-pignon de l'égout particulier, ou, s'il y a impossibilité, être dévié latéralement sous le trottoir le long de la façade
de la propriété.

Dans ce cas, il sera contenu dans un fourreau étanche, en fonte
épaisse, incliné vers l'égout particulier, dans lequel il devra déboucher librement. L'extrémité du fourreau, côté des maisons, sera
lutée au mur de face.

Dans les circonstances où le propriétaire est dispensé de faire le
branchement d'égout, la conduite d'amenée destinée à l'alimenta-

tion d'eau pourra être établie en tranchée; mais alors elle devra être mise en fourreau dans les conditions ci-dessus indiquées.

Lorsque la prise d'eau devra se faire sur une conduite posée en terre, les propriétaires auront à désigner sur place le point de pénétration du branchement dans l'immeuble.

Le branchement une fois exécuté, les concessionnaires ne seront plus recevables à réclamer au sujet du point de pénétration.

Lorsqu'une conduite publique, primitivement établie en terre, sera remise en égout, la prise du concessionnaire devra être reportée sur la nouvelle conduite, à ses frais et d'office, s'il y a lieu, dans un délai de quinze jours, après l'avis donné par l'Administration.

ART. 11. — Fourniture et pose de compteurs. — Les compteurs sont à la charge des concessionnaires, qui ont la faculté de les choisir parmi les systèmes approuvés par l'Administration. Les compteurs ainsi choisis ne pourront être mis en service qu'après avoir été vérifiés et poinçonnés par l'Administration.

Ils devront toujours être maintenus en état de bon fonctionnement et seront soumis, quant à l'exactitude et à la régularité de leur marche, à toutes les vérifications que l'Administration jugera devoir prescrire.

Les compteurs appartenant aux concessionnaires pourront être posés par leur entrepreneur particulier. Le joint du branchement d'arrivée sera plombé par les soins de l'Administration. Le compteur devra être placé à l'origine de la canalisation intérieure de l'immeuble, en un endroit non exposé à la gelée, ou dans l'égout particulier, s'il est muré au droit de l'égout public. Il devra toujours être rendu accessible sans difficulté aux agents de l'Administration par l'intérieur de la propriété.

Il est formellement interdit au concessionnaire de faire aucune réparation aux compteurs et d'en changer la position en dehors de la présence d'un agent de la Compagnie ou de l'Administration.

Le diamètre des compteurs devra être en rapport avec l'importance de la consommation.

ART. 12. — Compteurs en location. — La Compagnie des Eaux devra, sur la demande de tout titulaire d'une concession, soit lui fournir en location et entretenir les compteurs destinés à déterminer sa consommation d'eau, soit entretenir ceux de ces compteurs qui appartiendront au concessionnaire.

Mais, dans ce dernier cas, elle aura droit d'exiger que préalablement le compteur soit remis à neuf aux frais du concessionnaire et qu'il soit vérifié et repoinçonné par l'Administration.

Les prix annuels de location et d'entretien des compteurs seront fixés conformément au tarif ci-après :

DIAMÈTRE DES ORIFICES DES COMPTEURS	PRIX DE LOCATION	PRIX D'ENTRETIEN	PRIX DE LOCATION et d'entretien
	francs	francs	francs
10 millimètres.........	7 »	7 »	14 »
15 —	9 »	9 »	18 »
20 —	12 »	10 »	22 »
30 —	15 »	15 »	30 »
40 —	22 »	20 »	42 »
60 —	35 »	30 »	65 »
80 —	45 »	35 »	80 »

Les prix ci-dessus seront réduits de moitié pour les compteurs de 10 ou 15 millimètres, placés dans les maisons indiquées à l'article 15 ci-après.

Les compteurs pris en location pour des concessions temporaires donneront lieu, pour cette location et pour l'entretien, à une perception de 0 fr. 005 par jour et par millimètre de diamètre.

L'entretien ne comprend pas les frais de réparation motivés par la gelée ou par toute autre cause qui ne serait pas la conséquence de son usage. Ces frais sont à la charge du concessionnaire auquel incombe le soin de prendre les précautions nécessaires pour éviter les accidents dont il s'agit.

TITRE IV

PRIX DE L'EAU

Art. 13. — **Base du tarif des eaux de source.** — La quantité d'eau de source consommée sera payée à raison de trente-cinq centimes (0 fr. 35) par mètre cube, d'après les indications du compteur.

Par exception, l'eau de source employée à faire mouvoir des engins mécaniques au moyen de la pression qu'elle possède dans la canalisation publique sera payée à part et à raison de soixante centimes (0 fr. 60) par mètre cube d'eau consommée, conformément aux indications d'un compteur par lequel elle devra passer isolément.

Art. 14. — Dans tout immeuble où les loyers matriciels des locaux habitables ne dépasseront pas 800 francs, le propriétaire pourra contracter pour la totalité desdits locaux un engagement d'eau de source dont le prix sera réglé à forfait ainsi qu'il suit :

   6 francs pour les logements au-dessous de 300 francs ;
   9   =   de 300 francs à 400 francs exclusivement ;
   14   —   de 400 francs à 640 francs exclusivement ;
   20   —   de 640 francs à 800 francs inclusivement.

Les locaux de commerce et ceux d'habitation ayant avec eux une communication intérieure ne seront pas compris dans l'évaluation des loyers et ne pourront jouir des engagements forfaitaires. Leur alimentation en eaux de source devra être entièrement distincte de celle des autres locaux, et leur consommation mesurée à part au moyen de compteurs, le tout conformément aux dispositions qui seront prescrites par l'Administration.

ART. 15. — Il sera accordé une réduction de prix de moitié sur le tarif énoncé à l'article 13, dans toutes les maisons dont la valeur matricielle ne dépassera pas 400 francs.

La même faveur sera étendue aux maisons d'un revenu supérieur à 400 francs et inférieur à 800 francs, mais à condition qu'elles aient plusieurs logements distincts dont un au moins en location.

ART. 16. — Les dispositions des deux articles précédents ne seront applicables qu'aux consommations ne dépassant pas 20 mètres cubes par an et par chaque personne habitant les immeubles y désignés. Les excédents seront payés à raison de 0 fr. 35 le mètre cube.

Le nombre d'habitants qui servira à calculer la partie de la consommation bénéficiant desdits articles sera fixé avant la signature de la police par l'Administration municipale, la Compagnie et les intéressés entendus.

Le nombre d'habitants ainsi arrêté ne pourra être changé ultérieurement que sur la demande de l'une des parties et par suite de modifications survenues dans les constructions de l'immeuble ou dans l'emploi des locaux qu'il renferme. Ce changement n'aura pas d'effet pendant l'année de l'engagement en cours, mais seulement à partir de son renouvellement.

TITRE V

ÉPOQUE DES PAYEMENTS

ART. 17. — Eau et droit de prise. — La consommation sera relevée sur les compteurs quatre fois par an, à des intervalles aussi réguliers que possible, et son payement sera exigible dans un délai de quinze jours après chacune des constatations.

Au cas où il y aurait impossibilité de reconnaître la quantité d'eau consommée par suite de non-enregistrement du compteur ou de toute autre cause, la consommation sera calculée sur la moyenne de la dépense journalière pendant la période correspondante de l'année précédente et, à son défaut, sur la moyenne de la dépense journalière pendant l'année en cours.

Les engagements forfaitaires contractés en vertu de l'article 14 seront payés, d'avance et par moitié, au commencement de chaque semestre.

Le montant des fournitures d'eau temporaires est exigible d'avance, eu égard à la durée de la fourniture et à la quantité demandée.

En cas d'excédent de consommation, le paiement en sera effectué immédiatement ; il en sera de même en cas de prolongation à la durée de la fourniture.

Le montant du droit de prise sur la canalisation sera payé au commencement de chaque année.

Art. 18. — Travaux et location de compteurs. — Dès que les travaux d'embranchement ou d'entretien auront été terminés, le décompte en sera dressé ; puis, après acceptation des entrepreneurs, il sera notifié aux intéressés, qui devront en effectuer le payement dans le mois qui suivra.

Les prix de location et d'entretien des compteurs se paieront, d'avance et par moitié, au commencement de chaque semestre.

Pour les concessions temporaires, ces prix seront payés en même temps que l'eau concédée.

Art. 19. — Sanction. — Pour les engagements nouveaux, l'eau ne sera livrée que quand le montant des travaux de premier établissement, à la charge de l'intéressé, aura été soldé.

A défaut de paiement régulier et dans les délais indiqués, soit pour les travaux d'entretien, soit pour les fournitures d'eau, le service des eaux pourra être suspendu sans préjudice des poursuites qui pourront être exercées contre les débiteurs retardataires.

TITRE VI

RÉSILIATIONS ET MUTATIONS

Art. 20. — Cas de résiliation. — Après l'expiration de la première année, chacune des parties peut renoncer à la continuation de l'engagement à la fin d'un trimestre, en avertissant l'autre à la fin du trimestre précédent. Si le concessionnaire renonce au service

de l'eau avant l'expiration de l'engagement, le prix de l'engagement n'en est pas moins exigible jusqu'au terme où il expire. En
cas d'arrêt du service d'eau, par suite du défaut de paiement, l'engagement est résilié à dater de la fermeture du branchement.

Art. 21. — **Mutation de propriété.** — L'engagement n'est pas résilié par le décès du concessionnaire; il se poursuit avec les héritiers.

En cas de vente de l'immeuble desservi, l'engagement est résilié;
mais le concessionnaire reste garant du prix de l'eau fournie
après la mutation, pendant un délai de six mois après cette muta-
tation, s'il n'a pas prévenu au préalable la Compagnie, sauf son
recours contre son successeur qui aura joui des eaux.

Art. 22. — **Conséquences de la résiliation.** — En cas de mutation,
les ouvrages de prise d'eau sont transférés au successeur, par le
simple effet de la substitution de l'engagement.

Lorsqu'il y a congé ou résiliation emportant cessation du service de l'eau, le branchement est immédiatement détaché de la
conduite publique, et l'orifice de prise d'eau est fermé avec une
plaque pleine.

Cette opération est faite aux frais du concessionnaire qui peut,
d'ailleurs, demander l'enlèvement du tuyau de branchement et
autres agrès posés sous la voie publique dans le cas où il en aurait
la propriété.

Les matériaux provenant de la dépose lui seront remis, à la
charge par lui de payer les frais de ce travail, ainsi que ceux des
fouilles et raccordements.

Dans le cas où la résiliation aurait pour cause le défaut de paiement des sommes dues par le concessionnaire, celui-ci sera tenu
jusqu'à ce qu'il soit complètement libéré, de laisser le branchement à sa place. La Ville aura le droit de s'en servir pour mettre
l'eau à la disposition d'un nouveau concessionnaire et d'exiger de
celui-ci, en échange, les sommes dues par l'ancien concessionnaire, jusqu'à concurrence de la valeur totale dudit branchement.

TITRE VII

CONDITIONS GÉNÉRALES

Art. 23. — **Irresponsabilité de la Ville.** — Les variations de pression, la présence d'air dans les conduites publiques, les arrêts
d'eau momentanés, prévus ou imprévus, ne pourront ouvrir en
faveur des concessionnaires aucun droit à indemnité ni à aucun
recours contre la Ville de Paris; notamment en ce qui concerne
l'usage de l'eau pour la marche des engins mécaniques, il est formellement stipulé que les concessionnaires devront prendre à

leurs risques et périls toutes dispositions nécessaires pour éviter les accidents qui résulteraient des faits indiqués ci-dessus, et supporteront sans réclamation, les inconvénients qui en seraient la conséquence.

Il en sera de même pour les interruptions de service résultant soit des gelées, des sécheresses et des réparations de conduites, aqueducs et réservoirs, soit du chômage des machines ou de toute autre cause analogue, ainsi que de la substitution temporaire des eaux de Marne et de Seine à l'eau de source.

Toutefois les concessionnaires auront le droit de signaler ces faits au Bureau des eaux de leur arrondissement dont la situation sera indiquée dans la police, et d'y inscrire leur réclamation sur un registre déposé à cet effet.

ART. 24. — **Responsabilité des concessionnaires.** — Les propriétaires étant libres de disposer leur canalisation intérieure et les appareils desservis par l'eau de la Ville dans les conditions et avec les matériaux qu'ils jugeront convenables, sont exclusivement responsables envers les tiers de tous les dommages auxquels l'établissement, l'existence et le fonctionnement de leurs conduites ou appareils pourront donner lieu.

Ils auront également à leur charge les consommations qui proviendraient des fuites visibles ou non, ayant pris naissance sur la canalisation intérieure.

ART. 25. — **Frais de timbre et d'enregistrement.** — Les frais de timbre et d'enregistrement des polices sont supportés par le concessionnaire.

TITRE VIII

MESURES D'ORDRE ET DE POLICE

ART. 26. — **Clés.** — Il est interdit aux concessionnaires, de faire usage des clés de robinets du modèle de celles de l'Administration ou même de les conserver en dépôt.

Art. 27. — **Surveillance et inspection.** — Le concessionnaire ne pourra rien changer aux dispositions primitivement arrêtées au moment de sa mise en jouissance, à moins d'en avoir préalablement obtenu l'autorisation.

Il ne pourra non plus s'opposer à la visite, au relevé et à la vérification des compteurs.

La distribution d'eau dans l'intérieur des propriétés particulières et dans les appartements sera constamment soumise à l'inspection des agents de la Compagnie et de l'Administration.

Art. 28. — Interdiction de mise en communication de deux natures d'eau. — Toute communication entre les canalisations intérieures d'eaux de nature différente est formellement interdite. Si les agents de l'Administration constatent qu'il en a été établi, par infraction à cette clause, le service d'eau de rivière sera suspendu d'office jusqu'à ce que la communication ait été supprimée par les soins du concessionnaire, sans préjudice des poursuites auxquelles l'infraction pourra donner lieu.

Art. 29. — Interdiction de céder les eaux. — Il est formellement interdit aux concessionnaires de laisser embrancher sur leurs conduites aucune prise d'eau au profit d'un tiers.

Les eaux de la Ville de Paris étant des eaux publiques, inaliénables et imprescriptibles, ne pouvant faire l'objet d'aucun commerce, ne sont concédées aux propriétaires qu'à la condition d'en user seulement pour leur usage personnel et celui de leurs locataires; il leur est donc interdit d'en disposer ni gratuitement ni à prix d'argent, en faveur de tout autre particulier ou intermédiaire. Il leur est également interdit d'imposer, sous aucun prétexte, à leurs locataires, pour la fourniture de l'eau, une redevance supérieure à celle qu'ils ont eux-mêmes à payer.

Art. 30. — Interdiction de rémunérer les agents. — Il est défendu de rémunérer ou de gratifier, sous quelque prétexte et sous quelque dénomination que ce puisse être, aucun agent attaché à la distribution.

Art. 31. — Sanction. — Toute infraction aux mesures d'ordre et de police qui précèdent sera constatée par des agents assermentés qui en dresseront procès-verbal. Elle fera ensuite l'objet de poursuites devant les tribunaux compétents. Indépendamment de l'amende encourue, pour contravention aux règlements, les concessionnaires pourront être condamnés à payer à la Ville, à titre de dommages-intérêts, une somme qui est fixée par avance à 300 francs.

TITRE IX

MESURES TRANSITOIRES ET DIVERSES

Art. 32. — Délai d'application du présent règlement. — Les dispositions du présent règlement sont appliquées :

1° A tous les engagements nouveaux d'eau de source qui seront contractés après la date de sa publication;

2° Et successivement à tous les engagements existants, qui devront être renouvelés après congé donné dans les délais permis et fixés par les polices.

ART. 33. — Établissements publics. — Le présent règlement est applicable dans toutes ses parties aux établissements publics dépendant des administrations du département de la Seine et de la Ville de Paris et à ceux de l'État, en tant qu'il n'y aura pas été formellement dérogé par des conventions spéciales passées à cet effet.

ART. 34. — Abrogation des règlements. — Les règlements antérieurs sur la délivrance des eaux sont abrogés par la mise en exécution du présent règlement dans toutes les dispositions qui lui sont contraires.

TABLEAU INDIQUANT LA CONSOMMATION JOURNALIÈRE QU'IL EST PRUDENT DE NE PAS EXCÉDER POUR ASSURER A UN COMPTEUR EN GÉNÉRAL UNE LONGUE DURÉE DE BON FONCTIONNEMENT SANS RÉPARATION.

CALIBRES	POUR CONSOMMATION JOURNALIÈRE		
m		litres	litres
0,010	de	500	à 800
0,015	de	800	à 1.500
0,020	de	1.500	à 4.000
0,030	de	4.000	à 12.000
0,040	de	12.000	à 30.000
0,060	de	30.000	à 80.000
0,080	de	80.000	à 200.000
0,100	de	200.000	à 500.000

COMPAGNIE GÉNÉRALE DES EAUX

Société anonyme — Capital : 40.000.000

Siège de la Société: Rue d'Anjou-St-Honoré, 52, Paris

Emplacement

du

Timbre

VILLE DE PARIS

—

DISTRIBUTION DES EAUX

SERVICE DES CONCESSIONS
D'EAU DE SOURCE
POUR USAGES DOMESTIQUES

~~

— ARRONDISSEMENT

Rue _____
Nº _____
Quartier _____

M _____

Prix
du mètre cube d'eau consommée :
0 fr. 35

~~~~

NOMBRE DE PRISES
LA CONDUITE PUBLIQUE _____
Redevance annuelle ____ *fr.*

POLICE
{ *Nº* _____
{ *Date* _____
{ *Entrée en jouissance* _____

PRÉDÉCESSEUR
{ *Nº* _____
{ *M* _____

COMPTEUR
{ *Nº* _____
{ *Diamètre* _____
{ *Système* _____
{ *en* _____
{ *à l'entretien d* _____

~~~~

Bureau des Réclamations

ART. 25 DU RÈGLEMENT
Les frais de timbre et d'enregistrement des polices sont
supportés par le conces-
sionnaire.

POLICE DE CONCESSION D'EAU DE SOURCE
pour les usages domestiques ou assimilés

~~~~~~

M _____ demeurant à _____
rue _____ Nº ___, l ___ quel éli __ domicile dans les
lieux à desservir, demande à la Compagnie Générale des
Eaux, agissant au nom et comme Régisseur de la Ville de
Paris, dans l'immeuble dont __ rue _____
Nº _____ une concession d'eau de source qu' __ déclare __ devoir
être exclusivement employée aux usages domestiques ou autres
définis à l'article 4 du règlement et à l'exception de tout emploi
comme moteur.

Les quantités d'eau consommées seront enregistrées par un
compteur et seront payées à raison de 0 fr. 35 le mètre cube.

La consommation faite entre la date de la mise en service et
celle de l'entrée en jouissance sera comprise dans la première
quittance trimestrielle à établir.

La consommation sera relevée au compteur quatre fois par an,
à des intervalles aussi réguliers que possible, et le paiement en
sera exigible dans un délai de quinze jours après chacune des
constatations.

M _____ paier __ chaque année, et d'avance, une redevance
de _____ francs pour la prise pratiquée sur la conduite
publique et desservant la présente concession.

Le compteur sera du diamètre de _____ millimètres.

Il sera la propriété de _____

Le concessionnaire paier ___ pour _____ de cet appareil
la somme annuelle de _____ francs d'avance et par
moitié, au commencement de chaque semestre.

M _____ adhère ___ au règlement sur
les concessions d'eau de source, en date du 8 août 1894, dont __
déclare __ avoir pris connaissance et posséder un exemplaire.

Fait double, à Paris, le _____
mil huit cent quatre-vingt- _____

LE CONCESSIONNAIRE   LE DIRECTEUR DE LA COMPAGNIE

| Emplacement du Timbre |

VILLE DE PARIS
DISTRIBUTION DES EAUX

SERVICE DES ABONNEMENTS

FORFAITAIRES D'EAU DE SOURCE

POUR USAGES DOMESTIQUES

— ARRONDISSEMENT

Rue _____

N° _____

Quartier _____

M _____

CALCUL DU FORFAIT

....Log. au-dessous de 300 fr. à 6 fr. l'un, ci-____

....Log. de 300 à 400 ex-clusiv. à 9 fr. l'un, ci ____

....Log. de 400 à 640 ex-clusiv. à 14 fr. l'un, ci ____

....Log. de 640 à 800 in-clusiv. à 20 fr. l'un, ci ____

PRIX ANNUEL DU FORFAIT ____

Prix du mètre cube consommé en plus de ____ m³
0 fr. 35

NOMBRE DE PRISES

SUR LA CONDUITE PUBLIQUE ____

Redevance annuelle ____

PRÉLÈVEMENT POLICE
- N° _____
- Date _____
- Entrée en jouissance _____
- N° _____
- M _____

COMPTEUR
- N° _____
- Diamètre _____
- Système _____
- en _____
- à l'entretien de _____

Bureau de Réclamations : ____

ART. 25 DU RÈGLEMENT.

Les frais de timbre et d'en-registrement des polices sont supportés par le conces-sionnaire.

COMPAGNIE GÉNÉRALE DES EAUX
SOCIÉTÉ ANONYME. — CAPITAL : 40.000.000
PARIS. — Rue d'Anjou-St-Honoré, 52. — PARIS

POLICE D'ABONNEMENT FORFAITAIRE
D'EAU DE SOURCE
POUR LES USAGES DOMESTIQUES OU ASSIMILÉS
(Article 14 du Règlement)

M _____ demeurant à ____ rue ____ N° ____, lequel ____ éli ____ domicile dans les lieux à desservir, demande à la Compagnie Générale des Eaux, agissant au nom et comme Régisseur de la Ville de Paris, dans l'immeuble dont ____ rue ____ N° ____ un abonnement d'eau de source qu' ____ déclare ____ devoir être exclusivement employée aux usages domestiques ou autres définis à l'article 4 du règlement et à l'exception de tout emploi comme moteur.

Cet abonnement est applicable à la totalité des locaux habi-tables, compris dans cet immeuble et composé ainsi qu'il suit, suivant la déclaration du contractant.

— Logements de loyer matriciel au-dessous de **300 francs.**

— — — — — **300 à 400** exclusivement.

— — — — — **400 à 640**

— — — — — **640 à 800** inclusivement.

Le prix total de cet abonnement est fixé conformément à l'ar-ticle 14 du Règlement à _____

Les quantités d'eau consommée seront enregistrées par un comp-teur. Toutes les consommations dépassant par an ____ seront payées à raison de 0 fr. 35 le mètre cube.

Le maximum de consommation ci-dessus a été calculé à raison de 20 mètres cubes par personne habitant les susdits locaux, le nombre de ces personnes ayant été fixé à ____ par l'Administration municipale ainsi que le reconnaissent le ____ contractant ____ et la Compagnie Générale des Eaux.

Pour la première année, le maximum de consommation allouée à forfait sera calculé à partir de la date d'entrée en jouissance de la police à raison de 5 mètres cubes par trimestre et par per-sonne habitant les susdits locaux.

Toute quantité à laquelle le forfait donne droit et qui ne sera pas consommée dans une année ne pourra être reportée sur l'exer-cice suivant.

M ____ paier ____ d'avance et par semestre le montant de ____ abonnement à forfait.

Si, sur la demande d ____ contractant, l'eau est livrée avant la date du commencement de l'abonnement, la consommation faite entre le jour de la mise en service et celui de l'entrée en jouis-sance sera payée à raison de 0 fr. 35 et comprise dans la pre-mière quittance trimestrielle.

La consommation sera relevée au compteur, quatre fois par an à des intervalles aussi réguliers que possible, et le paiement des excédents sur le volume concédé à forfait sera exigible dans un délai de quinze jours après chacune des constatations.

M ____ paier ____ chaque année et d'avance une redevance de ____ francs, pour ____ prise ____ pratiquée ____ sur la conduite publique et desservant la présente concession.

Le ____ compteur ____ sera ____ du diamètre de ____ millimètres.

Il ____ sera ____ la propriété de ____

Le ____ concessionnaire ____ M ____ paier ____ pour ____ de cet appareil la somme annuelle de ____ d'avance, et par moitié, au commencement de chaque semestre.

M ____ adhère ____ au règlement sur les concessions d'eau de source en date du 8 août 1894 dont il ____ déclare ____ avoir pris connaissance et posséder un exemplaire.

Fait double à Paris, le ____

LE CONCESSIONNAIRE,   LE DIRECTEUR DE LA COMPAGNIE,

ANNEXE A

—

PROJET DE RÉSERVOIR D'EAU POUR LA VILLE DE VIERZON

Voir, au paragraphe 167, la description du service d'eau de Vierzon, avec le calcul de la machine élévatoire et de la conduite de refoulement. On trouvera, au paragraphe 196, le plan général de la ville et le calcul du réseau de distribution. On reproduit ci-dessous le projet du réservoir tel qu'il a été présenté par l'ingénieur auquel fut confiée l'étude du service d'eau.

I. — MÉMOIRE

Utilité du réservoir. — Un réservoir est indispensable dans un service de distribution d'eau. Outre qu'il sert de régulateur aux consommations variables de la nuit et de la journée, il permet, à un moment donné, d'interrompre pendant quelques jours la marche des machines, sans être obligé de suspendre complètement le service. Il suffit, dans ce cas, de réduire la dépense pour le lavage des ruisseaux.

L'utilité d'un réservoir est trop incontestable pour que nous ayons besoin d'insister davantage sur ce point.

Capacité. — En général, la capacité d'un réservoir doit équivaloir à la consommation d'une journée. Indépendamment du volume d'eau nécessaire au service du lavage et de l'arrosage, qui absorbe, à certains instants de la journée, un débit plus considérable que celui des appareils élévatoires, il est prudent de posséder toujours en approvisionnement une masse d'eau assez grande pour répondre aux éventualités d'un incendie. Par ces motifs, nous prévoyons un réservoir de 1.000 mètres cubes, qui sera construit de telle sorte qu'à un moment donné il sera possible de doubler sa capacité et de la porter à 2.000 mètres cubes, chiffre que nous considérons comme devant être le maximum pour les besoins futurs de la Ville de Vierzon.

Altitude et emplacement. — Un réservoir doit toujours être placé assez haut pour qu'il lui soit possible de desservir tous les points de la Ville.

Si l'établissement du service d'eau n'avait eu pour but que
d'alimenter la Ville proprement dite, comme le point le plus élevé
se trouve dans le quartier du Château à la cote (130) environ, il
aurait suffi de construire le réservoir à 200 mètres environ de
la place du Tunnel, sur la route de Neuvy, dans un terrain qui
se trouve à l'altitude (134).

Mais, comme on doit assurer le service de l'École nationale, il
importe d'établir le réservoir à une hauteur suffisante pour que
l'eau puisse arriver aux étages les plus élevés de l'École, c'est-à-
dire à la cote (156,90) qui est celle du plancher des combles du
pavillon des dortoirs.

Dans ces conditions il faut aller à 690 mètres du tunnel sur la
route de Neuvy pour trouver un terrain convenable permettant
d'y établir le réservoir. A cet endroit, les deux parcelles de terrain appartenant à MM. Félix et Henri Bernadet, et inscrites au
n° 2824 de la matrice cadastrale, sont situées à une altitude
moyenne de 158,40; leur profondeur est de 36 mètres. Nous
prévoyons donc la construction du réservoir dans ces deux parcelles.

Construction. — Le réservoir aura 24^m,90 de longueur sur
12 mètres de largeur dans œuvre, et 4 mètres de hauteur entre le
radier et le niveau supérieur de l'eau. Il sera construit partie en
déblai, et sera recouvert d'un remblai de terre, afin de maintenir
l'eau à une température constante.

Le radier sera placé à la cote 155,50, et le trop-plein à 159,50.
Ces altitudes seront suffisantes pour donner de l'eau dans les
petits réservoirs qu'on établira dans les combles du bâtiment des
dortoirs à l'École nationale. Il faut considérer en effet que, dans
la journée, au moment de la plus grande consommation en ville,
c'est-à-dire pendant l'arrosage, la machine refoulera l'eau directement dans les réservoirs de l'École en même temps qu'au réservoir de distribution. La nuit, au contraire, la consommation en ville
sera nulle, ou à peu près, et il en résultera que le niveau pourra
s'établir entre le réservoir de Neuvy et ceux de l'École. Nous
ajouterons enfin que l'altitude 156,90, que nous avons indiquée
comme étant la plus élevée de l'École nationale, est celle d'un
seul bâtiment, et qu'à cette hauteur on n'a l'intention d'établir
qu'un petit réservoir destiné à alimenter les lavabos des dortoirs.

Tous les autres bâtiments pourront être desservis par le
réservoir de la Ville qui donnera encore une pression suffisante
pour les divers besoins des services ainsi que l'indique le tableau
synoptique des pertes de charges (196).

Division du réservoir en deux compartiments. — Pour permettre
le nettoyage ou la réparation du réservoir sans en suspendre
complètement la fonction, ce dernier sera divisé par un mur de

refend en deux compartiments de chacun 500 mètres cubes ne communiquant entre eux que par les conduites en fonte munies de robinets-vannes.

Radier. — Le terrain sur lequel doit être construit le réservoir est composé d'argile mélangée de rognons de silex. Dans ces conditions nous prévoyons un radier de 0ᵐ,80 d'épaisseur, en maçonnerie de béton, et formant empattement de 0ᵐ,80 de chaque côté par rapport aux murs de pourtour.

Profil des murs. — Calculons maintenant les dimensions à donner aux murs constituant le gros œuvre.

La pression de l'eau sur un élément de surface de 1 mètre de longueur, de hauteur dh, situé à la profondeur h, égale :

$$1000 h dh ;$$

On obtient la pression totale Q exercée par l'eau sur le mur en intégrant cette différentielle de o à z, il vient :

$$Q = 1000 \int_o^z h dh = \frac{1000 z^2}{2}.$$

Le point d'application de cette force horizontale est au 1/3 de la hauteur à partir de la base ; on a donc pour son moment par rapport à l'arête d :

$$\frac{1000 z^2}{2} \times \frac{z}{3} = \frac{1000 z^3}{6}.$$

Soient a l'épaisseur du mur au-dessus du plan d'eau, x la largeur de la base de ; on devra avoir pour l'équilibre statique, c'est-à-dire pour que le mur ne puisse pas tourner autour de l'arête extérieure d :

$$(1) \quad 2200 \times \frac{(a + x) z l}{2} = \frac{1000 z^3}{6} ;$$

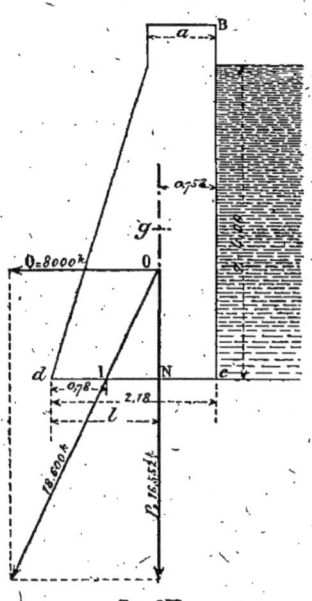

Fig. 377.

2.200 kilogrammes représentent le poids du mètre cube de maçonnerie ; l, la distance horizontale du centre de gravité g du mur à l'arête d.

Faisons $a = 0,90$ et supposons, pour simplifier et introduire un coefficient de sécurité, que

$$l = \frac{a + x}{4},$$

valeur sensiblement plus faible que celle qui doit exister réellement ; on obtient d'après (1) :

$$x = 0,77z - a ;$$

d'où :

$$x = 0,77 \times 4,00 - 0,90 = 2,18.$$

Cherchons maintenant la pression exercée par centimètre carré sur la base du mur. Les forces qui agissent sur cette base sont : 1° le poids P de la maçonnerie ; 2° la poussée horizontale Q.

Le poids est une force verticale appliquée au centre de gravité g. Si nous cherchons ce centre par les procédés ordinaires, nous le trouvons sur une parallèle à la verticale Be, distante de $0^m,753$ de cette ligne.

On a, d'autre part, pour la poussée Q :

$$Q = \frac{1000 \times 16}{2} = 8.000 \text{ kilogrammes,}$$

son point d'application est au 1/3 de la hauteur.

Les deux forces P et Q se coupent au point O ; en construisant le parallélogramme, on reconnaît que la résultante, égale à 18.600 kilogrammes, vient couper la base de en un point 1 distant de $0^m,78$ du point d.

Pour connaître alors la pression p qui s'exerce par centimètre carré sur la base du mur, il suffit d'appliquer la formule

$$p = \frac{P}{x}(1 + 3n),$$

qui n'est valable que pour $n < \frac{1}{3}$.

Dans cette formule :

$$P = 16.552 \text{ kilogrammes}$$
$$x = 2,18$$

$$n = \frac{\dfrac{2,18}{2} - 0,78}{\dfrac{2,18}{2}} = \frac{0,31}{1,09}$$

d'où $p = 1^k,407$ par centimètre carré.

Nous sommes donc dans d'excellentes conditions pour la résistance des murs, car il convient de ne jamais dépasser 5 kilogrammes par centimètre carré.

Coupe transversale

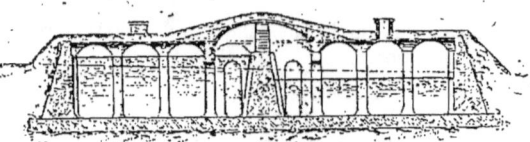

Vue en plan

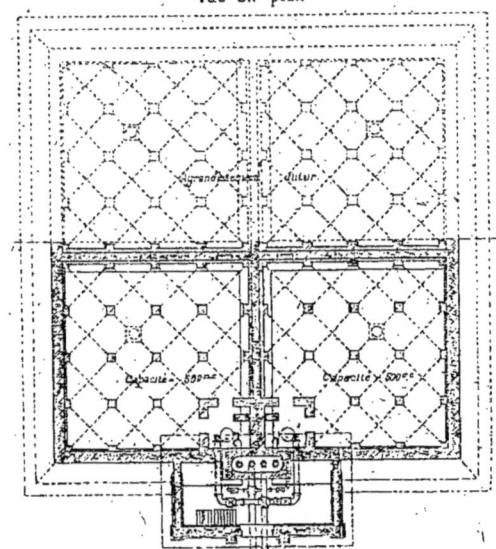

Façade principale.

Fig. 378.

Couverture. — Le réservoir sera couvert par des voûtes d'arêtes surbaissées de 0m,70 de flèche, et ayant une épaisseur de 0m,11, en maçonnerie de briques et ciment de Portland.

Ces voûtes seront supportées par des piliers en maçonnerie de briques de 0m,58 × 0m,58 et 4m,10 de hauteur. La naissance des voûtes d'arêtes sera à 0m,10 au-dessus du trop-plein du réservoir.

Chambre de manœuvre. — En façade sur la route de Neuvy, on établira une chambre de manœuvre qui aura 10 mètres de longueur sur 3m,50 de largeur en œuvre. Une porte d'entrée et deux œils-de-bœuf seront ménagés dans le mur formant façade.

Les bandeaux de la porte, les œils-de-bœuf, l'entablement l'attique seront en pierre de taille demi-dure de Vallenay ; le reste de la construction sera en maçonnerie de moellons au mortier de

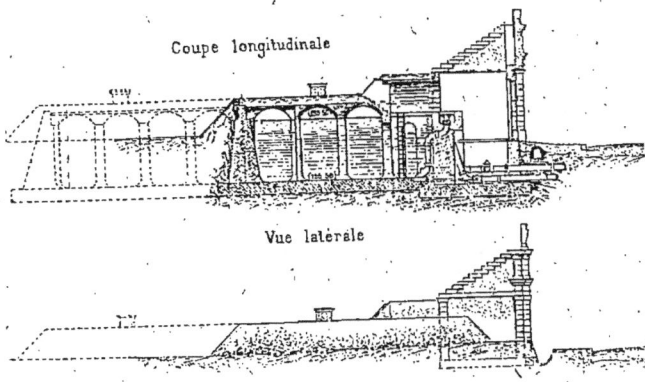

Coupe longitudinale

Vue latérale

Fig. 379.

chaux. Un crépi moucheté sera appliqué sur cette maçonnerie dans la partie en façade et sur les côtés transversaux.

Dans l'intérieur de la chambre on établira un plancher en chêne de plain-pied avec le sol extérieur.

Un escalier en chêne partira de ce plancher et aboutira à la cuvette de distribution.

La couverture de la chambre sera formée de fers à I entretoisés par des voûtains en briques.

A l'intersection de la chambre avec le mur de pourtour, les voûtes d'arêtes ordinaires seront remplacées par une grande voûte en anse de panier de 6m,30 d'ouverture et 2 mètres de flèche. Cette voûte aura 0m,22 d'épaisseur et sera en briques ; des voussoirs en pierre de taille seront établis en façade dans la chambre de manœuvre et encadreront ainsi la voûte.

La voûte, en anse de panier, reposera sur des piliers en briques reliés entre eux par des murs en maçonnerie de moellons, dans lesquels seront pratiquées des portes de communication, ainsi que les plans l'indiquent avec détails.

Cuvette. — Il sera établi, sur le mur de séparation du réservoir et de la chambre de manœuvre, une cuvette en maçonnerie enduite d'une couche de ciment de Portland. Cette cuvette servira à recevoir les eaux refoulées par la machine et à éviter tout accident si, par suite de fausse manœuvre, les deux robinets de partage de la conduite de refoulement étaient fermés à la fois.

Fontainerie. — Le service de fontainerie comportera trois conduites distinctes : celles de refoulement et de départ qui se confondent, celle de vidange et enfin la conduite de trop-plein.

La conduite de refoulement se divisera dans la chambre de manœuvre en deux conduites d'un même diamètre de 0^m,300, munies de deux robinets-vannes.

Entre ces deux robinets on établira un branchement de 0^m,300 de diamètre, qui formera communication entre la conduite de refoulement et la cuvette de distribution. Cette disposition, en outre de l'avantage de pouvoir éviter tout accident sur la conduite de refoulement, permettra aussi de se rendre compte du débit des pompes.

Les conduites de vidange auront 0^m,10 de diamètre; elles partiront d'une petite cuvette ménagée dans le radier de chaque compartiment, et à 0^m,30 en contre-bas de ce radier. Dans la chambre de manœuvre elles se jonctionneront avec le tuyau de trop-plein. Deux robinets-vannes de 0^m,10, établis sur ces conduites, permettront de vider à volonté l'un ou l'autre des deux compartiments du réservoir.

La conduite de trop-plein aura 0^m,30 de diamètre et partira de la cuvette de distribution par un tuyau évasé établi à la cote du niveau supérieur de l'eau dans le réservoir (159,50), et débouchera dans le fossé de la route.

II. — AVANT-MÉTRÉ

DÉSIGNATION DES OUVRAGES ET TRAVAUX	DIMENSIONS RÉDUITES			QUANTITÉS		
	Longueur	Largeur	Hauteur	Partielles	Totales	Application
TERRASSEMENTS						
Mètres cubes de déblai ordinaire de 1re classe pour fouille jusqu'à 1m,50 de profondeur, jet au berge ou au brouette, y compris transport en brouette à un relai de distance moyenne :						
Emplacement du réservoir.......	30,98	17,70	1,00	672,050	»	»
Emplacement de chambre de manœuvre.....	12,50	3,50	1,00	70	»	»
Total........					942,950	950
Mètres cubes de déblai semblable à celui ci-dessus jusqu'à 3m,30 de profondeur :						
Le même côté que ci-dessus.........	30,98	17,70	0,80	435,998	»	»
Mètres cubes de déblai semblable : Jusqu'à 4 mètres de profondeur, sous le réservoir......	12,50	3,50	0,80	35	»	»
Sous la chambre de manœuvre......						
Même déblai jusqu'à 4m,50 de profondeur à l'emplacement du fond de la chambre de manœuvre...	12,50	7,20	0,50	45,005	»	»
Total........					945,950	950
Mètres cubes de remblai, après extraction des magasineries pour reprises, charge en brouette, transport et pilonnage dans la bacuer des fondations :						
Côté gauche du réservoir.... $17,70 \times \dfrac{2,00 + 0,80}{2} \times 3,65.$						
Total........				93,427	517,623	525

DÉSIGNATION DES OUVRAGES ET TRAVAUX	DIMENSIONS RÉDUITES			QUANTITÉS		
	Longueur	Largeur	Hauteur	Partielles	Totales	Application
Côté droit du réservoir............. $17,70 \times \dfrac{1,60 + 0,80}{2} \times 2,70.$				37,348	»	»
Mur du fond............... $39,85 \times \dfrac{1,80 + 0,80}{2} \times 3,18.$				127,082	»	»
Mur de façade, partie à gauche........ $10 \times \dfrac{2,00 + 0,80}{2} \times 3,70.$				54,900	»	»
Mur de façade, partie à droite........ $10 \times \dfrac{1,80 + 0,80}{2} \times 8,10.$				40,300	»	»
Autour des fondations de la chambre de manœuvre, côté gauche......	3,50	0,70	3,50	8,575	»	»
côté droit....	8,50	0,70	2,10	7,055	»	»
façade....	12,50	0,66	3,30	20,818	»	»
Total........					410,540	425
Mètres cubes de remblai pour reprise, charge en brouette, (transport) à 2 relais et pilonnage, partie au-dessus du niveau du sol :						
Côté gauche du réservoir......	16,59	1,69	»	33	»	»
Côté droit du réservoir......	16,59	1,40	»	83,390	»	»
Mur du fond.......	39	2,40	1,70	104	»	»
Mur de façade, partie à gauche....	8,80			15,400	»	»
Mur de façade, partie à droite....	9,50	1,50	2,00	37,050	»	»
Total........					272,780	300
Mètres cubes de remblai pour reprise, charge en brouette, transport à 2 relais et régalages :						
Sur les voûtes et murs du réservoir....	98,50	13,20	0,50	155,300	»	»
Voûtales de chambre de manœuvre......	10	4,20	0,50	21	»	»
Total........					178,503	260
Mètres superficiels de dressement de plate-forme :						
Radier du réservoir et de chambre de manœuvre, même surface que la fouille.				590	590	600

DÉSIGNATION DES FOURNITURES ET TRAVAUX	DIMENSIONS RÉDUITES			QUANTITÉS		
	Longueur	Largeur	Hauteur	Partielles	Totales	Appli-cation
Mètres superficiels de dressement de talus et de plate-formes, avec sable et mortier :						
Sur chambre de manœuvre...............................	10	4,20	»	42		
Dessus des voûtes, surface du remblai....................	9,30	»	3,75	500 »		
Talus :	8,80	»	2,50	30,33		
	90 »	»	2,50	92 »		
	16 »	»	4,50	60 »		
	3,50	»	4,50	15,75		
Total......					810.58	815 »

MAÇONNERIE

Mètres cubes de maçonnerie de béton de cailloux et mortier de sable et chaux hydraulique :						
Radier la réservoir....................................	30,80	16 »	0,80	395.008		
Radier de chambre de manœuvre........................	12,50	3,20	0,80	32 »		
Surplus sous le radier du réservoir.....................	12,50	3,80	0,50	23,750		
Ensemble........				450.758		
A déduire : Perte, dans la largeur de la chambre de manœuvre, comprise dans le cube général du radier..........................	9,80	3 »	0,50	14,700		
Reste à couvrir......					435.058	440 »
Mètres cubes de maçonnerie de moellons de Port-Dessous ou de Melun-sur-Yèvre, hourdée en mortier de sable et chaux hydraulique :						
Murs de pourtour du réservoir :						

	DIMENSIONS			QUANTITÉS		
2 murs latéraux, compris harpes :						
$13{,}82 \times \dfrac{2{,}18 + 0{,}90}{2} \times 4{,}10$.	»	»	»	174,519		
Murs de façade :						
$24{,}90 \times \dfrac{2{,}18 + 0{,}90}{2} \times 4{,}10$.	10 »	$\dfrac{2{,}76}{1{,}10}$	0,50	157,219		
Surplus de profondeur dans la longueur, chambre de manœuvre........	4,40	2 »	4,10	11,200		
Surplus d'épaisseur dans la largeur de la cuvette de puisage, formant triangle..	4,40	2 »	0,10	9,022		
Surplus de hauteur dans la surface de la cuvette de puisage.......... Les 2 angles du mur de façade et de refend formant ensemble une 1/2 pyramide tronquée de :				0,880		
$\dfrac{B\,4{,}38 \text{ à } 1{,}80 \times 4{,}10}{2}$.	»	»	»	9,980		
Mur de refend séparant les 2 compartiments :						
$11{,}08 \times \dfrac{2{,}18 + 0{,}90}{2} \times 4{,}10$.	»	»	»	73,748		
Mur du fond du réservoir :						
$24{,}90 \times \dfrac{2{,}18 + 0{,}90}{2} \times 4{,}10$.	»	»	»	157,219		
10 demi-piliers encastrés dans les murs de pourtour...........	0,58	0,29	4,10	6,898		
Quart de pilier dans le milieu de la chambre de manœuvre, développement total	0,29	0,29	4,10	0,088		
Mur de fondation de la voûte de la chambre de manœuvre........	12,04	0,58	4,10	30,904		
10 pénétrations de piliers dans le mur de refend et du fond...........	0,58	$\dfrac{0{,}29}{2}$	1,80	1,542		
Quart de pilier formant pyramide..........................	0,58	0,58	$\dfrac{1{,}80}{2}$	0,202		
Ensemble......					634.492	
A reporter......					634.492	

DÉSIGNATION DES PRESTATIONS ET TRAVAUX	DIMENSIONS RÉDUITES			QUANTITÉS	
	Longueur	Largeur	Hauteur	Variables	Totales	Appoi-qués

Report.

À déduire les vides :
Dans le mur de fondation de la voûte de la chambre de manœuvre, 4 parties rectangulaires

Idem, 4 parties en maçonnerie

Prolongation du mur de refend :

$$0.56 \times \dfrac{2.18 + 0.99}{2} \times 4.10.$$

Sous la cuvette de partage, partie rectangulaire

Vide de la cuvette, partie rectangulaire

— 2 parties en hémicycle

Ensemble.

Reste.

À prod uire : Partie au-dessus de la naissance des voûtes 2 murs de gauche et de droite :

$$13.85 \times \dfrac{0.40 + 0.560}{2} \times 0.90.$$

2 murs latéraux de la chambre de manœuvre :

$$0.35 \times \dfrac{0.80 + 0.50}{2} \times 0.90.$$

Mur du fond

Surplus de hauteur du mur de refend dans la largeur de pénétration de la chambre de manœuvre dans le réservoir.

Demi-pyramide tronquée, formée par les 2 angles sur façade :

$$\dfrac{Bf.60 + M.00}{2} \times 0.90.$$

2 murs à droite et à gauche de la retombée de la voûte en anse de panier.

Mur formant pignon de la voûte en anse de panier (segment) :

$$\dfrac{3.56 + 1.52}{2} \times 2.60 \times 0.90.$$

Ensemble.

Cinq total.

À déduire : Vide d'ouvertures donnant accès à la terrasse au-dessus de la chambre de manœuvre

Reste à couvrir.

Mètres cubes de maçonnerie de moellons du Port-Dessous. Du dessus du radier jusqu'à 0m.15 en contre-bas du seuil de la porte de la chambre de manœuvre, partie en fondation du mur de façade.
Fondé au 1er avant-corps, 2 ensemble
Mur en retour, 2 parties ensemble
Partie des quai en retour adossée ou talus du mur de face du réservoir

$$2 \times \dfrac{1.35}{2}$$

Cinq à couvrir.

MAÇONNERIE EN ÉLÉVATION

Mètres cubes de maçonnerie de pierre de taille dure de Saint-Florent.

Socle :

DÉSIGNATION DES FOURNITURES ET TRAVAUX	DIMENSIONS RÉDUITES			QUANTITÉS		
	Longueur	Largeur	Hauteur	Partielles	Totales	Appliquées
Développement sur 3 faces..........	59,70	»	»			5,800
moins vide de porte................	»	»	»			
Rampe.............................						
2 socles des 2 pilastres de la porte...	18,76	0,50	0,50	5,146		
Seuil dans la porte.................	0,60	0,50	0,50	0,300	5,539	
	2 »	0,30	0,15	0,093		
Total...						
Mètres cubes de maçonnerie de moellons de Malun-sur-Yèvre, hourdée en mortier de sable et chaux hydraulique au-dessus du socle :						
Façade principale, partie comprise entre la socle et l'architrave...	11 »	0,50	4,02	22,110		
Dans la hauteur de l'architrave, la frise et la corniche de couronnement...	11,10	0,40	2,68	15,994		
Mûrs des côtés, du dessus du socle jusqu'au sommet du mur du face du fronton, 2 parties en trapèze...						
$\frac{4,40 + 2,70}{2} \times 0,50 \times 2,03.$						
Au-dessus jusqu'à la naissance des poives de pignon, 2 parties...	4,08	0,50	2 »	8,100		
Poives de pignon, 2 poives...	4,98	0,50	2,40	9,980		61,881
	2 »			5,727		
Ensemble...						
A déduire :						
Vides d'ouvertures :						
Porte d'entrée, partie rectangulaire...	2,10	0,50	2,70	2,835		

Porte d'entrée en hémicycle...	D : 2,10	0,50	»	1,550		5,035
2 œils-de-bœuf...	D : 1,10	0,50	»	0,960		
Ensemble...						56,846
Dont en pierre de taille demi-durc de Vallenay hourdée en mortier de chaux :						
pilastres d'angle...	0,76	0,75	3,45	4,106		
2 piés-droits des niches...	0,34	0,33	2,88	0,270		
2 pilastres supportant l'archivolte...	0,60	0,70	3,80	3,098		
2 piés-droits de porte d'entrée...	0,50	0,60	2,20	1,190		
2 impostes des pilastres de porte d'entrée...	0,70	0,55	0,35	1,784		
2 plates-bandes de niche...	0,44	0,20	0,30	0,176		
de porte...	1,60	0,60	0,30	0,198		
des œils-de-bœuf...	3 »	0,30	0,50	0,316		
des niches...	3 »	0,50	0,15	0,435		
2 fris des plates-bandes, œils-de-bœuf...	0,60	0,25	0,30	0,432		
de la porte d'entrée...	0,60	0,25	0,15	0,159		
parties de pilastre des façades en retour...	0,86	0,40	0,60	0,540		
chapiteaux...	0,75	0,80	0,60	0,186		
frise sur façade principale...	1,20	0,80	1,20	0,662		
corniche...	11,20	0,45	0,08	2,368		
plinthe...	4,75	0,60	0,75	4,200		
petits pilastres d'angle...	0,75	0,30	0,55	0,140		
table d'inscription droit...	1,60	0,35	»	0,978		
frises de corniche de couronnement et façade principale...	3 »	0,80	0,20	0,720		
bandeaux de couronnement de façade en retour...	1,10	0,30	0,40	1,050		
petites sculptures...	4,25	0,30	0,25	1,221		
imitations de tuyau, et joi d'eau dans les niches...	»	0,60	1 »	1,693		
Cube de maçonnerie de pierre de taille à déduire...	0,30	0,80	»	0,900		
Total...						34,073
Reste en maçonnerie de moellons :						
A reporter...	»	»	»			22,773

DÉSIGNATION des FOURNITURES ET TRAVAUX	DIMENSIONS RÉDUITES			QUANTITÉS		
	Longueur	Largeur	Hauteur	Partielles	Totales	Appliquées
Report	»	»	»		29.773	
À produire : Les tailles de pilastre d'agié d'avant-corps, socalokos et pieds-droits divers, cube calculé	»	»	»	»	»	
Total à déduire					4 »	27 »
					26.773	
Mètres cubes de maçonnerie de pierre de taille demi-dure de Vallery :						39.500
Le cube total des déductions ci-dessus					24.073	
À produire : Assises couronnant les massifs des pigeons de la chambre de manœuvre, 20 pieds	0,80	0,55	0,74	2.112		
	1,50	1,50	0,40	0,900		
Pierre du motif arrondi						
Tête de la voûte au ras du gueulard de la chambre de manœuvre, développement total	8 »	0,55	0,50	2.200		
Total à compter					39.285	39.500
Mètres cubes de maçonnerie de briques des fours des Forges, hourdées en mortier de sable et ciment.						
16 piliers supportant les voûtes d'enduit du réservoir	0,58	0,58	4,10	22.036		
Voûte en axe de palier de la chambre de manœuvre, développement	5,50	2,35	0,28	3.600		
2 murs d'échiffre à la descente, derrière la voûte du réservoir	$\frac{1,30 \times 2}{2} \times 0,23$	»	»	0,460		
Total à compter					26.112	26.508

Mètres superficiels de voûtes d'arêtes en briques des Forges, hourdées en mortier de ciment de Portland et sable de rivière :						
Pour un compartiment :				162,50		164,64
						166,06
50 parties triangulaires $\frac{3 \times 1,25}{2}$	3 »	0,58	»	28,58		340 »
32 aras dans la largeur des piliers	3 »	0,39	»	12,67		
11 aras contre les murs de pourtour	3 »	0,43	»	4,41		
9 —						
Total pour un compartiment					236.12	236.12
L'autre semblable						
Total à compter						340 »
Mètres superficiels de voûtains en briques de 0m,14 d'épaisseur, hourdés en mortier de ciment de Portland :						
Plancher de la chambre de manœuvre	10 »	3,85	»	38,50		84 »
Couverture de halle	10 »	4,35	»	43,50		4,20
À déduire :						78,80
Vide d'escalier de descente, 2 parties ensemble	4,20	1 »	»	»		
Total à compter						
Reste à compter						72 »
Maçonnerie de béton maigre de gravier et chaux hydraulique, pour surface des voies des voûtes d'arêtes du réservoir. 2 parties	12 »	12 »	0,25	72 »		72 »
Mètres superficiels d'enduit en ciment de Portland de 0m,030 d'épaisseur :						
Intérieur du réservoir, pour un compartiment : radier	11,40	11,40	4,10	129,96		
Sur murs de pourtour, 2 côtés	10,59	»	4,10	85,34		
Sur côtés des piliers prédrants dans les murs, 11 côtés	11,70	»	4,20	13,08		
Sur murs de refend et du fond, 2 murs	0,29	»	»	98,28		
Sur côtés de piliers carontés, 7 côtés	$\frac{2}{6,35}$	»	1,80	1,82		
			4,10	26,04		
À reporter				3-9-12		

DÉSIGNATION des ouvrages et travaux	DIMENSIONS RÉDUITES			QUANTITÉS		
	Longueur	Largeur	Hauteur	Partielles	Totales	Appliquées

DÉSIGNATION DES FOURNITURES ET TRAVAUX	DIMENSIONS RÉDUITES			QUANTITÉS		
	Longueur	Largeur	Hauteur	Partielles	Totales	Appli-cations
Report........................					115.30	195 »
Sur le pignon de droite, même surface que celui de gauche...				60,15		
Faces inférieures du mur de face, au-dessus du plafond de la chambre de manœuvre...	10 »	»	3 »	18,05		
Faces inférieures des pointes de pignon, 2 parties...	3 »	»	1,50	30 »		
Ensemble........................				4,50		
A déduire : Vide de parte principale............			Diamètre.	7 »	12.46	
Vide de 2 médaillons, compris pierre...........		2 »	3,50	2,46		
Vide de 2 niches inférieures..........		1,25	1 »	3 »		
Restant....		1,50				
Restant à compter........					102.84	
Mètres superficiels de joints en mortier de sable et ciment de Portland !........						
Lunettes de voûte au nez de pose de la chambre de manœuvre, développé !........					15.48	16 »
Mètres superficiels de taille sur pierre dure de Saint-Floreni, à raison de 3 mètres superficiels par mètre cube : soit pour un cube de...	5,50	2,85				28 »
Mètres superficiels de taille sur pierre demi-dure de Volvreuy, à raison de 6 mètres superficiels par mètre cube : soit pour un cube de...	5,000	5 »	»		237 »	248 »
Regards éclairant le réservoir avec cheminée en briques et ciment, conditionnés en pierre dure, glace de 0m,200 d'épaisseur...	39,500	6 »	»			2 »
Escaliers pour descendre au fond de la chambre de manœuvre, composé de 14 marches en chêne de 0m,041 d'épaisseur...						14 »

DÉSIGNATION	Longueur partielle	Longueur totale	Poids unitaire	Partielles	Totales	Appli-cations
Escalier conduisant de l'intérieur de la chambre de manœuvre sur la dame des voûtes du réservoir composé de 7 marches en pierre dure de 0m,30 de long...						7 »
Somme à valoir pour parement de brute et scellement au mortier de ciment pour gros fers, onliers, garde-corps, échelles, rampes, etc...						10 »
Massif sous les tuyaux dans la chambre de manœuvre............						1 »
Tuyaux en poterie pour l'écoulement des eaux d'égouts sur la voûte du réservoir et chambre de manœuvre...						1 »
Sculpture en motif armorié de la façade du réservoir............						1 »
Fourneau en maçonnerie de moellon, hourdée en mortier de taille et chaux hydraulique, compris terrassement et remblai après maçonnerie...	1,30	2 »	5 »	13 ,000	988.700	1000 »
				20 ,000		
Total........						
FERRONNERIE						
Kilogrammes de fer à I de 0m,140 et de 0m,100 pour plancher n° 1				161h ,200		
ouverture de la chambre de manœuvre............	3m ,10	42m ,40	43h »	128 ,700		
Pour le plancher, 4 fers de 0m,140............	3 ,30	7 ,60	43 ,50	104 ,200		
— — 0m,100............	3 ,80	14 ,20	14 »	361 ,000		
2 — 0m,100............	4 ,80	43 ,20	12 »			
Pour la couverture, 2 fers de 0m,140............	1 ,30		5 »	13 ,000		
Pour entretoises en fer plat de 15/40 dans le plancher de la chambre de manœuvre, 2 entretoises............		2 »	»	20 ,000		
Pour équerre d'assemblage et boulons............						
Total........					335 »	350 »
Kilogrammes de fer plat et rond assemblé pour 2 échelles du réservoir :				135 »		
4 montants fer 30/60............	3m »	30m ,50	0 ,25	21 »		
20 échelons fer rond de 18 millimètres............	0 »	10 ,50	0 ,24	20 »		
Garde-corps de la descente de la chambre de manœuvre............				30 »		
Étrier de l'échelle............				30 »		
Échelle en fer pour monter à la cuvette de distribution............				29 »		
Rampe de l'escalier conduisant sur le réservoir............						
Total........						

DÉSIGNATION DES FOURNITURES ET TRAVAUX	DIMENSIONS RÉDUITES			QUANTITÉS		
	Longueur	Largeur	Hauteur	Partielles	Totales	Appliquées
MENUISERIE.						
Mètres superficiels de menuiserie pour 4 porte pleine en chêne, ouvrant à 2 vantaux, à tableau saillantau en points de diamant à grands cadres, y compris ferrures étude et barre d'imposte...	4,75	»	2,11	»	10,05	10,05
Mètres superficiels de menuiserie pour 2 crié-de-bœuf fixes, châssis de 0m,026 au double...	1,10	1,10	»	1,21	2,42	2,50
SERRURERIE.						
Kilogrammes de fer forgé pour ferrure de porte et croisée : Pour la porte principale : 4 pentures à équerre et à grand pour le haut et le bas, 2 pentures à T et à gond dans la traverse du milieu, et 7 pattes à scellement pour l'imposte. 8 pattes à scellement pour crié-de-bœuf... Ferrure de la porte donnant sur les voûtes, pentures, gonds et équerres...	» »	» »	» »	530 1.500 18	55.500	70
Total...						
Serrure de sûreté à deux clefs pour porte principal avec entrée à cuvelle...	»	»	»	»	»	»
Serrure de 0m.14 pour la porte d'accès sur les voûtes...	»	»	»	»	»	»
Crémone pour porte principale...	»	»	»	»	»	»

PEINTURE ET VITRERIE						
Mètres superficiels de peinture à l'huile à 3 couches, y compris tous apprêts : Porte d'entrée donnant sur le réservoir... Peinture donnant accès sur le réservoir... Peinture des ferrures, dégorges, poutres, grilles, 1 à 1 rampes, etc., au minium, une couche : et en gris, deux couches. Surface d'enlulée... Peinture des 2 crié-de-bœuf...	1,50 1,80 » »	2,12 0,80 » »	14,84 1,44 15 2	33,28	35	»
Total...						
Mètres superficiels de vitrerie, en verre simple, 1er choix : Porte principale : 12 carreaux... Œlie-de-bœuf...	» »	» »	1,30 1,40	2,25	3	»
Total...						

DÉSIGNATION DES FOURNITURES ET TRAVAUX	QUANTITÉS		
	Partielles	Totales	Appli-quées
FONTAINERIE			
Kilogrammes de fonte pour tuyaux droits, pièces de raccord faits sur modèles spéciaux : Conduite de refoulement, conduite de partage et trop-plein ; en 0ᵐ,300 ; longueur totale développée, 28 mètres.	4.000ᵏ	»	
Conduite de vidange ; 0ᵐ,100 ; longueur totale développée, 12 mètres..	350	»	
Total......................		4.350	4.400
Mètres linéaires, pour pose seulement, de tuyaux à joints à emboîtements de 0ᵐ,300.....	»		28
Mètres linéaires, pour pose seulement, de tuyaux à joints à emboîtements de 0ᵐ,100.....	»	»	12
Joints à emboîtements pour conduites de 0ᵐ,300...	»	»	30
— pour conduite de 0ᵐ,100....	»	»	6
Joints à brides pour conduite de 0ᵐ,300..........	»	»	8
— — pour conduite de 0ᵐ,100..........	»	»	4
Bondes de fond de 0ᵐ,300, pour fourniture et pose..	»	»	2
Robinets-vannes de 0ᵐ, 300, pour fourniture et pose.	»	»	2
— — de 0ᵐ,100 —, —	»	»	2
Crépine en cuivre rouge de 0ᵐ,300 pour fourniture et pose........................	»	»	2
Kilogrammes en fer forgé pour tiges de manœuvre des bondes, des robinets-vannes, et pour colliers à scellement.	»	»	150
Kilogrammes de fonte pour volants de manœuvre des bondes de fond et robinets-vannes..............	»	»	30

III. — DÉTAIL ESTIMATIF

DÉSIGNATION DES FOURNITURES ET TRAVAUX	QUANTITÉS	PRIX DE L'UNITÉ	SOMMES PARTIELLES	SOMMES TOTALES
TERRASSEMENTS				
Mètres cubes de déblai ordinaire de 1re classe, pour fouille jusqu'à 1m,60 de profondeur, jet sur berge et transport en brouette à un relais.................................	950 »	0,80	760 »	
Mètres cubes de même déblai, mais jusqu'à 3m,20 de profondeur..........................	950 »	1,05	997,50	
Mètres cubes de même déblai; mais jusqu'à 4m,50 de profondeur.........................	525 »	1,30	682,52	
Mètres cubes de même remblai pilonné après exécution des maçonneries, pour reprise, charge en brouette, transport à un relais et pilonnage..........................	425 »	0,60	255 »	
Mètres cubes de même remblai, mais avec un transport à deux relais et pilonnage........	300 »	0,75	225 »	
Mètres cubes de même remblai, avec transport à deux relais en régalage.................	200 »	0,65	130 »	
Mètres superficiels de dressement de plate-forme...............................	600 »	0,05	30 »	
Mètres superficiels de dressement de talus et de plate-forme, avec semis et entretien....	825 »	0,10	82,50	
TOTAL..............				3.162,50
MAÇONNERIE				
Mètres cubes de maçonnerie de béton, composée de 0,520 de mortier de chaux hydraulique de Beffes (2 parties) et de 0,780 de cailloux (3 parties).......................	440 »	15 »	6.600 »	
Mètres cubes de maçonnerie de moellon de Port-Dessous ou de Mehun-sur-Yèvre, hourdée en mortier de sable et de chaux hydraulique.................................	733 »	14 »	10.262 »	
Mètres cubes de maçonnerie de pierre de taille dure de Saint-Florent, compris taille des lits et joints, hourdée en mortier de sable et ciment de Portland...............	5.60	85 »	476 »	
Mètres cubes de maçonnerie de pierre de taille demi-dure de Vallenay, compris taille des lits et joints et pose au mortier de sable et chaux...............................	39.50	72 »	2.844 »	
Mètres cubes de maçonnerie de briques des fours des Forges, 1re qualité, hourdée en mortier de sable et ciment de Portland.....	26.50	56 »	1.484 »	
Mètres superficiels de voûtes d'arête en briques des Forges, 1re qualité, hourdée en mortier de sable et ciment de Portland, compris cintres............................	340 »	13 »	4.420 »	
A reporter..............			26.086 »	

DÉSIGNATION DES FOURNITURES ET TRAVAUX	QUANTITÉS	PRIX DE L'UNITÉ	SOMMES PARTIELLES	SOMMES TOTALES
Report...............			26.086 »	
Mètres superficiels de voûtains en briques de 0ᵐ,11 d'épaisseur, hourdés en mortier de ciment de Portland, compris cintres........	80 »	11 »	880 »	
Mètres cubes de maçonnerie de béton maigre de gravier et chaux hydraulique, pour garnissage des reins de voûtes...............	72 »	10 »	720 »	
Mètres superficiels d'enduit de 0ᵐ,030 d'épaisseur, en mortier de ciment de Portland et sable tamisé, avec ou sans rocaillage......	834,50	4 »	3.338 »	
Mètres superficiels d'enduit sur murs et chape, en mortier de ciment de Portland et sable tamisé, mais de 0ᵐ,25 d'épaisseur........	412,50	2 »	825 »	
Mètres superficiels d'enduit en mortier de sable et chaux hydraulique...............	245 »	1 »	245 »	
Mètres superficiels d'enduit en mortier de sable et chaux hydraulique, avec crépi fouetté à la truelle ou au balai...........	105 »	1,10	115,50	
Mètres superficiels de jointoiement ordinaire en mortier de sable et ciment de Portland, sur briques......	16 »	1,50	24 »	
Mètres superficiels de taille sur pierre dure de Saint-Florent......................	28 »	8 »	224 »	
Mètres superficiels de taille sur pierre demi-dure de Vallenay, compris rejointoiement au mortier de sable et chaux...............	240 »	5 »	1.200 »	
Regards d'éclairage avec cheminée en briques et ciment, encadrement en pierre dure et glace de 0ᵐ,030 d'épaisseur.... À la pièce.	2 »	100 »	200 »	
Marches en chêne de 0ᵐ,041 d'épaisseur et de 0ᵐ,90 de longueur, compris limon en chêne de 0ᵐ,80 d'épaisseur...............	14 »	15 »	210 »	
Marches en pierre dure de 0ᵐ,80 de longueur, compris massif en maçonnerie............	7 »	10 »	70 »	
Scellements de colliers, garde-corps, échelles, rampes, etc., compris percement de trous. Une somme de........	1	»	100 »	
Massifs sous tuyaux...............	10 »	3 »	30 »	
Tuyaux en poterie de 0ᵐ,10 de diamètre pour l'écoulement des eaux sur les voûtes (mètres linéaires)...............	10 »	»	30 »	
Motif armorié sculpté sur la façade principale.	1	»	150 »	
Ponceau sur le fossé devant la façade........	1 »	100 »	100 »	34.547,50
TOTAL............				

FERRONNERIE

Kilogrammes de fer à I, et fers plats, équerres

DÉSIGNATION DES FOURNITURES ET TRAVAUX	QUANTITÉS	PRIX DE L'UNITÉ	SOMMES PARTIELLES	SOMMES TOTALES
avec et sans assemblage, mis en place......	1.000 »	0,30	300 »	
Kilogrammes de fer rond, demi-rond, plat pour échelles, garde-corps et rampe pour toutes choses, compris mise en place, mais non compris scellement	350 »	0,50	175 »	
TOTAL.............				475 »
MENUISERIE				
Mètres superficiels de porte en chêne ouvrant à deux vantaux, dormant 0,54 × 54 ; bâtis de 0ᵐ,041 ; panneaux de 0ᵐ,027 à table saillante à pointes de diamant au parement, à glace au contre-parement, imposte et barre d'imposte moulurées.....................	10,50	20 »	210 »	
Mètres superficiels de menuiserie en chêne pour châssis ouvrant de 0ᵐ,034 d'épaisseur, petits bois chêne.......................	2,50	14 »	35 »	
TOTAL				245 »
SERRURERIE				
Kilogrammes de fer forgé pour pentures, gonds et pattes à scellement, compris entailles dans le bois, fourniture de vis et pose...................	70 »	1,50	105 »	
Serrure de sûreté de 0ᵐ,16 avec gâche entrée à cuvette en cuivre et deux clés. A la pièce.	1 »	»	15 »	
Serrure de sûreté de 0ᵐ,14 avec clé, entrée et gâche.................... A la pièce.	1 »	»	10 »	
Crémone en fer rond de 0ᵐ,018 avec conduite en fonte et bouton...................	1 »	»	5 »	
TOTAL				135 »
PEINTURE ET VITRERIE				
Mètres superficiels de peinture à l'huile, 3 couches, compris apprêts et rebouchage..	35 »	1,10	38,50	
Mètres superficiels de vitrerie en verre simple, 1er choix du bâtiment, compris pose et masticage	3 »	5 »	15 »	
TOTAL.............				53,50
FONTAINERIE				
Kilogrammes de fonte pour tuyaux droits,				

DÉSIGNATION DES FOURNITURES ET TRAVAUX	QUANTITÉS	PRIX DE L'UNITÉ	SOMMES PARTIELLES	SOMMES TOTALES
pièces de raccords faites sur modèles spéciaux.	4.400 »	0,20	880 »	
Mètres linéaires, pour pose seulement, de tuyaux en fonte à joints à emboîtement de 0ᵐ,300..........................	28 »	1,50	42 »	
Mètres linéaires, pour pose seulement, de tuyaux en fonte à joints à emboîtement de 0ᵐ,100..........................	12 »	0,80	9,60	
Joints à emboîtement pour conduites du diamètre de 0ᵐ,300....................	30 »	9,30	279 »	
Joints à emboîtement pour conduites du diamètre de 0ᵐ,100....................	6 »	3,80	22,80	
Joints à brides pour conduites de 0ᵐ,300.....	8 »	17 »	136 »	
— — 0ᵐ,100.....	4 »	6 »	24 »	
Bondes de fond de 0ᵐ,300.................	2 »	230 »	460 »	
Robinets-vannes de 0ᵐ,300................	2 »	310 »	620 »	
— 0ᵐ,100................	2 »	80 »	160 »	
Crépine en cuivre rouge de 0ᵐ,300..........	2 »	75 »	150 »	
Kilogrammes de fer forgé pour tiges de manœuvre des bondes de fond et robinets-vannes, pour colliers à scellement de tuyaux	150 »	0,70	105 »	
Kilogrammes de fonte pour volants de manœuvre des bondes de fond et robinets-vannes	30 »	0,50	15 »	
TOTAL				2.903,40

RÉCAPITULATION

Terrassements............................	»	»	3.162,50	
Maçonnerie..............................	»	»	34.547,50	
Ferronnerie	»	»	475 »	
Menuiserie	»	»	245 »	
Serrurerie...............................	»	»	135 »	
Peinture et vitrerie.......................	»	»	53,50	
Fontainerie..............................	»	»	2.903,40	
MONTANT DES DÉPENSES........				41.521,90

ANNEXE B

ANNEXE B

PRÉFECTURE DE LA SEINE

DIRECTION ADMINISTRATIVE DES TRAVAUX DE PARIS

DIRECTION DES EAUX

1° DEVIS ET CAHIER DES CHARGES

DE LA

FOURNITURE DES TUYAUX ET PIÈCES EN FONTE

PENDANT TROIS ANNÉES

CHAPITRE I

INDICATIONS GÉNÉRALES

ARTICLE PREMIER. — Objet de l'entreprise. — L'entreprise s'applique à la fourniture pendant trois années, à dater de l'adjudication, des tuyaux et des pièces de fonte nécessaires aux conduites d'eau dont l'entretien et la pose sont réservés aux entrepreneurs d'entretien de la fontainerie de la Ville de Paris, ainsi que des plaques et tampons de regard d'égout (nouveau modèle), dont la commande aura été faite dans le courant desdites années.

ART. 2. — Montant de l'entreprise. — Le montant des fournitures est évalué à 1.000 tonnes par an. Mais ce chiffre n'est donné qu'à titre de renseignement et pourra être diminué de moitié ou doublé sans que l'adjudicataire puisse élever aucune réclamation à ce sujet.

ART. 3. — Cautionnement. — Le cautionnement est fixé à la somme de 15.000 francs.

Il sera fourni, soit en obligations de la Ville de Paris, soit en rentes sur l'État au porteur et au cours de la veille du jour de l'adjudication. L'adjudicataire en touchera les arrérages. Les titres amortis seront remplacés par des titres de même nature.

Art. 4. — **Dimensions et poids des pièces.** — Les pièces présenteront exactement les dimensions et les formes indiquées à l'album des types joint au présent devis, et elles devront avoir également les poids inscrits audit album.

CHAPITRE II

PROVENANCE ET QUALITÉ DE LA FONTE. — MODE D'EXÉCUTION

Art. 5. — **Provenance française de la fonte.** — Les pièces de fonte devront être fabriquées dans des fonderies françaises.

Art. 6. — **Moulage et coulage.** — La fonte sera de la meilleure qualité, point aigre, bien homogène, susceptible d'être travaillée à la lime, sans fente ni écornure.

Pour en constater la qualité, on la soumettra à l'épreuve suivante : Il sera coulé par chaque fusion une paire de barreaux d'épreuve dans du sable très sec ; l'agent de la Ville présent à la fusion déterminera le moment où les barreaux devront être coulés.

Ces barreaux auront $0^m,04$ d'équarrissage et seront terminés par des appendices disposés en vue de s'opposer au retrait. Un barreau placé horizontalement sur deux couteaux, espacés de $0^m,16$, devra supporter, sans se rompre, le choc d'un mouton de 12 kilogrammes tombant librement sur le barreau, de $0^m,40$ de hauteur, au milieu de l'intervalle des deux points d'appui.

L'enclume supportant les couteaux aura un poids d'au moins 800 kilogrammes.

Les barreaux pourront aussi être travaillés au tour, puis soumis à des épreuves de résistance, à la traction ou à la flexion. A la traction, ils ne devront se rompre que sous un effort de $13^{k},5$ par millimètre carré.

Tous les tuyaux droits seront coulés debout.

Le moulage devra être fait avec des précautions telles qu'il ne se trouve aucune bavure. Les parois intérieures et extérieures des pièces devront être lisses et parfaitement nettoyées de sable avant d'être coaltarisées.

Les brides ne pourront être percées que suivant les modèles étalons en zinc, indiquant l'espacement et les dimensions des trous, et qui seront remis à l'entrepreneur par l'administration. Les brides des pièces de plus de $0^m,40$ de diamètre intérieur ne seront pas percées ; mais les brides des tubulures de ces pièces devront être percées, si le diamètre intérieur des tubulures est inférieur à $0^m,40$.

Art. 7. — **Marque de l'usine.** — Chaque pièce portera une marque en relief, en caractères de $0^m,01$ de hauteur au moins, indiquant en toutes lettres le nom de l'usine dans laquelle elle aura été fondue.

Cette marque sera placée sur le filet de l'emboîtement ou de la bride ou à 0^m,20 de l'extrémité, si la pièce n'a ni emboîtement ni bride.

ART. 8. — Évidement des emboîtements. — A une distance d'un centimètre de leur origine, tous les emboîtements seront évidés suivant une surface annulaire de 6 millimètres de diamètre.

ART. 9. — Coaltarisation des fontes. — Toutes les pièces de fonte, avant d'être livrées, seront enduites de coaltar; mais la coaltarisation ne sera faite qu'après l'examen et l'épreuve des pièces, dont il sera parlé au chapitre suivant.

On ne recevra aucune pièce sur laquelle on apercevrait des vestiges de rouille.

ART. 10. — Commande. — L'entrepreneur ne fera aucune fourniture que sur une commande écrite des ingénieurs.

Cette commande déterminera la nature et le nombre des pièces à fabriquer; l'entrepreneur en accusera réception dans un délai de cinq jours.

CHAPITRE III

MODE DE RÉCEPTION. — LIVRAISONS ET DÉLAIS

ART. 11. — Vérification, essais et réception à l'usine. — L'adjudicataire sera soumis aux vérifications à l'usine que l'Administration jugera convenable d'ordonner pour s'assurer de la qualité de la fonte, comme il est dit à l'article 6 ci-dessus et pour vérifier si toutes les précautions propres à garantir une bonne exécution sont prises, tant pour le parfait dressage des modèles que pour l'exact ajustement des châssis et pour les soins de moulage et de percement.

L'agent délégué par la Ville procédera, en outre, en présence de l'entrepreneur ou de son représentant, aux vérifications et épreuves suivantes :

Chaque pièce sera examinée tant à l'extérieur qu'à l'intérieur.

Ses dimensions seront mesurées et on la frappera à petits coups de marteau pour s'assurer s'il n'y a ni chambres ni soufflures.

On rebutera les tuyaux :

1° Dont on aurait caché les défauts avec du plomb, du mastic ou autrement ;

2° Dont l'épaisseur non uniforme dans le pourtour présenterait entre son maximum et son minimum une différence supérieure à la limite accordée ci-après ;

3° Dont l'emboîtement aurait un des diamètres intérieurs plus grand ou plus petit que le diamètre prescrit, d'une quantité dépassant la tolérance ;

4° Dont le bout mâle aurait un de ses diamètres extérieurs présentant un vice analogue.

On rebutera aussi les bagues qui auraient l'un des défauts signalés au paragraphe 3.

Les tolérances concédées pour les différences d'épaisseur des tuyaux, les excédents des emboîtements et les moins-trouvés des bouts mâles seront de 0^m,003 pour les tuyaux de 0^m,25 de diamètre et au dessous, et de 0^m,004 pour les autres.

Ces tolérances seront de moitié seulement pour les moins-trouvés des emboîtements et pour les excédents des bouts mâles.

Les tuyaux droits seront essayés à la presse hydraulique sous une pression de 15 atmosphères.

Lorsqu'il y aura suintement avec bouillonnement, et, à plus forte raison, si l'eau s'échappe par petits jets, le tuyau sera rebuté. Si la dixième partie d'une coulée ne résiste pas aux essais, tous les tuyaux compris dans cette coulée seront rebutés.

Toutes les pièces seront pesées ; celles dont les poids ne seront pas inférieurs d'un vingtième aux poids normaux indiqués dans les tableaux dressés par l'Administration seront reçues si elles résistent aux épreuves ; il en sera de même de celles qui présenteraient des poids trop forts. Mais, si le poids total des pièces fournies dans une année dépasse le total des poids réglementaires de ces pièces, l'excédent ne sera pas compté au fournisseur.

Il sera dressé de chaque réception un procès-verbal qui sera immédiatement soumis pour acceptation à la signature de l'entrepreneur ; chaque pièce figurera sur le procès-verbal avec son poids et son numéro d'ordre qui sera peint à l'huile sur le tuyau. Les pièces au-dessous du diamètre de 0^m,300 pourront être groupées pour le pesage jusqu'au poids maximum de 600 kilogrammes.

Une expédition de ce procès-verbal sera remise à l'entrepreneur, et la minute restera entre les mains de l'ingénieur pour servir à la rédaction du compte de l'entreprise.

Art. 12. — **Livraison.** — Le fournisseur, après la réception des tuyaux, devra les transporter de l'usine aux dépôts spéciaux de la Ville ou à pied d'œuvre sur tous les chantiers établis par le service municipal, suivant les ordres qui lui auront été donnés. Ses charretiers devront toujours être munis de lettres de voiture qui porteront la désignation précise des diverses pièces composant le chargement, faute de quoi il pourrait être refusé.

Lorsque les livraisons seront faites au dépôt des fontes, quai d'Austerlitz, les frais de déchargement et de rangement des pièces seront au compte de la Ville de Paris, qui fera exécuter ces manutentions par l'équipe d'ouvriers qu'elle y entretient en permanence.

Celles qui ne seraient pas dans un état de propreté qui en permette l'examen seront rigoureusement refusées.

Les pièces refusées pour une cause quelconque devront être immédiatement enlevées par les soins et aux frais de l'entrepreneur.

Si, après l'arrivée des tuyaux, ou dans le cours de la pose, on signalait dans une pièce de fonte un défaut provenant soit du transport à la charge du fournisseur, soit de la fabrication, le fournisseur en restera responsable, nonobstant la réception provisoire à l'usine. La pièce rebutée sera réintégrée au dépôt, si elle en est sortie, le tout aux frais de l'entrepreneur, qui devra l'enlever et la remplacer dans les délais qui lui seront prescrits.

ART. 13. — Épreuves et réception au dépôt du quai d'Austerlitz. — L'Administration se réserve le droit de faire procéder, au dépôt du quai d'Austerlitz, aux épreuves, pesées et réception, qui, d'après l'article 11, doivent être opérées à l'usine, sans que l'entrepreneur puisse élever aucune réclamation à ce sujet.

Dans les deux cas il supportera tous les frais de pesées et d'essais ; seulement, pour les opérations faites au dépôt, il n'aura pas à fournir la presse hydraulique et l'eau, ni la bascule, qui seront mises à sa disposition par la Ville. Il pourra également, dans ce dernier cas, se servir, pour la coaltarisation, des appareils installés au dépôt.

ART. 14. — Délais des livraisons. — L'entrepreneur aura un délai unique d'un mois après l'approbation de l'adjudication pour exécuter tous les modèles des pièces qu'il peut être appelé à fournir d'après le devis.

Ce temps passé, il lui sera accordé, pour toutes ses fournitures, un délai uniforme d'un mois à dater de chaque commande pour mise en fabrication des pièces, épreuves et réception, transport au lieu indiqué.

En dehors de ce délai, il ne lui sera accordé que les délais de fabrication, calculés sur les bases ci-après :

Un jour par 50 tuyaux droits de $0^m,15$ de diamètre et au dessous ;

Un jour par 30 tuyaux droits de $0^m,20$ à $0^m,30$ de diamètre ;

Un jour par 20 tuyaux droits de $0^m,35$ à $0^m,40$ de diamètre ;

Un jour par 10 tuyaux droits de $0^m,50$ à $1^m,10$ de diamètre ;

Un jour par 5 trappes de regard.

Les livraisons seront faites sans discontinuité, de manière à ce qu'il n'y ait jamais à l'usine plus du produit de la fabrication d'une semaine, éprouvé et reçu.

Ces livraisons seront composées en pièces de toute nature, dans la proportion où elles figurent aux commandes, de manière que les tuyaux droits soient toujours précédés des consoles, bagues et pièces de raccord nécessaires à leur emploi. Aucun délai en sus de ceux qui ont été fixés pour la livraison des tuyaux droits n'est donc accordé que pour les pièces accessoires, à moins que celles-ci (bagues et consoles non comprises) ne représentent en nombre plus de 10 0/0 des tuyaux de même diamètre. Dans ce dernier cas, les pièces en excédent sur la proportion indiquée compteraient, dans le calcul du délai, chacune pour un tuyau.

Lorsqu'une commande comprendra plus d'une bague ou de deux consoles par tuyau droit uni, les bagues ou consoles en excédent compteront dans les délais à raison de dix pour un tuyau.

Lorsqu'il résultera de l'accumulation des commandes successives que la production de l'usine devrait dépasser 20 tonnes par jour pour fabriquer, dans les délais susindiqués, les pièces demandées, le temps accordé à l'entrepreneur sera prolongé de ce qui sera nécessaire pour que la production quotidienne reste dans la limite de 20 tonnes.

L'entrepreneur, tout en observant les délais susindiqués, devra suivre, dans la fabrication des différentes natures de pièces, l'ordre de priorité qui lui sera fixé.

Il sera dressé des états de fournitures en retard qui serviront de base au calcul des retenues à opérer sur le décompte de l'entrepreneur, conformément à l'article 18 ci-après.

CHAPITRE IV

PRIX DES FOURNITURES, CONDITIONS PARTICULIÈRES ET GÉNÉRALES

Art. 15. — **Prix de l'adjudication.** — Le prix des fontes sera réglé au kilogramme, d'après l'offre indiquée sur la soumission, qui sera agréée.

Ce prix comprend les frais de toute nature à faire jusqu'à livraison et réception complète, sauf ce qui a été dit à l'article 12 ci-dessus, au sujet des frais de manutention au dépôt d'Austerlitz.

Il comprend, en outre, les droits d'octroi actuellement en vigueur pour l'entrée à Paris.

Il sera également appliqué aux livraisons faites hors Paris ; mais, dans ce cas, sous la réserve d'une déduction correspondant à la différence où à l'inexistence des droits d'octroi.

Art. 16. — **Reprise des vieilles fontes.** — L'adjudicataire sera tenu de reprendre, dans l'état où elles se trouveront, les vieilles fontes mises hors de service, et ce, jusqu'à concurrence des 15 0/0 du poids des fontes neuves fournies.

La valeur de ces vieilles fontes sera portée en déduction sur les décomptes et calculée à un taux égal aux trois dixièmes (3/10) du prix soumissionné.

Art. 17. — **Invariabilité des prix.** — Il est expressément entendu que le prix consenti par l'adjudicataire ne pourra subir de changement dans aucun cas, quelles que soient d'ailleurs les variations que viendraient à subir les droits de douane et de navigation.

Il n'est fait d'exception que pour les droits d'octroi, dont les changements sont à la charge comme au bénéfice de la Ville.

Art. 18. — **Retenues à exercer en cas de retard.** — Les retenues à exercer sur les fournitures en retard sont encourues de plein droit et calculées, pour chaque semaine de retard, à raison de 1 0/0 sur la valeur des tuyaux droits et de 5 0/0 sur celles des pièces de raccord et trappes de regard.

En cas d'urgence, signalée antérieurement à l'entrepreneur, l'Administration pourra compléter les fournitures en retard aux frais de l'entrepreneur.

Lorsque l'entrepreneur ne se conformera pas aux délais indiqués dans les ordres de service pour l'enlèvement des vieilles fontes ou des fontes rebutées, il sera passible de plein droit, pour chaque semaine de retard, d'une retenue calculée à raison de 2 0/0 de la valeur des fontes à enlever.

Les retenues seront notifiées à l'entrepreneur et portées à son compte.

Art. 19. — **Paiement des fournitures par acomptes et retenues de garantie.** — Le paiement des fournitures annuelles se fera par acomptes jusqu'à concurrence des neuf dixièmes de la dépense faite ; le dernier dixième, retenu comme garantie, ne sera payé que dans le premier trimestre de l'année suivante.

Art. 20. — **Mandataire domicilié à Paris.** — L'adjudicataire devra avoir, à Paris, un mandataire dûment accrédité, auquel seront valablement notifiées les communications de l'Administration.

Art. 21. — **Droits d'enregistrement.** — L'adjudicataire sera tenu, à peine de nullité du marché, d'acquitter dans les trois jours qui suivront celui de l'adjudication le montant des droits de timbre, d'enregistrement et autres, auxquels l'adjudication aura donné lieu, et notamment ceux d'impression du présent devis et de l'album des types qui devra y demeurer annexé.

Art. 22. — Clauses et conditions générales. — L'entrepreneur sera soumis aux clauses et conditions générales imposées aux entrepreneurs des Ponts et Chaussées, par décision de M. le Ministre des Travaux publics, en date du 16 février 1892, en toutes les dispositions auxquelles il n'est pas formellement dérogé par le présent devis.

Le présent devis, dressé par l'Inspecteur général des Ponts et Chaussées soussigné, chargé de la Direction des Eaux de la Ville de Paris.

Paris, le 9 février 1897.

Signé : Humblot.

Vu, adopté et présenté par le Directeur administratif des Travaux.

Signé : Huet.

Vu et approuvé :

Le Préfet de la Seine,
Signé : J. de Selves.

II. — ALBUM DES TYPES ET TABLEAUX
DES DIMENSIONS NORMALES DES TUYAUX ET PIÈCES DE FONTE
EMPLOYÉS DANS LA CANALISATION DE PARIS

TUYAUX A EMBOITEMENT ET CORDON

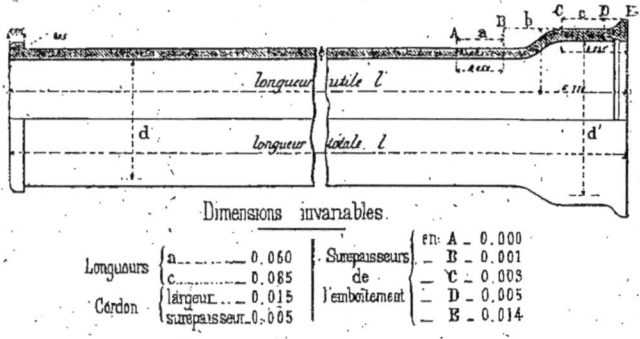

Dimensions invariables.

Longueurs	{ a 0.060	Surepaisseurs	en A — 0.000
Cordon	{ c 0.085	de	— B — 0.001
	{ largeur ... 0.015	l'emboîtement	— C — 0.003
	{ surepaisseur 0.005		— D — 0.005
			— E — 0.014

DIAMÈTRE INTÉRIEUR DU TUYAU d	LONGUEUR TOTALE DU TUYAU l	LONGUEUR UTILE DU TUYAU l'	ÉPAISSEUR DU FUT e	DIAMÈTRE INTÉRIEUR de l'emboîtement d'	LONGUEUR DE BC b	ÉPAISSEUR DU JOINT	POIDS DU TUYAU
0m,06	2m,61	2m,50	0m,009	0m,096	0m,067	0m,009	39k,5
0 ,10	3 ,11	3 ,00	0 ,010	0 ,138	0 ,070	0 ,009	81 »
0 ,15	3 ,11	3 ,00	0 ,0105	0 ,189	0 ,074	0 ,009	122 ,5
0 ,20	3 ,11	3 ,00	0 ,011	0 ,240	0 ,077	0 ,009	169 »
0 ,25	3 ,11	3 ,00	0 ,012	0 ,292	0 ,080	0 ,009	226 »
0 ,30	4 ,11	4 ,00	0 ,013	0 ,346	0 ,083	0 ,010	387 »
0 ,35	4 ,11	4 ,00	0 ,014	0 ,398	0 ,086	0 ,010	483 ,5
0 ,40	4 ,11	4 ,00	0 ,015	0 ,450	0 ,089	0 ,010	600 »
0 ,50	4 ,11	4 ,00	0 ,016	0 ,552	0 ,095	0 ,010	781 »
0 ,60	4 ,11	4 ,00	0 ,018	0 ,656	0 ,101	0 ,010	1.050 »
0 ,80	4 ,11	4 ,00	0 ,020	0 ,862	0 ,113	0 ,011	1.561 »
1 ,00	4 ,11	4 ,00	0 ,022	1 ,068	0 ,125	0 ,012	2.254 »
1 ,10	4 ,11	4 ,00	0 ,025	1 ,174	0 ,130	0 ,012	2.698 »

Tampons pour regards

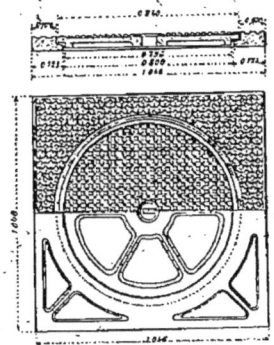

DIAMÈTRE INTÉRIEUR du tuyau *d*	LONGUEUR TOTALE DU TUYAU *l*	ÉPAISSEUR DU TUYAU *e*	POIDS du TUYAU
0ᵐ.06	2ᵐ,50	0ᵐ,009	35ᵏᵍ,00
0 ,10	3 ,10	0 ,009	69 ,00
0 ,15	3 ,10	0 ,010	112 ,5
0 ,20	3 ,10	0 ,010	147 ,5
0 ,25	3 ,10	0 ,011	201 ,5
0 ,30	4 ,10	0 ,012	347 ,0
0 ,35	4 ,10	0 ,013	437 ,5
0 ,40	4 ,10	0 ,014	537 ,5
0 ,50	4 ,10	0 ,015	716 ,5
0 ,60	4 ,10	0 ,017	973 ,0
0 ,80	4 ,10	0 ,019	1.443 ,5
1 ,00	4 ,10	0 ,0225	2.185 ,0
1 ,10	4 ,10	0 ,0245	2.617 ,0

BAGUES

DROITES   BIAISES

TUYAUX CYLINDRIQUES

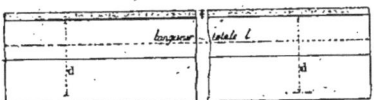

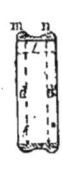

DIAMÈTRE INTÉRIEUR du tuyau correspondant	LARGEUR de la bague (l)	BAGUES DROITES						BAGUES BIAISES							
		DIAMÈTRE minimum de la bague (d)	ÉPAISSEUR en m	ÉPAISSEUR en n	CONICITÉ $\frac{d'-d}{2}$	ÉPAISSEUR du joint	POIDS de la bague	DIAMÈTRE minimum de la bague (d)	LARGEUR maxima (l')	LARGEUR minima (l')	ÉPAISSEUR en m'	ÉPAISSEUR en n'	RAYONS de courbure à l'intérieur	ANGLE compris entre les deux faces	POIDS de la bague
mètres	mètres	mètres	mètres	mètres	mètres	mètres	kilogr.	mètres	mètres	mètres	mètres	mètres	mètres	degrés	kilogr.
0,06	0,08	0,090	0,018	0,011	0,002	0,006	2,7	»	»	»	»	»	»	»	»
0,10	0,08	0,131	0,020	0,012	0,002	0,00625	4,2	»	»	»	»	»	»	»	»
0,15	0,09	0,182	0,022	0,013	0,002	0,00625	7,0	»	»	»	»	»	»	»	»
0,20	0,10	0,233	0,024	0,014	0,002	0,00625	10,7	»	»	»	»	»	»	»	»
0,25	0,10	0,283	0,025	0,016	0,0025	0,00625	13,5	0,294	0,150	0,100	0,035	0,020	0,745	9-43'	23,5
0,30	0,10	0,338	0,026	0,016	0,0025	0,00675	17,0	0,347	0,150	0,100	0,035	0,020	0,868	8-16'	27,0
0,35	0,10	0,390	0,028	0,018	0,0025	0,00675	21,5	0,399	0,150	0,100	0,037	0,022	0,998	7-21'	32,0
0,40	0,10	0,441	0,030	0,020	0,003	0,007	26,0	0,450	0,150	0,100	0,040	0,025	1,125	6-22'	42,0
0,50	0,10	0,544	0,032	0,022	0,003	0,007	34,5	0,554	0,150	0,100	0,045	0,025	1,385	5-10'	58,5
0,60	0,10	0,648	0,034	0,024	0,003	0,007	39,5	0,658	0,150	0,100	0,048	0,028	1,645	4-23'	75,0
0,80	0,12	0,854	0,042	0,027	0,003	0,008	84,0	0,864	0,180	0,120	0,050	0,030	2,160	4-7'	107,0
1,00	0,15	1,050	0,045	0,030	0,003	0,009	137,5	1,070	0,220	0,150	0,055	0,035	2,565	4	194,5
1,10	0,15	1,166	0,050	0,035	0,003	0,009	172,0	1,177	0,220	0,150	0,055	0,035	3,108	3-25'	213,5

DISTRIBUTIONS D'EAU.

35

BOUTS D'EXTRÉMITÉ

Nota: *Le cordon et l'emboîtement sont les mêmes*
que ceux des tuyaux droits du même diamètre

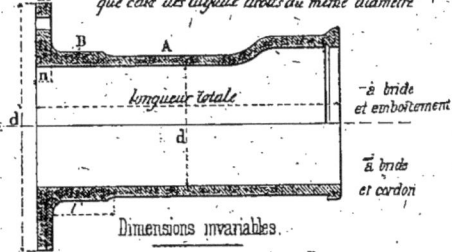

Dimensions invariables.

Longueur totale des bouts d'extrémité ... 0ᵐ,40
Longueur *l* ... 0, 08
Surépaisseur du tuyau en B ... 0, 005

DIAMÈTRE INTÉRIEUR DES BOUTS D'EXTRÉMITÉ (*d*)	ÉPAISSEUR DU TUYAU EN A	DIAMÈTRE EXTÉRIEUR DE LA BRIDE (*d'*)	ÉPAISSEUR DE LA BRIDE		POIDS DES BOUTS D'EXTRÉMITÉ		
			en *n*	en *m*	à bride et cordon	à bride et emboîtement	à deux brides
0ᵐ,06	0ᵐ,009	0ᵐ,210	0ᵐ,020	0ᵐ,017	10ᵏᵍ »	12ᵏᵍ,5	14ᵏᵍ »
0 ,10	0 ,010	0 ,250	0 ,022	0 ,019	17 »	20 »	23 ,5
0 ,15	0 ,0105	0 ,306	0 ,023	0 ,020	25 »	28 ,5	34 »
0 ,20	0 ,011	0 ,358	0 ,024	0 ,021	33 ,5	38 ,5	45 »
0 ,25	0 ,012	0 ,411	0 ,025	0 ,022	44 »	50 »	58 ,5
0 ,30	0 ,013	0 ,474	0 ,026	0 ,023	56 ,5	64 »	75 ,5
0 ,35	0 ,014	0 ,528	0 ,027	0 ,024	70 »	78 »	92 »
0 ,40	0 ,015	0 ,582	0 ,028	0 ,025	84 ,5	98 »	110 »
0 ,50	0 ,016	0 ,682	0 ,030	0 ,027	110 »	121 ,5	143 »
0 ,60	0 ,018	0 ,786	0 ,033	0 ,030	145 ,5	159 ,5	188 »
0 ,80	0 ,020	0 ,990	0 ,038	0 ,036	211 ,5	232 »	275 ,5
1 ,00	0 ,022	1 ,212	0 ,044	0 ,042	325 »	355 »	435 »
1 ,10	0 ,025	1 ,318	0 ,046	0 ,044	380 »	410 »	495 »

MANCHONS DROITS ET COURBES

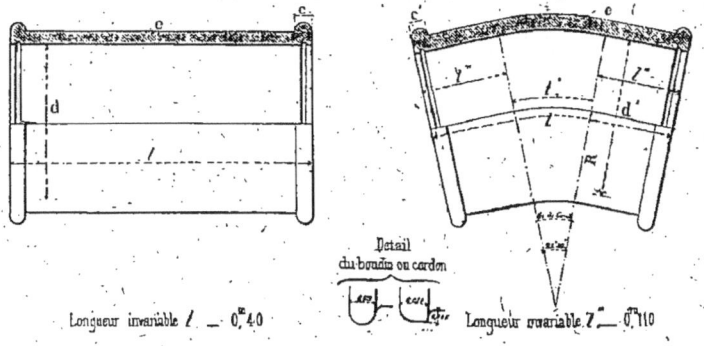

Longueur invariable *l* ... 0ᵐ,40

Détail du boudin ou cordon

Longueur invariable *l'* ... 0ᵐ,110

DIAMÈTRE intérieur des tuyaux (d)	MANCHONS DROITS					MANCHONS COURBES 1/16 DE CERCLE							
	DIAMÈTRE intérieur (d)	ÉPAISSEUR (e)	LARGEUR du boudin ou cordon (o)	ÉPAISSEUR du joint	POIDS du manchon	DIAMÈTRE intérieur (d')	ÉPAISSEUR (e')	LARGEUR du boudin ou cordon (c')	LONGUEUR de l'arc (l')	LONGUEUR totale du manchon sur l'axe (t)	ÉPAISSEUR du joint	RAYON de courbure	POIDS du manchon
0m,06	0m,100	0m,013	0m,020	0m,011	14kg,2	0m,100	0m,013	0m,020	0m,098	0m,318	0m,011	0m,250	11kg,5
0,10	0,142	0,014	0,020	0,011	21	0,142	0,014	0,020	0,098	0,318	0,011	0,250	17
0,15	0,193	0,015	0,020	0,011	30	0,193	0,015	0,020	0,098	0,318	0,011	0,250	24
0,20	0,244	0,016	0,020	0,011	39,5	0,244	0,016	0,020	0,098	0,318	0,011	0,250	32
0,25	0,296	0,017	0,020	0,011	50,5	0,296	0,017	0,020	0,098	0,318	0,011	0,250	40,5
0,30	0,350	0,018	0,020	0,012	62,5	0,352	0,018	0,020	0,100	0,320	0,013	0,250	50,5
0,35	0,402	0,019	0,025	0,012	77,5	0,404	0,019	0,025	0,110	0,330	0,013	0,300	64,5
0,40	0,453	0,020	0,025	0,012	91	0,455	0,020	0,025	0,120	0,340	0,013	0,300	78
0,50	0,556	0,021	0,027	0,012	117,5	0,558	0,021	0,027	0,141	0,361	0,013	0,350	106,5
0,60	0,660	0,022	0,030	0,012	147	0,662	0,022	0,030	0,161	0,381	0,013	0,450	141
0,80	0,864	0,024	0,030	0,012	207,5	0,870	0,024	0,030	0,201	0,421	0,015	0,500	217
1,00	1,068	0,027	0,035	0,012	292	1,078	0,027	0,035	0,240	0,460	0,017	0,600	332
1,10	1,174	0,030	0,040	0,012	362,5	1,184	0,030	0,040	0,250	0,480	0,017	0,650	427,5

TUYAUX COURBES ⅛ ET 1/16

à deux brides. — à bride et ⊓⊓ emboîtement. — à bride et cordon.

Nota:

1° Le rayon de courbure est le même que celui des tuyaux courbes à cordon et reste dans le même diamètre.
2° L'épaisseur du tuyau est également la même.

3° Le cordon et l'emboîtement sont semblables à ceux des tuyaux courbes à emboîtement et cordon.
4° La bride est identique à celle des tuyaux à brides du même diamètre.

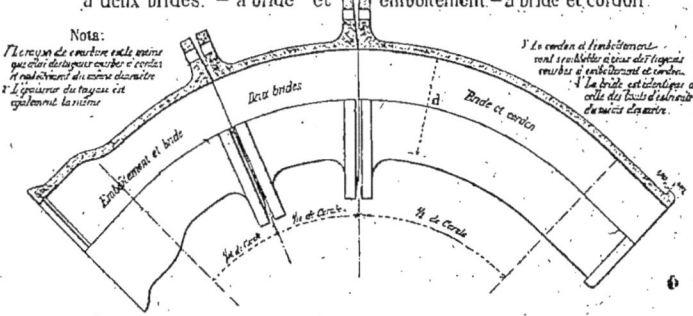

DIAMÈTRE INTÉRIEUR DU TUYAU (d)	POIDS DES TUYAUX COURBES 1/8ᵉ DE CERCLE			POIDS DES TUYAUX COURBES 1/16ᵉ DE CERCLE		
	à deux brides	à bride et cordon	à bride et emboîtement	à deux brides	à bride et cordon	à bride et emboîtement
0ᵐ,06	14k »	12k »	15k,5	10k,5	9k »	12k »
0 ,10	23 »	21 »	24 5	17 »	15 »	18 ,5
0 ,15	33 5	31 »	36 5	24 »	22 »	26 ,5
0 ,20	44 »	41 ,5	47 »	31 »	29 ,5	34 ,5
0 ,25	57 »	56 ,5	61 »	40 ,5	38 »	44 ,5
	122 »	120 »	126 ,5	73 ,5	71 »	77 ,5
	74 »	70 »	78 »	52 ,5	49 »	57 »
0 ,30	157 ,5	154 »	157 5	95 ,5	92 »	95 ,5
0 ,35	194 »	190 »	199 »	116 »	112 »	121 »
0 ,40	233 ,5	229 ,5	241 ,5	139 »	135 »	147 »
0 ,50	318 ,5	316 »	335 »	187 ,5	185 »	204 »
0 ,60	419 ,5	417 »	432 ,5	246 »	243 ,5	258 ,5
0 ,80	635 »	631 ,5	651 »	372 »	368 ,5	388 »
1 ,00	1.122 »	1.103 »	1.201 »	648 ,5	629 »	661 »
1 ,10	1.401 ,5	1.389 »	1.502 »	799, 5	787 »	816 »

TUYAUX COURBES ⅛ ET 1/16 DE CERCLE

à emboîtement et cordon.

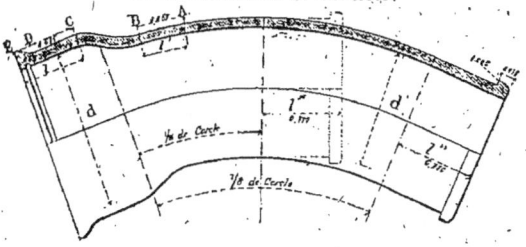

Cordon { largeur __ 0.015 / surépaisseur __ 0.005 / longueur de l __ 0.085 / id __ l' __ 0.060 / id __ l'' __ 0.110 }

Surépaisseur de l'emboîtement { en A __ 0.000 / B __ 0.001 / C __ 0.003 / D __ 0.005 / E __ 0.014 }

DIAMÈTRE INTÉRIEUR du TUYAU d'	RAYON de COURBURE R	ÉPAISSEUR e	DIAMÈTRE INTÉRIEUR de l'emboîtement d	LONGUEUR de BC	ÉPAISSEUR DU JOINT			POIDS DES TUYAUX COURBES	
					avec les tuyaux courbes	avec le cordon des tuyaux droits	avec l'emboîtement des tuyaux droits	1/8° de cercle	1/16° de cercle
0m,06	0m,50	0m,011	0,100	0m,067	0m,009	0m,011	0m,007	14kg	11kg,5
0,10	0,50	0,012	0,142	0,070	0,009	0,011	0,007	23	17
0,15	0,50	0,0125	0,193	0,074	0,008	0,011	0,007	33,5	24,5
0,20	0,50	0,013	0,244	0,077	0,009	0,011	0,007	44,5	32,5
0,25	0,50	0,014	0,296	0,080	0,009	0,011	0,007	58,5	42
	1,50							134	75
0,30	0,50	0,015	0,352	0,083	0,010	0,013	0,007	74,5	53,5
	1,50							165,5	95,5
0,35	1,50	0,016	0,404	0,086	0,010	0,013	0,007	195,5	117,5
0,40	1,50	0,017	0,455	0,089	0,010	0,013	0,007	237,5	145,5
0,50	1,50	0,019	0,558	0,095	0,010	0,018	0,007	334	201
0,60	1,50	0,021	0,662	0,101	0,010	0,013	0,007	429,5	255,5
0,80	1,50	0,024	0,868	0,113	0,010	0,014	0,007	648	384
1,00	2,00	0,027	1,074	0,125	0,010	0,015	0,007	1113,5	641
1,10	2,00	0,030	1,180	0,130	0,010	0,015	0,007	1412	802,5

COLONNETTE EN FONTE PIÈCES DIVERSES DE 0,10 DE DIAM.

pour supporter les Conduites de 0,80, 1,00 et 1,10

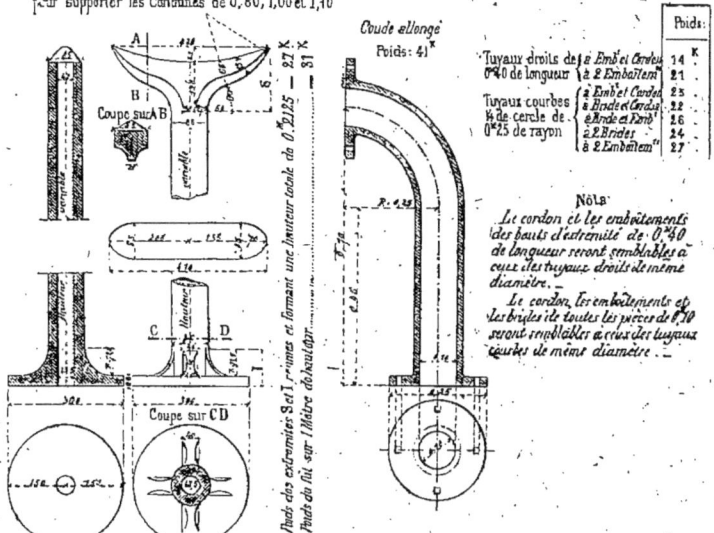

Coude allongé
Poids: 41 K

Nota
Le cordon et les emboîtements des bouts d'extremité de 0,40 de longueur seront semblables à ceux des tuyaux droits de même diamètre.

Le cordon, les emboîtements et les brides de toutes les pièces de 0,10 seront semblables à ceux des tuyaux courbes de même diamètre.

		Poids:
Tuyaux droits de 0,40 de longueur	à 1 Emb. et Cordon	14 K
	à 2 Emboîtem.t	21
Tuyaux courbes ¼ de cercle de 0,25 de rayon	2 Emb. et Cordon	23
	à Bride et Cordon	22
	à Bride et Emb.	18
	2 2 Brides	24
	à 2 Emboîtem.t	27

TUYAUX CONIQUES A 2 BRIDES   MANCHONS A TUBULURE

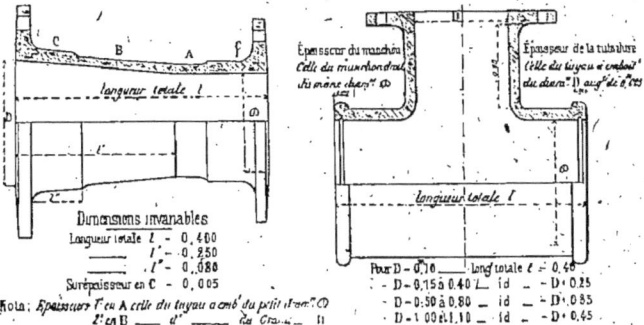

Dimensions invariables
Longueur totale l — 0,400
l' — 0,250
l'' — 0,088
Surépaisseur en C — 0,005

Nota: Épaisseur T en A celle du tuyau à emb. du petit diam.r CD
t' en B — d' — du Grand — t1

Épaisseur du manchon Celle du manchon droit du même diam.r CD

Épaisseur de la tubulure Celle du tuyau à emboît du diam.r D aug.té de 0,003

Pour D = 0,10 ___ long. totale l — 0,40
— D = 0,15 à 0,40 — id — D + 0,25
— D = 0,50 à 0,80 — id — D + 0,35
— D = 1,00 à 1,10 — id — D + 0,45

POIDS DES TUYAUX CONIQUES A 2 BRIDES ET DES MANCHONS A TUBULURE.

DIAMÈTRE DES TUBULURES OU GRAND DIAMÈTRE DES CÔNES D

DIAMÈTRE INTÉRIEUR des tuyaux D	0m,06	0m,10	0m,15	0m,20	0m,25	0m,30	0m,35	0m,40	0m,50	0m,60	0m,80	1m,00	1m,10
mètres	kilogr.	kilogr.	kilogr.	kilogr.	kilogr.	kilogr.	kilogr.	kilogr.	kilogr.	kilogr.	kilogr.	kilogr.	kilogr.
0,05	24,0	18.0	22,5	»	»	»	»	»	»	»	»	»	»
0,10	27,5	32,0	28,0	32,5	»	»	»	»	»	»	»	»	»
0,15	36,0	40,5	44,5	38,5	44,5	»	»	»	»	»	»	»	»
0,20	45,5	49,5	55,5	64,5	54,0	58,5	»	»	»	»	»	»	»
0,25	56,0	61,0	66,0	75,5	87,0	66,0	73,5	»	»	»	»	»	»
0,30	68,0	72,5	77,5	89,0	101,5	116,5	83,0	91,0	»	»	»	»	»
0,35	84,5	88,5	94,0	106,0	121,0	186,5	149,0	100,0	114,5	»	»	»	»
0,40	94,0	98,0	103,5	116,5	133,0	150,5	165,5	186,6	124,5	145,0	»	»	»
0,50	118,5	122,5	126,5	144,5	162,5	183,0	202,0	225,5	290,5	163,5	204,5	»	»
0,60	145,0	148,5	153,5	173,5	192,5	248,0	240,5	263,5	343,0	387,0	229,0	288,5	»
0,80	202,5	206,5	211,5	237,5	266,5	296,0	324,0	353,0	459,0	516,5	662,0	387,0	376,0
1,00	298,5	302,5	307,0	342,5	379,5	418,0	458,0	500,5	633,5	710,5	871,0	1.457,5	445,5
1,10	389,0	373,0	377,5	420,5	465,0	506,5	533,5	598,0	766,0	856,5	1.038,0	1.318,5	1.440,5

BRIDES

Percement des trous de boulons

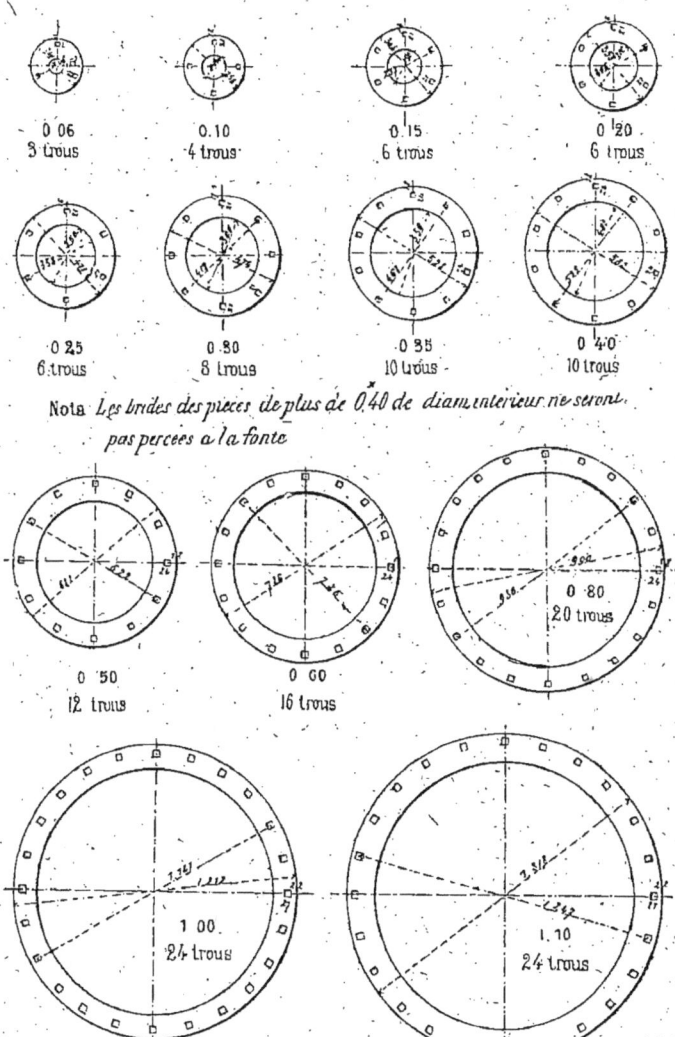

0 06
3 trous

0.10
4 trous

0 15
6 trous

0 20
6 trous

0 25
6 trous

0 30
8 trous

0 35
10 trous

0 40
10 trous

Nota. *Les brides des pièces de plus de 0,40 de diam. intérieur ne seront pas percées à la fonte*

0 50
12 trous

0 60
16 trous

0 80
20 trous

1 00
24 trous

1 10
24 trous

CONSOLES POUR TUYAUX

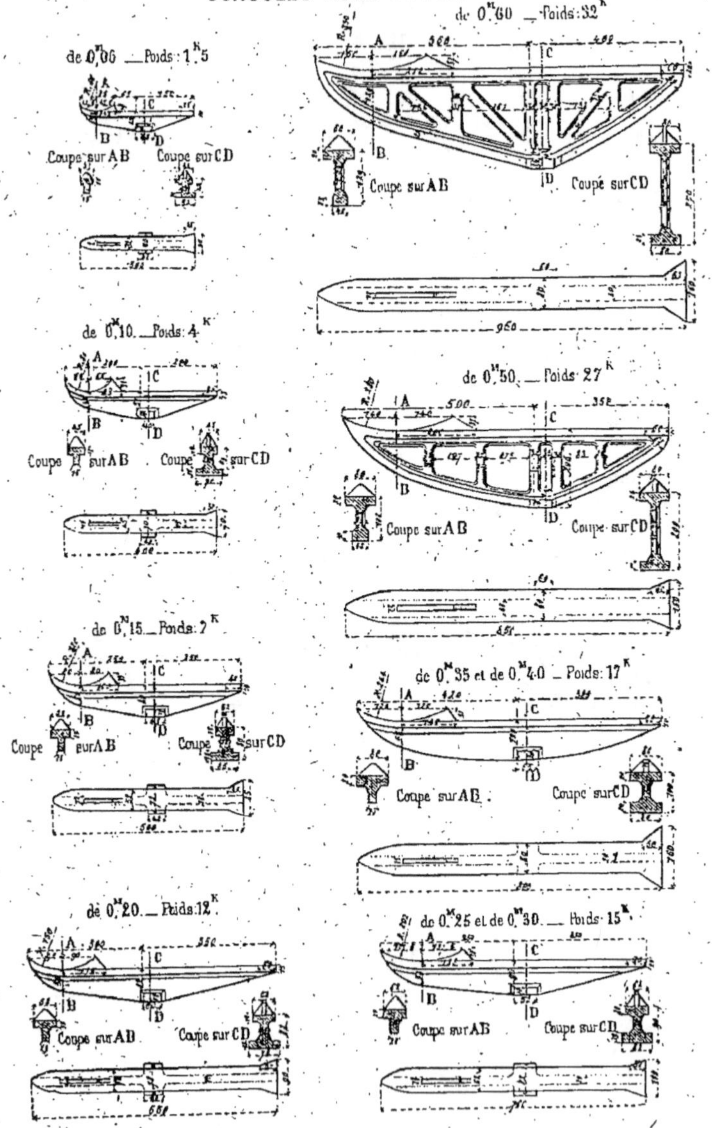

de 0.^m60 — Poids : 32^k

de 0.^m06 — Poids : 1^k,5

Coupe sur AB   Coupe sur CD

Coupe sur AB   Coupe sur CD

de 0.^m10 — Poids : 4^k

de 0.^m50 — Poids : 27^k

Coupe sur AB   Coupe sur CD

Coupe sur AB   Coupe sur CD

de 0.^m15 — Poids : 2^k

de 0.^m35 et de 0.^m40 — Poids : 17^k

Coupe sur AB   Coupe sur CD

Coupe sur AB   Coupe sur CD

de 0.^m20 — Poids : 12^k

de 0.^m25 et de 0.^m30 — Poids : 15^k

Coupe sur AB   Coupe sur CD

Coupe sur AB   Coupe sur CD

Le présent album comprenant
, dressé par l'inspecteur général des Ponts et
Chaussées chargé de la direction des Eaux, pour être joint au devis
et cahier des charges devant servir à l'adjudication des tuyaux et
pièces de fonte nécessaires à l'entretien de la canalisation de Paris
pendant trois années.

Paris, le 9 février 1897.

Signé : HUMBLOT.

Vu, adopté et présenté par le Directeur administratif des Travaux
de Paris.

Signé : HUET.

Vu et approuvé :

Le Préfet de la Seine,
Signé : DE SELVES.

ANNEXE C

DÉBITS APPROXIMATIFS D'UN DÉVERSOIR PAR MÈTRE DE LONGUEUR

$$Q = 1,77z\sqrt{z}$$

z	Q	z	Q	z	Q	z	Q
m	litres	m	litres	m	litres	m	litres
0,01	1,8	0,21	170	0,41	465	0,72	1.080
0,02	5	0,22	183	0,42	481	0,74	1.130
0,03	9,2	0,23	195	0,43	499	0,76	1.170
0,04	14,3	0,24	208	0,44	517	0,78	1.220
0,05	19,8	0,25	221	0,45	534	0,80	1.270
0,06	26	0,26	235	0,46	552	0,85	1.390
0,07	32,8	0,27	248	0,47	570	0,90	1.510
0,08	40	0,28	262	0,48	589	0,95	1.640
0,09	48	0,29	276	0,49	607	1,00	1.770
0,10	56	0,30	291	0,50	626	1,05	1.900
0,11	65	0,31	306	0,52	665	1,10	2.040
0,12	74	0,32	320	0,54	702	1,15	2.180
0,13	83	0,33	335	0,56	742	1,20	2.330
0,14	93	0,34	351	0,58	782	1,25	2.470
0,15	103	0,35	366	0,60	823	1,30	2.620
0,16	113	0,36	382	0,62	864	1,40	2.930
0,17	124	0,37	398	0,64	908	1,50	3.250
0,18	135	0,38	415	0,66	949	1,70	3.920
0,19	146	0,39	431	0,68	992	1,80	4.270
0,20	158	0,40	447	0,70	1.040	2,00	5.010

TABLE DES MATIÈRES

CHAPITRE III

EAUX SOUTERRAINES

CHAPITRE IV

CONSOMMATION

CHAPITRE V

PUISAGE ET CAPTATION DES EAUX

CHAPITRE VI

ADDUCTION DES EAUX

CHAPITRE VII

PROCÉDÉS DE FILTRAGE ET D'ÉPURATION

CHAPITRE IX

RÉSERVOIRS

CHAPITRE XI

APPAREILS PUBLICS. — SERVICE DANS LA MAISON

CHAPITRE XII

ENTRETIEN DES CANALISATIONS. — EXPLOITATION

CHAPITRE XIII

VENTE DE L'EAU

ANNEXES

TOURS

IMPRIMERIE DESLIS FRÈRES ET Cie

6, rue Gambetta, 6

BIBLIOTHEQUE NATIONALE DE FRANCE

3 7502 01804709 4

www.ingramcontent.com/pod-product-compliance
Lightning Source LLC
Chambersburg PA
CBHW070348030726
47504CB00001B/112